AtV

THOMAS LEHR wurde 1957 in Speyer geboren. 1979 bis 1983 studierte er Biochemie in Berlin. Für seinen ersten Roman »Zweiwasser oder Die Bibliothek der Gnade« (1993) erhielt er u. a. den Rauriser Literaturpreis für die beste deutschsprachige Erstveröffentlichung und den Mara Cassens Preis des Literaturhauses Hamburg für den Ersten Roman. 1994 erschien sein zweiter Roman, »Die Erhörung«, für den er den Förderpreis Literatur zum Kunstpreis Berlin erhielt. Der Roman »Nabokovs Katze« (1999) wurde mit dem Rheingau Literatur Preis und dem Wolfgang-Koeppen-Preis der Hansestadt Greifswald ausgezeichnet.

Thomas Lehr lebt in Berlin.

»Die Erhörung« ist ein Roman der Visionen, ein Roman voller Deutungsmöglichkeiten zwischen skeptischer Vernunft und philosophischer Phantasmagorie. In das höchst reale Berlin der siebziger und achtziger Jahre schicken himmlische Boten ihre verrätselten Offenbarungen über Leben, Tod, Erlösung, Verdammnis, Liebe und den inneren Zusammenhang aller Menschengenerationen von Anbeginn an.

»Die Reise aus der Erfahrungswelt in den hellen Wahn, in Ekstase und Vision führt in Grenzregionen des Wissens und gilt den alten transzendentalen Fragen nach absoluter Wahrheit. Nach Uwe Johnson und Peter Weiss, die Ereignisgeschichte erzählten, verwandelt Thomas Lehr die Geschichtserzählung am Ende des Jahrhunderts in Geschichtsreflexion.« Sibylle Cramer, Basler Zeitung

Thomas Lehr

Die Erhörung

Roman

Aufbau Taschenbuch Verlag

ISBN 3-7466-1638-7

1. Auflage 2000
Aufbau Taschenbuch Verlag GmbH, Berlin

Umschlaggestaltung Preuße & Hülpüsch Grafik Design
unter Verwendung eines Fotos einer Skulptur
von Antonio Canova, AKG Berlin
Druck Elsnerdruck GmbH, Berlin
Printed in Germany

www.aufbau-taschenbuch.de

… Wer seid ihr?
Frühe Geglückte, ihr Verwöhnten der Schöpfung,
Höhenzüge, morgenrötliche Grate
aller Erschaffung, – Pollen der blühenden Gottheit,
Gelenke des Lichtes, Gänge, Treppen, Throne,
Räume aus Wesen, Schilde aus Wonne, Tumulte
stürmisch entzückten Gefühls …

Ein jeder Engel ist schrecklich.

(Aus den Duineser Elegien von Rainer Maria Rilke)

Erster Teil

In dem nichts Deutliches geschieht

1

Vom Berühren des Mondes

Morgens, um acht. Im Hochmoor.

»Gemini und Woschod I!« rief mein Großvater begeistert. »Bald werden sie auf dem Mond landen.«

Es war im Oktober 1965; die frühe Sonne kroch nur mühsam durch das neblige Gespinst, das den Himmel und weite Teile der ruhig gewellten Ebene bedeckte.

»Welche Farbe hat der Mond?« fragte ich.

»Das muß erst noch herausgefunden werden.« Mein Großvater ging über nasse, den Weg sichernde Planken voran. Unscharf begrenzt, an den Rändern so dicht, daß sich der Wasserdampf gazeartig um die kümmerlichen Birken wickelte, schien eine Halbkugel klarer Luft mit unseren Schritten ins Moor zu ziehen. »Auf den Kratern könnte es gelb sein, eine Art mehlfeiner Staub«, überlegte er. Ein trockener Husten nahm ihm die Luft. »Ja«, begann er aufs neue, »sie werden darauf herumspazieren. Ihre Körper sind viel leichter als auf der Erde. Sie müssen sich aneinander festbinden, damit sie zusammenbleiben. Sie tragen Anzüge, die mit Sauerstoff aufgepumpt sind. Es ist totenstill.«

Ergriffen von einem flachen Taumel, sah ich zurück nach Süden. Heidekraut, Gräser und Flechten breiteten sich aus wie die dick eingestaubten Webfasern eines Bildteppichs. Starres Zinn füllte einige Lachen und Tümpel. Dahinter versank der Blick in schmutziger Watte. Nichts ist in Ordnung! dachte ich.

Aber ein Schritt meines Großvaters folgte dem anderen in einem so gleichmäßigen Rhythmus, daß ich meine Sorge und das Gefühl für Entfernungen und körperliche Anwesenheit minutenlang verlor.

Wir stapften durch eine Zone schlammverkrusteter Pfützen, als der alte Mann unvermittelt anhielt. Fast wäre ich gegen seine Schulter geprallt. »In der letzten Zeit, da überlege ich allerdings, ob das nicht zu einfach wird. Ich meine, zum Mond zu fliegen. Das ist womöglich die falsche Methode, wenn man die Erde betrachten will.«

»Ja, Großvater.«

»Weißt du, daß man im Inneren einer Kugel mehr von der Oberfläche sieht als von außen? Rein theoretisch zumindest. Das heißt, wenn du klein genug bist.«

Als könnte dies seine Gedankensprünge verdeutlichen, zeigte er auf einen von grauen Drahtlinien und morschen Holzpflöcken eingesäumten Pfad. Wir umrundeten den größten der Moorteiche. Aus schwammig aufgepolsterten Ufern quoll das Wasser, sickerte, wie mit öligen Schlieren versetzt, in unsere Trittspuren nach.

Und wenn ich mich geweigert hätte zu gehen? Seine Beine wirkten versteift. Er zündete die kurzstielige Pfeife, die er auf unseren Wanderungen zu rauchen pflegte, nicht an, sondern hielt sie abwesend in der Linken. Später besann er sich darauf und zog eine Schachtel Streichhölzer hervor. Seine Hände zitterten – so sehr, daß er zahlreiche Hölzchen auf den Boden schüttete. Ich spürte seinen lähmenden stummen Befehl, kein Wort über das Mißgeschick zu verlieren.

»Vielleicht habe ich mich falsch ausgedrückt«, erklärte er laut, Pfeife und Streichhölzer wieder in eine Anoraktasche stopfend. »Es ist bei dieser Sichtweise völlig egal, wo sie sind, ob sie gewissermaßen vom Kern aus emporstarren und nichts als dicke Kruste sehen oder von oben. Sie wollen Wettrennen veranstalten. Sie wollen den Planeten im Griff haben, statt alles auf der Erde zu sehen. Begreifst du diesen Unterschied?«

Ich nickte beklommen.

»Aber es ist ein Kunstwerk, wie sie die Umlaufbahnen berechnen. Gemini V wird versuchen, eine Radarkapsel abzusprengen und sie anschließend wieder einzufangen. Glaubst du, du könntest Astronomie studieren oder Physik?«

»Vielleicht, ich weiß nicht.« Ich verlangsamte meine Schritte in der Hoffnung, ihm das gleiche Tempo aufzunötigen.

Er kam auf die Bombardierung Nordvietnams zu sprechen, weiterhin zu rasch ausschreitend. Aus Protest blieb ich einen knappen Meter hinter ihm zurück und fixierte seine Stiefelabsätze. Ich verstand nicht mehr, was er sagte, und hoffte nur, daß das Schweigen, das nach einer Weile eintrat, vielleicht doch noch in das eigentümliche, fast kinderhafte Gefühl übergehen würde, das uns oft am Ende unserer Spaziergänge und Dispute umfing. Die Worte und Gesten mußten uns ausgegangen sein. Pfeifentabakrauch war vonnöten, vielleicht auch ein ganz bestimmter, sanfter Neigungswinkel unseres Gemüts gegen die Ekliptik der Sonne. Und dann kam dieses Gefühl, das die Farben, Gerüche und Töne der Landschaft um einen jähen Sprung eindringlicher machte – so als hätte jemand, während wir im Dunst der Spekulationen wandelten, inzwischen die Welt neu gestrichen und tapeziert. »Sieh, Anton«, konnte mein Großvater nun sagen, meine Aufmerksamkeit auf eine seiner Beobachtungen lenkend. »Sieh« – dieser merkwürdige biblische Imperativ, in dem sich die Lust an der Schöpfung sogleich mit der am Beweis und einem milden Triumph überkreuzt. Seine seit längerem schon brüchige Stimme ließ die Worte ganz leicht werden.

»Sieh, Anton, Zindelkraut, Bitterling, Sonnentau ...« In einer pendelnden, unregelmäßigen Art erschienen die Namen. Sie zeichneten dünne fasrige Stiele vor meine Füße, wachsüberzogene Blätter, glitzernd unter Tauperlen, Blüten einer tiefen, sehr präzisen Färbung, die mir gerade noch irdisch vorkamen.

»Wir hätten daheim bleiben sollen!« rief ich. Es würde diese einfachen und wundersichtigen Momente nicht mehr geben. Ich spürte es seinem Schritt an, der, begleitet von angestrengt gebändigten Atemgeräuschen, immer mechanischer wurde.

»Wir sollten umkehren, Großvater!«

»Du erinnerst dich an Anselm? Anselm Kempner?«

»Sicher. Aber wir –«

»Hör doch zu!« Er ballte die Hände in den Taschen seines Anoraks und richtete sich vor mir auf. »Wenn du in Berlin studieren willst, könntest du Anselm gebrauchen. Anselm Kempner ... Begreifst du, daß es für einen Menschen nicht gut ist, wenn ihm zu früh ein festes Haus gehört?«

Erschrocken gab ich ihm recht, stammelte irgend etwas, schwieg trotzig.

»Studieren«, sagte er, »man hätte schon immer auf dem Mond studieren müssen, um ruhig zu bleiben. Es passiert zu vieles. Und ist es nicht auffällig, daß gerade jetzt der Mond immer näher rückt? Wer, Anton, fliegt denn da hinauf? Ganze Länder sind das, nicht etwa nur eine Handvoll Astronauten. Millionen von Köpfen sehen die Erde auf die Art, die mir zu einfach vorkommt. Jetzt haben sie diesen Erhard wiedergewählt; man könnte glauben, weil sein Pfannkuchengesicht so leer und glatt aussieht wie die gelbe Scheibe da oben am Himmel. Früher –«, er hustete und wischte sich hart über die bläulich verfärbten Lippen, »früher haben sie irgendwelche Fabelwesen da oben vermutet. Jetzt, wo sie drauf und dran sind, da hinaufzufliegen, schleichen sich die Mondkälber vorsoglich herunter. Sie rauchen Zigarren und übernehmen die Regierung. Du wirst studieren, Anton –«

Er wankte, seine Beine gaben nach. Ich hatte Mühe, ihn zu stützen, obwohl ich mit meinen siebzehn Jahren wesentlich kräftiger und schwerer war als er.

»Großvater!« sagte ich beschwörend.

Er lehnte sich so gegen mich, daß wir gemeinsam einige Schritte vorantaumelten. »Geh, Anton. Damit man dich nicht umsonst jeden Tag schwimmen geschickt hat. Halt mich fest. Geradeaus, es wird gleich besser«, keuchte er. »Was alles geschieht! Im Kongo schlachten sie die Mulélé- und Simbarebellen ab. Dieser Tschombé, dieser blutige Spaßmacher, ist entlassen worden. Aber was hilft's? Weißt du noch, wie er hier in München war, beim Kardinal Döpfner? Mehr Handel mit Bayern hat er gewollt, ha! ... Studieren, Anton. Die Studenten haben ihn mit Stinkbomben und Tomaten beworfen. Auch das sind Flugbahnen, die berechnet sein wollen.«

Ich mochte nichts mehr hören!

»Wenn man in mein Alter kommt«, rief er fast wütend, mich noch immer vorandrängend, »dann wünscht man sich ein paar einfache Sätze. Nun, man kriegt sie eben nicht.« Ungeschickt fuhr er sich über die Stirn und wischte die blaue Schirmmütze von seinem Kopf. Er wollte nicht, daß ich sie aufhob. Plötzlich wurde der Dunstkreis um uns geweitet. Die Erde glühte auf: etwas wie flammender Rost, ein Grün in Sprengseln aus Jade und Smaragd, sich auf breiten Moosbuckeln wellend, überall zerschnitten von der nun silbrigen Härte der Pfützen.

»Großvater«, mahnte ich ihn leise.

Er riß sich von mir los, schwankte über ein Stück leuchtend gegen den Morgenhimmel aufsteigende Erde. Es war der Stumpfsinn einer Exekution. Schon knickten ihm die Beine ein. Ich eilte ihm nach und hielt ihn an den Schultern fest. Sein Haar, gelblich weiß und mit einer schwach parfümierten Salbe am Kopf gehalten, klebte jetzt auch auf seiner Stirn. Langsam hob er den rechten Arm, seine Lippen berührten mein Ohr. »Sieh!« sagte er angestrengt. »Blüten, Anton. Überall ... diese ... Blüten, violette Blüten!« Seine Finger streckten sich gegen den Wald: Dort, im dunklen Filz zwischen den Stämmen! »Sieh!« flüsterte er. Das Kinn und die linke Schulter wurden ihm heftig zur Seite gerissen.

Ich erschrak, für eine Sekunde wich die Kraft aus meinen Armen.

Wortlos fiel der alte Mann vornüber in den Schlick.

Fast eine dreiviertel Stunde brauchte ich, um ihn zum Waldrand zu schaffen. Zuerst hob er noch ab und zu den Kopf. Dicht hinter der rauchgrauen Iris zersplitterte, was er hatte sagen wollen. Sieh, Anton! Wieder mußte ich ihn auf den Boden setzen, ihn erneut unter den Achseln fassen. Tannenzapfen rollten unter meinen Füßen. Trockene Äste verfingen sich zwischen meinen Beinen, das weiche Nadelpolster gab plötzlich nach, so daß ich ausrutschte, fiel, mir abermals diesen wie hölzernen, nur noch leise seufzenden Leib auf die Oberschenkel laden mußte. Nirgendwo ein Spaziergänger. Etwas traumhaft Wäßriges spann sich über die Farnkräuter und die hypnotisch zäh wippenden Äste der Tannen.

Endlich zerrte ich ihn über die letzte Hügelkuppe. Das Dorf lag staubig rot und weiß im Morgenlicht.

»Er stirbt!« schrie ich. »Hilfe, er stirbt!« Ich winkte, ich schrie und schrie.

Nur die Kühe sahen mich an, vier oder fünf in unmittelbarer Nachbarschaft, schlugen mit den Schwänzen, senkten zeitlupenartig die schweren Mäuler über das Gras, ihre pralle feuchte Lebenswärme ausströmend, durch die in wahnsinnigen Spiralen die Fliegen schossen.

Einige Bauern hörten mich schließlich. Ein Mopedfahrer stieß zu ihnen und Kinder, die vor dem nahegelegenen Schulgebäude gespielt hatten.

Ich zog meinen Großvater ein Stück weiter auf eine Aussichtsbank am Waldrand, bettete seinen Kopf in meinen Schoß, wischte Tannennadeln und Erdkrümel von seinen Wangen.

»Wenn der Anton ihn bis hierher geschafft hat, dann wird er den Rest auch noch vertragen«, sagte einer der Bauern.

Als sie sich herabbeugten, um den Sterbenden auf ihre Schultern zu laden, huschten die Kinder beiseite. In der gleichen wiegenden Manier, die die Last und das steile Gefälle den Bauern aufzwangen, schritten sie und der Mopedfahrer dann durch das Gras nach unten. Ich stützte den Kopf meines Großvaters.

»Vielleicht ein kleiner Herzinfarkt? Eine vorübergehende Ohnmacht, ein kleiner Gehirnschlag?« prustete mir der Mopedfahrer ins Ohr.

»Ja«, sagte ich, »bestimmt.«

Froh, daß ihm jemand zuhörte, plapperte er weiter. Ich wünschte ihn so weit weg als möglich – und vielleicht dachte ich nur deshalb an die fremden Länder, von denen mein Großvater in seinen letzten wachen Minuten gesprochen hatte. Da erst erfaßte mich die schwindelerregende

Ahnung, wie ungeheuer weit diese eine Sekunde reichte, in der ich vorsichtig meinen Schritt zwischen die Füße der Bauern setzte. Alles auf der Erde!

Mit einem Gefühl von unermeßlicher Weite und Nähe zugleich hob ich den Kopf meines Großvaters an. Er war so schwer, daß ich nicht mehr begriff, wie ich den ganzen Mann hatte tragen können.

Als sie das Gartentor zu unserem Haus aufstießen, packte mich eine schreckliche Müdigkeit. Totsein, dachte ich, das ist, den gleichen Abstand zu allen Dingen zu haben. Ich sank auf die Steintreppe vorm Eingang und legte den Kopf auf die Knie. Zwischen meinen Schuhen krabbelten Ameisen durch eine Pflasterritze. Die ganze Erde! Anselm – das Haus! Tschombé, ein blutiger Spaßmacher! Ich mußte jedes Wort behalten. Und irgendwann, dessen war ich mir absolut sicher, würde ich etwas sehen, das wie die violetten Blüten meines Großvaters war.

2

Abschiede

Achtzehn Jahre später, 1983, Dezemberanfang, die letzten Stunden in meiner alten Berliner Wohnung. Kurz nach dreiundzwanzig Uhr würde mein Zug fahren. Schon konnte ich die hölzern seufzende Stille im Haus meiner Großeltern hören, sah den Garten vor mir, den Balkon zur Isar, den Schreibtisch unter der ausgestopften Eule, an dem ich diese Aufzeichnungen beenden werde.

Ich stand auf und ging durch die halbdunklen Zimmer, schwach, glücklich, haltlos, aber getröstet von dem Gedanken an die Flucht, an den neuen Beginn. Es war gut, schon während der vergangenen Wochen auf Fehmarn mit der Verwandlung meines Lebens in eine Geschichte begonnen zu haben. Ich würde Dialoge setzen, Überschriften. Ich mußte diesen Schrei, der in mir gellte, mit einem Netz von Buchstaben an die Wände meiner Erinnerung kleben, bis er starr geworden war wie die Toten und ihre Zeit im Gehirn alter Menschen.

Gestatten, Anton Mühsal, sechsunddreißig, mäßig praktizierender Historiker, blond, kräftig, vertan und wieder gerettet, Bote vom Zerfallspunkt der Welt, Ex-68er, Reisender, Flüchtender, Schizoider – ach was, ich bin auch ein ordentlicher Mensch gewesen, fünf Jahre lang im öffentlichen Dienst, unerwartet scheidend, vom Ruf ereilt wie der biblische Zöllner. Und ich werde gleich sagen, daß ich weder religiös noch nichtreligiös bin. Ich glaube an Gott als die letzte Synthese der Industrie.

Mein Großvater. Nach seinem Anfall im Moor erlangte er das Bewußtsein nicht wieder. Er starb eine Woche lang, in der er immer durchsichtiger zu werden schien, während die Möbel in seiner Umgebung sich mit dunklem Leben füllten. Mir kam es vor, als hätte der Tod ihn auf ein unsichtbares Floß gebettet, das im Takt der Wanduhr und unter den Geräuschen der Besucher leicht und unwillig erzitterte. Schließlich hörte er auf zu atmen. Die Haut in seinem Gesicht glänzte hart wie eine Keramik. Wirklich schlimm aber war diese eine Sekunde im Moor gewesen, in der er sah und ich nicht folgen konnte.

Hanna rief an. Auf Fehmarn hatte ich ihr einen kurzen Brief geschrieben.

»Was tust du?«

»Ich packe.«

»Das ist nicht viel Arbeit.«

»Ja. Es tut mir leid –«

»Du brauchst dich nicht zu entschuldigen, Anton. Es ist dein Entschluß.«

»Auch wegen meiner Großmutter«, sagte ich. »Ich werde bei ihr wohnen, nicht in München.«

»Ich habe dir keinen Vorwurf gemacht, oder?«

»Du glaubst nicht, daß es gut ist.«

»Das erste Mal, anno fünfundsiebzig –«

»Da mußtest du mich aus der Klapsmühle holen«, unterbrach ich sie.

»Entschuldige.«

»Nein, ich habe dir auch keinen Vorwuf gemacht.«

»Ach Anton, ich bin es nicht mehr gewohnt, dich nicht zu begreifen. Früher hatte ich mehr Übung. Meine Güte, du warst fast neun Jahre von Berlin weg, ohne dich bei irgend jemandem zu melden. Dann kommst du wieder, aus heiterem Himmel –«

»Und ihr schlachtet ein Lamm für mich, organisiert eine Wiedersehensfête, du hast meine alte Wohnung aufgehoben, acht Jahre lang.«

»Das war nicht schwer.«

»Aber sehr lieb.«

»Danke.«

»Also: Ich komme wieder, bleibe für eine Woche, in der ich ziemlich viel wirres Zeug rede, verschwinde für beinahe zwei Monate auf einer Ostseeinsel, komme für zwei Tage zurück und will gleich weiter, nach Bayern, für ein Jahr.«

Sie lachte. »So ungefähr hat es sich abgespielt. Was willst du da jetzt machen? Da unten bei den Jodlern?«

»Ich gehe zurück auf den Mondstrahl.«

»Mondstrahl?«

Das sei ein Begriff, den sie selbst vor Jahren auf mich gemünzt habe, erinnerte ich sie. »Du lagst in der Badewanne und hast mir mein Leben erklärt.«

»An die Badewanne erinnere ich mich natürlich. Aber: Mondstrahl? Die Mondlandung, Anton, das war –?«

»Am 20. Juli 1969.«

»So genau wollte ich's wissen! Neunzehnhundertneunundsechzig. Meine Güte, das haben wir schon erleben dürfen ... Was war da? Die Russen standen schon ein Jahr lang in der ČSSR, und die Amis hatten noch immer 500 000 Mann in Vietnam. Dann gab es ständig irgendwelche Oberschlaumeier im Fernsehen. Die spielten an Pappmodellen der Mondlandefähre herum, weil ihnen die NASA zu wenig Filmmaterial schickte.«

»Richtig«, sagte ich. »Und ich –«

»Du hattest dieses Gesicht! Jedesmal wenn Irmchen oder Walter die Kiste einschalteten, um in den Mond zu gucken, hast du sie ihnen vor der Nase wieder abgedreht. Es war

Dogmatismus. Niemand hat begriffen, warum du dich so aufgeregt hast, du, dich aufregen! Du wolltest uns den Mond nicht gönnen. Keinen einzigen Krater. Nicht einmal den großen Schritt für die Menschheit am Sonntag.«

»Sie haben ihn ja dann doch noch gesehen.«

»Oh, aber nur, weil ich mich aufgeopfert habe! Wir beide hockten in der Küche, während im Gemeinschaftszimmer Apollo im Sternenstaub niederging, und diskutierten über den Mond und Marcuse. Du hast von einem dunklen Alternativprojekt zum Mondflug fantasiert. Irgendwie klang es nach Jules Verne. Es ging um das Innere der Weltenkugel, um die Eroberung des Erdkerns.«

»Es war eine Idee meines Großvaters«, sagte ich ernst.

Im Hintergrund war ein kreischendes Geräusch zu hören, offenbar der Nadeldrucker in dem Anwaltsbüro, das sie zusammen mit zwei Kollegen betrieb.

»Anton?«

»Vielleicht besuchst du mich, oder ich komme nach Berlin«, schlug ich vor.

»Sicher, bestimmt viel schneller, als du denkst.«

Bevor ich fragen konnte, was sie damit meinte, hatte sie den Hörer aufgelegt.

Ich mußte noch zwei weitere Abschiede hinter mich bringen, von Therese und von Anselm, der mich zu einem Spaziergang durch das Viertel aufgefordert hatte. Vor meinem Fenster sah ich die blattrigen, moos- und nässedurchsetzten Mauern des Hinterhofs. Die Hauswände bildeten im Grundriß ein schmales Dreieck, und sie hoben sich wie die zusammenstoßenden Buge zweier verrotteter Ozeankähne. Dezember. Grauer Schnee fiel, das Gefühl eines unerbittlichen steinernen Wachsens in entgegengesetzter Richtung drängte sich auf. Ein Fallschacht für Selbstmörder, drei Stockwerke tief. Hätte ich es hier versucht, es wäre leichter gewesen als sieben Wochen zuvor in der Ostsee. Gestatten, Anton Mühsal, Dilettant in Sachen Freitod, Überlebender, knapp Davongekommener, gerettet durch einen einzigen Gedanken. *Jeder Atemzug ist Bedeutung*. So, Hanna, lautet die Antwort auf die vierte Frage.

»Kommen Sie jetzt?« rief Therese vom gegenüberliegenden Hoffenster. »Der Kaffee ist fertig.« Sie zögerte einen Moment, rieb sich die Wange mit einem roten wassergeschwollenen Händchen. »Daß Sie schon wieder gehen! Wo Sie doch so lange weg waren.«

»In einem Jahr komme ich wieder.«

»Ach, in einem Jahr, wer weiß ...« Umständlich schloß sie die Flügel ihres Doppelfensters. Der Hof übersteigerte alle Geräusche. Man glaubte, der Husten der alten Frau quäle die Brust einer Riesin und einen Stock weiter unten würden meterlange Gabeln und Messer auf eine Spüle geworfen. Eine Stunde lang saß ich bei ihr, trank ihren handgefilterten Kaffee, hörte zu, bewunderte ihre Medikamentenschachtel. Berufliche Gründe, erklärte ich verlegen, zwängen mich, für ein Jahr nach Bayern zu gehen.

»So ist das, sie nehmen keine Rücksicht«, stellte sie mitfühlend fest.

Wieder in meiner Wohnung, berauschte ich mich an den Zeichen des Aufbruchs, packte umständlich die letzten Bücher und Socken in den Rucksack, mit dem ich zwei Monate zuvor in Berlin angekommen war. Nicht viel Arbeit, wie Hanna sagte. Ich brauchte Abstand, weil ich besser wußte, daß es keinen gab, mein Gott, die Stadt, jetzt, wo dieser erbärmliche, literarisch gewordene Ekel vor der Menge fehlte! Die U-Bahnen, Stadien, Hallen, Kaufhäuser, Bäder! Ruhig bleiben.

»Du erinnerst dich an Anselm Kempner? Begreifst du, daß es für einen Menschen nicht gut ist, wenn ihm zu früh ein festes Haus gehört?«

Der letzte Spaziergang durch Moabit mit Anselm, dem nie ein festes Haus gehörte. Ich hatte es nie gewagt, ihm das Testament meines Großvaters anzutragen, diese zwei Sätze im Hochmoor, die bedeuten, daß im Falle des Todes meiner Großmutter nicht ich, sondern Anselm sich in einem bayrischen Dorf niederlassen soll. Anselm war Student, Drukker, anarchistischer Milizionär, Journalist, Kellner und Privatdozent. Mein Großvater muß, in der Todessekunde der violetten Blüten, an ihre gemeinsame Zeit im Spanischen

Bürgerkrieg gedacht haben. Aber die Vorstellung, diesen immer noch energischen Siebzigjährigen, der an den finster aus Buchdeckeln hervorlugenden alten Schopenhauer erinnerte, unter einem Maibaum zu begraben, war absurd.

»Was grübelst du nur?« fragte er, nachdem ich ihm meinen Entschluß, nach Bayern zu gehen, mitgeteilt hatte. »Du siehst schlecht aus! Willst du an deinen Essays arbeiten?«

»Sicher.«

»Das ist gut, man muß mitnehmen, was zu einem gehört.«

Alles! Aber was hieß das? Wer konnte dem standhalten? Anselms eisblaue Augen, die federnde Aufmerksamkeit, mit der er mich schon als Kind begeistert und erschreckt hatte, wenn er in Bayern zu Besuch war. Ich hielt stand, lenkte das Gespräch auf seinen Freund Jakob, mit dem er eine Wohnung teilte, seit dessen Frau gestorben war. Was konnte ich Anselm denn erzählen? Sie hatten seine Mutter in Auschwitz und seinen Vater im Theresienstadt ermordet. Die Erinnerungen, die Anflutungen von Geschichte, die mich in der Moabiter Szenerie heimsuchten – dies sei mir im Augenblick einfach zuviel, erklärte ich, als er noch einmal auf meine Flucht zu sprechen kam.

»Man muß sich erinnern, ohne schwach zu werden«, sagte er ruhig. »Die Vergangenheit ist kein Pantheon. Du bist Historiker, du darfst nicht zu ehrfürchtig sein.«

»Aber auch nicht gleichgültig!« rief ich. »Novalis sagt: Die Geschichte ist ein Verbrennen. Man sollte das wörtlich nehmen. Jede Epoche steht noch in ihrem Brand! Ich will eine Erinnerung, die die Zeit im Feuer aufsucht und brennend zurückkehrt! Man muß in jeden Winkel gehen, auf den Grund, zu allen. Staunend wie ein Kind, aber auch pedantisch und knochenkalt wie ein Beamter des Jüngsten Gerichts!«

»Und finster wie der Engel der Rache«, ergänzte Anselm, halb ergriffen, halb belustigt. Er deutete in Richtung der U-Bahnstation Turmstraße. »Aber sieh bitte auch, wo du jetzt bist. Einkaufszone, ausgehendes 20. Jahrhundert. Sparkassen, Benzinzapfsäulen, Bäckereien. Zeugen Jehovas neben dem Popcornstand. Arbeite in Ruhe, mein Lieber. Im Frühjahr komm ich dich besuchen. – Und noch eines«, er zog mich mit der knabenhaft groben Zärtlichkeit alter Männer am Jackenärmel. »Für den Irrsinn der Welt ist noch keine Klinik erfunden worden.«

3

Weißblaue Raster

München. Ich bewegte mich vorsichtig wie auf einem anderen Planeten. Wie jedesmal, wenn ich meine Großmutter besuchte, kam ich mit dem Zug frühmorgens an. Ich durchquerte die Haupthalle, um dann auf langen Rolltreppen hinabzugleiten in das glattgefegte, hart arbeitende Gedärm des Bahnhofs, in dem sich die Schienenstränge der S-Bahn bündeln. Meine übernächtigten Augen brannten. »Das letzte Mal mußte ich dich aus der Klapsmühle holen.« Hannas Stimme, traumhaft nah. Sie verstand nicht, das nicht, ich hatte ihr keine Chance gegeben. Daniel: »Mein Herr, bei der Erscheinung sind Krämpfe über mich gekommen.« Johannes: »Ich kam in eine Entrückung des Geistes und fiel wie tot zu seinen Füßen.« Auf dem Boden meiner kahlgeräumten Moabiter Wohnung zusammengekrümmt, hechelnd unter einem Körper aus irrer Luft.

Ich spürte die rauhe Oberfläche meines Rucksacks unter den Händen wie eine Mahnung, präzise zu sein. Die Wintersonne taute die Landschaft vor den Fenstern auf. Nadelwald, halbversunkene Häuser im traditionellen Stil. Der blauweiße Zuckerguß von Maibaumspitzen und flach ins Gelände geschmiegte moderne Fabrikgebäude, in denen Gamsbarthüte, Panzerabwehrgeschütze, Krachlederne, Jagdbomberelektronik und Stacheldraht gefertigt wurden.

Vor dem Ausbau des S-Bahnnetzes war man mit einem rumpelnden Vorortzug nach München gelangt. Mein Großvater. In all den Jahren, die er in unmittelbarer Nähe der Stadt verlebte, ist er höchstens ein dutzendmal in diesen heute längst ausgeweideten und zur Fertigung von Gewehrläufen zerstampften Schienenbummler gestiegen. Für ihn blieb München der Ort, an dem man Kurt Eisner umbrachte, der einen Hitler an seinem Busen großzog und gegen die Republik intrigierte, die Hauptstadt der Bewegung. Ich erinnere mich, wie er fast im Laufschritt auf den Bahnhof zustrebte. Vielleicht hielt er es für möglich, mitten in den Münchner Straßen von einer grauen Hand gepackt und in den nächstgelegenen Folterkeller gezerrt zu werden – wo man ihm bayrische Gesittung und völkisches Empfinden ins Fleisch zu brennen gedachte. Fantastische Übersteigerungen? Gerade das mußte ich unter der Oberfläche seines humorigen Zorns und seiner Altmännerruhe sehen lernen, eine tiefere, bohrende Nervosität, seine Überempfindlichkeit, den Künstler in ihm.

Nach der vierten Bahnstation war ich in meine Erinnerungen und in die Müdigkeit wie in einen großen Kokon verstrickt. Die Umrisse der anderen Fahrgäste verschwammen, als betrachtete ich sie durch eine staubige Brille. Ihre Körper schienen leichter zu werden, sich von den Sitzen zu heben. Wie in einer Probe für ihren letzten Aufenthalt. Noch glaubten sie, selbst ihr Ende wäre bayrisch. Aber es war absolut, gesichtslos, ohne Provinz.

In meinem letzten bayrischen Jahr hatte ich ganz ähnlich empfunden, in die Leere starrend, die der Tod meines Großvaters hinterlassen hatte.

Die Zeit vorm Abitur. Man konnte fühlen, daß etwas gänzlich Neues zum Aufbruch drängte. Es nahm Formen an, Musik, Gestalten, die sich untergehakt auf die Straßen setzten. Eine seismische Erschütterung der Gehirne griff von Berkeley und New York aus 4000 Kilometer über den Atlantik und rüttelte an der Maibaumspitze des Dorfes G., anscheinend nur von mir bemerkt. Ich strich durch die gebohnerten Flure des Gymnasiums und wartete darauf, daß die Rehbockgehörne und Porträts der Ministerpräsidenten, die dort in streng wechselnder Reihenfolge die Wände zierten, herabfielen. Sie taten es nicht. Ich hatte einen Traum von einem anarchistischen Kommando, das den

Zwiebelturm in die Luft jagte. Nirgendwo gab es Sprengstoff. Alles hätte ein Traum sein können, was in den Zeitungen zu lesen oder auf den Bildschirmen zu verfolgen war. Die leicht angerosteten und verstaubten Nägel, die sich durch die graugelben Schädelplatten der Rehböcke bohrten und die Bildhalter für die graugelbgesichtigen Ministerpräsidenten trugen, sie schienen willens, die nächsten tausend Jahre zu überdauern.

Ich begann, alleine nach München zu fahren.

Hier, in der Stadt, mußte doch der Atem der Revolte spürbar sein. Gut, es gab Plakate, Wandaufschriften, *les murs ont la parole*, wie es groß auf der Rauhfasertapete über meinem Bett stand. Studenten verteilten Flugblätter vor dem Maximilianeum. Ich wagte nicht, sie anzusprechen. Wen schon interessierte ein Schüler? Die Nacht kam. Hinter den Münchner Schaufenstern krampften sich lautlos die Elektronenschmetterlinge ins Dunkle, um beim Näherkommen durch das herangelockte Gehirn einen Strom fremder, ungeheuerlicher Bilder zu pumpen: zerrissene Leiber aus Vietnam; fahle Gespensterreisen durch den Dschungel; die Bombenschauer, die sich, von oben betrachtet, ausnahmen wie lebendig gewordene Radierungen, niedergehend auf dem geduldigen graugrünen Glas der Bildröhren.

In der Hoffnung, Sinnesgenossen würden mich daran erkennen und das Gespräch mit mir suchen, wendete ich einen Band Marcuse in den Händen, sobald ich die Straßenbahn oder ein Café betrat.

Im Dorf verkleideten sich die Mädchen mit Jeans und Batikblusen. Aber ich war ihnen unheimlich, weil mein Großvater ihren Eltern unheimlich gewesen war, weil ich nicht ihren kehligen Dialekt sprach, weil ich die Revolution ausrufen und nicht skifahren wollte. Love-ins! Man hörte davon, 4000 Kilometer über den Atlantik.

Wieder kamen die Bilder aus Indochina. Ich verstand nichts. NPD-Plakate schossen aus dem Boden. Nichts-Sein, Noch-nichts-Sein, ein Fluch über dieser blau-weiß rautierten Misthaufenwelt mit den barocken Himmeln. Ich liebte das Annerl, das so fremd und schön aussah, daß es unmöglich die Tochter des Bauern Weiniger sein konnte. – »Du bist kein Mensch«, hatte sie mir einmal in der Grundschule vorgesagt. Sie verfiel auf diese Idee, weil ich keine Eltern vorweisen konnte und weil mein Großvater nicht zur Kirche ging. Daß ich nun, als Siebzehnjähriger, jeden Tag schwimmen ging, verzweifelt große Strecken bewältigend, die mich nahezu olympiareif machten, ließ mich ihr eine Zeitlang menschlich erscheinen. Sie trug einen glänzenden blauen Bikini, einen heiligen Stoff made in Italy, der nach Sonnenöl und Erlösung roch. Das vertrackte Schloß daran durfte ich ein einziges Mal lösen, im Netz der Isarstauseen, auf einer Kiesbank, zwischen schillerndem, im Wind pulsierendem Weidengebüsch. Ihre Brüste, unsagbar weich, wie aufgeplusterte Vögel mit rosinenfarbenen Schnäbeln an der Wandung ihrer Rippen kauernd, gehörten der Welt und wurden doch, kaum hatte ich sie berührt, bayrisch wie unter einem Fluch. Es dürfe nicht mehr sein, erklärte das Annerl am Ende eines Zwei-Minuten-Glücks, denn es sei nur wegen dem Sepp gewesen, um sich wegen der Christel zu rächen. Da log ich ihr etwas von einer Münchner Studentin vor, die die Pille nahm, Marcuse auswendig kannte und Querflöte spielte – nackt, im Lotussitz. Mit einer sanften Übung brachte sie mich dafür auf ihren dünnen Oberschenkeln zum Erguß und kannte mich nicht mehr, als ich, im Glauben, nun ein Bayer geworden zu sein, die Lüge eingestand.

Also beschloß ich, einen Schlußstrich unter zehn Jahre verzweifelter Liebe zu setzen und mich in der Scheune ihres Vaters zu erhängen. In der Brusttasche meines Hemdes befand sich ein acht Seiten langer Abschiedsbrief, der ihr das Herz brechen mußte. Eine Reepschnur um den Hals geknotet, hockte ich fünf Meter über einer warmen, dampfenden Leere in der Mitte eines Scheunenbalkens, an dem ich das andere Ende der Schnur befestigt hatte – und sah plötzlich den letzten Blick meines Großvaters vor mir. Vorsichtig legte ich mich auf den breiten Balken nieder. Ich begann zu weinen, jetzt erst konnte ich es, ein Jahr nach seinem Tod.

Eine leichte Drehung meines Körpers nur, und ich würde bei ihm sein. Das rauhe Holz verschob sich bereits an meiner Wange im Zuge eines zärtlichen Hinabgleitens. Die violetten Blüten mußten jetzt erscheinen wie eine Explosion. Eine halbe Stunde lag ich mit geschlossenen Augen in der nach frisch gemähtem Heu duftenden, tödlichen Höhe. Ich sah nicht die violetten Blüten, sondern nur ein grünes Leuchten, wie ein dünnes Band, das die Grenze einer immer weiter ausrückenden dunklen Ebene bildete, einer Wölbung, die dem Sphäroid der Erde folgte. Ich vergaß das Annerl, das Dorf mit der Zwiebelturmkirche, das bevorstehende Abitur. Man mußte ALLES begreifen. Den Druck des Balkens gegen meine Brust und mein Geschlecht empfand ich wie eine Lust aus einer anderen Welt. Es war kein bestimmbares Erlebnis, keine Vision. Nur die vollkommene Empfindung von Weite und unermeßlichem Raum.

Als ich die Schnur von meinem Hals löste, glaubte ich fest, daß mein Großvater ganz in der Nähe war.

Vor der Scheune traf ich das Annerl, das eigentlich meine baumelnde Leiche hätte finden sollen. Schweigend ging ich an ihr vorbei, so kalten Blicks, daß sie erschrak und mir anbot, sie zu küssen.

Ich stieg aus der S-Bahn Richtung Wolfratshausen. Ende der siebziger Jahre hatte man den Bahnsteig von G. untertunnelt. Die mit Graffitis besprühten Betonwände der Fußgängerunterführung und ein mit roter Menninge bepinseltes Geländer hoben sich beim Aufsteigen diagonal gegen den schneeverkrusteten Hügel, auf dem die Zwiebelturmkirche stand. Vor einiger Zeit waren die Außenmauern des Gymnasiums mit blauen mannshohen Zahnrädern, vielfarbigen Röhren, Kolben und anderen Maschinenteilen bemalt worden; aber zweifelsohne hingen die Ministerpräsidenten noch grau und gelb im Flur.

Vier Wochen nach meinem Scheunenbalken-Erlebnis und dem Entschluß, in Bayern kein Mensch mehr sein zu wollen, war das Abitur bestanden. Mein Zeugnis reihte ohne Ausnahme die Note »gut« zu zwei schlanken Säulen. Es sah wie eine Fälschung aus, – »Wia obg'schleckt!« befand das Annerl gnadenlos. Es paßte zu mir; unmenschlich war auch meine einzige wirkliche Stärke: ein nahezu fotografisches Gedächtnis, ein innerer Aktenschrank, der fast ohne mein Zutun alles Gelesene und Gehörte sicher aufbewahrte, als wäre mein Gehirn von Geburt an in Hunderte genau archivierender Fächer unterteilt gewesen.

»Das Abitur bestanden? Jeder normale Mensch verdingt sich dann bei einem der ortsüblichen Sklaventreiber. Vier Wochen Schufterei, und er stopft sich die mühsam erstandenen Hunderter lose in die Brusttasche, und ab geht's nach Süden!« rief Hanna, als ich ihr einmal beschrieb, wie ich die Zeit zwischen Abitur und Studium verbracht hatte.

Ich lag im Garten und starrte die Apfelbäume an, die unter metallisch flirrenden, wirbelnden Blättern den Sommer atmeten. Winzige Mücken durchschnitten die Luft über meinem wie gelähmten Körper. Manchmal schoß in die hinter den Nachbarhäusern aufragende Tannenreihe ein Vogel und hinterließ ein Zittern in den Ästen, das nicht mehr enden wollte. Es kam mir sinnlos vor, weiter nach München zu fahren. Ich wartete auf die Antworten der zahlreichen Universitäten, bei denen ich mich für beinahe ebenso zahlreiche Fächer beworben hatte. Alles Nicht-Bayrische interessierte mich. Ich erstickte unter den Möglichkeiten. Wem sollte man antworten, wenn die Welt rief? Die Freiheit lastete auf mir, die Luft über den Beeten und Sträuchern stand bis über die Häusergiebel wie ein gläserner Keil, unendlich klar, unendlich schwer.

»Geh nach Berlin, hörst du?« Meine Großmutter, die mich längere Zeit beobachtet hatte, setzte sich auf einen Gartenstuhl. »Geh nach Berlin. Er würde es sicher gewollt haben.«

Ich senkte den Kopf. Aus den anderen Gärten hörte ich Wassergeplätscher von den Bassins, Gläser auf einem wakkeligen Tablett. Plötzlich trat eine Stille ein, die etwas Gebogenes und drohend Einsames hatte, wie die mit Sonnenlicht bestäubten Flügel eines Raubvogels.

»Ja«, sagte ich erschrocken. »Ich gehe nach Berlin. Ich werde Geschichte studieren. In der Geschichte kommt alles vor, und ich habe ein unmenschliches Gedächtnis. Und dich werde ich jeden Monat besuchen.«

»Anton Mühsal, nimm den Mund nicht so voll. Ruf Anselm an, er wird dir helfen.«

Auch dieses Mal empfing sie mich auf dem mit Waschbetonplatten ausgelegten Weg, der das Haus von einem ringsum führenden Blumen- und Sträucherbeet trennt.

»Ach – der Anton«, rief sie, als wäre ich ganz unerwartet gekommen. »Mager siehst du aus!«

Während sie mir ein Frühstück zurechtmachte, betrachtete ich ihre Hände, die gekrümmt und alterssteif über der blankpolierten Fläche des Ofenherdes schwebten. »Daß du so lange bleibst, diesmal«, sagte sie, anscheinend noch nicht überzeugt.

»Ich werde oft in München sein. An den Wochenenden zumindest.«

»Ach.«

Sie spürte, daß ich ihr etwas vorenthielt. Zwar versank ich auch diesmal in eine von der Wärme und dem gleichmäßigen Bullern des Herds wolkig aufgelöste Stimmung. Aber ich sah die eisige Steinglätte der Ostsee vor mir und das Haus auf Fehmarn – gläsern, hell, weiß –, die Stationen meiner zweiten Geburt.

»Ist er zu stark?«

»Was, bitte?«

»Der Kaffee, Anton Mühsal«, sagte meine Großmutter erheitert.

Auch sie hatte immer für unbayrisch gegolten. Sie war im Ruhrgebiet der zwanziger Jahre aufgewachsen. Nach dem Krieg fand sie einen Bürojob bei der britischen Militärverwaltung. Dort lernte sie meinen Großvater kennen. Fünf Jahre lang schlugen sich die beiden mehr schlecht als recht durch, bis eine völlig unerwartete Erbschaft ihnen die materiellen Sorgen abnahm. Sie kauften das Haus in Bayern; meine Großmutter entwickelte eine späte Leidenschaft fürs Lesen und eine noch größere für den einstmals verwilderten, rings um das Haus ansteigenden Garten.

»Sein Arbeitszimmer«, sagte ich zögernd, bevor ich in das obere Stockwerk ging, um etwas Schlaf nachzuholen.

Sie hob aufmerksam den Kopf. Jedesmal wenn ich bei ihr zu Besuch war und arbeiten wollte, hatte ich das Arbeitszimmer des Großvaters benutzt. Beinahe zwanzig Jahre lang war nichts darin verändert worden.

»Ich will es renovieren. Die Wände sind gelb. Wenn du einverstanden bist, werde ich auch andere Möbel hineinstellen.«

Sie lehnte am Ofenherd, eine Hand auf der Metallstange, an der sie ihre Geschirrhandtücher trocknete, und sah mich prüfend und nervös an. »Tu das. Es ist Zeit. Das heißt – wenn du dieses Mal so lange bleibst, für ein Jahr ...«

4

Aus der unheiligen Familie

Seit drei Tagen bin ich in G. Abgesehen von einem kurzen Spaziergang und dem obligatorischen Besuch bei Luise und Wilhelm habe ich mich nicht vom Fleck gerührt. Morgen werde ich nach München fahren! Ich spüre ihre Hände auf meiner Haut, ihr Haar, die Wärme in ihren glatten Achselhöhlen, unseren Geruch, es ist, als habe man sie vor meinen Augen in der Luft verborgen, ich könnte schreien vor Begierde und still liegen, mit dem Kopf auf ihrer Hüfte, endlos reden, endlos zuhören.

Die Großmutter kam ins Zimmer, als ich mich am Telefon verabschiedete. »Wirst du sie mitbringen, deine Freundin?«

»Bald«, versprach ich. »Aber du mußt uns noch etwas Zeit lassen. Sie ist gestern erst angekommen.«

Vom Balkon aus sehe ich links unten die zerwühlte Dezemberlandschaft, hier die stumpfen Umbrafarben der aufgeweichten Erde, dort wirkt alles poliert, leuchtend in kaltem Regenglanz. Die Isar ist nicht zu erkennen. Der Wald, der ihren Lauf begleitet, scheint mit seinem filzigen Gewirr ganz über das Wasser gesunken. Vom Dorf gewahrt man nur ein Segment, die Obstgärten, einige nasse Dächer. In versumpften Grasdecken liegt fremd und unberührt die Straße wie ein Band aus Titan. Das verwitterte Holz des Balkons ächzt unter meinen Schritten. Wenn ich zwei Schritte nach rechts mache, kann ich um die Hausecke auf das Grundstück der »Oberen« und auf die Mauer sehen. Der humorige Jähzorn meines Großvaters, seine Streitlust ... Seit er Luise, der ältesten Nichte meiner Großmutter, für einen mehr symbolischen Preis das zum Waldrand hin gelegene Grundstück vermacht hatte, schwelte zwischen ihm und ihrem Mann Wilhelm ein tiefer, im Vier-Wochen-Turnus auflodernder Konflikt. »Du alter verbohrter Spartakist!« – »Du Quisling des Kapitals!« – »Du Salon-Sozi.« – »Stalinist!« – So und ähnlich hießen ihre Lieblingsbeleidigungen.

»Warum hast du ihnen das Grundstück verkauft?« fragte ich gerne.

»Na ja«, antwortete mein Großvater, »es ist wegen deiner Großmutter. Weißt du, wenn sie niemanden mehr hätte, der sie an Zuhause erinnert, dann würde sie sich in Bayern total verloren vorkommen.« Hier ließ er eine Pause, um dann schmunzelnd, mit gespielter Verzweiflung fortzufahren: »Und ich hab ihn halt nicht, diesen verfluchten Ruhrpott-Dialekt!«

Das war mein Stichwort, und ich rief: »Aber dat üß doch nüch schwär!«

Heute ist die Mauer mit Efeu überwachsen, die das schiefgedrückte, um die Jahrhundertwende von einem Handwerksmeister erbaute Häuschen gegen das höher gelegene Gebäude abschirmt.

»Spätes Wirtschaftswunder! Bollwerkcharakter! Typischer Adenauer-Palast!« brummte mein Großvater, als er mit ansehen mußte, wie unter Wilhelms Direktive am Ende des Gartens eine strahlend weiße Klippe aufsprang, durchsetzt von bunten Glasbausteinen.

»Das ist eben sein beruflicher Ehrgeiz, den mußt du ihm lassen«, erklärte ihm Luise. In ihrem milchigen hübschen Gesicht sollte der Stolz, mit einem leibhaftigen Architekten verheiratet zu sein, niemals untergehen.

Die bajuwarische Mauer verdankt ihre Existenz einer ihrer Freundinnen. Auf einem Sommerfest im oberen Garten hatte diese sich plötzlich hoch aufgerichtet und mit ausgestrecktem Arm auf meinen Großvater gezeigt. Der alte Mann strebte auf seine Lesebank unter dem Birnbaum zu. Seine Pfeife hüllte ihn in eine träge Wolke. In der Rechten hielt er einen Rotweinkrug, und ein Band seines Lieblingsautors, Jonathan Swift, klemmte unter der Achsel des anderen Arms.

»Schaut!« gellte es ihm da in die Ohren. »Schaut, dort geht der alte Kommunist, genau so einer wie die hinter der Mauer!«

Fassungslos drehte sich mein Großvater zu ihr hin. Seine Augen verengten sich.

Wilhelm trat peinlich berührt einen Schritt vor. »Nimm sie nicht ernst«, sagte er halblaut, »sie ist betrunken.«

Seine Bemerkung kam zu spät. In dem sonnenverbrannten Gesicht meines Großvaters mischte sich die Wut mit einem plötzlichen Einfall. Ungeschickt, da ihn das Buch unter dem Arm behinderte, nahm er die Pfeife aus dem Mund. Dann wackelte er auf eine so gekonnt senile Weise mit dem Kopf, daß mir die Tränen in die Augen stiegen und eine Welle aus Scham und Rührung sich durch die Gäste bewegte, die um zwei rotgestreifte Gartenschaukeln und einen Grill versammelt waren. Und endlich, mir noch rasch zublinzelnd, legte er los. »Ha!« brüllte er. »Betrunken? Mauer? – Jawohl, ich will eine Mauer, wie meine Brüder im Osten! Ich will Stacheldraht, ich will Minenfelder! Bluthunde und Kalaschnikows will ich, Scheinwerfer jede Nacht! – Hörst du mich, du revanchistischer Hornochse, der den Vornamen von noch größeren Hornochsen trägt? Wilhelm: Ich-will-eine-Mauer!«

Fast zwanzig Meter lang dehnt sich das Produkt symbiotischer Zwietracht nun aus. Der wilde Wein, den mein Großvater an ihren Fuß pflanzte, hat das Klima nicht überstanden. Efeu und Winden jedoch verwandelten die Mauer in kurzer Zeit in eine große Hecke, die während der warmen Monate grün aufleuchtet, im Wind zittert und rauscht, als befände sie sich im Flug. Jetzt, im Dezember, tritt das Backsteinrot wieder mehr in den Vordergrund, und sie steht still, wie von dem kahlen Flechtwerk an die Erde gebunden.

Im Arbeitszimmer schlägt mir jetzt der Geruch von Dispersionsfarbe entgegen. Das frische Weiß hebt sich zu stark von dem Holz der alten Bücherschränke ab. Ich habe einen hellen Teppich gekauft und ausgelegt. Mit einiger Mühe konnte ich das morsche Sofa auf dem Dachboden unterbringen. Schräg zum Fenster gestellt, wirkt der Schreibtisch weniger klobig. Die Sperre ist plötzlich nicht mehr zu begreifen, die zwanzig Jahre lang aus diesem kleinen Raum ein Museum machte. Ich spüre förmlich das Schulterklopfen des gelben Psychiaters. *Man gewinnt den Eindruck, der Patient ziehe innerlich unentwegt wertdiskriminierende Vergleiche zwischen den Stationen seines Lebens und denen des älteren Mühsal, wobei ihm die Identität der Vornamen Anreiz zu überzogenen Parallelen bietet. Ein Impuls, den Großvater entweder durch magisch-mystische Umdeutung oder durch ein diffus empfundenes Stellvertretertum wieder zum Leben zu erwecken, ist unverkennbar ...* Nimmt man es mit der sterilisierten Sprache der Gemütsingenieure, dann kann einem in dieser langen Geschichte nichts zustoßen. Aber auch auf meiner Seite läßt die Luft sich atmen, zunächst mit der Not eines Erstickenden, nach Tagen und Wochen dann schon etwas leichter; am Ende wird es die einzige sein, in der Menschen leben können. Ich erzähle von meinem Großvater, weil mir die Klapsmühlentheorie nichts mehr anhaben kann. Ich bemühe mich sogar, sie zu stützen, und suche das letzte Indiz. Sämtliche Schubladen des Schreibtisches habe ich auf dem neuen Teppich ausgeleert, alle Kartons auf dem Speicher, auch die Mappe mit den Zeichnungen und Aquarellen durchwühlt, selbst die alten Briefe, die ich früher kaum anzufassen wagte, geöffnet und einen nach dem anderen gelesen.

Zwei Funde. Der erste ist ein Farbspritzer auf dem Rand eines Malblocks. Ich bin nicht sicher, kalkuliere ein Ausblassen, die jahrzehntelange Oxidation mit ein. Das Grün aus den anderen Räumen! – Oder doch ein Zufall? Ich bin mir nicht sicher. Dürfte ich so erschrecken, wäre mir die Klapsmühlentheorie tatsächlich ganz gleichgültig?

Dann der Brief Elisabeths, meiner eigentlichen, das heißt leiblichen Großmutter:

Nürnberg, 7. Oktober 1951

...

Geliebter!

Das ärgert Dich, wie ich diesen Brief anfange. Aber noch mal: Geliebter!! Jetzt darf ich das sagen. Wie mir alles gleichgültig geworden ist! Vor dem Spiegel – ich bin todkrank, Geliebter –, meine Haut ist fleckig, die Augen sind [unleserliche Stelle; A. M.]. Ich tu mir so weh, wenn ich mich anschau. Mit 59 zu sterben ist nicht leicht, glaub mir. Erinnere Dich, wir waren ein Liebespaar. Ein Jahr lang. 1914. Scheiße. Du hattest keine Schuld. Oder doch?! Weil Du so stolz warst!

Ich hab Dich ausfindig machen lassen, von einer Detektei.

Du hast was Einfaches geheiratet. Ein Arbeitermädchen, comme il faut. Amen. Scheiße! Erinnere Dich: der Sommer 1913. Die Expressionistenausstellung am Stachus. Wie heiß es war, schwül. Ein Gewitter war angekündigt, seit Tagen, man wurde verrückt wie von einer viel zu lang gestauten Lust. Es roch nach Bier und Staub und nach Pritschenleder von den Kutschen. Wie albern ich war! In einem weißen Tüllkleid. Ich hatte ein sanftes Gesicht, nur etwas zu groß, mit breiten Backenknochen. Es ist zerstört, dieses Gesicht! Wachsgelb und stumpf. Ach, Geliebter. Ein Himmel wie Lapislazuli, habe ich vor einem Gemälde gesagt. Natürlich, es war Zirkonblau. Ich habe Dich sofort gemocht, geliebt, haben wollen. So anders warst Du. Und Dein Zimmer, in dem nichts drinstand. Nur die Plakate an den Wänden. Und ein einziges kleines Waschbecken. Wie in einem Hurenhaus.

Daß ich nie die Arme um Dich gelegt habe »dabei«! Ich weiß, ich war fürchterlich, lag da wie zu einer Kreuzigung.

Ich mußte mir die Kleider von unserem Dienstmädchen borgen, um mich in Deinem Viertel nicht zu schämen. Um nicht erkannt zu werden, sagtest Du. Ja, auch deshalb. Jetzt würde ich Dich festhalten. Daß aus Jürgen – unserem Sohn! – nichts geworden ist ... Weil ich Dich nicht festgehalten habe, so dachte ich immer. Ich hab Sehnsucht nach Dir. Zwischen den Beinen. Mein Gott, ich bin ein Skelett. War ich schön? Wir hätten mehr miteinander reden sollen. Im Frühjahr 1913 war ich in Italien gewesen, meine glatte braune Haut ... Zu spät. Meine Brüste sind noch schön. Was für ein Unsinn. Ich möchte sie einem armen Mädchen schenken. Morgen schneiden sie mich auf. Es ist vergeblich, sie tun es nur, um nicht nichts zu tun.

Aber zum Schluß: Ich habe Dir 300 000 Mark überwiesen, ein Drittel von dem, was mein zweiter Mann zusammengerafft hat. Eigentum ist Diebstahl, oder? Alles ist abgesichert, habe mit einem Rechtsanwalt gesprochen und es schriftlich festgelegt. Falls die Familien-Mafia Dich angreift. Behalt es, ja? Wenn ich Dir etwas bedeutet habe. Weißt Du, ich glaube nicht, daß man völlig tot sein kann. Wir haben doch auch nicht völlig gelebt. Du warst sehr arrogant. Sei jetzt einmal bescheiden und freu Dich. Geliebter!!

Elisabeth

Ich frage mich, mit welchen Gefühlen mein Großvater diesen Brief gelesen hat. Er nahm jedenfalls das Geld – bescheiden geworden? Konnte er es ohne das Eingeständnis, Elisabeth geliebt zu haben, annehmen? Die Heftigkeit des Briefs muß ihm gefallen haben. Das ist sein Vermächtnis an mich, die Abneigung gegen das Gemäßigte, Vorsichtige, ein instinktives Zurückschrecken vor der Norm, ein Haß. Er floh viel später als ich und nicht ohne Berechtigung. *»Fluchtimpuls« – damit überschreibt der Pat. die Biographie der männlichen Mitglieder seiner Familie. Der 1890 geborene Großvater habe diesen Weg vorgeschrieben. Nahezu ehrfürchtig schildert der Pat. dessen Leben. Anton Mühsal sen. sei der Sproß einer kleinbürgerlichen Familie* *gewesen, habe am Vorabend des 1. Weltkrieges Medizin studiert, das Studium aber abbrechen müssen, da ihm nach seinem Eintritt in die SPD die Familie jegliche materielle Unterstützung entzog. Mit einer Nürnberger Kaufmannstochter habe er 1913 ein uneheliches Kind, Jürgen C., den Vater des Pat. gezeugt. Als Sanitäter im 1. Weltkrieg, als Mitkämpfer der KPD in der bayrischen Räterepublik, als Brigadist im Spanischen Bürgerkrieg, schließlich als Emigrant in Frankreich und in England, von wo aus er 1945 mit der britischen Rheinarmee nach Deutschland zurückkehrte, bewundert der Pat. seinen Großvater, merkt indes kritisch an, jener habe sich nie auf das alltägliche, bürgerliche Leben verstanden. Mühsal sen. habe sich nie entscheiden können, ob er Grafiker, anatomischer Zeichner, Buchillustrator oder wirklich Maler sei, und es beruflich zu nichts gebracht. Die Begabung sei beachtlich, aber ungeformt gewesen, wohl nicht groß und drängend genug, um den Großvater wirklich und ganz Künstler werden zu lassen. Das Künstlerische sei in einem gewissen Sinne auch auf ihn, den Pat., überkommen, als Tendenz, Lösungen im dunkeln zu suchen und Widersprüche zu Visionen zu verdichten. Das fehlende Talent habe ihn jedoch auf die Leinwand seines Gehirns zurückgeworfen, ihm nur die »Kreiden des Wahns« gelassen. Die Erbschaft durch die leibliche Großmutter des Pat. habe es A. M. senior schließlich in den fünfziger Jahren ermöglicht, »aus dem Leben zu fliehen« und ein sich selbst gegebenes Versprechen einzulösen. Dieses Versprechen nannte er »inneres Jüngstes Gericht« und meinte damit die Aufgabe, die zeitgeschichtlichen und persönlichen Umstände zu bilanzieren und vollständig zu begreifen, die sein Leben bestimmt hatten. Es ist nur schwer möglich, den Pat. zu Angaben über die Biographie der Eltern zu bewegen. Diese Auskünfte, erklärt er, könnten doch anamnestisch nur dann interessant sein, wenn der ihn behandelnde Arzt sich einer biologistischen Richtung verschrieben habe.*

Was an meinem Vater soll auch anamnestisch oder sonstwie interessant sein, mit Ausnahme der Flucht, die er mit neunzehn oder zwanzig antrat, um der teppichgedämpften und porzellanreichen, flüsternden Welt zu entkommen, in der er aufwuchs und in der Elisabeth, nie wieder entgleitend, ihren Traum vom mutigen Leben versteckte. Die Wirklichkeit griff nach ihm. Was er ihr entgegensetzte, war nur eine schäbigere und lautstarke Version der merkantilen Praktiken, die das gotisch zugespitzte Bürgerhaus seiner Kindheit errichtet hatten. Im Todesjahr der Republik stellte er einen windigen Kleinspekulanten und Warenvertreter vor. Während der Naziherrschaft kroch er als Sportreporter bei einer fränkischen Provinzzeitung unter, so den Widrigkeiten von Einberufung und Front entgehend. Nach dem Krieg schließlich erreichte er den Gipfelpunkt seiner Karriere: als Schieber und Schwarzmarkthändler.

Anfang 1946 muß ihm Margarethe in die Hände gefallen sein. Sie war mit entfernten Verwandten aus Ostpreußen geflüchtet. Ihre Eltern sollten erst in einigen Monaten folgen. Auf dem einzigen Foto, das ich von der Frau, die mich geboren hat, besitze, lehnt sie in einem blumenbedruckten Sommerkleid gegen den Stamm einer Pappel. Ihr Gesicht, in dem sich die wäßrige Blässe der schwarz-weiß fotografierten Baumrinde wiederfindet, hat wie ihre Arme und Brüste eine Art klassischer Enttäuschtheit. Die Lippen sind zu schmal und der Hals, der ein wenig verdreht aussieht, zu mager, um ein Wort wie Melancholie anzuwenden, das doch eine gewisse Sinnlichkeit voraussetzt. Da bis zum Zeitpunkt dieser Aufnahme für meinen Vater eine Frau ein Stück Fleisch war, das man für ein Paar Seidenstrümpfe und fünfzehn amerikanische Zigaretten zum kurzfristigen Gebrauch erstand, ist es entweder sehr bezeichnend oder völlig schleierhaft, weshalb er auf den Gedanken kam, ausgerechnet mit Margarethe eine Familie zu gründen. Er führte Margarethe dem Nürnberger Clan vor, um sich von der Mischung aus Genugtuung, Indigniertheit und naserümpfender Dankbarkeit für die Lebensmittelpakete, die er mit ins Spiel brachte, abgestoßen zu fühlen. Mein Großvater, den er bislang gerade zweimal aufgesucht hatte, empfing die junge Frau mit scharf beobachtender Freundlichkeit. Aber als Jürgen ihn mit seinem Gütersegen zu beglücken gedachte, schlug er ihm die Tür vor der Nase zu und verfluchte den Augenblick, in dem er sich »mit der Bourgeoisie im Bett gewälzt« habe (schon bei Lassalle hätte man ja sehen können, was dabei herauskäme).

Eineinhalb Jahre später tauchte Margarethe wieder bei ihm auf. Ihr Blick war stumpf und seltsam erdhaft. »Ich weiß nicht mehr weiter«, flüsterte sie atemlos. Sie hob die wie erstorbenen Arme – und alles wäre ganz im Sinne herzergreifender Dramaturgie verlaufen, hätte mein sechs Monate altes Gesicht nicht im Zuge nässender Erleichterung eine ausgesprochen blödglückliche, bis zu den rosa Ohrläppchen grinsende Fröhlichkeit überzogen. Trotz dieser Rücksichtslosigkeit gelang es Margarethe, meinem Großvater den Ernst der Lage zu verdeutlichen. Sie besaß keinen Rückhalt mehr. Von ihren Eltern, die bald in der Westzone eintreffen sollten, gab es für den Sündenfall keine Gnade zu erwarten. – Und Jürgen? – Nach gut einem Jahr bürgerlichen Eifers hatte er sie sitzenlassen. Kurz danach war er im Verlauf einer zwielichtigen Aktion ums Leben gekommen.

»Wie soll man daraus einen anständigen Menschen machen?« sagte mein Großvater, sich über meine improvisierte Wiege beugend, zu Eva-Maria.

Vor einem Vierteljahr erst hatten sie geheiratet. Margarethe unterdessen war nach einigen Tagen, die sie zunächst mit hysterischen Selbstvorwürfen, dann, ihrer tieferen Natur folgend, mit dem heiligen Trübsinn eines verletzten Tieres verbracht hatte, wieder hinaus in den Frühling der englischen Besatzungszone geflohen. Ich habe nie wieder etwas von ihr gehört. *Von seiner Mutter spricht der Pat. stets als »Frau, die mich geboren hat« und rationalisiert dies mit dem Hinweis auf die Präzision des Ausdrucks in seinem Falle. Sie nie kennengelernt zu haben, bedaure er nicht. So sei ihm der Augenblick erspart geblieben, in dem man zu dem seines Erachtens größten Satz der Bibel genötigt ist: »Weib, was habe ich mit dir zu schaffen?« Die Christen hätten nie verstanden, was das bedeute.*

Als Margarethe mich zu meinem Großvater brachte, im

zweiten Frühjahr nach dem zweiten Krieg, arbeitete er wieder als Illustrator, lustlos und wie sein Freund Anselm ohne Chance, jemals genügend Rente zu beziehen. Lerchen flatterten in einen blausamtenen Himmel ohne Gedächtnis. Junge Birken glänzten neben zerbrochenen Gleisanlagen. Immer noch füllten sich die Straßen mit Leiterwagen und ausgemergelten Gestalten. Aber es galt schon als peinlich, aus einem Konzentrationslager befreit worden zu sein. Unter der erwachenden, Maikätzchen und Gräser austreibenden Erde wuchsen die neuen Dummheiten heran, die neue Unverschämtheit. Es war ihm nun beinahe gleichgültig. Mit fast sechzig Jahren wurde er frischgebackener Adoptivvater. Vielleicht nahm er meinetwegen die Erbschaft an.

Meine frühesten Erinnerungen datieren schon in die Phase des Jüngsten Gerichts, der Einlösung jenes jahrelang gehegten Versprechens, in die Tiefe der Zeit einzudringen, die ihn auf dem Kontinent umhergeworfen hatte. War ich ihm im Weg? Oder tröstete ich ihn? Die Jahre bis zu seinem fünfundsechzigsten Geburtstag verzeichnen jedenfalls noch angestrengte Bemühungen, das Versprechen einzulösen. Er wühlte sich durch Berge von Literatur. Die Kontakte zu alten Freunden wurden wieder geknüpft. Wenn ich den hinterlassenen Briefen folge, dann muß in dieser Zeit auch eine größere Serie von Radierungen, Ölbildern und Tuschezeichnungen entstanden sein. In fast allen Mitteilungen aus dieser Zeit scheint er diese letzte künstlerische Anstrengung erwähnt zu haben – als die wichtigste seines Lebens. Die Antworten der Briefpartner sind, sofern sie darauf eingehen, neugierig und irritiert; man spürt ihre Verwunderung darüber, daß sich ein Sechzigjähriger ein solches Projekt vornehme. Nicht eine der Zeichnungen ist erhalten, während er doch selbst Arbeiten aus den frühen Weimarer Tagen sorgfältig in Mappen verwahrte. Mit einem Schlag mußte er aufgegeben haben. In den Briefen finden sich Nachfragen, was denn aus seinem kühnen Vorhaben geworden sei. Sie sind zum Teil von einer gewissen Häme, zum Teil ebenso irritiert wie die ersten Reaktionen auf seine Ankündigung. Nichts wird deutlich, auch das für mich Entscheidende nicht: nämlich der Verdacht, daß mit mir, dem damals gerade Fünfjährigen, der jähe Abbruch zusammenhing.

Hier nähere ich mich der dunklen Stelle. Es gibt Anzeichen. Etwa den leuchtend grünen Fleck auf dem Rand des Malblocks. Etwa das Erschrecken und Ausweichen der Großmutter. Sie drängt mich in die Deutung zurück, die ich bis vor wenigen Tagen noch selbst geglaubt habe. Die gestalterische Kraft und Objektivität sei dem alten Mann abhanden gekommen. Das Erlebte, das Elende und Hoffnungslose, mit dem er sich unweigerlich wieder konfrontieren mußte, preßte ihm das Herz zusammen. Nach einer depressiven Phase von einigen Wochen unternahm er eine Reise nach Südfrankreich. Zurückgekehrt, sei er zu der Einsicht gelangt, daß er seine letzten Jahre genießen und nicht mit schwierigen Projekten belasten solle.

Er wurde Großvater mit ganzer Seele, las nur noch englische Romane, philosophische Abhandlungen und naturwissenschaftliche Zeitschriften. Der Zauber unserer späteren Gespräche kam aus diesem Entrücktsein, als redeten wir vom Mond herab, auf den er sich wünschte, ohne es rechtfertigen zu können.

»Du hast wirklich keine Idee, was aus den Arbeiten geworden ist, die er in den fünfziger Jahren gemacht hat?« frage ich meine Großmutter.

Sie schüttelt den Kopf, schweigt.

»Was waren die Motive, mit denen er sich beschäftigte?«

Bilder vom Krieg, erklärt sie, es sei zu lange her, um mir noch Genaueres zu sagen.

Soll ich ihr die Briefe zeigen? Ich hasse es, ihr wehzutun. Seit ich die Geschichte mit Elisabeth besser kenne, bin ich noch befangener als zuvor. Ich könnte ihr eine Stelle vorlesen aus einem Brief Anselms: *Dein Paket ist angekommen. Klar, ich hebe die Sachen für Dich auf. Aber weshalb machst Du nicht weiter? Nur wegen des Zwischenfalls? So etwas läßt sich doch in Zukunft leicht vermeiden. Ich bin jedenfalls beeindruckt! Alles kommt wieder nah und brennt auf der Haut. Es ist Dir schrecklich gut gelungen, mein Lie-*

ber. Ich sehe den Plakatmaler vor mir, wie er in dem Tulpenbeet herumtrampelt, die Straßenbahn, seinen Kopf ... Denk darüber nach! Solange Dein sorglicher Archivar ...

Nun, Anselm wird mich im April besuchen. Bis dahin kann ich warten. Und gleich, wie die Antwort ausfällt – sie mag dem gelben Psychiater gefallen, an das Große und Endgültige rührt sie nicht.

Ich lese und arbeite. Draußen windzerfegte Nacht. Im aschfahlen Himmel steckt der Mond wie eine blendende Diskusscheibe. Das Teleskop meines Großvaters liegt, in ein Lederfutteral gebettet, auf dem Speicher. Daneben, an einen Balken gelehnt und mit den Krallen den Ast umfassend, auf dem sie festgeklebt ist, die verstaubte Eule mit den Glasaugen. Man muß an die Astronomie glauben. Sie hat bewiesen, daß der Glanz des Mondes nur der Widerschein des atomaren Feuers in der Sonne ist. Wer möchte dort noch hin? ... Der Flug in die Dämmerung. Jede Stunde setzen wir dazu an, Tausende, Zehntausende, schließlich ein jeder, überall. Vielleicht durch ein Meer violetter Blüten stoßend, durch einen Vorhang aus Schmerz und Licht.

Ich muß mir klarmachen, was ich hier schreibe, was ich vorhabe. Alles so erzählen, daß auch die Klapsmühlentheorie zu ihrem Recht kommen kann, Hanna. Einblicke lassen für den Fall, daß meine Sensationen nur dem Raum entsprungen sind, den der Wahn und die Träume öffnen.

Was jetzt? Vielleicht sagen, daß ich mir niemals so unwichtig vorgekommen bin.

Es gibt keine Grenze mehr. Keinen Vorgarten, kein Nest. Ich. Nur eine Trübung im farblosen Kristall des Rätsels.

Und trotzdem werde ich frei sein.

Ruhe.

Nein, ein Ausfall noch: ICH HABE EINEN ENGEL GESEHEN!

Zweiter Teil

Etwas nähert sich

1

Das Leuchten zu Marseille

Ich bin versucht zu sagen, in Südfrankreich habe alles erst angefangen. Aber der Anfang könnte ebensogut der Tod meines Großvaters gewesen sein. Oder die erste Nacht mit Patrizia. Wo fängt etwas an? Wir graben ja noch hinter Gott.

Ich lebte seit acht Jahren in Berlin, hatte Geschichte studiert und schrieb an meiner Doktorarbeit. Plötzlich versagte mein wunderbares automatisches Gedächtnis. Ich mußte länger und länger arbeiten, strukturieren, sortieren, Exzerpte anfertigen. Aber nicht nur mein Erinnerungsvermögen war gefährdet. Wenn ich einen Tag weniger als acht Stunden am Schreibtisch saß, fühlte ich ein kaum erträgliches, augenblicklich eintretendes Dümmer-Werden.

Man schlug mir vor, für eine Woche zum Ausspannen an die Nordsee zu fahren. Ich wehrte mich, behauptete – nur halb im Scherz –, daß die mehrtägige Abwesenheit der Bücher meinen Verstand schädigen würde. Allein Lukas hielt zu mir. Er hätte aber auch noch in einem tobenden Fußballstadion seine Philosophen zergliedern können. Die anderen in der Wohngemeinschaft – Hanna, Mansfeld, Irmchen, Walter, Helga – bespöttelten meinen Eifer oder bedauerten mich wie einen Kranken. Mit einem Mal wußte ich, weshalb die Leichtigkeit, mit der ich als Schüler gelernt hatte, verflogen war: ich brauchte überdurchschnittlich viel Ruhe, vielleicht sogar Einsamkeit. In irgendeiner Form mußte ich wohl auf dem Dorf leben. Jahrelang hatte ich mich bemüht, meine bürgerlichen Neurosen auszumerzen. Jetzt, in der Anspannung, schien es mir eher legitim, sie in Kauf zu nehmen, als meine Tage damit zu vergeuden, sie analysieren und hintergehen zu wollen. Es gab kein richtiges Leben im falschen. Wen kümmerte es schon, welche Verklemmung mich zur Arbeit trieb, wenn diese Arbeit brauchbar war? Meine Gefühle waren heftig und egoistisch. Ich kam nicht damit zurecht, daß Hanna mal mit mir, mal mit Mansfeld schlief, mal mit einer Frau und dann – das Schlimmste – wochenlang mit gar keinem. So gesund würde ich nie werden können. Ihr stand ein schwarzer Gürtel für Psychohygiene zu oder eine Wilhelm-Reich-Medaille.

»Du solltest vielleicht eine Therapie machen«, empfahl mir Irmchen. »Ich glaube, du kannst nicht leben.«

»Ich sollte vielleicht ausziehen«, gab ich zurück – und tat es dann auch, schied, Wochen später und nach etlichen Diskussionen, in Frieden. José, ein chilenischer Freund, hatte mir angeboten, zu ihm zu ziehen. Er wollte in einem halben Jahr zurück nach Valparaíso; so lange könne man es gut zu zweit bei ihm aushalten. Danach würde ich allein über die Wohnung verfügen.

Schon in der ersten Woche nach dem Umzug atmete ich leichter. José arbeitete unter Hochdruck an seiner Doktorarbeit. Allendes Traum brauchte ihn. Er hatte Volkswirtschaft studiert und sollte eines der neu entstandenen Agrarreform-Komitees leiten. Wenn er sich sehr wohl fühlte, blies er auf einer kleinen Tonpfeife Motive von Villa-Lobos vor sich hin.

Endlich kam ich mit meiner Dissertation über die Frühphase der Weimarer Republik voran. Die Wohnung in Moabit lag ideal. Hier waren 1918 die Arbeiter des Nordens durch die Straßen zum Reichstag gezogen. Die Reste der tradierten Gefängnisse standen noch, die Liebknecht und Luxemburg, Mehring und Jogiches festgehalten hatten. Eichmann hatte um die eine Ecke gewohnt, Tucholsky um die andere.

Ein knappes dreiviertel Jahr nach meinem Umzug ging José nach Chile. Einige Wochen lang fehlte er mir sehr.

Dann versank ich. Die Kastanie vor meinem Arbeitszimmer in dem Dahlemer Institut und die Hinterhofmauer vor meinem Moabiter Fenster unterschieden sich für mich nur in der Art von Tapeten. Ich war glücklich – solange ich arbeitete. Ein beschriebener Bogen kam zum anderen, gleichmäßige, weiße Atemzüge. Die Monate zogen ohne Trennung vorbei, und die Wechsel der Jahreszeiten verblüfften mich wie unnötige Grimassen. Verständnislos prallte ich manchmal gegen den harten, präzisen Rhythmus der Stadt, kam zu spät zu Verabredungen oder stand abends mit einer blödsinnigen Wut, als handelte es sich um einen persönlichen Angriff, vor verschlossenen Ladentüren. Aber im Grunde hatte ich nur ein Problem: die Zäsuren. Das Ende eines schwierigen Kapitels in meiner Arbeit, ein erledigter Auftrag für Oberstetter (meinen Doktorvater und Gönner), eine gelungene aufwendige Recherche in den Archiven! Am besten war, sich lange auf die in einem solchen Fall anstehende Pause zu freuen und sie dann einfach zu übergehen, als hätte man die Gelegenheit zum Nichtstun nur durch irgendeinen Betrug herbeigeführt. Das »Leben« – was auch immer das sein mochte – verschob ich auf einen Zeitpunkt nach Erlangung des Doktortitels.

Hin und wieder besuchte ich die Wohngemeinschaft. Sie zerfiel etwa ein Jahr nach Josés Abreise. Lukas ging nach Frankfurt zu den Kopfakrobaten, Helga nach Indien in einen Ashram. Irmchen heiratete Walter. Es gab Tage, an denen ich glaubte, Hanna verliebe sich wieder in mich. Ich liebte sie grundsätzlich und konnte mir auch gar nichts anderes vorstellen, als daß wir irgendwann einmal zusammenkommen würden. Nur im Augenblick schien es nie möglich. So beschäftigte ich mich mit der Liebe wie mit dem Tod.

Im Oktober 1974 – nach der letzten Prüfung – entdeckte ich, daß ich Hanna schon ein Vierteljahr nicht mehr gesehen hatte. Von Walter erfuhr ich, sie sei mit Mansfeld und zwei anderen, mir unbekannten Leuten zu einer längeren USA-Reise aufgebrochen.

Zwei fürchterliche Wochen begannen. Ich mußte feststellen, daß ich niemanden mehr gut genug kannte, um ein offenes Gespräch zu führen. Sollte ich die alten Kontakte mit Hilfe einer Promotionsfeier wieder auffrischen? Weshalb, zum Teufel, sollte man auf eine Promotion stolz sein? Aus der Krise beim Studienabschluß hatte ich mich durch die Flucht nach vorn gerettet. Dieser Mechanismus versagte jetzt, denn Oberstetter konnte im Augenblick nicht das Geld für eine Projektstelle lockermachen. Ich war zwangsbeurlaubt. Wie in der Zeit nach dem Abitur füllte sich mein Körper mit einem schweren, passiven Stoff. Ich blieb bis zehn oder elf Uhr im Bett. Die Träume in den Morgenstunden fesselten mich – farbige Narkosen und graue Höllen. In einem Keller ohne Ausgang und Licht traf ich eine Frau, die mich zu meinem Großvater führen wollte. Es hieß, sein Grab liege sehr tief. Wir stiegen Treppe um Treppe hinab, eine finsterer als die andere, wie in einen furchtbaren Flöz, in das Innere der Erde. Plötzlich drehte sich die Frau um, von irgendwoher fiel Licht über sie. Das Gesicht zerfloß, jetzt ähnelte es Hanna, jetzt dem Annerl, die Haare schimmerten blond, die weiß leuchtenden, kinderhaften Zähne … »Dein Großvater ist nicht tot. Er hat kein Grab. Er war kein Mensch. Und du bist auch kein Mensch. Du kannst nicht leben«, sagte das Annerl, hob eine Pistole und schoß mir in die Stirn. Ich hörte den Schädelknochen zerkrachen und schmeckte doch noch das Blut auf meinen Lippen. Es war grünes Blut, das stand fest, obwohl ich die Farbe nicht mehr sehen konnte. »So ist es gut«, sagte das Annerl befriedigt. »Das Abitur war auch gefälscht.«

Weshalb machte ich mir Gedanken über die Feier? Viel wichtiger war doch, was ich in den nächsten Jahren anfangen sollte. Oberstetter hatte mich aufgefordert, mich bei ihm zu melden, im Dezember vielleicht, wenn ich mich erholt und eine Zeitlang »das Leben« genossen hätte. Wieder dieses Wort.

Am einem Vormittag rief Anselm an. Er kam aus einem Urlaub in Südfrankreich zurück. Dort lebten noch einige Mitglieder der Spanienkämpfer- und Resistancegruppe, die auch meinen Großvater gut gekannt hatten.

»Du solltest mal hinfahren«, sagte er. »Sie wären bestimmt neugierig auf den Enkel von Antoine. Das Wetter ist jetzt sehr angenehm dort.«

Einen Tag später saß ich im Zug nach Marseille. Das eben war normal, eine Reise nach dem Abschluß einer dreijährigen Arbeit.

Im Spanischen Bürgerkrieg hatte sich mein Großvater als Freiwilliger zu den POUM-Milizen gemeldet. Kurz vor dem siegreichen Einmarsch der Franco-Truppen entkam er aus einem Gefängnis der inzwischen bürgerlich gewordenen Republik. Auf der Flucht über die Pyrenäen brach eine alte Schußverletzung – deutsches Sturmgewehr im Dienste der ordnungsliebenden Kräfte – wieder auf. Diese Wunde rettete ihm das Leben. Statt eines der Sammellager für die geflohenen Spanienkämpfer zu erreichen, deren Insassen bald der Gestapo in die Hände fallen sollten, schaffte er es nur bis zu einem südfranzösischen Nest nahe der Grenze. Dort versteckte man ihn zwei Wochen lang und brachte ihn anschließend nach Marseille.

Bevor ich die ehemaligen Helfer und Freunde aufsuchte, bei denen Anselm mich telefonisch angemeldet hatte, ließ ich mich einen Tag lang zwischen dem Gare du Prado und dem Quai du Lazaret treiben. Vierzehn europäische Jahrhunderte schlossen mich ein, in salziges Weiß und eine blendende, schwere Sonne getaucht. Ich dachte an nichts, ich konnte fremd sein mit aller Berechtigung. Einer halbbetäubten Neugierde folgend, schlenderte ich durch die Avenuen und Märkte. Ich genoß es, daß die Gespräche, sobald ich nicht mehr genau hinhörte, von mir abglitten, zu einem fremden lebhaften Gesang verschmolzen.

Abends stieg ich zur Notre-Dame-de-la-Gare empor. Auf einem Felsvorsprung aß ich Pfirsiche im Dunkeln. Über den Golfe du Lion blies der Wind aus Nordafrika und kühlte mein Gesicht. Eine schwarze, marmorglatte Hyperbelkrümmung zerschnitt das Lichtgewirr der Stadt an der Küstenlinie. Wie eine gefaltete Galaxie flirrte Marseille in der Dunkelheit. Wenn ich die Arme um die Knie schlang und anspannte, konnte ich spüren, wie jung und kräftig ich war. Mit meinem gerade achtundzwanzigjährigen Körper hätte ich überall hingehen können, alles riskieren, alles erfahren. Es gab keinen Zwang, die alten Leute zu besuchen.

Ich hatte einige tausend Mark auf der Bank. Morgen schon würde ich übersetzen auf den anderen Kontinent: eine Lehmhütte, vor der ein flaches Feuer züngelte, tief in die Nacht geschnitten; Moskitos, Schimmer von mit Wasser gefüllten kühlen Tongefäßen; eine rauhe Decke über der Haut, Affengekreisch, Rufe unglaublicher Vögel, die Frau neben mir, samten, schwarz, ihre wie von zu starken Gewürzen überhitzte Lust, ihre Scham, eine gewölbte Ebene mit kleinen, eng stehenden runden Büschen bepflanzt, ihr dunkles Gesicht ...

Die alten Leute erinnerten sich tatsächlich an meinen Großvater. »Antoine Mü'salle? Oui, oui, je l'ai bien connu ...« – »Antoine? Un allemand, un homme très mince, vraiment très mince et très sérieux, n'est-ce pas? Un bon camarade, Antoine ...« – »Müselle, mais oui! Il avait les yeux gris, il a fait de beaux dessins ...«

Zwei Wochen lang tat ich nichts anderes, als mir ihre Geschichten anzuhören, Boule zu lernen, das sie mit der Leidenschaft von Zehnjährigen spielten, vom späten Mittag bis in die milden Nächte hinein mit ihnen vor den Cafés zu sitzen.

Ich war bei dem Arzt untergekommen, der 1939 die Schußverletzung meines Großvaters behandelt hatte. Seine Söhne und auch die Enkelin, Madeleine, hielten mich für einigermaßen verrückt, weil ich mich nur für alte Männer und ihre Geschichten über den Krieg in Spanien oder den Kampf gegen die Feuerkreuzler interessierte.

Am dritten Urlaubswochenende erst fuhr ich alleine ans Meer.

Einige Kilometer westlich von Marseille fand ich ein Café mit einer großen Freiterrasse. Vier Tage zuvor war der späte Oktober unvermutet in einen heißen, trockenen August umgeschlagen. Junge Leute saßen um mich herum, lachten, diskutierten, ließen sich den nackten Oberkörper bräunen. In der Mitte der Terrasse hockte verkrümmt auf einem schwarzen Verstärkerkoffer ein Jazzgitarrist. Ich hörte ihm zu und träumte auf das Meer hinaus. Es schien von den rauhen, knochenfarbenen Bögen einer hohen Balustrade wie in einen vielgliedrigen Rahmen gefaßt. Madeleine hatte recht, wenn sie meine Treue zu den weißhaarigen Genossen verspottete. Es gab gute Gründe, ihnen zuzuhören. Aber zwei Wochen lang sich ihnen anzuschließen wie ein Kind? Ihrer Eitelkeit zu schmeicheln, indem ich – un historien, petit-fils d'Antoine – mir auf einem kleinen Block Notizen machte, sie zu immer neuen Erzählungen anspornte? Ich bestellte das Getränk, das ich auf vielen Nebentischen sah. Es war eine leuchtend grüne Mischung aus Pfefferminzsirup, Likör und Wasser, die »Peroquet«, Papagei, genannt wurde. Als man es mir brachte, überfiel mich das linkische Gefühl aus den Tagen, an denen ich mit einem Band Marcuse durch die Münchner Cafés gezogen war. Ich paßte mich an, suchte nach einem Erkennungszeichen. Unfähig zu gleichwertigen menschlichen Kontakten. Wieder sah ich aufs Meer. Langsam schwebten die Boote auf die funkelnde Schneide des Horinzonts zu. Noch ein Stück höher, und sie verschwanden, fielen durch einen fadendünnen waagerechten Riß am Ende der Wellenebene. Mein Großvater hatte mir einmal ein kleines Theater gebastelt, indem er einen bemalten Karton mit waagerecht verlaufenden Schnitten versah. Kunstvoll gestaltete, an Papierstielen befestigte Silhouetten konnte ich darin hin- und herwandern oder, wenn es mir beliebte, einfach aus der Szene verschwinden lassen. Mein Großvater ... Das Licht schoß in straff gebündelten Pfeilen durch den Peroquet, den ich kaum anrührte. Abwechselnd starrte ich auf dieses künstliche Grün und durch die Balustrade auf das Wasser, bis die Bilder sich ineinanderschoben. Die Wellen verfärbten sich. In der Ferne sah ich jetzt paradiesische Schleier wie aus karibischen Lagunen. Wieder stürzte eines der Schiffe mit papierner Leichtigkeit in den langen Riß. Im Hafenbecken schien man eine grelle, Dutzende von Schiffskielen umbrodelnde Speisefarbe aufzukochen. Etwas brach in mir auf, tief, flutend, als wäre mir eine Infusion gesetzt worden, ein Gift mit unbekannter Wirkung.

Weil er für sie nicht tot ist! dachte ich – das zog mich zu den alten Männern. In ihren Augen war mein Großvater wirklicher als die Fernsehapparate ihrer Enkel. Mein rechter Zeigefinger lag auf dem Fuß des Peroquet-Glases. Es stand nahe am Rand des Tischs und bewegte sich, kippte – unwirklich langsam –, fiel, zerknallte auf dem Betonboden der Terrasse, für einen Sekundenbruchteil ein Feuerbild aus Glassplittern und Farbe erzeugend, das ich immer wieder hätte sehen wollen. Die Gäste an den Nebentischen lachten.

Am Abend ging ich, müde vom Umherstreifen durch die Stadt, in das Café vor dem Haus meiner Gastgeber. Madeleine stand an der Theke. Sie verabschiedete sich von jemandem und winkte mir dann zu.

»Na, alter Mann«, spottete sie wie üblich. »Warst du heute nicht bei deinen Kumpels?«

»Ich war am Meer.«

»Donnerwetter! – Aber sonst? Sag mal, ganz im Ernst: Was ist los mit dir? Schreibst du eine Reportage? Was willst du ständig bei den Großvätern?«

»Ich bin Historiker.«

»Von denen kannst du wirklich was lernen! Sie glauben, Mitterand sei Jean Jaurès und Rußland das Paradies der Werktätigen. Ich denke, du wärst froh, schon an ihrer Stelle zu sein, ein alter Held. Nur noch Boule spielen und Rotwein saufen.«

»Das ist Unsinn«, protestierte ich schwach.

»Sicher?« Sie stand auf und legte einen 50-Franc-Schein auf die marmorierte Theke.

»Gehst du schon?«

»Ja, ich will sehen, ob ich dir irgendwo noch einen Katheter kaufen kann.« An den eng stehenden Tischen vorbei drängte sie sich zum Ausgang. Ich mochte sie gut leiden. Aber als Frau gefiel sie mir nicht, selbst in meiner Vereinsamung. Sie war untersetzt und pummelig. Ihre selbstbewußte Art zu gehen erinnerte an die Vitalität kleiner dicker Männer. Bereits bei meiner Ankunft schien sie es für ausgemacht zu halten, daß wir miteinander schlafen würden. Schön waren eigentlich nur ihr mutiges Auftreten und ihre seidige Stimme, mit der sie Cathérine Deneuve hätte synchronisieren können.

Als ich eine halbe Stunde nach ihrem Aufbruch im Café den Flur zum Gästezimmer überquerte, sah ich, daß sie ihre Tür nur angelehnt hatte. Ich blieb stehen, zögerte. Sie muß wohl auch noch aussehen wie Catherine Deneuve, hörte ich Hannas Stimme sagen. Schon aus Trotz wollte ich mich wieder zurückziehen. Doch Madeleine hatte mich bemerkt. Sie hüstelte. Die Federn ihres Bettes quietschten. »Antoine?«

»Deine Tür ...«

Noch einmal quietschten die Bettfedern. »Riskier disch, alter Mann! Isch dachte schon, du hättest schwul gewesen«, flüsterte sie von links. Das waren die einzigen deutschen Sätze, die ich sie sprechen hörte, so kompliziert und so aufregend falsch. Wie unter einem Bann zog ich mich aus, einmal nur auf das im Schatten verborgene Bett sehend. Ich spürte eine flaue Erregung, als ich ihre Haut berührte. Sie öffnete sich mit einer hastigen, hampelmännchenartig aufklappenden Bewegung. Ohne Widerstand glitt ich in einen geduldigen, langsam kauenden Mund zwischen ihren Beinen. Sie rührte sich kaum. Die Fahrgeräusche der Autos und die Schritte der Fußgänger unter dem Fenster im ersten Stock waren so nah, daß ich das Gefühl hatte, das Bett stünde auf dem Bürgersteig. Über meinen Rücken strich der Nachtwind. Ich dachte an den ersten Abend in Marseille, an meinen Platz auf dem Hügel und die Fantasie von der afrikanischen Frau. Nur aus der Ferne strahlten die Abenteuer. Madeleines festes dreißigjähriges Gesicht zeichnete sich allmählich deutlicher gegen das Laken ab, zur Seite gedreht und wie auf eine Rechenaufgabe konzentriert, aber sie hielt mich, weitete sich mit einer schier unbegrenzten feuchten Nachgiebigkeit. Ich mochte sie wirklich. Als ich die Augen schloß, sah ich plötzlich wieder das zerspringende Glas Peroquet vor mir, erschrak, bewegte mich heftiger. Madeleine begann zu stöhnen. Das Zimmer füllte sich mit ihren Seufzern, ein sich auf die Straße ausbreitender Stoff aus leisen, kleinen, stoßweise aufeinanderfolgenden seidenen Schwingungen. Ich war weit außerhalb, vorsichtig, ein guter Liebhaber dank meiner Abwesenheit, ein Tourist in ihrem runden Körper. Endlich zerfiel ihre Spannung mit drei heftigen Beckenbewegungen; ich ergoß mich wie auf Befehl. Aus Angst, ihr zu schwer zu werden, zog ich mich bald zurück, schräg auf die Bettkante gleitend. Madeleine war zu müde, um zu reden. Eine Weile umklammerte sie fest mit beiden Händen meinen linken Arm. Dann flüsterte sie etwas, ihr Atem beruhigte sich, wurde fast unhörbar.

Nach einer Stunde noch glühte ihre Wange an meiner Schulter. Ich hätte schlafen können, wäre meine Lage etwas bequemer gewesen. Weshalb nur hatte ich den Likör vom Tisch gestoßen? Der Golfe du Lion breitete sich hinter meinen Lidern aus, leuchtend in der Farbe des Peroquet. Ich begann erneut zu schwitzen, als säße ich wieder in der Hitze am Meer. Lautlos zersprang das Glas auf dem Boden der Terrasse. Im Zimmer umherschauend, den Blick über das fahle Durcheinander der Kleider, Bücher und auf dem Boden verstreuten Schallplatten lenkend, konnte ich nicht ruhiger werden. Wieder fiel das Glas, es explodierte in meinem inneren Raum. Das Grün zuckte über undeutlich hingeträumte Caféhausstühle, schillerte, eine Flamme, die hoch aufschlug, brennend stand. Einige Male öffnete und schloß ich die Augen, immer mit dem gleichen Ergebnis. Madeleines Zimmer schien in der Dunkelheit formbarer und mehr unter meiner geistigen Gewalt zu stehen als die grünen Sensationen in meinem Kopf. Nur meine Gedanken, graue, hochfliegende Netze, gehörten noch zu mir. Hinter der peroquetgrünen Flammenwand entdeckte ich eine undeutliche Bewegung, Menschen, dicht gedrängt, eine Front nackter Körper, gegen die ich nichts ausrichten konnte, solange ich die Lider geschlossen hielt. Wieder starrte ich in das Zimmer, hörte auf die jetzt still in der Nacht liegende Straße hinaus. Die Angst wuchs. Der Metallkopf einer Schreibtischlampe spiegelte das Licht der Straßenlaternen. Schräg über dem Bett hing eine Zeichnung in einem Glasrahmen. Ich konnte nur eine Vielzahl von Kreisen in eng gebündelten Tuschelinien erkennen; aber ich war mir sicher, daß ich dieses Bild um keinen Preis bei Tageslicht sehen wollte, so schrecklich würde es sein. Wurde ich verrückt? Wie konnte ich mich vor einer Zeichnung fürchten? Ich schloß die Augen – das Grün strahlte noch intensiver als zuvor. In tiefer Staffelung drückten sich die nackten Leiber, tausendfach atmend, tausendfach schweigend, in den grellen Farbschleier wie in ein brennendes Tuch. Ihre Gesichter waren ovale Scheiben, austernhaft zerfließend, durchstoßen von schwarzen Mundlöchern.

Sie sind das Ende, sie haben recht! mußte ich plötzlich denken. Waren das meine Gedanken? Die hoch fliegenden Netze. Ich fing mich in ihnen, preßte die Finger auf meine Augäpfel. Mit jagendem Puls drehte ich mich zu Madeleine. Nicht auf das Bild sehen! Madeleine war real. Ihr kleiner plumper Körper, unbedeckt und im Schatten beinahe graphitgrau getönt, bewegte sich nicht.

Behutsam aufzustehen und leise die Tür des Schlafzimmers hinter mir zu schließen, kostete mich meine ganze Beherrschung. Ich hatte mich im letzten Jahr völlig überanstrengt. Jetzt kam es heraus. Ich zwang mich, meine Kleider ordentlich in den Koffer zu legen. Eine Nervenschwäche, ein kleiner Gehirnschlag – Unsinn! Wie kam ich auf diese Begriffe? Ich mußte mich an den Gedanken festhalten. Sogar einen kurzen Abschiedsbrief brachte ich zustande: *Chère Madeleine, je ne sais pas vivre …*

Die kühle Nachtluft dämmte die Flamme in meinem Kopf ein. Das Feste und Leere der Straße, der Klang meiner Schritte. Ich zählte bis 134, verzählte mich, begann von neuem, versuchte in Zweier- und Dreierpotenzen zu zählen.

Gegen fünf Uhr morgens kam ich auf dem Bahnhof Saint Charles an. Ein fernes grünes Flimmern bewegte sich in mir, wenn ich probehalber die Lider senkte. Es wurde aber schwächer, ein köstliches Vergehen wie das Nachlassen eines bohrenden Schmerzes. Im Zug konnte ich bereits minutenlang die Augen geschlossen halten. Mit jedem weiteren Kilometer in Richtung Norden blaßte die Farbe aus. Das Leuchten blieb in Marseille zurück, verlor sich entlang meiner Bewegung durch die Rhône-Ebene. Es war nur ein Symptom. Ich verordnete mir ein neues Leben, entwarf eine Zukunft, in der Oberstetter, Hanna, die Bücher und die Freunde in klare, wohlproportionierte Beziehungen rückten.

Erst kurz vor der Einfahrt in den Bahnhof Zoo konzentrierte ich mich noch einmal auf die Zeichnung in Madeleines Zimmer. Ich war jetzt sicher, daß sie von meinem Großvater stammte. Hätte ich nicht doch bleiben sollen? Die Zeichnung von der Wand nehmen, das Grün ertragen, es berühren, durch den blendenden Vorhang gehen? Etwas Ungeheures lag hinter der Flammenwand. Ich konnte nicht darauf zugehen. Aber ich würde es auch nicht vergessen können.

Warten, dachte ich, als ich aus dem Zug stieg. Ich blieb auf dem Bahnsteig stehen, bis sich die Menge zerstreut hatte. Kein Mensch sein. Mein natürlicher Zustand war die Leere.

2

Stimmen aus der Ferne

Bis zur Rückkehr von Hanna und Mansfeld verabredete ich mich mit niemandem mehr. Nur die Fremden standen für das pure, eigentliche Leben, das nichts von einer übergangenen Promotionsfeier und meiner Arbeitskrankheit wußte. Ich mußte einen Schluß ziehen aus diesem Kopfbild aus Marseille, irgendeine Nachricht strahlte von der grün verschleierten Masse aus. Im meinem Bücherregal stieß ich auf Nietzsche. Auch der hatte nicht leben können und weit mit seiner klaren, blutenden Sprache gesucht.

Nachts ertrug ich die steinerne Versiegelung in meinem Hinterhof nicht länger. Die großen Busse wiegten mich zwischen den Leuchtreklamen, zogen mit breiter Wucht über die Kreuzungen. Mein Ziel war Berührung. Aber ich konnte nicht sagen, wovon ich berührt werden wollte. Nur das Maß schien vorgegeben – *unter die Haut* war nur eine Phrase, weiter, bis zum Kern. Manchmal schloß ich die Augen und versuchte, diesen Kern zu spüren. Anton Mühsal.

Warm und beinahe hohl, Schatten aus Fleisch und vager Empfindung, blütenblattartig zueinandergebogen, laue innere Luft, sich um den Herzmuskel verdichtend. Das Ich als Objekt der unmittelbaren Anschauung existiere nicht, schrieb Kant. Nietzsche hielt dafür, nicht »*Ich* denke«, sondern »*Es* denkt« zu sagen. Dann blieb nur noch, der Ort zu sein, wo *es* dachte, *es* fühlte, *es* sah.

Gegen Mitternacht griff das Fiebrige der letzten Chance um sich. Man sprach sich an, wagte es, brachte einen stundenlang im Kopf gewendeten Satz heraus, der so idiotisch klang, daß man gleich nach der Uhrzeit oder nach Feuer für eine Zigarette hätte fragen können.

Ich lernte eine Germanistikstudentin kennen – und tat plötzlich so, als wüßte ich mit Büchern nichts anzufangen.

Eine hübsche Mittdreißigerin, die aus Polen stammte und Sekretärin bei einer Vertriebenenorganisation war, stieß ich mit für sie völlig unverständlichen Anspielungen auf einen Aufsatz vor den Kopf, den ich einmal gelesen hatte; er trug den Titel: *Das glückhafte Wirken der Henkel von Donnersmarck in der Oberschlesischen Montanindustrie.*

In einer Diskothek, die unheimlich wie eine verkommene Arena unter Lichtblitzen aufzuckte, traf ich die Frau eines Institutskollegen. Wir brüllten uns einige Floskeln ins Ohr, tanzten, drehten uns eng umschlungen gegen den Rhythmus. Sie hatte ein intelligentes asketenhaftes Gesicht. Ihre nervöse Feuchtigkeit und ihr Lächeln, das sich zur Hälfte schon immer bei ihrem abwesenden Mann entschuldigte, riefen schmerzliches Mitleid bei mir hervor. Bis zwei Uhr morgens redete ich mit ihr wie ein Illustriertenpsychologe, stroboskopisch zerhackt von Musik und Licht, um ihr danach ein Taxi zu bestellen, mit dem sie alleine nach Hause fuhr.

Erst nach dieser Erfahrung wurde mir klar, daß ich die empfindlichen nächtlichen Kontaktgespinste jedesmal mutwillig zerstörte. Der Grund dafür lag in einem Mißverständnis zwischen mir und diesen Frauen. Sie suchten; ich wartete. Eine Nacht wie die mit Madeleine wäre für sie schon ein Teil der Lösung gewesen, für mich aber nur ein neuer Beweis meiner Unzulänglichkeit und Berührungsschwäche.

Ich ließ die nächtlichen Streifzüge bleiben, stand morgens früher auf und begann meine Tage wie ein Rentner zu fristen. In den Bibliotheken studierte ich meinesgleichen, wie es sich an den Regalen drängte und in den Katalogen blätterte, Dutzende, Hunderte, eifrig die Buchstabengitter der Drucke auf linierten Karteikarten in brave Handschriften verflüssigend, die irgendwann einmal wieder zu Maschinentypen verhärten, sich in die Pappeinbände von Dissertationen und Magisterarbeiten fügen, die Buchverwalter zur ordnenden Verzweiflung treiben sollten. Was wollte ich sein? Eine Ausnahme, die ihrerseits wieder in die Hunderte und Tausende zählte, Taxi fuhr und die Kneipen bereicherte? Was hatte ich gelernt? Die blutigen Fehlgeburten der Weimarer Republik. Nutzen und Nachteil der Historie ... Die Geschichte, schrieb Nietzsche, schwäche das Leben wie eine Krankheit, ertränke es in Moral, belaste es mit Tradition, zerstöre den Handlungsimpuls unter der Schlackendecke des Überkommenen, sie sei ein Virus, den eine neue Gesundheitslehre beseitigen müsse. Mir kamen doch die Massenbewegungen der Revolution von 1918 bestimmter und wichtiger vor als das unwiederbringliche, einmalige Dasein jetzt. Nachmittags fuhr ich mit den Bussen ziellos durch die Stadt. Der stumpfe Katafalk des Reichstags schob sich gegen den Novemberhimmel. Ich wußte, unter welchen Erdhügeln die Folterkeller der Gestapo steckten, von welchen S-Bahnhöfen die Deportationen ausgegangen waren. Neben einer Gruppe von Japanern stand ich frierend auf einem Holzgerüst am Potsdamer Platz, das sandige, von Panzersperren durchkreuzte Vakuum jenseits der wild und blöd beschmierten westlichen und diesseits der grauen östlichen Mauer im Blick. Unter dem Gerüst liefen zwei Schäferhunde, widerwärtig geschmeidig. Hohe schwarze Laternen, am Ende ihrer gekrümmten Hälse aus Glasköpfen zu Boden starrend, schienen die einzigen natürlichen Bewohner der Leere zu sein. Eingerostete Historiker, dachte ich, Krähen der Geschichte, paralysiert vom Virus der Verstorbenen. Nietzsche sah den Ausweg in den unhistorischen Kräften. Kunst, Religion, Tat, Feiern des Ewigen und des Augenblicks. Man müsse sich von der Idee lösen, daß das Ziel der Geschichte die Versöhnung aller bedeute. Worauf es ankomme, seien allein die großen Individuen. – Als Seminarist hätte ich diese morbide Theorie auf die Streckbank gezogen und an den Enden mit gewichtigen Fußnoten beschwert. Statt dessen nahm ich die klar gemeißelten Zeilen wie ein Opiat in kleinen Dosierungen, mit dem schaudernden Bewußtsein, daß es tödlich wirken könne.

Anfang Dezember rief Oberstetter an. Es gebe weiterhin Schwierigkeiten mit der Projektstelle, aber die Hoffnung sei keineswegs verloren. Einstweilen müsse man abwarten beziehungsweise gezielte Telefonate hier- und dahin richten, worauf er sich verstünde. »Aber ich rede und rede. Eigentlich wollte ich erst mal in Erfahrung bringen, wie es Ihnen privat so ergeht.«

»Gut.«

»Und was tun Sie?«

»Ich frage nach Tod und Leben.«

»Wie bitte?«

»Wie Gilgamesch«, erklärte ich rasch.

»Dann müßten Sie zuvor den Himmelsstier töten. Wissen Sie, es hat mir immer gut gefallen, daß Sie auch in der alten Geschichte Bescheid wissen. Das tun wenige, mein Lieber. Ja, wie Gilgamesch ...« Er ließ eine Pause, um mich doch ein gewisses Erstaunen spüren zu lassen. »Aber nun, weswegen ich anrufe ...« Er beabsichtige, mich zu fragen, ob ich auf einer seiner Abendgesellschaften einen Vortrag über mein Gebiet halten könne. Erst im Februar, ganz zwanglos, wie ich ja noch bestimmt wüßte, einen kurzen Abriß der 18er Revolution und ihrer Folgen, ruhig unakademisch, wie es mir liege, leger sozusagen dürfe er sein, und ich, den einige der ständigen Gäste schon vermißt hätten, an erster Stelle natürlich er selbst und seine Frau, ich hätte doch keine Mühe damit?

Ich habe Oberstetter selten eine Bitte abschlagen können. Man muß sich einen großgewachsenen, hageren Menschen vorstellen, habilitiert bis in die Zehenspitzen. Eine Aura von solider Eleganz umschwebt ihn, die Zwanzigtausend-Seiten-Gründlichkeit der Encyclopaedia Britannica. Seine haselnußbraunen Augen fixieren dich, hilflos, unberaten, so flehend, daß du lieber seiner Verwirrung abhelfen oder seinen Dackel ausführen, als ein ertrinkendes Kind retten möchtest. Das Referat zu halten schien unumgänglich wie ein Naturereignis. Oder übertrieb ich die Wirkung seiner Persönlichkeit, um die Versuchung nicht zugeben zu müssen, die sich mit seiner Einladung verband? Einige der ständigen Gäste, die mich vermißt hätten ...

Der Termin lag jedoch erst im Februar. Ich wollte mir nicht ausdenken, was ich bis dahin und dann tun würde. *Nach Tod und Leben fragen.* Daß die Wendung aus dem Gilgamesch-Epos stammte, war mir ebenso unvermutet eingefallen wie sie selbst, eine reflexhafte Abwehr gegen Oberstetters fürsorgliche Herablassung. Worum ging es im Gilgamesch? Um das Scheitern des heroischen Projekts in Traum, Schlaf und Tod, um das Eingeständnis, daß die Götter ewig fremd und die Gestorbenen unwiederbringlich verschüttet waren. Die Menschenmasse hinter der grün leuchtenden Flammenwand. Sie hatte genau dieses Gefühl in mir hervorgerufen. Daß alles vergeblich war. Ich griff nach einigen Werbezetteln, die ich aus meinem Briefkasten gezogen und dann achtlos auf den Tisch geworfen hatte. Erst als ich die Blätter zusammenknüllen wollte, entdeckte ich einen Brief.

Er kam aus Chile. Josés Schwester schrieb kleine, nach links rollende Buchstaben. Ich verstand zeilenlang kein Wort, bis ich auf die Abkürzung DINA stieß. Sie hatten José verhaftet. Vor zwei Monaten schon. Ihn nachts aus dem Bett geholt, weil er angeblich gegen die Ausgangssperre verstoßen habe. Wahrscheinlich sei er auf die Inseln gebracht worden. Von Europa aus, schrieb Maria, könne man nur eines tun: die Organisationen unterstützen, die sich um die Verschwundenen und Vermißten kümmerten.

Josés Bild stieg vor mir auf, sein gedrungener kleiner

Körper, der in die Stirnmitte laufende schwarze Haarzipfel, die wie aufgeschminkten Brauen, sein Mund, der sich beim Lächeln orangenschnitzhaft scharf öffnete. Sie töteten. Sie rissen ihren Opfern die Haut vom Körper. Sie setzten Frauen lebende Ratten in die Vagina. Stumpf verlängerten sie die Jahrtausendspur der Folter durch die blutnassen Keller. *Nach Tod und Leben fragen*. Ich schrieb einen Brief an Maria, in dem ich sie um eine Kontoadresse bat. Dann ging ich in mein Wohnzimmer, suchte, als gäbe es nur noch dies zu tun, das Gilgamesch-Epos heraus und las.

Nach einiger Zeit erst bemerkte ich, daß ich fror. Der Kachelofen mußte vor Stunden schon ausgegangen sein. Bei schönem Wetter, verkündete ein deutscher Politiker, sei das Leben für die in Fußballstadien gepferchten chilenischen Häftlinge ganz angenehm. Ich streifte mir eine Wolljacke über, da schrillte die Klingel an der Wohnungstür. Hanna stand vor mir. Sie zog mich mit einer raschen Umarmung in den Flur hinaus.

3

Hanna badend

»Wir gehen ins Kino, Liebling«, verkündete sie und küßte mich auf die Wange.

»Seit wann bist du zurück?«

»Seit einer Woche. Aber was hast du nur, du läßt dich so schlecht bewegen?«

»Willst du mich etwa so mitnehmen?«

Sie trat einen Schritt zurück und betrachtete vergnügt meine Weste, ein Strickkunstwerk meiner Großmutter, das ich des gewissen Trachtenjanker-Charmes wegen nur zu Hause trug.

»Du machst dir zuviel Gedanken. Komm jetzt, ich liebe Männer mit Tradition.«

Auf dem Weg zum Kino erzählte sie mir von ihrer USA-Reise. Mansfeld hatte vorzeitig zurückkehren müssen; er suchte seit einem halben Jahr schon nach geeigneten Räumen für eine Kinderarzt-Praxis, und es hatte sich plötzlich eine günstige Gelegenheit aufgetan. Über ihren Jeans trug Hanna ein altertümliches weißes Unterhemd mit Knopfleiste, darüber ein Sweatshirt und eine braune Lederjacke. Diese vielschichtige Verpackung rief einen etwas beschädigten, schutzsuchenden Eindruck hervor.

Es hat überhaupt nichts mit mir zu tun, dachte ich.

Sie fing meinen Blick auf und betrachtete mich ebenso eingehend. »Du wirkst sehr poetisch mit deinem Janker. Hier –«, ihre Hand wies auf ein Filmplakat, das die Abenteuer eines Plüschwesens aus dem All ankündigte, »so ein bißchen herabgefallen. Nur etwas nostalgischer, wie Peterchen, du weißt doch, Peterchens Mondfahrt.«

»Man sollte diesen Mist verbieten oder einen Film drehen, bei dem eines dieser Viecher aus dem All in einer Kühlhalle in Lateinamerika landet, wo sie die zerhackten Leiber der Unbekannten aufbahren. Da müßte es dann herumhüpfen neben aufgeschlitzten Brustkörben und durchschossenen Schläfen.« Ich hätte von Josés Verhaftung berichten müssen, um diesen Ausfall verständlich zu machen. Aber wir standen schon im Vorraum des Kinos.

Man zeigte *La strada* von Fellini.

In der Kneipe, die wir nach der Vorstellung aufsuchten, erklärte Hanna, daß Fellini eine großartige Botschaft gebe: kein Menschenleben sei unbedeutend.

»Es ist so ergreifend, weil es nicht stimmt«, widersprach ich.

»Weshalb stimmt es nicht?«

Ich bestand darauf, daß man von Bedeutung nur in einem jeweils bestimmten Zusammenhang sprechen könne. Man müsse immer sagen »wichtig oder unwichtig für was«. Wie aber sollte der Zusammenhang für ein ganzes, oder mehr, für alle Leben sein? Weil Fellini diesen übergeordneten Rahmen nicht mitteile, habe sein Film die Poesie einer verschwiegenen religiösen Behauptung.

»Brillant«, versicherte mir Hanna. »Man sieht doch gleich, daß du jetzt promoviert bist. Wie war das übrigens mit dieser Promotion, Herr Doktor Mühsal?«

Es gelang mir nicht sehr gut, zu begründen, weshalb ich die Promotionsfeier unterschlagen hatte. »Erzähl mir etwas über dich«, forderte ich sie auf. »Du hast bist jetzt nur etwas über deine Reise gesagt.«

»Ist das ein Ablenkungsmanöver?«

»Natürlich.«

Gegen ihre Gewohnheit hatte sie einen Wimpernstift benutzt. Über dem rechten Jochbein zeigte sich eine verwischte Stelle, die für ein kleines inneres Ungleichgewicht so passend gesetzt war wie das Schönheitsmal auf der Stirn einer Tempeltänzerin. »Ich sollte zufrieden sein. Das Büro hat einen Prozeß gewonnen, den ich vorbereitet habe, kurz bevor ich in Urlaub ging. Nun wollen sie mir einen Arbeitsurlaub geben, fünf oder sechs Wochen. So kann ich mich um das Ausstellungs-Projekt kümmern.«

»Was für ein Ausstellungsprojekt?«

Eine Zusammenarbeit zwischen den Juristen des Anwaltsbüros und einer Kunstgalerie. Das Thema sollte Verfassungsgeschichte und Verfassungsbruch heißen, ein Überblick von der Bismarckzeit bis in die siebziger Jahre.

Ich bemühte mich, ihr aufmerksam zuzuhören, während sie das Projekt näher beschrieb ... Die Anti-Schah-Demonstration, auf der wir uns kennengelernt hatten ... Wir waren mit den Köpfen gegeneinander gestoßen, weil die Papiertüten über unseren Gesichtern, die die Konterfeis von Rheza Pachlevi und Farah Diva trugen, uns in der Sicht behinderten. Das ist sie! dachte ich, zweiundzwanzig Jahre alt und schon am Ziel. Ich brauchte Wochen, um zu begreifen, daß sie wie andere atmete und Nahrung zu sich nehmen mußte. Sie, Hanna!, brach sich beim Skifahren das linke Schienbein. Ich besuchte sie, brachte ihr Blumensträuße wie ein werdender Vater, fühlte mich schuld an ihrem Gipsverband, als hätte ich ihn herbeigewünscht, den gebrochenen Flügel, der sie zur Erde zwang. Sie las Marcuse. Sie spielte Querflöte, während ich die weiße harte Fessel um ihr Fußgelenk vorsichtig auf meinem nackten Bauch hielt und mit einem Filzstift *les murs ont la parole* daraufschrieb. – »Les bandages«, schlug sie zur Verbesserung vor.

Ach Hanna, brich dir noch einmal das Bein, dachte ich und sah zu, wie sie mit einem versilberten Löffel den Rand ihres Glühweinglases entlangfuhr. Aber ich trug dieses grüne Bild in mir, ein tief ansetzendes Virus, das den Keller in meinem Gehirn öffnete. Erst wenn ich aus eigenen Kräften wieder an die Oberfläche zurückgekehrt war, konnte ich ihr etwas anderes entgegensetzen als Sehnsucht und Unbehagen.

»Übrigens wäre die Ausstellung eine gute Gelegenheit, mal wieder etwas zusammen zu machen. Du hast doch Zeit jetzt, oder?«

»Du sagtest, du solltest zufrieden sein. Weshalb bist du es nicht?«

Ihr Gesicht senkte sich in den Dampf des Glühweins. »Ach was«, lachte sie auf, »es war eine meiner üblichen Dummheiten. Wem kann man es denn zumuten, treu zu Hause zu sitzen, während man für zwei Monate durch die USA gondelt? – Er war sehr sensibel, und eben diese noble Eigenschaft stellte er jeden Tag aufs neue erstaunt bei sich fest. Wir haben gestritten, und am Ende, mir war vor lauter Sensibilität schon ganz schlecht, schrie ich ihm entgegen, er sei so zartfühlend, daß er bei den Huren wohl immer die hauchdünnen Kondome verlange. Das muß gestimmt haben. Er gab einen Grunzlaut von sich und trat ab.«

»Wann war das?«

»Vorgestern. – Aber: Ende der Ablenkung, mein Lieber! Was ist mir dir los? Warum willst du nicht zurück in Oberstetters Wolkenkuckucksheim? Sich querstellen, wo es erforderlich ist? Oder warum nicht sagen: Okay, ich hab Geld für einige Zeit, also mache ich mit der guten Tante Hanna bei einem Ausstellungsprojekt mit. Was willst du eigentlich? Du tust nichts und tust so, als wäre gerade das das Wichtigste.«

Ich erzählte ihr, wie ich am Telefon Oberstetter mit dem Satz aus dem Gilgamesch-Epos überrascht hatte.

»Das also machst du? Nach Tod und Leben fragen?«

»Es ist schwer«, sagte ich. »Es ist wie das eigene Herz essen.«

Unschlüssig, ob sie auf meinen ernsten Ton eingehen oder ihn ironisch parieren sollte, betrachtete sie mich. »Autokannibalismus also. Das klingt etwas pubertär. Und sonst?«

»Ich lese.«

»Wunderschön. Und was folgt daraus?«

Ohne daß ich das grüne Kopfbild aus Marseille erwähnte, mußte alles, was ich sagte, unbegründet wirken. »Was ich will, das ist – stillhalten, wenigstens für eine gewisse Zeit noch. Stell dir vor, du bist der erste Mensch, der die Chance hat, die Dinge richtig zu sehen. Vor dir ist es noch keinem geglückt, alle Bücher sind Fälschungen, alle Weisheiten Irrtümer. Du mußt selbst an die Grenze. Beobachte das Leben. Den Tod. Den Traum. Den Schlaf. Die Zeit. Was denkst du? Was fragst du dich jetzt? Darum geht es mir, überhaupt die richtigen Fragen zu stellen.«

»Wer, den du kennst, hat das schon versucht? – Außer Gilgamesch, meine ich.«

»Mein Großvater.« Ich erzählte ihr von seinem Jüngsten Gericht, dem Vorhaben, alles zu verstehen, was er erlebt hatte. »Er hat es auf eine künstlerische Weise versucht, gemalt und gezeichnet, wie besessen offenbar.«

»Und was hat er gemalt?«

»Das weiß ich nicht. Die Bilder sind verschwunden.«

»Sie haben das Wasser des Todes berührt«, sagte sie, streckte mir aber, als ich mit deutlicher Begeisterung darauf reagierte, abwehrend eine Hand entgegen: »Nichts Metaphysisches mehr! Ich bin müde wie ein alter Hund. Dabei muß ich unbedingt noch ein Schlußplädoyer zum Casus Anton Mühsal halten. Laß uns gehen, Anton.«

»Und das Plädoyer?«

Sie winkte den Kellner herbei. »Was hältst du davon, wenn du mich zu dir nach Hause trägst, mich in deine Badewanne legst und aufpaßt, daß ich nicht darin ertrinke?«

»Du willst aus meiner Badewanne plädieren?«

»Gewiß.«

Wir zahlten. Hanna streifte ihre Lederjacke über, während ich verlegen meine Strickweste zuknöpfte.

Mit der Behauptung, wer Adern und Nerven zu flicken verstünde, dürfe auch keine Skrupel vor Wasserleitungen kennen, hatte mir Mansfeld vor Jahren geholfen, einen mächtigen Durchlauferhitzer über der blauen Badewanne zu installieren. Auf Hannas Bitte hin schloß ich das kleine, durch das Gerät verbarrikadierte Fenster. Dazu mußte man sich, wie in vielen Berliner Altbauwohnungen, einer langen Metallstange bedienen, deren vorderer Haken in eine am Fensterrahmen eingeschraubte Öse faßte.

»Danke«, seufzte Hanna, während ich mich wieder auf den Wannenrand setzte. »Der Gott, der Wannen wachsen ließ, der wollte keine Knechte.«

Ich sah von ihr nur einen Fuß mit einer rosig gefurchten Unterseite und, am anderen Ende eines weißen Schaumgebirges, das entspannte Gesicht, über das Schweißtröpfchen perlten. Der kleine Fleck Wimperntusche bildete jetzt einen dünnen, ins Violette spielenden Halbmond auf der Wange. »Mann am Rand«, murmelte sie träumerisch und tippte mit den Zehen gegen meinen Oberschenkel. »Jetzt beginnt mein Plädoyer. Es war einmal ein Mann am Rand. Dieser Mann, dieses Männchen, denn das war es damals noch, wuchs in dem blau-weiß rautierten Land auf, wo man die weißen Würste macht und den süßen braunen Senf, und es hatte keine Eltern. Dafür aber besaß es einen Großvater, wie er in den Bilderbüchern steht, die erst noch geschrieben werden müssen. Dieser Großvater hatte schon einmal mit einer richtigen Flinte auf richtige Nazis geschossen, und er war rot und lieb. Aber vielleicht bedeutete gerade das ein Unglück für das kleine Peterchen, wie wir das Männchen einmal nennen wollen. Du erträgst es?«

»Natürlich.«

»Also dann: Es war ein Unglück für das Peterchen. Denn weil sein Großvater so sanft, so gut und so weise war und weil er so viele Bücher hatte, da glaubte das Peterchen, gar keine anderen Kinder zu brauchen. Die waren ja auch dumm: sie traten mit den Füßen nach einer runden Lederkugel oder schlugen sich zum Zeitvertreib die Zähne aus. Oder sie waren Mädchen, die noch nicht mal einen ordentlichen Bogen pinkeln konnten. Wie die anderen also aus den Hosen, so wuchs das Peterchen aus den Büchern heraus. Und wie diese neue, längere Hosen, so bekam es neue, längere Bücher. Und allmählich wuchsen ihm kleine Buchstaben unter dem Kinn, so daß es sich rasieren mußte und ein Mann war. Damit kam die Zeit, da es auf Wanderschaft ging, und es gelangte in eine große Stadt.«

Sacht reibende Bewegungen hatten ein schaumiges Durcheinander aus Haar und Seifenflocken unter ihrer Achsel erzeugt. »In der großen Stadt aber wollte Peterchen nicht mehr alleine sein. Mit vielen, vielen Menschen nahm es sich eine Wohnung mit hohen Zimmern und bröckelnden Stuckdecken. Peterchen benahm sich gut: es wusch oft Geschirr –«

»Was zu betonen ist.«

»Was zu betonen ist. Und jedem, der es wissen wollte, und auch solchen, die es nicht unbedingt wissen wollten, erkärte es den tendenziellen Fall der Profitrate, nebst kritischen Einschränkungen und seriösen Zweifeln oder die Lage in China nach dem Boxeraufstand unter Berücksichtigung der repressiven Entsublimierung und all die Dinge eben, die richtig zu begreifen es seine Mitbewohner nicht so ganz für fähig hielt.«

»Das stimmt aber nun wirklich nicht, du Märchentante.«

»Das stimmt nicht? Von wegen, du warst ein wandelnder Konvent! Also, Einspruch nicht stattgegeben – und zurück zu Peterchen. Peterchen sah, daß Chaos in den gärenden Köpfen seiner verlausten Kombattanten herrschte.«

»Vielleicht etwas Unordnung?« schlug ich vor.

»Meinetwegen, Unordnung in den Köpfen der Menschen, die Menschen, die waren einfach nicht wie in den Büchern, die Peterchen gelesen hatte. Und das machte ihm furchtbar zu schaffen. Wilde Zeiten kamen. Da gingen die Leute hinaus auf die Straßen. Sie warfen mit Steinen und brennenden Flaschen, sie trugen Schilder, auf denen Böses zu lesen war, über einen bunten Mann aus dem Morgenland und anderes. Auch unser Peterchen ging mit ihnen.

Wie ich euch schon sagte, war das Peterchen sehr nett; und es warf mit Steinen nicht und warf auch nicht mit Flaschen. Aber Schilder hat es geschrieben, ja es hat tatsächlich fast alles und überall mitgemacht.«

»Aber?«

»Es hatte«, murmelte sie versonnen, »dabei immer sein Nachthemdchen an. Dieses Nachthemdchen hieß Denk-doch-fest-und-sei-recht-schön. Weise Frauen aus den Büchern hatten es gesponnen, und der rote Großvater hatte es vernäht mit den Darmfäden des Tieres Alles-schon-mal-aber-größer-dagewesen.«

Irgendeiner der Mitbewohner des Hauses besaß eine Kuckucksuhr. Ihre albernen mechanischen Rufe erinnerten daran, daß es früh am Morgen war.

»Zwei Uhr?« stöhnte Hanna.

Ich schlug ihr vor, das Plädoyer zu vertagen.

»Das geht gegen die Verfahrensordnung. Also, jenes Nachthemdchen war so hübsch anzusehen, daß jedermann das Peterchen darin mochte, obwohl es seltsame, entrückte Sprüche tat. Zum Beispiel hob es sein Ärmchen und sagte traurig: ›Ihr müßt immer denken, was das ist, was wir da tun. Auch wenn ihr wütend seid und Steine schmeißt, so müßt ihr sehen, daß wir trotzdem keine Revolution machen, sondern Revolutionstheater spielen, und daß das Theaterpolizisten sind und daß Theaterblut in unseren Adern rinnt. Die Vorstellung aber geht noch lange hin, und dann wollen wir sehen, ob ihr zu denen gehört, die nur schnell nach Hause wollen, nachdem sie das heiße Buffet von der Straße weggegessen haben.‹ – So sagte das Peterchen. Oh, und es hatte so sehr recht, daß es kaum zu ertragen war, nicht einmal für sich selbst ... Jahre gingen ins Land.« Hanna kauerte sich im Wasser zusammen und stützte das Kinn auf die Knie. »Während die verlausten Kombattanten ordentlich und theatertraurig wurden und ihre Bücher vergaßen, sich Kutschen kauften, mit denen sie auf den schönen glatten Straßen der Bürger herumfuhren, da mochte das Peterchen gar kein Menschlein mehr sein. Es verkroch sich ganz in sein Nachthemdchen. Es las viele, viele Bücher, so daß es vor lauter Lesen überhaupt nicht mehr zum Traurigwerden kam. In diesen Tagen spielte es nicht mehr mit den Frauen, den Kindern und den Hunden, die auf der Straße umherliefen. Dann aber bemerkte es, daß der Mondstrahl, auf dem es ritt, zu den Ungeheuern der Langeweile führte, zu den knöchernen Merglern mit dem gefüllten Bankkonto und dem Haus in Dahlem. Da sprang es ab. Aber das Nachthemdchen sprang mit, und siehe: es war so kalt in diesem Hemdchen, daß es das Peterchen jämmerlich fror und auch alle Menschen, die damit in Berührung kamen. Da endlich senkte sich eine große, bleierne Trauer über das Peterchen. Und so weit geht die Geschichte, Anton. Mach den Schluß dazu, der dir gefällt.«

»Du hast aber doch einen Vorschlag?«

Sie lächelte. Ihr Arm streckte sich, um nach dem Haltebügel zu greifen, zeigte knapp oberhalb des Ellbogengelenks eine in feine Schatten gebettete Sehne und beugte sich weiter, ihren gekrümmten, glänzend gespannten Körper aus dem Wasser ziehend. »Zwei Vorschläge sogar – verflucht!« Zu plötzlich hatte sie sich am Ende ihrer Bewegung aufgerichtet. Sie war mit dem Kopf gegen den Durchlauferhitzer gestoßen und taumelte einen gefährlichen, unsicheren Schritt vorwärts. Ich umfing sie mit beiden Armen.

»Es ist nicht so schlimm, Jung-Siegfried«, flüsterte sie gepreßt, »setz mich irgendwo in der Nähe einer Bushaltestelle ab.«

Ich hielt sie an den Oberarmen fest, bis sie auf dem Rand der Wanne saß. Deutlich fühlte ich die Kontur, die ihre nasse Haut auf meinen Kleidern hinterlassen hatte; für eine Sekunde schien der gesamte komplizierte Aufbau meiner Einsamkeit in dieser warmen, nach Fichtennadeln duftenden Flamme über meiner Brust zu vergehen. War die Lösung so einfach? Berührt-Werden, Wieder-Berührt-Werden durch die Liebe?

»Besteht die Möglichkeit, daß du beabsichtigtest, mir jenes Handtuch da zu reichen?«

Unruhig sah ich auf ihre Knie, die so mädchenhaft waren, daß ich an Sommer, Fahrräder und Aufschürfungen denken mußte. Etwas hastig fragte ich: »Soll ich dir einen Tee machen?«

Sie betastete noch einmal ihre Kopfhaut. »Gerne. Nur, wenn ich erst mal im Bett liege, werde ich faul und feig, das solltest du doch noch wissen. Oder spekulierst du darauf? Ich sag dir die beiden Möglichkeiten, die du hast, solange meine pädagogische Ader noch schlägt. Aber du weißt sie ja selbst.«

»Komm zu den Menschen oder – zweitens – geh zurück auf deinen Mondstrahl.«

Sie nickte. Mit einem Lächeln, das sicher wie eine Eisenbahnbrücke spöttische Koketterie und den Ausdruck vollständigen Vertrauens miteinander verband, trocknete sie ihre durch das Sitzen auf dem Wannenrand vorgewölbte Scham. »Ich möchte Pfefferminztee, Anton.«

In meinem Kleiderschrank fand ich eine zweite Garnitur Bettwäsche und bezog damit meinen Schlafsack und ein Kopfkissen.

Hanna hatte kaum ihren Tee ausgetrunken und die Decke über ihren Körper gezogen, als sie auch schon einschlief. Wenig später rückte sie dicht an mich heran und schlang mir einen Arm um die Brust, seufzend, aber bald wieder gleichmäßig und flach atmend. Regungslos sah ich ins Dunkle. Es war beinahe wie in Marseille, nur daß mich dieses Mal nicht das bedrohliche Zwangsbild in meinem Kopf wachhielt, sondern ein kalter Ärger, der sich mit jeder bewußtlosen, vertrauensvollen Regung meiner Freundin steigerte. Sie stahl mir meinen Schlafsack, um ihn kurz darauf, von einer schläfrig verschwommenen Reue erfaßt, wieder zurückzubringen und mir ein nacktes Bein über die Knie zu legen. Ihr unbeschädigtes Dasein bedrängte mich bis auf die Haut, verlangte mir alle Selbstbeherrschung ab, lächelnde Souveränität, geschwisterliche Harmlosigkeit. Ich nahm mir vor, sie einige Wochen lang nicht mehr zu treffen. Ihre im Märchenton vorgetragene Analyse konnte richtig und dennoch falsch sein. Vielleicht litt ich tatsächlich an einer Art Neurose.

Irgendwann – so hieß es im *Gilgamesch* –, *irgendwann siegeln wir ein Testament!*

Irgendwann teilen die Brüder!

Irgendwann herrscht Haß im Lande!

Irgendwann führt das Hochwasser des angeschwollenen Flusses etwas davon, Libellen treiben flußabwärts!

Ein Antlitz, das in die Sonne sehen könnte,

gibt es seit jeher nicht.

Was das pubertär? Die Trauer vom Grund der Geschichte? Wie ich sie satt hatte, meine unsterblichen Zeitgenossen!

Und immerhin, dachte ich beinahe zufrieden, mein Gedächtnis funktioniert wieder.

4

Weitere Bewegung im Wasser

Etwas in mir glaubte jenseits aller Logik daran, daß meine Seele erst im Konfirmationsalter mit dem irdischen Lehm verknetet worden war. In diesem Alter nämlich empfing ich, vage beschwichtigt von Tröstungen und Geschenken, den Segen einer frohgemut schaltenden Wachstumstherapie. In dreiwöchigen sakralen Injektionen den fortschrittsgeweihten blütenweißen Händen des Herrn Dr. med. Läuffer entströmend, kam die Heilung über mich, und mein ärztlicher Gönner wurde nicht müde, mir Kraft durch Protein und Protein durch das wundersame, »stickstoffretinierende!« Wirken jenes Hormons zu verheißen, das die Sterblichen Testosteron nannten.

»Fantastische Sache!« rief, seinen gewaltigen Schädel so lebhaft über mir drehend, daß ich fürchtete, jeden Augenblick fiele mir seine Hornbrille ins Gesicht, jener Dr. med. Läuffer. »Ein tetracyclisches Keton, Mühsal, mein Freund, hochwirksam, genau abstimmbar, exakt chemisch aufbereitet, getrennter und gezielter Einsatz jeweils der virilisierenden oder anabolen Komponente.«

Mein Großvater, der alte Esel, nickte begeistert. Gerührt ließ er sich die Strukturformel des mystischen Stoffes zeigen. Auf dem Nachhauseweg drückte er mir beruhigend die zu zart geratenen Schultern. »Die Wissenschaften, Anton«, versicherte er, in seiner eigenartigen, gleichsam schwebenden Weise seinen und meinen Schritt beschleunigend, um möglichst rasch der verhaßten Stadt zu entkommen, »die Wissenschaften könnten noch erstaunlichere Dinge vollbringen, wenn sie erst einmal aufhören würden, Bomben zu basteln.«

Wie angenehm es sein mochte, über den Gedanken zu philosophieren, mich erschreckte doch, daß der Stoff durch meine Blutbahnen kreiste, der den Ziegenböcken das Gehörn und den Hirschen das Geweih aus der Schädelplatte sprießen ließ, den Hähnen Sporen und Kamm schwellen machte. Noch dazu, das schrie mir ein Lexikon meines Großvaters entgegen, war er auf irgendeine Weise, über die ich kaum nachzudenken wagte, aus den Hoden bedauernswerter oder vielleicht auch toter Bullen gewonnen.

Noch heute kann ich das bange Horchen nachempfinden, mit dem ich eine Sonde der Einbildungskraft von meinem Gehirn aus durch das schluckende Innere meiner Kehle hinabzusenken versuchte zu den verborgenen Landschaften unter meinen Poren. Jeden Moment erwartete ich den Ausbruch der balzenden, röhrenden, in blinden Stößen voranzuckenden Welt, die Dr. med. Läuffer allein mittels einer wasserklaren Flüssigkeit in meinen Leib praktiziert hatte. Die Angst, daß mich ein Unbekanntes, nicht Sichtbares in der Tiefe verändere ...

Mansfeld brach in Gelächter aus, als ich ihm von dieser Hormontherapie erzählte, offenbar wird heutzutage so etwas nicht mehr gewagt. Aber ich habe keine Klage zu führen. In raschen Schüben erreichte ich einen Meter achtundsiebzig. Und ich wurde zusehends kräftiger.

Es mag jedoch gut sein, daß mein eigentlicher Arzt nicht Dr. med. Läuffer, sondern Onkel Wilhelm war. Kaum nämlich hatte der fanatische Eigenheimkonstrukteur vom oberen Garten vernommen, mit welchen Methoden man meine Schwächlichkeit kurierte, begann er, sich laut Gedanken zu machen. Das war in der Zeit der Erbauung der bajuwarischen Mauer. Denn die Efeuhecke fehlt in meiner Erinnerung, und ich sehe, gerade an der Linie, die sie heute verdeckt, eine mit Steinen beladene Schubkarre und entwurzelte Brombeerhecken, in denen die Sonne dünne Lichtnetze verwebt.

»Hormontherapie«, dachte Wilhelm laut, »das ist kein Pappenstiel. So was soll gewaltig anschlagen. Wenn er nicht aufpaßt, sieht er mit seinen jungen Jahren bald so aus wie ich.«

»Er soll nur ein wenig in die Höhe kommen, sie dosieren das sehr genau«, erwiderte mein Großvater scheinbar gelassen.

Ich hörte jedoch die Unsicherheit in seiner Stimme. Meine Knie wurden weich. Wie ein verschreckter Vogel flatterte mein Blick die im Schweiß der Bauarbeit speckig glänzenden Fleischmassen des Onkels empor.

»Nein, wirklich, ich will ihm keine Angst machen. Aber er sollte jetzt Sport treiben, Boxen, Ringen, Fußballspielen – und er kriegt eine tolle Figur.«

Natürlich nutzte mein Großvater die Gelegenheit. »Willst du damit ausdrücken, daß du selbst ein wenig zu fett bist?«

»Schwimmen zumindest, das ist doch machbar, wenn er schon nicht gerne mit anderen Kindern spielt«, sagte Wilhelm noch, und genau so weit trug ihn seine ehrliche Zuneigung zu mir. »Andernfalls nämlich«, fuhr er siegesgewiß fort, »sieht er in zwei Jahren so aus wie deine Russenweiber, die bei jeder Olympiade im Kugelstoßen gewinnen.«

»Meine – was? Scher dich sofort aus meinen Erdbeerbeeten, du – du Saurier!« brüllte erwartungsgemäß mein Großvater – und so weiter …

Ich jedenfalls schwamm.

Sechs Jahre lang, bis zum Abitur, quälte ich mich tagaus tagein durch die chlorierte 25-Meter-Bahn des Gemeindehallenbads, als hätte es gegolten, sich für die herannahende Sintflut zu wappnen.

So wurde aus einem schmächtigen und kaum spürbaren Körper das muskulöse, wuchtige Ding, das ich um so mehr quälte und als unpassend empfand, je wissenschaftlicher mein Dasein wurde. Auch während des Studiums konnte ich es nicht lassen, ich mußte schwimmen, süchtig geworden, bestochen von den Sekunden der absoluten inneren Reinheit, die am Ende von vierzig, dann sechzig und achtzig Bahnen lagen. Grotesk erschienen mir die Sehnenstricke, die bald durch meine Unterarme liefen, die breit vorgewölbte, stark mit dunkelblondem Haar befallene Brust. Meinen Händen traute ich zu, unbeaufsichtigterweise einen Kugelschreiber wie einen Strohhalm zu knicken. Es gab schlimme Minuten, in denen ich mir zwischen meinen Institutskollegen oder gerade neben Oberstetters britischer Noblesse vorkam wie ein schlecht dressierter Preisboxer, obschon die klargelöste Frucht aus dem unteren Reich der Tiere mein Gesicht verschont hat, das offen und jungenhaft sein soll.

Die ersten beiden Januarwochen ging ich morgens und abends schwimmen. Ich hatte ein neueröffnetes Hallenbad in Charlottenburg ausfindig gemacht. Es war genau das, was ich brauchte: überchloriert, durchglast, bis in die letzte orangefarbene Ritze beheizt. Die Menschen lösten sich im Wasser. Unterhalb des Sprungbrettes wippte ich in einer Art Kreuzhang meinen vom chemischen Fluch oder vom jahrelangen Krieg zu Wasser mit einer nervösen Muskelmasse beladenen Körper. Jeder trieb in seinem Käfig dahin, die Last für eine halbe Stunde im dichteren Medium verlierend. Hanna verstand mich nicht. Nur darum ging es: den puren Stoff auszuhalten, einen Monat, ein Vierteljahr vielleicht noch vom eigenen Herzen essen. Das grüne Bild hatte das tätige Vergessen durchbrochen. Traum, Schlaf, Tod. Ich schwamm. Die erste Bahn langsam, damit die Muskeln sich lockerten. Dann im Tempo anziehend. Nach der dritten Bahn die Schwimmbrille aufsetzen, um Nackenschmerzen zu vermeiden. Sicht auf die schwarzen, leicht vibrierenden Balkenmarkierungen am Grund. Zur

Seite fischelnde blasse Beine. Josés Schwester schrieb nicht, obwohl ich ihr bereits den zweiten Brief geschickt hatte. Anschlagen an der Bande, nicht festhalten. Die sechste und siebte Bahn gingen jedesmal schwer. Unmöglich, das Zehnfache der Strecke in diesem Tempo zurückzulegen, dachte man. Neblige Abende kamen Mitte Januar, eine verspätete, kaltwattige Novemberluft stand wie Blut in den Lungen. Mein Ort war ungewiß zwischen den vernünftigen Ansichten Hannas und dem Herannahen der dumpfen Masse hinter dem Peroquet-Schleier angesiedelt. Nur ich hatte recht. Nur die anderen hatten recht. Einen Ausweg schwimmen. Sartre wollte die RAF-Häftlinge besuchen. Mord an dem Kammergerichtspräsidenten Drenkmann. Einen Verwalter der Macht niederschießen. Dummheit, Schlächterei. Ratten in die Vagina. *Denn der Leib*, sagte Plato, *macht uns tausenderlei zu schaffen*. Vierzigste Bahn, die Hälfte. Keine Geschlechtsempfindung mehr, nur ein zusammengeschrumpeltes nasses Ding zwischen den Beinen, angedrückt vom synthetischen Stoff der Badehose. Man hörte den Atem nicht beim Schwimmen. Das war der große Unterschied zum Laufen, Auflösung, Rückkehr zum amphiben Stadium. Nur das Gurgeln des Wassers, Fruchtblasengefühle. Mansfeld schickte mir eine Karte. Einladung zur Praxis-Einweihung. Hanna. Würde sicherlich dasein. Anselm, Jakob, Irmchen. Plato: *so daß recht in Wahrheit, wie man auch zu sagen pflegt, wir um seinet-* (des Leibes) *willen, nicht einmal dazu kommen, auch nur irgend etwas richtig einzusehen.* Siebenundsechzigste. Oder achtundsechzigste Bahn? Siebenundsechzigste. Praxis-Einweihung nächste Woche. Endlich fügte sich der weite Raum, das Bad wurde ein Körper, ein schwebender, rauschender Organismus. Noch einmal den Kopf ins Wasser senken und alle Kräfte in die letzten fünfzig Meter werfen, bis die Materie verlor wie in einer kurzen Ohnmacht. Eine graue, nur aus einem Gedanken geformte Kugel umgab mich. Achtzig! Wie kurz vor dem Ertrinken. An den Beckenrand geklammert. In der Mitte der Kugel. Ich. Ein staubkornfeiner Punkt, langsam tanzend, ungehindert, ohne Gesetz.

5

Oberstetter meldet sich

Maria schrieb endlich. Sie hatte Josés Spur gefunden. Er lebte. Nun hoffte sie, eine Besuchserlaubnis zu erwirken. Kommentarlos war am unteren Rand des Briefes eine Kontoadresse in Valparaíso angegeben.

Am gleichen Tag, an dem ich die Nachricht erhielt, ging ich zur Bank und überwies tausend Mark nach Chile. Ich hatte zusammen mit einer Vielzahl eiliger Kunden Schlange stehen müssen; als ich durch die gläserne Ausgangstür wieder ins Freie trat, sprang gerade kobaltblaues und weißes Licht in den Mercedes-Stern über dem Europa-Center. José am Leben. Jetzt konnte ich Hanna anrufen und ihr die Geschichte erzählen. Man würde etwas auf die Beine stellen. Einige tausend Mark für die Organisationen in Chile, eine Ausstellung, Infostände, Unterschriftensammlungen. Nach wenigen Schritten hielt ich an. Ich hob den Kopf, fixierte die ausgebrochene Spitze der Gedächtniskirche, die sich in der Dämmerung kaum noch gegen den Himmel abzeichnete.

So geht das also mit dem Gewissen, dachte ich und starrte finster in die vorbeihastende Menge hinein.

Gerade als ich einen Entschluß gefaßt hatte, beugte sich mir die vom Alkoholdunst umnebelte massige Gestalt eines Obdachlosen entgegen. Seine nach oben gekrümmte Klaue, bis zu den Mittelknochen von schmutzigen fingerlosen Handschuhen bedeckt, wankte vor meiner Brust. »Warten Sie, einen Moment bitte«, sagte ich verworren und kehrte in den Schalterraum der Bank zurück.

»Ja, genau, noch einmal an die gleiche Kontoadresse. Ich habe mich geirrt, richtig, das Sparbuch muß damit aufgelöst werden«, setzte ich der erstaunten Angestellten auseinander. Josés Schwester würde für diese 7 000 Mark beste Verwendung haben. Mir blieb gerade noch genug für drei Monate, vielleicht für einige Wochen mehr, wenn ich es verstünde, mich stark einzuschränken.

In dem fast kinnlosen Gesicht des Obdachlosen, der tatsächlich auf mich gewartet hatte, glaubte ich eine tiefe Verwandtschaft zu entdecken. Ich bin fast arm, dachte ich verwundert und war zugleich schockiert und von einer klammen Freude erfüllt. Während ich dem überraschten Mann einen Geldschein in die Hand drückte, studierte ich, als seien sie auch mir in nächster Zukunft beschieden, seine grauen Bartstoppeln. Die rechte Wange bedeckte eine nässende Schürfwunde.

»He – klar Schiff, Kumpel, alles klar Schiff!« brüllte er und hielt sich ungläubig begeistert den Geldschein vors Gesicht.

Ich sah ihm ruhig und interessiert zu.

»Ein Bier – ja?« fragte er nach einigen Sekunden. »Ein Bierchen, ich geb eins aus, Kumpel, ein Bierchen, 'n Helles, wa? Warte mal, hä, jetzt wartest du mal, ja? Kommt alles gleich rüber. Klar Schiff, Meister! Alles – na!« Er ruderte mit den Armen vielsagend in der Luft, wobei sich ein langer, orangefarbener Riß unter der Achsel seines bis zu den Knien schlotternden Mantels zeigte. Mit großen Schritten steuerte er auf einen Imbißstand zu.

Zwinkernd kehrte er zurück, die beiden Bierdosen aneinanderschlagend wie ein musizierender Spielzeugaffe. »Hier«, sagte er und drückte mir eine Dose in die Hand. »Aber setzen wir uns doch, Meister, setzen wir uns, hier, backbord. Hat uns Vater Staat doch Bänke gemacht für winters.«

Seine Bank befand sich vor dem wuchtigen, violettes Licht aus Betonwaben schickenden Vorbau der Gedächtniskirche. Die Habseligkeiten meiner neuen Bekanntschaft waren in einer Plastiktüte verstaut – *Coke, that's the feeling!* –, die er unter einem Mülleimer sicher verborgen hielt. Eine Zeitung, gastfreundlich beflissen daraus hervorgezogen, wärmte unsere Hintern.

Wohl eine Viertelstunde lang saßen wir schweigend nebeneinander. Die Geschäfte schlossen. Kurz darauf hatte sich der kleine Ausläufer des Breitscheidplatzes vor unserem Blick fast geleert. Nur an den Mauerkanten der Gebäude und in den von Gittern geschützten Erdkreisen, durch die einige dürre Bäumchen in das Pflaster gerammt waren, lag noch unberührter Schnee.

»Möglicherweise ist ein Freund von mir in Chile gefoltert worden«, sagte ich schließlich.

»Ah, Chile«, lallte der Obdachlose und wischte sich Bierschaum von den Lippen. »Ich war ja mal zur See, Käpt'n – Chile, jawohl, Santiago, Honolulu, Ja – maika ... hin und her. Das Meer, Käpt'n«, dozierte er. Die Brauen über den zusammengekniffenen Augen hoben sich. Etwas sehr Gewichtiges wollte in ihm aufsteigen und schien zu stocken, bevor es eine letzte Anstrengung von innen gegen das aufgeschürfte Gesicht schleuderte, das ihm keinen Ausgang bot. »Wasser!« schrie er überwältigt.

Einige der versprengten Fußgänger sahen kurz zu uns her.

»Es ist sehr gut möglich, daß sie ihn umbringen. José meine ich, den Freund aus Chile. Ich habe fast mein ganzes Geld an seine Schwester überwiesen.«

»Du bist sehr spendabel, Käpt'n.«

»Ich bin beinahe arm. Und man sollte meinen, daß mich diese Drohung wieder in Richtung der sogenannten ernsten Beschäftigungen lenken müßte. Aber indem ich diesen Zusammenhang sehe, verbietet es sich. Es wäre doch nur ein Trick, sich wieder wichtig zu nehmen.«

Der Seefahrer leerte seine Bierdose mit einem einzigen Schluck, äugte bedauernd durch den Öffnungsschlitz und warf sie von sich. Dann sank er wieder in sich zusammen, den Kopf so tief beugend, daß sein Mantelkragen wie leer stand. Eine zähe Melodie schien in seinem Schädel zu wabern. Sein verpfuschtes Leben vielleicht, immer die gleichen Stationen des Zerbrochen-Werdens. Oder das Gegenteil, von allem nur noch den Stumpf, keinen Sinn mehr, nie mehr hoffen müssen. Was, wenn ich nicht zurückfand – zu den ernsten Beschäftigungen? Im Augenblick ersticken. Das Feuer aus der Flasche. Keine Fragen mehr. Das war das schlimmste. Er drehte den Kopf und sah mich wie neugierig an.

»Vor einigen Wochen war ich in Marseille«, erklärte ich.

»Ah, sehr gut!« Sein Blick war auf meine noch unberührte Bierdose gerichtet. Ich schob sie ihm entgegen. Wie zum Dank dafür rückte er auf seiner Zeitung näher heran.

»Ich hatte dort eine Art Vision oder eine Halluzination, ich weiß nicht so recht ... Seither kommt es mir vor, als wäre ich etwas Besonderes, als hätte ich eine Aufgabe, die niemand außer mir erfüllen kann. So wichtig nehme ich mich, wenn ich mich nicht wichtig nehme. Ich sollte damit aufhören.«

Der Seefahrer nickte verständnisvoll.

»Wir nehmen unsere Gefühle zu ernst. Sie sind aber ganz bedeutungslos. Selbst wenn sie uns betäuben, sich ausweiten wie der Nachthimmel bei einem Feuerwerk. Es gibt nur diesen unseligen Zwang, Moral und Selbstgerechtigkeit zu faseln, sobald der innere Lärm eine gewisse Schwelle überschritten hat.«

»Was für'n Feuerwerk?« Er stellte die Bierdose zur Seite und beugte sich über seine Tüte. Nach einigem Wühlen fand er eine kleine Wodkaflasche. »Das is'n Feuerwerk, Käpt'n!«

»Das Feuerwerk der Gefühle«, versetzte ich unbeirrt, »in dem man nicht wahrhaben will, daß die Moral allein ein empirisches Problem ist. Und mit den Handlungen ist es das gleiche. Es gibt nicht den geringsten Verlaß auf die Form der Anstrengung oder auf den Verschleiß an Kräften. Die Architektur der Geschichte ist nicht zu durchschauen. Manchmal bewirkt ein fallender Papierschnipsel mehr als wütend gegen die Mauern geschlagene Köpfe. Meistens hilft beides nicht – aber man kann noch nicht mal mit Grund zynisch werden. Denn alle Tollhäuser haben ein System, auch dieses hier –«, ich riß mit einer schnellen Bewegung, die meinen Nachbarn vor Schreck etwas Wodka verschütten ließ, eine unter meinem Hintern hervorlugende Seite der Zeitung ab und hielt sie ihm vor die Nase.

Verdutzt starrt er auf ein Raster von Fahndungsfotos.

»Der äußerste Reflex gegen die Machtlosigkeit«, sagte ich. »Er verwandelt Leute meines Alters, meiner geistigen

Herkunft, meiner Hoffnungen in einen Klüngel schwatzsüchtiger Mörder. Und die Zeitungen sorgen dafür, daß ein Volk, das binnen achtundvierzig Stunden dazu gebracht werden kann, die Kinder seiner Nachbarn zu zerhacken, sich moralisch vorkommt.«

»Terroristen?« brüllte der Seefahrer. Er zog mir das Papier aus den Händen. Sein Versuch, sich zu imposanter Größe aufzurichten, mißglückte: als hätte er einen Stoß gegen die Schulter erlitten, stolperte er einige Meter von der Bank weg, um dann mühevoll abzubremsen und schwankend, mich haßerfüllt anstarrend, näherzukommen. Erregt hielt er die Zeitungsseite empor. »Vergasen!« zischte er. »Vergasen!«

»Du hast den Fehler, ausgerechnet deine Dummheiten zu wiederholen.«

Mit zitternden Klauen zerfetzte er das Zeitungsblatt. Für ihn war ich nur ein verrückter, unheimlicher Vertreter des unwirtlichen Stadtgebildes, das uns umgab. Kalt spiegelnde Warenauslagen. Bürohäuser, nächtlich verwaist, mit 20 Grad Innentemperatur. Die uneinsehbare, spiegelnde Gewalt der Autos. Fuji-Film. Commodore Computer. Arag-Versicherung. Sparkasse. Tschibo. Totes Licht. Auf einmal begann er zu singen. Seine Stimme stieg sehr hoch, ins Fistelnde: »La-la-na-la – SA marschiert mit festem Tritt!« Den Text hatte er zum größten Teil vergessen, aber die Melodie hielt er mit wütender Konsequenz durch. Seine rechte Faust war erhoben.

»Darf man das denn singen? Ist es nicht verboten?« Eine ältere Frau, die zunächst auf den Eingang zur U-Bahn zugesteuert war, hatte sich an mich gewandt.

»Rotfront und na-na-banna erscho-o-ssen!« grölte der Seemann.

»Es ist doch nicht mehr erlaubt, oder?« fragte sie leise.

»Das war es«, versicherte ich. »Aber jetzt, wo überall diese Terroristen sind, da hat der Senat es wieder zugelassen.«

»Ach«, murmelte sie, »wegen der Terroristen.« Ihr Gesicht drehte sich dem unentwegt weiterfistelnden Sänger zu. Da niemand sonst sich an seinem Gesang zu stören schien, lächelte sie verwirrt.

»Jetzt reicht es aber!« fuhr ich den Seemann an. Ich war aufgestanden.

Erschrocken und böse vor sich hinbrummend, wich er zurück.

Ich behielt ihn im Auge, bis die Dame vorbeigehuscht war. Dann ging ich rasch und schamerfüllt auf die U-Bahn-Station Zoologischer Garten zu. Was belästigte ich einen Penner? Ein Zeichen für meine Kontaktschwierigkeiten. Ein Zeichen für ein fremdes, eng mit dem Bild aus Marseille verknüpftes Grundgefühl, die Wiederkehr des Gedankens, der mir durch den Kopf geschossen war, als sie meinen halb gelähmten, bewußtlosen Großvater ins Haus trugen. Als gäbe es nur *einen* anderen. Als müsse jeder alles verstehen ...

Kaum war ich in meiner Wohnung angelangt, klingelte das Telefon.

»Guten Abend, Herr Mühsal. Eigentlich wollte ich Ihnen nur mitteilen, daß für morgen kein Krawattenzwang besteht.«

»Wie bitte? Ach so, ja, sicher.«

Oberstetter pflegte unangenehme Zwischenfälle zu vermeiden. Nachdem ich auf keiner der beiden vorausgegangenen Veranstaltungen gesehen worden war, schien ihm eine sanfte mündliche Erinnerung durchaus vertretbar. Er erwähnte das kalte Buffet, das seine Frau zubereitet habe, beschwor den »informellen Charakter« der Veranstaltung. Schließlich drängte es ihn nach einem kleinen Wissensvorsprung vor den Stammgästen, und er wollte erfahren, was ich seit unserem letzten, immerhin zwei Monate zurückliegenden Telefonat unternommen hätte.

»Eigentlich nichts. Nur ein paar abseitige Gedanken.«

»Abseitige Gedanken? – Essays! Natürlich Essays, leichtere, gewagtere Formen – ich wußte, daß Sie das reizt. Mal sehen, vielleicht entlocke ich Ihnen morgen abend den einen oder anderen abseitigen Gedanken. Und äh –«, er zögerte, hüstelte, und erst dann schien ihm ein Licht aufzugehen. »Ja, also – nichts wie an die Arbeit!«

»Jetzt sind Sie mir auf die Schliche gekommen.«

»Aber sicher. Ich bin gespannt, was für einen Vortrag Sie ausbrüten werden in dem einen Tag, der Ihnen noch bleibt!«

In der einen Nacht, Oberstetter.

Ich kochte mir einen starken Kaffee. Ich wurde wütend und fand nach einer Weile auch den Grund meiner Erregung heraus: den feinen pädagogischen Unterton in Oberstetters Sätzen. Jene »Essays«, die zu schreiben er mir unterstellt hatte, sie wollten nichts anderes sein als ein rücksichtsvoll umwickelter väterlicher Ratschlag.

Ohne Konzept, fieberhaft, nur noch aufstehend, um meine Blase zu entleeren oder Kaffee zu kochen, brachte ich den Vortrag zu Papier. In den letzten Satz hinein schlug die Kuckucksuhr meines Nachbarn. Fünf Uhr morgens.

Erst als ich im Bett lag, erlaubte ich es mir, wieder an Patrizia zu denken. Würde sie kommen? Was bedeutete ihr noch jene Minutenszene in Oberstetters Garten, die ein Dreivierteljahr zurücklag? Etwas hoch Unwahrscheinliches, Künstliches. Ich konnte mir ihr Gesicht kaum vorstellen. Helle, flirrende Träume kamen wie bei einer schnellen Fahrt durch eine Allee. Platanenallee. Der Midi. Eine Terrasse am Meer. Caféhaustische, Menschen. In einer Ecke hockte der Obdachlose auf dem Boden. Ich wollte ihm mein Glas geben. Alle tranken den grünen Likör, es schien ein notwendiger Vorgang zu sein, ein leuchtendes Benzin für das neue innere Getriebe der Menschheit. Hanna stand von ihrem Stuhl auf. Einmal von diesem, einmal von jenem Nebentisch. Immer erhob sie sich, als habe sie mich gerade entdeckt, und sie ging auf mich zu. Immer verschwand sie kurz vor meinem Tisch. Man konnte es nicht erklären.

Um ein Uhr mittags erwachte ich. Mir blieben noch fünf Stunden Zeit, den Vortrag zu überarbeiten und mir die wichtigsten Passagen für ein freieres Sprechen einzuprägen.

Statt dessen ging ich schwimmen. Nach dreißig Bahnen

gab ich auf. Eine bestechliche, gefallsüchtige Instanz in mir wollte, daß ich meine Kräfte für den Vortrag schonte. Leichtere Formen, Essays! Es machte mich krank, wie sehr mich Oberstetters Empfehlungen beeindruckten. Seine dämlichen Gesellschaftsabende. Junge Wissenschaftler referieren aus ihrem Gebiet. Offenes Forum. »Die Salonkultur, Herr Mühsal, das ist etwas, was wir verloren haben!« Professoren, Assistenten, Universitätsangestellte der höheren Chargen, Zehlendorfer Nachbarn. Aber auch Bredorf. Und Patrizia. Ich kämpfte gegen die wie Hitzewellen aufkommenden Verpflichtungsgefühle an. Zurück in meine Wohnung! Den Vortrag überarbeiten, noch einmal säuberlich abschreiben, memorieren, probesprechen!

Die Sporttasche mit meinem Badezeug über der Schulter, ging ich in ein Chinarestaurant zum Mittagessen und anschließend in die Nachmittagsvorstellung eines Ku'damm-Kinos. Was ich geschrieben hatte, behielt ich auch. Es war ein Spiel, das ich schon öfter gewonnen hatte, ein scheinbares Fallenlassen, das in der letzten Sekunde, kurz vor der Blamage, von der sicher anspringenden Maschinerie meines Gedächtnisses abgefangen wurde.

6

Im Salon

»Endlich«, rief Gertrud Oberstetter, die feisten Händchen vor der Brust gefaltet, »der Vorsänger! Wissen Sie was? Dreißig Leute zertrampeln mir da drinnen meinen Berber, und Sie, Mühsal, werde ich dafür haftbar machen. Einer hat schon seine Finger in meine Meerrettichsahne gesteckt, ich wollte ihn gerade erstechen, als es klingelte. Übrigens hatte ich gar nichts zu stechen, denn das Geschirr geht mir aus. Wenn Sie Glühwein möchten, müssen Sie Ihre Mütze mit hineinnehmen.«

Ich folgte ihr in einen gut beheizten Vorraum. Dort übernahm mich ihr Mann, während sie sogleich wieder in die

Küche trippelte. Oberstetter war mir so leidenschaftlich beim Ablegen der Jacke behilflich, daß wir uns anrempelten. Er trug eine Art Golfuniform, bestehend aus Flanellhosen, grauen Schuhen und einem weißen Pullover. Die Hand schon an der Türklinke zum »Salon«, hielt er inne. »Und«, fragte er, »haben Sie die Galgenfrist genutzt?«

Ich zeigte ihm die hastig beschriebenen Notizblätter.

»Bravo! Ich wußte doch, daß Sie improvisieren können.« Mit dem rechten, haselnußbraunen Auge zwinkernd, raunte er: »Also, das Spiel beginnt!«

Man hatte den Vorhang, der die beiden Räume im Erdgeschoß trennte, ganz beiseite gezogen. So ergab sich eine beachtliche Weite, beengt nur von den eigens für die Vortragsabende beschafften Klappstühlen. Tatsächlich mochten etwa dreißig Gäste erschienen sein. Bredorf und zwei von Oberstetters Assistenten konnte ich sofort entdecken. Der Gastgeber steuerte mich sanft nach links. Hier, im eigentlichen Eßzimmer, verbreiteten mit hellem Stoff verkleidete, kreisrunde Lampen einen angenehmen Milch- und Mondglanz. Eine Handvoll Zuhörer hatte es sich auf der breiten Fensterbank bequem gemacht. Zwischen ihnen und der Gruppe, durch die Oberstetter mich führte, stand ein ausladender Tisch. Er war mit Gläsern, Kerzenständern und kleinen Mineralwasserflaschen bedeckt. Noch niemand hatte sich an ihn zu setzen gewagt.

Studenten in Jeans waren gekommen, zwei jüngere Professoren und zwei ältere mit egalitären Tendenzen und teuer ausstaffierten Gattinnen an ihrer Seite.

»Ich bin wirklich gespannt, was ihre Generation zu diesem Thema zu sagen hat«, beschied mir einer von ihnen salbungsvoll.

Als mich Oberstetter in den angrenzenden Raum führte, kreuzte meinen Blick der Patrizias, ein tiefblauer Schmetterling mit hart vibrierenden Flügeln, der jäh gegen mein Gesicht prallte. Sie verschwand hinter einigen Anzügen.

»Ihre Frau ist eine Künstlerin«, versicherte dem Professor eine dunkelhaarige Vierzigerin in einem lavendelfarbenen Kostüm. Sie meinte das Buffet.

Ich wurde einem Musikredakteur vorgestellt, der glaubte, mich zu kennen. Der Lektor eines wissenschaftlichen Verlages zankte sich unterdrückt mit einem Chirurgen, ein älteres Exemplar des SPIEGEL herumwedelnd, das unter der Überschrift *Terror gegen die Justiz* einen Trommelrevolver auf den Arzt richtete. Die Töne eines Jazzklaviers, leise, wie Gebilde aus Streichhölzern, sich aufrichtend und zerfallend, kreisten durch den Raum.

»Reden Sie doch mal mit Bredorf. Er fühlt sich einsam, seit Sie nicht mehr bei uns sind«, raunte mir Oberstetter zu.

Mein Ex-Kollege stand neben dem zusammengebauschten Vorhang. »Hallo Boxer«, grüßte er mich. Die lästige Schwere unserer Körper hatte uns immer verbunden. Oberstetters sonstige Assistenz glich dem Meister so sehr in Ideologie und Kleidung, daß wir sie den »Klon O« nannten. Sie hatten sich mit dem Spitznamen »Doppelter Lotter« gerächt.

»Hallo«, sagte ich. »Schön, daß du gekommen bist.«

Vorwurfsvoll kreuzte er die Arme. »Du siehst einen gebrochenen Kämpfer vor dir, verlassen in der Schlacht gegen den Klon.«

»Liegt es an mir?«

»Natürlich! Du müßtest nur ein wenig Druck machen, schon hättest du die Stelle. Aber nein, du läßt mich sitzen.«

»Hör auf zu wimmern. Du weißt genau, daß Oberstetter dich protegiert. Einen alten Revolutionshelden braucht er in in seinem Keller.«

»Möglich. Aber ich war lieber ein halber doppelter Lotter als ein alleinstehender Revoluzzer mit Pensionsberechtigung. – Ach nun«, er hob seine Stimme so plötzlich, daß ihn einige Umstehende überrascht musterten, »was, verdammt noch mal, tut der Mensch hier eigentlich?«

»Du wirst schon einen Spruch dafür haben.«

»Es ist ganz einfach: Er hält sich an seinem Weinglas fest, lauscht dem ortsüblichen nahrhaften Monolog und stellt erleichtert fest, daß es Schwätzer wie ihn noch zuhauf gibt, draußen in der Welt. Das eben besänftigt seine beständige innere Furcht, es könne sich irgendwo ein intelligenter oder gar origineller Kopf im verborgenen halten.«

Ich hörte leises kurzes Lachen nahe an meinem rechten Ohr. »Man kommt hierher, um festzustellen, daß es das nicht gibt, wovor man sich fürchtet? Wirklich? – Einen schönen guten Abend übrigens, Herr Mühsal.«

»Genau«, versicherte Bredorf, während ich Patrizias Hand hielt, »es ist eine Art intellektueller Geisterbahn.«

Ganz langsam nur bewegte sie ihren Arm zurück, dabei die Stellung der Finger nicht verändernd. Es schien, als führte sie die Kontur meiner Hand mit heran an die taubengrau glänzende, von ihrem flachen Bauch leicht gespannte Seide ihres Kostüms. Sie war sechsunddreißig, acht Jahre älter als ich. Dem Gerücht nach lebte sie in »zerrütteter Ehe mit einem renommierten Spezialisten für Festkörperphysik«. Frau Oberstetter hatte diese Wendung aufgebracht. Sie klinge, befand Bredorf einmal, wie: »An jenem Sonntagmorgen durchschritt ein lächelnder chinesischer Töpfermeister seine eigene Schaufensterscheibe.«

»Wenn er sich schlecht benehmen sollte«, sagte Bredorf, »liegt das daran, daß ihm meine väterliche Hand fehlt, seit er nicht mehr am Institut arbeitet. Neuerdings führt er ein Eremitendasein in seinem Moabiter Seelengärtchen.«

»Das macht Ihnen viel aus?«

»Wie denn auch nicht? Wenn der einzige, der noch seine hausgemachte Portion Witz im Köpfchen hat, mich im Stich läßt?« klagte Bredorf und fügte mit gesenkter Stimme, dabei das Kinn in Richtung der anderen Assistenten drehend, hinzu: »Inmitten dieser Fischstäbchen! Da ist es doch schlimm, daß ein Fenstergucker aus dem alten Mühsal wird.«

»Ach, damit haben wir etwas gemeinsam«, sagte Patrizia zu mir gewandt. Ihr Blick heftete sich auf mein Gesicht, um den meinen in zwei tiefblaue Kreise einzufassen, die ihn auf das Fenster zum Garten zwangen. Bredorf, der den Hinweis auf jenen Sommerabend nicht verstehen konnte, stellte eine ironische Frage, die ich nur im Tonfall erfaßte.

»Es ist natürlich Ansichtssache, ob man ein Fenster gemeinsam hat«, erklärte Patrizia.

Mir blieb nur noch, verblüfft zu lächeln. Oberstetter war

an mich herangetreten, hatte sich dafür entschuldigt, ein gewiß interessantes Gespräch zu unterbrechen, und komplimentierte mich ans Kopfende des Tisches.

Während die Klappstühle in Reihen aufgestellt wurden, ordnete ich meine Notizblätter. Das Ächzen des Parketts, hier ein unterdrücktes Hüsteln, da noch ein Wort, das Rascheln von Anzugstoff und Röcken schienen ein Podest aus Geräuschen zu bilden, eine raunende, leis mit Weingläsern klirrende Ellipse, in deren vorderen Brennpunkt ich mich mit einem Male versetzt sah. Mein Puls hämmerte in den Schläfen. *Nach Tod und Leben fragen*, sagte ich in mich hinein. Es blieb ohne Wirkung. Gestern noch hockte ich neben dem Obdachlosen im sozialen Nichts vor der Gedächtniskirche. Jetzt schwitzten mir die Hände vor einer Schar von Bildungsbürgern.

Oberstetter trat an meine Seite. »Meine Damen und Herren, liebe Freunde, liebe Kollegen! Ich darf Ihnen heute, sofern Sie ihn noch nicht kennen, Herrn Dr. Anton Mühsal vorstellen, der bis vor kurzem in unserem Institut beschäftigt war und dort beachtliche Arbeit geleistet hat. Das Thema des heutigen Abends ist die Novemberrevolution im Deutschland des Jahres 1918 ...« Er wollte »den Versuch wagen«, einen kurzen Überblick über die Geschichte des Wilhelminischen Reiches zur Einführung zu geben.

Es würde ein längerer Überblick werden. Unfähig, auch nur eine Zeile aus meinem Manuskript zu entziffern, verfing sich mein Blick in dem Tischgedeck, irrte über die Kerzen, die Gläser, die Porzellanvasen, aus denen zitronengelbe und rosafarbene Blüten ragten, streifte die vordere Sitzreihe. Patrizia sah starr auf das Fenster. Auf der dunklen Glasfläche spiegelten sich nur die Lampen und Köpfe, aber die Erinnerung gab mir dasselbe Bild wieder, das ihr vorschwebte. Ein Frühsommertag. Das Karminrot dürr in den Himmel ragender Föhrenstämme. Der wie ein Bürstenhaarschnitt bearbeitete Rasen, dessen Decke hier und da von den Füßen der Gartenstühle durchstoßen war und graue, schwitzende Erde sehen ließ. Bald zeigte der Himmel fast die gleiche Farbe wie diese münzgroßen Löcher.

Auf jener Oberstetterschen Einladung gab es keinen Vortrag. Es handelte sich um eine Jubiläumsfeier für das fünfjährige Bestehen des »Salons« mit Frohsinn und Punsch. Letzterer bewog bei Anbruch der Dunkelheit einige Gäste dazu, auf einer Schaukel Kunststückchen vorzuführen. Das Gerät, aufgestellt für die Enkel des Hausherrn, befand sich in einer Einfriedung zwischen Büschen und mannshohen Tannen. Von der Terrasse aus, wo die meisten sich aufhielten, konnte man diese Stelle nicht einsehen. Als der erste Regen fiel, flüchtete mit lautem und wie verabredetem Entsetzen die Gruppe an der Schaukel unter den Schutz des Terrassendachs. Das ging so schnell, daß man sich ihr nur mit lächerlicher Eile hätte anschließen können. So war ich plötzlich mit Patrizia allein. Seit Beginn unserer Bekanntschaft bei Oberstetter hatten wir kaum ein Wort gewechselt. Jetzt erschienen alle gegenseitigen Empfindungen aus der Folge der gemeinsamen Samstagabende. Ich fühlte eine grundlose, klingenscharfe Geringschätzung. Sie ist unglaublich arrogant, dachte ich. Sie war verheiratet. In zerrütteter Ehe mit einem renommierten Spezialisten ... Die Dunkelheit schien nur dazu gemacht, ihren Körper hervorzuheben wie die Samtunterlage eines Colliers. Sie nahm mir die Luft. Als könnte ich nur weiteratmen, wenn ich mich rasch entfernte oder näher an sie herantrat. Der Regen fiel stärker, prasselte auf das leer an den Seilen pendelnde Schaukelbrett. Wir regten uns nicht. Ein trotziges Kinderspiel. Am höchsten klettern, am tiefsten tauchen, am längsten still sein. Sich in die Augen sehen, ohne zu blinzeln. Nicht vor Erregung zittern.

»Ich kann mir nicht helfen«, sagte ich laut in den aufheulenden Wind hinein, »es kommt mir vor, als müßte ich Sie von früher her kennen.«

Sie verzog die Mundwinkel, schien aber interessiert daran, was ich noch zu bieten hatte.

»Obwohl es logisch unmöglich ist«, rief ich, »ich denke, wir sind uns als Fünfjährige begegnet und haben uns damals schrecklich geprügelt.«

»Küssen Sie eigentlich?« rief sie zurück.

Laub und kleine Zweige wurden über unseren Köpfen gegen die Stämme geschleudert. Verblüfft fühlte ich den Druck einer festen, nassen Brust auf meinen Rippen, meine Lippen waren wie gegen kühl gerundetes Glas gepreßt, das schmolz und eine heiße Flüssigkeit verströmte. Mein Gott, vielleicht hab ich mir immer so etwas gewünscht, dachte ich, seltsam klar – als auch schon jener Blitz in den Nachbargarten einschlug. Er ging als einziger unverästelter Elektronenpuls herab und zerschlug einen Kirschbaum in mehrere Stücke. Aus dem Blickwinkel unseres Kusses sah ich Patrizias Wange in Magnesiumglut getaucht und glaubte, die Sandkörnchen und feinen Haare, die darauf lagen, würden zu weißer Asche zerstrahlt. Augenblicklich folgte der Donner. Mit der Stirn, den Lippen und Zähnen prallten wir heftig gegeneinander.

»Kommen Sie«, keuchte Patrizia. »Hier, nehmen Sie das, Sie bluten.« Sie zog mich zur Terrasse. Benommen preßte ich mir das Taschentuch, das sie in meine Hand gedrückt hatte, vor den Mund.

Fast allen war im ersten Moment nur die Detonation einer Atombombe eingefallen. Eingeständnisse lang unterdrückter Furcht wurden gemacht. Oberstetter begann einen Psychologen zu suchen, der über die Angst im thermonuklearen Zeitalter referieren sollte.

Bisweilen traf Patrizias Blick meine Unterlippe, die aufgehört hatte zu bluten, aber leicht angeschwollen war. Seinen Ausdruck erriet ich nicht. Die Schwäche, die ich gezeigt hatte, indem ich in der Einfriedung zuerst das Wort ergriff, machte ich dadurch wett, daß ich ging, ohne mich von ihr zu verabschieden. Seither hatte ich sie nicht mehr gesehen. Damals glaubte ich zu wissen, was ich wollte. Vor einem dreiviertel Jahr noch. Nicht leben. Nicht das Fremde.

7

Die wunderlichste der Revolutionen

»... Ich bitte um Ihre Aufmerksamkeit.«

Oberstetter lächelte mir beruhigend zu.

»Einen schönen guten Abend«, hörte ich mich sagen. So hatte Patrizia mich vor einer Viertelstunde begrüßt. Ich redete, fand irgendeinen Witz, ließ ein Pause, redete weiter. Die Gedächtnismaschine war angesprungen. Etwas hastig gab ich einen Abriß des letzten Kriegsjahres.

»... nach dem Zusammenbruch Bulgariens erklärte schließlich die Oberste Heeresleitung selbst einen sofortigen Waffenstillstand für unumgänglich. Die Voraussetzung dafür war die Umbildung des deutschen Regierungssystems, wie sie die Note des US-Präsidenten Wilson forderte.

Am 29. September 1918 verordnete Ludendorff die Verfassungsänderung von oben. Deutschland wurde parlamentarische Monarchie. Mit einer Handbewegung der Generalität schienen alle jahrzehntelang umkämpften und erdrückten Forderungen nach Ausbau der Reichstagskompetenzen, nach demokratischer Kontrolle des Kanzlers, der Militärs und der staatlichen Bürokratie erfüllt. – Dennoch: fünf Wocher später brach die Revolution aus. Arthur Rosenberg, der, in den dreißiger Jahren schon, die bislang intelligenteste Geschichte der Weimarer Republik geschrieben hat, nannte die deutsche Erhebung deshalb die *wunderlichste der Revolutionen*. Aus dieser Wunderlichkeit haben dann auch etliche Historiker mit sehr viel Erfolg den Anlaß gemacht, die Revolution unter den Teppich zu kehren: man stellte sie als sinnlosen Aufstand kriegsmüder Wirrköpfe hin.

Rosenberg jedoch zeigte, weshalb der scheinbar widersinnige Vorgang folgerichtig war.«

Hier waren in meinen Notizen nur Stichpunkte vermerkt. Sie verschliffen sich in Abkürzungen und seltsamen, halbgrafischen Zeichen, einem Geheimcode für die Gedächtnismaschine. Als ich zum Verlauf der Ereignisse zwischen dem 9. November 1918 und dem darauffolgenden Sommer kam, benötigte ich die Aufzeichnungen nicht mehr. In großen bewegten Bildern strömte das Geschehen durch meinen Kopf, die Marstallbesetzung und die weihnachtlichen Straßenaufstände, die Januarkämpfe, die bayrische Revolution, die Erhebungen im März ... Was es dazu zu sagen gab, drängte sich mir in den Formeln entgegen, die ich gelesen oder mir Dutzende Male im Verlauf meiner Arbeit zurechtgelegt hatte. Es war ein Ausverkauf der drei emsigen Jahre vor andächtig lauschendem Publikum. Es kostete mich nichts mehr. Ich betrachtete die Gesichter der Zuhörer, während der Halbautomat Anton Mühsal Satz an Satz reihte. Drei Professoren, darunter Oberstetter flankiert von seinen Assistenten, beanspruchten an der Grenze zum Wohnzimmer ein so günstiges Licht, wie man es von der millimetersicheren Raumstaffelung niederländischer Meister kannte. Diese Männer stellten das nach hinten gewandte Gesicht meiner Zeit dar. Sie waren Masken, auf den letzten Waggon des voranrasenden historischen Zuges geschlagen. Gegen die verfluchte, ungeheure Materialmengen sedimentierende Zeit errichteten sie ihre Talsperre aus Papier, angefüllt mit ausladendem, geflissentlich seriösem, detaileiferndem Geröll, das der Klebstoff akademischer Grade sicher verband. In ihren Augen glomm der Stolz des Verzichts, und ihre Golfsporteleganz stand gelöst lächelnd vor den überkommenen Zuckungen hohlwangiger Eiferer und Propheten ihres Faches. Leise setzten sie ihre Kreppsohlen auf die engen Flure des Dahlemer Instituts. Hier hätte Nietzsche etwas lernen können, eine Lektion über historische Gesundheit. Kein Weg, gestand ich mir wider einen letzten Hoffnungsschimmer ein, führte mich zu ihnen zurück. Argwöhnisch beobachtete ich die vier Assistenten, die neben Bredorf der Einladung gefolgt waren. Allen gemeinsam war das glänzend Friedvolle, das über einer Reihe gutgeölter, polierter Mikroskope schwebt. Ich sagte mir, daß ihre Arbeit wirklich benötigt wurde. Es half nichts. Mein ganzes Unbehagen schien sich in Patrizias Miene zu sammeln, zu einem spöttischen Angriff zu übersteigern. Nicht nur das akademische Gehabe, sondern auch das Pathos des von den Geschehnissen überwältigten Chronisten prallte spurlos an ihr ab.

Dieses Gesicht ist die Grenze, dachte ich, gebannt seine feinen Linien studierend, den Perlmuttschimmer der Augenlider, die Lippen, die eine gewisse ovale Schärfe in ihm milderten zugunsten einer horizontal wirkenden, in den Mundwinkeln fallenden Glut. Sie noch einmal zu küssen kam mir wie ein Auftrag in den Sinn. Etwas schien sie mit dem Erlebnis in Marseille zu verbinden. Es war vielleicht nur der Blitzschlag in Oberstetters Garten, der plötzliche Einbruch fremder Gewalt ... Bis zum Ende meiner Rede machte ich mir nicht mehr die Mühe, jemand anderen anzusehen, wenn ich den Blick von meinen Notizen hob.

»Lassen Sie mich diesen Vortrag mit zwei provokanten Bemerkungen schließen.

Erstens: Die Niederlage der deutschen Novemberrevolution ist das zweite und meines Erachtens entscheidende Geburtstrauma unserer demokratischen Geschichte. Noch gab es zwar einige, in den letzten beiden Fällen sehr vage Möglichkeiten, eine Wende herbeizuführen: 1920, nach dem Kapp-Putsch; 1923, während der Inflation; 1932, als man die preußische Regierung vom Reich aus ›exekutierte‹. Nie aber boten sich Chancen wie die, die von der Sozialdemokratie Eberts und Noskes, zwei gutgläubigen und honorablen Männern, am Ausgang des Ersten Weltkrieges blutig verspielt wurden. Daß diese riesige Möglichkeit letzlich die Züge aufgehalten hätte, die Hunderttausende den Vernichtungslagern entgegenfuhren, das wußte damals keiner. Niemand ahnte, daß das kurze, wirre Leben der ersten deutschen Republik am Fuß der größten Schlachtbank in der Geschichte der Menschen enden sollte. – Wir wissen es, und das macht unsere Analysen so wichtig und so bedenklich.

Zweitens: Nur für diejenigen, deren Naivität hinreicht zu glauben, nach 1945 habe sich irgendwo auf deutschem Boden eine originäre und tatsächlich verantwortliche Politik gegenüber dem, was hier zum Entsetzen aller Völker geschehen ist, etablieren können, gehören die Ereignisse von 1918 und 1919 in die Staubkammern der Archive. Wer dagegen über den Rand seiner Tageszeitung hinausblickt, wird mir vielleicht darin recht geben können: Es sind die ungelösten, bohrenden Fragen der Novemberrevolution, die noch heute ihre Antwort dringend verlangen. Und das von Jahr zu Jahr mehr und nicht obwohl, sondern weil sich neue, historisch nie dagewesene Probleme stellen.

Ich danke Ihnen für Ihre Aufmerksamkeit.«

Man applaudierte. Im hinteren Raum flammten die Lichter wieder auf. Aus den Lautsprecherboxen ertönte ein Knistern, dann wieder der Jazz, der die gleiche mondäne Gepflegtheit hatte wie die Silberreifen an Patrizias Armen.

»Nicht übel, mein Lieber«, sagte Oberstetter. Er dirigierte mich mit einem gewissen Vaterstolz von einem Stehgrüppchen zum anderen. Willenlos gab ich der Richtung nach, die er meinem linken Ellbogen aufnötigte. Ich mußte ein leichtes Schwindelgefühl bekämpfen, aber mich beschäftigte vor allem die Frage, ob jemand die Spannung zwischen Patrizia und mir während der Rede bemerkt hatte.

»Sie haben so wenig über Luxemburg und Liebknecht gesagt!«

»Mögen Sie Musik?« lispelte schläfrig eine ältere Dame, deren lustige Augen etwas schief saßen. Mit zitternden Fingern hielt sie ein Sektglas fest.

»Wie ist das mit deinen methodischen Prinzipien? Bist du nur Materialist? Oder sagen dir die Strukturtheoretiker auch etwas? Was hältst du zum Beispiel von Lévi-Strauss' Theorien zur Geschichte?«

Ich betrachtete überrascht das Gesicht der Studentin, die diese Fragen stellte.

Bredorf knurrte ihr entgegen: »Er hält davon soviel wie von einem frisch ausgebuddelten Saurierchor, der ihm das kleine Einmaleins vorsingt.«

»Wie ... wie bitte?« stammelte die junge Frau.

»Aber nein, ich habe mich überhaupt nicht damit beschäftigt«, bemerkte ich noch schnell, denn Oberstetter zog mich, leise durch die Nase lachend, von ihr weg. »Bredorf will Blut sehen«, erkärte er mir.

So bald würde sich wohl keine Gelegenheit ergeben, Patrizia unter vier Augen zu sprechen. Sie half mit, die Klappstühle wieder zurück an die Wand zu ziehen.

Wie es denn mit meinen »Essays« stünde, wollte der Gastgeber wissen.

»Aber nein, ich mache nichts Vernünftiges im Augenblick.«

»Kein Wort glaube ich Ihnen. Das war doch eine thematische Andeutung – Gilgamesch! – oder nicht?« raunte er vergnügt. »Übrigens sieht es gar nicht so schlecht aus mit Ihrer Stelle. In ein oder zwei Monaten kann sich die Sache entscheiden.«

»Ha, da ist die Schlange, die Sie an Ihrer Brust nährten!« rief, nur mit halbem Unernst, ein Dozent, dem Oberstetter mich noch nicht vorgestellt hatte. »Intelligent, aber radikal.«

Nach dem Austausch einiger höflicher Beleidigungen trennte ich mich von ihm und von Oberstetter. Patrizia stand mittlerweile bei dem Chirurgen und dem Lektor. Von der Seite, etwa aus einem Meter Entfernung, sah ich unbeobachtet in die blaue Kälte ihres linken Augapfels. Ich legte mir einen Satz zurecht, trat einen Schritt vor – aber da geriet ich auch schon in die Fänge des Oberstetterschen Klons. Die vier Assistenten hatten sich vor der Tür zum Flur plaziert. Jeder hielt einen Teller aus blaugeädertem Porzellan, auf dem Salate, Eischeiben, Kaviar und Lachs glänzten. Sie aßen dasselbe, ohne es zu bemerken.

»Ach, der Herr Mühsal«, sagte der erste, der seine schmale Krawatte über die Schulter geworfen hatte.

»Der Zermalmer«, steigerte ihn der zweite.

»Der Advocatus Diaboli außer Dienst!« fügte der dritte namens Heider hinzu und streckte mir seinen Teller einladend entgegen. Seine Frau war es, mit der ich die halbe Nacht in der Diskothek verbracht hatte.

Etwas mühsam stellte ich mich auf den richtigen Ton ein.

»Ich danke euch, werte Kollegen. Beinahe hätte ich vergessen, warum ihr mir nicht gefehlt habt.«

Das gefiel ihnen, und sie kauten erwartungsvoll heftiger.

»Unlängst«, brachte einer zwischen zwei Bissen hervor, »machte mir der große O. das Geständnis, auch ihm stelle sich eine Etappe des ruhmreichen Wegs der deutschen Sozialdemokratie ein wenig finster dar. Ich will nicht insistieren, aber von Revolution hat er mir da gar nichts erzählt.«

»Er wird auf empfindsame Seelen Rücksicht genommen haben«, warf Heider ein.

»Das ist möglich, ja, sehr gut möglich. Nur, sollte er sich auch in der Jahreszahl so gründlich irren? Er?« rief der Krawattenträger mit scheinbar grenzenlosem Erstaunen. »Er sprach von 1930.«

»U-und er schilderte im bewegten, raunenden I-imperfekt des Erzählers, wie schmähliche Kräfte v-von links den ganzen roten Biedermeiero-orden zwangen, fahrlässigerweise aus der Regierung auszutreten, und damit die g-göttliche Harmonie des P-parteienstaates ins Wanken brachten. Und das alles nur, w-weil sie nicht mit einigen schmißverzierten Herren z-zusammen eine so unwesentliche Einrichtung wie die Sozial- und A-Arbeitslosenversicherung abschaffen wollten!« – Bredorf war an meine Seite getreten. Anscheinend empfand er an diesem Abend eine Verpflichtung, mich vor Angriffen in Schutz zu nehmen. Das Stottern kam bei ihm üblicherweise nach dem dritten Glas Wein. »D-der eigentliche Fehler war, daß die SPD 1930 m-mit guten Gründen aus der Reichsregierung austrat, aber i-in Preußen am Ruder blieb.« Mit diesen Worten drängte er sich so weit nach vorne, daß ich selbst außerhalb des Kreises der Assistenten stand.

»Erst recht eigentlich«, karikierte Heider einen Lieblingsausdruck Oberstetters, »ist Herrn Dr. Mühsals These interessant, daß das Verfassungswerk der BRD womöglich den Weimarer Realitäten nicht gewachsen gewesen wäre. Eine so durchsonnene, so feingliedrige, so geistvolle Konstitution!« Er wußte, wie man Bredorf aus der Reserve lockte.

»Verfassungsw-werk der BRD? Hat der K-Kollege Müsli nicht erklärt, warum es d-damals gar nicht verabschiedet werden konnte? Und dann: diese Sozialstaats-Stümperei aus dem Herrenchiemseer Geblüt? D-diese Kanzler-Monarchie mit dem gleichnamigen Amt als Su-Superministerium?«

»Noch ein Exterminator«, stichelte Heider, »und ein unordentlicher dazu, der Verfassung und Verfassungswirklichkeit durcheinanderwirft.«

Seit Jahren gingen dieser Streit und ähnliche, deren Verlauf und Argumente schon von vornherein feststanden.

Erleichtert bemerkte ich, daß ich einige Schritte machen konnte, ohne angesprochen zu werden. Eine junge Frau in Jeans und indischer Baumwollbluse räkelte sich auf einem der Ledersessel im Wohnzimmer, umgeben von Endfünfzigern, denen ein unerfindlicher Genuß pflaumenfarbene Gesichter bescherte. Man diskutierte gemessenen Tons über Ursache und Auswirkungen des Ölpreisschocks.

Ich sah mich nach Patrizia um. Die Lévi-Strauss-Anhängerin, begleitet von zwei mir unbekannten jungen Männern, war noch zu ihr, dem Lektor und dem Chirurgen gestoßen. Sie hörte mit deutlichen Zeichen der Langeweile dem Gespräch zu. Den einen Arm hatte sie, ihn mit dem Ellbogen des anderen gegen die Hüfte pressend, quer über den Leib gelegt. Die Finger der herabhängenden Hand trommelten ungeduldig über den Beckenknochen – als ich mich der Gruppe näherte, erstarrten sie und streckten sich mir dann, um anzudeuten, daß ich stehenbleiben solle, abwehrend entgegen. Am unteren Ende des Tisches verharrend, sah ich zu, wie sie sich aus der Gesprächsrunde entfernte.

»Als ich den Vortrag hielt – wollten Sie mich da hypnotisieren?« fragte ich, als sie in Hörweite war.

»Aber ja«, entgegnete sie bestimmt.

»Sie haben mich fast aus dem Konzept gebracht.«

»Das hätte mir leid getan. Obwohl – wissen Sie, Sie sahen um so verlorener aus, je besser Sie redeten. Wie ein Ersatzmann für den ersten Schauspieler, der plötzlich einspringen und gleich den Macbeth spielen muß. Als wäre es Ihnen irgendwie peinlich gewesen oder unkollegial vorgekommen, die Rolle allzu gut zu verkörpern.«

»Sie beobachten sehr genau.«

»Nur wenn es sich lohnt.«

»Hat es sich gelohnt?«

»Aber Herr Doktor, gerade waren Sie doch noch so logisch!«

Es ist gleichgültig, was ich ihr sage, sie ist fremd, dachte ich. Man konnte ihr so einfach Geständnisse machen wie dem Obdachlosen. Also erzählte ich ihr, daß ich nur deshalb auf ihre Anerkennung erpicht sei, weil ich soeben meinen letzten Vortrag für wohl längere Zeit gehalten hatte.

»Sie möchten nicht mehr aus Ihrem Seelengärtchen heraus?«

»Ich weiß nur, daß ich nicht so bald wieder unter die Fischstäbchen will«, sagte ich mit Blick auf die noch immer Bredorf attackierenden Assistenten.

Patrizia nickte verständnisvoll. »Es sind Ladenschwengel. Nur, was macht man im Moabiter Seelengärtchen?«

»Man wartet auf einen Blitzschlag.«

Damit brachte ich sie tatsächlich aus dem Gleichgewicht. Sie errötete leicht, senkte den tiefblauen Blick; aber schon bedeutete sie mir, ruhig wieder aufsehend, daß sie sich genau dahin habe bringen lassen wollen. »Ihr Historiker«, sagte sie leise, »ihr seid doch ein dankbarer Fall für Erinnerungen. Aber wir kommen darauf zurück.«

Frau Oberstetter mußte mir nun für den gelungenen Vortrag danken und mich darauf aufmerksam machen, daß ich das Buffet bislang verschmäht hatte.

Was hielt ich mich noch länger hier auf? Ich hatte meinen Pflichtbeitrag geleistet und doch nur festgestellt, daß die Gründe für meinen Rückzug aus der Oberstetterschen Welt weiterhin gültig waren.

Mißmutig tauschte ich einige Worte mit Bredorf, mit dem kleinen Chirurgen und wieder mit Oberstetter; letzterer hatte den Gilgamesch immer noch nicht überwunden. Vielleicht fehlte mir seine wissenschaftliche Hartnäckigkeit.

»Sie sind ganz sicher, daß Sie heute Ihren letzten Vortrag für längere Zeit gehalten haben?« flüsterte Patrizia mir im Vorübergehen zu.

»Nicht nur das.«

»Vergessen Sie bloß die ausführliche Antwort nicht«, sagte sie lächelnd, wandte sich ab und ließ sich von einer Nachbarin der Oberstetters in die Kunst des japanischen Blumensteckens einführen.

»Nicht-nur-das!« zitierte sie mich wenig später. »Ich überlege mir verzweifelt, was das bedeuten könnte.«

Ich fühlte eine kristalline Glätte, wenn wir miteinander redeten, etwas kühl Geschliffenes, als bewegten wir uns in den Flächen zweier Spiegel, die gegeneinander aufgestellt wurden. Es war unbegreiflich, woher sie das stumme, überwältigende Versprechen nahm, die Berührung zu sein, die ich monatelang gesucht hatte.

»Nicht-nur-das. In drei Worten wollten Sie sagen, daß Sie nicht mehr hierher kommen möchten, zu diesen faszinierenden Vorträgen?«

»So könnte man es ausdrücken. Vorausgesetzt natürlich«, sagte ich ohne das Gefühl, mutig zu sein, nur getrieben von dem Wunsch, die Entwicklung voranzubringen oder zu zerstören, »daß ich Sie, eine Schaukel und einen passenden Blitz dazu noch an irgendeinem anderen Punkt der Erde ausfindig machen kann.«

»An irgendeinem anderen Punkt der Erde! Schön!« Sie lachte. »Jetzt muß ich darüber nachdenken, wie weit Sie für mich wandern würden. Geben Sie mir Ihr Glas, ich habe Lust, Sie zu bedienen.«

»Sind Sie zu einem Ergebnis gelangt?« fragte ich, als sie wieder bei mir stand.

Sie hatte sich Rosé eingeschenkt und mir von dem Weißwein, den ich zuvor getrunken hatte. In der linken Hand hielt sie ein Stück Käsegebäck, von dem sie vorsichtig eine Ecke abbiß. »Ich bin mir nicht ganz sicher«, sagte sie langsam und so, als müsse sie die Antwort aus dem Geschmack des kleinen Teigquadrats bestimmen. »Ich weiß nur, daß ich jetzt nach Hause muß. Ich bin etwas betrunken.«

»Mir geht's nicht anders. Vertragen Sie auch so wenig?«

Sie nickte. »Das ist gut so, mein Lieber.«

»Weshalb?«

»Weshalb es gut ist, daß wir betrunken sind?« Tadelnd schüttelte sie den Kopf.

Der letzte, beziehungsreiche Blick des Taxifahrers traf einen mittelgroßen, kräftigen jungen Mann in eher studentischer Aufmachung, der ihm einen Zwanzig-Mark-Schein unter die Nase hielt, während sich im Hintergrund eine Frauengestalt im Pelzmantel über eine schmiedeeiserne Gartentür beugte. Vereister Schnee zerprang unter meinen Schuhen.

»Vorsicht, es ist sehr glatt«, mahnte Patrizia. Sie ging behutsam den schmalen Weg voraus, der am Fuß einer Freitreppe endete. Vor uns hob sich eine Zehlendorfer Villa mit gemauerten Bogenfenstern, Alarmanlage, einem wie eine Schlafmütze über einen kantigen Schädel gezogenen Dach, auf dem zwei verschneite Fledermausgauben hockten. Flache Sträucher, die unter ihrer weißen Last metallisch erstarrt schienen, wuchsen aus der verdeckten Rasenfläche. Zwei mandelblütenfarbene, sehnig durchgebildete Unterschenkel stiegen im gelben Licht einer Außenleuchte vor mir die Freitreppe empor. Plötzlich fiel mir die Affäre meines Großvaters mit Elisabeth, der Nürnberger Kaufmannstochter, wieder ein. Es war eine angenehme Erinnerung, als hörte man nach langer Zeit wieder eine vertraute Melodie.

Patrizia schloß die Haustür auf. Offenbar stand ihr keine ähnliche beruhigende Familiengeschichte zur Verfügung. Ihre Lippen hielten den einladenden Schwung, den sie sich vorgenommen hatte, nicht durch, sondern öffneten sich zu einem reizvoll verzerrten Lächeln. Ich ging an ihr vorüber, kurz das Messingschild in Höhe ihrer Achsel fixierend, auf dem, kunstvoll ziseliert, »Prof. Dr. Graml« zu lesen stand.

»Du hast einen guten Geschmack.« Im Flur stand neben der Garderobe ein schwarzlackiertes chinesisches Schränkchen, verziert mit Perlmuttintarsien; eine Tiffanylampe, die auf dem Telefontischchen gegenüber aufgestellt war, warf bunte Lichtschuppen nach oben, wo die Wände sich zur Decke hin rundeten. Wie bei Oberstetter verband Keller, Erdgeschoß und den ersten Stock eine hölzerne Treppe durch einem mahagonifarbenen, blankpolierten Wirbel. An ihrem Fuß blieben wir stehen. Es war die Feindseligkeit unserer ersten Begegnungen zu spüren, als Patrizia den Oberkörper leicht zurückdehnte, und zugleich erregte mich die weich schwellende, zartgefurchte Glätte ihrer Achselhöhlen.

»Ersparen wir es uns, noch mal was zu trinken.« Sie griff nach dem Treppengeländer.

Erneut straffte sich vor meinen Augen eine doppelte Mandelblüte. Zwei oder drei kleine Stiche, eingefaßt in dünne Silberrähmchen, glitten vorüber. Einer nach dem anderen, wie Fremde in einem Hotelflur, gingen wir auf einem dikken Läufer im oberen Stockwerk. So leise öffnete sie dann die Schlafzimmertür, daß ich fürchtete, der Festkörperspezialist liege dort schnarchend im Bett.

8

Die Leiter

Ich erwachte, als sich die pastellfarbenen Möbel im Morgenlicht belebten. Benommen tastete sich mein Blick über einen weißen Korbsessel mit Pfauenlehne und weiter heran über die Landschaft der seidenen Bettdecke. Ihre scharfen Falten, Moränen und Brüche ließen an einen Sturz glühendroten Quarzglases denken, der schwer auf unseren Körpern lastete. Dies machte auch die Haltung Patrizias verständlich, die mit beiden Händen ihren Hals umklammerte, während die Blässe der Erstickung in ihr aufzusteigen schien. Sie bewegte sich undeutlich und seufzte. Die schmalrückige gerade Nase mit den kleinen Flügeln hätte womöglich etwas Puppenhaftes heraufbeschworen. Jedoch die Lippen mit ihrem abwärts, fast ins Mürrische zielenden Schwung beseitigten diesen Eindruck wieder. Sie paßt so wenig zu mir, daß ich sie lieben könnte, dachte ich, rollte mich zur Seite, schloß die Augen – plötzlich packte mich das Gefühl, etwas äußerst Wichtiges in dem Zimmer übersehen zu haben. Ich versuchte noch einen verzweifelten Moment lang, wieder die Oberfläche des Tages zu erreichen, aber ich mußte aufpassen, es war kalt, Kopfsteinpflaster, in kleinen Rauten gesetzt, bedeckte die Straße. Ich rutschte auf einer zugefrorenen Pfütze aus, bemühte mich, meinen Laufschritt zu bremsen. Vierstöckige Häuserfronten schwankten mit meinen Schritten. Ich lief durch Berlin, durch eines der nördlichen oder östlichen Arbeiterviertel. Ungelenke, etwas schmerzhaft in den Knien einknickende Beine trugen mich. Beinahe wäre ich in den Holzkarren eines Gemüsehändlers gelaufen. Eine Brandmauer, deren Steine erstaunlich frische Farben aufwiesen, ragte empor. Wie eigentümlich waren die Laternen, die an dünnen Eisenmasten wie Glocken herabbaumelten, ein halb zerfetztes Plakat in alter deutscher Schrift, die weißgekalkten schmalfenstrigen Läden in den Souterrains.

Ein riesiges Freilichtmuseum, ein völlig restauriertes Stadtviertel!, erkannte ich verblüfft und taumelte an einem Mann vorbei, der saure Heringe aus einem großen Eichenfaß anbot, es jetzt aber hastig zudeckte. Ich war außerstande, meinen Blick zu lenken. Wie bei einem Film mit unberechenbar experimenteller Kameraführung mußte ich mir Bruchbilder einer Straßenkreuzung gefallen lassen: Kurz erhaschte ich die Andeutung einer Brücke und tiefströmendes Wasser; über meinen Kopf neigten sich Steinplastiken, Frauenfiguren, Göttinnen wohl; unerträglich lange sah ich nichts als die dunklen Bänder von Straßenbahnschienen, die sich trafen, vernetzten und schwankend wieder auseinanderglitten.

Das war doch kein Traum!

Ich lief den äußeren Ring eines nur knapp und undeutlich erfaßten Platzes entlang.

Soldaten! – Rasch duckte ich mich in den Schutz eines eisernen Rondells. Zwanzig, dreißig Mann in grauen Feldmänteln. Stahlhelme, Seitengewehre, Dolche. Sie rannten im Schutz einer Bretterwand, die ein Baugrundstück abschirmte. Es gab kein Geräusch mehr außer diesem Gegeneinanderschlagen von Metall, diesem Keuchen wie von einem einzigen, vielgliedrigen Körper, diesem harten Geschiebe von Lederstiefeln. Endlich streckte sich mein Arm quer über dieses Bild. Über seiner Beuge sah ich noch ein Straßenschild, dann ein hoch und klapprig wirkendes, eisengepanzertes Gefährt. Dieser Arm gehörte nicht mir! Er war schwächlich, sommersprossig; er endete in einer rotgefrorenen Mädchenhand, und doch spürte ich ihn von innen.

Ich fiel. Ich sah nichts mehr. Aber ich steckte jetzt wieder in meinem eigenen Körper mit seinen hart und sicher arbeitenden Muskeln und Bändern.

»So wandeln wir schwebend in Dir, o Herr«, hörte ich eine sanfte, belustigte Stimme sagen.

Die Dunkelheit wich. Ein Schacht, rechteckig ausgeformt, tat sich auf. Bei der rasenden Geschwindigkeit, die mein Fall annahm, war es kaum noch möglich, zu atmen und zu erkennen, was sich in den grün überzuckten Wänden rings um mich her verbarg. Zuerst schienen es lose in die Tiefe hängende, nur hier und da noch mit verrosteten Schellen an den Stein gebündelte Kabel zu sein. Dann ragte ein Gewirr scharfkantiger Eisenteile, zerfetzt wie von einer Explosion, bedrohlich in meine Flugbahn. In unregelmäßigen Abständen durchschlug ich netzförmige, waagerecht ausgezogene Gebilde, die aus einer Art wassergrauer Pflanzen bestanden.

Plötzlich hing ein Mann in meinen Armen. Sein Gesicht entstellte der Fallwind. Er war mager und bebrillt, und seine Augen drehten sich so weit in die Höhlen, daß man nur noch ein rotes und weißes Geschliere anstelle der Pupillen sah.

»Was soll das alles?« schrie ich ihn an. »Hat das denn kein Ende?«

»Mein Gott, sind Sie dämlich«, keuchte er. Sein rechtes Auge klappte zurück wie bei einer Schlafpuppe. Unter Aufbietung seiner schwachen Kräfte zwang er seinen Oberkörper näher an mich heran und brüllte dann, während er auf meine in seinen Anzug verkrallten Hände einschlug: »Man muß doch nur schnell genug fallen, um niemals anzukommen!«

»Das hat was mit Physik zu tun!« brüllte ich. »Sie heißen Graml, Professor Graml, nicht wahr?«

Er begann nur noch mehr zu zappeln. Seine Befreiungsversuche wirbelten uns bedrohlich nah an die vorbeirasenden Wände des Schachts. Bizarr geformte Gänge wurden sichtbar, dann eine Höhle, die im Querschnitt wohl mehrere Kilometer maß. Zu Tausenden gedrängt, standen dort Menschen ohne Gesichter – das war die Versammlung, die mich in Marseille heimgesucht hatte!

»Verdammt, passen Sie doch auf!« schrie ich meinem zappelnden Schicksalsgefährten zu, als die Wände sich wieder schlossen. Ich hatte Angst, von der fürchterlichen Reibfläche des vorbeirasenden Steins erfaßt zu werden.

»Paß auf, paß auf«, höhnte Graml. »Sag das doch diesem roten Vieh über dir. Und erzähl bloß meiner Frau nichts davon.«

Mit äußerster Mühe konnte ich den Kopf nach oben drehen. Dabei spürte ich, wie der Anzugstoff des Festkörperspezialisten sich stärker und stärker erhitzte, sich ausdehnte wie schmelzendes Gummi und schließlich durch meine Finger tropfte. Über dem Bogen meiner rechten Schulter aber spannte sich ein riesiges Paar Flügel. Rubinrote, flammende Federn und dünne Häute, durchstrahlt von zuckender Hitze, nahmen den Schacht über mir ein, ja sie waren zu groß für ihn, denn das Gebilde verformte sich unter Zwang, und wo die eisernen Zacken in die Bahn ragten, rissen sie ganze Stücke aus ihm heraus, die es, weiß aufglühend, mit einem Funkenschleier umhüllten.

»Graml!« stieß ich hervor. »Warum verbrennt es mich nicht?«

»... Dummkopf! ...« hörte ich ihn antworten. »Nur weil etwas rot ist, soll es dir gleich den Pelz braten? Sag bloß meiner Frau nichts davon!« Seine Stimme kam von weit oben, undeutliche Echos begleiteten sie. Anscheinend war ihm das Kunststück gelungen, sich in eine der seitlichen Höhlen abzusetzen. Wenn ihm, dem Physiker, derart widersinnige Vorhaben glückten, dann brauchte auch ich mich nicht mehr zusammenzunehmen. Ohne Rücksicht auf die gefährliche Nähe der Wände versuchte ich, mich herumzuwerfen. Ich wollte mehr von dieser Gewalt sehen, die den Schacht über mir in eine fauchende Hölle verwandelte und den Fall in die Tiefe um so mehr beschleunigte, um so weiter ich meinen Hals bog. Auf welche Weise wurde ich überhaupt festgehalten? Doch nur, indem mir der Leib dieses Ungeheuers seine höhere Geschwindigkeit aufzwang und mich so gegen sich preßte.

»Wer bist du?« schrie ich.

Das Monstrum antwortete nicht.

Mit einer wütenden Anstrengung drängte ich einen Arm zwischen meinen schweißnassen Rücken und den Leib des geflügelten Wesens. Ich stellte fest, daß ein kurzhaariges, glattes Fell, vielleicht von einem Puma oder Löwen, unter kühle weibliche Brüste gespannt war. Weiter hinabgleitend, bis ich die Empfindung hatte, eine Messerklinge bohre sich in meine zitternde Schulter, ertastete ich Partien des Bauches: es war eine Landschaft gleichmäßig in einer ovalen, buckligen Spannung angeordneter Muskeln von der Härte und Form eines Schildkrötenpanzers. Doch es gelang mir nicht, mich umzudrehen. Die Gewalt eines einzigen Atemstoßes wölbte das gerade ertastete Gebilde vor und preßte mein Handgelenk schmerzhaft gegen meine Wirbelsäule. Noch einmal erhöhte sich die Geschwindigkeit unseres Falls.

»Wer bist du?« ächzte ich.

»Gryf«, sagte es plötzlich. Das war eine klare männliche Stimme, die gelangweilt klang, während über uns der durchpeitschte Schacht wie eine Orgelpfeife brauste und faustgroße glühende Brocken an mir vorbeizischten.

»Du bist nichts als ein Traum!«

»Interessant«, erwiderte das Monstrum. »Erinnerst du dich auch daran, was du gestern geträumt hast?«

»Selbstverständlich!«

»Selbstverständlich, so?«

»Ja, so! Ich saß in einem Café am Mittelmeer. Alle Gäste

tranken grünen Likör. Und Hanna und der Obdachlose waren da!« rief ich triumphierend.

»Du erinnerst dich also in einem Traum an einen anderen Traum? Ja, geht denn das?« spöttelte das Ungeheuer. »Da kannst du mich auch bei meinem Namen nennen.«

Obwohl mir das Blut beinahe den Schädel sprengte, schrie ich aufgebracht zurück: »Das ist willkürlicher Unsinn!«

»Sehr interessant. Aber sehen wir zu, ob an dir mehr dran ist.« Eine letzte Beschleunigung erfaßte unseren Sturz. Wie ein Strom gebündelter Nägel drang die Luft in meinen aufgesperrten Mund. Ein ruckhaftes Schlingern setzte ein. Dann wirbelten die Wände des Schachts umeinander, bis sie einen riesigen Zylinder bildeten, den, dabei ein fürchterliches Kreischen, Zischen, Gebrüll und Zersplittern von sich gebend, das Wesen über mir mit seinen Höllenfarben erfüllte.

Und mit einem Male war alles verschwunden.

Minutenlang herrschte Stille.

Ich öffnete die Augen. In meinem Inneren und dem, was mich umgab, dehnte sich die gleiche samtene Weite. Es war eine laue Nacht, ohne Ränder, ohne Grund.

Nach einiger Zeit erst bemerkte ich ein gedämpftes Flattern. Ich fiel noch immer, jedoch viel langsamer als zuvor. Mein Kopf hing nach unten wie bei einem abwärts strebenden Taucher. Ein weicher Luftzug zauste mein Haar. Schließlich glitt über meinen seitwärts abgewinkelten rechten Arm, die Schultern und Hüften eine Art Stoff – daher also rührte das Flattern. Mein Herz krampfte sich heftig zusammen, als ich die Farbe meines neuen Gewandes sah: tückisch schillernd, mit überirdischer Kraft leuchtete das Peroquet-Grün im Faltenwurf der weiten Tunika, die ich nun trug.

»Erschrick nicht«, sagte das Ungeheuer.

Wieder konnte ich nicht viel von ihm erkennen. Glänzend grüne Stoffbahnen, aufgebauscht und riesig wie Theatervorhänge, entfalteten sich nach oben hin. Sie klatschten leise im Wind; an manchen Stellen schien sich die Kontur des Monstrums abzuzeichnen, es gab Risse, durch die sich die gewaltigen Flügel drängten, nun ebenfalls in dieser irren Farbe erstrahlend. Innig verschränkt, verwoben zu einer einzigen, smaragdenen, von flammenförmigen Schatten durchwehten Gewalt, trieben wir hinab, tiefer in die Finsternis. Eine klare Flüssigkeit lief aus meiner Nase. Verlegen wischte ich sie mit einem Stück des großen Tuchs ab, das nach Weihwasser und kaltem Schweiß roch.

»Schau nach links«, flüsterte es über mir. »Siehst du, dies ist die Leiter der Märtyrer und der Engel.«

Tatsächlich, so nahe, daß ich angstvoll zurückzuckte, stürzten wir an einer Leiter vorbei, die keinen Anfang und kein Ende zu haben schien, die sich wie ein vom Grund losgerissenes Eisenbahngleis durch die Nacht dehnte. Die Sprossen waren unmenschlich breit. Wie die Holme, die nach oben und unten hin ins Dunkel zielten, bestanden sie aus knotigem, schwärzlichem Holz, und gewaltige Nägel und teils schon zerfetzte Bastschnüre hielten sie zusammen. Harz bildete salzartige Krusten aus. Zahllose Splitter, das Zerfranste gebrochener Verstrebungen beschworen den Eindruck herauf, viele Tausende schon hätten sich, gejagt von Hoffnung und Furcht, über dieses Gebilde in die Himmel gequält. Ich streckte meine Hände vor. Unschlüssig, mit verkrampften Fingern öffneten sie sich. Noch immer fiel ich kopfüber, jetzt so, daß meine Brust der gerade noch einen Meter weit entfernten Leiter zugewandt war.

Das Holz wird mir die Hände aufreißen! dachte ich. Eine unbekannte Lust und Entsetzen vermischten sich, als meine Arme sich weiter ausstreckten. Wenige Zentimeter noch, und ich mußte mich für eine der Stufen entscheiden. Das Leuchten der über mir wallenden Farben flackerte über das Holz. Die Leiter zitterte plötzlich – vielleicht weil das Ungeheuer mit seinen Schwingen dagegen gestoßen war. Dann sah ich das Blut. Schwarz, in dünnen frischen Rinnsalen tropfte es herab. Die Sprossen fingen es auf, die Nägel und hellen Bastschnüre, als seimiger Strahl wickelte es sich hier um einen der Holme, dort ging es feinzerstäubt wie ein Aerosol nieder und sprühte mir ins Gesicht. Hastig zog ich die Arme zurück.

»Das Blut der Märtyrer«, flüsterte das lichtgrüne Wesen über mir gebannt. »Welch ein Entzücken!«

»Dummes widerliches Zeug!« schrie ich angeekelt. »Das beeindruckt mich nicht!«

»Das erste mag aus deiner Sicht stimmen. Aber das zweite ist deutlich untertrieben«, kicherte das Monstrum. »Aber bitte –«

Tief unten, in einer dumpf glimmenden Ferne, lag plötzlich die Leiter. Einige Federn mit groben langen Kielen kitzelten mich unter der Nase; ich nieste heftig, wischte mir das schwarze Blut von der Wange, brüllte: »Was soll jetzt schon wieder dieses gottverdammte Papageien-Grün!« Wir schwammen jetzt in einem pastösen und funkelnden Farbwirbel.

»Wer wie die Farben ist, geht wie ein Pfeil durch die Sterne. Verstehst du das?«

»Nein!«

»Dieses Grün – damit beginnt unsere Geschichte. Wir schreiten vor, vom äußersten Horizont, Mühsal, du und ich. Wir beginnen mit der Farbe von Khezr, dem grünen Mann. Wir beginnen hinter dem weißen Land aus Eis und Nebel, in dem die Flammen der Feuer gefrieren, in dem der große Alexander sich verirrte«, kündigte das Ungeheuer an.

»Laß mich in Ruhe!« schrie ich. »Verschone mich mit diesem Unsinn! Ich will endlich ein vernünftiges Wesen sprechen! Ich will heraus aus diesem Traum!«

»Traum, sagst du? Nun, sieh genau zu, wie er endet, dieser Traum. Doch zuvor noch eins –«, bei diesen Worten steigerte sich die Intensität der Umarmung noch mehr. »Du wirst Khezr sein! Es ist ganz einfach, einfach wie Gott. Stirb, Mühsal«, zischte er, mich so fest an sich pressend, daß Schaum aus meinem Mund flog. »Stirb, bevor du stirbst!«

Unversehens bekam ich köstliche klare Luft. Das Grün vor meinen Augen ging in eine regenbogenzarte, lichtweich davonschnellende Färbung über, die immer mehr vor der samtblauen Nacht verblaßte. Neue, vielfach gestaffelte Farben und Dinge umgaben mich.

Das ist willkürlicher Unsinn – dieser Einwand richtete

sich nun verwirrend gegen mich selbst. Er bezog sich zum Beispiel auf eine waagerecht verlaufende Spannung in mittlerer Höhe. Ein Schmerz in meiner Hüfte, dachte ich angestrengt. Dieser Gedanke flimmerte seltsam entfernt von mir auf. Eine ganze Weile fühlte ich mich stark zu einer Kaktuspflanze hingezogen, die in einen Kreis kalkweißer Steinchen gesetzt war. Es kam mir vor, als dürfte ich dieses Gewächs keine Sekunde lang vergessen. Eine gepflegte weibliche Hand. Kleine Adern laufen über die Mittelglieder der Finger, deren Spitzen ein moosgrünes Badetuch balancieren.

Eine Stimme, die sagt: »Ich mach uns Kaffee – fang!«

Ein neues, kompliziertes Element, ein jäh in die Vertikale gezogener schlanker Arm. Ein moosgrünes Flattern. Ein weicher Schlag gegen die Gesichtshaut. Meine Haut. Es könnte die eines anderen sein. Wie zergehend unter dem heißen Wasserstrahl, duftender Schaum aus einer golden beschrifteten Plastikflasche. Gleichgültig, zu allem bereit. Bereit, auch gar kein Gesicht mehr zu haben wie die Masse in der Nacht zu Marseille, die Höhlenmenschen in der Seitenwand des Schachts. Keine Scham. Keine Verwunderung. Selbst die naheliegende Empfindung eigener Tollpatschigkeit unterblieb, als ich, tropfend in meiner schweren februarblassen Nacktheit, auf einen feuchten Läufer und in den tiefblauen Bann des Blickes trat, der tags zuvor etliche Verwirrung in mir angestiftet hatte.

»Ich hab ein merkwürdiges Wort geträumt«, sagte Patrizia. Sie straffte mir das moosgrüne Handtuch fest um die Brust und die herabhängenden Arme.

9

Vom späten Morgen …

»Ein sehr merkwürdiges Wort«, wiederholte sie langsam. Sie trug einen weißen Morgenmantel. In einer weichen, fließenden Bewegung näherte sich ihr Gesicht. Auf meinem Kinn spürte ich ihre warme Schläfe. »KARABU! Das ist blödsinnig, ich weiß. Karabu ... Aber es war wie ein Irrgarten aus Tönen. Ich bin aus diesem Wort nicht mehr herausgekommen.« Sie bog den Kopf zurück, um mir in die Augen zu sehen. »Also«, sagte sie und rieb mit den Enden des Handtuchs fordernd über meinen Rücken, »was kann es bedeuten, Herr Referent?«

Nahezu teilnahmslos sah ich über ihre Schulter. Sie träumte. Ich hatte geträumt. Unentwegt lösten sich Wassertropfen an der beschlagenen Fensterscheibe; wie langsam sich verzweigende Blitze leuchteten die klaren Farben des Wintertags in ihren Bahnen auf, ein zähes Durchdringen der Wirklichkeit. Was hatte sie gefragt? Ich mußte mich erinnern. »Karibu«, sagte ich endlich, »du hast dich bestimmt verhört. Es muß Karibu heißen. Das ist ein Rentier – ein gehörntes Wesen aus dem hohen Norden, wo, wie du mir erzählt hast, dein Mann gerade seine Vorträge hält.«

»Und ich hatte schon gehofft, du wärst auf den Mund gefallen! Wie auch immer, in der Küche steht frischer Kaffee. Zahnbürsten findest du im Spiegelschrank, und – weil deine Reaktionen heute früh langsam, aber perfekt sind –«, sie ließ das Handtuch los. Es landete auf meinen Füßen, bevor ich es auffangen konnte. Patrizia schüttelte den Kopf und verließ das Bad.

Nachdem ich mich angekleidet hatte, setzte ich mich in den Korbsessel neben dem Bett. Ich fröstelte, denn die beiden Fenster des Schlafzimmers waren weit aufgestoßen. Die Luft hatte die gespannte, hellhörige Klarheit eines Eisblocks. Nicht viel verwunderlicher als mein langer Sturz mit dem geflügelten Monstrum erschien mir, daß ich am Vorabend ein Referat vor dem Dahlemer Kreis gehalten hatte. Wahrscheinlich stammte das Flügelmotiv von einer der Ikonen, die bei Oberstetter über der Sitzgruppe im Wohnzimmer hingen. Die Löwenbrust? Das lag nahe, Patrizias Körper, in der Erregung gestrafft, hatte etwas Amazonenhaftes und Ausgemeißeltes, auf dem die Rötungen der Haut ganz unverständlich wirken konnten. Schließlich wallte unmittelbar vor meinen Knien das Glutrot der Decke über die Vorderkante des Bettes, und auf Patrizias Nachttisch entdeckte ich, hölzern gerahmt und in Postkartengröße, das hochstirnige Gesicht des Mannes, der zappelnd mit mir in die Tiefe gestürzt war.

Die Küche lag auf der linken Seite des Flurs. Nach der distanzgebietenden Ausstattung des Flurs, des Bads und des Schlafzimmers überraschte der nordische Stil: eine buchenholzverkleidete Einbauwand, helle, abgeschliffene Fußbodenbretter, ein Flickenteppich aus bunter Wolle.

»Mein Mann liebt das Rustikale. Er will es mir nicht glauben, daß hier drinnen alles so gesund wirkt, daß man sich morsch fühlt«, klagte Patrizia. Sie lehnte neben dem Südfenster. Auf dem Fensterbrett stand ein Parfum. Der gläserne Aufsatz des Flacons schaukelte auf seinem Rand.

»Wenn er den Norden liebt, dann hat er es ja gut getroffen mit seiner Vortragsreise.«

Sie tupfte sich einen Tropfen Parfum auf die Innenseite des linken Handgelenks. »Aber nein«, sagte sie gleichmütig, »er liebt nur die Ideen. – Setzen wir uns doch.«

Als wir am Tisch Platz nahmen, geschah etwas, daß ich zunächst nicht recht verstand und gerade noch in seiner letzten Wirkung, einem golddurchfunkelten blauen Erlöschen in ihren Augen erfaßte.

»Kaffee?« fragte sie ruhig.

Ich nickte, verfolgte die entspannte Bewegung ihres Oberkörpers – und der Pakt der Spiegel, so nannte ich es im stillen, war beschlossen. Wir würden uns öfter sehen. Wir würden versuchen, das Erlebnis der Nacht zu steigern und ganz auszukosten. Aber dieses Spiel mußte die Bedingungen einhalten, unter denen es begonnen hatte, die kühle, geschliffene Fremdheit.

Das Land, in dem die Flammen gefrieren, dachte ich, sogleich verblüfft über die unerwartete metaphorische Brauchbarkeit meines Traums.

»Ich bin aus Versehen in das Zimmer nebenan geraten, als ich die Küche suchte«, gestand ich nach der Hälfte eines Honigbrötchens ein. »Hast du ein Kind?«

Sie hob die Augenbrauen. »Einen Sohn. Er ist inzwischen erwachsen. Das heißt, er ist achtzehn und lebt in Westdeutschland.«

Damit schien das Thema beendet.

Ich wollte mir aus einem Glaskännchen Milch in den Kaffee gießen. Der Strahl war zu schwach und bog sich wieder zur Tülle zurück, so daß er teils das Kännchen, teils den Tisch befleckte. »Es muß etwas Anstrengendes in dieser Nacht passiert sein«, entschuldigte ich mich.

Sie stand auf, nahm einen Lappen, der über dem Spülbekken hing, und wischte die Milchtropfen auf. Als sie mir wieder gegenübersaß, erklärte sie plötzlich: »Die Erhöhung der kinetischen Energie der Flüssigkeit beim Lauf über die Tüllenkante wird durch Druckveränderungen innerhalb der Flüssigkeit ausgeglichen. Wenn du zu langsam ausgießt, preßt die Kraft, die aus der Differenz zum Atmosphärendruck resultiert, die Milch zurück gegen das Kännchen.«

»Ach du meine Güte! Bist du etwa auch Physiker?«

Sie rückte mit den Fingerspitzen das Frotteeband zurecht, das ihr noch feuchtes Haar zusammenhielt. »Bewahre, nein. Mein Spezialist hält mir gerne Vorträge.«

»Ich sollte also jetzt lieber nichts über die Revolution von 1918 sagen?«

»Das kommt darauf an. Manche lieben es, zitiert zu werden. Ich bewältige spielend auch längere Textstellen.«

Das war ihre Art, mir beizubringen, daß sie sich hauptberuflich damit beschäftigte, sich selbst und das Zehlendorfer Haus im Zustand äußerster Gepflegtheit zu halten.

»Du bist also Nichtphysiker … Das ist ein ausgezeichneter Orangensaft.«

»Ich habe dafür eigens eine Presse gekauft«, erklärte sie.

In einer gewissen Harmonie löffelten wir unsere Frühstückseier. Über die Oberstetterschen Gäste gab es manches zu spotten. Bredorfs Streit mit den Assistenten schien sie zu interessieren. Ich erzählte ihr einige Geschichten aus dem Institut. Aber das langweilte sie bald. Schweigend tranken wir eine weitere Tasse Kaffee.

»Ich hatte einen Alptraum«, sagte sie dann versonnen.

»Geht es wieder um Karibus?«

»Nein, das war kurz bevor ich aufgewacht bin. Diesen

anderen Traum hatte ich in der Nacht. Es war schrecklich!«

»Ja, und?« ermutigte ich sie. Aber meine Stimme klang belegt.

»Ein kleiner Bruder – ich träumte, plötzlich wäre ein kleiner Bruder von mir aufgetaucht. Er stand vor dem Gartenzaun, zusammen mit einer Menge unheimlicher Leute. Dabei habe ich gar keine Geschwister. Ich sagte es ihnen auch. Aber sie glaubten mir nicht, und sie bestanden darauf, den Bruder zu mir ins Haus zu bringen. Sie murmelten, nein, sangen, immer und überall hörte ich den Gesang. Wie ein Gebot, das elfte: Du sollst deinen kleinen Bruder zu dir nehmen.« Sie hatte eine unangezündete Zigarette zwischen den Fingern bewegt und sie mit steigender Erregung so verdrillt, daß die Papierbande eingerissen war. »Warum fühlt man sich erleichtert, wenn man jemandem einen Traum erzählt?« fragte sie, als wäre ich für diese Angelegenheiten zuständig und hätte zu lange geschwiegen.

»Weil man dann sicher ist, daß der Traum zu Ende ist. Nur in der Wirklichkeit ist es möglich, sich an einen Traum zu erinnern«, erklärte ich – und erschrak.

»Gut analysiert. Da sieht man die Vorteile, die ein promovierter Lover bietet. Aber jetzt siehst du etwas verwirrt aus.«

»Entschuldige. Ich mußte an meinen eigenen Traum denken.«

»Was hast du geträumt?«

»Es ist eigentlich nur ein Fragment ... Vielleicht hängt es mit dem Vortrag von gestern zusammmen. Ich habe eine Straße gesehen, eine ganze Szenerie, die – 1919 spielte! Erst jetzt fällt mir das auf, das war die Lindenstraße, natürlich, ich sah doch das Schild! Der Sturm auf das Gebäude des *Vorwärts*-Verlags! Das alles spielte am 11. Januar 1919, in Kreuzberg, in der Nähe des heutigen Mehringplatzes. Es war fotografisch genau zu sehen!«

Patrizia lachte. »Aber natürlich fotografisch genau! Du hast doch sicher Dokumente aus dieser Zeit bearbeitet.«

»Ja, das stimmt ... Das Erstaunliche ist nur, daß ich die

Aufnahmen so präzise ineinandermontiert habe. Es kommt mir vor, als hätte ich einen Film gesehen, so exakt waren die einzelnen Häuser und Menschen abgebildet.«

»Das ist doch bei den meisten Träumen der Fall. Man glaubt sogar zu riechen und zu schmecken.«

»Sicher. Aber die Träume sind doch sonst nicht so genau oder gar datierbar! Sie sind eher magisch und unlogisch wie die Zeichnungen von Kindern.«

»Kinderzeichnungen sind unheimlich.« Ihre Schultern zogen sich zusammen. »Als mein Sohn noch in den Kindergarten ging, ist mir das aufgefallen. Immer die gleichen Häuser, die gleichen verstümmelten oder irgendwie zusammengeschobenen Mutter- und Vaterfiguren. Mir kam das bedrohlich vor. Du hattest das Gefühl, ihnen sagen zu müssen, was sie jetzt malen sollten. Hätte man sie mit sich allein gelassen, sie wären verwildert.«

»Vielleicht könnte man auf diese Weise feststellen, daß ein Traum nicht mehr aufhört.«

»Wie meinst du das?«

»An der Verwilderung. Weil der Traum schwächer ist, müßte er irgendwann einmal leerlaufen. Eigentlich macht er doch nur die Wirklichkeit nach und bringt sie durcheinander. Wenn du keine Auffrischung durch reale Erlebnisse mehr hättest, dann gäbe es keinen Zwang mehr, aber auch keine Überraschungen. Es wäre wie die Widerlegung der solipsistischen Idee, daß nur du existierst und alles deine Einbildung sei.«

»Vielleicht sollten wir lieber an diesen nicht eingebildeten Frühstückstisch zurückkehren.«

»Gewiß«, sagte ich unwillkürlich. »Zum Beispiel mit der Frage, wie ich an denselben geraten bin.«

»Nun, die letzte Phase«, erklärte sie, mir direkt in die Augen sehend, »ist mir einigermaßen bekannt. Wie wäre es also mit einigen Geschichten aus dem Moabiter Seelengärtchen?«

Ich sagte ihr nichts von Marseille, obwohl ich es leicht hätte tun können. Weshalb leicht? Weil sie fremd war, wie ich am Vorabend dachte? Weil mir ihre Gestalt im Spiegel nichts antun konnte? Die Abkehr von Oberstetter, die leere Stimmung nach drei Jahren verzweifelter Arbeit schilderte ich ihr aber recht genau, vielleicht nur um des Vergnügens willen, ihr zu verdeutlichen, mit wem sie sich eingelassen hatte.

Indessen schien sie eher angenehm berührt. »Es gefällt mir, daß du ein Entlaufener bist. Daß du nicht recht weißt, wohin, das macht dich romantisch – ein fahrender Scholar und Wanderprediger. Das paßt zu mir.«

Den genauen Sinn des letzten Satzes konnte ich nicht herausbekommen. Ich liebe ihre Hände, dachte ich verblüfft. Plötzlich hatte ich das Bedürfnis, sie in Verlegenheit zu bringen. »Vielleicht sollten wir noch etwas zu der Briefmarkensammlung anmerken, die wir gestern nacht besichtigt haben?«

Sie nahm eine neue Zigarette und richtete den Filter auf den Rand ihres Tellers. »Bitte«, forderte sie mich auf, »ich stenografiere wie ein Weltmeister.« War sie etwa Gramls Ex-Sekretärin?

»Die blaue Mauritius haben wir nicht gerade gefunden.«

»Das gibt sich, Herr Referent.«

Gemeinsam räumten wir das Frühstücksgeschirr auf ein Tablett.

»Danke, es geht schon«, flüsterte sie ironisch und nahm mir das Tablett aus den Händen. Sie stand auf. »Zumindest in den nächsten Wochen wäre es mir recht, wenn du mich morgens besuchen könntest.« Sie setzte das Tablett auf die Arbeitsplatte neben dem Herd. Mit einer entschlossenen Bewegung zog sie das Stirnband aus ihrem inzwischen trockenen und glänzend aufgeworfenen Haar, steckte es in die Tasche des Morgenmantels und beugte sich zum Fenster. »Zehlendorf. Es wird angenehm sein, sich hier zu lieben, gerade wenn es Tag ist und alles Kartoffeln schält oder seinen Dackel an den Gärten vorbeizerrt. Um zehn Uhr etwa, da mußt du kommen. Wie werden Musik haben. Alle Fenster stehen offen. Man gibt das Staubsaugerkonzert nach Vivaldi, untermalt von gurgelnden Waschmaschinen und der zweiten Morgengymnastik im Radio.«

»Es wird mitreißend vorstädtisch werden.«

»Und deswegen gut. Ich fühle das«, sagte sie ernst gegen die Fensterscheibe. Dann nahm sie die Zigarette, die sie zuvor als Kugelschreiberimitat benutzt hatte, zündete sie an und betrachtete mich aufmerksam. »Ich bin in einer halben Stunde verabredet.« Sie ging auf mich zu. Mit einer erst zögernden, dann beschleunigten Geste legte sie mir die linke Hand auf den Kopf. Langsam tastete sie über meine Schläfe, fuhr wie scheu den Rand der Ohrmuschel nach; dann verstärkte sie den Druck: ich fühlte ihre Kehle auf meiner Wange, warm, zugleich sehnig und nachgiebig, durchlaufen von einem raschen Klopfen. »Kommst du am Dienstag?«

»Wann?«

Ihr Hals preßte sich fester an mich. Trotz der gemeinsam verbrachten Nacht erschien mir diese Berührung ähnlich aufregend und unerlaubt, wie sie es tags zuvor in Oberstetters Salon gewesen wäre. »Zwischen neun und zwölf.« Sie hatte sich aus der Umarmung gelöst. »Dann schlägt die Stunde der Hausfrau.«

An der Tür zum Flur drehte sie sich noch einmal um. »Ich muß dir noch die Fortsetzung erzählen.«

»Wie?«

»Die Fortsetzung meines Traums«, erklärte sie vorwurfsvoll. »Irgendwie mußte ich wohl meinen angeblichen kleinen Bruder bei mir aufgenommen haben. Dieser singende Pöbel kehrte nämlich wieder, und dieses Mal verlangten sie etwas Entsetzliches: Ich sollte meinen kleinen Bruder töten! Natürlich wollte ich nichts davon wissen. Aber dieses Zischeln und Gekeife und Singen hörte nicht auf. Es drang bis in die letzte Zimmerecke … Mit der Zeit kam es mir auch immer vernünftiger vor, was die Leute da von mir verlangten. Mein Bruder, sagten sie, wäre eine Gefahr für die Menschheit. Ihn zu töten, das hieße, Hunderte anderer zu retten. Und wenn ich noch Zweifel hätte, dann sollte ich ihn doch erst einmal richtig betrachten. Da erst fiel mir auf, daß ich gar nicht wußte, wie mein kleiner Bruder aussah. Ich lief durchs Haus und suchte nach ihm. Er schien etwas zu spüren, einen Verdacht zu haben. Zuletzt«, sagte sie, eine Faust gegen die Stirn gepreßt und den Kopf schüttelnd, »da habe ich dann ständig versucht, ihn umzubringen! Es waren nur kurze Szenen: Einmal hatte ich seinen Kopf in die gefüllte Badewanne gesteckt, und er schlug wie verrückt um sich. Dann stach ich ihn mit einem Küchenmesser. Aber ich war zu gehemmt. Und so ging das weiter, ich versuchte auf alle erdenklich Arten, ihn umzubringen, ohne daß ich dabei auch nur kurz sein Gesicht erkennen konnte, ohne daß ich sehen konnte, ob er mir überhaupt ähnlich war.«

Als ich eine Bewegung machte – mir drängte sich der Gedanke auf, sie in den Arm zu nehmen –, erschrak sie. Ihr Gesicht, eben noch ein undeutliches blasses Oval, halb verborgen hinter dem herabhängenden Haar, wurde mit einer Handbewegung freigelegt. Sie lächelte, und mein Mitgefühl erschien mir albern.

»Ich geh mich jetzt umziehen. Wie du hinauskommst, weißt du ja, Herr Doktor Mühsal, der in unserem Institut beachtliche Arbeit geleistet hat.«

»Und die werten Nachbarn, Frau Professor?«

»Das«, erwiderte sie mit weit geöffneten schimmernden Augen, »gehört zu den Dingen, die ich mir leisten will.«

10

... bis zum frühen Abend

In blendenden Rechtecken lag der Schnee auf den Dächern der zweistöckigen Villen. Erst der Anblick zahlreicher Spaziergänger machte mir bewußt, daß es Sonntag war.

Gryf wird wohl von *Vogel Greif* kommen, überlegte ich. Die meisten Bummler auf den vom Schnee befreiten Bürgersteigen bewegten sich nach Süden. Unwillkürlich folgte ich ihnen.

An der nächsten Telefonzelle würde ich Anselm anrufen. Sein Leben lang hatte es ihm Vergnügen gemacht, alte

Handbücher und Schriften zu sammeln. Er konnte mir gewiß dabei behilflich sein, die rätselhaften Begriffe meines Traums oder Nicht-Traums zu entschlüsseln.

Auf einem schnurgerade durch junge Bäume gestanzten Weg gelangte ich an eine Treppe, die zum Grunewaldsee hinabführte. Zahlreiche Spaziergänger belebten die vereiste und zugeschneite Fläche des Sees. Ich betrat das Eis, schlenderte durch die Menge, die gleichzeitig auseinandergestreut und, da sie sich auf einem einzigen Areal bewegte, auch zusammenhängend wirkte. Es war ein Bruegelsches Idyll, eine Winterszene, zu der nur noch die Jahrmarktsbuden fehlten.

Von einem Spaziergang im Sommer wußte ich noch, daß ganz in der Nähe eine Ausflugsgaststätte lag. Ich verlief mich und brauchte eine Dreiviertelstunde, bis ich sie erreichte. Drinnen machte sich der übliche grausige Frohsinn breit. Über der Theke hing ein Eberkopf mit gelben Hauern, wie gereizt über die durchbluteten Gesichter glotzend.

Ich ließ mir das Telefon zeigen. Es befand sich in einer Nische, aber es war kaum möglich, die Musik und das Geschirrklappern zu übertönen.

Jakob, Anselms Freund und Mitbewohner, erkundigte sich denn auch gleich, von wo ich anriefe.

»Ich habe mich im Grunewald verlaufen.«

»Ach, ja dann ... Übrigens haben wir uns gefragt, wo Sie die ganze Zeit stecken. Man hört gar nichts mehr von Ihnen.«

»Es ging mir nicht besonders gut. Eigentlich wollte ich nur schnell ein paar Auskünfte von Anselm haben.«

»Selbstverständlich, ich hole ihn. Und – auf bald, ja?«

Etwas beschämt stellte ich mir vor, wie der alte Mann den Hörer niederlegte und über den langen Flur ging, um an die Zimmertür seines Freundes zu klopfen.

»Hallo? Wen darf ich rasieren?«

»Anton.«

»Ich höre, du steckst hinter den sieben Bergen? Sag mal – er hat kein Wort darüber rausgebracht, der alte Knochen?«

»Über was?«

Anselm hatte am Telefon die Stimme eines Vierzigjährigen. »Na, über unser neuestes Vorhaben. Wir haben beschlossen, ein Buch zu schreiben, solange in uns noch etwas west. Einen Monolithen! Natürlich ist der Leisetreter, mit dem du soeben gesprochen hast, auf die Idee gekommen. Um was es geht? Es soll eine Weltgeschichte des Widerstands werden! Also angefangen beim ersten Prontosaurus, der quer zur Herde stapfte, bis heute. Und weil Hanna uns erzählt hat, daß sich dein Tatendrang sinnlos staut, dachten wir, du könntest dich bei uns beteiligen.«

»Indem?«

»Du den bescheidenen Teil ›Europa‹ übernimmst.«

»Aber gerne, morgen liefere ich ihn bei euch ab.«

»Hallo, das ist sargdeckelernst!« protestierte Anselm. »Wir sollten uns ausführlich darüber unterhalten. – Was sagst du?«

»Soweit ich weiß, gibt es so etwas Ähnliches schon.«

»Na und? Es gibt auch zwanzig Bismarck-Biographien.«

»Ich werde es mir überlegen, okay?«

»Er wird es sich überlegen!« hörte ich ihn Jakob zurufen. »Überlegen«, sagte er dann wieder in die Sprechmuschel. »Tu bloß das nicht. Aber weswegen hattest du angerufen?«

»Könntest du einige Worte für mich nachschlagen? ... Am besten, du schreibst sie dir auf. Das erste ist ›Karabu‹, nein, nicht ›Karibu‹. Das zweite heißt ›Khezr‹ – ich weiß auch nicht genau, wie man es schreibt. Aber ich habe den Verdacht, daß es etwas mit einem gewissen ›Grünen Mann‹ zu tun hat ... Ein Schrebergärtner, meinst du? Würdest du trotzdem einmal nachsehen?«

Wir verabredeten, daß ich ihn in einer halben Stunde wieder anriefe.

Ich trank am Tresen eine Tasse Kaffee und stöberte mißvergnügt in den ausliegenden Boulevardblättern.

»Vielleicht erklärst du mir mal bei Gelegenheit, womit du deine Sonntage verbringst«, sagte Anselm, als ich mich zurückmeldete. »Dein Schrebergärtner war in – mythischer – Wirklichkeit Koch. Kein gewöhnlicher allerdings, sondern einer, nach dem auch Brecht schon einmal fragen ließ.«

»Wie? Ach so: *Alexander eroberte Indien* ...«

»Richtig. Dieser Koch, Khezr, schreibe K, H, E, Z, R, schmuggelte sich, verborgen in einem Koffer, der selbst wiederum auf einem Kamel hing, mit dem Heer Alexanders nach Indien durch. Als nun Alexander die letzte Hütte erstürmt hatte und sich mangels weiterer Belustigungen zu langweilen begann, sprang besagtes Köchlein von seinem Kamel und purzelte vor dem Eroberer in den Sand. Er, Herr der Speisen, wisse noch etwas, das des Tatendrangs Alexanders würdig sei, ein Land nämlich, in dem sich der Brunnen der Unsterblichkeit befinde.«

»Stirb, bevor du stirbst«, murmelte ich gebannt.

»Was bitte?«

»Nichts, erzähl bitte weiter.«

»Donnerwetter, so ein Brunnen, sagte also Alexander, nichts wie hin! Die Reise, unternommen in Begleitung eines Heeres seufzender Makedonier, fluchender Griechen und arrivierter Perser, führte durch merkwürdige Welten. Es waren Länder, die jeweils nur eine Farbe hatten: ein blaues, voller Türkise; das rote, in dem Blut in den Flußläufen strudelte und kupferne Bäume unter glühenden Himmeln wuchsen; noch ein weißes, aus Nebel und Eis, und endlich das schwarze Land aus Onyx, Granit, Ruß und dunklen Ebenholzwäldern. In diesen abenteuerlichen Gegenden wurde das gesamte Heer aufgerieben bis auf Alexander und den Koch. Und – das ist ein wertvolles Element für unsere Geschichte des Widerstands und der kleinen Leute –: es war Khezr, der schließlich den smaragdgrünen Teich, die Quelle der Unsterblichkeit, entdeckte. Er badete darin, aufgefordert von zwei gut illuminierten Engeln. Seit dieser Zeit geht er auf ewig durch die Welt. Wo er, der den Tod nicht mehr fürchten muß, hintritt, sprießen nun die Blumen und natürlich die Fantasien. Er spendet Wasser in der Wüste, Inseln im Meer, Rätsel – selbst noch in den Köpfen gewisser zeitgenössischer Historiker des späten 20. Jahrhunderts.«

»Und das zweite Wort, hast du das auch herausbekommen?« rief ich.

»Ja. Es heißt wirklich ›Karabu‹ und ist ein Ausdruck aus dem Akkadischen.«

»Seine Bedeutung –«

»Ist Segnen oder Beten. Übrigens klingst du mir reichlich aufgeregt.«

»Nein, ich meine, ich muß hier nur so schreien.«

»Die Babylonier haben jedenfalls aus ›Karabu‹ dann wirklich ›Karibu‹ gemacht. Das sind Mischwesen aus Mensch und Tier, geflügelte Monster. Ihre Aufgabe war, bei den Göttern ein gutes Wort für die armen Sünder einzulegen und den Thron des Allerhöchsten zu bewachen.«

»Daher kommt das jüdische ›Cherubim‹?«

Er lachte. »Ich sehe, du denkst mit. Aber gleich noch ein weiterer Gedanke, weil wir gerade bei Flügeln und Federn sind. Hanna war gestern hier. Sie sprach von einem Hühnchen, das sie mit dir zu rupfen habe. Es könnte sich um etwas Größeres handeln, so etwa im Cherub-Format.«

Sie hatte sich geärgert, weil ich nicht zur Einweihung von Mansfelds Praxis gekommen war. »Ich werde mich bei ihr melden. Und diese Sache mit eurer Weltgeschichte, die überlege ich mir noch einmal, o.k.?« sagte ich mit trockener Kehle.

Nachdem ich den Hörer aufgelegt hatte, ließ ich mich benommen an einem der Tische nieder. Alexander – es gab eine Legende, nach der er mit Hilfe zweier Greife über den Rand der Welt hinausgeflogen war. Aber woher wußte ich das? Woher kannte ich all diese Begriffe? Und ich mußte sie doch kennen, wenn sie in meinen Träumen erschienen?

Ich aß etwas und wanderte dann noch einmal um den Grunewaldsee.

Es dämmerte bereits, als ich in einen Bus nach Moabit stieg. Weshalb konnte ich nicht klar denken? Ich befand mich am Umkehrpunkt, an dem die alten Verbindungen sich gleichsam verflüssigten, sich in die neuen schoben, die noch kaum kristallisierten. Nur in einer solchen Verfassung konnte ich mich wohl in eine Zehlendorfer Hausfrau verlieben. Was nur sollte es bedeuten, daß sie dieses Wort, ›Karabu‹, geträumt hatte, das genau das Ungeheuer in meinem Traum bezeichnete? Wie entsetzlich kompliziert würde das Leben sein, gäbe es plötzlich Gründe oder gar die Notwendigkeit zu erforschen, wie die Träume des einen mit denen des anderen zusammenhingen!

Der Bus erreichte die Klippenwelt der Innenstadt. Die großen Fensterscheiben vibrierten. An ihren Rahmen leuchteten Eisschleier im künstlichen Grün einer Ampelanlage. Grün, die Farbe aus Marseille. Khezr, der grüne Mann. Ein Unsterblicher. Und doch sollte ich sterben, bevor ich starb? Traum in einem Traum. Dazu aufgefordert von zwei gut illuminierten Engeln ... Wer wie die Farben ist ... Das rote Land, Blut in den Flüssen, die Leiter der Märtyrer ... Ich preßte die Stirn gegen die kalte Scheibe. Es ist eine Herausforderung, eine Aufgabe wie eine unbekannte Epoche für einen Historiker, tröstete ich mich, als der Bus an der Endstation anhielt. Nasser Schnee fiel. Ich mußte schlafen und dann ruhig und geduldig die Quellen studieren.

Erschöpft kämpfte ich mich den Aufgang zu meiner Wohnung empor. Das Treppenhaus mit seinen ochsenblutroten Geländerstäben, seinen Krümmlingen und Stufenkämmen verschob sich wirr verspindelt in meinem Blick. Es ist der Schacht! dachte ich eine verrückte Sekunde lang. Ich hatte vergessen, den Lichtschalter nach dem Durchqueren des ersten Hinterhofs ein weiteres Mal zu drücken. Eine knackende Dunkelheit umfing mich. Jäh öffnete sich eine Tür. Das Licht sprang wieder an. Wie vom flackernden Takt des Schalters gesteuert, trippelte Therese auf mich zu. Hatte ich versehentlich ihren Klingelknopf berührt?

»Du lieber Gott, ist Ihnen nicht wohl?«

»Eben war mir noch schrecklich übel. Aber es geht schon wieder.«

Woher ich denn käme? Aus dem Grunewald? Wie schön!

Sie erzählte mir von ihrem ersten Ausflug als Kind, wie sie mit ihrem Vater im 19er, einem Pferdeomnibus, von der Stephanstraße bis zum Alexanderplatz gefahren sei. Mit der

Genauigkeit eines Porträtmalers sah ich den Speichel auf ihrer Oberlippe, die doppelte gelbe Schräge ihres Kassengebisses, die Venengeschwulste, die sich bläulich in ihren Handrücken verknoteten.

»Ist Ihnen wieder schlecht?« Ihre Brille war so stark, daß sie die Augen um das Dreifache vergrößerte.

»Am besten, ich lege mich hin«, stieß ich unter Anstrengung hervor, und sie pflichtete mir eifrig bei.

Ich konnte mir gerade noch Jacke und Schuhe ausziehen. Auf meinem Bett liegend, sah ich zur Decke, ohne Gedanken, nur von dem Wunsch erfüllt, endlich das Bewußtsein zu verlieren. Erst in dem Augenblick schlief ich ein, in dem ich mich aufrichten und laut zu den Wänden sagen wollte: »Ein Engel also. Etwas ist geschehen!«

Dritter Teil

Die Ankunft

1

Bayern, im April 1984

Einer schläft wie ein Engel, heißt es. Man kann sich vorstellen, daß die Engel seit Jahrhunderten schlafen, starr, in ihre staubigen Gewänder eingeschlossen, wie Fledermäuse an den Rand des Himmels gehängt. Sie haben den Tod Gottes überdauert. Ihre Kraft läßt nach mit dem leeren Gang der Welt. Und so kann es geschehen, daß einer von ihnen zur Erde stürzt. Was er, zu lange seinem Traum und der Freiheit überlassen, berichtet, mag nur noch verwirrte Nachricht sein. Aber vielleicht verrät er auch, erschüttert vom Sturz und endlich unbewacht, die Wahrheit, die ihn zerstört ...

Bayern, im April 1984. Vorgestern abend noch schien mir der gelbe Psychiater weit entfernt. Jetzt, nach Anselms Besuch, sitzt er wieder dicht vor meinen Augen, an seinem Mahagoni-Schreibtisch, spitzt den kleinen Mund und fährt über die Kugelschreiberreihe in der Brusttasche seines Kittels. »Sie sehen, Herr Mühsal, ein jedes hat seinen Grund.« Kein Rauch ohne Feuer, pflegte Freud zu bemerken. Etwas, doch beileibe nicht alles, ist geklärt. Das Grün aus Marseille, das Papageiengrün, die Leuchtspur, die sich in mein Gehirn frißt, das Grün, das zu Khezr gehört, Fanal des Cherubs, die flackernde Spur der anderen Seite. Es hat seine Wurzeln. Und mehr noch: »Du bist ruhiger geworden, fast gelassen«, hatte mir Anselm versichert. »Ist es die Landluft?«

Wir saßen in der Mittagssonne auf der Bank an der südlichen Außenwand des Hauses.

»Zum Teil«, erklärte ich.

Der kleine weißhaarige Mann streckte die Beine aus. Er befand sich auf der Rückreise von Italien, und er genoß es, daß der bayrische Frühling gerade auf seine Ankunft gewartet zu haben schien, um die Wiese, die sich unterhalb des Steilbeetes erstreckte, mit Krokussen zu übersäen und einen hohen leichten Himmel auszuspannen. »Zum Teil also«, sagte er. »Zu einem anderen Teil bist du ordentlich verliebt, wenn man deine Großmutter so hört. Die Wochenenden ständig in München und so weiter – ach, das ist was Rechtes, mein Lieber, du bist so schön verlegen.«

Heute noch wollte ich herausfinden, was es mit den Bildern des Großvaters auf sich hatte, ob mein Verdacht zutraf, sie befänden sich in Anselms Besitz. Weshalb hatte er in all den Jahren, die wir uns kannten, nicht die leiseste Andeutung gemacht?

»Legt sich deine Großmutter jeden Mittag aufs Ohr?« fragte er und nestelte ein zerknautschtes Päckchen Zigaretten aus der Hosentasche.

»Seit ich hier bin, geht sie nicht mehr so früh ins Bett. Ich arbeite oft bis neun oder zehn abends, und dann plaudern wir noch ein bißchen und trinken einen Kaffee zum Einschlafen.«

»Was für ein Leben! Ein faustisches Dasein mit Haushälterin.«

»Oh, das stimmt nicht. Ich koche auch, ich putze und mache die Einkäufe.«

Der alte Mann nickte in scherzhaft übertriebener Anerkennung. »Jedenfalls ist das heute ein faustisches Wetter, Ostersonntagspracht, fürwahr! Man fühlt die Glocken schwingen und könnte glatt einen Pudel entkernen.«

»Wäre so ein Häuschen nicht der geeignete Ruhesitz für dich? Du bräuchtest nur ein Schild aufzuhängen: *Villa Landauer* oder *Pension Durruti*.«

»Wo denkst du hin? In Bayern wird es mir so kalt ums libertäre Herz, daß ich ganze Dörfer schurigeln könnte und Lust verspüre, die Kühe Paradeschritt exerzieren zu lassen. Als ich heute morgen durch München ging, bin ich über den Max-Weber-Platz gekommen. Mir fiel ein, daß der Max einmal bemerkt hat, um Demokraten zu werden, hätten die Preußen wenigstens einen Hohenzollern köpfen müssen – und die Bayern ihren heiligen König Ludwig, habe ich in der Stille meines Schädels hinzugefügt.«

»Oder ihren unheiligen König Franz-Josef.«

»Oder den!« bekräftigte Anselm lachend und verzog das Gesicht, weil ihm der Rauch seiner Zigarette ins linke Auge gekommen war. »Derartige Bemerkungen sind für deine *Europäischen Essays* gut. Der erste, den du mir geschickt hast, war sehr beeindruckend, wirklich. Überhaupt gefällt mir die Idee, nicht einen weiteren Folianten, sondern ein Dutzend elegante Essays zu schreiben.«

»Sie stammt von Oberstetter.«

»Na siehst du, auch einen deutschen Professor erwischt hin und wieder der Gedanke. Meine Güte, weißt du noch, wie alles anfing? Wie lang ist das her?«

»Neun Jahre und zwei Monate.«

»Und wieviel Tage?«

»Zwölf«, sagte ich nach kurzem Nachdenken.

Er schüttelte amüsiert den Kopf.

»Ich rief euch vom Grunewald aus an. Zuerst war Jakob am Telefon –«

»Und wollte nichts sagen, stimmt's?«

»Ja. Ich wollte einige Auskünfte. Es ging um seltsame Begriffe –«

»Und dann habe ich dir von unserem Projekt erzählt. Was wir gelesen und debattiert haben, Jakob und ich! Wir haben uns herrlich verzettelt! Aber wenn wenigstens dein Buch noch zustande kommt, dann ist auch schon was erreicht, nicht wahr? Ich bin zum Ende so bescheiden geworden, daß ich daranging, meine Erinnerungen an den Spanischen Bürgerkrieg niederzuschreiben.«

»Das ist auch eine gute Idee. Aber um noch einmal auf das Telefonat im Grunewald zurückzukommen –«

Ein lautes Räuspern unterbrach mich. Vor uns auf der gerade erblühenden Wiese stand Wilhelm, der Architekt vom oberen Garten. Er schien zu überlegen. Dann rief er fröhlich: »Ah, der Spanienkämpfer!«

»Ah – der Mauerbauer!« rief Anselm zurück.

»Wir könnten sie einreißen, die Mauer«, erklärte Wilhelm, sehr versöhnlich und zu mir gewandt.

»Wir könnten sie aufstocken«, bot ich an.

Er lachte und streckte uns eine offene Handfläche entgegen, zum Zeichen, daß er zu uns heraufsteigen wolle. Wie sollte ich Anselm, der noch an diesem Abend nach Berlin zurückfuhr, auf die Bilder meines Großvaters bringen, wenn sich jetzt der Bauch des Architekten zwischen uns schob? Wilhelms fleischiges, würdig gefaltetes Gesicht leuchtete in Vorfreude, als er hinter einigen Zierbüschen auf dem Plattenweg auftauchte. Noch immer trauerte er den Streitereien mit meinem Großvater nach. Er schüttelte Anselm die Hand und ließ sich dann neben ihn auf die ächzenden Lattenreihen der Bank fallen.

»Ihr hattet doch aber über den Krieg in Spanien gesprochen?« fragte er, sich erwartungsvoll an den prächtig ergrauten Koteletten zupfend.

»Nicht direkt«, erwiderte ich. »Trotzdem geben wir dir gerne Gelegenheit, uns mitzuteilen, daß es sinnlos ist, sich über historische Klamotten wie diese den Kopf zu zerbrechen.«

»Hm, ich weiß über den Bürgerkrieg ja nicht viel –«

»Eben deshalb willst du uns jetzt erklären, wie müßig es ist, sich damit zu beschäftigen.«

Anselm bemühte sich, das Lachen zu verbeißen.

»Ach, was soll's!« rief Wilhelm froh. »Anarchisten, Faschisten, Stalinisten, Querköpfe mit krummen Messern – Franco hat gewonnen, und jetzt ist er tot. Spanien kommt in die EG. Wir fliegen nach Mallorca.« Er lehnte den Hinterkopf an die weiße Mauer in unserem Rücken. »Aber ich bin ja nicht unromantisch. Man muß sich das vorstellen, Anno 1936 ... Millionen wilder Anarchisten, und du, Verehrtester, du warst dabei! Don Anselmo der Große prescht auf seiner Rosinante voran, das schwarz-rote Banner in der Linken!«

»Du wärst der richtige Sancho Pansa dazu gewesen«, sagte ich. »Und du hättest dich gleich selber reiten können.«

Bevor Wilhelm eine passende Beleidigung einfiel, ergriff Anselm das Wort: »Hör zu, Herr Architekt, es schadet dir wenig, die Sache etwas ernster zu nehmen. Verstehst du, da ist dieses Land, verarmt, halb feudalistisch noch, das Ex-Kolonialreich am Rande des europäischen Bewußtseins im Moder seiner ehemaligen Größe, ist schon fast Afrika, und man weiß gerade noch: verstaubtes Gold, Columbus, die Inquisition, Flamenco – und plötzlich rückt es ins Zentrum der Dinge. 1936 verwandelt sich Spanien in eine gewaltige Retorte, es wird das Experimentierfeld für alle entscheidenden politischen Ideen und Wahnfantasien, die der Kontinent ausgegoren hat. Du hast eine anarchistische Revolution im Bombenfeuer der faschistischen Luftwaffe. Im Lager der Rechten ringen falangistische Wirrköpfe mit monarchistischen Eiferern. Libertäre und autoritäre, leninistische und trotzkistische Ideen –«

»Rausgekommen«, unterbrach ihn Wilhelm, »ist aber nach drei oder vier Monaten – oh, ich weiß doch: der kurze Sommer der Anarchie –, rausgekommen ist eine demokratische Republik.«

»Ach was. Eine Mißgeburt aus frei liquidierenden Tschekisten und einer Notstandsdemokratie, die dennoch den Krieg gegen Franco verloren hat!« protestierte Anselm.

»Trotzdem, trotzdem ...« Wilhelm stützte sich mit beiden Händen auf die breiten Knie und atmete gewichtig. »Die Frage, mein Lieber, ist doch, was einem dieses Wissen heute noch nützen soll. Ich meine, es gibt Leute, die behaupten, unser Jahrhundert habe die Geschichte abgeschafft.«

»Roma aeterna. Das ist das Selbstgefühl verrottender Imperien«, meinte der alte Mann.

»Und was glauben die modernen Historiker?«

»Die Geschichte wäre nicht einmal mit dem letzten Menschen abgeschafft«, sagte ich. »Nur sie schafft den Tod, nur sie überwindet ihn. Ohne die Geschichte weißt du nicht, wer du bist.«

»Ich will dir sagen, wer ich bin. Ich bin ein fetter Architekt, der im Auftrag einer bayrischen Vereinsbank kleine feste Reihenhäuser in die Landschaft stellt.«

»Ja und nein. Du bist ein fetter Architekt, der im ausgehenden 20. Jahrhundert, nach dem Zerfall der sumerischen, babylonischen, griechischen, römischen, arabischen und chinesischen Imperien, nach Tausenden furchtbarer Kriege, auf einem Milliardenturm entwester Leiber, nach Dutzenden von Weltenbränden und Weltenschöpfungen – nun, kleine feste Fertighäuser in die Landschaft stellt.«

»Man würde verrückt –«, setzte Wilhelm an.

Anselm unterbrach ihn. »Es geht noch weiter. Du bist ein fetter Architekt, der hier mit zwei Schwätzern satt im Frühlingswind sitzt. Während alle zwei Sekunden ein Kind verhungert. Während Europa sich mit Atombomben belädt, daß man den alten Steinbrocken bis zum Mond hinaufsprengen könnte. Während fast überall geschossen, gefoltert und geschlachtet wird – alles das mittendrin, in deiner abgeschafften Geschichte.«

»Und nicht: man wird verrückt, wenn man das alles bedenkt. Sondern: man ist verrückt, wenn man es nicht tut. Objektiv verrückt, verstehst du?« ergänzte ich.

»Objektiv verrückt«, wiederholte der Architekt halb betroffen, halb gereizt und rieb sich den Nacken. Die Diskussion war ihm entschieden zu allgemein geworden, und schon hoffte ich, er würde sich davonmachen, seinen arbeitsreichen Nachmittag zum Vorwand nehmend. »Das ist alles gut und schön«, sagte er langsam. »Aber es gibt auch die Verrücktheit, sich für alles verantwortlich zu machen.«

Anselm widersprach ihm. »Nein, hier hat der böse alte Reaktionär Dostojewski recht: Jeder ist für alles verantwortlich.«

»Es gibt sogar die Verantwortung, sich deswegen nicht verrückt machen zu lassen«, fügte ich rasch hinzu, um Wilhelms Kampfeswillen den Gnadenstoß zu versetzen. Im ersten Moment schien es auch, als hätte ich mein Ziel erreicht. Stumm, in sein rotes Westchen eingespannt wie ein Maikäfer, der aufgepumpt zum Flug ansetzt, sah der Architekt in den farbigen Blütenschnee der Gärten.

»Es sei denn –«, erklärte er dann aber mit einem unbegreiflich triumphalen Unterton, seine ganze Angriffslust wiedergewinnend. »Es sei denn, jemand wird beschränkt. Von außen. Gewaltsam. Be-schränkt«, wiederholte er geheimnisvoll, und ich verstand nicht, weshalb Anselm eine abwehrende Geste machte. »Wie dein Großvater, den die Russen in einen Schrank eingeschlossen haben!«

»In einen Schrank?«

Anselm legte mir eine Hand auf die Schulter. »Das war eine gängige Foltermethode während des Bürgerkrieges.«

»Was, bitte?«

»Die Leute einzuschließen.«

»Sie haben sie in einen Schrank eingeschlossen? Wie?«

»Nun, in feste Holzschränke, deren Höhe man verstellen konnte. Der Boden war abgeschrägt und das Innere mit Querlatten so verstrebt, daß du unmöglich bequem stehen oder sitzen konntest. Wegen der niedrigen Decke mußte man das Genick verbiegen. Wenn man die Augen aufmachte, sah man durch ein rundes Loch in der Schrankwand direkt in eine brennende nackte Glühbirne hinein. Manche wurden tagelang krummgeschlossen und immer wieder verhört. Die Gefangenen nannten es *Celdas armario oder Kirmes*.«

»Kirmes! Und mein Großvater –?«

»Ja«, sagte der alte Mann. »Er war ein Pechvogel.«

»Be-schränkt also«, ergänzte Wilhelm zufrieden. »Und danach hat er eben diese verrückten grünen Bilder gemalt.«

»Grüne Bilder?«

»Irgendwann mußte das wohl aus deinem Schädel heraus!« schimpfte Anselm.

»Mein Gott, wofür denn noch diese Geheimniskrämerei? Er ist siebenunddreißig, das reicht doch wohl, oder?« Wilhelms gerötetes, großporiges Gesicht beugte sich mir über Anselms Knie entgegen. »Er hat also diese Bilder gemalt. Als Kind hast du diese Zeichnungen irgendwo aufgestöbert und betrachtet. Du bist erschrocken, so sehr erschrocken, daß du tagelang geweint hast. Es war ein Schock, ein Trauma, wie man so sagt. Du hattest Fieber. Wir mußten sogar einen Arzt holen. Nur mit Beruhigungsmitteln und viel Schlaf –«

»Was war auf diesen Bildern?« rief ich.

»Ich – ich kann mich kaum entsinnen«, stammelte der Architekt.

»Was?«

»Anselm hat sie jetzt. Frag ihn. Ich muß zur Arbeit. Aber eins weiß ich noch: Es waren Engel darauf.«

»Engel?«

»Du meine Güte, was schreist du so? Frag Anselm, los, frag ihn. Er weiß darüber viel mehr als ich.«

»Das stimmt«, seufzte der alte Mann, als ich mich an ihn wandte. »Ich werde dir die ganze Geschichte erzählen, Anton. Sobald der Herrscher über die tausend Fettnäpfchen gegangen ist. Womöglich hat er ja auch recht. Du bist wirklich alt genug. – Ja, geh schon«, sagte er zu Wilhelm, der zögernd und schuldbewußt aufgestanden war.

Anselm schabte mit dem Daumennagel etwas brüchigen roten Lack von den Lattenreihen der Bank. Ich fühlte Abenteuerlust und zugleich Entsetzen. Etwas kam näher mit einem irrsinnigen, unwiderstehlichen Reiz, so als böte sich für einige Sekunden und dann nie wieder die Möglichkeit, mir mit der eigenen Hand in die Brust zu greifen und an mein jagendes Herz zu fassen.

2

Barcelona, hauptsächlich im Mai 1937

Wo soll ich anfangen? Es gibt eine Geschichte zu diesen Bildern, und du solltest sie kennen, bevor du die Zeichnungen siehst. – Ja, natürlich, ich werde sie heraussuchen, sobald ich wieder in Berlin bin. Dann mache ich ein Paket, einverstanden? In spätestens einer Woche wird es da sein. Bist du sicher, daß es dir gutgeht? ... Ich meine, vielleicht war es doch ein Fehler von Wilhelm zu sagen, daß ich die Bilder noch habe, ich bin kein Psychologe ... Dann soll ich mich auch nicht so benehmen? – Ja, gut. Jedenfalls hat mir dein Großvater die Zeichnungen geschickt, warte, das muß noch in den fünfziger Jahren gewesen sein. Vernichten mochte er sie nicht, aber sie sollten aus dem Haus. Er hat sich Vorwürfe gemacht und wollte sichergehen, daß du sie nicht wieder findest. Und weil ich wohl am meisten über ihre Entstehung und Bedeutung wußte, kam er auf die Idee, sie bei mir zu deponieren.

Ob die Bilder so schrecklich waren? Schrecklich – gewiß. Es sind in der Hauptsache Kriegsdarstellungen oder Visionen auf dem Untergrund der damaligen Ereignisse.

Was den Schock bei dir ausgelöst hat, ist aber womöglich etwas anderes. Etwas Subjektives. Ich denke, du bist ein reichlich fantasiebegabtes Kind gewesen und konntest erkennen, daß einige der Bilder Selbstdarstellungen waren; es hat dich erschreckt, den eigenen Großvater in diesen absonderlichen und grausamen Szenen betrachten zu müssen … Wäre es nach mir gegangen, Anton, dann hätte ich dir schon längst die Zeichnungen übergeben. Aber deine Großmutter war sich unschlüssig und bat mich jedesmal, wenn ich ihr vorschlug, dir das Erbe zukommen zu lassen, noch etwas zu warten.

Aber richtig, die Geschichte also …

Im August 1936 bin ich deinem Großvater zum ersten Mal begegnet. Ich hielt mich bereits über ein Jahr in Barcelona auf, war zuvor in Holland gewesen, von wo aus wir Flugblätter und Broschüren ins Reich geschmuggelt hatten. Die DAS, die Gruppe Deutscher Anarchosyndikalisten, so nannten wir uns dort, hatte unverzüglich Kontakte zur CNT gesucht. Ich wurde in den Süden verschickt, weil ich Spanisch konnte. Übrigens gestaltete sich das Aufeinandertreffen unserer kleinen Salongruppe mit der CNT, einer millionenstarken anarchistischen Gewerkschaft, ziemlich reizvoll – ich weiß: dein Großvater und die Bilder. Und du kennst dich ja aus, in den Büchern über diesen Krieg.

Trotzdem – du mußt dir den Aufprall auf dieses harte und glühende Land vorstellen. Seine Buntheit, die Armut, seine furchtbaren sozialen Kontraste, die alten, blutigen Erinnerungen. Und der Hunger: *hambre* sagen sie, wütender, demütigender, jahrhundertelang bohrender Hunger.

Und das alles, ausgelöst durch den Putsch der Generäle, wurde nun frei in einer unvorstellbaren Explosion, in Katalonien, in Barcelona, im Sommer 36.

Dein Großvater kannte niemanden in der Stadt.

Nun, unsere Gruppe gab Empfehlungsschreiben für den Eintritt in die Milizen aus, und so kamen wir dann zusammen, verstanden uns auf den ersten Blick und diskutierten und schwätzten eine ganze Nacht durch. Er war Mitte Vierzig damals, fast zwanzig Jahre älter als ich, mager, zäh – und unruhig, außerordentlich nervös. Das verstand ich zuerst nicht. Der Mann wußte, wo's langging, politisch, meine ich. Und er hatte doch schon den Weltkrieg mitgemacht. Aber es war der Künstler in ihm, er riß die Augen auf und fraß alles in sich hinein.

Barcelona während der ersten Revolutionswochen! Man brauchte keine Künstlerseele, um von der Stimmung überwältigt zu werden.

Ich führte deinen Großvater durch die Stadt. Man hatte die Toten verscharrt, und die Francotruppen rückten vom Westen her vor. Alles war in Bewegung. In blauen Arbeitsanzügen, mit Baskenmützen oder schwarz-roten Kappen und Halstüchern drängten sie sich. Leute in Anzügen, Krawatten und mit alten Stahlhelmen auf dem Kopf gingen über die Ramblas; jeder dritte war mit Pistolen und Patronengurten behängt. Spanische Frauen kamen plötzlich in Hosen daher, eine Mauser über der Schulter; die Kinder klammerten sich an die Lastwagen voll lärmender Milizsoldaten und flatternder Fahnen, die unablässig durch die Straßen brausten, und aus zahllosen Lautsprechern lärmten Nachrichten von der Front und anarchistische Kampflieder über die Menge. Es gab keine Dons mehr, keine Señores. Du konntest jeden ansprechen, und alle versuchten, dir weiterzuhelfen.

»Das in Deutschland. 1919, das in Deutschland«, murmelte dein Großvater fassungslos. Er konnte sich an nichts satt sehen und ließ sich von mir die Parolen und Plakattexte übersetzen. Das Lieblingswort hieß *incautadas*, beschlagnahmt. Es war eine Revolution der Bilder und Malereien, die neben zerschossenen Häuserfronten und hinter ausgebrannten Autowracks in die Zukunft leuchteten. Am besten malten die Eisenbahner. Dein Großvater meinte, es läge daran, daß sie so viele Landschaften kannten. Ich mußte ihn förmlich anbetteln, damit er uns eine Pause gönnte.

Wir setzten uns in ein Café. Draußen sah man die Columbussäule. Eine Leine, an der Dutzende schwarz-roter und roter Fahnen befestigt waren, spannte sich längs des hohen Steinschafts und bog sich in den wolkenlosen Himmel. Miliztrupps, die zur Front ausrückten, wurden von allen Seiten bejubelt. Mühsam quetschten sich die in den Revolutionsfarben bemalten Straßenbahnen und Taxis durch das Getümmel auf der Plaza Puerta de la Paz.

»Das in Deutschland«, sagte dein Großvater noch immer. Vor ihm stand ein Teller mit geröstetem Brot und Tomaten. Während der ersten Wochen erhielt man kostenlos Speisen und Getränke.

»Sie haben schon die meisten Betriebe und Werkstätten kollektiviert.«

»Ich kann nicht sitzen bleiben, Anselm. Es ist, als würde alles zusammenbrechen, wenn ich nur etwas zu langsam atme oder mich an irgend etwas von früher erinnere.«

»Du bist sicher, daß du dich nicht überschätzt?«

Er lachte, gab aber keine Ruhe, bis wir wieder auf der Straße standen. Und ich wußte ja, was er meinte: ein ganz leises, hoffnungsloses, erwürgendes Gefühl, das diese Begeisterung und dieses Selbstvertrauen durchzog, ein gewisser zynischer Instinkt, eine leise Stimme, daß das alles zu früh kam – tausend Jahre zu früh, um auf die Straße zu gehen und ein Mensch zu sein, verstehst du?

Ich schlug deinem Großvater vor, in die POUM-Milizen einzutreten. Dort würde mehr Disziplin herrschen als in den anarchistischen Trupps. Ja, mein Gott, er kam mir trotz seiner Begeisterung doch zu deutsch vor für die Spanier.

Merkwürdig war sein Interesse für Kirchenschändungen. Ich glaube, sie boten den Inbegriff dessen, was er noch verstehen mußte an diesem Land. Nun konnte man auf den

Hauptstraßen schwerlich wie ein Baedeker-Tourist eines der verwüsteten oder umfunktionierten Gebäude besichtigen. In einer ruhigen Seitengasse der Via Layetana wagten wir es schließlich, das halb zersplitterte Eingangsportal einer Klosterkirche aufzudrücken und uns ins Innere zu zwängen.

Die Augen versagten zunächst im Halbdunkel des Kirchenschiffes. Es kam mir vor, als hätte man den lichtberstenden revolutionären Mittag direkt hinter uns abgerissen wie ein Stück Papier. Es war still bis auf ein Rascheln, das von einer schwachen Luftströmung verursacht wurde. Ein süßer kalter Geruch stieg in unsere Nasen. Wir stolperten über Messingleuchter und zerschlagenes Chorgestühl.

»Die Gräber sind aufgebrochen«, sagte dein Großvater.

Über die weiße Marmorpyramide und das Gold des Altars waren blanke Schädel und welche, die nicht gründlich abgenagt wirkten, waren halbverweste Leichenteile und die Holztrümmer der Särge ausgestreut. Eine enthauptete Mönchsstatue steckte im Rahmen eines der schmalen gotischen Fenster. Überall lagen Kerzen herum. Man konnte sie in dem schummrigen Licht kaum von den Knochen unterscheiden. Ich zertrat versehentlich den Arm einer geschnitzten, mannsgroßen Jesusfigur, deren Hände und Füße noch an den Enden des abgerissenen Altarkreuzes klebten.

Schweigend durchquerte dein Großvater die Gewölbe.

»Könnten wir jetzt wieder nach draußen gehen und etwas Revolution machen?« fragte ich entnervt. »Ich hab genug. Hör zu, das ist ein alter furchtbarer Haß, den eine alte furchtbare Herrschaft in den Leuten angerichtet hat. Ich wollte, es hätte nie eine dieser gottverdammten Kirchen auf der Erde gestanden.«

Er nickte und hörte auf, mit dem Stiefel die Scherben eines zerborstenen Weihwasserbeckens zusammenzufügen.

»Das war gut, was du da gesagt hast«, erklärte er, als wir die Kirchentür von außen wieder gegen den Rahmen stemmten.

Wir hoben die Gesichter in die Sonne und atmeten tief durch.

»Möchtest du, daß wir irgendwo Zeichenmaterial auftreiben?« fragte ich versöhnt.

»Später, ja.«

Wir zündeten uns Zigaretten an und bummelten durch die engen Gassen der Umgebung. Über unseren Köpfen sah man einen blaß glühenden Himmelsstreifen, dann die oberen Stockwerke der Häuser, in ockerfarbenes Licht getaucht, die Balkons, geschmückt mit schwarz-roten Fahnen und herabhängenden Grünpflanzen.

»Hast du den Engel gesehen?« wollte dein Großvater plötzlich wissen.

»Wie?«

»Einen Putto, einen ungefähr säuglingsgroßen nackten Engel. Er hing rechts neben dem Altar an einer Säule.«

»Hat man ihm die Flügel gestutzt? Weißt du, es ist mir scheißegal, was sie mit ihren Heiligenknochen anstellen. Von mir aus können sie Suppe damit brühen.«

Er lächelte, verschränkte aber wie fröstelnd die Arme vor der Brust.

»Schau, sie reagieren schnell.« Ich deutete auf die gegenüberliegende Straßenseite. Dort war eine der ersten Verpflegungskooperativen eingerichtet worden. Es war Siesta, und wir konnten nur durch die Ritzen der hölzernen Jalousie spähen. Säuberlich geschichtet türmten sich Konservenbüchsen auf den Regalen, und Flaschen mit Öl, Wein und Limonade standen in langen schnurgeraden Batterien.

»Dieser Engel«, begann dein Großvater aufs neue.

Ich fuhr zurück.

»Er war unbeschädigt. Er sah aus, als würde ihm die Zerstörung Spaß machen. Als wäre er zufrieden, auf eine hämische Weise zufrieden. Dieser Laden hier ist großartig«, fuhr er fort, sich aufrichtend und mir ins Gesicht sehend. »Dieses Land ist großartig, ihr Organisationstalent, ihr Pathos ...«

»Und? Weiter?«

»Alles ist großartig. Großartig – Anselm, nachdem ich diese Kirche gesehen habe, weiß ich nur eines: Wir müssen siegen, verstehst du? Radikal und vollständig siegen. Hier darf überhaupt nichts beim alten bleiben. Jedes Stück Boden, das wir verlieren, wird zur Hölle.«

»Wie in München 1919?«

Er schüttelte den Kopf. »Schlimmer, viel schlimmer, denke ich.«

Nun, er sollte recht behalten.

Das, Anton, ist schon der erste Teil der Geschichte. Übrigens hat er an diesem Tag noch nicht mit den Bildern begonnen. Was heißt Bilder, in Spanien waren es immer nur Skizzen in einem Notizbuch. Die größeren Ausführungen, und die habe ich aufbewahrt, wurden erst nach 45 gemacht.

Soll ich weitererzählen? – Natürlich ist dieser Engel auf den Bildern. Sonst hätte ich damit ja nicht angefangen ... Dieser Putto, ja, und andere Engel. Es sind eine Handvoll Tuschezeichnungen mehr realistischer Art und vier oder fünf Ölgemälde. Du kannst das in einer Woche selbst nachprüfen, wenn das Paket ankommt. Erinnerst du dich jetzt? Der Engel? Nein? – Du hattest wirklich Fieber. Wilhelm hat nicht übertrieben, sie mußten einen Arzt konsultieren. Auch die Tuschezeichnungen sind grün eingefärbt. An das Grün erinnerst du dich also. Ein leuchtendes, verrücktes, schillerndes Grün, wie aus einem Himmel von El Greco, sagte dein Großvater, aber daher hat er es nicht.

Ein dreiviertel Jahr nach unserer Kirchenvisite, im Mai 1937, begegneten wir uns zum zweiten Mal.

Du weißt, wie die militärische Lage aussah. Das Land war flächenmäßig in etwa gleich große Teile aufgespalten. Die Faschisten, unterstützt von Mussolini und Hitler, hielten den Südzipfel, weiter hoch einen sehr breiten Streifen entlang der portugiesischen Grenze, dann einen kräftigen Querbalken, der von Galicien bis tief nach Osten vorgriff – ein Gebiet, das insgesamt einer gewaltigen Axt ähnelte. Der Stiel lag in Marokko, die Schneide wies auf Katalonien. Dort, an der Aragon-Front, war dein Großvater zum Einsatz gekommen. Er gehörte seit der vierten Kriegswoche den POUM-Milizen an, hatte also meinen Rat befolgt. Sein Bataillon nannte sich *José Rovira*. Ursprünglich waren das dreihundertfünfzig Mann, größtenteils Deutsche, Holländer und Schweizer. Aber Mitte März waren sie fast aufgerieben worden bei den Kämpfen um das ehemalige Irrenhaus von Huesca. Dein Großvater bekam Fronturlaub; so liefen wir uns plötzlich wieder in Barcelona über den Weg, auf der Rambla de las Flores mit ihren Blumen- und Vogelhändlern, den Durchhalteplakaten, den hohen Platanen, im Frühling, aber was heißt Frühling – ausgerechnet am dritten Mai!

»He! Die Columna Lenin!« rief ich ihm zu.

Er kam aus der POUM-Zentrale, einem zweckentfremdeten Theater gegenüber dem Hotel Falcón.

»Von wegen Kolonne Lenin«, sagte er, nachdem wir uns umarmt hatten. »29. Division heißt das jetzt. Disziplin kehrt ein, selbst bei euch in der CNT. Und wir haben jetzt auf einmal ›Hundertschaftsdelegierte‹, stell dir vor.«

»Aber sonst scheint es noch nicht so wild zu sein«, erwiderte ich. Er trug als Uniform einen staubigen blauen Overall wie man ihn an jeder Straßenecke sah, zusammengehalten von einem leeren Patronengurt. Dagegen waren die Internationalen Brigaden und die neue reguläre Armee schon längst bis in die Kleiderordnung durchhierarchisiert.

»Ich bin nicht gegen mehr Organisation«, versicherte er mir, sich das bartstoppelige, ausgezehrte Gesicht reibend. »Es sind zuviel blutige Dummheiten gemacht worden. Aber ich habe mich umgesehen: es gibt Schwarzmärkte; der Brothandel ist frei, und die Presse wird zensiert; auf dem Land fangen die Stalinisten an, die Kollektive zu demontieren.«

Eine seltsame Koalition aus Kleinbürgertum, Liberalen, gezähmten anarchistischen Ministern und der moskauhörigen PSUC befand sich auf bestem Wege, den Errungenschaften des Sommers den Garaus zu machen. Gewiß: Nur Rußland unterstützte die Republik mit Waffen und Beratern. Aber man durfte sich über Stalins Interessen nicht täuschen. Was er brauchte, war Ablenkung von den Schauprozessen im eigenen Land, neue Solidarisierungskampagnen, damit er die Arbeitsnormen erhöhen und seine Industriepläne durchpeitschen konnte. Wegen Spanien würde er es nicht zu einem aussichtslosen Kampf mit Deutschland kommen lassen. Er sah gewissermaßen schon einen Krieg über den spanischen hinaus, er behielt seine zukünftigen Alliierten im Auge. Das massiv anti-revolutionäre Programm, das die spanischen Kommunisten in seinem Auftrag betrieben, war eine Theatervorstellung für England und Frankreich. Deshalb hielt er die anarchistische und revolutionäre Linke nieder. Wie gnadenlos, das sollte gerade dein Großvater bald erfahren.

»Glaub mir«, sagte ich zu ihm, »wenn's drauf ankommt, kann kein Land sich auf ein anderes verlassen.«

Wir hatten uns ein Café ausgesucht, in dem man wenigstens ein einfaches Gericht aus Kichererbsen bekam. Er zündete sich eine Pfeife an. »Noch ist Largo Caballero an der Regierung«, meinte er.

»Largo Caballero hat kein Konzept. Er ist ein ehrlicher alter Gewerkschaftler, aber seine Gewerkschaft kuscht vor Prieto und den Kommunisten. Largo Caballero – der große Charakterkopf vor dieser Illusionsmaschine von Regierung. Den Staat haben längst die Bürger und der sowjetische Geheimdienst übernommen. Geh um die Ecke – und die PSUC kämpft für das freie Spanien. Geh eine Ecke weiter – die GPU foltert für Rußland.«

»Wo?«

»In der Avenida Puerta del Angel«, sagte ich. »Sie hokken in einer früheren Grafenvilla.«

»Der sowjetische Geheimdienst in einer Straße, die Engelstor heißt?« Vor Überraschung hätte er beinahe seinen Wein umgestoßen. Auch ich fand die Sache kurios. Aber ich begriff das Ausmaß seiner Erregung nicht. Ein wildes Lächeln, triumphal, regellos, gespenstisch in diesen erschöpften mageren Gesichtszügen ließ ihn fast irrsinnig erscheinen. »Der Engel, Anselm ... das ... das ist köstlich!« Er zog einen schwarzen Notizblock aus der Brusttasche. »Weißt du nicht mehr? An meinem ersten Tag in Barcelona? Hier, siehst du?« Die Skizzen, die das Notizbuch enthielt, waren mit Bleistiften unterschiedlicher Härte ausgeführt. Sie zeigten das Elend an der Front und in den überfallenen Dörfern. Aus düsteren, fein abgestuften Graphitschleiern stiegen die Gesichter der Toten auf, der verkrüppelten Kinder, der Milizsoldaten … Und überall, wie eine Signatur oder besser wohl als Versinnbildlichung eines hämischen Grauens, erschien dieser nackte Engel, der ihn in jener zerstörten Kirche so fasziniert hatte.

»Später«, erklärte er, »wenn der Krieg vorbei ist, muß das alles sorgfältig aufgearbeitet werden. Man muß genau sein mit den Toten.«

Ich erinnere mich noch, daß ich etwas fragen und das Notizbuch vom Tisch nehmen wollte – als die ersten Schüsse fielen.

Sekunden später liefen wir schon die Ramblas in Richtung Norden hoch, mein Gott, das war der Auftakt des berühmten blutigen Mai, wir rannten, stolperten, wir prallten auf Flüchtende, die uns entgegenkamen, und links und rechts krachten die Rolladen der Cafés und Geschäfte auf die Fenstersimse, während die Leute schrien und das Gewehrfeuer sich verstärkte.

»Die Telefonzentrale!« brüllte ich deinem Großvater zu.

Wir mußten die Plaza de Catalunya überqueren, um mehr von der Schießerei zu sehen. Überall versuchten die Menschen, an die Ränder dieses weiten, kreisförmig angelegten Platzes zu kommen. Manche verhedderten sich in den weißen Gartenstühlen, die in der Parkanlage standen, rappelten sich auf, rannten und fielen erneut; andere hatten es schon geschafft und flüchteten in die Hauseingänge; wir sahen auch ganz Vorsichtige, die hinter den Bäumen oder Springbrunnenbassins in Deckung lagen.

»Tatsächlich, die Telefonzentrale!« Dein Großvater hielt mich an der Schulter zurück. Die breite Straßenkreuzung, wo die Ronda de San Pedro auf den Paseo de Gracia stieß, war menschenleer. Eine Straßenbahn stand verlassen auf der Strecke. Fahrräder lagen herum, ein Kinderwagen mit herausgezerrten Kissen, der aussah, als wäre etwas in ihm zerplatzt. Und hinter dieser leergeräumten Szenerie tobte das Feuergefecht zwischen dem Hotel Cólon, dem Hauptquartier der kommunistischen PSUC, und der Telefónica, sechs- oder siebenstöckigen Gebäuden, denen jetzt der Putz von den Mauern splitterte und die Fensterscheiben zerkrachten.

»Die haben vorgesorgt, überall Sandsäcke!« rief ich.

Dein Großvater sah zum Cólon hinüber. Wie schwarze Nadeln regten sich die Gewehrläufe neben Spruchbändern und großen Lenin- und Stalinporträts.

»Vielleicht kann uns der da drüben was sagen«, meinte er und deutete auf einen untersetzten schnurrbärtigen Mann ganz in unserer Nähe. Während wir im Schutz einer Baumgruppe Halt gemacht hatten, schien dieser Spanier von den herumpfeifenden Gewehrkugeln so unbeeindruckt wie das Frühlingswetter. Unter seinem linken Arm klemmte eine Mappe aus grauem Karton. Ein Farbtopf stand zwischen seinen pantoffelähnlichen Schuhen, die achtlos ein Büschel Tulpen niedertrampelten.

»Was ist los? Was ist passiert?« rief dein Großvater zu ihm hinüber.

»Die Sturmgarde hat die Telefonzentrale angegriffen! Etwa um zwei sind sie gekommen, Sala und seine Meute, in Lastwagen. Aber sie wurden im ersten Stock aufgehalten. Jetzt hocken sie im Erdgeschoß und ballern nach oben!«

Man muß wissen, daß sich die Telefónica seit Kriegsbeginn in den Händen der anarchistischen Gewerkschaften befand. Sowohl auf die Befehlsübermittlung der katalanischen Generalität als auch auf die Telefonverbindungen der Zentralregierung in Valencia mit dem Ausland ergaben sich dadurch gewisse Einflußmöglichkeiten. Jedoch war die Vermittlung zuverlässig, wenn man von einigem Unfug absah wie dem, daß ein CNT-Arbeiter einen Minister beim Telefonieren unterbrach, um ihm zu sagen, er solle weniger schwätzen und mehr arbeiten.

»Das ist die Lunte am Pulverfaß«, sagte dein Großvater. »Glaubst du, es ist eine Provokation, glaubst du, sie wollen reinen Tisch machen?«

Ich konnte nur die Backen aufpusten und demütig nach oben sehen.

»He – habt ihr Zigaretten?« rief der Mann mit der Zeichenmappe auf katalanisch herüber.

Wir nickten.

Er nahm seinen Farbtopf aus dem Tulpenbeet und schlenderte auf uns zu.

Inzwischen hatten sich überall auf den Dächern der Häuser, die die Plaza umgaben, Gewehrschützen eingefunden; MG-Salven gingen los; abgeprallte Kugeln fegten mit einem wirren, ekelhaften Singen die Mauern entlang.

»Nur russische«, sagte dein Großvater entschuldigend, als der Mann zu uns unter die kleinen Bäume trat.

»Ach, was soll's ... Wo gehört ihr hin?« Er klopfte die Zigarette auf seinem schwarzbehaarten Handrücken auf und falzte dann gekonnt das Pappende in zwei Richtungen.

»CNT-Milizen.«

»Gut. Aus Schweizland?«

»Aus Deutschland. Glaubst du, daß es eine Provokation ist?« Mit dem Kopf wies dein Großvater auf die Telefonzentrale, wo das Feuer jetzt für einige Sekunden ruhte.

Der gedrungene Mann sog den Rauch aus dem Mund in die Nase. Seine Linke fuhr über die kantig gewölbte schweißnasse Stirn und die zusammengewachsenen Augenbrauen. Dann erklärte er fest: »Man sollte diesem Hitler die Eier abschneiden.«

»Mit einem stumpfen Messer«, ergänzte dein Großvater.

Der andere zog die Mundwinkel nach unten. Er schien den Vorschlag sehr genau zu erwägen. »Es ist eine Provokation. Sie haben die Volkspatrouillen abgeschafft und unsere Grenztruppen durch ihre Leute ersetzt. Es ist eine verdammte Scheiß-Provokation, und mich haben sie verdammt provoziert!« Bei diesen Worten klappte er seine Mappe auseinander, zeigte uns das erste Blatt und schlug sie gleich wieder zu. Wir konnten gerade erkennen, daß es sich um einen Plakatentwurf für die Internationalen Brigaden handelte. »Es ist eine verdammte Provokation, wenn man wie ich auch noch Bilder für die Kommunisten gemalt hat!« brüllte er, die Mappe drohend in Richtung Colón schwenkend.

»Gehen wir zurück«, schlug ich vor. »Wir können hier

nichts ausrichten. Ich will wissen, was jetzt unternommen wird.«

Dein Großvater pflichtete mir bei.

Auch der Spanier schien damit einverstanden. Er bückte sich, griff seinen Farbeimer – erstarrte, als das Gewehrfeuer wieder einsetzte. »Provokation, Provokationsscheiße, scheißverdammte Provokationsscheiße«, flüsterte er. Sein schmaler, hochgewölbter Mund zitterte unter dem Schnurrbärtchen. Daß er den Hals recken mußte, weil eine Frühlingsbrise die Blätter über uns aufwirbelte, um sie als silbriggrünes Netz gegen die Sonne und vor die Aussicht auf die höheren Stockwerke der Telefonzentrale zu werfen, steigerte noch seine Wut. Eine weitere MG-Garbe ließ ihn auf den Boden spucken – und plötzlich marschierte er, so als hätte ihn gerade jemand furchtbar beleidigt und als ginge er nur ein paar wohlverdiente Ohrfeigen austeilen, direkt auf das Gewehrfeuer zu.

»Du lieber Himmel«, sagte dein Großvater leise.

Schon hatte der Mann die Straßenkreuzung vor den umkämpften Gebäuden erreicht. Rauchschleier und Wolken aus Verputzsplittern sanken herab. Eine Salve, hinter unseren Rücken abgefeuert, traf ein am Boden liegendes Fahrrad. Das war sehr dicht neben dem Maler. Er drehte sich denn auch empört um, schüttelte eine Faust in Richtung des Schützen und versetzte dem Rad einen Tritt. Wir hörten die Schutzbleche über das Pflaster schrammen und leise nachklappern.

»Du lieber Himmel«, murmelte nun ich, »was hat er vor?«

»Er steigt in die Straßenbahn.«

Ich sah deinen Großvater von der Seite her an, und mir fiel auf – weiß der Teufel warum, warum ausgerechnet jetzt –, daß seine Ohren zu groß waren.

»Siehst du?« sagte er gebannt.

Tatsächlich hatte der Katalane das Trittbrett des vorderen Wagens erklettert. Erleichtert oder immer noch wütend fuchtelte er mit den Armen in der Luft und lief im Inneren der leeren Straßenbahn auf und ab. Ja, und dann erschien zum ersten Mal die Farbe, die du auf den Bildern deines Großvaters wiederfinden wirst. Sie kam aus dem Blecheimer des Spaniers. Zuerst war es ein breiter Längsbalken in diesem schillernden Grün, von innen an die von uns aus gesehen am weitesten rechts liegende Fensterscheibe gemalt.

»F«, sagte dein Großvater, »er schreibt sogar in Spiegelschrift.«

Der Maler arbeitete rasch und brachte deutlich erkennbare Buchstaben zustande, obwohl einige Gewehrkugeln das Dach seines Waggons streiften.

»F-A-I L-I-B-E-«, lasen wir.

Dein Großvater war fasziniert. »Was für eine Farbe! Verrückt. Aber das T-A-D muß er auf die andere Seite schreiben, ihm gehen die Scheiben aus.«

»Mein Gott«, rief ich, »da stehen wir rum und überlegen uns –«

In diesem Augenblick verstärkte sich das Feuer. Dort, wo das R von *Libertad* hätte erscheinen sollen – es war, als hätte man zwei prall gefüllte Beeren auf der Scheibe zerquetscht, und ihr blendend grüner und rostroter Saft spritzte über das splitternde Glas …

Das Nächste, woran ich mich entsinne, ist, daß ich hinter deinem Großvater in den Straßenbahnwaggon sprang: ich landete auf dem Bauch und blieb zuerst einmal still liegen. Auf dem Boden zwischen den Sitzreihen waren Bonbontüten und Zeitungen verstreut, die die Fahrgäste in ihrer Panik hatten fallen lassen; es roch nach Schweiß und frischem Lack. Der Katalane mußte sich am entgegengesetzten Ende des Wagens befinden.

»Es ist nicht gefährlich«, hörte ich deinen Großvater flüstern. Warum flüsterte er? »Wir müssen nur auf der rechten Seite bleiben. Ich kann das Einschußloch sehen. Er hatte unglaubliches Pech, es war ein Querschläger.«

»Lebt er noch?«

»Ich weiß nicht, komm.«

Geduckt arbeiteten wir uns bis zu den hinteren Sitzreihen vor. Von der Telefónica her hörte man jetzt wieder vereinzelte Schüsse. Das Licht, das durch die grell bemalten

Fenster zu uns in den Wagen fiel, bewirkte eine unnatürliche, treibhausartige Stimmung.

Der Spanier lag zwischen zwei Holzbänken. Unter seinem verdrehten Kopf war ein gezackter roter Schatten; und aus der Höhe des Nabels quoll, als rührte es von einem Bauchschuß, dieses leuchtende Grün und tropfte zäh auf den Boden. Den halb ausgeleerten Farbtopf hielt er noch schlaff in der linken Hand.

»Sieh nach«, sagte dein Großvater, der sich halb aufgerichtet hatte, um die Straße zu beobachten.

Ich neigte mich über den zusammengebrochenen Körper. An der Seite des kurzen Halses war kein Pochen zu spüren. Zwei Blutstreifen zogen sich waagerecht über das stoppelige, breite Gesicht, einer davon quer über die aufgerissenen Augen. Trotzdem hob ich den Kopf mit dem pechschwarzen Haar und den fülligen Wangen, in denen Glassplitter steckten, in die Höhe: Augenblicklich verbreiterte sich der rote Schatten darunter. Als ich den Kopf wieder sinken ließ, hatte ich das Gefühl, eine große Frucht auf die faulige weiche Unterseite zu setzen.

»Nichts, ganz sicher. Er ist weg.«

Dein Großvater fluchte.

Warum hatte er mich nachsehen lassen? Weil ich nicht an der Front gestanden hatte wie er, sondern in Barcelona herumsaß und Artikel für die CNT schmierte?

»Gehen wir zurück.« Er stieß mir in die Rippen, als ich nicht gleich reagierte.

Dann schlugen einige Kugeln in unserer Nähe ein; wir duckten uns, keuchten, benommen von dieser Treibhausstimmung.

»Raus, verdammt noch mal, raus hier, bevor sie ein MG auf uns richten!« schrie dein Großvater nach einigen Sekunden.

Während ich auf die Baumgruppe zurannte, wo wir vor kurzem noch mit dem Maler zusammen das Gefecht beobachtet hatten, glaubte ich, mein Kopf würde in rauschendes heißes Wasser getaucht. Erst als wir die Plaza hinter uns gelassen hatten, sah ich wieder klar. Da war das Hotel

Continental und der Brunnen von Canaletas. Dein Großvater hielt zu meiner Verblüffung den Farbeimer des toten Plakatmalers in der Rechten. Ein Mann in zerrissener Milizuniform kam uns entgegen, eine schwarzrote Kappe und ein Gewehr über dem Kopf schwenkend, das aussah, als stamme es aus dem vorigen Jahrhundert. »Jetzt passiert es, Kameraden!« brüllte er.

Hinter ihm wuchsen die ersten Barrikaden über die Rambla. Die Straßen füllten sich mit Arbeitern, die, gleich nachdem sie den Angriff auf die Telefonzentrale erfahren hatten, in den Streik getreten waren. Sie stellten leere Straßenbahnwagen quer; Bretter, Sandsäcke, Leiterkarren, Matratzen, selbst die Pflanzenkübel aus den Cafés stopften die Lücken. Man öffnete die Waffenverstecke; es gab keinen Befehl, keine Anordnung, nur dieses Gerücht von einem kommunistischen Putsch und die Wut der letzten Monate.

Bei Anbruch der Nacht standen sich die feindlichen Lager mit schußbereiten Gewehren gegenüber. Gegenüber ist ein viel zu bestimmtes Wort. Man stand durcheinander, sollte ich sagen, denn niemand wußte genau, wer die nächste Barrikade besetzt hielt.

Was es nicht gab, war ein halbwegs durchdachter Plan. Hier fiel ein Schuß, da schrie jemand ins Dunkle. Flugblätter gingen herum, auf denen zu lesen stand, was ohnehin schon jeder machte: Abwarten! Dann fuhr ein Krankenwagen um die Ecke. Noch um Mitternacht flackerten zahllose kleine Feuer wie auf Lavaströmen in den Straßen. Wir warteten. Und wir hörten dem hohen Wind zu, der sich in den Türmen der Kathedralen verfing.

Du weißt, wie die Geschichte endete, Anton.

Als die CNT-Spitze erkennen ließ, sie sei auf Waffenstillstand und Verhandlungen mit der Regierung und den Stalinisten aus, schloß sich die POUM zähneknirschend dieser Aufforderung an.

»Was sonst?« meinte dein Großvater, als ich ihm ein Flugblatt seiner Partei unter die Nase hielt. »Sie fordern den Rückzug, weil ihn eure prachtvolle Anarchistengewerkschaft schon angetreten hat. Soll denn der Schwanz mit dem Hund wackeln?«

Ich knüllte das Flugblatt zusammen und setzte mich auf eine Holzkiste am unteren Ende der Barrikade. Hier, zwischen dem Falcón und der POUM-Zentrale, hatten wir den Großteil der letzten Tage und Nächte verbracht. Es war Freitag, der siebte Mai, acht Uhr morgens; die Nachricht über den Waffenstillstand mit der katalanischen Regierung war vor zwei Stunden über die Radiosender gegangen.

»Fragt sich bloß, wer zuerst die Barrikaden räumt.«

Dein Großvater rieb sich die Augen. »Wir natürlich. Wenn gegen Nachmittag Tausende Gardisten hier einmarschieren, die Valencia uns mit freundlichen Grüßen sendet, dann sieht das nicht gut aus, wie wir da auf der Straße liegen.«

Er ließ den Blick über die drei Dutzend Milizionäre wandern, die übernächtigt zwischen dem Gerümpelberg auf der Rambla de las Flores steckten. Manche rauchten und unterhielten sich leise; andere schliefen verkrümmt auf ihren Gewehren und regten sich unwillig, wenn hier und da noch ein Schuß fiel.

»Ich glaube, mir wird es nie wieder warm«, stöhnte ein breitschultriger Österreicher, der fast zeitlupenartig mit seinem Nachbarn Karten spielte.

»Zeig mir deine Bilder, Dornröschen«, forderte ich deinen Großvater auf. »Bevor dich ein Pfund Blei wachküßt. Es würde mich schon interessieren, was du mitten in dieser Knallerei hast malen können.«

»Nur Schlampiges.« Er zupfte verlegen an einem seiner großen Ohren. Dann kramte er aber doch das schwarze Notizbuch aus der Brusttasche seiner Montur. Er reichte es mir herüber, um sich gleich wieder zurückzulehnen und mit geschlossenen Augen die Morgensonne zu genießen. Bei jeder Gelegenheit hatte er sich über diese handtellergroßen Seiten gebeugt, gezeichnet, radiert. Mir war erst am Vorabend aufgefallen, daß er noch immer diesen kleinen Eimer mit grüner Farbe herumschleppte. Zunächst dachte ich, es sei sein Eßgeschirr, weil er dicht neben einem der Töpfe hockte, die, gefüllt mit siedendem Olivenöl und Hammelfleisch, hinter den Barrikaden auf den Feuerstellen brodelten. Aber ich beobachtete, daß er einen Holzspan immer wieder in den Eimer tauchte und damit über seine Zeichnungen fuhr: Seine Gesichtszüge verspannte der gleiche fiebrige Eifer, der mich erschreckt hatte, als ich ihm von der Avenida Puerta del Angel erzählte. Wurde er verrückt? Aber kaum fünf Minuten später hing er wieder auf der Brüstung der Barrikade und schoß, ja man kann sagen: schoß bedächtig in die von Pulverschwaden und dem Mündungsfeuer der Gewehre dampfgrau und rot durchblühte Nacht.

Selbst die Bilder von der Aragón-Front waren nachträglich koloriert worden. Zum Beispiel eine Reihe von Bombenopfern, kräftige ältere Frauen, die man nebeneinander an den Fuß einer Mauer gelegt hatte, so daß ihre Köpfe wie auf ein Kissen gestützt wirkten – eine Szene von grausiger Intimität und Friedlichkeit, in die sich dieser giftige grüne Schleier hineinfraß, gleichermaßen für das Blut und einen geisterhaften Wirbel von Tod stehend.

Ich blätterte Seite um Seite des Notizblockes um, während dein Großvater endgültig eingeschlafen schien, während immer mehr Menschen, befreit von der Nachricht über den Waffenstillstand, sich auf den Ramblas zeigten. Seltsam, dachte ich, für einen, der den Weltkrieg mitgemacht hat ... dieser Zwang, die Toten zu zeichnen ... dieser Engel ... und jetzt auch noch dieses Grün ...

Dann aber stieß ich auf die Zeichnungen, etwa zehn Blätter, die die Kämpfe der gerade vergangenen Woche festhielten. Ich entdeckte diese graue, betäubende Angst wieder, die mit der Morgendämmerung kam, wenn die Hausfrauen noch einmal die Wände entlanghuschten, um das Nötigste einzukaufen, bevor die ersten Handgranaten explodierten. Da waren die Kinder, die zwischen den Barrikaden nach ihren Vätern schrien, Körbe mit Lebensmitteln in den Armen. Der erschossene Plakatmaler im Straßenbahnwaggon. Ein Pferd, monumental vor eines dieser fantastischen Urschlammgebäude Gaudis hingestreckt, die Schnauze voll schwarzgrünen Bluts. Schließlich das Warten und Kämpfen im Dunkel, die gepanzerten Lastwagen, die durch die Straßen rumpelten; eine Laterne, in deren Lichtkegel sich ein Sturmgardist schleppte, um festzustellen, daß sein Unterleib armbreit aufgerissen war.

Ich wendete die letzte bearbeitete Seite des Notizblockes. Und ich begriff, daß er auch mein Grauen, meinen Schock, meinen Aufprall auf dieses Land enthielt, daß ich während der vergangenen Tage mir nur das Minutengedächtnis einer menschlichen Überlebensmaschine gegönnt hatte, die aß, schlief und schoß. – Jetzt, noch während die Barrikaden standen, diese Bilder zu betrachten ... Du mußt dir vorstellen, du sitzt in deinem Zimmer, deinem wohlbekannten Zimmer, da kommt jemand herein und macht eine Tür auf, die du noch nie gesehen hast: »Das ist gestern«, sagt er. Durch die geöffnete Tür siehst du noch einmal dein Zimmer und dich selbst; und auch dort kommt jemand herein und öffnet die unbekannte Tür ... Ich war plötzlich in Spanien und gleichzeitig in Berlin. Mein Vater würde sich nicht um seine Ausreise kümmern. Der Jüd und Händler mit Dachpappen. Streng deutschnational war er, und deshalb habe ich auch so einen markigen Vornamen bekommen. »Das Reich«, hatte er mich angebrüllt, »wird schon mit dieser braunen Krankheit fertig werden!« Sein Warenlager fiel mir ein, wo sich die Dachpappen in langen Bahnen ansammelten; und ich ging da hindurch und sah mit meinen Kinderaugen dünne aufgerollte Straßen, die nach Teer rochen und mit glitzernden Steinchen besetzt waren. Ich bin gerade siebenundzwanzig, dachte ich verwirrt, vielleicht bin ich in einer Stunde schon tot!

»He, was ist mit dir?« fragte dein Großvater.

»Ich bin Jude«, stammelte ich, mit zugeschnürter Kehle und gegen die Tränen ankämpfend. »Ich bin Jude und komme aus Deutschland.«

»Hör auf mit dem Blödsinn. Wenn wir gewonnen haben, fahren wir nach Süden. Wir werden die Alhambra sehen. Die Olivenhaine. Und die Esel und die Zigeunerinnen in Andalusien.«

Eine halbe Stunde später räumten wir die Barrikaden.

Nun, Anton, du weißt, welche Folgen dieser Kompromiß zu Barcelona hatte. Zuerst ging es der POUM an den Kragen. Eine von den Kommunisten geschürte Pressekampagne stellte sie als die von Faschisten bestochene »trotzkistische« Rädelsführerin des Aufstands hin. *La Batalla* wurde verboten; Andrés Nin verhaftet und von der GPU liquidiert. Im Juni verschwanden viele der ehemaligen POUM-Kämpfer hinter Gefängnismauern – mit ihnen dein Großvater.

So lernte er die Tscheka-Zentrale an der Straße zum Engelstor persönlich kennen. Mit fünfzig Mann wurde er in eine der Garagen des Gebäudes eingepfercht. Man verhörte ihn mehrmals und überführte ihn nach etwa zwei Wochen nach Valencia. Dort, im Kerker der Convento de Santa Ursula, in einem ehemaligen Nonnenkloster also, landeten fast alle Ausländer, die sich zu weit links bemerkbar gemacht hatten. Und hier passierte dann auch die Sache mit dem Schrank …

Ich muß sagen, daß er schon einiges Pech hatte. Der Einfluß der Stalinisten ging sehr weit; aber die Regierung Negrín und der spanische Geheimdienst verstanden es durchaus, ihre eigene Politik zu betreiben. Viele Gefangene wurden wieder entlassen, und längst nicht alle wurden gefoltert. Der stalinistische Terror arbeitete in Spanien präzise und zuverlässig, indem er die führenden Leute heraussuchte und ihnen nachts ins Genick schoß; nur die entscheidenden Rädchen des gegnerischen Apparats sollten zerschlagen werden, das Schmieröl ließ sich auch für andere Maschinen verwenden.

Was soll ich dir noch erzählen?

Weshalb ich zu den Internationalen Brigaden ging? Es war richtig, auch nur für eine bürgerliche Republik gegen Franco zu kämpfen. – Die Bilder? Also: Die Zeichnungen wurden nach 45 gemacht. Das schwarze Notizbuch muß man deinem Großvater im Gefängnis abgenommen haben. Fünf oder sechs Zeichnungen aus den Maitagen hat er noch einmal ausgeführt, größer und besser als es ihm auf den Barrikaden möglich war. Und dann sind da die fantastischen oder surrealen Ölgemälde – Engel kommen auf fast allen Bildern vor. Und auch die Rekonstruktionen hat er in diesem Grün wieder eingefärbt, du wirst sehen. Gerade die Darstellungen der Haftzeit verdichten das mystische Element. Das Surreale und Aberwitzige, möchte man glauben, ist der letzte Fluchtweg der Eingesperrten, und vielleicht hat Spanien deshalb auf diesem Gebiet eine so lange und reiche Tradition. Wie sagt Goya – der Schlaf der Vernunft gebiert Ungeheuer. Du warst doch schon dort, in Spanien, meine ich, nicht wahr?

3

Tea for two

Sie stand gebückt an der Seitenlinie des vorderen Platzes, winkte. Dann streckte sie mir den linken Arm entgegen, die Finger weit auseinanderspreizend: fünf Minuten.

Es wurde eine Viertelstunde. Durch die Glasscheibe, die die drei Spielfelder der Tennishalle von der Cafeteria trennte, drangen gedämpft die Zurufe der Spieler und das harte trockene Geräusch der Bälle; manchmal kam Patrizia, rückwärts stolpernd oder mit einem wie geblendeten Gesichtsausdruck, so nahe, daß ich fürchtete, sie könne mir das Teeglas vom Tisch stoßen, und die große Schutzscheibe wackelte im Rahmen. Ob sie sich meinetwegen besondere Mühe gab? Sie tat mir beinahe leid, wenn sie den Aufschlägen ihres Partners hinterherlief, eines kleinen drahtigen Mannes, den ein beschriftetes T-Shirt als Lehrer kenntlich machte. Und wieder stand sie auf der Grundlinie, beugte die Knie, zupfte an ihrem kurzen Rock, befeuchtete die Lippen. Kurz vor Spielende rutschte sie aus und fiel. Die langen gebräunten Beine spreizten sich, ich sah ihr gelbes, sportlich unschuldiges Höschen, das über ihrem Schamhaar zur Seite glitt. Es war erregend und beschämend zugleich.

»Du siehst nachdenklich aus«, sagte sie atemlos, nachdem sie die Cafeteria durch den Zugang von der Halle her betreten und mir ihren Schläger zugeworfen hatte. »Weshalb schaust du so?«

»Ich mache mir Sorgen um meine Nachbarin. Sie heißt Therese. Stell dir vor, sie ist am ersten Januar 1900 geboren.«

»Dann sollte sie noch bis zum Jahr 2000 leben. Ein ganzes Jahrhundert ... Was ist mit ihr?«

»Gestern abend, als ich nach Hause kam, brach sie vor meinen Augen zusammen. Auf der Flurtreppe. Ich habe sie in ihre Wohnung verfrachtet und den Notarzt angerufen. Eine leichte Lungenentzündung, nichts Schlimmes, meint er. Aber sie braucht jemanden, der sich um sie kümmert, einkaufen geht, aufpaßt, daß sie ihre Medikamente nimmt. Und die Tochter ist ausgerechnet dieser Tage in Urlaub gefahren.«

»Brauchst du Geld?«

»Sie würde nichts annehmen. Sie braucht Pflege, ein oder zwei Stunden am Tag, das ist alles.«

»Und das Sozialamt?«

»Macht ihr angst.«

»Hm – aber hast du nicht Zeit und ein mitfühlendes Herz?« fragte sie.

»Doch, beides natürlich. Ich sagte ja nur, daß ich mir Sorgen mache.«

Sie strich einen feuchten Haarzipfel aus der Stirn. »Es gibt noch einen Anlaß zur Sorge. Graml kommt übermorgen wieder heim. Alles wird komplizierter.«

»Möchtest du, daß wir aufhören?«

»Aufhören? Aber nein. Es geht doch ums Prinzip.«

»Diese alte Frau, Therese – es war ein merkwürdiges Gefühl, sie anfassen zu müssen. Weißt du, schon vor Wochen hatte ich eine Art Vorgefühl, wenn ich ihr begegnet bin. Fast Angst. Nein, tatsächlich eine laue, unbestimmte Angst.«

»Du hast ihr die Krankheit angesehen.«

»Möglich.«

»Nur noch schnell duschen«, sagte sie fast bittend. »Anton, es ist der letzte Nachmittag, wo wir ganz unbesorgt sein können.«

Ihren Tennisschläger auf den Knien rollend, verfolgte ich das Spiel in der Halle und wartete. Seit fast einem Monat trafen wir uns jetzt im Abstand von drei, vier Tagen. So, dachte ich, könnte es ewig weitergehen. Hanna rief nicht an; weder Oberstetter mit seiner Projektstelle noch die beiden Alten mit ihrem kühnen Buch-Vorhaben ließen etwas von sich hören. Dieses Schweigen war angenehm. Nachdem ich den ersten Schock überwunden hatte, sog ich immer wieder, mit dem Selbstzerstörungshang eines Opiumrauchers, die Bilder des Cherub-Traums aus meinem Gedächtnis, das Grün, den rotierenden Schacht, die Höllenfeuer und verrückten Dialoge.

Ich sah auf die Spielfläche. Auf drei Feldern bewegten sich jetzt Paarmannschaften. Die Bälle zuckten zwischen den Fronten oder taumelten unversehens einen hohen, einsamen Bogen. Das Ganze glich, entfernte man sich nur ein wenig von der üblichen Art, die Dinge zu betrachten, einem Mobile aus verwickelten weißen Papierkörpern, das heftig über einem Planquadrat roter Wüste schwankte. Und wie in der Sekunde, in der Patrizia mir von hinten auf die Schulter tippte, dieses Bild in eine feste Deutung und einen Rahmen schoß, so mußte es einmal unweigerlich mit meinem verworrenen Leben geschehen.

»Gehen wir«, sagte Patrizia aufgeräumt. Sie war geschminkt und trug das knapp schulterlange Haar offen, kunstvoll über einen linken Scheitel gebürstet.

»Du hältst das Racket wie ein Präsentiergewehr«, versicherte sie mir lachend, als wir über den clubeigenen Parkplatz zu ihrem Wagen gingen.

Es war ein mittelgroßer und immerhin etwas staubiger BMW. Nachdem sie den Tennisschläger im Kofferraum verstaut hatte, umarmte sie mich.

Wenigstens kümmert es sie nicht, wenn wir gesehen werden, dachte ich, den Geschmack von fruchtigem Lippenstift und Nikotin auf der Zunge.

Bedächtig steuerte sie den BMW durch die Straßen. Der Schnee war geschmolzen. Bläuliche Salzkrusten säumten die Trottoirs. »Ich muß noch ins Zentrum, Tee kaufen.«

Ihre »Autojacke« bedeckte die wattierten Schultern eines eng anliegenden Kostüms aus englischem Tuch. Zur Rechten sah man kurz die weite Flucht Richtung Brandenburger Tor. Wir mußten den Großen Stern fast ganz umrunden, und sie konnte sich wirklich keine Vorstellung davon machen, daß ich mich jahrelang zu Fuß, mit Plänen und Fotografien bewaffnet, in den historischen Morast der Stadt eingewühlt hatte ... Anstelle der jungen Bewaldungen des Tiergartens eine verbrannte Mondlandschaft, in der Mütter und Kinder die Bäume umhackten und Schrebergärtner Bohnen und Kartoffeln zu pflanzen versuchten; anstelle einer alt und stumpf und lächerlich neben den Asphaltrand gesetzten Statue: Moltke, der große Schlächter; anstelle der Siegessäule ein Haufen von Steintrommeln, irgendwo hingelehnt die vergoldete Viktoria, der NS-Bautrupp, der die ganze deutsch- und kriegsselige Pracht 1937 vor dem Reichstag zu Boden gelegt hatte, um sie hier und gleich noch um einige Meter aufgestockt, den Ausmaßen des neuen Babylons entsprechend, wieder zu errichten ...

Patrizia stöhnte ärgerlich.

»Was ist? – Ach, dein Freund und Helfer.«

»Ich werd unanständig, wenn sie uns schon wieder kontrollieren.«

»Nimm es einfach so: Es ist keine gute Zeit für blaue BMWs«, sagte ich.

Aber die Polizeisperre ließ uns passieren. Der Verkehr staute sich auf den Ernst-Reuter-Platz zu. Es wurde gehupt. Entnervt hob der Lenker des Nachbarfahrzeugs die Arme. Über dem Hauptgebäude der Technischen Universität kippte ein Fahndungshubschrauber die stumpfe Glasschnauze nach unten.

»Wollen sie ihn aus dieser Höhe entdecken?« Patrizia beugte sich über das Lenkrad. Seit Tagen dauerte die weder Mensch noch Material sparende Suche nach dem kurz vor den Abgeordnetenhauswahlen entführten CDU-Politiker Lorenz. »Mich haben sie jedenfalls schon gefragt. Frau Graml, ja wo Sie doch grad um die Ecke wohnen, ganz in der Nähe des Tatorts. Sie haben nichts bemerkt? Ich wohne nicht um die Ecke, sondern drei Straßen weiter, Herr Polizist. Gar nichts bemerkt? Gar nichts. Fremde Fahrzeuge, Frau Graml, sind Ihnen auch nicht aufgefallen, ein roter Fiat, Frau Graml? Ich achte nie auf Fahrzeuge, Herr Polizist. Auch nicht auf fremde? Wenn ich nicht auf Fahrzeuge achte, wie soll ich dann wissen, ob eines fremd ist, Herr Polizist? – Warum tut man das, Politiker entführen und diese Dinge? Um einmal die Macht zu spüren?«

»Das ist jetzt die Frage an den Experten?«

Sie wurde etwas verlegen.

»Aber es stimmt ja«, sagte ich und legte die Strickjacke, die ihr von den Schultern gerutscht war, wieder zurecht. »Diese Gruppe nennt sich 2. Juni –«

»Nach dem Tag, an dem 1967 der Student umgekommen ist.«

»Umgekommen wurde. Benno Ohnesorg, ein fataler Name, nicht? Nach dem Tag, an dem man ihn von hinten erschossen hat – hier ist eine Parklücke.«

»Verpaßt, blöd«, sagte Patrizia.

»Es geht um die Verwechslung von Ohnmacht mit Schuld. Oder um die von Aktion mit Sinn. Was würdest du tun, wenn du den Finger am roten Knopf hättest?«

»Roter Knopf? Ach so: Patrizia, Präsident! Nichts, ich möchte das nicht«, entgegnete sie und fand im gleichen Moment einen anderen Platz zum Parken.

»Soll ich dir was sagen?« meinte sie, als wir über den Bürgersteig gingen. »Ich könnte mir vorstellen, daß du weißt, wo er ist.«

»Wer?«

»Na, Lorenz.«

»Ich hab den Hanswurst in meine Kohlenkiste gesperrt, und der Rest der Gruppe sitzt obendrauf und hält sich die Ohren zu. Denn er brüllt ständig: Mehr Tatkraft schafft mehr Sicherheit!«

Sie legte einen Finger auf die Lippen und öffnete die Eingangstür des Teegeschäfts. Der Laden hatte wenig Grundfläche, wuchs aber so in die Höhe, daß man sich bereitstehender Trittleitern bedienen mußte, um die oberen Regale zu erreichen. Aus unsichtbaren Lautsprechern erklang raumfüllend ein Vivaldikonzert. Der Verkäufer, der aus schierer Dezenz beim Sprechen den eigenen Kehlkopf zu verschlukken drohte, ließ von uns ab, als er sah, daß Patrizia sich auskannte. Ich hielt mich dicht hinter ihr. Ihr frisch gewaschenes sandfarbenes Haar streifte mein Gesicht. Der Tee wurde in goldverzierten Tüten in sehr kleinen Mengen verkauft. Seit Jahren, fiel mir ein, lebte und dachte ich so, als hätte ich den Finger am roten Knopf. Anton Mühsal, Präsident.

»Darjeeling?« raunte Patrizia.

»Nein«, sagte ich. »Lorenz will nur Wasser aus deutscher Quell, und die Gruppe trinkt neuerdings Blasentee.«

Ihre gepuderte Nase berührte mein Kinn. »Ich möchte Tee kaufen, ohne verhaftet zu werden. Darjeeling – für die alte Frau, von der du mir erzählt hast?«

Zwei Stunden später kam ich auf dieses Geschenk zurück. »Der Tee – es gefällt mir, was du für Therese gekauft hast. Zwei Tüten von der Sorte, die du selbst trinkst, das ist gut, wirklich.«

Patrizia lag neben mir auf dem Rücken, den Kopf auf das gleiche Kissen gebettet. »Du liebes bißchen. Wie fällt dir das jetzt ein? Also, was sagst du? Zu diesem Mozart?«

Weil ich den Mozart als Zuckerguß- und Schlagobersfabrikanten verspottet hatte, war sie auf die Idee gekommen, mir das *Requiem* vorzuspielen. Noch vor einer Minute hatten die mächtigen Tonsäulen des Lacrimosa das Schlafzimmer erfüllt. Danach schien es, als wären wir nackt am Boden einer steindüsteren, kirchenschiffhohen Leere zurückgeblieben. Vom Plattenspieler kam ein schleifendes Geräusch.

»Das ist unangenehm«, sagte Patrizia, womöglich auch auf einen der Fahndungshubschrauber anspielend, der ganz in der Nähe durch den kühlen Märzabend im Berliner Süden tuckerte.

»Kein Schlagobers, das Requiem. Sie haben mich überzeugt, Frau Professor.«

»Beschreibe es; kannst du das?«

»Es ist beeindruckend, mächtig –«

»Nein, genauer, was du dabei fühlst.«

»Es scheint auf einer schwarzen, endlosen Ebene zu spielen. Das ist die Ebene, auf der die Toten wandern. Armeen von Toten. Ihr Schritt wächst in furchtbar auseinandergesetzten Pulsen, ich sehe Tausende von gestaffelten Gesichtern, von aufgerissenen Mündern –«

»Ja?«

Ich hatte meine Beschreibung abgebrochen, weil mir auffiel, daß ich nicht nur die Musik beschrieb, sondern auch das Traumerlebnis aus Marseille. Wieder diese unerklärliche Bereitschaft, ausgerechnet ihr alles zu erzählen ... »Und dann verschwimmen die Gestalten. Dünne Tonschleier ziehen über die Ebene. Sie sind sehr rasch, wie Wolken, die man im Zeitraffer gefilmt hat, sie glitzern. Du fühlst eine große Zärtlichkeit, übergehend in – Energie: Linien in reinsten Farben, die waagerecht und schnell aus dem Dunkeln ins Dunkle fliegen.«

»Die Violinstimmen. Hier fast wie im E-Dur-Konzert von Bach.«

»Du spielst selbst Violine, nicht? Ich habe die Noten und den Kasten im Wohnzimmer gesehen.«

»Ich spielte.« Das sagte sie sehr artikuliert.

»Wann?«

»Wann – als Kind, als Mädchen, ich mußte es eben.«

»Und weiter?« erkundigte ich mich hartnäckig und sah aus nächster Entfernung in ihre von haardünnen Äderchen durchlaufene Ohrmuschel.

Sie runzelte unwillig die Stirn.

Ein Foul, dachte ich, das ging gegen den Pakt der Spiegel. Spiegelbilder hatten keine Kindheit. Trotzdem stützte ich mich auf den linken Ellbogen, um sie besser betrachten zu können.

»Man muß gut sein«, sagte sie unter dem Druck meiner Neugierde.

»Wie?«

»Gut. Und ich war nicht gut genug.« Sie schüttelte den Kopf und setzte sich auf. Sacht berührte ich die Aufschürfung, die ihr linker Oberschenkel beim Tennisspiel erlitten hatte. »Für die Violine?«

»Ja, natürlich. Für die Violine mußt du verdammt gut sein. Das ist ein gefährliches Instrument.« Ihre Finger griffen in mein Haar, als ich mich ebenfalls aufsetzen wollte. Während sie eine Zigarette rauchte, verharrten wir schweigend, sie sitzend und ich in Rückenlage, und der Fahndungshubschrauber kam bald näher, bald trieb er in nördlicher Richtung davon. Diesmal war eine veilchenblaue Seidendecke über das Bett gebreitet. Die Farbe vertrug sich schlecht mit der roten Polsterung der Biedermeierstühle. Wie würde sie sich anstellen, wenn die Rückkehr Gramls uns zwang, mit meiner Wohnung, meiner selbstgezimmerten Liege vorlieb zu nehmen, mit der Handvoll Schallplatten, die ich besaß? Auch nach drei Wochen kannten wir voneinander fast nur die Körper oder besser: unsere Körper hatten sich in einer gewissen Entfernung von uns miteinander bekannt gemacht. In mancher Hinsicht war sie erstaunlich unbeholfen. Ihr fehlten die Erfahrungen der Bewegung, die Wut vom zweiten, die Theorie vom dritten, sex, drugs and rock'n'roll vom vierten Juni. – »Du – und drugs and rock'n'roll!« hätte Hanna hier protestiert. Sie war erfahrener, eine Inhaberin des schwarzen Gürtels für Leibesübungen. Erfahrener und doch näher, ohne den kühlen Lack Patrizias, die so ehrgeizig und direkt auf ihre erotischen Schwachpunkte zuging, daß ich den Verdacht hegte, sie würde sich in dem Augenblick von mir verabschieden, in dem sie die Klassifikation des feucht-tropischen Systems zwischen unseren Körpern für abgeschlossen hielt.

»Du schläfst nur mit mir, weil dir eine Dahlemer Hausfrau noch in der Sammlung gefehlt hat«, sagte sie so bestimmt, als antwortete sie wie der Cherub auf meine Gedanken. »Das war natürlich ein Scherz. Eben mußte ich an den Blitz in Oberstetters Garten denken.« Sie tastete mit der Hand über mein Gesicht. »Mit diesem Naturtheater wurdest du mir beschert. Der zweite Liebhaber in einer achtzehnjährigen Ehe. Du hast gemerkt, daß es wenige

Männer gab, du brauchst nicht immer so höflich zu sein. Du hast dich gewundert. Aber es ist der gleiche Grund –«

»Weshalb du aufgehört hast, Geige zu spielen, und weshalb du nicht mehr Liebhaber gehabt hast? Also warst du nicht gut genug, was die Männer anging?«

Sie zwickte mich in die Nase. »Du bist schizophren Anton, weiß du das?«

»Ich dachte, ich wäre erst noch am Üben«, sagte ich schnell, mußte aber gegen ein Schwächegefühl ankämpfen.

»Körper-schizophren, meine ich, wenn's so was gibt. Du liegst da in deinen Muskeln, als wolltest du an der nächsten Schwimm-Olympiade teilnehmen. Doch wenn man dich so hört, da denkt man sich einen kleinen Mann, zwanzig Jahre älter, hager, schwarzhaarig, einen etwas zu scharfsinnigen Jesuiten wie im *Zauberberg* von Thomas Mann. Du wirst im Duell sterben.«

»Sicher, Graml erschießt mich auf Seite 274.«

»Er wird sich über deine prachtvolle Leiche beugen und die Schußbahn erklären: Nach Newton, verkündet er, dringt eine Kugel so tief in einen Körper, wie sie es schafft, mit der ihr gegebenen Energie einen Fleischzylinder ihres eigenen Querschnitts gegen den Gewebewiderstand zu beschleunigen – du, Gott, ist das unappetitlich!«

»Aber zweifelsohne eine Glanzleistung der Festkörperphysik«, tröstete ich sie.

Sie zog die Decke ein Stück höher, obwohl das Schlafzimmer schon überheizt war, und ihr Feuerzeug klickte. »Stilgefühl oder so etwas in der Art«, sagte sie schließlich.

Einige Zigarettenzüge vergingen.

»Mein erster Liebhaber, das war, bevor ich schwanger wurde. Das stimmt nicht. Ich war im vierten Monat.«

»Du hast damals gerade mit dem Studium angefangen?«

»Ja.«

»Violine.«

»Aber bewahre, nein! Pharmazie, bis das Kind zur Welt kam. Hör zu: Meine Eltern besitzen ein Musikgeschäft. Das ist in der Nähe von Hannover. Früher gehörte es meinem Großonkel, und das ist ja nicht ungewöhnlich, daß solche Leute, wenn ihr Kind schon zwischen lauter Geigen, Pauken, Trompeten und Gitarren aufwächst, wollen, daß es ein Beethoven wird. Oder ein Paganini – wörtlich: Patrizia Paganinia, das sollte mich anstacheln, so ein Kosename war das. Aber das Schlimmste: Sie gaben Konzerte. Erst Hauskonzerte, dann spielten sie sogar in Stadthallen.«

Ich hätte mich gerne neben sie gesetzt, aber sie wollte es immer noch nicht zulassen. So fragte ich durch die Maske ihrer warmen Finger: »Da mußtest du auftreten?«

»Sie traten auf. Ihre große Zeit fiel in die ersten Nachkriegsjahre. Sie quälten ein Klavier zu vier Händen und schreckten vor nichts zurück, Bach, Chopin, die Russen, was du willst. Stell dir ein entsetzlich verliebtes Paar vor, das sind sie heute noch, mit fast achtzig. Wenn sie zusammen sind, hat jeder nur eine Hand frei, weil er mit der anderen ständig seinen Partner streicheln und knuffen muß. Das Publikum sah aus, als hätte sich jeder einen feinen Anzug oder ein Abendkleid gestohlen. Oder es gab keine Heizung, und alle hockten in Mänteln da und schnieften. An den Wänden sahst du diese kahlen Flächen, wo früher die Parteifahnen hingen; manchmal auch Stuckrosetten, wie verstümmelte Gesichter, sphinxhaft, man hatte die Hakenkreuze daran weggemeißelt ... Sie spielten falsch! Perfekt falsch, das ist möglich. Jeder Fehler im Tempo, in der Phrasierung, im Rhythmus schien vorher abgesprochen zu sein. Man bekam den Eindruck, es läge nicht an ihnen, sondern an einem schadhaften Grammophon, das unter dem Klavierdeckel verborgen war.«

»Sie waren also nicht gut genug.«

»Niemand wußte das besser als ich, auch wenn ich erst zehn Jahre alt war.«

»Patrizia Paganinia.«

»Ich hatte wenigstens einen brauchbaren Musiklehrer. Aber leider war ich nicht die einzige, die die Fehler hörte. Jedesmal saßen einige andere im Publikum und verzogen an den entscheidenden Stellen die Gesichter. Diese Leute, von denen kam keiner ein zweites Mal, klar – aber ich hatte das Gefühl, daß es immer dieselben waren. Es war eine

Bande, die der Teufel geschickt hatte, um mich zu demütigen.« Sie drückte plötzlich meine Wange gegen die aufgeschürfte Stelle an ihrem Oberschenkel. Ich hielt still. Als sie ihren Griff lockerte, schien der Hubschrauber genau senkrecht über uns zu stehen und das Dach aufbohren zu wollen. Ich dachte an José: Jedem Vermißten seinen Hubschrauber, und der Himmel gliche einem Nagelbrett.

Als das Propellergeräusch verebbte, rutschte Patrizia zu mir herunter. Das Bett schaukelte. Mit dem rechten Fuß streifte sie die Seidendecke von mir.

»Eigentlich haben wir kein Problem«, stellte ich fest, als sie auf meiner Höhe lag. »Wir haben nur den Genuß, selber eins aus uns zu machen.«

Ihre Augen richteten sich offen in meinen Blick. Ich fand kein Verständnis, keinen Halt in dieser golddurchsprühten Bläue. Als ihr Gesicht noch näher kam, dachte ich, es umklappen zu können wie eine leere Orangenschale oder das Diaphragma, das sie benutzte, es umklappen – und durch die kreisrunden Öffnungen darin auch die Landschaft sehen, die sich unter einem tiefen, gewitterschwülen Pupillenhimmel an die Erde duckte.

Sie preßte sich gegen mich, daß ich ihren schlanken, vom unbedeckten Sitzen ausgekühlten Körper bis zu den Knien hinab spürte. »Sieh dir die Rückseite des Problems an«, flüsterte sie, die Hüfte gegen meine Scham drehend. Fast unwillkürlich geriet meine linke Hand zwischen ihre Schulterblätter und glitt die ausgeprägte Linie entlang, die ihren Rücken teilte, überstieg eine Kette verborgener Wirbelkörper, mündete in eine wie sandige Enge ein. »Werd nicht rot«, sagte ich. »Das ist kein Problem. Du bist schön wie ein Traum.« Weil ihr Kopf seitlich verdreht auf dem Kissen ruhte, sah ich durch einen blonden Haarschleier ihren Mundwinkel und weiß schimmernden Zahnschmelz. Sie lächelte.

»Das!«

»Kommt vor«, erwiderte ich ihren Ausruf, der, halbgedämpft durch das Kissen, so etwas wie begeisterte Empörung meinte.

»Das –« Sie bog ihre Wirbelsäule durch. »Das ist ... verrückt! Aber warte, warte –« Sie drückte meine Hand beiseite und stand auf, um den Plattenspieler erneut anzuschalten. Dann schritt sie auf eine konzentriert-zeremonielle Weise wieder auf das Bett zu, die ich von der ersten gemeinsamen Nacht schon kannte, so langsam, daß der unheilvoll heranschwebende Beginn des Requiems Zeit fand, wie eine dunkle Ranke in das Schlafzimmer hineinzuwachsen. »Verrückt«, sagte sie noch einmal. Und ohne mich eines Blickes zu würdigen, nahm sie wieder genau die gleiche Stellung ein und stemmte sich meiner Hand in genau der gleichen, gespannten Vorsicht entgegen ... Ich schloß die Augen. In Patrizias Leistenbeugen schien sich ein Bündel von Drähten zu bewegen, während die gewaltigen Harmonien des Requiems das Schlafzimmer anzuheben schienen wie ein großer, sich in einem zu engen Kasten aufrichtender Körper. Es war grotesk, es war lächerlich und überwältigend zugleich. Das unterschied sie von Hanna, sie entdeckte sich noch. Und sie war stolz. Wie ich, dachte ich, zu stolz, um geheilt zu werden. In diesem Moment raste ein Schatten durch meinen Kopf: ein winziger Punkt zuerst, wie eine Linsentrübung oder als fiele etwas von der Spitze eines hohen Turms.

Ich riß die Augen auf, klammerte mich an Patrizias Rükken.

Aber der Punkt wurde größer, ein Vogel, der im Sturzflug seine Schwingen ausbreitet, nein, noch größer – mit einem Schlag waren die Musik, das Zimmer, jedes Gefühl für meinen und Patrizias Körper verschwunden. Das Grün! Ich kämpfte gegen einen Schwall dieser smaragdenen Farbe.

»Vergiß den Tee nicht, wenn du gehst. Den Tee für Therese«, hörte ich jemanden sagen. Der Cherub! »Aber Mühsal, was erschrickst du? Ich hatte doch gesagt, daß unsere Geschichte erst beginnt. Und komme ich etwa ungelegen? Nur weil du dieses snobistische Hühnchen bespringst? Laß uns doch noch etwas träumen, wie du sagst.«

Ich werde nicht mit ihm sprechen, dachte ich verzweifelt, das macht es nur noch schlimmer.

»Du sollst auch nicht sprechen, sondern sehen, Mühsal«, rief er lachend. »Sieh, Mühsal, das ist ein Beginn –«

Stiefeltritte hallten. Ich fror und taumelte voran. Wieder trugen mich unsichere, schmerzende Beine. Da war der Mann mit dem Heringsfaß, eilig den Deckel schließend. Dieses Mal konnte ich einen pfenniggroßen Leberfleck auf seiner Wange erkennen. Ich sah den Bauzaun, die Soldaten, das Schild »Lindenstraße« unter den eigentümlichen Laternen; wieder streckte sich der dünne Mädchenarm vor meine Augen –

»Ah – Vorsicht!«

Das Bild des Schlafzimmers flammte so rasch vor mir auf, wie die Vision es zerstört hatte. Ich hatte Patrizia weh getan. Erschrocken fiel ich zurück, mit dem Hinterteil auf meine Fersen, in eine verkrampften Stellung, aus der mein noch erregtes, mit weißlichem Schaum bedecktes Glied wie bei einem Pavian hervorstand. Schweiß strömte über meine Brust. »Entschuldige, bitte entschuldige«, sagte ich erstickt.

Patrizia drehte sich langsam zu mir. Eben sank, Christi Unvergänglichkeit und die Ehre Gottes preisend, die Mauer der Chorstimmen in sich zusammen. Gerade fünf Minuten der Platte waren gespielt. Gleich würde das *Kyrie eleison* einsetzen – aber schon hatte Patrizia das Gerät ausgeschaltet. »Du mußt nicht gleich aufhören, nur weil ich Vorsicht sage.« Behutsam setzte sie sich auf die Bettkante. »Du zitterst ja!«

»Ich hab eine entsetzliche Angst – jemandem weh zu tun.«

»Das ist doch gut«, sagte sie weich. Es war unmöglich, sie mit diesen Wahnfantasien in Verbindung zu bringen.

Während sie ein Bad vorbereitete, hüllte ich mich in die blaue Decke. Sollte ich einen Nervenarzt oder Psychologen aufsuchen? Aber wozu, wenn ich, sobald diese Visionen endeten, wieder ganz Herr meiner Sinne war? Und wenn sie schlimmer wurden? – »Dann werde ich mich umbringen«, sagte ich halblaut, fast in der spöttischen, gnadenlosen Manier, in der der Cherub gesprochen hatte. Ich wurde ruhiger mit dem Geräusch des nebenan in die Wanne einlaufenden Wassers und griff nach dem Telefon, das hinter Gramls Porträt auf dem Nachttisch stand. Wie viele alte Menschen pflegte Therese in den Hörer zu schreien. Aus einer mechanisch gewordenen Verwunderung darüber, daß die Antworten sie erreichten, ließ sie nach jedem meiner Sätze eine kleine Pause. Es ginge ihr gut, sie habe die Wadenwickel abgenommen, nur husten müsse sie andauernd. Ich versprach, gleich am nächsten Morgen vorbeizukommen. Mit einem »Jawohl«, als hätte ich ihr einen Befehl erteilt, beendete sie das Gespräch.

»Treusorgend?« fragte Patrizia, die die letzten Worte mitgehört hatte.

»Florence Nightingale ruht nicht.«

Nackt stand sie in der Tür und betrachtete mich. »Anton?«

»Ja?«

»Geht es dir gut?«

»Sicher.«

»Sag – hast du's schon mal in der Badewanne gemacht?«

Nein, es hing nicht mit ihr zusammen, daß mir diese Bilder, Traumfetzen, Visionen durch den Kopf schossen. Im Gegenteil. Ihr frisch parfümierter Körper befreite mich, weil er mir das atemberaubende Rätsel aufgab, sie nicht zu berühren, obwohl ich wie durch ein schiefes Vergrößerungsglas zusehen konnte, wie er in dem heißen Wasser mit mir verschmolz. Ein warmes, nasses, über unsere komischen Verrenkungen lachendes, endlich fast wütend stöhnendes Spiegelwesen vor den ultramarinblauen Kacheln. Hatte sie absichtlich keinen Badezusatz in die Wanne gegeben? Alles nahm den Geruch ihres Parfums an. In der einsetzenden Ebbe legte ich mit geschlossenen Augen den Kopf zurück, glitt aus ihrem Schoß, preßte die Schläfe gegen den Messingkran. Vielleicht waren die Engel wasserscheu.

4

Ein letztes alltägliches Kapitel

»Er sieht aus wie Gold«, sagte Therese. Sie drehte ihre Sammeltasse gegen das Licht. »Nur, daß ich nicht mehr so richtig schmecke, das ist dumm.«

Eine Kanne mit Patrizias Tee dampfte auf dem wackeligen Servierwägelchen neben dem Bett der alten Frau. Weil sie mir beim Verstauen der Einkäufe geholfen hatte, war es mir nicht gelungen, den auffällig verpackten Darjeeling unbemerkt in eine Dose zu schütten.

»Oh, das ist Ihr Tee«, hatte sie erschrocken gesagt, als ich die glänzenden Beutel auf ihren Küchentisch legte.

»Nein, das ist ein Geschenk.«

»Ein so teures Geschenk, aber –«

»Sie brauchen sich keine Sorgen zu machen. Ich hab ihn von meiner Tante. Das kostet sie kaum was, sie führt nämlich ein Teegeschäft.«

»Das muß etwas Schönes sein, so ein Teegeschäft.« Therese rührte vorsichtig in ihrer Tasse. Sie hatte die Kissen des Doppelbettes auf die linke Seite gepackt, die seit zwanzig Jahren, seit dem Tod ihres Mannes, verwaist war. Eine Acryldecke wärmte ihre Beine. Ihr runder, kräftiger Oberkörper paßte nur mit Mühe in ihren blaßgrünen Morgenrock. »Ja, ein Teegeschäft«, seufzte sie nachdenklich. »Einmal, das war im Krieg, im ersten, da hab ich in einer Bäckerei gearbeitet.«

»Als Verkäuferin?«

Sie nickte. Dann streckte sie mir mit einem geradezu panischen Blick ihre Tasse entgegen. Ich nahm sie ihr rasch aus den Händen.

»Aber jetzt wird inhaliert, und wie!«

Um Luft ringend und mit tränenden Augen gab sie mir recht.

»Haben Sie denn lange in dieser Bäckerei gearbeitet?«

»Drei Jahre bin ich da gewesen. Das war eine gute Arbeit, obwohl ich wenig dafür gekriegt hab. Man konnte mit den Leuten reden. Früher waren ja alle so gesprächig.«

»Aber das Brot wurde dann rationiert, nicht? So um die Jahreswende sechzehn, siebzehn.«

»Rationiert«, wiederholte sie langsam und bestürzt.

»Es gab doch Brotmarken, Lebensmittelkarten.«

»Jawohl, rationiert«, erklärte sie eilig. Es war nicht das erste Mal, daß ich sie mit meinem Bücherwissen aus der Fassung brachte. Einige Sekunden lang saß sie ganz starr. – Natürlich! Jetzt erinnerte sie sich wieder! Wie sie das hatte vergessen können, die Brotmarken!

Ich öffnete schon die Tür zum Flur, um in der Küche ein Kamillendampfbad vorzubereiten, als sie noch immer den weißhaarigen Kopf schüttelte.

Während das Wasser in einem großen Topf langsam zum Kochen kam, sah ich durch das Küchenfenster in den Hinterhof. Zur Rechten hob sich die blinde Rückfront des Nachbarhauses, aus einer mannshohen geteerten Bande emporstrebend, dort, wo die einzelnen Stockwerke ansetzten, von Eisenträgern durchstoßen, unter deren Köpfen sich rostige Lachen in das Kieselgrau des Verputzes eingefressen hatten. Nur wenn ich ganz nah an die Scheibe trat, zeichnete sich die schartige Dachlinie gegen den Himmel ab. Therese wohnte seit den frühen Weimarer Jahren hier. Ich versuchte, die Gefühle zu erahnen, mit denen sie Zehntausende Male diesen zugewuchteten Ausblick empfangen hatte. Zehntausende? Ja, Zehntausende. Sie hatte einen Sohn in Rußland verloren und die ältere Tochter während der letzten Kriegstage. Ihr Mann war 47 aus der Gefangenschaft zurückgekehrt. Mitte der fünfziger Jahre starb er an Leberzirrhose. Bis dahin lebte die dreiköpfige Familie hauptsächlich von Thereses Einkünften. Tonnen von Trümmergestein mußte sie beiseite geschaufelt haben, ihre Arbeit zog eine nirgends verzeichnete Spur durch die Stadt bis hinauf in den Geröllschutt unter den Landebahnen des Flughafens Tegel.

Es müßte ein Museum der Gefühle geben, dachte ich. Auf dem Buffet des Küchenschrankes suchte ich nach der Tüte mit Kräutern, die ich am Morgen gekauft hatte. Nach

Thereses Tod, malte ich mir aus, würde eine Reihe von Gläsern, wie man sie früher zur Konservierung von Embryonen oder Meerestieren benutzte, in dieser Küche aufgestellt. Die Besucher, ein ärmliches Durcheinander dreier verschiedener Möbelstile betretend, fänden in diesen Gläsern die eingeweckten Gefühle der alten Frau: weißliche fasrige Wölkchen, die, nach Jahreszahlen sortiert, in honigfarbenen Lösungen trieben. Es genügte, eines davon in den Mund zu nehmen und sich vor das Fenster zu begeben. Nachdem der süßliche alkoholische Geschmack der Konservierflüssigkeit überwunden wäre, führe einem zum Beispiel ein Tag in der Radiofabrik in die fast sechzigjährigen Knochen (1958), die Angst, bald nicht mehr weiterarbeiten zu können, etwas Dankbarkeit, weil heute abend die Wirbelsäule nicht schmerzte.

»Was für eine Idee«, murmelte ich vor mich hin. Ich öffnete die Kräutertüte und sah noch einmal in den Hof. Schräg gegenüber befand sich meine eigene Wohnung. Gefleckt und weich wie eine Platanenrinde wucherte der Verputz um die Fenster. »Und dort, meine Damen und Herren«, hörte ich den Führer durch das Museum der Gefühle sagen, »haust ein junger Mensch mit Visionen. Weniger ein Fall für ihr Mitleid als eine Aufgabe für die Psychiatrie. Es beliebte ihm, seine geistigen Gaben so freimütig wie seine Ersparnisse zu verschleudern. Wenn Sie uns in zwei Wochen noch einmal die Ehre geben, können Sie womöglich mit eigenen Augen feststellen, wohin die künstliche Verarmung, in die er sich hineinmanövriert hat, und seine Angewohnheit, mit den Engeln des Herrn zu reden, führt. Vielleicht, daß sie einen Fenstersturz erleben ... Aber bitte, nehmen Sie sich einstweilen ruhig noch ein Gefühlchen, ja hier, von diesen älteren, gelblichen eines. Nein, nicht 1942, das ist Rüstungsproduktion. Ich empfehle 1920, ein guter Jahrgang! Erste Liebe, Sie verstehen. Alles dargeboten in einem hinreißenden proletarischen Ambiente ...«

»Muß ich schon?« fragte Therese. Sie war in ihre Filzpantoffeln geschlüpft und trottete zum Herd, um einen vorsichtigen Blick in den Kräutersud zu werfen.

»Aber gehen Sie doch ins Bett zurück. Ich bringe alles ins Schlafzimmer. Es ist ziemlich kalt hier.«

»Ach, das bin ich doch gewohnt.«

Ich half ihr, ein Handtuch so über ihren Kopf zu drapieren, daß sie einen Großteil der Dämpfe einatmete. Vornübergebeugt und ohne sich zu rühren, versuchte sie tiefe Atemzüge. In raschen Kräuseln stieg der Dampf an der Tapete hoch, die ihr Schwiegersohn im vorigen Jahr angebracht hatte; sie war mit überdimensionierten Rosenblüten bedruckt.

»Lesen Sie das über den Lorenz?« rief sie. »Furchtbar, diese Entführungen! Gestern haben sie ihn im Fernseher gezeigt: mit einem Pappschild, das er in der Hand hatte, ganz müde war er, und so ein stoppeliges Gesicht. Furchtbar!«

»Ja, das ist sinnlos«, sagte ich.

Von der knappen Antwort enttäuscht, lüpfte sie das Handtuch und drehte mir den Kopf zu. »In vielen Häusern durchsuchen sie jetzt die Keller, ob ihn dort einer versteckt.«

»Nun, bei uns waren sie nicht.«

»Aber das kann kommen!«

»Ich denke, Sie sollten sich mehr Sorgen um Ihre Gesundheit machen als um verschwundene Politiker. Los, noch drei Minuten.«

»Ob sie ihn wieder freilassen?« fragte sie trotzig. Sie verharrte in einer Art Kompromißstellung, und der Dampf fing sich hauptsächlich in den Falten des Handtuchs.

»Wenn er eine seiner Wahlreden hält, dann lassen sie ihn bestimmt bald laufen.«

»Was Sie für Witze machen! Wo Sie doch ein studierter Mensch sind!« Bevor sie den Kopf wieder über das Dampfbad hielt, behauptete sie noch einmal, daß die Polizei bestimmt auch den Keller unseres Hauses durchforsten würde.

Das kann kommen. Alles kann kommen. Was, so ihre tiefe, dämmrig bewußte Erfahrung, schert sich Gewalt um Schuld oder Unschuld? Es gab nur eine Gewalt: das blutbeschmierte harte Tier ohne Augen. Es hatte ihre Mutter ausgelöscht, einigen Stunden nach ihrer Geburt, hatte ihre

Tochter mit Trümmern zugeschüttet und ihrem Sohn ein breites, milchig-sommersprossiges Gesicht vom Knochen gebissen und auf die Erde vor Stalingrad gespien. Schon einmal, 1943, war es durch den Keller gegangen; an den Haaren zerrte es eine ehemalige Schulfreundin heraus – Jüdin, ihr Wimmern im Hinterhof, in diesem Hinterhof! – und stach ihr Wochen später fünfundzwanzig Kubikzentimeter Typhus in die Brust. Thereses Mann. Das Tier kroch aus den Flaschen in seinen Mund. Jahrelang schwoll es in ihm, bis sein Bauch sich wie ein Trommelfell spannte, die Lippen einen künstlichen, fruchtgummiähnlichen Glanz annahmen ... Nun hatte es diesen Lorenz gepackt, weggeschleift, ordentlich gebeutelt, fotografiert mit einem Pappschild – darüber einen Witz machen?

Ich faltete meine Zeitung zusammen. »Nicht mehr lange«, tröstete ich die alte Frau.

Aus ihrer gedrungenen Gestalt kam ein zustimmendes Schniefen. Sie stützte sich mit ihren vom Ellbogen ab entblößten Armen auf die Herdkante. Ein ungeheures Mitgefühl packte mich beim Anblick der mit Altersflecken übersäten Haut. Dann jedoch, so unvermutet, daß sich meine Schultern krampfartig wölbten, empfand ich aufs neue die Angst, die mich seit jener ersten Vision in der Gramlschen Villa überfiel, wenn ich Therese zu nahe kam. Dieses Mal hing sie ganz deutlich mit den Armen der alten Frau zusammen. Ich glaubte, in sie hineinschlüpfen zu müssen, in zwei langstulpige, mit brüchigem Fett und Nerven und Äderchen ausgekleidete Handschuhe, zwei ausgenommene Fische, deren kühler schlaffer Bauch die hängenden Unterarmmuskeln darstellten. »Genug!« rief ich, so laut, daß Therese erschrocken in die Höhe fuhr.

Sie nahm das Frotteetuch vom Kopf und schnappte befreit nach Luft.

Während der folgenden Tage vermied ich, so gut es ging, auf ihre Arme zu starren. Am Morgen brachte ich ihr die Einkäufe und besuchte sie meist am frühen Abend ein zweites Mal, um eine halbe Stunde zu plaudern. Sie erholte sich nur sehr langsam. Der Arzt verschrieb eine weitere Packung Antibiotika; solange ich mich um sie kümmere, bestünde kein Grund, ihr einen Krankenhausaufenthalt zuzumuten.

Einmal kam mir der Gedanke, daß Thereses Arm dem des dünnen Mädchens ähnelte, das in meinen Visionen erschienen war. Aber das benötigte einen Vergleich über Jahrzehnte und über die Grenze zwischen Traum und Wirklichkeit hinweg.

Wie die Entscheidung, Hanna, Mansfeld oder gar einen Psychologen aufzusuchen und mir diese bedrückenden Erlebnisse vom Herzen zu reden, so schob ich die Lösung meiner materiellen Probleme vor mir her. Längst führte ich ein Haushaltsbuch, das alle Ausgaben genau verzeichnete. Kulturveranstaltungen, Bücher, Schallplatten, Kleider waren zu teuer geworden; selbst notwendige Einkäufe wie die von Reinigungsmitteln oder kleinere Reparaturen wollten bedacht sein. Weil Patrizia das preiswertere Rasierwasser, das ich mir zugelegt hatte, nicht mochte, hielt ich mich wieder an meine gewohnte Marke. Noch besaß ich 1800 Mark, 1400 nach Abzug der nächsten Miete. Ein Vierteljahr Geldknappheit hatte nicht ausgereicht, die Zeichen der Armut an meine Kleider, die Gegenstände meiner Wohnung, an meinen Körper zu heften.

Allerdings: »Für was brauchst du denn einen Kühlschrank?« fragte Patrizia bei einem ihrer Besuche.

»Wo etwas im Kühlschrank ist, gibt es was zum Kochen. Wo etwas zum Kochen ist, gibt es Abwasch. Wo es Abwasch gibt, stirbt die Seele«, erklärte ich leichthin.

»Ich verstehe, du hebst deine Aphorismen darin auf, aber man kann sie nicht sehen.«

Seit Gramls Rückkehr trafen wir uns meist früh, gegen zehn oder elf Uhr, in meiner Wohnung.

»Der Ehebruch als Tagwerk«, sagte sie einmal. Die Vorstellung einer femme adultère, die sich ihrer Leidenschaft im offenen Licht des städtischen Vormittags hingab, schien sie lange schon beschäftigt zu haben. Nur mit Mühe brachte ich sie von dem Gedanken ab, ich könnte mich, gewissermaßen auf Gramls erkaltender Fußspur, gleich morgens in die Zehlendorfer Villa schleichen.

Auch jetzt noch ging ich jeden Tag schwimmen.

Patrizia begleitete mich hin und wieder. Tausend Meter hielt sie anstandslos mit. Dann streckte sie sich auf einer gekachelten Liegefläche vor den hohen Fenstern aus, döste und sah erst wieder zu mir hin, wenn ich gut das Doppelte der Strecke zurückgelegt hatte. Meist ließ ich mich noch eine Bahn auf dem Rücken treiben, bis ich erschöpft die Ellbogen in die glatte Rinne an der Stirnseite des Beckens einhakte. »Du lieber Himmel, weshalb quälst du dich so?«

»Selbstmordversuch«, keuchte ich. »Ich probiere es immer wieder.«

Sie hatte sich auf den Beckenrand gesetzt und mir einen Fuß auf die Schulter gelegt. »So etwas Ähnliches muß es wohl sein.«

Blinzelnd sah ich zu ihr hoch. Erst als sie sich zu mir ins Wasser ließ, konnte ich ihr Gesicht deutlich erkennen. »Deine Schminke ... ist wasserfest.«

»Ach, ich hatte das Gefühl, du wolltest etwas Bedeutsames über den Selbstmord von dir geben.«

»Interessiert dich das?«

»Das interessiert jeden, oder?«

»Ja – das ist mir noch gar nicht eingefallen.« Ich mußte noch einige Male tief durchatmen.

»Was ist dir eingefallen?«

»Daß man ihnen so viel Schuld gibt. Ich meine, man sagt Selbst-Mörder.«

»Manche sagen Freitod.«

»Gut, dann gibt man ihnen die Verantwortung. Aber spricht je einer von Selbsttotschlägern oder Selbsttötern? Von Selbsttotschlag im Affekt? Oder hört man etwas über fahrlässige Selbsttötung? Über Selbsttöter aus putativer Notwehr?«

Sie fuhr mit einer Handfläche flach über das Wasser.

»Ist dir eine Eigenkörperverletzung mit tödlichem Ausgang bekannt?«

Nun täuschte sie das schülerinnenhafte Erstaunen vor,

mit dem sie mich während meines Vortrags bei Oberstetter beinahe aus der Fassung gebracht hatte. Dann zog sie ihre weiße Badekappe über die Ohren und versank mit einem wie todergebenen Ausdruck. Ich sah ihr Gesicht unter der Wasserfläche unförmig werden und fühlte eine traurige Lähmung. Aber gerade als ich nach ihr greifen wollte, straffte sich ihr Körper. Mit einem energischen Schwimmzug tauchte sie auf meine rechte Seite.

»Aber im Ernst«, sagte sie prustend, mir einen Arm um den Hals schlingend.

»Was im Ernst?«

»Du machst das jeden Tag, nicht nur wenn ich dabei bin, diese Schinderei?«

»Ich will mich loswerden. Das ist schon der Grund.«

»Sich loswerden also. Wenn ich mit dir schlafe, dann geht es beinahe«, flüsterte sie.

»Es gibt aber einige Möglichkeiten. Man kann das loswerden, was man sein müßte – das trifft meinen Fall.«

»Oder das, was man ist«, ergänzte sie. Nach einer Pause, die wir in einer schaukelnden Andacht verbrachten, sagte ich: »Nur, wie weit kommt man mit diesen Methoden?«

Patrizia hatte die Augen geschlossen.

»Sich loswerden. Das heißt, sich vergessen. Aber wie kannst du dich vergessen? Du willst doch dabeisein, wenn das geschieht.«

»Mir scheint, Sie erörtern das zu angestrengt, Meister«, murmelte sie und biß mich mit einer genießerischen, akupunkteurhaften Umsicht in den Oberarm.

»Also vergißt man sich in der Art, wie man sich im Schlaf vergißt, zeitweise, während einer schwachen Phase des Gehirns.«

»Oh, vielen Dank, daß du mir erklärst, weshalb ich mich mit dir einlassen konnte.«

»Ich redete vom Schwimmen ... Weißt du, vielleicht muß man den umgekehrten Weg nehmen. Es gibt da einen Satz von einem jüdischen Mystiker: *Das Geheimnis der Erlösung ist die Erinnerung.*«

Sie legte die rechte Hand auf die Bande. Trotz des Badelärms hörte ich das feine Aufschlagen ihres Eherings. »Mir hilft das nicht«, sagte sie gleichmütig, »Ich hab nichts, woran ich mich erinnern möchte.«

»Aber womöglich bist nicht du es, woran du dich erinnern solltest.«

»Anton! Du bist noch verrückter als Graml mit seinem Physikzirkus im Kopf!« rief sie, spritzte mir Wasser ins Gesicht und hatte sich schon auf dem Beckenrand hochgestützt. Dicht neben dem Startblock mit der Nummer drei blieb sie stehen, um mit beiden Händen den Badeanzug tiefer über die Pobacken zu ziehen.

Als wir vor dem Hallenbad in ihren BMW stiegen, wünschte ich mir, sie etwas lernen zu sehen, das ihr Schwierigkeiten bereitete. »Du überlegst? Etwas über mich?«

»Worüber sonst?«

»Sieh an!«

»Ich hab oft Lust, dich durcheinanderzubringen.«

»Deswegen sprichst du mir rätselhafte Sätze in öffentlichen Schwimmanstalten vor.«

»Ja.« Eben dieselbe Lust, fiel mir ein, verspürte ich, wenn Therese von ihrer Vergangenheit erzählte, in immer den gleichen Wendungen für die immer gleichen Geschichten. Ich konnte mir ein geisterhaftes, menschenleeres Berlin vorstellen, ein hallendes Riesenuhrwerk, das stillstand; nur noch die beiden Frauen lebten; Patrizia fuhr endlose Schleifen in ihrem blauen BMW, und jahrzehntelang noch schlurfte Therese durch die zerfallende, kubische Ödnis ihres Mietshauses, ohne daß eine von ihnen etwas Neues gedacht oder empfunden hätte.

»Es ist nicht gerade das, was man so ›Unser Lied‹ nennt, aber –«, Patrizia drückte auf die mittlere Taste des Kassettenrecorders. Sie hatte das *Requiem* überspielt. Unvermittelt brauste das *Rex tremendae* durch das Wageninnere. Dreimal, in einer Art vollendetem Schrei, flehte der Chor den Himmel an. Mehlige Hagelkörner prasselten und klebten sich an die Windschutzscheibe. Durch das Zwielicht des Nachmittags glühten die Bremsstrahler der Autos, rot und gelb leuchteten die Pelerinen vereinzelter Radfahrer, während sich die Bürgersteige zunehmend verdunkelten und mit einer buckligen Regenschirmhaut überzogen. Alle, so dachte man jäh, nahmen an einer geheimnisvollen Prozession teil; gleich hinter dem nächsten Supermarkt, an der Ampelanlage, dort, wo Plakatfetzen wie Scharlach über einer Eisentür erzitterten, befinde sich der Eingang zum Jüngsten Gericht.

»Salve nos ...«, sagte Patrizia leise. »Hör dir dieses Ostinato an.« Sie versäumte die Ausfahrt nach Moabit. »Das hier und die Tonartwechsel in der C-Moll-Messe!« Ihre Halssehnen traten hervor. Und beinahe die gleiche Spannung zog das tragische Clownsgesicht meiner alten Nachbarin ins Schiefe, wenn sie am Morgen die Sterbeanzeigen in der Zeitung las. Ich betrachtete Patrizia plötzlich mit einer umfassenden, brennenden Liebe.

Noch eine Stunde später hielt dieses Gefühl an. Sie stemmte die Fäuste auf meine Brust. Eben senkte sich ihr Bauch in einer gesättigten Bewegung, und ihre Schenkel, die weich und hell über meine Hüfte faßten, rückten blumenhaft langsam zusammen. Wie um zu verhindern, daß eine neue Traurigkeit in diesen sehnigen Körper aufstieg, hatte ich mit einer Hand die kleinen Wölbungen ihres Geschlechts umfangen.

»Heirate mich«, forderte sie, eine Handfläche über meinem Herzen öffnend.

»Ja«, sagte ich ernst.

»Such dir eine Arbeit, geht das?«

Ich nickte.

»Nimm – nimm mir dieses Plastikding heraus, Anton, ich möchte dein Kind.«

»Ja –«

»Hör auf!« rief sie wütend, versuchte dabei zu lachen, kniete sich hoch, freute und ärgerte sich. Schließlich rollte sie sich neben mir auf dem Bett zusammen. »Schöner, aber nicht unbedingt einfacher, wenn man es übertreibt«, stellte sie nach einer Weile fest. »Könntest du eine Platte auflegen? Du hast etwas von Coltrane, nicht?«

Ich warf einen Blick aus dem Fenster, als ich am Plattenspieler stand. Im Hinterhof begann es zu dämmern. Thereses Küchenlicht brannte. Noch konnte man auf einigen der blechbeschlagenen Simse das rauhe Weiß der Hagelkörner aufschimmern sehen.

Weil Graml nach der Arbeit Freunde besuchen wollte, hatte Patrizia mehr Zeit als üblich. Etliche Male lief sie durch meine Zimmer, um Tee zu machen – »Beuteltee, entsetzlich, ich werd auch dir welchen schenken müssen« –, um für Minuten im Bad unerfindlichen Dingen nachzugehen. Einer der dicken Wollpullover meiner Großmutter schützte sie vor der niedrigen Raumtemperatur.

»Wie war es in deiner Studienzeit?« fragte ich.

»Studienzeit, das ist ein großes Wort für zwei Semester. Ich wurde doch mit 18 schwanger. Ich hab in einem Heim gewohnt.«

»Und?«

»Und – ein typisches Studentenheim, Ende der fünfziger Jahre, Gemeinschaftsduschen, Tauchsieder auf den Zimmern, bonjour tristesse.« Sie rauchte. Den Aschenbecher hatte sie auf meinem rechten Beckenknochen plaziert. »Vorhin«, sagte sie unvermutet weich, »das mit dem Kind und der Heirat. Meintest du das ernst?«

»In diesem Moment – ja.«

»Es war ein guter Moment.«

»Aber jetzt sind wir wieder bei Verstand?«

»Korrekt, Anton.« Wie zur Belohnung streichelte sie meine rechte Brustwarze. Nachdem sie ihre Zigarette ausgedrückt hatte, fiel sie in einen unruhigen, oberflächlichen Schlaf. Ich hätte ihr kaum zu erklären vermocht, was für eine seltsame gleichmacherische Liebe es war, mit der ich sie in den Armen hielt und besorgt in den Hinterhof hineinlauschte, ob aus Thereses Wohnung ein ungewöhnliches Geräusch kam. *Wer wie die Farben ist, der geht wie ein Pfeil durch die Sterne*. Erst jetzt, während Patrizia sich an mich klammerte, fiel mir ein, was dieser Satz des Engels bedeuten konnte. Vor Jahren hatte ich mich eine Zeitlang ernsthaft mit Philosophie beschäftigt. Ich erinnerte mich an ein formeldurchschnörkeltes paragraphenreiches Werk, das mich lange in Bann gehalten hatte. Bei der Lektüre schien es, als würde alles, was ich sah und fühlte, unter der kalt fauchenden Flamme eines logischen Schweißbrenners zu Gelatine zerkocht. Der Autor definierte die Farben durch eine bestimmte Anzahl abstrakter Dimensionen, also eine für Helligkeit, eine für Intensität und so fort. Aber das einfachste Kennzeichen war die Tatsache, daß ein und dieselbe Farbe *gleichzeitig an mehreren Orten sein konnte.* Daher nun, dachte ich mit einer vagen Erleichterung. Wer wie die Farben ist ... Woher aber stammte dieses teuflische oder vielmehr englische Grün?

Mit einem Mal zuckte Patrizia heftig zusammen. »Ich kaufe nichts mehr! Nein, lassen Sie mich!« flehte sie. »Diesmal werde ich's richtig machen! Bitte!«

Ich ergriff ihre Hände. »He, du träumst nur.«

»Was?«

»Du träumst, Frau Professor.«

»Hab ich lang geschlafen?«

»Höchstens eine Viertelstunde.«

Überrascht kämmte sie mit den Fingern das zerraufte Haar nach hinten. »Ich hab etwas Verrücktes geträumt!«

»Vielleicht liegt es an diesen alten Häusern«, sagte ich vorsichtig.

»Glaubst du?« Sie hatte von einem Supermarkt geträumt. »Da waren Regale aus einem weichen Metall, das ich nur mit Ekel anfassen konnte. Und es gab fast nur Konserven, in allen Farben und Größen durcheinandergeworfene Blechdosen. Ich packte einen Einkaufswagen damit voll, ohne auf die Etiketten zu schauen. Hunderte von Menschen stopften diesen Laden zu. Manche erbrachen sich in den Ecken. ›Warum tun sie das?‹ fragte ich jemanden. – ›Sie waren in der Obstabteilung‹, erklärte man mir. Da wollte ich also lieber nicht hin. Ich begann, immer schneller zu laufen, immer hastiger den Wagen vollzupakken. Leute rempelten mich an. Eine leiernde, tieftönige Musik, wie ein tibetanischer Mönchschor, gurgelte durch alle Stockwerke. Dann wieder kamen aus den Lautsprechern Durchsagen wie: ›Passen Sie auf die Füße auf, heute im Sonderangebot.‹ Oder: ›Verkörperungen, 100 Gramm, im Keller.‹ An der Registrierkasse standen Polizisten mit Maschinengewehren.«

»Die haben nach Lorenz gesucht?«

»Ich weiß nicht. Ich kam an die Kasse. ›Haben Sie alles?‹ brüllte mich eine Frau in einem grauen Kittel an. Irgendwie sah sie meinem Mann ähnlich. ›Wirklich alles?‹ – ›Ja, bestimmt‹, sagte ich ängstlich. – ›Legen Sie doch endlich Ihre Sachen aufs Band! Und wehe, Sie haben es wieder falsch gemacht!‹ – Also packte ich Dose für Dose auf ein Rollband neben der Kasse. Da achtete ich zum ersten Mal darauf, was ich überhaupt gekauft hatte.«

»Was hattest du eingekauft?«

»Augen und Ohren und mehr, lauter menschliche Körperteile! Auf den Etiketten konnte man die Fotos sehen. In Pappschachteln, die mit Plastikfolie überzogen waren, lagen Lippen von Kindern und Männern, aufgeschichtet wie Datteln. Was ich für Spargel gehalten hatte, waren abgetrennte Finger. Einen ganzen tiefgekühlten Rumpf mußte ich auf das Band stemmen. – ›Haben Sie alles genau abgezählt?‹ schrie die Verkäuferin. ›Nicht, daß etwas übrigbleibt!‹ – Und weißt du, worum es ging? Einer der Polizisten hat es mir gesagt: Ich mußte für jeden Toten in den Fernsehnachrichten einen neuen Menschen machen! Zu Hause, in der Küche!«

Verschwommen dachte ich an ihren Traum vom kleinen Bruder. »Man ist so schrecklich allein, wenn man träumt«, erklärte sie fröstelnd.

»Man ist wohl allein, aber man ist nicht unbedingt unter sich.«

»Anton, der Deuter. Gut, ich sehe die Katastrophen, also bin ich ein Teil von ihnen. Ich leugne sie. Aber im Traum kehren sie zurück. Leute wie du sagen: sie werden überall gemacht. Ich weiß nicht, wie. Du weißt es womöglich besser und zerbrichst dir den Kopf. Aber wo ist der Unterschied?«

»Leute wie ich sind eingebildeter«, sagte ich, küßte sie

und hielt sie fest – was sie mit der Zeit zu langweilen schien. Der Pakt der Spiegel war ungebrochen.

Gegen sieben Uhr fiel Regen in den Hinterhof. Patrizia hatte mir Sinfonien von Mozart geschenkt. Verdrießlich hörte ich mir zwei Plattenseiten an. Ich wünschte, das Dach hätte ein Loch und kaltes, klares Wasser würde über das Bett und mich und über diese zufrieden lauschende bürgerliche Katastrophe an meiner Seite geschwemmt.

»Übrigens war auch Mozart ein Fachmann für rätselhafte Sprüche«, versicherte sie mir gutgelaunt, als ich sie zu ihrem Wagen begleitete.

»Selbst er! Es kann also noch etwas aus mir werden. Leihst du mir deine Violine?«

»Dann doch lieber meinen Tennisschläger!« Sie legte den Sicherheitsgurt an. »Ja, schnell, bevor du da draußen ganz naß wirst: ›Der Tod ist der beste Freund des Menschen‹ hat Mozart an seinen Vater geschrieben.«

»Sehr einleuchtend.«

»Wie, das findest du verständlich?«

Ich küßte sie auf die Wange. »Der Tod ist der beste Freund, weil man sich so sehr auf ihn verlassen kann.« Kopfschüttelnd schloß sie die Wagentür. Beim Zurückstoßen tauchten die Scheinwerfer meine Beine in ein starkes weißes Licht.

Da Therese sich vor zehn Uhr nicht schlafen legte, sah ich noch kurz bei ihr vorbei. »Ich versuche, ein Rätsel zu lösen«, sagte ich. »Was, würden Sie meinen, ist der beste Freund des Menschen?«

Sie setzte ihre Brille auf. Zwei ratsuchende, unmäßig vergrößerte Augen musterten mein Gesicht.

»Der beste –?«

»Der beste Freund des Menschen.«

Mit einem Mal lächelte sie und nahm die Brille wieder ab. »Ein Hund, vielleicht?«

Den Rest des Abends quälte ich meinen Kopf mit Mathematik. Man verliert schon viel zeitgenössische Arroganz, wenn ein 1799 erschienenes Werk hoffnungslos besser die Zahlen handhabt, als man selbst es je können wird. Monsieur Laplace über die *Schickliche Wahl der Einheit der Kräfte in der Astronomie* ... Mein Großvater hatte mir dieses bibliophil aufgemachte Exemplar der *Himmelsmechanik* geschenkt.

Kurz vor Mitternacht, ich putzte mir gerade die Zähne, fiel mir ein, daß ich seit längerem meinen Briefkasten nicht mehr geöffnet hatte. Plötzlich wurde ich so ungeduldig, daß ich mir nicht einmal die Zeit ließ, den Mund richtig auszuspülen, und geradezu panisch die Treppe hinunterlief. So verbindet sich noch heute ein scharfer Pfefferminzgeschmack mit dem Gedanken an Josés Ermordung. Er war »auf der Flucht« erschossen worden. Schrieb Josés Schwester. In kleinen, nach links gedrängten, rollenden Buchstaben.

5

Alte Bilder

Dunkelheit. Ein Zimmer, eine Küche, sich langsam aufhellend. Zwei Türen. Rechts oben ein schmales Fenster. Neben dem Ofenherd ein eisernes Bett. Traniges, unsicheres Licht und Rauchfäden über dem Mann mit der Zeitung. »Haben sich in der letzten Nacht Kämpfe abgespielt. Abends gegen acht Uhr! Erschienen Regierungstruppen!« liest er wütend. »Hier, sieh dir das an.«

Ich wollte mich hochstützen. Schließlich lag ich auf dem Bauch, stand nicht in irgendeiner trüben Küche, sondern lag in meinem Bett, träumte, lag, wollte mich hochstützen.

»Komm doch«, sagte der Mann.

Als ob meinem Körper der Boden fehlte. Als wäre ich wie eine Backform auf die Matratze gesetzt. Als stürzte der ganze flüssige Lebensteig mit diesem Traum aus mir heraus, mit jedem Zentimeter, den ich an Höhe gewann. Und dort würde nur dieses verfluchte, blendende Grün sein. Sieh, Mühsal, geh durch die Sterne!

»Komm doch, lies selbst.«

Dann lieber diese Wohnküche mit den geschwärzten Tapeten. Der Mann legt mir das Zeitungsblatt auf dem Tisch zurecht, glättet es mit seiner schweren Hand, wartet. Ich mache einen Schritt nach vorn. Noch einen. Und ich weiß, daß er wieder dorthin möchte, dorthin, zu den anderen, daß er keine Ruhe findet. Früher hat er mich auf den Arm genommen, schnell, leicht, wie auf einem Karussell drehten sich die Bäume um sein bärtiges Gesicht.

Groß-Berlin steht in einem umpunkteten Kasten auf der rechten Spalte. *Wer ist für die Regierung?*

»Und das«, sagt der Mann. Er zieht ein Flugblatt aus der Tasche, im Soldatenmantel sitzt er am Ofen, raucht, nur noch Baubretter zum Verheizen, die Nägel, die ich jeden Tag vom Rost nehme. *Arbeiter! Bürger! Soldaten! ... Jetzt ist unsere Geduld ... Gewalttaten der Spartakusbande ... Sofort! ... Erscheint in Massen, zeigt, daß ... Der Vorstand der sozialdemokratischen –*

»Seit Weihnachten gehen die über unsere Leichen.«

»Jawohl«, sage ich erstickt und habe doch nicht einmal die Zeitung genauer betrachten können. Jetzt liegt das Flugblatt darüber. »Gehst du? – Geh nicht!« möchte ich schreien, aber das wäre nicht klug. Weibergeschwätz. Das dritte Weihnachten ohne Christbaum. Erst nachts ist er gekommen. Die Zweige, Tannenzweige, die er mitgebracht hat; auf dem Fußboden noch einige trockene Nadeln davon, ihr Duft und das Prasseln, als ich sie in den Ofen steckte. Er denkt nach. Kein Wort. Aber ich bin doch kein Kind mehr! Sechsundvierzig ist er jetzt. Seine Augen. Eines grün, das andere grau, unter buschigen Brauen. Schon silbrige Stoppeln, bei den Soldaten hat er nur noch einen Schnurrbart haben dürfen. Etwas vorstehende, kräftige Zähne. Sind im Krieg schlechter geworden. Und sagt immer noch nichts. Versuch zu lesen, er will das. Versuch zu lesen!

»Du hast Angst, oder?«

»Nein.«

»Gut«, sagt er düster.

Da sind Anzeigen, versuche zu lesen, nur nicht zu ihm hinsehen. Lies! *Sanabo-Behandlungsstelle für Harnleiden. Ärztlicher Leiter: Sanitätsrat Dr. Wolff, bewährte Neuer-*

findung (D.R.P.). Verdienst bietet sich durch den Verkauf der Broschüre – D.R.P.? – *Verdienst, Broschüre: Was will die Sozialdemokratie?* Nicht hinsehen! *Spülverfahren zur Beseitigung von Ausflüssen und chronischen Katarrhen.*

»Bring mir das Essen, hörst du? Aber nur, wenn du willst. Morgen.«

»Du gehst?«

»Nimm die Elektrische. Und paß auf, warte, bis die anderen Frauen hineingelassen werden. Hast du Geld? – Gut.«

Kein Karussell. Ich bin zu alt, bin zu jung, meine Brüste erschrecken ihn. Die Schultern hält er mir fest. Unter seinem Mantel das Gewehr, und weil ich beim Aufstehen gegen die Öllampe stoße, dreht sich die Küche und gelbe Lichtscherben fliegen umher. Seine Augen werden schwarz.

Als ob meinem Körper der Boden fehlte.

Bis endlich dieser kräftige, im Nacken gebeugte Mann die Tür hinter sich schließt.

»Jetzt, Mühsal!« Mit aller Kraft stemmte ich mich empor, drehte mich auf den Rücken, stieß mit dem Kopf gegen die Wand. Und da war nur mein vertrautes Zimmer. Eine träge staubdurchrieselte Vormittagssonne beschien das Bücherregal und die zerraufte Wäsche auf meinem Bett.

Ich zwang mich einen Joghurt zu essen. Die Ellbogen auf den Tisch gestützt, eine Kaffeetasse mit beiden Händen umspannend, tastete ich mich vorsichtig in den finsteren Raum zurück, zu dem Mann am Ofen, der jungen Frau ... Träume, hatte ich zu Patrizia gesagt, seien unlogisch, magisch, schwächer geordnet. Der hier nicht. Wie in den beiden Visionen eines Mädchens, das durch die alten Berliner Straßen hastete, war alles exakt montiert. Ein Frontsoldat, der sein Gewehr mit nach Hause nahm. Das Flugblatt der sozialdemokratischen Bezirksorganisation kannte ich von meinen Studien; es forderte zur Rückeroberung des von aufständischen Arbeitern besetzten Gebäudes der *Vorwärts*-Druckerei auf. Januar 1919.

»Erstens: die Annoncen«, sagte ich laut. »Feststellen, ob sie tatsächlich gedruckt worden sind.«

Das durfte nicht schwerfallen. Für den Januar 1919 kamen nur wenige Blätter in Frage. Eines, das für eine Broschüre über die Ziele der Sozialdemokratie werben ließ und das ein aufgebrachter Soldat las, der an der Besetzung des *Vorwärts*-Gebäudes teilnahm? Im Grunde blieb nur die *Freiheit* übrig, das Presseorgan der USPD. Sanabo, Harnleiden …

So beschloß ich, zunächst mit meinen Mitteln – denen eines etwas eingerosteten Historikers – traumdeuterisch tätig zu werden. Ich würde zur Staatsbibliothek fahren und mir die alten Zeitungen geben lassen. Ich würde selbst den anderen Verdacht überprüfen, dieses zerschmelzende, niederdrückende Gefühl, das mit meiner Nachbarin zusammenhing. Sofort, bevor ich es mir durch Vernünfteleien verdarb. Der *Vorwärts* befand sich damals in der Lindenstraße Nummer drei.

»Träumen Sie eigentlich viel? Von früher?«

Therese war überrascht.

»Es interessiert mich, weil ich mir nicht so recht vorstellen kann, wie das bei älteren Menschen ist«, erklärte ich nervös.

»Die älteren Menschen, ja. Die träumen auch.«

Ich hätte die Frage nicht verallgemeinern dürfen.

Gemeinsam packten wir aus zwei Plastiktüten die Einkäufe, die ich für sie erledigt hatte, auf den Tisch und räumten sie in den Schrank.

»Und Sie selbst«, fragte ich weiter, »träumen Sie selbst denn viel?«

Mittlerweile hatte sich Thereses Zustand gebessert: die Augen waren klar, die Gesichtsfarbe gleichmäßiger; anstatt des grünen Morgenmantels trug sie wieder ein Kleid und darüber eine ihrer karierten Schürzen. »Von der Schule, ja, ich hab von der großen Schiefertafel geträumt, und wie links die Mädchen und rechts die Buben sitzen«, berichtete sie ernst. »Und vom kleinen Tiergarten hab ich auch geträumt. Früher, als die Eva, was meine jüngere Tochter war, als die noch gelebt hat, bin ich dann abends immer hin, um sie mit heimzunehmen. Sie hockten alle im Kleinen Tiergarten herum. Waren welche von der HJ und Wandervögel und andere. Die wollten ja auch einen Platz für sich.«

»Sie träumen also von früher?«

»So und so.«

»Von Ihrem Vater auch?«

»Viel! Er war so ein guter Mensch! Und manchmal habe ich so Träume von den Sachen, die sie im Fernseher zeigen.«

»Ihr Vater, Therese – er ist ziemlich früh gestorben?«

Der Ausdruck von Schmerz, Liebe und Zurückhaltung, den ich mit dieser Feststellung hervorrief, bestürzte mich.

»Früh, ganz früh ist er umgekommen«, sagte sie.

»Im Krieg?«

»Es war noch Krieg«, bestätigte sie ängstlich.

Konnte ich sie denn eines Traumes wegen noch weiter beunruhigen? Sie fragen, ob ihr Vater vielleicht mit sechsundvierzig Jahren vom Krieg heimgekehrt war? Wie sie Weihnachten 1918 verbracht hatte und wie den darauffolgenden Januar?

»Einmal«, riet ich noch vorsichtig, »erzählten Sie etwas von Ihrem Vater, von seinen Augen. Eines –«

»Eins war grün, das linke. Und das andere grau.«

»Das haben Sie mir erzählt?«

»Ach, das erzähle ich allen Leuten. Das sieht man nämlich noch so ein bißchen bei mir. Da, schauen Sie –« Tatsächlich, jetzt, wo sie mich mit ihren dicken Händchen darauf aufmerksam machte, war es nicht mehr zu verkennen. Das fast metallische Grau ihrer rechten Pupille trübte sich links mit einem grünen Schimmer.

Am gleichen Tag, gegen ein Uhr mittags, überreichte mir im Lesesaal der Staatsbibliothek eine Angestellte den in Karton eingebundenen Jahrgang 1919 der *Freiheit*. »Dies ist ein sehr wertvolles Exemplar. Es gibt keine Kopien«, belehrte sie mich. »Würden Sie bitte an einem der vorderen Tische Platz nehmen?«

Ergriffen lächelte ich in ihr säuerlich-sanftes Gesicht. Ich hatte diese und ähnliche Sätzlein schon so lange nicht mehr und früher so oft gehört, daß sie mich wie ein vergessener

Kinderreim anrührten. Auch das Gefühl, meines unwissenschaftlichen Körperbaus wegen, besonders argwöhnisch beobachtet zu werden, löste eine angenehme nostalgische Stimmung aus.

»Und doch, Mühsal, stimmt gar nichts mit dir«, murmelte ich vor mich hin, als mir der jahrzehntealte Staub der Zeitungsblätter in die Nase stieg. Vor wenigen Tagen hatten sie José ermordet. Und hier saß ich, in der Seerosenteichatmosphäre der Lesenden, hörte meinen Puls in den Ohren rauschen, schwitzte und suchte nach der buchstäblichen Spiegelung eines Traums auf gelb und steif gewordenen Papierbögen.

Unter dem Titel: *Die Massen für Verständigung* berichtete die *Freiheit* vom 10. Januar 1919 auch über die Besetzung des *Vorwärts*-Gebäudes ... *haben sich in der letzten Nacht Kämpfe abgespielt. Abends gegen acht Uhr erschienen Regierungstruppen in der Lindenstraße ...*

Das waren genau die Worte des Soldaten. Sie fanden sich auf der Rückseite des Blattes. In der Mitte der rechten Spalte war die Überschrift: *Wer ist für die Regierung?* kastenförmig durch Punkte hervorgehoben. Die Anzeigenleiste am unteren Ende! Der Paul-Cassirer-Verlag bot von Kautsky *Habsburgs Glück und Ende* an *(3 Mark)*. Gleich daneben: *Sanabo-Behandlungsstelle für Harnleiden. Ärztlicher Leiter: Sanitätsrat Dr. Wolff* ... und darunter: *Verdienst bietet sich durch den Verkauf der Broschüre: Was will die Sozialdemokratie?*

Fest stand, daß ich dieses Exemplar gelesen haben konnte. Aber es lag eineinhalb Jahre zurück, daß ich die zeitgenössischen Blätter das letzte Mal studiert hatte, die *Freiheit* nicht eingehender als andere und Zeitungen überhaupt weniger gründlich als Sitzungsprotokolle oder Augenzeugenberichte. Wie vermochte ich mich da an Dr. Wolffs Behandlungsstelle für Harnleiden zu erinnern? Oder, wenn sich das aus einer vagen Auffälligkeit des Themas noch verstand, wie an die übrigen Annoncen, an die Anordnung der Überschriften, an das Layout der Rückseite? Was alles an diesem Traum würde sich noch als quellenfest erweisen?

In solche Überlegungen und in den Anblick meiner eigenen Schuhe gefangen, stieg ich die teppichgedämpfte Treppe hinab, die zu den Katalogreihen im Foyer der Bibliothek führte. Zwei Paar nylonbestrumpfter Beine kreuzten meinen Weg, ohne daß ich ausweichen mußte. Dann wuchs ein massiger Schemen vor mir in die Höhe. Ohne aufzublicken, strebte ich nach links. Aber der andere bewegte sich absichtlich in die gleiche Richtung, ja packte mich an den Schultern, drückte eine bärenhafte Brust gegen mich und rief: »Donnerwetter, Hyazinth! Er zählt wohl Maiglöckchen im Schädel! Wenn das keine Kleinhirnsymptomatik ist!«

»Ach, Mansfeld.«

»Ach«, stöhnte er laut. »Ach, Mansfeld! Wer sonst? Mansfeld, der einzige kassenärztlich zugelassene Päderast Berlins, betritt höchstselbst und erstaunlicherweise die Staatsbibliothek!«

»Und erobert das Publikum«, ergänzte ich und machte ihn auf die langen Reihen mit Katalogschränken aufmerksam: dort war eine Saat neugieriger Köpfe aufgegangen. Er freute sich und winkte nach unten, bis die Gesichter sich verstört wieder ihren eigenen Angelegenheiten zuwendeten.

»Bist du in Eile?« fragte ich.

»Nein, ständig. Laß uns etwas trinken gehen.« Er legte einen Arm um meine Schultern und begann die Stufen hinabzusteigen. »Du liebes bißchen, wie viele Jahre haben wir uns nicht mehr gesehen? Ich wäre ja beinahe an dir vorbeigelaufen.«

Es tat mir gut, Mansfeld witzeln zu hören, seinen mächtigen Körper zu spüren und zuzusehen, wie die Sonne auf seinem zerrauften Haar und im öligen Kupfer seines Bartes glänzte. In einer knappen Stunde mußte er wieder in seiner Praxis sein. Den ganzen Morgen habe er Säuglinge gewogen, gemessen und gezwickt, um ihren Hauttonus zu prüfen.

»Was wolltest du eigentlich hier?« erkundigte ich mich, als wir den Parkplatz der Bibliothek überquerten.

»Wissenschaftlicher Eifer. Ich beteilige mich an einer Studie über Hyperventilationstetanie. Sozialmedizin. Da steckt eine Menge Politik drin. Und sonst – das ist natürlich für einen Glasperlenspieler wie dich kaum verständlich –: Es macht mir Spaß mit diesen hustenden Gören. Man müßte bloß noch ihre Eltern abschaffen.« In seinen Pranken wirkte das Steuerrad spielzeughaft verkleinert, und die Pritschensitze seines fünfzehn Jahre alten Citroën quietschten und schaukelten, als er mit Schwung in die Potsdamer Straße einbog. Dieser Montag im April war der schönste Tag des Frühlings. Wie die Schnauze eines Pottwals aus gelbem Stein – gefüllt mit drei Millionen Büchern – hob sich zur Linken das Hauptgebäude der Staatsbibliothek hinter den gezackten Dachwellen einer Reihe treibhausähnlicher Vorbauten. Mansfeld amüsierte sich über die Lorenz-Entführung, die inzwischen glimpflich verlaufen war.

Ob er eigentlich viel träume, wollte ich wissen. »Zum Beispiel von deiner Praxis oder vom Nobelpreis für angewandte Hyperventilation? Was hältst du überhaupt von Träumen? Bedeuten sie etwas?«

Er kratzte sich überrascht den Nasenrücken. »Ich nehme an, von Freud oder so willst du jetzt nichts hören? Der Bursche war ein Sex-maniac und todestrunken wie ein Wiener Würstchen. Ansonsten hat er enorm viel herausgefunden. Träume, Träume ... Die Biologen glauben daran, daß nachts ein Strom schwacher Impulse aus dem Stammhirn nach oben rieselt, Greetings from Neandertal sozusagen. Ihre Funktion soll darin bestehen, überflüssiges Material aus den Gedächtnisspeichern zu radieren. Ja, und die Funken, die aufsprühen, wenn ihre chemische Keule zuschlägt – das sind dann die Bilder in deinem Kopf.«

»Aber nach welchem System gehen diese Impulse vor? Wie wird das Überflüssige vom Bedeutsamen geschieden?«

Mansfeld verdrehte die Augen. »Schreib an die Neuronentüftler. Aber sie schneiden bloß Heuschrecken auseinander und sonntags einen Tintenfisch, und sie werden dir die Antwort schuldig bleiben.«

»Und du selbst?«

»Meine Theorie? Ich bin doch bloß ein Rübezahl von Pädiater.«

»Ich meinte – was du träumst.«

»Ach, weiß der Teufel, vieles, was mit der Praxis zusammenhängt. Manchmal Alpträume, so ein erdrückendes Gefühl, unbedingt etwas finden zu müssen, wenn ich einen schweren Fall habe. Dann wieder von meinen Eltern, Geschwistern, Freunden. Und natürlich Lustbarkeiten, daß es den Anschein hat, ich wäre bei der globalen Zuteilung der Über-Ichs leer ausgegangen. – He, dort haben sie schon Tische rausgestellt!« Er zeigte auf die gegenüberliegende Straßenseite. Der Besitzer einer Eckkneipe hatte prompt auf den unverhofft sommerlichen Apriltag reagiert. Ein kniehoher Lattenzaun, drei Sonnenschirme und etliches an knallroten Plastikmöbeln waren auf dem Bürgersteig drapiert, ein Berliner Idyll, mit allem schwindelerregenden Kleinbürgertrotz an den Fuß einer mächtigen Günderzeitfassade neben die vierspurige Fahrbahn geklebt.

»Reinstes Saint-Tropez«, erklärte Mansfeld strahlend, als wir uns auf die niedrigen durchgebogenen Stühle setzten.

»Du findest kein System in den Träumen?«

»System? Nun, ich denk schon, daß es da eine gewisse Logik gibt. Beschäftigst du dich neuerdings mit Gespinsten im Hirn? Hattest du nicht Geschichte studiert? Hanna erzählt, du machst auf Robinson Crusoe? Keinen Menschen sehen und Blumen züchten? Stimmt das?«

»Sie übertreibt«, sagte ich gereizt.

»Dachte ich mir auch.«

»Im Augenblick tue ich wirklich nicht viel«, gab ich zu. »Aber lange halt ich es nicht mehr aus. Ich überlege, ob ich verreisen soll, vielleicht für länger.«

»Und wohin zieht es dich?«

»Weißt du, das einzige, was mich für die Zukunft reizt, ist, eine originelle kurzgefaßte Geschichte Europas zu schreiben. Anselm und Jakob haben ja diese Weltgeschichte vor – ah, dir haben sie damit auch schon in den Ohren gelegen. Ich glaube nicht daran, daß sie das zustande bringen. Sie streiten sich gern und suchen wohl einen Anlaß für die nächsten fünf Jahre. Aber ich könnte ganz unabhängig von ihnen mein Teil erledigen. Falls ihr Projekt scheitert, hätte ich trotzdem mein eigenes Buch. Für eine Geschichte Europas wäre es doch nicht schlecht, wenn ich ein, zwei Jahre umherreisen würde. Was meinst du?«

Mansfeld äußerte so starken Gefallen an diesem soeben erfundenen Vorhaben, daß es mir selbst zu Kopfe stieg. Er malte er sich die Stationen meiner Reise aus: schottische Burgen, Rom, die Provence, Rußland und ganz Osteuropa; er wisse jede Menge Adressen, Leute, die mir weiterhelfen könnten …

»Einmal im Monat erwarte ich eine Postkarte von dir, das mögen die Kinder, ausländische Briefmarken«, schloß er gutgelaunt seinen Reiseprospekt und blinzelte in die Sonne. »Ein Wetter zum Siegen, nicht? Wann brechen sie Thieu das Genick?«

»In einigen Wochen, nehme ich an.«

»Ja und – freust du dich denn nicht? Vietnam befreit!«

Ich betrachtete ihn verwundert.

Er seufzte. Sich das schulterlange rote Haar raufend, starrte er die Sonnenschirme und Gartenmöbel an und maß mit dem gleichen finsteren Blick die Passanten in der belebten Straße. »Ich werd ihnen das nicht vergessen. Daß sie uns 68 im Februar am liebsten totgeschlagen hätten«, sagte er. »Heute mag man die Vietnamesen, tapferes Bauernvölkchen – seit die Amis sich zurückziehen. Morgen wird man angewidert beiseite sehen, wenn das Hungern anfängt und das gewaltsame Organisieren des Elends. Trotzdem: Auf den Sieg!«

Erzählte ich ihm nichts von Josés Tod, weil er unversehens wieder auf seine Praxis zu sprechen kam?

»Es geschieht gottseidank selten, aber da hast du so ein Würmchen mit Leukämie, mit Krebs. Es geschieht selten. Aber alle zusammen genommen, ist es ein versteckter, trauriger Kinderkreuzzug. Du kannst nichts machen, nur die unverzügliche Einweisung ins Krankenhaus … Und die Mutter sieht dich an, als wärst du der Scharfrichter.«

Mansfeld hatte José kaum gekannt. Wozu sollte ich ihn auch noch mit dieser Sache belasten?

Eine Viertelstunde später gingen wir zu seinem Wagen zurück.

»Noch eines«, begann er zögernd beim Abschied.

»Ja?«

»Hanna. Du solltest dich bei ihr melden.«

»Glaubst du?«

Er bedeckte mit beiden Händen seinen Kopf und trottete stöhnend um den Kühlerschnabel des Wagens auf die Fahrerseite. »Glaubst du!« rief er mir durch das Fenster zu, nachdem er sich hinter das Steuerrad gezwängt hatte. »Glaubst du! – Wenn du dich mal langweilst, dann probier es mit einem Heiratsantrag. Aber erschrick nicht, es könnte funktionieren!«

Mühsam meine Gedanken von Hanna abwendend, schlenderte ich den Bürgersteig in der gleichen Richtung hoch, in der Mansfelds Citroën verschwand. Links, vor einer abgegriffenen Häuserfront, glänzten die Auslagen eines türkischen Gemüsehändlers, eine üppige Koralle mit Paprikabänken, Karottenbüscheln, polierten Tomaten, mit Peperonis und Gurken, die sich wie gestapelte Fischleiber über den Rand hölzerner Kisten krümmten. Die Farben der Welt. Zwar nicht wie ein Pfeil durch die Sterne, aber hinaus, mich bewegen, wirklich reisen, statt in Marseille zu versanden, das konnte ich doch tatsächlich. Niemand hinderte mich. Und war mir nicht der Cherub zum ersten Mal auf einer Reise begegnet? Wenn er mich finden wollte, so fand er mich überall. Immer mehr fesselte mich die Idee, die ich zunächst nur aufgebracht hatte, um bei Mansfeld den Eindruck zu hinterlassen, ich beschäftige mich mit ernsthaften Dingen. Aber zuvor mußte ich noch einen weiteren Versuch bei Therese wagen. Daß ich mich fotografisch genau an eine Zeitungsseite erinnerte, mochte gerade noch angehen. Wie stünde es jedoch mit einer ausführlichen Beschreibung der Küche, des Soldaten am Ofen, der ganzen Szene zwischen ihm und der jungen Frau? Gesetzt, Therese bestätigte diese Details, wie sie die verschiedenfarbenen Augen des Mannes, ihres Vaters womöglich, bestätigt hatte?

Ablenkung: Mit 30 Mark das Essen für die nächste Woche einkaufen. Tiefkühlerbsen. Gefrorenes Lammfleisch aus Australien war zu teuer. Patrizia, die im Traum einen in Plastikfolie eingeschweißten menschlichen Torso aus dem Einkaufswagen hievt. Ich mußte Therese sehr vorsichtig, ja zärtlich befragen. Die Kühlhallen in Valparaíso; José; sein stämmiger kleiner Leib unter den anderen, dunkles Rot auf der Schläfe. Auf der Flucht erschossen. Zehn Zentimeter Distanz zu Revolvermündung. Reisen.

Gilgamesch ging auf die Reise, um eine Antwort auf die Frage nach Tod und Leben zu finden.

Erst als ich die Stufen zu meiner Wohnung emporstieg, dachte ich an Patrizia. Ein Gefühl schmerzlicher Unschlüssigkeit überkam mich. Ich stand vor Thereses Tür. Sollte ich es heute noch einmal versuchen, mit der alten Frau zu reden? Dann hörte ich das Telefon durch die Tür meiner Wohnung.

Ob ich in die Philharmonie mitkommen möchte? »Nicht am Wochenende. Jetzt gleich!« Patrizias Mann hatte überraschend nach Westdeutschland fliegen müssen.

Auf Abonnementplätzen in der vierten Reihe hörten wir ein Klavierkonzert. Der Solist spielte hervorragend. Patrizia sog mit geschlossenen Augen die Musik in sich auf. Wie ein Zuckerwürfel, der an eine feuchte Stelle gerät, verlor sie an Härte und verdunkelte sich.

»Was du für ein Stockfisch sein kannst!« warf sie mir vor, als wir im Anschluß an das Konzert ein Lokal betraten, das für meine Kleidung und Verhältnisse zu vornehm war. »Er ist wirklich eine Sensation, so habe ich Debussy noch nie gehört! Und du hockst da und beäugst das Publikum! Mühsal, der Barbar!«

Ich behauptete, nur wahre Barbarei sei imstande, Musik in jeder Lebenssituation genießen zu können. Sie fühlte sich nicht angegriffen, sie schien geradezu unverwüstlich gut gelaunt. Mächtige Gewölbekuppeln unterteilten das Innere des Lokals. Die zahlreichen, weit voneinander entfernten Tische, auf die man brennende Kerzen gestellt hatte, schienen wie Flöße langsam und feierlich dahinzutreiben.

Ich hob mein Weinglas. »Auf Graml! Warum hast du ihn geheiratet?«

»Wegen eines Tricks.«

»Tatsächlich?«

»Das war in der Studentenzeit. Wir hockten im Zimmer eines Kommilitonen. Irgendeine Diskussion, untermalt von Elvis-Presley-Geschluchze, und Graml behauptete, er könne ein vierdimensionales Objekt aufzeichnen. Er schrieb damals schon an seiner Doktorarbeit. Aufgefallen war er mir bis dahin weder im positiven noch im negativen Sinn. Weißt du, er sieht überhaupt nicht aus. Er ist einfach nur Kopf. Also, er nahm einen Zettel – hast du was zum Malen?«

In meinem Taschenkalender fand sich ein kleiner Kugelschreiber. »So hat er das gemacht.« Sie zeichnete sorgfältig zwei sich überlappende Würfel. »Und das!« – Mit acht anscheinend geübten Strichen wurden jeweils dieselben Ekken der Würfel verbunden. Das Gebilde wirkte scheußlich vertrackt und tatsächlich, bei einigem Hinsehen, wie in einen unmöglichen Raum geschossen.

»Überzeugt dich das?«

»Restlos. Das ist wirklich ein Heiratsgrund.«

»Möchtest du noch mehr peinliche Erkundigungen einziehen?« fragte sie, noch immer gut gelaunt.

»Gerne. Was für ein Kind warst du?«

Sie lächelte. »Ein hochmütiges Biest.«

»Das überzeugt mich auch. Nur, was zum Teufel ist eigentlich mit deinem Sohn los?«

»Er ist – zu kompliziert«, stammelte sie, endlich gereizt und mit den Händen überkreuz ihre nackten Oberarme umfassend.

»Es tut mir leid. Das ist mein barbarischer Tag heute. Wirklich es tut mir leid.«

»Schon gut.« Entschlossen legte sie die Hände wieder auf die weiße Tischdecke. »Ich glaube, diese Krypta hier geht mir auf die Nerven. Man weiß nicht, ob sie nach Ladenschluß Folterungen machen oder ein Bordell nach altfränkischer Art betreiben. Und siehst du, die Sorgen wegen Michael, meinem Sohn. Ich mache mir Vorwürfe, ihn verzärtelt zu haben. Letzte Woche war er zu Besuch da. Es hat Ärger mit Graml gegeben. Das ist alles.«

Wir hatten nicht vereinbart, daß ich sie nach Hause begleite; Patrizia lenkte den BMW aber wie selbstverständlich in Richtung Süden. Sie rauchte. Die Reflexe der Armaturenbeleuchtung huschten über ihr fast starres Gesicht.

Ließ sich vielleicht eine Freundin oder sonst ein Bekannter von Therese ausfindig machen, jemand, der sich nicht so schwer tat, die Teilnahme ihres Vaters an den Januarunruhen zu bestätigen? Und wenn ich dies bestätigt erhielt, was dann? Impulse, schwache Impulsströme, die aus dem Stammhirn rieselten.

»Schließt du die Tür?« fragte Patrizia vor der Villa.

Erst mit der Bewegung, mit der ich mich über die schmiedeeiserne Pforte beugte, schrak ich aus meinen Gedanken. Unter einem hellen Popelinemantel trug Patrizia ja das gleiche Kostüm wie in jener verhängnisvollen Februarnacht; wie damals – es lag gerade fünf oder sechs Wochen zurück – sah ich auf ein Paar mandelblütenfarben bestrumpfter Beine, die die Freitreppe emporstiegen. Im Flur erzeugte die Tiffanylampe wieder diese schwankende bunte Stimmung, als ob man sich im Inneren eines Kaleidoskops befinden würde.

Déjà-vu ... das kommt, weil ich sonst nur tagsüber hier hoch gegangen bin, dachte ich nervös.

Auf dem Bett im Schlafzimmer schimmerte, zum ersten Mal wieder, die glutrote Decke, Engelsflügel, die an vorbeirasenden scharfkantigen Wänden zerfetzten!

»Düster sinnend?« Patrizias Rock war schon bis über ihre Hüfte hinabgerutscht.

»Ich muß dir was sagen.«

»Während ich mich ausziehe?«

»Ja.« Ich trat zwei Schritte vor und hielt sie fest, wo die Grenze zwischen ihrer Haut und dem kühlen Seidenstoff verlief. »Heute mittag habe ich mit einem Freund gesprochen. Er brachte mich auf die Idee, eine große Reise zu machen. Ein, zwei Jahre lang quer durch Europa. Ich könnte darüber ein Buch schreiben.«

Sie war nicht enttäuscht, nicht einmal sehr überrascht. »Also doch ein Fahrender. Ich habe es dir schon nach unserer ersten Nacht gesagt.«

»Nun, es ist eine Idee.«

»Eine gute«, versicherte sie, sich an meinen Schultern zu mir heranziehend und die Hüfte bewegend, bis der Rock über ihre Knie rutschte. Der Himmelsstier war zu Gilgameschs Vernichtung geschickt worden, nachdem er Ischtar, die Göttin des Kampfes und der Liebe, als Hure beleidigt hatte, als Erdpech, das seinen Träger besudele, als Kalkstein, der die steinerne Mauer sprenge, als Mörderin des Löwen, als Japsis, der das feindliche Land herbeilocke. Ich durfte nicht an den Cherub denken. Nicht an die blutüberströmte Leiter! Nicht an Therese oder dieses verfluchte Grün! Die Nässe unter Patrizias Achselhöhlen, ihr Geruch, ihre Haut, ihre Kraft und Nachgiebigkeit, alles, was ihre heftige Leidenschaft in mir auslöste, hielt mich im Gewebe des Wirklichen fest. Sie liebte mich gegen ihren Sohn an, oder was auch immer die Geschichte war, die ihr zusetzte; und wie in einem Krieg nach Auflösung der Fronten konnte jetzt nichts mehr erspart bleiben, bis wir mit brennenden Gesichtern voneinander ließen.

»Du bist pervers«, erklärte sie nach einigen Minuten erschöpfter Ruhe. »Und doch – ja, das. Das ist das beste Mittel gegen Erinnerungen. Erlösen statt erinnern. Du bist das Rezept gegen deine eigenen Theorien. Hörst du, die Stille? Die Fahndungshubschrauber fehlen mir fast. Sie haben diesen Lorenz freigelassen. Jetzt sitzen die Entführer im Jemen. Was gibt es da?«

»Die Königin von Saba lebte dort.«

»Lebte! Immer die Vergangenheit, wieder Erinnerungen! Jetzt! Was gibt es da jetzt? – Männer mit Krummdolchen, aha.«

»Und Myrrhe.«

»Weiter!«

»Weihrauch, Hitze, Armut, Dreck, Kokain, Silberschmuck«, sagte ich ruhig. »Stell dir vor, es wäre mit den Erinnerungen und den Träumen wie mit der Geschichte.«

»Wie?«

»Wie Marx sagt: Wir machen sie nicht aus freien Stücken, und der Alpdruck der toten Geschlechter lastet auf den Gehirnen der Lebenden. Stell dir vor, es gäbe eine überweltliche Bürokratie, die bestimmt, wann du welche Erinnerungen und was für Träume du hast. Und stell dir vor, sie bringen da was durcheinander. Wem könnte man einen Beschwerdebrief schicken?«

»Du bist mir unheimlich, Anton.« Sie preßte eine Wange gegen meine Schulter. »Unheimlich, unpersönlich glatt«, flüsterte sie. »Du akzeptierst alles, was ich sage. Aber es interressiert dich kaum. Du bist glatt und irgendwie mystisch. Wie dein Schwanz oder wie eine Buddha-Statue. Es geht dir nicht so, daß du vor Lust wenigstens ein bißchen blöd wirst.«

Verlegen griff ich in ihr Haar, das im Schein der Nachttischlampe und vor dem tiefen Rot der Bettdecke einen schläfrigen Glanz erhielt. Sie klammerte sich noch fester an mich. Ihr Rücken war jetzt trocken und kühl. Weil sie einen Oberschenkel abspreizte, erblickte man die sichelförmige kleine Vernarbung, wo sie sich beim Tennisspielen verletzt hatte.

Wir frühstückten so höflich miteinander, wie wir den Rest der Nacht verbracht hatten (jeder auf seinem Fleck liegend, etwas unruhig, bemüht, dem anderen nicht die Decke wegzuziehen). Zuvorkommend reichten wir uns die Kaffeekanne, das Salz oder den Orangensaft. Zum Abschied gab sie mir einen zärtlich-mütterlichen Kuß, als wüßte sie, was mir bevorstand. »Es kann sein, daß ich nächste Woche keine Zeit habe«, sagte sie.

Tief atmete ich die Zehlendorfer Frühlingsluft ein. In den frisch übergrünten Gärten, auf Ziegelsteinmauern und über das Kopfsteinpflaster der schmalen Sträßchen funkelte die Sonne. Diese Vorstadtinsel schien mitsamt dem achatblauen Himmel auf die Membran eines riesigen dünnen Ballons aufgemalt, der jeden Augenblick zerplatzen konnte.

6

Frauen, die sich entfernen

Therese hielt sich dicht in meinem Rücken, während ich ihren Fernsehapparat vom Schlafzimmer in die Küche schleppte. Normalerweise pflegte sie hier die Abende zu verbringen. Eine Wolke von Fliederduft hüllte sie ein, und durch das geöffnete Fenster, an dessen Rahmen der Lack dahinblätterte, wehte der laue Aprilwind.

»Haben Sie eigentlich noch Fotos von früher?« fragte ich wie beiläufig.

Sie löste ihren Blick von dem klobigen Gerät, das ich auf einem hohen Schrank hatte plazieren müssen. »Ja, ja, aber nur wenige. Keine schönen. – Jetzt fühl ich mich richtig gesund, wo er wieder da oben steht. So seh ich lieber. Es ist ein bißchen wie im Kino.«

Ob sie mir wohl, auch wenn sie nicht schön wären, die Fotografien einmal heraussuchen könne?

Eifrig kramte sie in ihrem Küchenschrank und stellte einen Hutkarton und eine Metalldose auf den Fußboden, um sich mehr Platz zu verschaffen. »Ah, da sind sie.«

»Als Sie noch ein Mädchen waren, haben Sie da in der Küche geschlafen?«

Sie zog eine deckellose blaue Kassette aus dem unteren Schrankteil hervor und nickte. »Jawohl, in der Küche. Das war früher so.«

»In einem Eisenbett?«

Sie konnte sich nicht entsinnen. Zerknitterte Briefe, Garnspulen, Scheren, Postkarten, Stricknadeln und Knöpfe, Fingerhüte, Papierchen und Döschen waren in die Kassette gestopft, aus der sie nun einen Packen Fotografien zutage förderte. »Meine Tochter, die ältere. Und das ist Herbert, ihr

Mann, mit seinem Auto. Die Enkelchen: Susi, da, auf dem Rasen, auf dem Fahrrad, hier in der Badewanne mit der Christine ...« Ich lernte auch Thereses Mann kennen: sein aufgeschwemmtes Gesicht bildete den Anfang der Schwarz-Weiß-Aufnahmen. Dann kamen, in Kreise, Herzen und ovale Papierrahmen gefaßt, sepiafarbene Großonkel und streng dreinblickende Tanten in Rüschenblusen.

»Ja, und so hat mein Vater ausgesehen, bevor er in den Krieg gegangen ist.«

Bemüht, meine Aufregung zu verbergen, nahm ich die wasserfleckige Fotografie von dem Stapel. Kein Zweifel! Das war der Soldat, der in meinem Traum am Ofen gesessen und entrüstet die *Freiheit* gelesen hatte! Ich erkannte den festen Stirnvorbau, die buschigen Brauen, seine etwas verschobenen Schneidezähne. Selbst die unterschiedliche Färbung der Augen schlug sich in den schwachen Grauabstufungen des Porträts nieder.

»Gibt es nur diese Aufnahme von ihm?«

Therese seufzte. Ja, die anderen seien verlorengegangen.

Hatte sie mir die Fotografien schon einmal gezeigt? Vor einigen Jahren vielleicht? Konnte sie sich daran erinnern?

»Nein, nein«, versicherte sie. »Da hab ich Sie doch gar nicht so gut gekannt.«

Ich reichte ihr das Foto zurück. »Wann genau ist er gestorben? Sie haben erzählt, es sei im Krieg gewesen.«

»Jawohl.«

»Aber wo, Therese? An der Ostfront? In Litauen oder in Polen? In Rußland? Auf dem Balkan? Warum wollen Sie es nicht sagen? – Oder war es nicht doch in Berlin? 1918 oder 1919, während der Aufstände? Ist er daheim umgekommen, im Krieg daheim, weil er für die Revolution gekämpft hat? Das ist doch keine Schande.«

Die alte Frau begann zu weinen. Dabei kam kein Laut von ihren Lippen. Erst nach einer Weile liefen klare runde Tränen über die Kuppe und um die Flügel ihrer Nase. »Totgeschossen. Grad war er zurück aus dem Krieg.«

»Er war gewiß ein anständiger und aufrichtiger Mensch«, sagte ich beschwörend.

Sie nickte, und neue Tränen stürzten hervor.

Ob diese kurzen runden Arme zu denen einer jungen Frau paßten, die im Januar 1919 die Lindenstraße emporlief? Ich wußte, wann genau die Traumszene in der Küche spielte; sie konnte aus Thereses Leben genommen sein, als ob tatsächlich eine geheime Verwaltungseinrichtung existierte, die des Nachts seidendünne engrammatische Lochkarten in alle Gehirne steckte und sich in meinem Fall vertan hatte. Um eine Tür darf man sich schon einmal irren, das passiert sogar dem Postboten, dachte ich.

Therese kam allmählich zur Besinnung, rieb sich mit den wassergedunsenen Händchen die Augen, richtete sich aus ihrer zusammengesunkenen Haltung auf. Ich half ihr, die Kassette wegzuräumen, und kochte Tee.

»Er sieht aus wie Gold«, lobte sie erneut Patrizias Geschenk. Womöglich würde sie von selbst auf den Januar 1919 zu sprechen kommen, denn daß sie ein Geheimnis mit mir teilte, gab sie durch kleine zufriedene Gesten und Andeutungen zu verstehen. Oder täuschte dieser Eindruck?

Gewißheit konnte ich nur durch sie erhalten. Ihre Freunde und die alten Nachbarn seien längst gestorben oder verschollen. In keinem meiner Bücher stieß ich auf ein Foto ihres Vaters, das mein dokumentechtes automatisches Gedächtnis gespeichert haben konnte; ohne Erfolg durchstöberte ich die Bibliotheken. Ich hätte Therese exakt die Einrichtung der Küche, das Gespräch zwischen der jungen Frau und dem Soldaten schildern müssen, die Gedanken, die ihre eigenen sein konnten ... Aber jeder Versuch, Näheres in Erfahrung zu bringen, endete damit, daß sie mir das Gefühl gab, ihr ein Messer an die faltige, Tränen würgende Kehle zu setzen. Ich streckte die Waffen, sie hatte das Recht zu vergessen. So versagen die Historiker, die Pathologen der Geschichte, vor den ärztlichen Rabiatheiten der Politik.

Eine knappe Stunde brauchte Hermann Bagulowski, Spezialist für Wohnungsauflösungen, um sämtliche verwertbaren Gegenstände aus meinen vier Wänden zu schaffen.

Weil seine Mannen den Tisch des Hauses, auf den er die vereinbarten 2000 Mark hatte blättern wollen, gerade zur Tür hinaustrugen, nahm er mit meiner Hand vorlieb.

»Schluß – Aus – Feierabend!« hörte ich ihn durch das Treppenhaus schreien.

Die Fußbodenbretter klapperten und knirschten unter meinen Schuhen. Etliche Male durchstreifte ich den harten Klangkörper, der von meiner Wohnung übriggeblieben war, und streute Hundertmarkscheine in ein helles aufgewühltes Licht. Gleich darauf sammelte ich sie wieder ein und beschwerte sie auf dem Kühlschrank mit einem Marmeladenglas.

»Schluß. Aus. Feierabend. Ein treffender Kommentar, Herr Bagulowski«, sagte ich laut. Nur die Bilder hatten sie nicht mitgenommen, rahmenlos aufgehängte Kunstdrucke, die jetzt gierig Raum und Blicke einsammelten. Wie nach einem Hochwasserunglück. Das hier war das Ende meines Experiments. Ein sophistischer Engel, bluttriefende Leitern, Schleier dieses tückischen Peroquetgrüns geisterten sinnlos durch meinen Kopf. *Wenn du dich mal langweilst, dann probier es mit einem Heiratsantrag*. Ich würde reisen. Aus einem der Hundertmarkscheine faltete ich einen Düsenjet; er segelte elegant über die Fußbodenbretter dahin. Ein, zwei Jahre quer durch Europa.

Patrizia ließ nichts von sich hören. Das war der letzte Skrupel: zu gehen, ohne ganz genau zu wissen, daß es auch mit ihr keinen Sinn mehr hatte. Jeden Tag kämpfte ich mit der Versuchung, sie anzurufen. Aber Gramls wegen hatten wir verabredet, daß stets sie sich bei mir melde.

Schon kaufte ich Zeitungen, um einen Job zu finden, als eine Überweisung über 3540 Mark und 23 Pfennige eintraf und ein Brief von Josés Schwester. Josés Leiche sei freigegeben und beerdigt worden. Über den Scheck dürfe ich mich nicht wundern. Er sei ein Zeichen der Reue, sie hätte es schwer gehabt, und dieser Augusto! Ja, das sei wenigstens eine Reue, bevor auch dieses Geld noch verschwände ... Sie hatte meine Ersparnisse mit einem Schürzenjäger durchgebracht! Wenigstens waren 500 Mark noch für das Begräbnis verwendet worden. – Wie einfach die Welt in meinem Kopf aussah! Ich hatte Josés Schwester nicht gekannt, aber aus der Tatsache, daß sie in Valparaíso, im blutig unterdrückten Chile lebte, messerscharf geschlossen, sie müsse so integer und engagiert sein wie ihr Bruder.

Immerhin – ich besaß 5000 Mark, mußte keinen Tag länger in Berlin bleiben, konnte mir sogleich einige Reiseführer und einen neuen Rucksack leisten. Diese Einkäufe unter dem Arm, schlenderte ich über den Ku'damm. Vor einem Reisebüro versank ich in den Anblick russischer und polnischer Städte. Da spürte ich, wie jemand am Gestell meines Rucksacks zog.

»He, Anton.«

»Patrizia!«

»Du machst also Ernst mit deiner Reise«, sagte sie merkwürdig ergriffen. Ihr gescheiteltes sandblondes Haar und das weiße Jackett, das sie über einem Sommerrock trug, waren mit Sonnenflecken übergossen. Vorsichtig bot sie mir ihre rechte Wange zum Küssen an. Die linke wies eine beträchtliche Schwellung auf. »Zahnarzt«, erklärte sie finster, mit einer Hand, deren kirschrot lackierte Fingernägel glänzten, vor dem Gesicht wedelnd. »Sie haben mir eine Krone verpaßt.«

Wir gingen ein Stück in Richtung Gedächtniskirche. Nachdem uns die Entgegenkommenden zweimal getrennt hatten, hakte sie sich bei mir ein. Sie wirkte überspannt und fröhlich. Ich mußte wiederholt erklären, daß ich aufs Geratewohl fuhr und vielleicht jahrelang unterwegs sein würde. Das begeisterte sie so sehr, daß sie ihren Kopf auf meine Schulter legte.

»Wir wollen ein Eis essen!« rief sie. »Hier, in diesem fürchterlichen Ku'damm-Pavillon. Ich brauch etwas Ungesundes.«

Unbedingt wollte sie meine Einkäufe begutachten, und sie häufte den Inhalt des Rucksacks auf den Caféhaustisch, an dem wir Platz genommen hatten. »Fehlt: der Krummdolch«, kicherte sie. Der Geruch von zahnärztlichen Desinfektionsmitteln drang selbst durch ihr ein wenig schweres Parfum; sie kam mir vor, als hätte sie sich mit Medikamenten berauscht. »Ein fahrender Scholar, hab ich's nicht gleich gewußt? Schon in der ersten Nacht?«

»Erinnerst du dich auch, daß du damals, in der ersten Nacht, ein merkwürdiges Wort geträumt hast? Karabu –«

»Aber sicher.«

»Das Interessante ist, daß ich in der gleichen Nacht ebenfalls von einem Karabu träumte.«

»Einem Karibu«, verbesserte sie mich. »Ein gehörntes Wesen. Dir ist also mein Mann im Schlaf begegnet? Obwohl du gar nicht weißt, wie er aussieht?«

»Ich hab ihn nach dem Foto zusammengebastelt, das neben deinem Bett auf dem Regal steht.«

Sie zog ein Päckchen Zigaretten aus ihrer Handtasche, stutzte und legte es resigniert wieder zurück. »Wollen wir heute bitte nicht mehr über Träume sprechen? Das wird immer so verstiegen.«

»Einverstanden.«

Während sie ein Eis auslöffelte, empfahl sie mir Sehenswürdigkeiten in Italien.

Gleichmütig hörte ich ihr zu. Sie war so gut gelaunt, weil meine Abreise es ihr ersparte, mir in aller Form den Laufpaß zu geben. Ich ärgerte mich nicht darüber, ich betrachtete sie nur mit der oberflächlichen Aufmerksamkeit, die ich den kaffeetrinkenden alten Damen und dem Publikum auf dem Bürgersteig widmete. Daran änderte auch nichts, daß ihre schwarz bestrumpften Beine sich vor wenigen Tagen noch um meinen Hals geschlungen hatten. All diese Körper, die im April 1975 den Kurfürstendamm bevölkerten, erschienen mir hohl, weich und bekannt, wie einem das Gefühl bekannt ist, in einen Handschuh zu schlüpfen. »*Ein* anderer«, dachte ich müde. Vielleicht brauchte ich die Reise, um wieder Unterschiede und Faszination empfinden zu können.

»Die Frau – kennst du sie?« fragte Patrizia und berührte mich mit dem Stiel ihres Eislöffels.

Ich sah durch die Scheiben des wintergartenähnlichen

Café-Vorbaus: Hanna stand direkt vor unserem Tisch auf dem Trottoir. Beinahe hätte ich laut herausgelacht, so absurd erschien mir dieses Zusammentreffen an meinem letzten Tag in Berlin. Hanna setzte eine erleichterte Miene auf, da ich sie endlich bemerkt hatte, wartete, bis ich ihr zulächelte, musterte meinen neuen Rucksack und Patrizias städtische, auffallende Eleganz und weitete spöttisch die braunen Augen. Dann vollführte sie eine kleine Pantomime, die ein Telefongespräch bedeuten sollte. Ich nickte. *Ein* anderer, dachte ich noch einmal.

Patrizia sah Hanna aufmerksam nach. »Eine sehr hübsche junge Frau«, sagte sie langsam, »originell angezogen, schlank, gewitzt. Kennst du sie schon länger?«

»An die zehn Jahre.«

»Oh – aber sehr begeistert, eine alte Freundin zu treffen, kamst du mir nicht vor.«

»Nein.«

»Weil sie dich mit mir zusammen sieht?«

»Es ist mir schnurz, wobei sie mich sieht. Müssen wir über sie reden?«

»Dafür, daß wir uns zum letzten Mal für eine lange Zeit unterhalten – wir könnten doch ehrlich sein, oder? Liebst du sie?«

»Du wolltest dich heute doch nicht versteigen.«

»Ich weiß. Aber all die Wochen hab ich mich gefragt, ob da nicht noch eine andere Frau ist, etwas Ernsteres. Vielleicht bin ich zu eitel. Sag, ist sie es?«

Ich wunderte mich über die Nervosität, die sie jetzt doch wieder nach ihren Zigaretten greifen ließ. Sollte ich ihr erklären, daß eine Fünfundsiebzigjährige zwischen uns gestanden hatte? Warum war sie plötzlich so auf Ehrlichkeit erpicht? Oder sollte ich ihr von meinen Visionen berichten – wenn selbst Hanna mir inzwischen so entfernt und gleichgültig erschien? Dann doch lieber eine Komödie. »Du hast recht. Sie ist es wirklich. Eine sehr hübsche, junge – Lesbierin.«

Dieses Geständnis war, Hannas bisexuellen Talents wegen, immerhin nur zur Hälfte falsch. Es bewirkte ein schockähnliches Erstarren. Patrizias Mund öffnete sich, und ich konnte eine Spur angetrockneten Bluts in einem der fein ausgezogenen Winkel sehen. »Mein Gott, so ist das«, sagte sie weich.

»Nun ja, auch deshalb mache ich jetzt diese Reise.«

»Du verstehst nicht – weil ich nicht ehrlich zu dir war. Daß du ... Ich meine, es ist ein wahnsinniger Zufall. Als ich dir von meinem Sohn, von Michael, erzählt habe, sagte ich immer, er würde in Westdeutschland wohnen. Aber das stimmt nicht.«

»Du bist mir keine Auskünfte schuldig.«

»Doch! Ich wollte es die ganze Zeit, ich muß ja mal mit irgend jemandem darüber reden. – Er ist schwul«, gestand sie nach einer kleinen Pause, die sie brauchte, um sich nun doch eine Zigarette anzuzünden.

»Michael?«

»Wer sonst? Meinst du Graml?«

Ich zuckte mit den Achseln. »Aber wo bitte ist dein Problem? Wie alt, sagtest du –«

»Achtzehn. Gerade volljährig und schwul, also hat er sich eine eigene Wohnung in Kreuzberg genommen. Klar, in Berlin, da gibt es die besten Möglichkeiten. Du nimmst das leicht, wie? Gut, ich meine, heutzutage – aber er ist mein Sohn, verstehst du?« Sie preßte die Hand, die die Zigarette hielt, gegen die geschundene Wange. Sie hatte es mit gutem Zureden, mit Psychotherapeuten, Ärzten und Internaten, sogar mit Vernunft, das heißt der Einsicht, daß ihr Sohn nicht an einer Krankheit leide, versucht. Geblieben war die Überzeugung, sie trüge mit ihrer »chaotischen« Erziehung die Schuld.

Meine behutsamen Einwände ließ sie nicht gelten. Ungenutzt verbrannte die Zigarette zwischen ihren Fingern; die Asche fiel auf die Ärmel ihres Jacketts.

Nur das war der Hintergrund für diesen Traum vom Supermarkt? Sie wollte einen neuen Sohn machen? dachte ich, indes sie Spekulationen über ihre launische und erdrückende Persönlichkeit anstellte. Irgendwann erlahmte ihre Lust an Selbstbezichtigungen; anscheinend protestierte ich zu wenig. Sie zahlte, und wir verließen das Café.

An der nächsten U-Bahn-Station umarmten wir uns. Danach aber konnte keiner den ersten Schritt machen.

»Eigentlich weiß ich selbst nicht, warum Schluß gewesen wäre, auch wenn du nicht wegfahren würdest«, sagte sie matt.

Mit dem entsetzlichen Gedanken, sie zu lieben, erwiderte ich: »Das ist nicht schlimm. Die meisten wissen ja auch nicht, weshalb es mit ihnen weitergeht.«

Sie legte mir kurz eine Hand an die Wange. Auch ihre Finger rochen nach zahnärztlichem Betäubungsmittel. Irgendeine Narkose lag zwischen uns, und nichts half mehr. In der Sonne fröstelnd, stellte ich mich auf die Rolltreppe nach unten.

In meiner vollständig kahlen, aber von den sonnigen Tagen erwärmten Wohnung sah ich ihn plötzlich vor mir, buchstabengetreu von meiner Gedächtnismaschine geliefert – den Fluch der Ischtar. Durch die leeren Zimmer gehend, sagte ich ihn auf: »Mein Vater! Schaffe mir den Himmelsstier, daß er Gilgamesch töte in seinem Hause! Schaffst du mir den Himmelsstier aber nicht, so zerschlage ich die Türen der Unterwelt, zerschmeiß ich die Pfosten, laß ich die Tore weit offenstehen, laß ich auferstehen die Toten, daß sie fressen die Lebenden, denn der Toten werden mehr sein als der Lebendigen!« Es ergab keinen Sinn, ich ließ bloß die Kraft meiner Erinnerung spielen, der ich auch die detailgetreuen Erinnerungen an die Annoncen in der *Freiheit* verdankte. Wohin mit diesen Echos in meinem Kopf?

Ich würde reisen!

Erschöpft setzte ich mich auf die Stelle, an der früher mein Bett gestanden hatte. Der neue Schlafsack diente mir als Rückenstütze. Eben noch hatten die Mauern des Hinterhofs in der Nachmittagssonne geleuchtet – als es mit einem Schlag trübe und grau wurde.

»Aprilwetter«, dachte ich.

»Nein, Mühsal!« brüllte die ungeheure, weit hallende Stimme des Cherubs. »Nacht! Jetzt ist Nacht!«

Ich konnte nichts mehr sehen.

7

Die Augen der Toten

»Nun, Mühsal, wir hatten vom Sterben gesprochen! Du erinnerst dich?«

Aufstehen! Steh auf! Schüttle das ab! Verzweifelt stützte ich mich von den Fußbodenbrettern in die Höhe. Etwas verlängerte die Bewegung, ich wurde an der Hüfte gepackt und weiter emporgehoben und konnte schon mit den herabhängenden Armen den in der Finsternis verschwindenden Boden nicht mehr berühren. Für eine Sekunde wog mich das Ungeheure prüfend in einer großen Hand. Dann schleuderte es mich in die Nacht. Die Hauswand! dachte ich entsetzt. Aber ich durchschlug sie ohne Widerstand, flog über die Stadt, das heißt flog über nichts ins Nichts, überschlug mich, fuchtelte mit den Armen, beschrieb Rollen in einer unfaßlichen Ausdehnung und Schwärze. – Plötzlich hörte ich jemanden atmen. Aber das konnte auch Einbildung sein, eine Halluzination in der Halluzination – wie das schwache grüne Flackern, das ich hier und da zu sehen vermeinte.

»So düster kann es in einem Kopf werden«, höhnte der Unsichtbare aus der Ordnung der Engel. »Und übrigens: Halluzinationen, in denen man glaubt zu halluzinieren, sind keine Halluzinationen.« Dieses Mal hielt er mich nicht fest. Er sprach immer schon aus der Richtung, in die ich flog. »Was meinst du, sollte man Licht machen?« fragte er beiläufig.

»Ja! Bitte!« schrie ich zurück.

An allen Orten zugleich, als hätte sich das Feuer in den Atomen entzündet, fauchte der schwarze Raum auf, schossen Flammen empor und schlugen blendendgrün herab. Mein Körper würde in diesem höllischen smaragdenen Brand zerspringen wie ein trockener Ast.

»Stirb Mühsal! Stirb, bevor du stirbst!« dröhnte die Stimme des Cherubs. »Du weißt doch: Erinnern und Sterben.«

Ich erinnerte mich. Ich erinnerte mich daran, daß er bei

unserer ersten wahnwitzigen Begegnung diese Drohung ausgesprochen hatte. Obwohl mein Körper in Flammen stand und zerissen wurde, fühlte ich keinen Schmerz, konnte denken, etwas verband mich mit meinen Trümmern, die brennend durch die Nacht rasten, die sich weiter und weiter entfernten. War dies nun der Tod? Ein Zersprengt-Werden? Dieser sich ins Nichts öffnende Wirbel?

»Aber Mühsal!« rief der Cherub. »Hör doch!«

»Was soll ich denn hören?«

Der andere lachte. »Du machst einen sehr zerstreuten Eindruck, mein Lieber. Hör doch, hör doch –«

Kein Laut, kein Dröhnen, Donnern, Pfeifen, nichts, das dem ungeheuren Auflösungsprozeß akustisch entsprochen hätte, drang an mein Ohr. Es war eine Explosion der Stille. Aber nein, jetzt hörte ich es wieder, jemand atmete. Während mein Körper in tödlichem Schweigen zerbarst, hörte ich ein Keuchen, das in weinerliches Flüstern überging. Auch dahinter waren Geräusche. Die grüne Feuersbrunst wütete nur innerhalb einer Ebene, auf einer dünnen unendlichen Membran, die von einem ganz anderen, ebenso riesenhaften Geschehen unterkellert war.

»Ein Schritt, Mühsal«, rief der Cherub aus den Flammen. »Es handelt sich nur noch um einen Schritt.«

»Wohin? Ich sehe doch nur Feuer, dieses Grün! Ich explodiere! Wie soll ich da vorangehen?«

»Nicht voran, Mühsal.«

»Wohin sonst?«

»Einen einzigen Schritt! Nicht vor, nicht zurück, nicht nach oben, nicht nach unten. Nicht nach links und nicht nach rechts, Mühsal. Einfach – hinaus!«

»Nein!« brüllte ich. Jetzt nämlich wußte ich, woher ich die Geräusche, das Atmen und Schniefen, das Stiefelschlagen im Hintergrund und die barschen Rufe kannte. »Ich weiß genau, was –«

»Geh!« donnerte die Engelsstimme. »Geh!«

Und unbegreiflich schnell verschwanden die Flammen, das Grün, die rauschende Nacht. – Therese! Also hatte ich richtig vermutet. Ihr gehörte der heftige Atem, dieses Japsen, sie war es, die erschrocken vor sich hin flüsterte! Jetzt begann sie zu laufen, bog um eine Straßenecke, wich einem Paar glänzender Schuhe und weißer Gamaschen aus, schlitterte über vereiste Pfützen. Zum dritten Mal preßte mich der Cherub in dieses andere Leben. Vor meinen Augen tanzte Kopfsteinpflaster. Leute mit Filz- und Topfhüten und langen dunklen Mänteln überquerten die Straßen. Sie wichen Automobilen aus, deren runde Kotflügel und Scheinwerfer mit Dreckspritzern überzogen waren. Frisch und eintönig grau hoben sich die Fronten der Mietshäuser aus der kalt verschwimmenden Winterluft. Ich erkannte die Läden in den Souterrains. Eine Standuhr warb auf ihren Seitenflächen für *Stollwercks Edler Cacao*. Neun Uhr dreißig.

Therese lief.

Jetzt mußte der Gemüsehändler kommen, und tatsächlich, fast prallte sie gegen einen Mann, der seinen dürftig mit Kartoffeln und Rosenkohl gefüllten Karren über den Bürgersteig schob. Auch der Heringsverkäufer erschien. Ich hörte deutlich, wie der schwere Holzdeckel gegen die Wandung seines Eichenfasses krachte. »Vorsicht, Mädchen! Die schießen!« rief er, ein korpulenter Mensch mit einem Leberfleck auf der Wange.

Alles – die Häuser, Passanten, der graue, regnerische Himmel – wirkte täuschend echt und glich darin völlig den beiden ersten Visionen. Aber es gab einen bedeutsamen Unterschied. Statt nämlich auf eine undurchsichtige Weise in Thereses Körper, in ihre Empfindungen und Wahrnehmungen gemischt zu sein, konnte ich mich nun von ihr distanzieren. Ich machte diese Entdeckung, kaum daß mich anstelle der eigenen zwei ungeschickt ausgreifende Beine trugen, daß ein Stechen durch meine Seiten ging, daß mir der Atem in einer schwachen überhitzten Brust flog: leicht, wie man sich vom Grund eines Sees nach oben stößt, schnellte ich aus dem Körper des Mädchens heraus. – Wo befand ich mich jetzt? Ich war in der Lage, Thereses unbedeckten Kopf und ihre Schultern von schräg oben zu betrachten. Mühelos vor ihr her schwebend, beobachtete ich ihr verzerrtes Gesicht, das breitflächig und groß, mit der aufgeworfenen Stupsnase und den geröteten Wangen schon jetzt dem ihres Alters stark ähnelte. In der linken Hand trug sie eine Blechkanne, die immer wieder gegen ihren Oberschenkel schlug.

Darin ist das Essen für ihren Vater, dachte ich. Wie ein Schatten glitt ich an ihrer Seite über Kopfsteinpflaster und Straßenbahnschienen hin. So, in einer allen Sehenden verborgenen, geisterhaften, schwerelosen Umhüllung, hatte ich mir als Kind ausgemalt, behüteten die Schutzengel die ihnen anvertrauten Seelen. Allerdings hätte ich Therese nicht davor bewahren können, in den Gemüsekarren zu laufen. Ich fand keine Möglichkeit, ihre Gedanken zu beeinflussen, sondern spürte im Gegenteil, wie ihre Empfindungen sich auf langen Fühlern die Bahnen zu meinem Herzen suchten: Angst, Sorge, eine ahnende Verzweiflung erreichten mich; es genügte ein Nachlassen meines Willens – und dieses fremde, aufgeschäumte Innenleben kam wie eine eng auf dem ganzen Körper, auf allen Gedanken und Eindrücken haftende Maske an mich heran und drohte, jede Freiheit des Unterschieds zunichte zu machen.

»Verdammt zum anderen! Das Museum der Gefühle!« rief ich, von niemandem gehört. Selbst der Cherub hatte mich im Stich gelassen.

Konnte ich den Abstand zu Therese noch weiter vergrößern? Leicht schwang ich empor. In ungefähr drei Metern Höhe über der jungen Frau innehaltend, sah ich mich um. Sie hatte die S-Bahnbrücke am Halleschen Tor erreicht. Weiß angestrichen, aber sonst ganz, wie ich ihn aus den sechziger und siebziger Jahren kannte, thronte links über dem Landwehrkanal der Bahnhof, ein Rieseninsekt, das die waagerecht geführte Hochstrecke mit kräftigen Maulscheren zu ergreifen und aufzufressen schien. Thereses Lauf wurde gebremst, weil Dutzende von erregt debattierenden Menschen auf der flachen Kanalbrücke zusammenstanden. Aus Furcht, jemand könne sie aufhalten, drückte sie sich am steinernen Geländer entlang. Tief unter ihr strömte eisgraues Wasser.

»Noch mal der Minenwerfer, dann sind die futsch«, erklärte einer, der einen zerschlissenen Soldatenmantel trug.

»Alle hintereinander raus. Einzeln abknallen«, rief ein anderer. »Diese Spartakussäue! Und ihren Eichhorn dazuholen und den zuerst!«

»Jawohl! Wir haben genug Krieg gehabt!«

»So? Du siehst aber nicht so aus, als hättest du deinen Arsch hingehalten.«

Jemand faßte Thereses Arm. »Wo willst du denn hin, Mädchen?« fragte der ältere Herr leise. Mit unerwarteter Kraft zog er sie an sich heran. Auf seinem Kopf saß ein melonenähnlicher Hut; die blaue Weste, die unter seinem geöffneten Mantel hervorschaute, hatte zahlreiche Mottenlöcher.

»Bitte lassen Sie mich, bitte«, flehte sie.

Über die Schulter einer Brückenstatue blickend, verfolgte ich, wie sie sich von dem Mann befreite. Sie verschwand unter der Hochbahnstrecke. Gleich würde sie auf den Belle-Alliance-Platz kommen. Das *Vorwärts*-Gebäude, das den Passanten zufolge schon unter Beschuß lag, mußte sich am anderen Ende, am nordöstlichen Ausgang, befinden.

»11. Januar 1919, halb zehn Uhr morgens«, sagte ich betäubt. Anstatt meinen geplanten Flug über die Menschen und Häuser durchzuführen, schwebte ich dicht hinter Therese. Nur aus dieser Nähe hatte ich die Gespräche auf der Brücke verstehen können. Erneut brachen angstvolle Empfindungen über mich herein, und mein Blick verengte sich. Die Straße führte zwischen zwei Häusern mit hohen Säulenvorbauten auf den Platz zu. Eine Gruppe Soldaten versperrte den Weg. An ihnen vorbei – aber wie? Ich spürte diese Frage auf der eigenen Haut brennen. Dann bewunderte ich das Mädchen, das sich einen langsamen Schritt aufzwang. Mit dem Ausdruck völliger Lustlosigkeit, wie eine alte Magd, die einen Botendienst erledigen muß, schlurfte es auf die Soldaten zu, um im letzten Moment erst nach rechts abzubiegen. Schon war sie unter dem Säulenvorbau.

»He! Donnerwetter, sieh dir das an!«

»Ach, laß sie doch«, beschwichtigte eine zweite Stimme den Rufer.

Der Belle-Alliance-Platz lag vor uns. Ich erkannte die Friedenssäule von Cantian in der Mitte des weiten, von Mietshäusern eingefaßten Rondells. Die Flügel der bronzenen Viktoria hoben sich platt und grün in den bedeckten Januarhimmel. Am Fuße des Denkmals stand ein Panzerwagen. Er war betonfarben gestrichen, mit Sehschlitzen und einem Geschützrohr versehen. Stahlhelmbewehrte Soldaten umgaben ihn.

Therese erblickte die Uniformierten, änderte ihre Absicht, diagonal über den Platz zu laufen, und rannte den Bürgersteig entlang, wobei sie sich dicht an den Häuserwänden hielt. Nach ungefähr fünfzig Metern überquerte sie den äußeren Straßenring – keine Sekunde zu früh, denn ein zweiter Trupp Soldaten bewegte sich auf ihr Ziel, die Einmündung der Lindenstraße, zu. Die Blechkanne mit dem Essen für ihren Vater klapperte laut gegen eine Metallstütze; sie hatte sich in den Schutz eines kleinen Pavillons geflüchtet, der an den Rand der Grünanlagen gesetzt war.

Während die Soldaten im Zentrum noch stillhielten, fiel der zweite Trupp nach einem Kommandoruf in Laufschritt. Da war die Bretterwand zur Lindenstraße hin und dieses erdrückende, dumpf hämmernde Geräusch, das die Stiefel, Helme und Gewehre der Männer verursachten, das hilflose Flüstern des Mädchens.

Potsdamer Gardeschützen, dachte ich. Sie unternahmen den zweiten Angriff.

Um den Eingang des *Vorwärts* beobachten zu können, hätte Therese ihnen folgen müssen. Aus Versehen kam ich so dicht an sie heran, daß ich die Verkrampfung ihrer Kaumuskeln spürte, die feuchtkalte Luft auf ihrem Gesicht, einen Stoß von Worten, weichen Bildfetzen, krakenhaft zupackenden, durchdringenden Gedanken, Schleierbögen eines verzweifelten Gefühls ... Es war eine unbegreiflich doppelsinnige Verwucherung aus Eigenem, das sich in einer jäh einsetzenden Schwäche verlor, und einer schrecklichen, absolut nahen Fremdheit. Dagegen schienen selbst Thereses pure Ohnmacht und Furcht erstrebenswert. Konnte ich denn ganz in ihr aufgehen? Ja, ich brauchte nur den letzten Schritt zu machen, den unfaßlichen Schritt, den der Cherub gefordert hatte. In einen anderen hineinsterben? Stirb, bevor du stirbst! Schließlich: wer führte mich denn zurück?

Sterben kann ich immer noch, dachte ich erschrocken. Es brauchte eine kurze gewaltsame Anstrengung, dann schien mein Körper in eine Seifenblase eingespiegelt zu sein, die pendelnd emporwehte. Was für eine Chance für einen Historiker! Ich stieg in die Höhe. Ich würde das Ende des Januaraufstandes präzise aus der Luft verfolgen. Womöglich gelang es mir, die maßgeblichen Figuren der Ereignisse ausfindig zu machen, ihre Handlungen und Gespräche in meinem Gedächtnis zu protokollieren. Bald sah ich auf die vornehmen, zumeist fünfstöckigen Mietshäuser, die den Platz umgaben, herab. Schwindelgefühl packte mich. Konnte ich fallen? Nein, nicht solange mein Wille bestimmt und fest war. Ziergiebel, kleine Türmchen und kahle Fahnenmasten wuchsen auf den Dächern. Die Viktoria, etwa vierzig Meter in der Horizontalen entfernt und schon um einiges tiefer liegend, wurde dunkler, sie erinnerte an einen bräunlichen, im Profil aufgespießten Schmetterling. Die Soldaten schienen nur noch eine Handvoll ausgeschütteter schwarzer Nägel zu sein.

Vielleicht peitschten Schüsse über den Belle-Alliance-Platz. Aber wie mein Farbensinn, so hatte sich auch mein Gehör vermindert. Und zu dieser Taubheit kam hinzu, daß ich nun weder die Kälte noch die wattige Dichte der Luft spürte. Hätte ich mich nach Nordosten gewandt, wäre es möglich gewesen, die Belagerung des *Vorwärts* aus der Luft zu beobachten. Aber als was? Als Kampf miniaturisierter Schatten in einer lautlosen Kulisse, die mehr einem nächtlichen Steinbruch ähnelte als einer Stadt? Was versuchte ich da überhaupt?

Die Grenze erreichen, sagte ich mir verkrampft. Sehen, ob das hier noch weiter geht.

Aber ich kannte die Grenze schon. Gleich zu Beginn nämlich hatte mich eine heftige Zuneigung zu Therese in meiner

Beweglichkeit gehindert. Das Dach des eisernen Pavillons lag kaum unter mir – da war mir zumute, als müsse ich den Menschen, der mir am meisten bedeutete, für immer zurücklassen. Und dieser Widerhaken einer durch nichts begründeten Liebe zog mit wachsender Entfernung immer stärker in meinem Fleisch. Jetzt, hoch über dem verdunkelten Platz, glaubte ich, die Geliebte befände sich in tödlicher Gefahr. Nur ich konnte sie retten, niemand sonst! Was für ein fragwürdiges Flugexperiment ich da betrieb! Bajonettklingen näherten sich Thereses magerem Hals, Kugeln durchschlugen ihren schief sitzenden Mantel. Obwohl der Belle-Alliance-Platz nichts als ein amorphes Gebilde darstellte, eine graue, an den Rändern auslaufende Masse, spürte ich, daß Therese sich schneller bewegte, rannte. Ein unzerreißbarer, drachenschnurdünner Nerv verband unsere Herzen. Seine Spannung wuchs ins Unerträgliche. Gepeinigt von Schuld und Sorge, von einer Liebe, wie ich sie bis dahin für keinen Menschen empfunden hatte, gab ich meinen Höhenflug auf – im Niedergehen schon dröhnte das Maschinengewehrfeuer in meinen Ohren. Thereses Schuhe rutschten auf den Katzenköpfen. Sie lief hinter einem Jungen her, der sich immer wieder nach ihr umdrehte. Jetzt bemühte er sich, ein schweres Haustor aufzustoßen. »Hier lang. Da kannst du alles sehen, Kindchen!«

Als sie ihre Hand gegen den Torflügel preßte, hämmerten eine zweite und dritte MG-Salve durch die Luft. Der Gefechtsort schien jetzt nach rechts verlagert.

»Komm doch!« rief der Junge, schlug sich mit seiner Mütze ungeduldig auf die Knie.

Sie eilten über einen Hinterhof.

Im Treppenhaus des angrenzenden Gebäudes hatten sich die Bewohner versammelt. Sie diskutierten aufgebracht über die Gefechte und die Gefahr, daß ihre Wohnungen in Mitleidenschaft gezogen würden. Unbehelligt drückten sich Therese und der Junge an ihnen vorbei.

Ein langer, bloß dämmrig aufgehellter Schacht zwischen den Rückfronten fünfstöckiger Häuser führte nach Osten.

»Hier durch?« fragte Therese beklommen. »Ja?«

Der Rothaarige gab keine Antwort. Koboldhaft flink sprang er über umherliegende Bretter oder Brennesselbüsche, die erfroren über den Pfad gesunken waren. Thereses Mantel streifte die Wand, dann den Stiel einer Axt, die von einem schwammig zerquollenen Hauklotz emporragte.

»He, Kindchen, schneller, jetzt noch da rauf!« schrie der Bengel. Überall stießen sie auf Menschen, die die Treppen eines Seitenflügels versperrten, rauchten, sich nervös durchs Haar fuhren. In einem Stock flüsterten, im nächsten schrien sie, als wollten sie den Gefechtslärm übertönen, der durch die offenstehenden, von Neugierigen umlagerten Eingänge der mittleren Wohnungen hereinfiel. Kinder, die unwillkürlich Therese und dem Jungen folgten, wurden zurückgezerrt. Eine Frau schimpfte hinter ihnen her.

»Schießen von den Dächern runter«, keuchte der Junge. »Soldaten. Bei uns hier oben sind die aber nicht.«

»Warte doch!«

Er hatte ein halbes Stockwerk Vorsprung, weil Therese sich nicht gleichermaßen behend und rücksichtslos durch die Bewohner zwängen konnte. Sie, ich, ein Nervendickicht, ein Schwingungsbild heillos überlagerter Reflexe, plagte sich die engen Speichertreppen empor; unsere vier Hände verkrampften sich, griffen gegen feuchtes Mauerwerk; aber noch immer hielten sie die Blechkanne für den Vater fest.

»Jetzt kannst du's sehen!« rief der Junge von oben dieser unheimlichen Vibration zu, die sich ihm näherte.

Erst als Therese aufrecht in der Dachkammer stand, gelang es mir, den Abstand zu vergrößern. Ich blieb so nahe, daß mein Kopf frei war, die zwanghaft mit der Entfernung anwachsende Liebe zu der jungen Frau sich jedoch in Grenzen hielt. Sie blinzelte in das Halbdunkel. Ein Geruch von Moder und Kernseife stieg auf. Kältestarre Wäschestücke leiteten wie die Begrenzung einer Allee auf eine Fensterluke und den Jungen zu, der sich einen Schemel heranzog.

Draußen war es still geworden.

»Ist es vorbei?« fragte Therese.

Der Junge tippte sich an die Stirn. »Geht erst richtig los«, flüsterte er, sie eifrig heranwinkend. Er kniete sich auf den Schemel, nahm die Baskenmütze, die er unter die Träger seiner Hose geklemmt hatte, und setzte sie feierlich auf das rote Haar.

Ihre Köpfe drängten sich nebeneinander in die Dachluke.

»Siehste, da machen sie wieder was mit der kleinen Kanone«, erklärte er gespannt. »Siehste, Kindchen.«

Thereses Blick glitt über die Dachschräge. Soldaten in grauen und rauchgrünen Mänteln waren gegen den Fuß des dem *Vorwärts* benachbarten Gebäudes gepreßt, regungslos, die Gewehre eng am Körper haltend. Noch bevor sie Zeit fand, das belagerte Haus nach Lebenszeichen abzusuchen, beanspruchte ein hastiges metallisches Quietschen ihre Aufmerksamkeit. In einer Tiefe, die die schwankende Kreuzung zweier Straßenbahnkabel fein durchzeichnete und zu verdoppeln schien, richtete sich auf, was der Junge als kleine Kanone beschrieben hatte: der Minenwerfer. Zwei übereinandergeschweißte Rohre wurden mit Hilfe eiserner Stellräder ausgerichtet.

»Damit haben die vorhin auch schon geschossen. Furchtbares Ding.«

»Aber die Menschen im Haus – leben die noch?«

»Kindchen! Glaubst du, die würden sonst noch herumballern wollen? Wenn wir jetzt 'ne Knarre hätten, könnten wir die da unten fertigmachen. Peng! Peng! Immer in die Beine, wie bei Old Shatterhand!«

Therese sah dem Zeigefinger des Jungen nach. Er zielte auf die grauen Rücken der Geschützführer. Dann wurde der *Vorwärts* anvisiert. Die Druckerei machte mit den beiden Erkersäulen links und rechts und dem reliefverzierten Giebel einen imposanten, tempelhaften Eindruck. Aber die aus schwerem Sandstein gemauerten Torbögen wiesen die Narben des vorangegangenen Angriffs auf. Zeitungsstapel und etliche große Papierrollen, von Dauben geschützt und mit Faßbändern zusammengehalten, hatten als vorgeschobene Wehr gedient.

»Der erste Stock ist leer. Da haben die alles zusammengeschossen«, flüsterte der Junge.

Lebte ihr Vater noch? Die Jalousien hingen zerfetzt und grotesk verbogen in den Fenstern. Etwa zwei Meter über der Inschrift *Vorwärtsdruckerei – Verlagsanstalt Paul Singer* klaffte ein großes Loch in der Außenmauer.

Zwei Soldaten tauchten im Torbogen auf, winkten und schüttelten die behelmten Köpfe. Ein halblauter Befehl veranlaßte sie, sich den anderen anzuschließen, die sich noch immer im Schutz der Mauern und Erkervorsprünge des Nachbarhauses aufreihten. Sie hatten sie noch nicht ganz erreicht, da setzte das Feuer ein. Auf den Dächern, links und rechts von Therese, von schräg gegenüber, dann auch vom Flachgiebel des *Vorwärts* her, aus den zerschossenen Fenstern und hinter Balkonbrüstungen auf die schweren Nester am Straßengrund zielend, wütete mit tausend Hämmern der Tod. Sie begriff kaum, weshalb der Kopf des Jungen zurückschnellte; er schrie etwas zu ihr hoch und zerrte an ihrem Mantel. Ein Regen aus Glas und Ziegelsteintrümmern durchsplitterte die Luft. Daß der *Vorwärts* und die Lindenstraße, das Zeitungsviertel, ja die ganze im Wahn lärmende Stadt wie ein Mosaik zerfallen, daß nur sie und ihr Vater zurückbleiben würden, war Therese für Sekunden in einem feierlichen Rausch gewiß. Und als ein Geschoß des Minenwerfers die Außenwand im vierten Stock zertrümmerte, sämtliche Zwischendecken des *Vorwärts* bis zum Keller durchschlug und große Mauerteile auf die Straße krachten, schien es ihr nur wie das Beiseiteziehen eines Vorhanges ... »Hier ist dein Essen!« wollte sie ihrem Vater zurufen. Rauch und Staubschleier nahmen ihr die Sicht.

Denk nach! befahl ich mir. Wie ist die Lage? Das hier hast du jahrelang aus Buchstaben geklaubt. Heute war Samstag, und vergangenen Sonntag und Montag hatte die Linke zu einer Protestkundgebung gegen die Entlassung des Berliner Polizeipräsidenten Eichhorn aufgerufen. Hunderttausende waren gekommen. Empört und zum Teil bewaffnet, strömten sie aus den Arbeitervierteln in die Innenstadt; sie umzingelten das Polizeipräsidium, verstopften den Alexanderplatz, standen in frierenden Marschsäulen unter den Linden bis in den Tiergarten hinein. Das war keine Demonstration, sondern die Bereitschaft, ein zweites Mal die Netze der Macht zu zerreißen. Hätten die einflußreichsten Führer der Linken taktisches Geschick gezeigt: die Eroberung Berlins wäre ein leichtes Spiel gewesen.

Aber was dann? Überall im Reich wäre es zu derartigen Szenen gekommen. Die Stoßwelle vom 5. und 6. Januar auszunutzen, solange die MSPD bei der überwiegenden Zahl der Arbeiter und Soldaten im Ansehen der wahren Revolutionspartei stand, hätte einen blutigen, im Ausgang höchst ungewissen Bürgerkrieg bedeutet. Die Besetzer des Zeitungsviertels glaubten, die Vorhut eines neuen Aufbruchs zu sein. Aber sie stellten gerade noch das Sickerwasser einer Flut berechtigten Mißtrauens gegenüber der SPD-Führung dar. Rechtslastige Truppen und künftige SA-Schergen würden sie zusammenschießen. Eine Aura von Hellsicht, Tölpelei und nutzlosem Abenteurertum würde in den späteren Geschichtsbüchern ihre Aktion umgeben. Ihre Namen und Gesichter würden hinter der Fratze des Unternehmens verschwinden. Es waren Leute wie Thereses Vater ... Ein einziges Gestammel und Wimmern ging durch das Mädchen. Ich spürte die Hitze auf ihren geschwollenen tränenfeuchten Wangen. Unfähig, den Blick von dem qualmenden Gebäude zu lösen, erreichte sie jedes Geräusch und die kleinste Bewegung. Gegen ihren Bauch preßte sich schon seit geraumer Zeit der Kopf des Jungen; er hatte begriffen, was für ein mörderisches Spiel im Gange war, als kurze Explosionen mit den Schreien der Verwundeten wechselten. Die Schüsse kamen jetzt aus dem Inneren des *Vorwärts*. Sie klangen gedämpft, aber man konnte hören, wie sie von dem einen in den anderen Raum wechselten.

In Thereses Aufregung gab es keinen Platz mehr für das Empfinden von Kälte. Selbst der Junge, der sich unentwegt an sie klammerte, war ihr nur sehr verschwommen bewußt.

Die Regierungstruppen hatten bald das gesamte Vorderhaus der Druckerei genommen. Eben winkte ein Soldat seinen Leuten durch die Lamellen einer zerfransten Jalousie zu.

»Sie fordern wie bisher: Bedingungslose Kapitulation!« ertönte eine harte, ziemlich erkältete Stimme von unten.

Der Soldat bestätigte mit einem Zeichen den Befehl und zog seinen Arm zurück. Rechts davon wurden Uniformen sichtbar, fünf oder sechs Mann querten eines der aufgebrochenen Zimmer. Der Minenwerfer hatte die Außenmauern der breiten mittleren Fensterreihe des *Vorwärts* über die ganze Höhe des Gebäudes zertrümmert: hohl und dunkel klafften die Räume auf. Die Besetzer verteidigten sich nur noch aus Angst vor der Gefangennahme. Ich wußte, daß die Reichskanzlei telefonisch den Befehl ausgeben würde, sämtliche Aufständische, mehr als zweihundert Menschen, zu erschießen. – Major Stephani, der Führer der Entsatzungstruppe, gewissen Ehrbegriffen verhaftet, sollte ihm jedoch nicht nachkommen. Gemessen an den künftigen Ausschreitungen der Freikorps mußte man von »nur« vierzehn Männern sprechen, die an diesem Tag die Exekution in einem Kasernenhinterhof erwartete. Daß sich Thereses Vater unter ihnen oder unter dem Dutzend Todesopfer des Sturms befand, war nicht sehr wahrscheinlich – nur: Wie ihr das mitteilen? Der Ziegelvorsprung, der von ihrer Luke aus gegen die Tiefe stieß, die verkleinerten Soldaten am Boden, die Front des *Vorwärts* bis hinauf zu der von Schußnarben übersäten Figurengruppe im Dachfirst spiegelten sich magisch verzogen im Gehirn der jungen Frau.

Alle waren verwirrt, die Kämpfer auf beiden Seiten, die Theoretiker, Parteifunktionäre, Mitläufer und Drahtzieher – wie ein Fieberschleier lag die Gegenwart über ihren Gehirnen.

Sie sind blind, weil sie leben, dachte ich. Oder umgekehrt? Sie lebten, weil sie blind waren? Sie handelten, nicht ich. Sie sahen, hörten, rochen, schmeckten den Pulverdampf und den emporgewirbelten Staub, ohne Parasit eines anderen zu sein. Das Feuer der Geschichte, das ihre Augen blendete und ihre Körper in Brand steckte – mich wärmte es nicht. *Stirb, bevor du stirbst!* Besser ließ sich mein Zustand nicht beschreiben. Den Lebenden blieb die Illusion, ein günstiger Moment läge für sie bereit. Ich dagegen sah die Massenaufmärsche und heulenden Himmel. Unverrückbar schimmerten die Gleise nach Auschwitz in der Ferne, so präzise und gewiß wie ich mir die gläsernen bayrischen Sommer vorstellen konnte, in denen ich aufwachsen würde.

Ein Ausweg! dachte ich verzweifelt.

Das war der Sturz in Thereses Innenwelt. So habe ich den rothaarigen Jungen mit Mädchenhänden beiseite gestoßen. Die Speichertreppe, die Treppen von fünf Stockwerken flogen auf mich zu, die Geländerserpentinen, bis ich gegen die Briefkästen im Flur taumelte.

Ich weiß nicht mehr, wie ich auf die Straße gekommen bin. Schrecklich wuchs der *Vorwärts* gegen das schmutzige Silber über der Stadt. Eine Menschenmenge sammelte sich, Soldaten, aber auch immer mehr Neugierige, die die Sperren durchbrochen hatten. Sie mußten von den Eingängen gedrängt werden, als man die Gefangenen herausführte.

»Lyncht sie doch, die Banditen!« schrie ein junger Mann.

»Rote Säue!«

»Lyncht sie, hängt sie auf!«

Der erste Ring, den die Soldaten um den Gefangenenblock bildeten, wurde gleich wieder eingedrückt.

»Laßt mich, ich wollte mir nur einen Krankenschein holen! Wirklich, glaubt mir«, stammelte ein Gefangener. Er blutete aus der Nase. Hinter ihm stolperten weitere Männer über die Zeitungsbündel und den Fassadenschutt; den meisten waren die Hände auf dem Rücken gefesselt.

»Pfui Teufel, auch noch Weiber! Seht euch das an!«

Der Angriff hatte die Frauen überrascht, als sie Lebensmittel heranbrachten oder versuchten, ihre Söhne zur Heimkehr zu bewegen. Und immer mehr Menschen stauten sich vor den Torwegen, brüllten Schimpfworte, schlugen mit Fäusten und Stöcken nach den Gefangenen. Ich wurde angerempelt, ein Zuschauer trat mir auf die Füße.

»Spartakistenhure!« zischte einer der Soldaten, als ich, den Namen meines Vaters stammelnd, nahe an die Gefangenen herankam. Er rammte die Seite eines Gewehrkolbens gegen meine Brust; aber noch, als ich fiel und eine

Frau mich nach hinten zerrte, ließ mein Blick die Gesichter nicht los, all die Gesichter, in denen Wut, Erschöpfung und Furcht geschrieben stand. Doch das eine mit dem ungleichen Augenpaar hätte ich unter Tausenden erkannt. Jede Sekunde konnte er vor mich hintreten, seine kräftige, vornübergebeugte Gestalt vor der Barrikade, im Torbogen erscheinen. Ich drang in den Hinterhof vor.

»Mädchen, was willst du? Geh zurück«, brummte ein Sanitäter gutmütig. »Morgen sind die alle wieder zu Hause.«

Er wußte gar nicht, daß die Worte kaputtgeschossen waren wie die Mauern und die Fenster des Hinterhofs. Überall lagen die großen Papierrollen der Druckerei, darauf noch die Gewehre der Verteidiger.

»Niemanden hineinlassen!« befahl dicht neben mir ein Soldat.

Etwa dreißig Menschen scharten sich vor einem offenen Gerümpelschuppen. Ihre Stiefel knirschten auf Glasscherben. Plötzlich entstand eine Lichtung in den Mänteln und Uniformjacken – Tote! dachte ich entsetzt.

»Der hier ist vom Dach gefallen«, sagte einer leise.

»Und die anderen?« erkundigte sich sein Nachbar.

»Die haben sie rausgetragen.«

Als ich durch die Menschen ging, machten sie mir unwillig, ohne die Füße zu bewegen, Platz. Rotkreuzdecken waren über die Leichen gebreitet. Sie lagen zu vieren nebeneinander. Nur die Schuhe lugten hervor.

»Wissen Sie«, hörte ich jemanden in meinem Rücken sagen, »als Kind glaubte ich, die Toten müßten nach Essig riechen.«

Jetzt fiel mir das Paar Feldstiefel mit einem braunen und einem schwarzen Senkel auf. Wir hatten darüber gelacht, weil doch seine Augen auch zwei verschiedene Farben hatten.

Merkwürdig, dachte ich. Daß noch jemand solche Schuhe trug, das war doch merkwürdig.

Dann erst bückte ich mich. So schnell konnten sie mich nicht halten, und ich riß die Decke beiseite.

8

Das Gasthaus zu den gespaltenen Seelen

Hanna beugte sich über mich.

»Was machst du hier?« fragte ich sie verwirrt. »Ich wollte doch meinen Vater sehen.«

Ihr Kopf tanzte auf und ab. Über ihrer Schulter baumelten im gleichen Rhythmus dünne Plastikschlangen und zwei Beutel, von denen einer mit leuchtendem Blut, der andere mit Wasser gefüllt zu sein schien. Wir befanden uns in einer engen, sehr niedrigen Kabine.

Hanna bewegte die Lippen, aber ich verstand nicht, was sie sagte.

Mein Vater? Nein, Thereses Vater hätte unter der Rotkreuzdecke liegen müssen. Diese Rotkreuzdecke – sie straffte sich über meinem eigenen Leib. Weshalb wurden wir so heftig durcheinandergerüttelt? Hatte der Cherub jetzt auch Hanna in seine Gewalt gebracht? Ich fühlte die lauernde Spannung seiner Flügel um uns gebreitet, eine mächtige Biegung der Luft. »Laß sie los!« schrie ich. Breite Lederriemen liefen über meine Brust, die Hüfte, meine Oberschenkel. Vielleicht konnte Hanna mich befreien, denn sie war nicht gefesselt. Sie küßte mich auf die Stirn, streichelte meine Wangen, preßte zwei kühle Hände gegen meine Schläfen; ich empfand diese Berührungen so undeutlich und fern, als hätte sich eine harte Lackschicht über meine Haut gelegt. Wieder versuchte sie, mir etwas mitzuteilen. Nur ein vager, angenehmer Geruch nach Seife und Äpfeln erreichte mich.

»Na, Kindchen, hast du begriffen?«

Der Cherub! Also doch! – »Nein! Ich habe nichts begriffen!«

»Aber Mühsal, weswegen schreist du so? Sieh mal, wie dieses zarte Wesen vor dir erschrickt.«

Hanna kniff tatsächlich die Augen zusammen und vergrub die Schneidezähne in der Unterlippe.

»Ob du verstanden hast, Mühsal«, verlangte er. »Du erinnerst dich doch an die Sache mit der Leiter. Das eben war eine Sprosse unter Milliarden. Und du, du wirst sie alle gehen!«

Wütend forderte ich ihn auf, sich mir zu zeigen.

Er jedoch lachte, daß mir die Ohren dröhnten. Das Organ zu dieser unerträglich lauten Stimme mußte sich außerhalb des Käfigs befinden, der Hanna und mich gefangen hielt. Ein Krankenwagen, ich bin in einem Krankenwagen, dachte ich. Daher die Trage, die Infusionsschläuche, die weißen Fensterblenden in Hannas Rücken. Was nur rief sie mir zu?

»Also – ich beliebte dir etwas darzulegen«, sagte der Cherub ungeduldig.

»Nein. Laß mich, ich will schlafen.«

»Schlafen! Pah!« ereiferte er sich. »Schlafen willst du? Da steht ihr auf, um zu sehen. In euren Träumen werft ihr Völker nieder, ihr schüttet die Meere aus und zertrümmert die Berge. Bevor ihr einen primitiven Motor erfindet, müssen Tausende armer Dämonen in euren Gehirnen zerquetscht werden. Aber wehe, man rüttelt ein wenig an der Substanz. Nichts hast du kapiert? Gar nichts?«

»Nichts! Du hast mich verrückt gemacht!«

»Das ist doch schlechte Grammatik, Mühsal. Wenn ich dich hochhebe, habe ich dich dann hochheben gemacht?«

Die Lederriemen schnürten meine Brust ein, mein Kopf traf auf den geduldigen Widerstand einer Schulter. Hanna, dachte ich flehend, Hanna! und glaubte schon wie durch feine Risse ihre Stimme zu hören und die Glätte ihres Halses zu spüren, als der Cherub Rache für meine Flucht nahm: er preßte eine unsichtbare Faust gegen meine Hüfte. Blitzknäuel dunkler Schmerzen öffneten sich ... Ihr Nachleuchten trieb durch meine Beine, als ich wieder zu Bewußtsein kam. Ich sah cremefarbene Türen, Flügeltüren aus Metall, die erst im letzten Moment, kurz bevor ich mit den Füßen dagegenstieß, aufschwangen. Waagerecht holperte ich dahin, begleitet von Gestalten in rauschenden Kitteln. Irgendwo drehte sich Hannas Lederjacke. Dann hörte ich meinen Namen rufen. Ich starrte auf meinen festgeschnallten Körper. Niemand berührte ihn. Doch der Schmerz in der Hüfte kehrte wieder.

»Verschwinde! Warum zeigst du dich nicht?« rief ich ins Leere.

Der Cherub schnaubte verächtlich. »Verschwinden, zeigen – was soll ich damit anfangen?«

»Verschwinde!«

»Wie kann ich verschwinden, wenn ich nicht da bin?«

»Wenn du nicht da bist«, ächzte ich, »wieso redest du dann?«

»Weil deine Ohren so dumm sind, daß sie mich ertragen, Khezr.«

»Ich heiße nicht Khezr! Was hast du mit mir vor? Warum läßt du mich nicht in Ruhe?«

»Ich will überhaupt nichts von dir. Ich mache nur Auftragsarbeiten. Und glaub mir, das ist kein Spaß. Von Jahrhundert zu Jahrhundert wird es schwieriger. Früher, da hat man einen Feuerschein über die Wüste geschleudert, einen trockenen Dornbusch entflammt oder einen Mühlstein ins Wasser geworfen. Da sanken die Leute zu Boden und glaubten. Ihr aber würdet applaudieren. Alles muß heute von langer Hand vorbereitet werden, weil ihr so ein elend argumentseliges, hartherziges Pack geworden seid.«

»Deshalb brauchst du mir doch nicht weh zu tun!« rief ich. »Was hat das für einen Sinn, mir die Hüfte einzuquetschen?«

»Entschuldige, das ist eine leidige Angewohnheit.«

»Ach was, die Geschichte kenn ich!«

»Das kennst du also.« Er schien sich zu freuen. »Allerdings nur eure Variante, das Lügenmärchen. Glaubst du im Ernst, dieser räudige Schafzüchter hätte mir was anhaben können? Ich hab ihm gerade einen Klaps gegeben, diesem paranoiden Bock. Denkt, er hätte mit Gott gerauft! Mit Gott, stell dir vor! – Ah, was ist das?« Seine Stimme war schwächer geworden. Ich spürte, an der unteren Rippe bis zum Beckenknochen, das Abgleiten seiner Kraft und sog eine kühle, alkoholgereinigte, ätherdurchzogene Freiheit ein. Blanke Wandfliesen und Arzneischränke mit rauhem

Glasschutz festigten sich in meinem Blick. Rechts lehnte Hanna gegen einen Feuerlöscher. Man hatte mich auf die Seite gedreht, und ein südländisch wirkender Arzt reichte etwas aus der einen Hand, mir mit der anderen das Gesicht befühlend.

»Was für eine Spritze haben Sie ihm gegeben?« fragte Hanna.

»Haloperidol und etwas Beruhigendes.«

»Hörst du!« brüllte ich triumphierend dem in der Luft ersterbenden Cherub nach. »Merkst du's? Jetzt haben sie dich am Wickel! Das hier ist eine Engelvernichtungsanstalt!«

Da wendete er sich noch einmal um und sagte leise, vom Ende eines alptraumhaft langen, ins Nichts gewundenen unsichtbaren Ganges her: »Wenn deine Ohren zu dumm sind, dann wirst du mich eben sehen.«

Es kamen vier Tage und drei Nächte als helle und dunkle Bänder, die unberührbar hoch dahinglitten. Ich ahnte, daß Dinge mit mir geschahen, auf die ich keinerlei Einfluß nehmen konnte, daß fremde Menschen mich begutachteten, betasteten, auf mich einredeten, seltsame Versuche in Gang setzten – all das kümmerte mich wenig. Denn gleich zu Beginn hatten sie die feindrahtige Mechanik unter meiner Haut entfernt, um einen sirupartigen Schlaf in mich zu gießen, in dem sich jede Angst und jeder Zweifel schon im Ansatz, wie Fädchen in einer heißen, teerigen Säure, lösten.

Am Ende des vierten Tages schlug ich beinahe erstaunt über meine Trägheit das Federbett zurück. Ich setzte mich so, daß meine Beine, die in einer unbekannten Schlafanzughose steckten, über die Kante der Matratze hingen. Langsam gewöhnten sich meine Augen an das Halbdunkel. Vier Betten standen in dem Raum. Jedes war belegt. Die zugedeckten Körper der Schlafenden wirkten ruhig und grau wie Felstrümmer.

Nach einer Weile erhob sich mein Nachbar zur Rechten. Er kam direkt auf mich zu, setzte sich zu mir aufs Bett, so nahe, wie es allenfalls Geschwister oder Verliebte tun. »Geht es dir gut?« erkundigte er sich.

Ich zuckte mit den Achseln.

»Jeder hat sein Licht – hier.« Er griff an mir vorbei. Im Schein einer Nachttischlampe erkannte ich einen hageren, ungefähr dreißigjährigen Menschen. Seine fleischlosen Glieder waren zu lang für den zerknitterten Schlafanzug. Nervös rieb er sich die Knie, hüstelte, fuhr durch seine grob abgeschnittenen Haare. Eine Angelegenheit von höchster Bedeutung mußte ihn beschäftigen. Aber er schwieg.

»Ja?« fragte ich.

»Hast du 'ne Drehung?« fragte er mit einer kraftlosen, vernuschelten Stimme zurück.

»Eine – was?«

»Drehung.« Er machte eine Geste und wartete.

»Du meinst Tabak? Nein, ich rauche nicht.«

Nie hatte ich jemandem eine solche Enttäuschung bereitet: um den Mund und die knochige Nase des anderen liefen unzählige scharfe Fältchen; sein fasriger Bart zitterte; die Augen bekamen einen verzweifelten, trauriggenialischen Ausdruck. – Was für ein Gesicht! Dieser Mann kämpfte seit Jahren mit einem außerordentlich komplizierten abstrakten Problem. Vielleicht war er Mathematiker wie Anselms Freund Jakob, oder er quälte sich mit einer Sinfonie.

»Schade«, nuschelte er endlich, »das ist schade.« Er stand ebenso unvermittelt wieder auf, wie er sich zu mir gesetzt hatte.

Wieso geht er? Wo bin ich? überlegte ich matt. Gerade fiel mir noch auf, daß er sich über das Bett eines anderen beugte und ihn an den Schultern rüttelte. Ein schnurrbärtiger Wächter betrat den Raum. Er redete gedämpft auf den Störenfried ein. Plötzlich wußte ich die beiden Gestalten nicht mehr zu unterscheiden.

Wie eine zerschlissene Mullbinde hatte der nächste Morgen, ein tief herabgesunkener heller Streifen, Stellen, an denen das Gewebe aufgezogen und zu schartigen Fenstern geweitet war. Ich lugte durch die Fasern: jemand half mir beim Waschen; es gab Frühstück, und ich schlief flacher, unruhiger. Hanna, dann auch Mansfeld wirbelten im Traum durch meinen Kopf. Sie schenkten mir eine veilchenblaue Papiertüte. »Anton, du mußt nicht hier bleiben, wenn du nicht willst«, erklärten sie.

»Ach, es wird schon alles seine Richtigkeit haben«, versicherte ich freundlich. »Aber warum schenkt ihr mir diese Tüte? Hat die Schule denn schon begonnen?«

Darauf fanden sie keine Antwort. Später berichteten sie, ich hätte todmüde, mit wirrem Haar auf dem Bettrand gesessen und eigentümliche Schmatzbewegungen vollführt.

Mir selbst wurde erst am späten Abend bewußt, daß sie tatsächlich zu Besuch gewesen waren. Da entdeckte ich die veilchenblaue Tüte auf meinem Nachttisch. Wieder setzte sich der grübelnd verquälte Nachbar auf mein Bett, kaum daß ich die Augen geöffnet und mich etwas besonnen hatte.

»Wie geht es dir?«

»Ich bin so erschöpft, obwohl ich doch immer nur schlafe.«

Er nickte verständnisvoll. »Hast du Kaffee? Pulverkaffee?«

Wir untersuchten den Inhalt der Tüte. Obst, Schokolade, Bonbons und noch mehr Süßigkeiten wurden auf die Bettdecke geschüttet. Die mageren Finger meines Nachbarn, deren schmutzige Nägel sich einwärts krümmten, huschten über die Verpackungen. Ich bot ihm an zu nehmen, was immer er mochte. Warum schenkte mir Hanna dieses Zeug? Weshalb gehorchte sie diesem Ritus, den man in allen Krankenhäusern, Heimen, Anstalten fand, diesem Nachverfertigen von Kindheit? Süße Industrie gegen den Schrekken wie die bunten Bemalungen auf Totempfählen oder auf den knöchernen Rasseln der Primitiven. Wie schlecht war ich hier aufgehoben, wenn sie das für nötig hielt?

»Das ist eine Nervenklinik, nicht wahr?« flüsterte ich dem anderen zu, der eine Tüte mit Gummibärchen aufbiß.

»Sie haben uns gefangen.« Er spie einen Schnipsel der Verpackung ins Dunkle. »Gestern war der Pfleger böse auf mich. Aber heute ist es wieder ein anderer.«

Ich besann mich genau. Das heutige Abendessen war von

dem gleichen schnurrbärtigen Mann serviert worden wie das gestrige. »Nein, ich glaube, es ist derselbe.«

»Dann ist es eine andere Klinik«, sagte er bestimmt. »Darf ich die Schokolade essen?«

»Gerne.«

Abwechselnd stopfte er sich Gummibärchen in den Mund und biß in die Schokoladentafel wie in eine Scheibe Brot. Auch die Anordnung der Betten, auf denen die gurgelnden und schnarchenden Männer lagen, hatte sich nicht verändert. »Warum soll es eine andere Klinik sein?«

»Aber ich weiß doch nicht, warum sie ausgetauscht wurden!« Obwohl er buchstäblich fraß, gelang es seinem pergamentenen Gesicht, den Ausdruck innigen Nachdenkens zu erhalten. »Ich werde ohnmächtig«, gab er mir nach einer Weile zu verstehen. »Ohnmächtig – es ist wegen der Sonne. Irgendwie fliegt Gott in den Strahlen, und dann bin ich woanders als vorher. Die Leute ärgern sich über mich. Sie schreien mich an, sie hassen mich. Aber dann weiß ich, daß sie die anderen sind. Blitzschnell werden sie ausgetauscht.«

»Gott fliegt in den Strahlen? Als eine Art Engel?« fragte ich interessiert.

»Die Regierung könnte es sein.«

»Die Regierung ist ein Engel?«

»Vielleicht. Na, und die Minister, die ganzen Politiker. Manchmal kommen sie und wollen eine Umfrage mit mir machen. Ich weiß nicht, woher sie die Idee haben, aber sie denken, ich kenne die Zukunft.«

»Sie verfolgen dich also?«

Er zauste sich den Bart. Plötzlich fing er an zu kichern.

»Warum lachst du jetzt? Sie verfolgen dich also nicht?«

»Doch. Es ist furchtbar!« versicherte er mir, und indem er auf eine greisenhafte Art den Kopf schüttelte, sprudelte ihm diese unterdrückte, grundlose Heiterkeit durch die Nase und die zusammengepreßten blassen Lippen.

Verlegen sagte ich: »Weißt du, ich bin hier eingeliefert, weil ich einen Schock hatte. Das ist die gleiche Sache wie bei dir. Ich dachte, ich wäre jemand anderes.«

Mein Nachbar kicherte nur weiter in sich hinein. Ich spürte, daß meine Aufmerksamkeit nachließ. Von der Decke her schien jemand Tinte über die fahlen Lichtgewächse des Zimmers zu gießen.

»Haste 'ne Drehung?« nuschelte der pergamentgesichtige Irre auf meinem Bett wieder, ganz als hätten wir noch nie miteinander gesprochen.

»Aber ich rauche doch nicht.«

Dieses Mal erschien der Pfleger schon, bevor er den nächsten Schläfer erreicht hatte. Er bekam eine durchsichtige Flüssigkeit in einem kleinen Plastikbecher, die er widerspruchslos hinunterkippte. Ich wollte die Süßigkeiten auflesen, die quer über meine Decke verstreut waren – aber der Pfleger drückte mir sanft gegen die Brust, nahm die Geschenktüte und füllte sie mit raschen, zielsicheren Bewegungen.

»Schön, daß Sie aufräumen wollten«, lobte er mich anschließend.

»Mir tut die Hüfte weh«, murmelte ich. »Ein Engel hat mich dort gepreßt wie den Jakob in der Bibel.«

»Sind Sie aufgeregt?« fragte er.

Ich schüttelte vorsichtshalber den Kopf.

Kurz nach dem Frühstück wurde ich zum gelben Psychiater geführt. Die Vorliebe für Krawatten, die wie der geschwänzte Rücken eines Kanarienvogels aus straffem Kittelleinen hervorlachten, hatte den Spitznamen begründet. Er war kaum älter als ich, aber von einer geschliffenen Bedächtigkeit. Seine Geheimratsecken gaben ihm etwas Neutrales, sein kleiner feuchter Mund und die gestockte Röte der Wangen etwas Feminines, das irgendwie gefährlich wirkte im Zusammenhang mit den scharfen Hyperbelbögen seiner Brille und einer Reihe von metallummäntelten Kugelschreibern, die aus der Brusttasche seines Arztgewandes lugten.

»Man fragt, wie man so fragt: Also wie geht es Ihnen denn heute?«

»Ich bin sehr ruhig,« erwiderte ich. Darauf schien es hier anzukommen.

Er lächelte. Ob ich mich entsänne, wie ich hierher gekommen sei?

»Mit einem Krankenwagen«, sagte ich wahrheitsgemäß.

»Mit – einem?«

»Ja. Ach so! Mit einem ins Krankenhaus. Aber von dort muß man mich natürlich auch noch hierher gebracht haben. Vielleicht mit demselben? Aber ich bin mir nicht sicher, ich habe geschlafen.«

»Geschlafen«, stellte er fest.

»Ja«, erwiderte ich. An diesem Ort faßten sie die Wörter einzeln mit Pinzetten an und tauchten sie in desinfizierende Lösungen.

Der gelbe Psychiater begann, mir Auszüge aus einem mehrseitigen »Behandlungsvertrag« vorzulesen. Meine Unterschrift und die nochmalige mündliche Zusicherung, aus freien Stücken auf der Station zu sein, steigerten seine Liebenswürdigkeit ins beinah Intime.

»Sie sind also Historiker?«

»Ich habe es studiert, Geschichte, meine ich.«

Da brauche man doch sicher ein gutes Gedächtnis, oder? Diese Menge von Daten, Personen, Ereignissen!

Ich entgegnete, daß es so schlimm nicht sei. Man müsse es nur verstehen, sich in die alten Dinge hineinzudenken.

»Alte Dinge, schön«, freute er sich.

So dumm hatte ich die historische Imagination noch nie beschrieben, und ich hegte den Verdacht, daß er diese Wendung meiner Höflichkeit suggeriert hatte, die etwas zu seiner Sammlung desinfizierter Wörter beisteuern wollte.

»Was mich interessiert«, erkundigte er sich leise und beflissen weiter, »was mich schon lange interessiert, weil ich da nicht so beschlagen bin, das ist, wie man den Wochentag zu einem vorgegebenen Datum herauskriegt. Ich habe da den, sagen wir, den 23. Juli 1789 – ist das jetzt Samstag oder ist es Mittwoch? Wie recherchieren Sie das?«

»Es gibt Tabellen.«

»Aber wenn wir jetzt zwei beliebige Tage nehmen, etwa den 23. Juli 1789 und den 23. Juli 1845, dann fallen die doch nicht auf den gleichen Wochentag?«

»Doch.«

Meine Antwort hatte ein schnelles, melodisch bohrendes »Ja?« zur Folge.

Unangenehm berührt, erklärte ich: »Doch, weil 56 Jahre dazwischen liegen und sich die Sonntagsbuchstaben im Gregorianischen Kalender alle 28 Jahre wiederholen.«

»Donnerwetter! Was für ein Amateur ich bin! Ich weiß mit Mühe, was wir heute für einen Tag haben.«

»Was ist heute für ein Tag?« fragte ich leichthin.

»Sie wissen das nicht?«

Zögernd und seine perlgrauen, gutgeschnittenen Fingernägel betrachtend, entschied ich mich für Mittwoch.

»Gut.« Er nickte zufrieden, obwohl es Dienstag war. Oder hatte ich mich geirrt? Und vielleicht kannte auch er das Aufbauprinzip des Gregorianischen Kalenders? – Es war abzusehen, daß die Medikamenteinwirkungen mich bei diesem Spiel der Finessen und lächelnden Überrumpelungen ins Hintertreffen bringen würden; so verlegte ich mich auf ungekünstelte Antworten zu den Fragen, die er über meine Kinderkrankheiten, meine Familie, Karriere und so fort stellte. Mit einem kalten Plastikgeschmack auf den Lippen gab ich noch einmal meine Krankenkasse und die genaue Adresse an. Bald schien mein ganzer Körper Rüstung, Blei, empfindungsarmes, erzenes Geschiebe zu sein. Wie durch eiserne Sehschlitze quälte sich mein Blick nach draußen, wo durch eine blaß angeschimmerte Ödnis der zitronenfrohe Krawattenpapagei lebhaft umherkletterte. Morgen, verkündete er, könnten wir uns eingehender unterhalten.

Eine Tablette beseitigte am Nachmittag die Krampfanfälle, die meine Hände schüttelten.

Mit zunehmendem Interesse beobachtete ich meine Zimmergenossen, diese zerrauften, gegen eine unsichtbare Schwere ankämpfenden Männer. Sie verbreiteten einen erdig säuerlichen Geruch. Ihre Gesten voll Trance und entgleisender Plumpheit ließen an eine Opiumhöhle denken, oder sie hätten, wortkarg, gebremst, wie im Inneren ausgewalzt von ihren riesigen Erlebnissen, Teilnehmer ungeahnter Expeditionen sein können, Gehirnreisende und Erforscher der Engel wie ich, die aus ihrer Einsamkeit in die Risse der Zeit gefallen waren. Gab es hier Rat für die Mysterien des Zwischenreichs? Traf man sich zum Erfahrungsaustausch in den Kliniken? Wurden Atlanten für Nachtmahre und Traumkompasse verglichen? – Die Gespräche indes kreisten um alltägliche Dinge. Bemerkenswert erschien nur die Art, wie sie verflachen oder jäh abreißen konnten. Hin und wieder stieß ich auf gewisse Übertreibungen: ein dicker, wieselflinker Mann besuchte uns, dessen Gesicht wie mit Butter eingerieben glänzte; er nannte die Pickel oder Rasierwunden, die er bei anderen entdeckte, Geschwüre und Tumore, bemühte sich, die Befallenen von der Notwendigkeit einer sofortigen Operation zu überzeugen und ging mit einer Dose Haarspray hausieren, um wenigstens eine »Vereisung« vorzunehmen. Auch einige Begriffe wie »Hund«, wie »Messer« etwa konnten eine Erregung hervorrufen, daß man glaubte, eben gerade sei jemand gestochen oder von Reißzähnen bedroht worden.

Das ist die Empfindsamkeit der Abenteurer, dachte ich beim Einschlafen. Wer mit den Engeln gerungen hat, der erschrickt womöglich vor der Spitze einer Haarklammer.

Zusammen mit meinem hungrigen Bettnachbarn wurde ich auf ein Zimmer der offenen Station verlegt. Er hieß Thorsten. Mit kaum fünfundzwanzig Jahren lag schon ein Jahrzehnt Klinikaufenthalte hinter ihm. Von seinen Eltern wußte er kaum etwas; Freunde waren nicht erinnerlich, nur Spötter, Neider, Vergewaltiger, Hasser aus den Heimen seiner Kinder- und Jugendzeit.

»Und wie passiert es, daß du immer wieder in die Klinik kommst?«

Geheimnisvolle Mächte, die nachts aus großen Raumschiffen zu ihm heranflüsterten, befahlen, in Häuser einzubrechen oder die seltsamsten Dinge aus Kaufhäusern zu entwenden, etwa Cognacflaschen oder Zigaretten. Er wurde regelmäßig erwischt. Das vorletzte Mal hatte der Amtsrichter kein Verständnis gezeigt und ihn für drei Monate in Haft nehmen lassen.

»Für was sind sie überhaupt da? Die Polizei, die Richter, die Staatsanwälte, die Agenten?« rief er empört. »Sie kümmern sich um nichts! Es ist ihnen egal, daß es Stimmen gibt, die Menschen zu solchen Sachen zwingen! Was sie nicht sehen, das glauben sie nicht!«

»Richtig«, warf Klepper, ein Mitbewohner unseres neuen Vierbettzimmers, ein. »Die Kleinen kommen in den Knast. Die wahren Gangster lassen sie laufen.«

Thorsten reagierte auf diese Zwischenbemerkung mit unverhohlenem Schmerz, kreuzte die Arme über der mageren Brust, blinzelte ärgerlich – er war außerstande, eine Unterhaltung mit mehreren Menschen einzugehen, und zerstörerische Querreden bildeten, so deutete er an, eine immer wiederkehrende Erschwernis seines Passionsweges. Weil ich diese Logik noch unzureichend erfaßt hatte, hörte ich dem ironischen Tonfall in Kleppers Worten nach, der das Mißverständnis bewirkt haben konnte.

Später fiel mir auf, daß beinahe alles, was Klepper sagte, ironisch klang. Er war ungefähr vierzig, von gedrungener Statur, mit einer Jeansjacke verwachsen, die er gegen den ermüdeten Protest der Krankenpfleger auch im Bett anbehielt. Einmal setzte er sich an unseren Tisch vor dem Fenster und zerbröckelte bedächtig seine Tabletten.

»Ich«, erklärte er so laut, daß alle zu ihm hinsahen.

»Studiere«, fuhr er erst nach einer längeren Pause fort.

Als wir das Interesse an seinen Ankündigungen endgültig verloren hatten, hob er die Rechte ins Sonnenlicht, öffnete darunter den zahnleeren Mund wie unter einem Wasserhahn, schluckte den Medikamentenschnee, der aus seinen Fingern rieselte, und sagte dann verschmitzt lächelnd: »Ich studierte. Die Chemie des Unbewußten.«

Weil ich hoffte, einen Gleichen im Geist zu finden, nutzte ich eine Gelegenheit, bei der wir uns allein im Zimmer befanden, um ihn nach seiner Auffassung über die Engel zu befragen.

Er wiegte bedächtig den Kopf hin und her. So etwa reagierte Oberstetter, wenn man ihn auf ein verzwicktes Problem in der deutschen Parteiengeschichte ansprach. »Es ist sehr merkwürdig«, versicherte er mir. »Paß auf, vielleicht geht es so –«, er nahm ein Gasfeuerzeug aus seiner Nachttischschublade. Wohl fünf Minuten lang zündelte er vor der Steckdose am Kopfende seines Bettes herum. Endlich richtete er sich fasziniert auf, als habe er mit seinen Versuchen jetzt etwas Unglaubliches in der Luft vor dem Fenster errichtet. »Das elektrostatische Feld«, erklärte er mir, »das ist das Entscheidende. Wenn man ein kleines Feuer in das elektrostatische Feld einbringt, dann beginnt es, langsam, ganz langsam am hinteren Ende zu verschwinden – und dann tritt der Engel hervor.« Über diese absonderliche Eigenschaft des elektrostatischen Feldes mußte er nun lange den Kopf schütteln. Er war ein Dilettant.

Noch brodelte eine klebriggraue, schaumige Müdigkeit in mir. Diese machte es erträglicher, daß ich so schwer einen Sachverständigen der Engelskunde auftreiben konnte. Ich dachte allein über die Aussagen des Cherubs und die große historische Vision nach und notierte die wichtigsten Einfälle auf der Rückseite der mir zugeteilten Hausordnung, das Blatt sorgfältig vor den Augen der Pfleger und Schwestern verbergend. Sie mochten mich, weil ich nicht um Zigaretten bettelte.

Die Müdigkeit half mir, Hannas und Mansfelds Besuche ohne Scham zu überstehen und die Gedanken an Patrizia niederzuhalten, die mich so plötzlich überfallen konnten, daß mir Tränen über die Wangen liefen. In den Ebben des grauen Schaums sah ich mich weiter nach einem Experten um. Ich verlagerte die Hoffnung bald auf die Chroniker, da die neu Eingelieferten und frisch Erkrankten nur hysterisch waren und sich für nichts interessierten. Die alten Kämpfer auf der Station 21 dagegen schienen besonnen und ruhig. Aber bei vielen entdeckte man bald ein hartes, lautloses Gespanntsein unter der Maske der Apathie, wie in einem Glas, das Tag und Nacht unter einem einst fürchterlichen Schlag vibrierte. Sich selbst unbewegt zu halten war vielleicht der einzige Ausweg. Und möglicherweise entsprachen die Sinnverdrehungen und ihre zersplitterten Sätze dann ganz genau dem ungeheuerlichen Flackern der Welt, das sie erblickten. Hier endlich fand ich einen Freund, den letzten, dem ich noch zutraute, Bescheid zu wissen, ohne sich als Engelskundler zu verraten. Er hieß Maxe Vorberg, war knapp sechzig und wurde für debil gehalten. 28 Jahre hatte er sich als Hilfsarbeiter durchgeschlagen, bevor ihm die Flucht in der Maske des harmlosen Idioten gelang. Aber in seinem mächtigen, von kurzgeschorener silbergrauer Haarwolle bedeckten Schädel und in seinen schlichten Aussagen glaubte ich etwas verborgen, das mir Patrizia als das Genie Mozarts beschrieben hatte, nämlich eine nahezu übermenschliche Heiterkeit und die vollendete Tiefe des Leichten.

»Schau«, sagte er etwa und zeigte lachend auf das Glasfenster, das man nur mit einem speziellen Schlüssel öffnen konnte. »Eine Stadt aus Luft.«

Seine alte Mutter, sein Bruder und seine geschiedene Frau besuchten ihn an seinem Geburtstag. Er unterhielt sich sehr freundlich mit ihnen und rauchte dankbar ihre Zigaretten. Nur verstand er nicht, wie sie darauf kamen, sich mit ihm verwandt zu fühlen. Dies war die emotionale Souveränität eines Jesus (Weibwashabichmitdirzuschaffen) oder eines lächelnden Buddhas – und jenem ähnelte er auch am meisten, stundenlang fast regungslos auf seinem Bett hockend. Seine Leidenschaft gehörte nur noch annähernd hundert Zigaretten am Tag, deren Rauch er, den schief zwischen die stämmigen Beine eingelassenen, birnenförmig ausgebuchteten Leib wiegend, die Pausbacken geräuschvoll öffnend, nachdenklich einsog, durchkaute, tief in die Lungen schickte, in bedauernden, lokomotivschweren Atemstößen wieder entließ. Alle Versuche, ihn zu organisierter Beschäftigung, sei es auch nur zum Kartenspiel, anzuhalten, erschöpften sich rasch wie die Energie von kleinen Gegenständen, die auf sein lächelndes Fett niederfielen.

Nie wieder belästigt werden, sagte ich mir angesichts dieser massigen Insichgestülptheit. Hatte nicht mein Rückzug von den Freunden oder aus dem Oberstetterschen Institut das gleiche Ziel verfolgt? Tat es mir nicht gut, neben diesem dicken Kometen mit kurzärmeligem Hemd und einer einzigen, gewaltigen Hose zu sitzen, deren Gummiträger ab und an schwach gegen die Seiten seiner Bauchpolsterung klatschten? Man konnte sich über Stunden mit ihm unterhalten, ohne daß eine angestrengte Bemerkung fiel.

Endlich, am dritten Tag unserer Bekanntschaft, wagte ich es: »Ich möchte dich was fragen, Maxe. Weißt du, mir ist ein Engel begegnet, deshalb bin ich hier. Und ich war in einer anderen Zeit.«

Er nahm dieses Geständnis leicht wie alles, was ihm zu den runden Ohren kam. »Man ist da mal, und man ist dort, ja, ja, das gibt's. Zeit und Engel, natürlich. Und außerdem! Und außerdem! Da ist auch noch der Teufel.«

»Der Teufel?«

»Mein Teufel. Mußt du doch wissen! Der Teufel da. Er sagt mir, daß ich Karten spielen soll. Schnaps trinken, Bier, verstehst du? Die Frauen auch, du kennst das: Küssen, Kuß geben und dann rangehen, immer rangehen. Mein Teufel.« Er zeigte auf einen pfenniggroßen Pigmentfleck unter seinem rechten Auge. »Da drinnen wohnt er.«

Ich fällte kein vorschnelles Urteil. Aber nach einem zweiten und dritten Versuch konnte ich nicht mehr glauben, daß er mich nur für unwürdig hielt, mir seine tieferen Gedanken zu offenbaren.

Anscheinend änderten sie in der zweiten Woche die Medikation. Die Krämpfe in meinen Händen, ein befremdliches nervöses Fußscharren und auch die Mundtrockenheit traten kaum mehr auf. Ich hatte eine medizinische Untersuchung über mich ergehen lassen müssen, also das übliche Beklopfen und Behorchen, eine Blutentnahme; schließlich machten sie Röntgenbilder und klebten mir Elektroden an den Schädel. Oberhalb meines linken Beckenknochens stellte man Prellungen fest. Wahrscheinlich rührten sie von einem mir unbemerkt gebliebenen Sturz während des Anfalls her.

»Du hast Rechte«, sagte Hanna. »Vergiß das nicht. Du hast Rechte, Anton. Niemand darf dich zur Einnahme irgendwelcher Tabletten zwingen. Du hast ein Informationsrecht über deine Krankheit, über die Art und Dauer der Behandlung. Du kannst dich weigern, auf die geschlossene Station zu gehen. Du hast das Recht auf Besichtigung der Therapieräume. Du kannst bestimmen, wann du ausgehen, wann du Urlaub nehmen, wann du die Klinik ganz verlassen willst. Hörst du, Anton? Hörst du mir überhaupt zu?«

Um sie zu beruhigen, ging ich frei auf dem Klinikgelände spazieren. Mehr als tausend Patienten sollten hier untergebracht sein. Die Mauern zahlreicher Behandlungsstationen, in Ockergelb und dunstigem Rot gehalten, gaben ähnlich einer noch unklar erfaßten Idee nie die genaue Entfernung zum Beobachter preis, der sie mal in den fließenden Korallenbänken hoher Eichen, Pappeln, Buchen und Kastanien ertrinken, mal zu hart in seinen Rücken gestellt wähnte. Der Eindruck, sich in einem Gefängnis mit inneren und äußeren Zäunen zu befinden, wechselte gegen das Oasenhafte frühlingshell geschwungener Wiesen. Sie hatten eine Ponyweide. Und jenseits der Turnhalle fanden sich Gewächshäuser, in denen ein bunter dampfender Regen niederging.

So brauchte ich einige Zeit, bis ich vor der eigentümlichen Leere dieser Parklandschaft erschrak. Verwundert sah ich auf die Uhr. Nein, es fand keine der gemeinsamen Mahlzeiten statt. War Besuchsstunde? Ebenfalls nein. Achtlos hingestrichene Wölkchen dämmten kaum einen Sonnenstrahl. Aber nur hier und da tauchte ein Mensch auf. Die Frau mit dem schmutzigen Gesicht, die weinend vor der Chronikerstation auf einem Bein hüpfte, ein Idiot, gut vierzig Jahre alt, sein Bilderbuch und eine nackte Puppe gegen eine vergitterte Glastür pressend – sie schienen überfrachtet mit Geheimnis, wirkten als verlorene Sendboten der eingemauerten Patientenmasse.

Warum legten sie Riesenhäuser und Gärten wie diesen hier an, kaum bestimmbare evakuierte Irrengärten? Wofür dieser Ozean an Seelen, wofür diese Anballung hinter den ländlichen Klinkerfassaden? Ich kämpfte gegen das Gefühl, der ganze Park stelle nichts als die gefärbte, starr siedende Aufkochung des gefangenen Überhirns dar, das sich mit dem nächsten zufälligen Impuls etwas anderes als diese Wirklichkeit einfallen lassen mochte. Nur die schweren Wagen der höheren Verwaltungsangestellten und Ärzte, die bisweilen über die Asphaltwege rollten, schienen gegen die Umschmelzung gefeit. Aber sie, die Psychiater, was konnten sie denn tun? Sie träufelten Chemie ins Unbewußte. Sie schrieben ihre gleichsam achselzuckenden, fröstelnden Studien auf das bitter blühende Wasser der tausend Seelen.

War ich allein, das heißt auf eine gänzlich neue und besondere Art verrückt? Diese verworrenen Geschichten, wie sie Maxe Vorberg, Thorsten oder Klepper erzählten, hatten doch mit meiner aufwendigen historischen Vision nicht viel zu tun.

Vielleicht können sie es nur schlecht erklären, überlegte ich ein wenig später. Oder sie befanden sich schon am Ende der Reise. Stumpf, von den Bruchlichtern des Sterns geblendet, der einstmals in ihren Köpfen zerplatzt war, dämmerten sie dahin. Stand mir der Blick ins Unfaßliche, der Axthieb, das gemütliche Vermodern erst noch bevor?

»Wenn deine Ohren zu dumm sind, dann wirst du mich eben sehen.« – Die Prophezeiungen des Cherubs pflegten einzutreffen.

9

Bemerkungen zu der Art, in welcher die Engel reisen

Ich beobachtete den gelben Psychiater vom dritten Stock aus. Er hatte noch eine Viertelstunde bis zu unserem letzten Gespräch – freie Zeit offenbar. Denn er näherte sich langsam, trottete eine Schleife, winkte nach hier und dort, richtete sich gleichsam schnuppernd vor der efeuüberladenen Fassade des Verwaltungsgebäudes auf, ein Hündchen, das in einem schneeweißen Bauchwärmer steckte. Die Tiefe und die weichgärende Masse des Parks ließen ihn harmlos erscheinen. Ich hatte ihm alles gesagt, jedes Detail des langen Beginns fühlt sich auch heute noch besetzt und abgegriffen an. »Fassen wir zusammen« steht über diesem Trödlerladen meiner erstorbenen Sensationen, »Fassen wir zusammen« und »Erklären Sie das«. Man konnte sich einbilden, daß er diese Aufforderungen an die Bauarbeiter richtete, die um das neue Diagnosezentrum Plattenwege und Einfriedungen aus Beton legten. Es störte ihn nicht, daß sie die Köpfe einzogen und von ihm abwendeten. Ihre Preßlufthämmer, die Kräne, ihre Maschinen zum Steinebrechen schwiegen vor seiner unter die Haut kriechenden, nadelfeinen Macht; und sie beschirmten, als blendete sie die Sonne, ihre Augen, so daß wenigstens ein Teil ihres Gehirns bedeckt war.

»Herr Mühsal, Sie verwechseln mich mit diesem Dr. med. Läuffer.« Diese Übertragung hatte er sofort bemerkt, im zweiten Gespräch, Thema: Absonderliches aus frühen Tagen. Nun, gesagt hatte er es nicht, aber ich sah den Widerschein dieser aufblitzenden Erkenntnis über sein rundes Gesicht fließen. Gesagt hätte er: »Herr Mühsal, Sie, so habe ich den Eindruck, verwechseln mich ein wenig ...«

Dr. med. Läuffer und die Hormontherapie. Der gelbe Psychiater maß diesen Testosteroninjektionen zwei Tage lang eine gewisse Bedeutung zu. Dann aber stand fest, daß der *computertomographische Befund, der Hormonstatus und überhaupt sämtliche apparativen und laborchemischen Untersuchungen keinen Hinweis auf eine psychoorganische Störung liefern,* und er glaubte von nun an womöglich, ich hätte die Injektionen erfunden. Ob sich die Abneigung gegen meinen Körper in jüngster Zeit auch geäußert habe? Übrigens ein schwer verständliches Gefühl, da ich doch nicht verwachsen, nicht fett, sondern von einer äußerst gefälligen athletischen Konstitution sei. Ist er schwul? dachte ich boshaft. Diese heimliche üble Nachrede stellte ich jedoch nur an, weil er den Finger auf die Wunde gelegt hatte. Seine oblatenweißen Finger schwitzten auf den Innenseiten, und ich fürchtete ihre Berührung. Nein, in meinen seltenen Liebesaffären (Warum sagen Sie: selten? Damit kein falscher Eindruck entsteht. Sie möchten hier keineswegs einen falschen Eindruck aufkommen lassen?) war mir dieser kräftige Körper nicht unangenehm, nicht peinlich. Höchstens, daß Irritation und Stolz sich die Waage hielten; die Frauen, glaube ich, fanden zunächst Gefallen an meinem Kopf und meinem Gesicht, um dann mit kleinen Zeichen der Überraschung, so als hätte ich noch ein unverhofftes tierisches Geschenk dabei, etwas Zweites, nicht so ganz Zugehöriges an mir zu entdecken, das eine gewisse aufgeregte Feindseligkeit in ihnen hervorrief … Ich bin nahezu körperlos erzogen worden. Schläge oder das äffische Betatschen und Knuffeln, das sonst üblich sein mag, habe ich niemals kennengelernt. Meine Großeltern liebten mich auf eine durchaus verschwenderische, aber entfernt strahlende Weise, herbstblätterhaft meinetwegen – und ja, hier konnte eine übersteigerte Entzündlichkeit im Sexuellen ihren Ursprung haben, warum nicht. Schlimmer war dieses Verlegenheitsgefühl in der Pubertät, als neues Fleisch und Muskeln mich überwucherten, entsetzlich, wenn mein Großvater auf unseren Bergtouren nicht mehr Schritt hielt, mir aber jede Rücksicht wie eine Beleidigung untersagte – »Double bind, so heißt das bei Ihnen, nicht wahr?« – Folglich habe ich Dr. med. Läuffer und die Hormontherapie, überdies eine Sache, die mein Großvater selbst in die Wege leitete, für die Entfremdung verantwortlich gemacht.

»Glauben Sie das?« fragte der gelbe Psychiater.

Es war so durchsichtig, so abgefeimt psychologisch.

»Unterhalten wir uns über Ihre Visionen. Was interessiert Sie selbst daran am meisten?«

»Träume, das habe ich mal zu jemandem gesagt, sind schwächer geordnet als die Wirklichkeit. Sie sind eigentümlich flach. Aber um dieses Abenteuer in der 18er-Revolution kann ich herumgehen wie um eine Skulpturengruppe. Sonst haben die Träume gewissermaßen nur eine Vorderseite.«

»Zu wem sagten sie das?«

»Wie bitte?«

»Mit wem haben Sie über Träume gesprochen?«

»Mit einer Frau.«

»Welcher Frau?«

»Patrizia.«

»Ach, Ihre letzte Freundin. Warum sprechen Sie von einer Frau und nicht von Ihrer Freundin? Warum nennen Sie so ungern ihren Namen?«

Er wurde begriffsstutzig, sobald ich auf das Wesentliche kam. Meine Unfähigkeit, eine ehrliche, gleichwertige, »emanzipativ fordernde« Beziehung – also mit Hanna – einzugehen, bereitete ihm ernstlich Sorgen. Ich müsse doch zugeben, daß es seltsam sei, die Frau, die ich schon immer habe an mich binden wollen, zugunsten einer anderen und älteren zu vernachlässigen, von der ich niemals hatte glauben können, daß sie mich liebe. Und er geriet in verzückte Konzentration, als ich eine der üblichen läppischen Nachtfantasien zum besten gab: Auf der Suche nach Patrizia hatte ich mich nackt und hungrig in ein turmhohes Labyrinth aus blendend angeleuchteten Glasflächen verirrt, die unter meinen Füßen splitterten und zerkrachten, ich fiel und blutete, es roch nach Parfum, während die Scherben in mich eindrangen, und eine Kälte, wie sie auf reinen Spiegeln liegt, durchschnitt meinen Leib ... Hingegen sank er zum Ohrfeigen schläfrig in sich zurück, sobald ich ihm die fotografische Präzision vorhielt, mit der ich das *Vorwärts*-Gebäude, den Belle-Alliance-Platz, die Soldaten und die Arbeiter in mir belebt hatte.

»Gestern habe ich Ihnen fünfzig Wortpaare gezeigt. Und vorhin waren Sie in der Lage, achtundvierzig davon wieder zusammenzufügen. Erinnern Sie sich?«

So dumm konnte er fragen.

»Vor Ihrer großen historischen Vision da waren Sie doch in der Staatsbibliothek, um das Exemplar dieser Zeitung, der –«

»Der *Freiheit*.«

»Der *Freiheit* herauszusuchen, die der Mann in ihrem kürzeren Traum, vermeintlich Thereses Vater, las.«

»Ja, und?«

»Nun, Sie werden noch einige andere Artikel überflogen haben, darunter den, der über den Sturm auf das Vorwärtsgebäude berichtete.«

»Aber die Bilder? Das Visuelle? Ich müßte in die Landesbildstelle gehen, um zu vergleichen.«

»Da also gibt's historische Fotografien?«

»Ja.«

»Also waren sie schon dort?«

Gewiß, mein Gedächtnis. Und sicher, ich hatte mich einigermaßen gründlich mit dieser Zeit beschäftigt.

»Warum sagen sie ›einigermaßen‹? Sie haben doch über dieses Thema promoviert?«

Und der genaue Mechanismus, wozu der? Schien es nicht, als sollte mir da etwas beigebracht werden?

»Von wem, Herr Mühsal?«

Ich meinte diesen Zwang, einen anderen Menschen zu lieben, sobald ich mich fliegend, unsichtbar emporschwebend, über die Dächer des Belle-Alliance-Platzes gleitend, von Therese entfernte.

»Das«, sagte der gelbe Psychiater mit einem geradezu wollüstigen Triumph, »das ist irgendwie ein allgemeines Gesetz. Man kann sich der Liebe nicht durch die Flucht vor den Menschen entziehen. Aber wieso eigentlich haben Sie sich in Therese hineinversetzt?«

»Ich denke, es war Zufall. Es hätte sonstwer sein können.«

»Sonstwer?«

Vielleicht. Selbstredend traf es zu, daß die Revolutionsereignisse, die Januarunruhen und das Bildnis der alten Frau sich leicht und wie naturgemäß in mir verschränkten.

»Erklärten Sie mir nicht, daß sie dort, auf dem Mehringplatz, wenig ausrichten konnten? Sie waren zum bloßen Zuschauen verdammt. Um es pointiert auszudrücken: Sie mußten dort nichts tun, aber Sie verfügten über einen unvergleichlichen Überblick.«

Er hatte die Theorie, daß jeder Wahnsinn Domänen zu schaffen trachtet, einsame und absonderliche Aufgaben, die das Versagen in der Realität bemänteln sollen. Der Mann, dessen Titanenmühe wir den geregelten Abstand zwischen Erde und Sonne verdanken, der Schleuderer der Gravitonen – wer könnte Klage gegen sein Unvermögen erheben, noch weiterhin Schuhe zu reparieren oder, nur beispielshalber, sich in Oberstetters Institut tagein, tagaus als agiler wie kritischer Mitarbeiter zu erweisen?

»Ich dachte einmal, es müßte ein Museum der Gefühle geben. Der Gefühle aller Menschen. Nicht immer nur die Denkmäler der Schlächter«, sagte ich in kalkuliertem Leichtsinn.

»Und Sie, als Historiker, sehen hier eine spezielle Aufgabe? Eine Art Mission?«

»Nein, es ist nur eine Idee, die ich mal hatte. Innerhalb der Vision – da hoffte ich, etwas im herkömmlichen Sinne Wichtiges und Neues herauszufinden und mich frei bewegen zu können. Das hat aber nicht geklappt. Das Ganze schien mir ein Exempel zu sein, keine Studienreise.«

Der gelbe Psychiater hüstelte und sah auf die Uhr.

Zu Beginn unseres dritten Gesprächs nahm er den Faden folgendermaßen wieder auf: »Sie interessieren sich sehr für Revolutionen?«

»Das tun alle Historiker.«

»Hm, gewiß, das tun sie alle.«

»Sie glauben, daß ich eine unterdrückte Lust an der Katastrophe habe?«

Er schwieg.

»Daß ich deswegen die Revolutionen studiere? Daß mein äußerlich ereignisarmes Leben die Sehnsucht in mir erweckt, Robespierre oder Lenin zu spielen? Und daß ich dann in meinem Kopf dieses Historienspektakel aus der Weimarer Republik veranstalte – nur, ich bitte Sie!, nur um als hilfloses weibliches Geschöpf darin herumzustolpern?«

»Ja, das denke ich«, sagte er und betrachtete mich kühl, bis zu den rosafarbenen Ohren im Kragenausschnitt seines Leinenkittels versunken. Ich hätte ihn mitsamt dem lederbezogenen Rohrstuhl, auf dem er saß, aus dem Fenster werfen mögen!

»Ich möchte auf ihr Wort vom Exempel zurückkommen.« Erst nach einigen Sekunden nahm er die Unterhaltung wieder auf, im Tonfall gleichsam kinnfasserisch. »Ein Exempel. Sie haben beschrieben, wie sich diese große Vision schrittweise näherte, wie sie sich in immer bizarrer anmutenden Träumen herantastete, Ihnen Zeit ließ, Nachforschungen anzustellen, Sie wieder ergriff ... Das alles deutet auf eine Macht oder auf eine Person hin, die –«

»Ein Cherub, ein ungeheurer Engel!« stieß ich unter Tränen der Scham und der Niederlage hervor. »Oder etwas, das sich als solcher ausgibt. Ich bin nicht religiös, aber der ist es auch nicht!«

»Sie vertrauen das zum ersten Mal jemandem an? Man spürt, daß es Sie alle Überwindung kostet. Bitte, aus diesem Zimmer dringt nichts nach außen, glauben Sie mir.« Er war jetzt plötzlich so weit aus seinem Kittel hervorgewachsen, daß der oberste weiße Knopf daran aufzuspringen drohte. Dem lockeren Käfig, den die an den weichen Spitzen kissenhaft sich vereinigenden Finger bildeten, entströmte eine freundliche narkotisierende Energie ... Und so erzählte ich nun, was ich bislang an der Geschichte meiner Verrückung ausgespart hatte, eben die Erscheinungen und sämtliche abgründigen Reden des Engels, angefangen bei dem Sturz in den Schacht, der sich mitten in Patrizias Schlafzimmer auftat, bis hin zum Angriff auf meine – jetzt noch bläulich verfärbte – Hüfte.

»Vielleicht ist das gar nicht so bedeutsam«, urteilte der gelbe Psychiater am Ende meines erregten Berichts.

Dieses Geschick mußte ich zugleich bewundern und verabscheuen.

Ich sehe ihn herankommen zu unserem letzten Gespräch. Er läßt von den Bauarbeitern ab, steigt quer und als mache es ihm Spaß, über einen flachen Sandberg. Die Maschinen in seinem Rücken lockern sich wie ein Klassenzimmer voll häßlicher, ungelenk rasselnder Schüler zu befreitem Leben. Jetzt winkt er mir oder diesem Dutzend anderer Stationsgesichter zu, die regungslos auf ihn herabschauen und womöglich der gleichen Beschämung, derselben ekstatischen Geständnisse wegen im Inneren erglühen.

An den gelben Psychiater denken. Es ist, als würde man von einer Geliebten an das Wortgestammel erinnert, das man in ihren Armen von sich gegeben hat, als würden die Gerüche zitiert und das Nachgeben erhitzten, unsinnigen Fleisches. Manchmal wirft ihn meine Fantasie doch noch mitsamt Ledersessel aus dem Fenster seines Behandlungszimmers. Oder ich räche das Widernatürliche der therapeutischen Beichten, indem ich mir sein Treiben in den Kontaktkellern für Schwule ausmale. Jedoch hätte er, entspräche dies auch seinen Gepflogenheiten, nicht weniger recht und wäre nicht minder ernst zu nehmen. Gegen Köpfe hilft nur der Kopf. Also stoße ich Gedanken in ihn hinein. Was ereignet sich in seiner schwammig gepolsterten Brust, hinter der apfelglatt gewölbten Stirn, während er durch die Korridore des ersten, des zweiten, des dritten Stockes heranschwingt, eine funkelnd bebrillte, dralle Energie, bereit auf jeden Überrumpelungsversuch blitzschnell mit gefaßter und weich zufassender Ruhe zu antworten?

Er hat in Hannover und Genf Medizin studiert, die Psychiatrieausbildung in Berlin genossen, sich die Knochen, Termini, Kodizes und Pharmaka eingebleut. Und jawohl! – ursprünglich quollen poetische Wallungen in ihm auf. Aber dieses blütentreibende, molluske Verschwemmen seines Gemüts, das Gedichtedrechseln und Sternanseufzen überzuckerte unheilvoll seinen von Kindesbeinen an etwas zu fülligen Leib. Noch bevor ihn jemand ausstieß, lernte er, mehr noch als Patrizia für ihren Sohn, den Tunten- und Schwuchtelruf fürchten. Er tummelte sich in drei Sportvereinen, deren hohle Aufgeregtheiten ihm zuwider blieben, verlor einiges, aber nicht genug an jugendlichem Fett und Knabenwürde, um schließlich herauszufinden: Nichts spülte gründlicher dieses Nougat- und Froschgefühl aus den Poren als eine kaltbittere Suspension von Intelligenz mit den Schwebstoffen der Macht. Die Wünsche seiner Eltern, beide Apotheker, und sein Bedürfnis nach skalpellscharfer handelnder Gegenwart in der Finsternis trafen sich also nach Jahren vor dem Tor zu den irrenden Seelen. Psychiatrie, das gefällt ihm, das ist Metaphysik in Waffen. Nur wer an den Bastionen zur Nebelgrenze seinen Dienst tut, kennt das berückend tiefe Leuchten, das die Instrumente der Vernunft vor der Dämmerung entfalten. Die letzten Conquistadoren sind die stillen weißen Reiter; die letzten Urwälder liegen im Gehirn des Imperiums selbst. Und dort ruht auch die letzte, die wirkliche Herrschaft.

Da kümmert jemandes Gestalt und ein kleiner schwuler Fimmel, den er leicht im Griff hält, nicht viel.

Was nun die Schizophrenie und mich anlangt, so hegt er einen begründeten Verdacht. Denn er besitzt das Gefühl, das entscheidet, das Praecox-Gefühl, wie sie es unter den notorisch zerstrittenen Kollegen nennen, und das sich mit eigener Hand definiert, weil es gerade das unstrittige Gefühl eines werten Kollegen bedeutet, der Patient vor seiner Nase sei schizophren. Der gelbe Psychiater dürfte wohl sämtliche, sich wütend dreinredende Theorien über die Seelenspaltung durchforstet haben. Er war zu klug, sich einer einzigen Ausdeutung zu verschreiben. Ich konnte mir vorstellen, daß er seine Kollegen mit Zitaten von Cooper und Basaglia zu ärgern liebte. Einmal wöchentlich, Mittwoch abends, nimmt er die zitronenfrohe Krawatte ab, quetscht sich in öffentliche Verkehrsmittel, drängt, sanft berauscht von der Begeisterung über die eigene Toleranz und Offenheit, seinen unbekittelten Leib in einen Seminarraum der Freien Universität. Dort fabuliert man über Psychiatrie und Philosophie. Und gleich, ob sie durch die Metaphernschleier eines Foucault wandeln oder sich im Heideggerschen Sein-und-Haben-Gestrüpp verheddern, die Studenten halten ihn für einen älteren, äußerst belesenen Ihresgleichen – bis er ganz beiläufig, mit der Erwähnung der Theorie fehlmethylierten Adrenalins oder eines Dopamin-beta-Hydroxylasedefekts in den noradrenergen Neuronen, seine Identität als Mitadministrator einer Tausendseelenmaschine enthüllt. In stummem Genuß streicht er das Zurückschrecken der Harmlosen ein, das, wie er ihnen lächelnd versichert, auf den groben Visionen überkommener Bücher, sensationshascherischer Filme und den Machwerken verantwortungsloser Nestflüchter der Zunft beruhte. Natürlich liege auch heute noch vieles im argen, die Neuroleptika würden oft als billigste Verwaltungstechnik mißbraucht und seien gewiß nicht unschädlich – besonders nicht in Kombination mit Anti-Parkinson-Mitteln! Indes könne sich doch kaum etwas ändern, wenn die Globalkritiker alles täten, aber eines nicht, nämlich ihren Fuß über die Schwelle einer Anstalt zu setzen, um zusammen mit den Kranken Besserung in harter, menschennaher Arbeit anzustreben.

Nach solchen Abenden empfängt er Gewißheit und ruhigen Schlaf aus dem Bewußtsein des aufrechten Frontkämpfers. Keiner von denen, die ihn im Kellergeschoß eines Dahlemer Instituts noch zu attackieren wagten, stand je, seiner Einladung folgend, morgens um acht vor der Pförtnerloge der Klinik.

Der Moment, in dem er selbst die Anstalt betritt, ist scharf und klar wie das Erwachen unter der kalten Dusche. Die Krankenschwestern und Pfleger, geschminkt, rasiert, frisch, seifenduftend, drehen sich um ihn, den Stempel einer steifblättrigen weißen Blume. Es erinnert an das enge, ein wenig fröstelnde Durcheinanderreiten eines Kavallerietrupps, der sich allmählich zum Ausfall ordnet; Spritzen werden aufgezogen; man hört das feine Geprassel der Tabletten; ein letztes, gern obszönes Scherzwort verklingt – er läßt die Tür seines Büros geöffnet, um das stufenweise Einbrechen des Korridors in die Krankenzimmer zu fühlen. Da es die Schwestern wieder einmal vergessen haben, hat er selbst die Kaffeemaschine bedient. Ihr finales Röcheln liegt zeitlich gleich mit dem Aufschwirren und Erblühen seiner pharmazeutischen Sendboten. Sie stimmen ihre Schleierlieder an: die Mellerile und Ciatyle, die Neurocile, das schwere graue Trifluperidol, Waffen, die er, wie jeder General der Moderne, weder erfunden hat noch herzustellen wüßte, deren Wirkung er kalkuliert, ohne sie je am eigenen Leib verspürt zu haben.

Aber es wäre verfehlt zu glauben, ihm sei die Empfindsamkeit seiner Tuntenangst- und Dichterjahre abhanden gekommen. Nur zu oft geschieht es, daß mit dem herben Rasierwasser, das er benutzt, im Laufe der Arbeit auch die spezielle fachliche Imprägnierung aus seiner Haut dunstet.

Er wird reizbar und kämpft einen langen Nachmittag gegen das Zittern in seinen Armen und Händen. Die Körper der Kranken schließen jetzt dicht zu ihm auf. Eine fast jungfräulich spröde Höflichkeit, zu der er Zuflucht nimmt, lockt selbst die Depressiven heran. Er schreibt Arztbriefe oder Gutachten, teils weil er schon wieder damit in Verzug zu geraten droht, teils aber auch, um einen Vorwand für den Rückzug in sein Büro zu haben, überzeugt, alles falsch zu machen, durchdrungen von der Einbildung, der Anstaltsgeruch, ein unverwechselbares Gas organischen Zerfalls, Zigarettenrauchs und flach dämmernder Putzlaugen beiße sich tief durch den Stoff seines Kittels und atme ihm gar aus dem zitronenfrohen Krawattengewebe entgegen. Da es ihm gegeben ist zu sehen, überwältigt und erstickt ihn diese riesige wimmernde Seelenwatte. Es scheint, daß draußen hinter den Anstaltsmauern ein endloser Krieg gegen die Gehirne wütet. Man müßte zärtlicher und geschickter sein in diesem Feldlazarett des Geistes, das jährlich dreitausend schreiende und verstümmelte Köpfe herzurichten versucht. Oder sollte er weniger Chemie und eine Art heilsamer Brutalität aufbieten? Er stellt das Pendeln, die Ambivalenz, wie er sagen würde, einer plötzlich hervorbrechenden Wut fest. Für Sekunden mag er neiderfüllt auf die einstigen Kollegen zurückschielen, die in befreiend deutlichen Formen, mit Dauerbädern, Elektroschocks, Arbeitszwang, Injektionen von Malariaerregern und Typhusbazillen, auch mit dem Trepan, dem Schädelbrecheisen, wider die Nachtdurchblendung antobten. Gleich darauf ergreift ihn eine Liebe zur Schwachheit, die ihn zum Bürgerschreck machen könnte, ließe er sich das geringste davon anmerken.

Daß er nach solchen Arbeitstagen Entspannung in den kleinen Schwulenbars sucht, muß ich für unwahrscheinlich halten. Nein, er wird nach Hause fahren. Unter der Dusche kocht er sich den vergifteten Überzug vom Leib. Mit Hilfe eines möglichst schwierigen psychiatrischen Werks, nur lose in einen Frotteemantel gehüllt, imprägniert er die geröteten Poren aufs neue. Weil ihn die lackierte Gesundheit seiner Frau – eine kunstfühlige Apothekerin oder ehemalige Krankenschwester, die täglich seinen Mercedes zum Einkaufen braucht – ein wenig abstößt, geht er zu früh schlafen.

So kommen Nächte, in denen er in einem fort zu träumen glaubt, nur REM-Phasen, Hunderte von Patienten begegnen ihm, die Suchtkranken, die Katatonen in ihren Heuschreckenstellungen, die betäubten Killer und gewitzten Diebe aus der Forensischen, die hirnorganisch Defekten und Schwachsinnigen mit ihren zerwalkten Fratzen, mühlsteinhaft schließt sich der Kreis. Er ist aufs Kreuz ihrer Mängel, Schmerzen, Unschuld und Monstrositäten genagelt, der Speer zerreißt seine Rippen, Essig sickert in seinen Mund, eine Dornenkrone aus Kanülenstahl wird ihm aufgesetzt … Es bleibt nichts übrig, als der seelenähnlichen Nachgiebigkeit der Kissen zu entfliehen. Vier Uhr! Aber er hat eine Therapie für sich selbst entwickelt. Zwei Stühle werden vor das Fenster des Wohnzimmers gerückt, einer zum Sitzen, einer für das Hochlegen der Beine. Eingehüllt in eine Decke, ein Glas Cognac in der weißen Hand, starrt er auf die Straße hinaus. Um seine Ohren sitzt ein Kopfhörer. Er beobachtet die Zeitungsboten auf den noch leeren Trottoirs, die ersten Vögel und Lieferwagen. Es dauert lange, bis die Dämmerung an allen Punkten in den klaren Filter des Tages gesickert ist, manchmal eine, manchmal zwei Langspielplatten aus dem *Wohltemperierten Klavier.* Endlich zerfällt eine solche Menge von Bewegungen in der Straße, daß die Musik sich von ihnen ablöst und in den Hörer zurückzuschwingen scheint. Aber einer Stadt, die sich mit der zärtlichen Algebra Bachs in ihre alltägliche Unordnung gebracht hat, fühlt er sich gewachsen. Als hätte er in einer tiefreichenden Analyse ihre Kindheit studiert.

»Und Sie fürchten niemals, die Verrückten könnten Sie infizieren?« fragte ich zu Beginn unseres vierten Gesprächs. »Daß Sie selbst gewissermaßen der Flügel des Engels streift?«

»Über diesen Engel möchte ich heute gern ausführlicher mit Ihnen sprechen.«

»Aber Sie –«

»Ich weiche Ihnen aus, wollen Sie sagen. Das stimmt. Halten Sie es denn für möglich, daß Ihr Engel auch mich heimsucht?«

Ich wußte es nicht.

»Nun gut«, sagte er. »Reden wir über diese Farbe.«

Das Peroquet-Grün! Hätte ich damals schon Anselms spanische Erzählung gekannt oder gar die Zeichnungen meines Großvaters und die fürchterliche Stunde enthüllen können, in der vor meinen Kinderaugen der Schrecken zu Barcelona leuchtete – dem gelben Psychiater wäre dieser klassisch-psychoanalytische Fund womöglich einen Artikel in den Fachzeitschriften wert gewesen. Jedoch empfing er lediglich meinen Bescheid, nichts über die Herkunft des Grüns zu wissen. Dem Eindruck einer unklaren Erregtheit des Patienten rasch hinterhergreifend, evozierte er nur eine für Schizophrene typische Weltfluchtreaktion.

»Es dürfte sich um die allgemeine Frequenz der Engel handeln«, vermutete ich. »Dieses Grün.«

»Das ist nicht sehr verständlich.«

»Frequenz als Kehrwert der Wellenlänge, die Farbdefinition nach Newton. Der Engel sagte: ›Wer wie die Farben ist, geht wie ein Pfeil durch die Sterne.‹ Ich denke, daß die Gestalt der Engel mit dem Charakter der Farben oder dem einer ganz bestimmten Farbe zu tun hat. Warum nennt er mich Khezr, einen grünen, unsterblichen Mann?«

»Sprechen Sie ruhig weiter.«

»Es ergibt einen Sinn, wenn man unbefangen darüber nachdenkt. Soll ich es erklären?«

»Bitte.«

»Zuerst einmal – der Mensch ist nicht wie die Farben«, sagte ich entschlossen. »Das steht fest. Denn ein und dieselbe Farbe, dieses Grün, kann an mehreren Orten zugleich sein. Für den Menschen aber gibt es ein Verbot.«

»Verbot«, das gefiel ihm nicht.

»Das Verbot ist die Grundbedingung der Individualität«,

beeilte ich mich zu erklären. »Es lautet: Die Form des einzelnen Menschen kann nicht zur gleichen Zeit an verschiedenen Orten sein. Das ist wirklich grundlegend«, fügte ich mit Nachdruck hinzu, da der gelbe Psychiater mißtrauisch blieb. »Dieses Verbot, eine Art geometrisches Schizophrenieverbot – Sie lächeln, aber dieses Verbot trennt uns von den Engeln und den Farben. Es klingt trivial. Jedoch sind die Konsequenzen weitreichend. Unter Ort verstehe ich in etwa den Platz, den der Körper, die äußere Form also, in der Welt benötigt. Das Verbot bringt es mit sich, daß alle Abstände, die wir zu uns selbst einnehmen können, bloß zeitartige Distanzen sind, wir kommen jeweils hintereinander, nie nebeneinander vor, alle Bilder unserer Form liegen als streng monotone Folge in der Zeit. Deshalb sind wir Individuen, deshalb haben wir eine Geschichte, deshalb müssen wir sterben. Bei den Engeln dagegen ist es anders – sie können an mehreren Orten zugleich sein, wenn sie wie die Farben sind.«

»Aber nicht als einzigartige Wesen.«

»Nein. Eben deshalb glaubt man ja zu Recht, daß sie nicht ›leben‹. Ein Engel ist alle Engel oder umgekehrt. Angenommen, es würde nur noch einen einzigen Punkt der Engelsfarbe geben, so wären sie dennoch alle vorhanden.«

»Aber aus was besteht denn nun ein Engel?«

Statt die Frage zu beantworten, führte ich meinen Gedanken über die verwirrende Identität der Engel näher aus: Auch wenn, von dieser Sekunde an, kein einziger Punkt der Engelsfarbe mehr auftauchen würde, bedeutete dies nicht das Ende der Geflügelten, sondern allenfalls die Grenze ihrer Figur. Sie seien in diesem Sinne unsterblich, da es zur Bestimmung ihrer logischen Gestalt nicht der Zeit und der Kausalität bedürfe. Wie Rilke es geschrieben habe, wüßten die Engel oft nicht, ob sie unter Lebenden oder unter Toten gingen. Die Vergangenheit, die Gegenwart und Zukunft stünden ihnen, der starken Bescheidenheit ihrer Form wegen, in allen Verkehrungen zu Gebot.

»Und woraus sich ein Engel zusammensetzt, das kann nun gewiß keiner in Erfahrung bringen«, gestand ich schließlich ein. »Aber es ist wenigstens eine Ahnung der unendlichen Bewegungsfähigkeit möglich, die sie besitzen.«

»Wie die Engel reisen?«

»Verstehen Sie: Sie ändern lediglich ihre Komposition oder ihre Vollständigkeit in der Ebene, die uns sichtbar wird. Sobald ein Atom, meinetwegen auf dem Jupiter, die Frequenz der Engel ausstrahlt, befindet er sich auch schon dort.«

Der Engel bräuchte also nur zu warten?

»Aber nein. Ganz nach seinem Ermessen gehört dieses Ereignis zur Gegenwart, Vergangenheit oder Zukunft. Ihm genügt das einmalige Vorkommen, damit er sich zu jeder beliebigen Zeit dahin versetzen kann. So geht man wie ein Pfeil durch die Sterne.« Es sei albern, fügte ich hinzu, zu glauben, die Engel machten sich das öde Bildnis von der Welt, das wir Universum nannten. Die Planeten, Spiralnebel und Galaxien – aus der Perspektive der Engel betrachtet, stelle diese für uns ungeheuerliche Auswuchtung des Alls nur die armselig lineare Fantasie eines Insekts dar.

»Und wie, bitte, nimmt sich die ganze kosmische Angelegenheit in den Augen der Engel aus?« Dem gelben Psychiater war diese Frage gegen den eigenen Willen entschlüpft.

»Ungleich durchlässiger«, versicherte ich ihm, »transparent. Die Engel wandern in stillen Explosionen durch das All. Es gibt keine Richtung, weder räumlich noch zeitlich, in der sie zu halten wären. Genauer aber können wir uns das unmöglich vorstellen.«

»So wird es sich wohl zutragen«, seufzte er. »Aber Sie wissen, wo der schwache Punkt Ihrer Engelsdogmatik liegt.«

Ich senkte bejahend den Kopf.

»Wo?« sagte er fordernd.

»Es ist nicht Schwäche. Es gehört einfach zur Definition der Engel: Ein Engel ist anscheinend ein Wesen, das man nur von einem Ort der Welt aus entdecken kann.«

»Also von dem Ort, den ihr eigener Körper gerade einnimmt, Herr Mühsal?«

»Zum Beispiel. Obwohl auch andere Körper ihn schon vor mir eingenommen haben müssen. Denn es gibt ja doch seit Jahrtausenden die Berichte und Zeugnisse von den Engeln. Allerdings ist auch denkbar, daß die gesamte Welt den Ort darstellt, von dem allein aus man einen Blick auf einen Engel werfen kann, daß die Totale des Seins also sich in dem Träumer oder Wahnsinnigen vereinigen muß, um so auf die Gegenseite zu schauen.«

Hier brach der gelbe Psychiater entschlossen die Unterhaltung ab. Es war zumeist sinnlos, wenn nicht schädlich, den Selbstblendwerken der systematisierenden Kranken nachzugehen, die mehr verzerrten als sie in Chiffren entblößten.

Wann! Frage: Wann! befahl er sich. Der Zeitpunkt ist der entscheidende Faktor. Wann zwingt es einen, die Vernunft in seinem Kopf niederzustrecken? Nehmen wir also dieses Grün von der Außenseite: es taucht das erste Mal während einer Reise nach Südfrankreich auf; in *Marseille, im Sommer 1974, konfrontiert der Patient sich endlich mit den Kommunikationsstörungen, die früh in ihm angelegt und durch exzessives, sehr isoliertes Arbeiten in den Monaten zuvor empfindlich verstärkt worden sind. Sein ungewöhnliches Interesse an alten Menschen, seien es nun die Résistancekämpfer, die Senioren in seinem Freundeskreis oder jene greise Nachbarin, deutet sowohl auf das Ausmaß seiner Lebensängste – er will alle Leistungsansprüche hinter sich haben – als auch auf eine destruktive Fixierung bezüglich des Großvater-Bildes hin. Kaum glaubwürdig erscheint, daß Überdruß und Leichtsinn oder der vom Patienten so mystifizierte »Fluchtimpuls« der männlichen Familienmitglieder den Ausschlag für seine Weigerung gegeben haben, als Wissenschaftler tätig zu werden.*

Der Pat. ist zu allen Qualitäten voll orientiert und besitzt ein phänomenales, nahezu eidetisches Gedächtnisvermögen. Konzentrationsstörungen wurden nicht festgestellt. Die Intelligenz liegt nach Biographie und Gesprächseindruck deutlich oberhalb des Normbereichs. Von den objektiven Voraussetzungen her gibt es folglich keinen Versagensdruck. Wohl aber kann der hohe Selbstanspruch des Pat. mit der Aussicht, nach Abschluß der Promotion nicht sogleich eine Anstellung zu finden, unglücklich interferiert haben. Eine weitere, plausible und komplementäre Deutung seines Unbehagens im Beruf strengt der Pat. von sich aus an: Er, ein sogenannter Achtundsechziger, glaubte sich nicht »frustrationstolerant« genug, sein gesellschaftliches Engagement in einem seines Erachtens konservativen Institut beizubehalten und wirksam zu vertreten. Überhaupt scheint im zuvorkommenden, höflichen Gebaren des Pat. eine Tendenz zur Anpassung und ein ausgeprägtes Harmoniestreben erkenntlich, das von eruptiv einströmenden Schuldgefühlen, dem inneren Befehl, in irgendeiner Form »Widerstand zu leisten«, durchkreuzt wird. Auch zu dieser Anlage muß man die Rolle der dominierenden und schillernden Figur des Großvaters berücksichtigen.

Da der Pat. ausschließlich von seinen Großeltern erzogen wurde (der Vater starb im ersten Lebensjahr des Pat.; die Mutter – bezeichnenderweise vom Pat. stets als »Frau, die mich geboren hat« umschrieben – gilt als verschollen.), orientierte er sich sehr an den gebrochenen kämpferischen Idealen des Großvaters und wuchs in einer Atmosphäre von Verwöhnung einerseits, intellektueller und ethischer Überstrapazierung andererseits auf. Anstelle der unmittelbaren körperlich-seelischen Friktion mit jungen Eltern weist die Kinderzeit des Pat. ein Nebeneinander übermäßiger Libertinage und schleppender Affektdramatik auf. Hier ist der Ursprung zu sehen für die hypochondrischen Verschattungen des natürlichen Körperempfindens, bis hin zu den Depersonalisationserlebnissen und anachoretischen Phänomenen, die der Pat. schildert. Herr Mühsal dürfte sich vage des Zwanges bewußt sein, die für seine Kindheit maßgeblichen Paradoxien von Nähe und Distanz in zwischenmenschlichen Kontakten wiederherzustellen: So beschreibt er, wenn auch zögernd, die Ohnmachts-, Übersteigerungs- und Indifferenzgefühle, die in seiner letzten sexuellen Beziehung kurz vor dem beinahe in der Katatonie mündenden Schub auftraten; die zuerst auftretenden Sinnestäuschungen (optische, akustische, schließlich szenische Halluzinationen) überfielen ihn ausgerechnet in amourösen Situationen.

Auch wenn der Pat. auf seine paranoid-halluzinatorischen Episoden zu sprechen kommt, wirkt er geordnet, jedoch bewußtseinsverengt bei zuweilen sehr hoher Ablaufgeschwindigkeit der Darstellung und des Denkens. Die affektive Modulation bleibt aber auch hier, in seinen angestrengt exegetischen Bemühungen, erhalten. Schwankend ist die Krankheitseinsicht. Zumeist bemüht sich der Pat., seine »Visionen« zu rationalisieren, ihnen einen quasi theoretischen Charakter zu verleihen. Die Zentralgestalt seines paranoiden Erlebens, die sich dem Pat. gegenüber als »Cherub« oder »Engel« ausgibt und sich in Formen inniger Gewalt mit ihm verbindet, steht mit großer Sicherheit für die biographische Lücke einer fühl- und berührbaren Vaterfigur. Überhaupt hat das Motiv des Vaterverlusts und -tods wie die generelle Thematisierung von Tod und Unsterblichkeit beherrschenden Einfluß auf das Denken und Wähnen des Pat. Als 17jähriger verfolgte der Pat. sehr genau das Sterben des Großvaters. Eine schuldhafte Verarbeitung ist gewiß, obwohl dies der Pat. heftig bestreitet. Man gewinnt den Eindruck, er ziehe innerlich unentwegt wertdiskriminierende Vergleiche zwischen den Stationen seines Lebens und denen des älteren Mühsal, wobei ihm die Identität der Vornamen Anreiz zu überzogenen Parallelen bietet. Ein Impuls, den Großvater entweder durch magisch-mystische Umdeutung oder durch ein diffus empfundenes Stellvertretertum wieder zum Leben zu erwecken, ist unverkennbar. Auch die halluzinatorische Aktivität des Pat. kann zum Vehikel dieser Reanimationsbemühung werden. So glaubt er bestimmt zu wissen, welches der letzte bedeutsame Sinneseindruck – »das Todesbild« – seines Großvaters war, und scheint sich verpflichtet zu fühlen, dieses »Bild« selbst in sich zu erwecken und systematisierend fortzuführen.

Eine von uns anfänglich vermutete hirnorganische Störung konnte ausgeschlossen werden. Während des dreiwöchigen Aufenthalts in unserem Hause kam es zu keiner halluzinatorischen Exacerpation. Wegen des zum Teil atypischen Krankheitsbildes empfahlen wir die Aufnahme einer Psychotherapie, die der Pat. jedoch mit dem Hinweis ablehnte, diese Behandlungsmethode sei ihm zu »narrativ«.

Herr Mühsal verläßt die Klinik auf eigenen Wunsch am 4. Mai 1975 ...

»Ich habe den Krankenbericht gelesen, den Sie über mich geschrieben haben«, sagte ich, nicht wenig verlegen, zu dem gelben Psychiater; und dieses Geständnis bildete den Auftakt unserer letzten Unterhaltung.

»Wie das?« Nachdem er mich an der Tür zum Behandlungszimmer begrüßt hatte, war er auf seinen Schreibtisch zugegangen. »Ach, Sie waren im Sekretariat, um Ihre Papiere abzuholen?«

»Die Sekretärin hatte den Bericht gerade in die Maschine geschrieben. Sie telefonierte ... Ich lese ziemlich schnell.«

Er nickte dreimal, um sich dann seltsam gelockert, als käme er aus einer höchst ergiebigen inneren Gymnastikminute, hinter seinen Schreibtisch und auf den schmalen Ledersessel zu begeben. »Wissen Sie, so ein Bericht ist alles andere als schöngeistig. Das sind Interna. Wir reden das schnell ins Diktaphon, im üblichen Kauderwelsch natürlich.«

»Ich weiß. Aber außerdem –«

Nun lachte er frei heraus. »Außerdem haben Sie mir noch dieses Buch da entwendet. Aha, ein gezielter Griff: ›Handbuch der Schizophrenien‹.«

»Entschuldigen Sie, es wäre mir peinlich gewesen, einen meiner Freunde zu bitten, mir psychiatrische Literatur zu besorgen.«

Für diese Hemmung zeigte der gelbe Psychiater Verständnis. Den kleinen feuchten Mund spitzend, blätterte er über die glanzpapiernen Systematiken, Theorien und Formeln hin und schien flüchtig seine Lieblingsmotive aus dieser Partitur des Irreseins nach innen zu pfeifen. Dann warf er einen ärgerlichen Blick zum Fenster, als läge es nur am plötzlich aufkommenden Gerumpel eines Betonmischers, daß er die Lektüre nicht fortsetzen konnte. »Diese Arbeiten und der Krach dauern jetzt schon zwei Jahre«, seufzte er. »Übrigens, weil Sie von Ihren Freunden sprachen: die Anwältin fand ich sehr sympathisch, unbequem, aber sympathisch. Haben Sie gelesen, was über Ihre Beziehung zu dieser Frau in meinem Bericht steht?«

»Gut!« rief ich nach einer verwirrten Sekunde aus. »Das war die beste Methode, herauszufinden, ob ich den Krankenbericht tatsächlich gelesen habe. Nach etwas zu fragen, was nicht darin steht!«

Der gelbe Psychiater kämpfte mit einem marzipanfarbenen Anhauch von Stolz, der bis in seine Geheimratsecken emporflog. »Welche Schlüsse haben Sie denn aus meinem Bericht gezogen?«

»Sie halten mich für einen paranoid-halluzinierenden Schizophrenen. ICD 295 Komma 3. Oder: eine schizophrene Episode? ICD 295 Komma 4?« riet ich weiter.

»Man sagt ›Punkt 3‹ oder ›Punkt 4‹, nicht ›Komma‹. Aber ich denke, es macht wenig Sinn, klinische Haarspaltereien anzustrengen«, sagte er wie bekümmert. »Bei Ihren Studien ist Ihnen ja nicht entgangen, daß viele Menschen diesen Zuständen nur kurz, im Moment einer Krise, ausgeliefert sind und daß sie danach niemals wieder derartige Probleme haben. Gestatten Sie mir eine Abschlußpredigt? – Vergessen Sie diese pathologischen Begriffe. Sie können sie ohnehin kaum akzeptieren. Sie haben einen unangenehmen Ausflug gemacht, weil Sie überlastet waren. Lernen Sie daraus, sich zu schonen, lernen Sie, daß Sie – wie wir alle – zerbrechlich sind. Sie haben dunkel nach Erlösung gesucht. Ihre Fragen waren nicht klar. Stellen Sie von jetzt an klare Fragen. Schreiben Sie sie auf, diskutieren Sie mit Ihren Freunden darüber. Überlegen Sie sich noch einmal die Sache mit der Psychotherapie. Suchen Sie Lösungen statt Leitern in den Himmel. Wenn es wirklich einen ganz unbekannten Ort gibt, dann können Sie von keinem Weg behaupten, er brächte Sie näher an ihn heran.«

»Auch nicht der Wahnsinn ... Aber gerade der nicht, das können Sie auch nicht sagen.«

»Nein, das wollte ich auch nicht. Aber wir leben in Wahrscheinlichkeiten.«

»Wie diese Bauarbeiter da draußen«, sagte ich. »Es könnte ebensogut sein, daß sie einen Turm zu Gott bauen. Obwohl es doch die neue Behandlungsstation sein wird, mit Röntgengeräten, Tomographen und Isotopenkanonen.«

Lächelnd erwiderte der gelbe Psychiater: »Jetzt sind Sie sehr gut informiert.« Dann rückte er mit einer entschlossenen Bewegung das von mir regelwidrig entliehene Lehrbuch auf die linke Ecke seines Schreibtisches – und stand schon mit ausgestreckter Hand vor meinem Stuhl. Ich kam nicht einmal dazu, die Berührung seiner gepolsterten oblatenweißen Finger unangenehm zu finden.

Draußen im Korridor fiel mir ein, was ich vergessen hatte. Warum, verflucht, trug er unentwegt diese gelben Krawatten? Unentwegt ... Die Tür eines der Patientenzimmer stieß mir beinahe ins Gesicht. Heraus platzte Maxe Vorberg, zwei Zentner kindsfroher oder kindstrauriger, in sich plappernder Schwachsinn. Seine graue Haarwolle war vom Schlaf zerdrückt. Von seinen Händen troff Wasser, und durch den offenen Schlitz seiner trägergesicherten Hose lugte ein Zipfel seines Flanellhemdes.

»Na«, sagte ich, als er vor mir anhielt, um eine Zigarette am Stummel der gerade gerauchten anzuzünden.

»Man muß einfach rauchen«, erklärte er mir. »Selbst die Pferde tun das.«

»Bist du sicher?«

»Klar, die Pferde und deine Engel.«

Da fragte ich ihn, ob er glaube, daß die Bauarbeiter im Park der Klinik einen Turm zu Gott errichteten.

»Ja, ja, ja, ja ...«, sang er kopfschüttelnd. Dann hielt er inne, faßte mich näher ins kastanienbraune Auge und meinte unwirsch: »Aber das, das ist doch Blödsinn!«

10

Blick zum Kanal und in den Himmel

»Diese Kiste! Halt dich fest, Antonius! Dieser Blecheimer befindet sich seit zehn Jahren im Ausnahmezustand, der hat Schluckauf, ich dachte, es wäre eine gute Idee, dich mit so einem intimen Verkehrsmittel abzuholen, und Mansfeld, nein, glaubst du, der hätte mich gewarnt? Deux Chevaux. Zweimal zum Abdecker damit! Weißt du noch, wie man sich bekreuzigt? Nein, halt dich lieber fest. Red ich zuviel? Weißt du, daß ich eine Dreiviertelstunde gebraucht hab, um hierher zu wackeln? Würdest du annehmen, daß ich besser mit einer Schubkarre gekommen wäre? Weißt du, daß ich in genau fünfzehn Sekunden – sieh dir den Trottel in dem VW an! –, in genau vierzehn, zwölf, elf Sekunden einen Herzkasper kriege? – Sag, geht's dir gut?«

Ich beantwortete die letzte Frage mit einem Kopfnicken. »Es geht mir wirklich gut«, sagte ich, als Hanna ihr Gesicht in meinen gesenkten Blick drehte. Hupen quäkten auf. Mansfelds Citroën vollführte eine tiefe Kippbewegung und sank auf dem sich verdunkelnden Straßenband, das in einen Tunnel mündete, wie in vier zittrig weiche Knie. Für einen beklemmenden, von weißen Neonröhren durchflogenen Moment wurde ich an die Einlieferung ins Krankenhaus erinnert. »Du bist lange nicht mehr Auto gefahren«, rief ich, als erschreckte mich dies.

»Nein, das mach ich nur für verlorene Söhne. Hast du noch immer vor, durch Europa zu gondeln? Möchtest du eine Zeitlang bei mir wohnen?«

»Gerne, für ein paar Tage, wenn es dir nichts ausmacht. Meine Wohnung –«

»Ist von einem Termitenschwarm leergefressen worden. Hermann Bagulowski, Entrümpelungen.«

»Woher weißt du das?«

»Du hast davon erzählt ... in der Klinik.«

»Ich erinnere mich nicht. Hab ich viel dummes Zeug dahergeredet?«

»Ach was, nein, nur in der ersten Zeit, aber da wolltest du meist gar nicht mit uns sprechen. Sie hatten dich so vollgedröhnt, du warst ganz benommen und fürchterlich langsam. Kein Wunder, daß du dich kaum entsinnen kannst. – Also du möchtest wenigstens ein paar Tage bei mir bleiben.«

»Nur solange ich brauche, um die Reise vorzubereiten.«

»Du bist fest entschlossen? Wäre es nicht besser, ich füttere dich zunächst einige Wochen mit Kraftbrühe, Theater und Kino, und du überlegst dir das alles noch mal ganz genau?«

Genaues Überlegen, erwiderte ich, hätte mich dahin geschafft, wo sie die Vernunft in organische Lösungsmittel rührten und den Leuten eine Handbreit unter dem Beckenknochen ins Hinterteil spritzten.

»Stell es dir nicht so einfach vor mit dem Reisen. Das ist ein ausgesetzter Zustand«, sagte sie bestimmt. Zum Beweis schilderte sie eine widrig-komische Geschichte, die ihr vergangenen Sommer in den USA zugestoßen war. Im offenen Handschuhfach des Citroën bebte das übliche Mansfeldsche Durcheinander aus Zetteln, Kugelschreibern und Rezeptblöcken. Mit einem dieser Blöcke hätte ich mir jederzeit die einzige wirksame Waffe gegen den Engel besorgen können, die neue, pharmazeutische Variante der Macht, die dem Satanael das Auge aus der Stirn geschlagen und ihn drei Tage lang in Dunkel und Vergessen gestürzt hatte.

»Wunderschön sind die Straßenbahnen. Dazu diese Bukkel und die viktorianischen Holzhäuser, wie ein kitschiges Musical. Du glaubst plötzlich, Gospels singen zu können.« Hanna sprach über San Francisco oder New Orleans, während der Citroën mit klappernden Fensterscheiben ins östliche Kreuzberg hineindrängte. Türkische Frauen, Schulkinder, bleiche Rentner mit mächtigen Schäferhunden, junge Leute in Lederjacken, die um elf Uhr vormittags noch gähnten, umfing ein ironisch aufgehauchter Frühling.

»Diese ganze Geschichte mit mir«, begann ich zögernd, »das war für dich bestimmt sehr unangenehm, das Krankenhaus, die Klinikbesuche ...«

»Nein, Anton, es war nicht unangenehm.« Sie hatte sich nach links gebeugt, um den nachdrängenden Verkehr zu beobachten. Der Citroën querte die Straße; ächzend rollte er auf einen Parkplatz, der sich am Ufer des Landwehrkanals erstreckte. Hanna öffnete die Tür auf der Fahrerseite. Ein flauer, brackigkühler Geruch zog langsam ins Wageninnere.

Jetzt fangen wir ein ernstes Gespräch an, das macht uns angst, dachte ich unruhig. Wir sahen beide geradeaus: einige Schleppkähne tuckerten über den Kanal, beladen mit Sand und Kies; die vertäuten Hausboote, die Geländerbögen einer schwach gekrümmten Brücke und eiserne Markierungspfeiler, die senkrecht in den Wellen staken, wurden von Möwen und Tauben flockig umstöbert; obwohl es später Vormittag war, krochen Dunstschleier der Strömung hinterher, als brächte allein das Unerwartete dieser städtischen Flußlandschaft das Wasser zum Sieden.

»Es ist schön hier«, sagte Hanna. »Diese Geschichte, das war nicht unangenehm. Es war schrecklich. Verstehst du, ich weiß nicht, ob es gut ist, wenn ich mit dir über die Klinik rede.«

»Wir müssen es. Vielleicht nützt es uns später. Aber jetzt fahre ich weg, jetzt brennt das Zeichen auf meiner Stirn, das Klapsmühlen-Emblem.«

»Ich entdecke da nichts unter deinem Haupthaar.«

»Oh, doch. Und selbst wenn du es übersehen würdest, sehe ich nicht, daß du es nicht siehst.«

Betrübt nahm sie eine Packung Bonbons aus dem Handschuhfach. »Nachdem Mansfeld mir von eurem Treffen in der Staatsbibliothek erzählt hatte, ist mir ganz mulmig geworden. Au verflixt, hab ich mir gesagt, das klingt übel. Vorher, ja mein Gott, wir hatten uns fast zwei Monate nicht mehr gesehen. Ich hab immer überlegt, ob ich dich anrufen soll. Aber es bestand die Aussicht, daß du in deinen Gewölben die steinernen Eier der Weisen ausbrütest und keineswegs gestört werden mochtest. Oder du wolltest dich von unserer ewigen Freundschaft genauso erholen wie von deiner Doktorarbeit.«

»Was hat Mansfeld erzählt?«

»Daß du ihm fremd vorgekommen bist, irgendwie gereizt, mißtrauisch ... Daß du dich sehr für Träume interessiert hast und daß du eine Europareise machen willst.« Sie hob die Schultern und schien mich umarmen zu wollen. Jedoch nahm sie mit dem Lenkrad des Citroën vorlieb. »Tja, und dann sehe ich dich in einem Ku'damm-Café wieder. Diese Frau! Sauber aus einem Modemagazin geschnitten, Donnerwetter, grande dame, die Fingernägel in Männerblut getaucht, mit so einer adrett festgefrorenen Überheblichkeit auf der einen und einer zarten Schwellung auf der anderen Backe.«

»Sie kam vom Zahnarzt.«

»Was für ein Geräusch macht so was, wenn man darin herumbohrt? – Entschuldige, also: Ich begriff gar nichts mehr. Auf den Rucksack, der sich an deine Waden schmiegte, konnte ich mir ja noch einen Reim machen, das hieß, es war dir inzwischen ernst mit deinen Reiseplänen. Aber wie hing das mit der Lady im Sommerkostüm zusammen?«

»Mußte es denn zusammenhängen? Ich hätte doch aus Zufall neben ihr sitzen können, das Café war überfüllt.«

»Nicht bei dem Blick! Glaub mir, wolltest du mir einen BH schenken, sie könnte dir jetzt die Größe sagen. Nein, da hing etwas zusammen, aber es war kein gutes Hängen. Da dachte ich, ich schau einfach mal bei dir vorbei, um meine Neugierde zu stillen.« Nur die Möglichkeit, ich könne schon abgereist sein, hatte sie auf die Idee gebracht, ihren Schlüssel zu meiner Wohnung zu benutzen. Die ausgeräumte Küche, die nackten Wände, der hallende Flur empfingen sie; und diese Leere, die jeden Schritt unmäßig und jeden Atemzug kalt werden ließ, steigerte ihr Erschrekken, als sie mich auf dem Fußboden liegen sah. »Was sollte ich tun? Ich hab dich gestreichelt, dich angebrüllt – sinnlos alles, du warst so entfernt, als ob ich da vorne am Ufer stünde und du unter dem Wasser begraben wärst. Vielleicht Drogen? Vielleicht ein Kollaps? Man weiß doch nichts über den Körper ... Und dann, auf der Fahrt ins Krankenhaus: Du fingst an zu schreien. ›Laß sie los!‹ hast du gerufen und: ›Verschwinde‹ und: ›Das hier ist eine Vernichtungsanstalt!‹ – Anton, was hat sich da in deinem Kopf abgespielt? Darf ich das fragen?«

»Es ist nicht so wichtig.«

»Nicht so wichtig?«

»Du mußt es dir wie einen Alptraum vorstellen, aus dem du nicht erwachst, eine Art panisches Schlafwandeln. Ein schizophrener Schub halt«, beteuerte ich und legte vorsichtig meine linke Hand auf ihren Rücken.

Sie griff nach meinen Fingern und klemmte sie irgendwo zwischen ihrer Brust, ihrer Achsel und einem Wulst ihres Pullovers ein. »Schizophrene Episode halt«, wiederholte sie unzufrieden. »Man weiß auch nichts über den Geist.«

Ich brachte es nicht über mich, ihr von dem Engel und von dem schockierenden Ausflug in Thereses Leben zu berichten. Verworren erzählte ich von Stimmen, Ängsten, psychedelischen Farben. Aber dieses halbherzige Geständnis brachte mein Bild nicht unter den Wassern des Irrsinns hervor, das spürte ich deutlich an der verkrampften Zärtlichkeit, mit der sie weiterhin meine Hand an ihrem Körper barg. Hätte sie das Zeichen auf meiner Stirn übersehen können, wäre ich damals aufrichtig gewesen? »Der Psychiater hat mir weise Ratschläge mit auf den Weg gegeben«, sagte ich schließlich. »Er meinte, ich müsse die richtigen Fragen stellen.«

»Die nach Tod und Leben?« Sie hatte den *Gilgamesch* nicht vergessen.

»Ganz so hat er es nicht ausgedrückt. Ich soll mit meinen Freunden diskutieren. Also, sag: Was würdest du fragen, wenn sich praktischerweise der Himmel über dir auftäte und die wolkenbrechende Stimme dich anriefe: ›Johanna! Dreimal darfst du mich versuchen!‹ Wonach würdest du dich erkundigen?«

»Das ist kein Problem«, erwiderte sie. Mit einigem Rütteln zog sie das Schiebedach auf und faltete die Hände. Die braunen Augen gen Himmel richtend, rief sie: »Hör zu, bloß einige Fragen! – Die erste fällt ziemlich persönlich aus, nämlich: Was ist Glück? Wie funktioniert das?«

»Zweitens«, fuhr sie fort, nachdem sie ein Weile dem Gekreisch der Möwen gelauscht hatte, »was muß man tun, damit alle, buchstäblich alle, die Chance haben, glücklich zu sein? Und dann hätte ich gerne noch gewußt, was denn mein kleines feiges Herz dabei ausrichten kann. – Ach ja, auf ein letztes, nur ganz am Rande, wollte ich mich nach der Wahrheit erkundigen. Du verstehst, dieses graue Ding, das seit zigtausend Jahren die Schädel der Philosophen spaltet. Also das Endgültige, aber bitte in faßlicher Darstellung, hörst du?« Sie fiel in eine gespielte Trance, und ich wedelte ihr mit einer Hand vor den Augen.

»Oh, bin ich zurück?« Wie benommen schüttelte sie den Kopf. »Gelandet – na schau, was für ein Prinz!«

»China-Balsam«, murmelte ich, als sie mir die Arme um den Hals schlang. »Du hast dich in den höheren Sphären erkältet.«

Ihr Kinn an meinem Schlüsselbein reibend, drückte sie mich gegen die Beifahrertür. Ich sei wohl enttäuscht, weil sie vergessen habe, sich nach dem Sinn des Lebens zu erkundigen? Oder weil es mehr als drei Fragen gewesen wären? Die scharfen ätherischen Öle des Balsams reizten meine Augen; aber für eine Sekunde schien es möglich, sie zu küssen, als wäre ich nicht gerade aus der Nervenklinik entlassen worden, als wäre schon jetzt das Zeichen von meiner Stirn getilgt.

Etwas zu rasch befreite ich mich aus ihrer Umarmung. »Man muß die Antwort kennen, um die Zahl der richtigen Fragen zu bestimmen.«

»Ach, denk dir, eben hätte ich dich beinahe geküßt!« rief sie und sank empört auf ihren Sitz zurück.

»Kluge Fragen sind schon sehr viel. Ich glaube, ich werde mich gesund fühlen, wenn ich mir deine Fragen jeden Tag stellen kann, ohne daran zu ersticken.«

»Dann bin ich krank, Anton, sehr krank sogar. Du meine Güte, was willst du denn erreichen? Was willst du denn anfangen, mit dem bißchen Leben, was wir haben?«

»Ich will verreisen.«

Resigniert beugte sie sich über das Lenkrad. Sie drehte

den Zündschlüssel. »Mit so einem Spreedampfer am besten, der hat ein Intellektuellentempo der Daseinsbetrachtung und ordentlichen Tiefgang«, sagte sie in das Aufwimmern des Motors. Ich folgte ihrem Blick zu den in dicke Pullover und blaue Drilliche gesteckten Männern auf den Kähnen. Einer lag bäuchlings auf einer Reihe Metallfässer, um die Turbinenschaufel zu beobachten; ein anderer kickte Kohletrümmer von Bord und hob seine Mütze, als ihm von einem entgegenkommenden Schipper etwas zugerufen wurde; wieder ein anderer lehnte sich schläfrig gegen das Kabinenhäuschen am Heck eines Schleppbootes. Ihre Vermummtheit, die Schwere und der Eifer ihrer plumpen Bewegungen hüllten sie in den Schein ernsthaftesten Kinderglücks.

»Glaubst du, daß Mansfeld ein Medikament für mich besorgt, wenn ich ihn darum bitte?« Ich deutete auf die Rezeptblöcke im Handschuhfach.

»Sicher, natürlich ... Ich meine, wenn du ihm erklärst, wozu.« Sie errötete.

»Ich werde schon selbst mit ihm reden.«

»Ja, tu das. Verflucht, das ist mir alles so fremd«, murmelte sie, halb traurig, halb entschuldigend, und schob nervös den Ausschnitt ihres Pullovers zurecht.

11

Gezeichnete Flucht

Niemand konnte das Zeichen auf meiner Stirn übersehen.

Jakob, wie von seinem engelsnahen Vornamen in die Pflicht genommen, gab sich am wenigsten befremdet. Als ich die beiden alten Männer besuchte, am dritten Tag nach meiner Entlassung, schien es mir, er begrüße mich mit einer ehrfürchtigen Komplizenschaft. Er kennt das, dachte ich, er weiß, daß man bestimmte Dinge nicht erzählen kann. Der Tod seiner Frau, die Jahre in Buchenwald. Ich wünschte mir, allein mit ihm reden zu können. Dabei hätte niemand besser als Anselm über die Spur der Engel Bescheid geben können, über ihr Aufleuchten am Grund meiner Kindheit!

Fast den ganzen Abend unterhielten wir uns über das welthistorische Vorhaben der beiden Männer. Sie hatten bereits eine Unmenge an Literatur beschafft. Sie hatten Konzepte entworfen und bibliographische Listen erstellt. Die Geschichte des aufwärts tosenden, ungeheuren Mahlstroms der Völker sollte erzählt werden, in prägnanter, aber allgemeinverständlicher Form, auf eine neue, sozialgeschichtlich orientierte Weise, so »daß deutlich wird: Wie lebte die Mehrheit, und wer raubte ihnen die Hoffnungen?« rief Anselm. »Hören wir doch auf zu verzeihen! Warum die zugeschütteten Epochen mit der Abgebrühtheit von Jahrtausendmonstren beäugen, die überall Notwendigkeit wittern, wo's auf ein noch größeres Schlachtfeld und die Entwicklung des elektrischen Rasierapparates zugeht? Wozu die Kumpanei mit gekrönten und gesalbten oder versehentlich gewählten Arschlöchern und mit dem, was aus ihnen rutschte? Immer nur Diarrhöe, niemals Obstipation? Laßt uns doch die Pyramiden bewundern, die zu bauen man sich verkniffen hat! Wer spricht in siebenhundert Jahren noch von Europa – einer Versuchsstation für radioaktive Insekten? Warum also jetzt so tun, als hätte uns vor siebenhundert Jahren einer ernst genommen? Und so weiter und so fort mit den Fragen. Na, Anton, kriegst du da nicht Lust, hierzubleiben und mitzumachen?« Er packte einen Stoß Bücher und wollte ihn mir in die Hände drücken.

»Später vielleicht«, wehrte ich ab. »Im Moment hab ich genug von der Geschichte. Ich war ja schon soweit, daß ich mir einbildete, an einer Revolution teilzunehmen, die vor meiner Geburt stattgefunden hat.«

Anselm stutzte. »Welche Revolution?« fragte er, natürlich an die Bilder meines Großvaters denkend, an die katalanische Erhebung im Mai 1937! »Welche Revolution denn?«

»1918. Das hat er doch schon gesagt.« Jakob faßte an die weiß umrahmte Stirn seines Freundes. »Keine Seite steht, aber da oben ist nur noch Kalk und Knochen.«

Was aber, wenn Anselm schon damals und nicht erst neun Jahre später die Episode aus dem Spanischen Bürgerkrieg erzählt hätte? Wäre ich etwa in die Klinik geeilt, um dem gelben Psychiater von dieser Seelenausgrabung Bericht zu erstatten? Und hätte dieser mir dann die Bahn im Gehirn versiegeln können, durch die die Engel gehen?

Hanna wollte genau wissen, was ich von dem Projekt der beiden alten Freunde hielt.

»Die beiden haben ihre intellektuelle Altersversorgung«, sagte ich abwehrend, »was will man mehr? Es ist ziemlich unwahrscheinlich, daß sie etwas Lesbares zustande bringen. Aber das wissen sie selbst.«

»Und wenn du ihnen helfen würdest?«

»Das kann ich nicht. Das Projekt ist größenwahnsinnig. Ich bin nur wahnsinnig. Und ich bin kein Toynbee.«

Ohne ihre Enttäuschung zu verbergen erkundigte sie sich, wie lange ich denn nun zu reisen gedächte. Ein, zwei Jahre? Und die Finanzierung? Stellte ich mir das nicht zu einfach vor, überall, wo mir das Geld ausginge, eine Arbeit zu finden?

»Einfacher jedenfalls, als mit knapp dreißig eine Weltgeschichte in Angriff zu nehmen«, erwiderte ich mit mehr Entschiedenheit als nötig.

Tage, in denen Freunde zu Ärzten wurden, Tage der Zeichnung und der unausweichlichen Mißverständnisse ...

Als Hanna mir vorschlug, meine Wohnung nicht zu kündigen, sondern sie dem Anwaltsbüro zur Verfügung zu stellen, das immer mal wieder jemanden unterbringen müsse und die Mietzahlungen übernehmen würde, glaubte ich, sie wollte mir einen Fluchtwinkel schaffen: fünfzig kahlgeräumte Quadratmeter Berliner Heimat für den Fall meiner baldigen Rückkehr. Ich ließ mich auf das Angebot ein, da sie es in die Form einer Bitte gekleidet hatte. Was durfte ich ihr denn abschlagen? – Geld. Erfolgreich weigerte ich mich, etwas von ihr zu leihen.

Unheimlicher als meine Entrückung war vielleicht nur meine rasche Wiederherstellung. Ich wollte mir keine Blöße mehr geben. Hanna stand früh auf, kam spät nach Hause, wurde nachts angerufen; sie studierte Akten beim Frühstück. Die Zeugenschaft an ihrem erdrückend nützlichen, gesunden Dasein brachte mich dazu, jede Schwäche, jeden Nachhall meiner Klinikerlebnisse zu verbergen. Womöglich sah es wie ein Betrug aus, wie schnell ich mich wieder völlig vernünftig benahm.

So begriff ich sehr genau, daß Hanna manchmal der Atem stockte, daß sie die Sekunde eines erneuten Zusammenbruchs für gekommen hielt, gerade weil absolut nichts in meinem Verhalten darauf hinwies.

Im Lauf der Tage lichtete sich der krankenpflegerische Nebel in unserer Beziehung, in dem Schmerzen notwendig, Mattigkeit gesund, Gefühle sachfremd erschienen, indes unsere Körper eine Art steriler Puderung überzog.

»Ein altes Ehepaar«, sagte sie, als wir uns über dem sechsten oder siebten gemeinsamen Frühstück die Zeitung teilten.

Sie gebrauchte die gleiche Formulierung für das seifenwarme Miteinander an einem Abend, der mit Fernsehen, Geschirrspülen und Lesen hinging. Unbeabsichtigt durchliefen wir einen Test im Zusammenwohnen. Das war nicht mehr freundschaftliches Asyl, sondern die Probe, die wir jahrelang vor uns her geschoben hatten. Vergessene oder bislang kaum für möglich gehaltene Vertraulichkeiten entstanden, etwa wenn Hanna, verschlafen und andächtig auf der Toilette ihr Wasser ließ, während ich mir vor dem Spiegel die Zähne putzte ... Zwei Matratzen auf dem Teppich ihres größten Zimmers bildeten, von Dunkelheit überwölbt, den Grund einer anfangs geräumigen Höhle mit fließenden Rändern, deren Umfang von Nacht zu Nacht kleiner wurde, bis wir halb im Traum gegeneinanderstießen. Wir faßten uns an den nackten Armen, preßten uns an den anderen – und hielten inne. Es wäre nicht gut, dachten wir beide.

Als zärtliche Pantomime ertrug ich diesen Verzicht wohl – nicht aber die Nacht, in der Hanna das Zeichen auf meiner Stirn entflammt sah und beschwörend die vier Worte flüsterte, die wir zuvor in gemeinsamem Schweigen besessen hatten. »Es wäre nicht gut«, wiederholte sie, die Hände von meinen Schultern lösend.

»Glaubst du?« Ich schnitt eine Grimasse. »Laß dir doch sagen, wie gut wir vögeln, wir Irren. Das kannst du dir kaum vorstellen.«

Die folgenden Nächte verbrachte ich auf einer Couch im Arbeitszimmer.

Die Kunststoffhülle meines neuen Daunenschlafsacks knisterte bei jeder Bewegung, und es geschah, daß ich, wie hinter einem Vorhang aus raschelndem Seidenpapier, Hannas Schritt, das Aufsetzen ihrer bloßen Füße in unmittelbarer Nähe wähnte. Ich hob den Kopf ins Freie, sank dann enttäuscht zurück und spürte nach einer Weile die Umarmung eines breit über mich quellenden Mischwesens. Es hatte das Gewicht von zwei Frauen. Aber im Nachgreifen meiner Fantasie wurde es leichter, muskulöser, parfumduftend und stemmte sich mir mit dem desparaten Ungestüm – eben Patrizias – entgegen. Der zahnärztliche Geruch unseres Abschieds verfolgte mich, als wäre er schon in der Sommernacht in Oberstetters Garten leise von ihr ausgeströmt, das Zeichen von Schmerz und Narkose. Ihre Geziertheiten und ihr schlanker kräftiger Körper standen mir oft deutlicher vor Augen als das nahe Gesicht Hannas. Die emanzipativ fordernde Beziehung. Die Professorengattin, die ich nicht lieben konnte, weil ich nicht glauben konnte, daß sie mich liebte. Millionen von Frauen lebten in Europa. Mit jeder würde es mir wie mit Madeleine ergehen. Meine Abenteuer waren hier, in Berlin. *Heirate mich, nimm dieses Plastikding raus, Anton* ... Sie war aufs Heiraten – den Hund der Liebe – gekommen wie Mansfeld, als er mir vorschlug, Hanna zum Spaß einen Antrag zu machen. Aber was quälte ich mich? Das Zeichen auf meiner Stirn vergiftete alles, und jeder Tag, den ich länger in der Wohnung blieb, brannte es noch tiefer ins Fleisch. Im Grunde gab es nicht mehr viel zu erledigen. Reisedokumente, Versicherungen, Travellerschecks, alles war besorgt und erledigt. Adressen von Leuten, die ich aufsuchen konnte, füllten seitenweise meinen Taschenkalender. Nur noch zwei unverletzte Punkte standen auf meiner sonst von Korrekturhaken gespickten Liste: »Mansfeld - Medikament!« und »Therese!«

»Du willst ein Neuroleptikum? Nur für Notfälle? Nur, um nicht unnötig in die Hände der Psychiater zu fallen? Ja, eigentlich gedenkst du es überhaupt nicht einzunehmen, sondern möchtest bloß eine Garantie für alle Fälle?«

»Genau das.«

Mansfeld stöberte in seinem Arzneischrank. »Haloperidol«, sagte er mit ironischer Ehrfurcht, kehrte an den Schreibtisch zurück und warf mir zwei Medikamentenschachteln zu. »Das hast du doch auch in der Klinik bekommen, nicht? Haloperidol, wenn's Oma schlechtgeht oder sich die Achse des Universums verschiebt. Dann die linke Packung: Akineton, ein sogenanntes Anti-Parkinsonmittel. Das ist der helle Zwillingsbruder dazu, ach, du weißt schon? Paß auf, ich leih dir das Gift und nehme Hanna dafür als Geisel. Wenn du es mir unbeschadet zurückbringst, krümm ich ihr kein Härchen, okay? ... Ich verstehe so gut wie nichts vom Wahnsinn. Aber laß dich über eine physiologische Tatsache unterrichten, die sämtliche Politiker und Fernsehintendanten studiert haben: Das menschliche Gehirn überlebt nur, weil es billigen Zucker frißt. Süßstoff, verstehst du, Spaß am Leben.«

Die Medikamente in der Jackentasche umklammernd, läutete ich eine knappe Stunde später an Thereses Tür ...

Als ich Hannas Wohnung betrat, war es früher Abend. Ich streifte durch die auskühlenden Zimmer, blätterte in Romanen und Kunstbänden, schaltete die Lampen ein und aus, deren Schein noch kraftlos in die unruhige Dämmerung sikkerte. Hanna wollte nicht vor Mitternacht zurück sein. Aber was kümmerte es? Ich hätte ihr doch kaum auseinandergesetzt, was es für mich bedeutet hatte, Therese wiederzusehen – ohne von den Engeln gestreift zu werden! Die alte Frau wußte von meinem Zusammenbruch nur durch Berichte einer anderen Nachbarin. Der Blinddarm? Ach, so etwas treffe jeden einmal, deshalb die Bahre, die Sanitäter ... Und jetzt, wie traurig, wie schön, eine große Reise. Weiter als bis nach Potsdam war sie freilich nie gewesen ... Sie war die verschrumpfte Diva, die sich um keinen Preis ihrer jugendlichen Hauptrolle in dem erschütterndsten aller Filme entsann.

Vielleicht brauchte ich bloß noch Patrizia zu besuchen, damit mir auch diese Geschichte vollends absurd erschien? Unschlüssig wog ich die Medikamentenschachteln in der Hand.

Gleich darauf fing ich an zu packen.

Um zehn Uhr hörte ich Schlüsselklappern am Wohnungseingang. Ich richtete mich halb von der Couch im Arbeitszimmer auf, wo ich die vergangene Stunde bei Kerzenschein zugebracht hatte.

»Armes Hännchen«, stöhnte Hanna, während sie mit einem Fuß die angelehnte Tür zum Arbeitszimmer aufstieß. In den sich verbreiternden Lichtkeil drängte ihr Kopf, der linke Arm und ein Bündel mit letzter Mühe gehaltener Papierrollen. »Ach, so dunkel ist des Denkers Kammer! Ich bin früh, nicht? Hier, schau, lauter Pappplakate, ein Wort mit einem Dreifachkonsonanten, und hoppla«, sie warf ihre Lasten zu Boden, die unwillig, mit dem Aufprallgeräusch überdimensionierter Tischtennisbälle zur Ruhe kamen. »Bürgerinitiative, Frieden und Eierkuchen, ich hab's satt für heute! Dann wollte ich spazierengehen – aber wie, mit diesem Agit-Prop-Zeug unter dem Arm? Weißt du, was das schlimmste an der Friedensbewegung ist?«

»Was ist das schlimmste?« fragte ich rasch zurück.

»Das schlimmste an der Friedensbewegung ...«, fuhr sie erlahmend fort, den gepackten Rucksack musternd. »Anton, Mensch, du hältst wirklich nichts von langen Abschieden oder von diplomatischen Vorbereitungen.« Sie ließ ihren Trenchcoat über die Schultern gleiten und kam auf mich zu. »Nein, steh nicht auf, wir machen das jetzt genau nach Doktor Freud«, erklärte sie. Sie setzte sich auf die Kante der Couch. Ihr Gesicht und die schmalen Hände waren noch, als hätte sie sich parfümiert, in die kühle Nachtluft gehüllt. »Daß du mich nicht länger erträgst –«

»Ist eine irreführende Behauptung«, fiel ich ihr ins Wort.

»Bitte, laß uns bloß nicht höflich werden!«

»Gut. Es ist für uns beide besser, wenn ich gehe. Du wirst froh sein, wenn du mich losgeworden bist.«

»Oh, wäre ich jetzt doch nur in dich verliebt – ich könnte dich erwürgen! Ich hab gerne mit dir gelebt, und klar, dieser Spaß hat mir angst gemacht – richtig, das Zeichen – und diese Angst wieder Ekel, rat mal, vor wem. Anton, ich hab dir nichts gegeben, oder?«

»Asyl, das war sehr wichtig. Und dann das hier.« Ich reichte ihr einen Notizzettel.

Um meine Schrift entziffern zu können, beugte sie sich zur Kerze und dem niedrigen Glastisch am Fußende der Couch. »Fragen«, sagte sie überrascht. »Das sind die Fragen, die ich für dich herausfinden sollte, am Landwehrkanal, als du gerade aus der Klinik kamst. Nur die Reihenfolge ist verändert.«

»Ich bin immer noch davon begeistert.«

»Die ethische und die politische Frage«, las Hanna vor. »Geschenkt. Aber drittens – was ist Glück?«

Ich verwünschte den Zettel, hockte die Beine an und setzte mich an ihre Seite.

»Was ist Glück?« fragte sie beharrlich.

»Ein notwendiges System aufwendiger Täuschungen.«

»So einfach?«

»Nein.«

»Du weißt keine Antwort?«

»Nur eine theoretische«, sagte ich. »Glück, das wird wohl der Zustand sein, wenn du dem näherkommst, was du liebst.«

»Und wenn du dich bemühst, ehrlich statt theoretisch zu sein?«

Ob es denn einen Sinn mache, dem Glück nachzujagen, solange keine Aussicht bestünde, daß alle glücklich oder auch nur etwas glücklicher werden könnten, fragte ich. Glück! Was sollte man damit anfangen? Inneres Naschwerk, eine feuchte, klebrig-fiebrige Sensation, wem nützte diese Hormonsuppe, die den Leuten so gräßlich süß durch die Venen schäumte, daß sie die Schreie der anderen nicht hörten? »Die Glücklichen sind mir zuwider. Aber auch die Unglücklichen stoßen mich ab, mit ihrer Selbstsucht und feigen Melancholie. Und beide Spezies bedienen die Apparate. Ich bin für die Neutralität, Hanna. Ich bin gegen die Lust, die Schwellkörper und die Drüsen, und ich bin zugleich gegen die Unlust. Ich reise, gut. Natürlich ist es unverschämt, nur sehen zu wollen. Auch der Voyeurismus bedroht die Neutralität. Neutralität? – Es gibt sie an keinem Ort, das willst du doch sagen? Du hast recht. Du kannst sogar den Willen, die Tatsache, daß man wollen muß, verabscheuen; aber du kommst nicht davon. Wir sind auf eine schreckliche Skala zwischen Wohlbefinden und Schmerz genagelt. Dort fehlt der Nullpunkt. Alle Entfernungen sind ermeßlich, das ist der Fluch. Und denk dir den Tod ... Der steht in gar keiner Entfernung. Nicht einmal zu ihm ist ein neutrales Verhältnis gestattet. Denn hier existiert überhaupt keine Beziehung mehr.«

»Vielleicht solltest du –«

»Die vierte und schlimmste Frage noch beantworten? Die Wahrheit!« sagte ich heftig. »Das bedeutet doch, die notwendigen Dinge erforschen. Mir aber ist schon das Wirkliche und Mögliche zuviel. Ich bin kein Philosoph. Wenn die Wahrheit das ist, was sein muß, damit alles andere sein kann, dann will ich doch nur hoffen, es gibt sie nicht. Oder?«

»Geh«, erwiderte sie. »Geh, pack deine Sachen. Du hast mich überzeugt.« Ihre Stimme klang eher müde als verärgert. »Ja, geh.« Sie war aufgestanden, und die Kerzenflamme auf dem niedrigen Tischchen züngelte gegen ihr linkes Bein und beschrieb eine scharf funkelnde Ellipse um den Docht, als plötzlich mein Rucksack emporgehievt wurde. »Hier«, ächzte sie, zehn Kilogramm Gepäck auf meine Knie stemmend. »Ich darf dir doch noch die Bundeslade einwickeln?« Damit meinte sie den blauen Notizzettel, den sie wohl im obersten Fach des Rucksacks verstauen wollte. Das Kinn an ein Metallrohr des Außengestells gepreßt, half ich ihr, die im Schatten kaum sichtbaren Schnüre zu lösen. Ich konnte mich nicht entsinnen, derart feste Knoten gemacht zu haben, und begriff auch nicht, weshalb ich sie unterstützte und sie diesem Stück Papier solche nervösen Anstrengungen widmete, daß ihre Hände ein, zwei Mal wie der leichte Körper eines Vogels gegen mein Gesicht stießen.

Endlich war der Zettel untergebracht. Als sie sich aufrichten wollte, verfing sich ihre Armbanduhr in dem Gewirr aus Schnüren und Plastikhaken.

»Ach, ein Sinnbild«, sagte sie ausdruckslos.

Die Nähe unserer Lippen und das erneute, innig gemeinsame Zupfen und Verheddern im Kerzenlicht, bis wir das Armband befreit hatten, flößte mir wie löffelweise eine Erregtheit ein, die aus der Zeit des Mieders und der rüschenbesetzten Korsette stammen mußte. Jetzt könnte ich dich erwürgen, dachte ich, während sie schweigend zur Tür und aus dem Zimmer ging.

Am nächsten Morgen verließ ich, ohne zu frühstücken und ohne Lebewohl gesagt zu haben, die Wohnung. Elf Stunden Zugfahrt, aber die anderen Passagiere, die Grenzer und Zöllner, die hellen Schwünge der Aprillandschaft erreichten mich nur in der Art lästiger Fantasien.

Bei Utrecht, kurz vor meinem ersten Ziel, kaufte ich mir im Speisewagen etwas zu essen, ein Paar Würstchen, die lauwarm schmeckten.

Es war ein kreisförmig schlingerndes Bewegen und nicht das monotone Gerüttel und Geradehin der Schwellen, das jäh aussetzte, als ich mir im Amsterdamer Hauptbahnhof den Rucksack auf die Schultern lud. Elf Stunden im Karussell meiner Erinnerungen hielten an; aber es blieb mir gerade Zeit, im Stehen einen Kaffee zu trinken und dabei die holländischen Aufschriften einiger Werbeplakate zu studieren. Schon fühlte ich erneut Hannas Gesicht, ihren ganzen Körper, nein, das war Patrizia, wieder das Doppelwesen, seltsam anorganisch wie Seide, Glas, Porzellan, die Worte, die ich mit den beiden Frauen gewechselt hatte, die Luftwände des Karussells, dessen Drehung die fremde Stadt und selbst die Engel und Psychiater zu empfindungslosen Flecken auf der Umhüllenden meines Bewußtseins verwischte.

Das hier ist Amsterdam. Mach die Augen auf, das ist die erste Station deiner Reise! beschwor ich mich.

Kurz vor Mitternacht gestand ich mir die Niederlage der Außenwelt gegen das Zurücktaumeln meiner Seele ein.

Ich mußte ein preiswertes Hotel finden.

Ohne den Rucksack für mehr als einige Minuten abzusetzen, hatte ich das Stadtzentrum in wirren Fluchten erkundet und bereits dreimal den königlichen Palast gesehen. Die Grachten, Brücken, Kolke, Schleusen, Stege, Gäßchen, Tausende vorbeiflackernder Gesichter, die Huren in ihren rosa leuchtenden Plüschikonen, die Touristen, Dealer, Bürger, die zähen Verkeilungen der Autos und Fahrräder, ein Elektromarkt, der im Schaufenster auf zwanzig Bildschirmen den Einmarsch der roten Khmer in Phnom Penh zeigte, alles war unnatürlich, erfunden, eine riesige Illusion voll dunklen Gelächters.

»Tulpen«, murmelte ich, »nirgendwo sieht man Tulpen.«

Weshalb wünschte ich mir Tulpen? Ich konnte Tulpen doch gar nicht leiden. Sollte ich in ein Krankenhaus gehen? »Ich sollte in ein Krankenhaus gehen«, flüsterte ich vor mich hin. In ein Krankenhaus gehen, sagen – die Holländer verstehen Deutsch, sie verstehen Englisch, sie sind ein beschämend intelligentes Volk –, sagen: »Entschuldigen Sie, Sie als nützlicher, weil medizinischer Vertreter eines beschämend sprachkundigen Volkes, entschuldigen Sie, ich bin der letzte Schöpfer der Engel, ich bin doppelt und doppelt unglücklich verliebt, und in der Seitentasche meines marineblauen Rucksacks befindet sich eine Schachtel Haloperidol!«

Vierter Teil

Die Botschaft

1

Acht Jahre und drei Monate später

Wenn ein Gebäude gesprengt wird, dann gibt es, im letzten Sekundenbruchteil vor der Explosion, den Moment äußerster, hyperkritischer, aberwitziger Stabilität. Alles scheint auf immer dauern und eben deshalb mit dem nächsten Atemzug zerspringen zu müssen. Mit einem solchen Gefühl erwachte ich; es hielt während des Frühstücks an und während der einstündigen Fahrt mit meinem Wagen. Bekannte hatten mir fürs Wochenende ihr Ferienhaus in Worpswede überlassen. Ich steuerte den Fiat über pappelumsäumte Landstraßen und traute mir kaum zu, die Spur zu halten. Es ist die Hitze, dachte ich. Der mir entgegenkommende, zum Meer hin ziehende Verkehr schmolz zu einer lichtüberflackerten vielgliedrigen Blechschlange zusammen.

Endlich bog ich in die Worpsweder Hauptstraße ein. Die Spannung pulsierte in den gepflegten Backsteinhäusern, unter den rasierten Grasflächen, in den knolligen Fratzen der Gartenzwerge. Zur Rechten wurde die Sicht auf das Moor frei, eine weite, kreisrund erscheinende Torfplatte. Das Sonnenlicht stieß in einem großen Fächer nieder, zerkochte flaches Gebüsch, leuchtete im silbrigen Gitter der Grabenstiche, die das ausgebrannte blechige Braun der Weiden auftrennten. Ferne Spaziergänger, einige Kühe, ein Traktor bildeten grell entzündete Stellen, die im nächsten Augenblick zu Rauch verwandelt werden konnten. Ich bremste zu heftig.

»Es ist nicht nur die Hitze. Du bist in einer Krise, Mühsal«, sagte ich halblaut. Im Kofferraum des Wagens befand sich ein ramponierter Karton. Er enthielt die Notizen meiner dreijährigen Europareise. Nicht zum ersten Mal wollte ich versuchen, Ordnung in diesen Wust zu bringen. Natürlich fürchtete ich, wieder zu scheitern, es wieder einmal, nach einem Wochenende quälender Arbeit, aufzugeben – aber das erklärte meinen Zustand nicht. Ich ging über einen kiesbestreuten Weg, setzte den Karton vor dem Hauseingang auf einem Gartentisch ab, schloß die Tür auf, betrat die im Erdgeschoß liegende Küche, kehrte, trotzig eine Glaskaraffe mit Sherry vor der Brust haltend, unter das Dach im Freien zurück.

Weiterlaufen! Auf dem Wasser weiterlaufen! dachte ich nur noch.

Mit zitternden Händen öffnete ich den Karton. Obenauf lag die Packung Haloperidol, die Mansfeld mir vor acht Jahren mit auf die Reise gegeben hatte. Nur zweimal hatte ich von dem Medikament Gebrauch gemacht, in Ljubljana 1976 und etwas später in Rom, jeweils mit der gleichen Ahnung schwindenden Zusammenhangs, die mich jetzt gepackt hielt. Beide Male waren die Flammen meines Gehirns gelöscht worden. In Rom, auf der Ponte Sant' Angelo mußten die Carabinieri mich auflesen, weil ich – die zehn weißen Geflügelten im Blick, die die Brücke zur Engelsburg bewachten – plötzlich das Bewußtsein verlor. Ich starrte die Arzneimittelpackung an, als könnte mir der blau aufgedruckte Name schon helfen. Nein! Ich wollte nicht mehr vor den Toren der pharmazeutischen Industrie winseln! Empört schleuderte ich die Schachtel in eine Ecke der Veranda, in der die bildhauerischen Versuche meiner Gastgeber, Tonstatuen und Maskenköpfe aus porösem Stein, lehnten.

»Was, mein Gott, was stimmt hier nicht?« rief ich erstickt und drehte mich um die eigene Achse. Träg und überschaubar dehnte sich der Garten in der Sonne. Niemand konnte unbeobachtet an mir vorbei ins Haus gelangt sein. Es gab kein Versteck.

Da bemerkte ich, daß ein Teil meines Körpers an diesem Aufruhr ganz und gar unbeteiligt blieb. Es war eine Stelle, die ich nie zuvor beachtet hatte. Verwirrt senkte ich den Kopf. Ein neues, kirschkernartiges Organ bildete sich in mir, knospend, rasch aufquellend, wohlig zunehmend, nun schon groß wie ein Herz, eine Leber, ein vergnügt aus engem Schleim tauchender Leib. Der Raum selbst, am Ende des Gartentisches, wo die mit Sherry gefüllte Karaffe stand – er gebar etwas, in dem mein eigener Puls klopfte! Wie aus einer unsichtbaren Geburtsröhre, frei in gedehnter Luft, zwängte es sich. Eine Enklave meines Körpers. Ein fleischfarbenes nacktes Ding mit schwach zuckenden Gliedmaßen, eingehüllt in Nässe wie in eine knittrig glänzende Folie. Und ich spürte den Schmerz, der durch dieses säuglingsgroße Wesen ging, als es aus geringer Höhe auf den Tisch fiel. Ich fuhr zurück, betastete meine Brust, den Unterleib, den Rücken, soweit es möglich war, um das gräßliche Loch in mir zu entdecken, das diese Geburt gerissen haben mußte. Jetzt waren bereits ein feuchter Schädel und die Andeutung von Flügeln zu erkennen. Ich preßte die Augenlider zusammen. Es half nichts. Zugleich spürte ich den Druck des hölzernen Verandapfeilers, gegen den ich lehnte, und ein rasches Trockenwerden, eine Befreiung, ein Aufwärtsgleiten meines neuen, fremdgängerischen Organs.

»Was nicht alles zu einem gehört«, redete mich eine tiefe männliche Stimme an.

Ich riß die Augen auf. Im gnadenlos wirklichen Sommertag schwebte ein rubinrot gefiedertes Engelchen dicht über der Sherrykaraffe, ein fleischgewordener Putto, der einer barocken Malerei entflogen schien. In ihm klopfte ein Zwillingsbruder meines Herzens.

»Ich bin's, der Erste und der Letzte«, sagte die Stimme des Cherubs aus dem unbewegten Mund.

»Der Erste und der Letzte«, murmelte ich. »Das ist aus der Johannes-Offenbarung.«

»Jawohl, Mühsal. So, wie sie in deinem Kopf steht.« Die wohlgerötete Haut des Puttos leuchtete, und er hing still wie an einem Faden. Speckwülstchen polsterten seine Arme, die Hüfte, die nackt schwebenden Beine. Ich sah ihn deutlich, bis auf die Schmutzränder unter den winzigen Fingernägeln. Ein lächelnder Ingrimm spielte um eine zarte Hakennase, die Pausbacken, den dünnlippigen Mund.

»Sieh nur, Mühsal«, ertönte von neuem die Stimme. »Sieh! Deine Ohren waren ja zu dumm.« Die kurzen Flügel bewegten sich kaum, als er näher heranschwebte und dabei so viel an Höhe verlor, daß die plumpen Füßchen die Tischplatte berührten. Der Karton mit meinen Reiseaufzeichnungen und etwa eineinhalb Meter sorgsam lackiertes Holz trennten uns noch. Mich aus schwarz blitzenden Augen musternd, versuchte er einen ersten Schritt, griff hilfesuchend in die Luft, sackte in den Knien ein. Er konnte von Glück sagen, den Karton zu erreichen, an dem er seinen Schwung abfing, um verlangsamt auf das nackte Hinterteil zu fallen. »So«, versicherte mir der Cherub, »geht man nicht wie ein Pfeil durch die Sterne.« Der geflügelte Säuglingsleib, dem diese Worte wie einem lebendigen Lautsprecher entstiegen, roch nach fader Milch und schwächlich süßlichen Fäkalien. Und noch immer zappelte mein zweites Herz in diesem frohen glatten Engelsfleisch. Ich hätte ein Haifischmaul öffnen wollen, das diese Provinz meines Körpers wieder verschlang. Ich hätte, sagte ich mir gleich darauf, mich selbst zerrissen, würde ich nur eine Hand ausgestreckt und sacht eines der Ärmchen berührt haben.

»Weshalb spüre ich dich so?« stieß ich hervor. »Weshalb spüre ich dich – wie meine Eingeweide?«

»Damit nur du mich spürst«, sprach es aus dem Putto, der seiner großen inneren Stimme kopfnickend und fröhlich grinsend recht gab. »Wie könnte es anders sein?«

»Ich träume. Ich bin verrückt, wieder verrückt, nach acht Jahren!«

Mein Gegenüber zuckte mit den rubinroten Flügeln und deutete um sich. Wenn ich ihn träumte, wollte er damit sagen, dann doch auch das Paket, auf das er den linken Ellbogen stützte, die Veranda, die Backsteinfront des Ferienhauses, den Garten ...

»Man sollte dich packen und festhalten«, erklärte ich wütend.

»Tu es, Mühsal, hol dir die letzte Berührung.«

»Ich will, daß dich wenigstens ein anderer noch sieht!«

»Dann würdet ihr mich in einen Zoo sperren, nicht? In einen Käfig für Gehirnbilder.«

»Du gibst also zu, daß ich mir das alles nur einbilde?«

Der Putto verdrehte die Augen. »Was für eine Frage! Ach, du hast nachgelassen! Vor acht Jahren, da wußtest du einiges mehr über uns, damals, als du in dem Haus warst, wo sie die Träume schlachten. Ein Engel ist *alle* Engel. – Verstehst du denn gar nichts mehr?«

»In der Nervenklinik, meinst du. Doch, ich ... ich habe gedacht, daß man euch nur von einem einzigen Ort aus sehen kann.«

»Heute bin ich sehr viel deutlicher, das verwirrt dich. Das hier sind die starken Ordnungen.« Der Engel wirkte beinahe versöhnt, und die mächtige Stimme, die ihn, wie ein Bauchredner seine Puppe, in Dienst nahm, fuhr ruhiger fort: »Die schwache Ordnung der Träume ... Das sind deine eigenen Worte. Denk an den Winter zurück, in Zehlendorf, an das blonde Nymphchen, mit dem du gefrühstückt hast. Denk an den Morgen, an dem wir hinabstürzten, denk an die Leiter der Märtyrer. Du mochtest kein schwarzes Blut leiden.«

»Du weißt alles von mir!«

»Gut gesagt, ja, ich weiß alles von dir.« Lächelnd betatschte er seinen nabellosen Bauch. Dann zog er sich am Rand des Kartons in die Höhe. Seine Bewegungen wurden rasch geschickter. Mit einem Händchen fuhr er über meine Reiseaufzeichnungen, hielt inne; er brachte es zuwege, ein einzelnes Blatt Papier zu fassen, es kurz vor die Augen zu heben und wieder auf den Stapel zu legen. »Das Merkwürdige an euch ist, daß ihr dümmer sein könnt, als ihr wart«, sagte die Stimme. »All die klugen Papiere. Das erinnert mich an Hieronymus.«

Wenn ich ihn schon nicht festzuhalten wagte – ob man seine Fingerabdrücke würde nachweisen können?

»Es wird keine geben.« Dieses Mal hatte der Putto die Lippen bewegt. »Ich bin sehr einfühlsam, glaub mir. Ich bemühe mich, ich bin sacht, geduldig, vorsichtig. Nimm unsere Geschichte. Wie leis ich an dich herangetreten bin. Erinnerst du dich an den Tag, an dem dein Großvater die violetten Blüten sammeln ging, im Moor? Da setzte ich dir einen brauchbaren Gedanken in den Schädel. Aber du warst noch zu weich im Kopf. Also mußte ich mich gedulden, so wie ich mich jetzt wieder volle acht Jahre geduldet habe.«

»Acht Jahre? Und in Ljubljana? Und in Rom?«

»Daß du Engel herantreten fühlst, wo keine sind – was kann ich dafür?«

»Aber die Sache mit Therese, diese Träume, die Revolution, was –«

»Vergiß es. Ein mißglücktes Experiment. Ihr macht doch mit den Toten, was euch in den Kram paßt. Es war eine Fortgeschrittenenlektion, ebenfalls zu früh erteilt.«

»Eine Fortgeschrittenenlektion? Ein Menschenexperiment! Vielleicht könntest du jetzt einmal klar sagen, worum es da ging.«

Der Geflügelte seufzte und griff erneut in meinen Karton. »Um alles«, sagte er, resigniert in den handbeschriebenen Seiten wühlend. »Buchstaben, Mühsal, Buchstaben. Damit wirst du dich wehren, wenn es an der Zeit ist. Du mit deinen Buchstaben, dein Großvater mit seinen Bildern.«

Was er denn bitte mit meinem Großvater zu schaffen habe?

Diese Frage raubte ihm alles Vertrauen in die Zulänglichkeit meines Intellekts. Seine Ärmchen fielen auf die o-förmig auseinandergespreizten Schenkel herab, die rubinroten Schwingen zuckten hilflos.

»Rede!« fuhr ich ihn an. »Du willst mit meinem Großvater gesprochen haben?« Meine eigene kranke Fantasie war doch der Urheber dieses Scheusals. Ich brauchte nur die Hand auszustrecken, um das Leere des Ortes zu fühlen, den es besetzt zu halten schien ... Und wenn nicht, so gab es andere Mittel. Das Haloperidol! Ich mußte es nur zwischen den Statuen und Masken wieder hervorziehen.

»Ach, dein Großvater«, sagte der Engel. »Das Thema regt dich zu sehr auf.«

»Ich rege mich zu sehr auf, wenn einer Unsinn daherredet«, antwortete ich, langsam zurückweichend. Die Arzneipackung steckte hochkant zwischen zwei Gipsblöcken.

»Dieser Engelstöter mit der gelben Krawatte, der hat ja genau gewußt, wie es sich mit dir und deinem Großvater verhält: die Lücke, die eine nicht fühl- und spürbare Vaterfigur bei dir hinterlassen hat. Diese Lücke schließt sich mit grausigem Unsinn.« Der Putto deutete auf die eigene Brust, und obwohl er meine Absicht, ihn pharmazeutisch aus meinem Gehirn zu radieren, so klar wie meine vorigen Gedanken erriet, beunruhigte sie ihn nicht. »Das Zaubermittel wird dir nicht mehr nützen als ein Schlaf, Mühsal. Dein Großvater, eine Zentralfigur, eine Überfigur, pah! Er war ein Einfaltspinsel wie die anderen auch.«

Ich kniete bereits am Boden, riß hastig die Medikamentenschachtel auf und würgte trockene Tabletten hinunter. Das Haloperidol brauchte Zeit, um zu wirken, und bis dahin half nur die Flucht!

Im Laufschritt überquerte ich die Veranda; meine Hüfte streifte einen Kotflügel meines Wagens; mit einem Sprung setzte ich über das niedrige Holzgitter zum Lehmweg. Märchen und Legenden fielen mir ein, in denen es verboten war, sich umzudrehen; Lots Frau, zur Salzsäule erstarrend ... Mit einer letzten Bemühung zum Unglauben machte ich auf dem Absatz kehrt, so entschlossen, diesen Engel durch genauestes Hinsehen aus meinem Leben zu blenden, wie ich beim Zusammenbruch meines Großvaters versucht hatte, Myriaden violetter Blüten in das Wolkengestein des bayrischen Himmels wachsen zu lassen.

»Es kann nicht funktionieren«, kommentierte die Stimme des Cherubs meine Anstrengung. »Du fühlst doch in mir.«

Natürlich mußte ich sehen, worin ich fühlte. Und wäre da nicht der Putto gewesen, der, in verschwenderisches Nachmittagslicht getaucht, drei Meter hoch über dem Boden schwebte, so hätte ich wohl den Lattenzaun unter seinen plumpen Füßen als neue Extremität betrachtet, oder mein zweites Herz wäre in eines der Schafe gekrochen, die dahinter weideten und jetzt die knochenfarbenen, langen Gesichter reckten, um dem Geflügelten einen mißtrauischen Kaplansblick zuzuwerfen. Ahnten die Tiere etwas von ihm?

»Flausen, Mühsal. Diese Wollschädel wissen gar nichts«,

sagte der Putto aufgebracht und näherte sich mir in einer leicht gleitenden Bewegung, einen Mückenschwarm zerteilend, der über den Schafen hing.

Hoffte ich vergebens? Waren die Tabletten zu alt, ihre Wirkstoffe schon zerfallen? »Ich bin voll Engelsgift, glaub mir! Noch ein paar Minuten, dann bist du weg!« drohte ich, geblendet von den rubinroten kleinen Schwingen, die beinahe mein Gesicht berührten.

»Dann bist du weg«, äffte mich der Engel nach. »Aber sicher. Was sonst? Was soll ich mit einem blinden Kopf auch anfangen?«

Empört wandte ich mich ab und stapfte gesenkten Blikkes über den Lehmweg, fest entschlossen, an diese plappernde Ausschwitzung des Raumes keinen Satz mehr zu verlieren. Furchtbar und brückenlos strömte das Innere meines Verfolgers in mein Empfinden. Es war ekelhaft fröhlich. Der Weg beschrieb einen Knick. Dann hatte ich die Hauptstraße erreicht. Die staubtrockene heiße Luft, die ein Linienbus aufwirbelte, konnte ich so gut wie auf meinem Gesicht auf dem nackten Körper des Puttos spüren. Anders als in der geschichtsträchtigen Vision acht Jahre zuvor – in der ich mich nicht nur frei in Thereses Empfinden, sondern auch in ihr Denken hatte einmengen können – wurde ich hier zu einer unentrinnbaren, dumpfen Identifikation verdammt.

»Was, glaubst du, geschähe, müßtest du einen meiner Gedanken in deiner Hirnschale unterbringen? Ein Gebirge in dieser Nuß!« brüllte mir der Engel in den Kopf.

Bevor ich diese Bemerkung recht begriff, setzte die erste Wirkung des Haloperidols ein: Die niedrigen roten Backsteinhäuser, die Gärten, Passanten und Autos schienen sich für Sekunden hinter einer vom Regenwasser überflossenen Fensterscheibe zu befinden. Ich mußte einen abgelegenen Ort suchen. Bald würde ich ins Dunkel geschickt. Die Macht der Chemie deutete sich nun auch durch die Gewißheit an, der Engel könne jetzt gar nicht mehr tun, als mir in einigem Abstand zu folgen, bis er wie ein bösartiger fliegender Hund die Spur und das Leben verlor.

»Richtig und falsch«, hörte ich ihn sagen. Seine Stimme klang noch erschreckend fest. »Wer verliert wen? Gibt es Engel, die in der Nacht erscheinen? Haben wir das nötig? Sind wir Glühwürmchen? Mühsal, schlag dir die Hand vors Gesicht und glaub, du seist versteckt. Mühsal! Die Engel lieben die hohen Nachmittage. Geh in die Dämmerung, reiß dir den Kopf ein, stich in deine Ohren – nur mit dir selbst wirst du mich los!«

Ich ging durch eine Gruppe von Touristen, ältere Leute, die sich vor den Außenvitrinen eines flachen Museumsbaus versammelt hatten. Statt beim Anblick des Engels zu erbleichen und niederzuknien, machten sie mir rasch Platz und zischten mir dann ihre Meinungen über mein flegelhaftes Benehmen hinterher. Hastig folgte ich der abschüssigen, zunehmend belebten Straße. Die Häuser mit den sorgfältig gestutzten Rieddächern standen wie in tiefblaues Quarz gegossen. Ihre Schaufenster häuften Backwaren, Fotozubehör, Kunstbücher, Flickenteppiche, Keramiken. Eine Verabredung, nichts mehr für mich zu bedeuten, lag in diesen Dingen. Zeitungen am Kiosk: *Verbot des polnischen Schriftstellerverbandes. Deutsche Friedensbewegung mobilisiert für den heißen Herbst. Nackte in Münchner Parks. Der Jahrhundertsommer 1983.*

»Und du frierst, Mühsal«, sagte es aus der Luft.

Ich hatte Gänsehaut. Es kostete mich Anstrengung, nicht mit den Zähnen zu klappern, während das Publikum auf den schmalen Bürgersteigen schwitzend, Eis leckend, in T-Shirts und kurzen Hosen die steil niederbrennende Sonne genoß. »Warum ich, warum ausgerechnet ich?« schrie ein nach oben gerichteter Gedanke in mir.

»Warum nicht du? Und warum sollte es ausgerechnet sein? Einer ist so schlecht wie der andere«, höhnte der Putto. In ihm fror nichts. Ein schrecklicher Jubel zu sein, pulste durch diesen kleinen, fliegenden Körper. Wie ein Kind, das noch nie verletzt wurde und nackt durch den Sommer läuft, durch Gras, an einem steinernen Brunnen vorbei, an frisch mit Wasser besprengten Beeten, dachte ich fast zärtlich. Erst nachdem ich die Hauptstraße überquert hatte, um einen Hügel – den einzigen weit und breit – zu ersteigen, fiel mir auf, wie seltsam genau und vertraut dieses Gefühl war. Nicht wie irgendein Kind! Dieses jauchzende Sommergefühl stammte aus meinem eigenen Leben! – »Du hast dir einen Leib aus meiner Erinnerung gestohlen!« rief ich wütend und schlotternd vor Kälte.

Die Antwort des Engels, ja der Engel selbst, ging in einer schockhaften Eintrübung der Dinge verloren. Jetzt umspülte das Haloperidol die tiefen Strömungszweige meines Gehirns. Es durchtrennte die unfaßlichen Bahnen zu dem zweiten Herzen. Dann fand es den Hebel zu sämtlichen Geräuschen des Nachmittags. Minutenlang stieg ich, eingeschlagen in absolute Stille, den Hügel weiter empor. Ein Wanderer mit Rucksack und Fotoapparat trieb staubflokkenhaft vorbei.

Nicht ganz auf der Hügelkuppe stak ein Barockkirchlein in Sand und Heidekraut, schräg aufgesetzt wie eine Hutfeder. Die Sonnenflecken auf dem dürren weißen Turm schienen mit kältester Farbe hingepinselt. Meine klammen Finger schmerzten, und rings um das engbrüstige Kirchenschiff erstreckte sich ein eisig blühender Garten mit gelben und blauen Kristallsplittern. Hatte ich zu viele Tabletten geschluckt? Waren es zwei, waren es drei oder mehr gewesen? Schon fürchtete ich, dem Engel auf die eine, auf die angekündigte selbstmörderische Weise entronnen zu sein. Reiß dir den Kopf ein, stich in deine Ohren ... Die gleiche Dämmerung und Kälte mußte meinen Großvater angekommen sein, als der Tod ihn wie eine Spielzeugpuppe ins Moor hinaustaumeln ließ! Teufelsmoor, so nannten sie die Erde unter und um diesen Hügel ... Drei Tabletten, keinesfalls mehr! Niemand brauchte an drei alten Tabletten zu sterben. Konnten es nicht Placebos sein? Das war doch möglich, daß Mansfeld Placebos für das beste gehalten hatte, Mansfeld, vor acht Jahren, ein verantwortungsvoller Freund, Arzt, Mensch. Placebos statt Haloperidol. Und was mich in Rom, auf der Ponte Sant' Angelo traf – ein Sonnenstich! Woraus wurden denn die Tabletten gemacht? Aus Pflanzen. Sie zerrupften, zerstampften, zerkochten und destillierten sie. Ich stellte mir die Pflanze Haloperidol vor: ein kaltes Kraut, bei dessen Anblick die Engel aufkreischten und aus der Luft fielen. Irgendwo mußten die Felder sein, auf denen es wuchs, in den Anden vielleicht, im Nepal, auf scharf gegen den Himmel gezackten Graten.

Und dort fühlen sich die Menschen so einsam wie hier, dachte ich traurig.

Die Spitze des Hügels war erreicht. Der Dünensand des vor Jahrtausenden zurückgedrängten Meeres hatte diese Erhebung in die flache Torflandschaft gesetzt, weiß und feinkörnig, wie aus Stundengläsern gerieselt, schimmerte er auf den gewölbten Pfaden, zwischen dem rauhen Ocker der Grabsteine und dem Pinien- und Tannengrün des Friedhofes, der zu dem schief zur Seite gerutschten Kirchlein gehörte. Die Engel waren tot. Hier schoß die Welt auf ihrer letzten Quarzzunge in ein wolkenloses Blau. Ich hatte mich auf festem Boden geglaubt und dabei nur die Spitze eines ins Ewige hinabschwindelnden Stalaktiten erkrochen. So groß stand der Himmel unter mir. Ich, ein Insekt, das mit unsinnig verdrehten Gliedmaßen auf schwach saugenden Füßen klebte, starrte über die Gräber hin, über die Zwergzypressen, die der Fallwind durchrauschte, immer wieder in den unergründlichen Achat der Luft. Ein gewaltiger Sog ging von ihm aus. Es hätte mich nicht gewundert, wären das Kirchlein und die gepflegten Häuser, die Autos, Reisebusse, die Gartenzwerge und die zappelnden Bewohner und Besucher des Dorfes an mir vorbei in diesen endlos weichen Schlund gestürzt.

»Engel – sag, wo bist du?« rief ich nach einer Weile kaum vorstellbaren Aufenthalts. War es ein magnetischer Sand? Oder hielten mich die Tabletten fest? »Laß uns reden, Engel«, sagte ich ins Ungewisse. »Laß uns vernünftig miteinander sprechen.«

Da ich keine Antwort erhielt, machte ich mich auf die Suche. Um nicht in den Himmel zu fallen, klammerte ich mich beim Vorangehen an kleinen Pinien und Ziertannen fest.

Vor dem Sockel eines mannshohen Obelisken trat der Putto wieder in Erscheinung.

Mit dem Schlaf ringend, setzte ich mich neben ihm auf die Erde. Sein Säuglingsherz war nur noch wie ein klopfendes Äderchen in einem Fingergelenk zu spüren; seine Haut hatte den rosigen Schimmer verloren und kam mir mumienhaft trocken vor. Er kümmerte sich nicht um mich. Auf allen vieren krabbelte er über ein Blumengebinde mit schwarzrotgoldenen Schleifen. Dann stieß er mit dem Kopf gegen den polierten Marmor des Obelisken, als wollte er sich gewaltsam von einem Rausch befreien. Aber das half nichts. Er war so müde wie ich selbst.

»Es geht bös mit dir zu, kleiner Engel«, flüsterte ich. »Die Luft ist zu schwer geworden.« Erschöpft sank ich neben den Putto und die Lorbeerkränze eines Grabhügels. Der Stundenglassand auf meiner Wange fühlte sich warm an, er klebte auf den rubinroten Flügeln des anderen, und die Toten unter uns schwebten darin wie eingebacken in feinstes Salz. Das war ein entscheidender Zusammenhang. Aber er ergab keinen Sinn, und deswegen, so schien es mir, packte eine unsichtbare Kraft das leichengraue Engelchen und zog es an meinem Gesicht vorbei. Für einen kurzen Moment kamen unsere Köpfe auf gleiche Höhe. Die Augenlider über den schlaffen Pausbacken des Engels öffneten sich. Anstelle der Pupillen leuchtete grell, als bildete der ganze Säuglingskopf einen Brennraum härtester überirdischer Strahlung, ein peroquetgrünes Plasma.

Dann war ich allein. Aber ich kannte nun die Antwort auf die Frage, die sich vor allen Engeln erhob, vor ihnen, den letzten, innigsten Fenstern zum Licht.

»Engel«, murmelte ich, mit trockenen Lippen den Sand berührend. »Es ist doch so einfach! Engel, Angeloi, Angelis – ich weiß es doch! Sie sind die *Boten*! Sie gehen erst wieder, nachdem sie *verkündet* haben!«

Wie acht Jahr zuvor in der Nervenklinik und wie in Rom und Ljubljana löschte eine tobende Schwärze mein Bewußtsein.

Ich erwachte unter flimmerndem Sternenpulver. Die Zierbäume, die Hecken und Grabsteine des Friedhofes, auch das Kirchlein zu meiner Rechten hatten ihre Farben verloren. Der Himmel war von einem samtenen morgenländischen Blau. Er übte keinen Sog mehr aus.

Während ich mir den Sand von Gesicht und Armen streifte und einen Ausgang zwischen den Gräbern suchte, blieb ich vollkommen ruhig. Einfach und diesseitig kamen mir auf dem Nachhauseweg der Hügel, die Dorfstraße mit ihren mondlichtbeschienenen Gärten, die leeren, ins Dunkle spiegelnden Autos vor. Daß ich nach acht befestigten Jahren erneut durch das Sieb der Vernunft gefallen war, entsetzte mich nicht. Irgendwo krähte ein Hahn entschieden verfrüht. Grillengezirp stieg vom Moor her auf.

Noch auf dem Lehmweg, dessen spröde, sonnengehärtete Decke meine Schritte angenehm melodisch klingen ließ, erfüllte mich eine rätselhafte Sicherheit, ein Geborgensein, eine haltlose Freundschaft mit der Welt. An der Tür zum Garten sah ich vor den Rosenstöcken und auf dem fahlen Rasen weiße Gebilde im Nachtwind treiben. Die Seiten meines Manuskripts. Ohne mich zu ärgern oder verwundert zu sein, machte ich mich daran, sie wieder einzusammeln. Blatt für Blatt las ich auf und glättete es zwischen den Händen mit einem so wundersam dichten Gefühl, als sammelte ich die Früchte des Paradieses. Der Rosenstock, dem ich behutsam zwei Manuskriptseiten entwandt, hätte mich aus seinen Dornen anreden können. Und nicht *daß* er etwas, sondern *was* er sagte, wäre von Belang gewesen. Der Engel würde zurückkommen. Ich war erwählt.

Den letzten vom Wind entführten Papierbogen entdeckte ich unter den Rädern meines Wagens. Ich steckte ihm zu den anderen Findlingen in den Karton, der noch auf dem Verandatisch stand, und trug das so wieder vereinte Manuskript ins Haus.

Die Küchenuhr zeigte auf halb drei. Ich beschloß, Tee zu kochen. Bis das Wasser auf der elektrischen Herdplatte Blasen warf, genügte es, mit den Fingerkuppen über das gehämmerte Kupfer der Pfannen, über die Wölbungen von Steingutkrügen und Porzellantassen zu streichen, um mich ganz in der Wirklichkeit daheim zu finden. Aus der Haloperidolschachtel fehlten insgesamt sechs Tabletten. Zwei davon für Ljubljana, zwei für Rom ... Meine Angst vor einer Überdosis war also unbegründet gewesen. Von dem widerlichen grauschaumigen Gefühl, das mich jedesmal, angefangen bei der ersten Injektion im Krankenhaus, beim Erwachen gequält hatte, keine Spur. Vielleicht hatte das Medikament tatsächlich an Wirksamkeit eingebüßt. Dann verdankte ich meine Heimkehr und auch schon den Schlaf zwischen den Gräbern nur der Gnade oder einer unerklärlichen transzendentalen Erschöpfung des Engels.

Jetzt wird er mich nicht mehr so erschrecken müssen, überlegte ich. Jetzt, wo ich bereit war zu hören.

Im Bett schrieb ich ohne Eile die Begegnung mit dem Putto nieder, beinahe so, wie man sie eben hier vorgefunden hat. Die Konzentration, mit der ich es zuwege brachte, freute mich. Ganz gleich, ob ich nun einen Reporter der auswärtigsten Gebiete darstellte oder den Chronisten meines eigenen Wahns: Ich würde festhalten, was mir zustieß. Plötzlich hatte ich eine Aufgabe.

Bericht vom Dach der Welt. Das war ein guter Titel. Ich klappte das Notizbuch zu und trank von dem inzwischen kalten, bitter schmeckenden Tee. Mein Zustand war höchstwahrscheinlich beunruhigend.

Eine Woche und noch eine ging vorüber, ohne daß der Engel zurückkehrte. Zu Anfang fühlte ich nur die Erleichterung, wieder Augen wie jedermann zu haben, einen heidnisch einfachen Umgang mit meinen Berufskollegen und Büchern pflegen zu können. Aber am Ende der dritten Woche ging ich hellwach und gereizt im Käfig meines Lebens auf und ab. Was hatte ich erreicht in all diesen Jahren seit meiner Flucht aus Berlin? Nichts? Nichts, weil es mir jetzt so vorkam wie nichts? Die Europareise – ein fragwürdiges Unternehmen. Und erst recht fragwürdig das Buchprojekt, meine ach so großartige Geschichte des alten Kontinents, ein Wust von Notizen, Diagrammen, Plänen, dahindämmernd seit einem halben Jahrzehnt. Ich war ein akademischer Spießer mit geregeltem Einkommen geworden. Zu verbildet, um zufrieden, zu talentiert, um nicht bösartig zu sein, hatte ich fünf Jahre lang ein Kümmerleben in einer Universitätsbibliothek gefristet, Herr Dr. Anton Mühsal, Zimmer 311, ordentlich bestallter wissenschaftlicher Referent für Geschichte, Politik und Landeskunde. Ich haßte diesen Beruf, und überhaupt hatte ich kein Erbarmen mit mir und kein Verständnis für die mit Kunstdrucken und weiteren Anwandlungen guten Geschmacks dekorierte Zweizimmerneubauwohnung. Meine Freundschaften waren oberflächlich, mein Herz war grau, das Gehirn feig, die Hoden träge geworden; ich besaß 35 000 Mark, weil mir kein teureres Vergnügen einfiel, als das schlechte Gewissen, das mir dieser Besitzstand in lauen Anflügen sicherte. *Die Botschaft!* Was nur konnte der alte geflügelte Wanderer in die Dämmerung des 20. Jahrhunderts rufen? Noch am wahrscheinlichsten kam mir vor, daß er vor meinen Augen den Mühlstein des Untergangs ins Meer schleuderte. Wozu aber für eine Drohung, die etwas Pessimismus und die tägliche Zeitungslektüre zwanglos verfertigten, die Geschichte vom unsterblichen Khezr, weshalb die furchtbaren Einverwandlungen in Thereses Körper und den Leib des Geflügelten? Und weshalb zeigte er sich nicht mehr?

Diese Fragen bedrängten mich so, daß meine Ungeduld endlich die Form empörter Himmelsverlassenheit annahm. Ich beschloß, nach Berlin zu fahren, an den Ort unserer ersten Begegnungen. Mein Fünf-Jahres-Vertrag war ohnehin fast abgelaufen. So konnte ich, trotz guter Aussichten, im Bibliotheksstaub weiter nach oben zu kriechen, ohne Frist kündigen. Den Fiat verkaufte ich für einen Spottpreis. Ich löste meine Wohnung auf. Das Verhältnis zu einer meiner Kolleginnen, ohnehin nur eine zähe Kino- und Kneipen- und eine noch zähere Bettgeschichte, hatte schon vor der großen Hitzewelle ihr schwerflüssiges Ende gefunden.

Jetzt fuhr ich nach Berlin, um den Himmel sprechen zu hören.

Ich reiste nach Berlin, um Therese, um Patrizia, um den ehemaligen Belle-Alliance-Platz und die Zehlendorfer Villa wiederzusehen, um die Konfrontation mit den Brutstätten der Engel auszuhalten, um, den eigenen Psychiater spielend, bloßzulegen, was ich für die Wurzeln des Traumas hielt. Zur Austreibung also.

Mich bewegte die Lust am Komparativ: Ich wollte gesünder oder kränker werden.

Oder ging es mir nur um den Rand der Medaille? Brauchte ich in erster Linie das Unterwegs-Sein nach fünf situierten Jahren? Meldete sich das großväterliche Erbe, das eine Figur wie Anton Mühsal, den ordentlich bestallten wissenschaftlichen Referenten für Geschichte, Politik und Landeskunde an einer kleinstädtischen Universitätsbibliothek, mißmutig vom Tisch fegte?

Ich fuhr keineswegs nach Berlin, um noch einmal mit dem gelben Psychiater zu sprechen.

Aber ich wollte, ich mußte Anselm, Jakob, Mansfeld treffen, von denen ich acht Jahre lang ohne Nachricht war. Während der Europareise hatte ich hin und wieder geschrieben und ihnen schließlich, ohne einen Absender anzugeben, mitgeteilt, daß ich in Norddeutschland lebte.

Vielleicht ging ich eines Traumes wegen nach Berlin. Dieser Traum überfiel mich einen Tag nach dem Erscheinen des Puttos und kehrte jede Nacht bis zu meiner Abreise wieder. Er begann mit einer weiten, gestaltlos unruhigen Düsternis, die zunächst nicht von Farben, sondern von einem jähen, stärker werdenden, bald betäubenden Duft erhellt wurde. Tulpen, ganze Büschel davon, Körbe, Marktstände, Felder von Tulpen entfalteten ihre Blütenkelche.

Das hängt mit Amsterdam zusammen, schoß es mir durch den Kopf, und ich war schon zugeschüttet von Licht und Pflanzen, Tulpen eben, durch die ich knietief, bauchtief watete, die weiter herabfielen, weiße und rote Tulpen, wie das Fleisch von Austern, wie Schnee, wie Haut, wie feuchte Lippen, wie Elfenbein, wie das Mark tropischer Früchte gefärbt, wie Hannas Umarmungen, wie die Patrizias. Nichts war gelöst!

2

Abendmahl mit Kommunarden

Walter und Mansfeld wichen nicht vom Herd. Mit hölzernen Kochlöffeln rührten sie abwechselnd oder auch gleichzeitig in einer gußeisernen Pfanne. Jeder von ihnen wog über zwei Zentner, sie hatten um acht Jahre zugenommen.

»Sieh dir diese beiden Kolossalfiguren an!« Hanna zeigte auf die Köche. »Wie sie brutzeln und brabbeln. Man fühlt sich wie auf einer Familienfeier der Cosa Nostra. Die Clansväter geben sich die Ehre. Don Mansfeldo und Don Pasta Mista.«

»Don Pasta Mista – das ist gut«, freute sich Irmchen. »Hörst du, wie du eben getauft worden bist?« rief sie Walter zu.

»Advokatengewäsch. Diese Metze hat mich noch nie geliebt«, entgegnete ihr Mann und hob Mansfeld mit einer bedeutsamen Geste einen Beutel Zimt unter die Nase.

»Spaghettisauce mit Zimt und Erdbeeren in Essig, das ist alles, was von ihrem dialektischen Denken noch übriggeblieben ist.« Irmchen schmiegte sich an mich, weil es geläutet hatte und Hanna, merkwürdig nervös, an ihr vorbei wollte, um die Wohnungstür zu öffnen. »Ach was kommt von draußen rein, wird doch nicht die Elke sein?« raunte sie mir ins Ohr. »Aber wahrscheinlich ist es bloß Lukas mit den Kindern. – Sag, du weißt gar nichts von ihr? Von Elke, meine ich?«

»Nein. Du meine Güte, wer kommt noch alles?« fragte ich leise zurück.

»Wird es dir zu bunt, das Fest für den verlorenen Kommunarden?« Irmchen schlang einen Arm um meine Hüfte. Am Tisch zu unserer Linken saßen Bredorf, Helga und Karin über Urlaubsfotos gebeugt. Die beiden schwergewichtigen Köche am Herd hatten sich über die angemessene Menge Zimt verständigt und schlossen den Deckel über der Pfanne. Ein mit Zigarettenrauch und den Dünsten des Saucenkunstwerks gesättigter heißer Nebel wirbelte zur Decke, als die

Tür zum Flur wieder aufgestoßen wurde. Hanna trug ein etwa fünfjähriges Mädchen, dessen Zwillingsschwester sich zuerst hinter den Beinen des nachfolgenden Lukas versteckt hielt, um dann greinend auf ihre Mutter zuzulaufen.

»Sie fremdelt, die gute Simone«, stellte Irmchen fest. »Hat sie nicht tolle Haare? Rot wie Don Mansfeldo, aber die Locken von Karin. Sie fremdelt – wie du selber übrigens, Anton. Du hast dich verändert. Du bist scheu geworden.«

»Fremdelnd, na ja«, sagte ich und legte einen Arm um ihre magere Schulter, da sie meine Hüfte nicht losließ. »Ich bin jetzt gerade drei Stunden in Berlin. Und eigentlich hatte ich vor, euch alle nacheinander zu besuchen. Das heißt, ich war mir ja gar nicht sicher, wie viele noch hier in der Stadt sind.«

»Und dann telefonierst du vorgestern mit Hanna, weil du ein stilles Eckchen im großen Berlin suchst, wo du und dein Bücherkoffer hineinpassen –«

»Und ich erfahre, daß ich hier in meiner alten Wohnung bleiben kann, solange ich möchte. Ich komme vom Bahnhof direkt hierher. Hanna brennt angeblich darauf, mir zu zeigen, wie sie die Wohnung renoviert haben, und –«

»Zackbums! Sämtliche Barrikadenhelden von einst, umrankt von ihren Flintenweibern, ziehen vor deinem Auge auf. Party surprise! Es war ein Kunststück, uns alle so schnell zusammenzutrommeln.« Irmchen winkte Hanna heran. »Findest du nicht auch, daß der gute Anton richtig scheu geworden ist?«

Hanna zuckte nur mit den Achseln.

Sie spürt es! dachte ich. Sie spürte das Fiebrige unter der Oberfläche meiner Zurückhaltung. Die Szenen vor meiner Abreise gingen ihr durch den Kopf. Sie erinnerte sich an die Klinikbesuche, die letzten Nächte in ihrer ehemaligen Wohnung, sie und Mansfeld hatten vor acht Jahren das Zeichen auf meiner Stirn brennen sehen. Wie sollte ich ihr vermitteln, daß ich dieses Mal auf eine andere, kämpferische Weise in die Schattenwelt ging? Daß ich entschlossen war, alleine zum Kern der Botschaft vorzustoßen? Dieses

Mal würde es kein Anhalten geben, keinen Zusammenbruch, kein Stammeln um Hilfe.

»Schüchtern ist, glaube ich, nicht richtig. Ich bin nur sehr neugierig auf das, was ihr alle so macht«, erklärte ich.

»Seit einer halben Stunde verhört er mich«, seufzte Irmchen. »Jetzt drehen wir den Spieß mal um. Erzähl uns, was du so getrieben hast als – wie hieß es: wissenschaftlicher Referent?«

Stockend schilderte ich den Arbeitsalltag in der Bibliothek.

»Dann bist du also so eine Art Einkaufsleiter und Pfadfinder für die Bücher deines Fachgebiets gewesen. Konntest du nicht wundervoll viel lesen dabei?«

»Von wegen. Du kennst die Bücher bloß dem Namen nach. Du bestellst sie, sie kommen, sie gehen mit einem knappen Nicken an dir vorüber, nachdem du sie eilig in eine Liste eingetragen hast. Du bist zum Portier verdammt und bekommst am Ende die Mentalität blasierter Türsteher.«

»Entschuldigt, ich habe heute selbst was Türsteherisches«, unterbrach mich Hanna. So stürmisch wie zuvor die Kinder hatte jemand auf den Klingelknopf gedrückt. Beim Aufstehen stieß Hanna mit Walter zusammen, der ein Bündel Spaghetti ins kochende Wasser tauchen wollte.

»Elkelein, ach Elke fein«, flüsterte Irmchen. »Seit vier Jahren lesben sie miteinander. Sie haben eine Wohnung in Schöneberg. Und du, du hattest null Ahnung? – Tatsächlich nicht? Macht es dir etwas aus?«

»Warum sollte es mir was ausmachen?«

Irmchen erfaßte jedoch genau meine Verlegenheit, das Bedürfnis, mich aus ihrem dünnen schwarzbehaarten Arm zu lösen. Sie hielt mich noch fester. Womöglich war ihr voreheliches erotisches Kapital verbraucht, und sie suchte bewußt die Erinnerung an meine letzten Tage in der WG. Ihr kindlicher Körper hatte mich etwas gehemmt, aber sie gebrauchte ihn, damals zumindest, fast rücksichtslos.

»Anton – du denkst an etwas von früher, stimmt's?« fragte sie.

»Nein.«

»Doch, ich weiß sogar woran. Aber komm jetzt, zu Tisch, zu Tisch, Sappho erscheint. Sie arbeitet für den Rundfunk.«

Elke, eine aschblonde, schlanke, etwa dreißigjährige Frau und eine Journalistin also, setzte sich gleich an den Tisch neben die Zwillinge. Sie schien die meisten Gäste zu kennen. Mir gefiel ihr blasses großflächiges Gesicht.

Ich nahm neben Bredorf Platz, der Lukas gegenüber an der frisch gestrichenen Wand saß. Zwölf Teller, zwölf Gläser und Bestecke, etliche Aschenbecher, Zigarettenschachteln und Weinflaschen überfrachteten die mit zwei blauen Wachstüchern bedeckte Platte.

»Zwei neue Gesichter, beide aus der alten WG«, sagte Hanna zu Elke. »Der Mann mit der Brille ist Lukas, sprich Herr Doktor Hämmerling. Wir verdanken es höherer Gnade, daß er unter uns weilt. Er war zufällig in Berlin, wegen eines Kongresses über Allgemeines und Besonderes als Solches oder –«

»Über Herrn Wittgenstein«, verbesserte Lukas ruhig.

»Wittgenstein für Erwachsene«, fuhr Hanna fort. »Lukas trachtet danach, in Bielefeld Professor des Unnützen zu werden.«

Irmchen legte mir eine Hand in den Nacken. »Das zweite neue Gesicht, der verlorene Sohn, den wir heute feiern, ist folglich das hier, Anton Mühsal. Ja, was soll ich über ihn sagen? Er ist sehr quälerisch, sehr gebremst, sehr, hm, zeremoniell, so eine Art –«

»Konfuzianer?« schlug Lukas vor.

»Das seid ihr beide doch. Aber er ist ja noch mehr. Nämlich Narziß, wenn Hanna die Psyche darstellt. Sie haben sich auf der Anti-Schah-Demo kennengelernt. Und dann lebten sie drei Monate lang im gleichen Bett. Ich hoffe, Elke, es ist dir nicht unangenehm? Ich meine, er ist ja immer noch ein bißchen wie ein Nebenbuhler. – Wißt ihr übrigens, daß der gute Anton und ich uns einmal gemeinsam auf die Bettstatt diskutiert haben? Ich betone, das war vor Walters Zeit. Es vollzog sich aus rein theoretischen Gründen natürlich, ihr versteht, wider die bürgerliche Sexualmoral.«

Lukas zeigte sich erfreut, daß der Vollzug *natürlich* gewesen sei.

»Und heute sind sie Lehrer am gleichen Gymnasium und haben ein Abonnement für die Schaubühne und die Philharmonie, amen«, sagte Helga, auf das Ehepaar deutend.

Alles bedeutungslos, dachte ich. Keiner wußte, wie der andere sich fühlte, wenn er allein war, wenn er nachts vor den Vorhang trat. Kleine, halbbewußte Gesten der Vermeidung, wie zwischen den Körpern einer Zufallsgesellschaft auf einer engen Aussichtsplattform, trennten leise und immer wieder die Schultern, Handrücken und Unterarme der Ex-Kommunarden. Mansfeld hatte die Spaghetti abgegossen. Einer nach dem anderen reichte ihm seinen Teller und wurde geschickt bedient. Sie waren froh, mit der Schilderung der einstigen WG-Mahlzeiten das Thema wechseln zu können.

Ich beobachtete Lukas, selbst Vater eines dreijährigen Sohnes, wie er den Zwillingen die Nudeln in mundgerechte Stücke schnitt. Er hätte wohl die Engel so sorgsam nach den Gelenken seziert, wie er die gekochten Teigwaren zerlegte. Mich, anstelle des Geflügelten, hätte Lukas' schon halb entmaterialisierter Gelehrtentypus wenig gereizt. Ich hätte, wenn nicht mich selbst, entweder Karin gepackt, die mit ihren bis über die Schultern fließenden weißgoldenen Locken und märchenhaft großen Augen für eine Verkündigung prädestiniert schien, oder Bredorf zu meiner Linken: bei ihm jedoch mußte man mit Bannflüchen und dem Werfen von Tintenfässern rechnen. »Politisch naiv sind sie«, hielt er gerade Hanna entgegen. »Natürlich ist es okay, wenn du Hausbesetzter verteidigst. A-aber wenn man in einer Gesellschaft, die ohne weiteres tötet, um B-besitz zu schützen, das private Wohnparadies für sich selbst einfordert, darf man sich nicht wundern. Der vom System geschürte Neid wird sie isolieren.«

Hanna streute Parmesankäse über ihre Spaghetti. »Naivität ist für sie genauso notwendig, wie es das für uns in den Achtundsechzigern gewesen ist.«

»Gewesen ist? Einige von uns haben sich ihre Naivität bis heute erhalten«, sagte Irmchen. Sie spielte damit auf

Helga an. Niemand hatte Helga näher darauf angesprochen und niemand begriff, weshalb sie eine rote Cordhose, ein rotes T-Shirt, einen roten Pullover und sogar rote Halbschuhe trug. Eine Holzperlenkette umlief ihren gebräunten Hals. Sie endete zwischen etwas stumpf lastenden Brüsten in einem Anhänger. Von dort her äugte die Fotografie eines modischen indischen Scharlatans, der die Welt durch die enthirnenden Tänze, den spirituellen Sex, die perfekt gemanagte Sklavenarbeit seiner Jünger im Glorienschein seiner Rolls-Royce-Flotte hinters Licht der Erkenntnis zu führen gedachte. – Sie machten ihr keine Vorwürfe, weil sie sie alle benutzt hatten. Wo es früher galt, Flugblätter zu tippen, einen Informationsstand oder eine Fête auszurichten, durfte man sich Helgas verspannter Eifrigkeit gewiß sein. Sie hatte ihr Studium nicht abgeschlossen. Politische Gruppen und Alternativorganisationen nutzten sie aus, Männer, die ihren revolutionären Anstrich über zuhälterische Achtlosigkeit pinselten, zweifelhafte Freundinnen und nun eben Bhagwan, der Entleuchter.

Unterbrochen von Fragen oder kleinen Streitereien der Zwillinge, tauschte man sich über Gegenstände aus, die zwischen zwei Bissen Platz fanden. Eine Biographie über Rudi Dutschke war erschienen. Der deutsche Wald starb. Welche Chancen hatte die Friedensbewegung? Gab es eine Verbindung zum anstehenden Streik der Gewerkschaften für die 35-Stunden-Woche? Weshalb konnte sich der Geflügelte in der ersten Nacht bei Patrizia als *Cherub* ausgeben? Vor meiner Abreise nach Berlin hatte ich mich noch einmal über die Engel belesen. Die Cherubim gehörten gemeinhin nicht zu den Wandlern. Ezechiel, Bruder in meinem Geiste, wußte zwar zu berichten, daß sie zu vieren, viergesichtig jeder, vierflügelig allesamt, kalbsbeinig, erzfunkelnd, mit geradlinigen Füßen, Feuersglut aus ihrem Inneren speiend, auf augenbesetzten, wie Tarsissteine blitzenden Rädern den Herrn der Herrlichkeit zur Unterrichtung der Propheten herabfuhren. Sonst aber bewachten sie nur den höchsten Thron, oder sie hüteten mit der Flamme der kreisenden Schwerter die Ecken der Welt.

Als er mir damals erschien, habe ich nicht gewußt, daß die Cherubim nicht fliegen, überlegte ich. Er bildete sich also nach meinen Irrtümern.

»He, Antonius, ich mühe mich! Deinen Kelch, bitte!« – Hanna, eine Flasche in der weit ausgestreckten Hand, hatte sich über den Tisch gebeugt und wollte mein noch unberührtes Glas füllen.

»Entschuldige, danke, ich möchte keinen Wein«, sagte ich erschrocken.

»Wie? Heute abend nicht – oder bist du abstinent geworden?«

»Ja, ich meine: ich trinke fast keinen Alkohol mehr.« Haloperidol vertrug sich schlecht mit Wein. Lächelnd hörte ich die spöttischen Mutmaßungen über die während meiner Exiljahre erworbenen Tugenden an. Plötzlich war ich wieder ins Zentrum des Interesses gerückt.

Genau das sollte ich doch – mich finden lassen, dachte ich. Als was? Als Mann mit geöffnetem Kopf, in den die Tulpen und die Engel regneten? Als Konkurrent dieser gerade dreißigjährigen Elke? Im Ausschnitt ihres naturweißen Pullovers zeigte sich eine grüne Seidenbluse. Das war beinahe die Farbe der Engel. Und vielleicht hing mit dieser Überschneidung zusammen, daß ich sie nicht ansehen konnte, ohne eine seltsame Störung meines Gehörs zu erleiden: ein entferntes Klingeln, nein, mehr ein Schwingen, ein metallisches Beigeräusch verband sich mit ihrem Anblick. Ich testete es mehrmals, schluckte, bohrte unauffällig mit einem Finger in meinen Ohren. Es schien mir, als hätten die gehörten Dinge, wie das Bild vor einem schwachen oder übermüdeten Auge, einen verschleierten Rand, der hart und fern war, als streiften die Bewegungen, die die Geräusche und Worte hervorriefen, leicht und unabsichtlich den Körper einer Glocke. Nein, es hing nicht nur mit Elke zusammen; dieses weit entfernte Läuten ertönte jedesmal, wenn ich das Interesse für das Tischgespräch verlor. Bredorf redete mit mir. Mittlerweile hatte er sein Stottern auch nach einer halben Flasche Wein gut im Griff. »Deine Idee, dir d-die Länder auch noch anzuschauen, bevor du schreibst, war doch toll.

Du hast dein Material, das Fleisch, w-was willst du mehr?« fragte er, seinen Teller von sich schiebend.

»Ich hab es bisher noch nicht bewältigen können. Es ist nur eine Ansammlung von Einzelheiten und Ideen.«

»Das ist es immer. Am Anfang wenigstens.«

Ich stimmte ihm zu und betrachtete gerührt sein grobes Gesicht, in dem die Augen so klar und hart wie im Kopf eines Reptils glitzerten.

»Über deine Reise hast du uns noch nichts Gescheites erzählt«, sagte Lukas.

»Ja, genau!« Irmchen stieß mich mit dem Ellbogen an. »All die Länder, die Meere, die schokoladenfarbenen Frauen!«

»Es war ganz anders, als ich es mir vorgestellt hatte. Es war ein Fehlschlag, es war nicht systematisch–«

»Was nicht systematisch ist, ist ein Fehlschlag? Oh, Konfusius!«

»Es war ein Fehlschlag, Irmchen. Ich mußte jobben, ich habe Wochen und Monate vertrödelt. Ich bin mir sehr überflüssig vorgekommen. Meine Absicht war, eine Expedition zu machen. Aber ich war ein Bummler. Nach drei Jahren war ich ausgebrannt. Ich suchte mir den Job in der Bibliothek, um in Ruhe schreiben zu können, aber ich wollte nur an einem Ort bleiben, damit ich meine kühnen Pläne darunter verscharren konnte.«

»Du bist extrem ehrlich«, versicherte mir Elke.

»Jetzt vielleicht. Irgendwann gehen deine Absichten einfach so von dir weg, du merkst es gar nicht, und am Ende ist es dir auch egal.«

Eine Verlegenheitspause entstand. Hanna flüsterte ihrer blonden Freundin etwas ins Ohr. Dieses in der engen Luft der Küche schwingende Metallgeräusch, das sich mit dem Anblick von Elkes Bluse verstärkte, war vielleicht nichts als eine psychiatrisch längst klassifizierte Fopperei der Hirnzellen, nichts als der blödsinnig verdrehte Wunsch, Hannas helle trockene Lippen möchten mein eigenes Haar berühren. Oder es war ein Signal des Engels! Er hielt Wort, ich sollte ihn wiedersehen!

Aber über das Undeutliche war ich doch hinaus! Ich wußte, worum es ging! Um alles! Das hatte der Putto verkündet.

Ob ich traurig sei oder aus meinem Teller die Zukunft zu lesen versuche, fragte Irmchen.

»Ich hatte nachgedacht, entschuldige.«

»Und über was dachtest du nach, Meister?«

»Über alles«, erwiderte ich mit dem schwindelerregenden Gefühl, das das Aussprechen von Geheimnissen beschert.

»Aber im Ernst«, fragte Hanna.

In meinen fünf bürgerlichen Jahren hatte ich unentwegt über alles nachgedacht – eine Krankheit von Leuten, die über nichts Bescheid wußten, die aus ihrem Gehirn eine Zeitung machten, flach genug, um die Welt darin einzuwickeln.

»Wieso Krankheit? Du sagst das mit einer irren Selbstverachtung«, rief Helga. »Es ist doch so: Man fällt ins Leere, das meinst du doch, wenn man allein die Frage nach dem Ganzen und dem Sinn stellt, also sich über alles Gedanken macht. Ich kenn das echt gut, man fällt –« Zwischen Mansfeld und Karin an der Stirnseite des Tisches eingeklemmt, gelang ihr die Verdeutlichung dieses Fallens nur sehr unvollkommen, indem sie eine anscheinend klebrige Luftmasse von den Fingerspitzen schüttelte.

»Du s-selber, du fällst doch nicht, sondern du fängst dich am Bart deines Propheten auf«, hielt ihr Bredorf entgegen.

»Am Schambart des Propheten«, ergänzte Irmchen.

Um einen vermittelnden Ton bemüht, stellte Lukas fest, daß die Studentenbewegung eben keine Lehre vom richtigen Leben gewußt habe, sie aus theoretischen Günden eigentlich auch gar nicht habe erteilen können.

»Es gibt kein richtiges Leben im falschen«, zitierte ich.

»Ha, Adorno!« Mansfeld setzte sein Rotweinglas beinahe auf einem Flaschenkorken ab. »Adorno! Der Dapsul von Zalbelthau! Teddy, der Froschkönig! Sag, liest du den heute noch?«

»Manchmal, sicher.«

»Das ist sehr interessant«, mischte sich Elke ins Gespräch, schwach über der grünen Bluse errötend und mir gemessen zulächelnd. »Ich schreibe nämlich gerade einen Funk-Essay über Adorno. Es ist nur verflucht schwer zu lesen.«

»Adorno wollte Flaschenpost an den toten Gott schikken. Das mußte nicht sehr populär sein«, sagte ich.

»So scheint es mir auch.« Lukas hatte seine Brille abgenommen, um mit einem Papiertaschentuch die dicken Gläser zu reinigen. »Flaschenpost, hm –« Eine rote Druckstelle glänzte auf seinem Nasenrücken. »Die philosophischen Probleme entstehen, wenn die Sprache feiert. Und ist hier nicht die Faszination an Teddy zu suchen? Im Sprach-Feiern? Ist das Philosophie oder nicht eher Neurasthenie?«

»Philosophie!« Irmchen bedeckte ihre Augen. »Der gute Theodor hat der Gesellschaft dort etwas in den Weg gelegt, wo sie nicht entlangging, oder?«

»Ihr seid so verkopft! Weshalb fragt niemand Anton, was er ganz persönlich aus diesen Büchern herausgezogen hat, für sich!« rief Helga.

»Also gut«, sagte Irmchen. »Was, lieber Anton, hast du also ganz persönlich aus dem lieben Theodor herausgezogen?«

Stellen Sie klare Fragen. Schreiben Sie sie auf. Diskutieren Sie offen mit ihren Freunden darüber. Suchen Sie Lösungen statt Leitern in den Himmel. Fast wie von Engelszungen sprach die Erinnerung mir diese Worte des gelben Psychiaters in den Kopf. Sie verrankten sich, in der gleichen Reihenfolge wiederkehrend, mit dem metallischen Klingen aus der anderen Sphäre. »Wenn ich aufrichtig bin, dann muß ich zugeben, heimliche Sprachfeste gefeiert zu haben. Im ganzen kann ich Adorno überhaupt nicht beurteilen. In den letzten Jahren ging mir das Lesen wie das Leben davon. Weil ich hier wie dort keine klaren Fragen gestellt habe, nicht die wenigen wichtigen und richtigen Fragen.«

»Hört, hört! Und was für Fragen wären zu stellen? Kennst du sie etwa?« erkundigte sich Mansfeld.

»Ja. Es sind vier Fragen.«

Hanna sah mit einer wenig durchdringlichen Miene ins Leere.

»Du hast sie herausgefunden. Vor acht Jahren.«

»Am Landwehrkanal, ich weiß noch«, bestätigte sie gleichmütig.

»Erstens: Was ist Glück? Wie erreicht man es? Zweitens die politische Ausweitung dieser Frage: Wie kann das Glück aller erkämpft und gewährleistet werden? Drittens: Was kann und muß man selbst dazu tun? Das wäre das ethische Problem. Und zuletzt und viertens: Was ist die Wahrheit? Was ist unumstößlich, was ist gewiß?« Ich sprach so eindringlich, daß Simone ihrer Schwester verstört ins Gesicht faßte.

»Du brauchst nicht zu heulen, Ute. Das war doch keine Absicht!« Karin wurde in dem Bemühen, ihre Tochter zu trösten, eifrig unterstützt.

Als die Wogen wieder geglättet waren, räusperte sich Elke und sagte: »Die Wahrheit also. Es gibt eine Stelle in der *Negativen Dialektik*, da wendet sich Adorno mit Benjamin gegen einen Spruch von Gottfried Keller –«

»Der Vater mit dem Sohn gegen den Heiligen Geist«, lachte Irmchen.

»Würdest du Elke vielleicht mal ausreden lassen?« Mansfeld schüttelte den Kopf und beugte sich zu Elke. Adorno sei mit Benjamin der Auffassung, daß einem die Wahrheit davonlaufen könne, wenn man die Chance, sie zu ergreifen, verspiele. Man müsse auf die Vorstellung verzichten, daß die Wahrheit ewige Gültigkeit besitze.

»Sie, die Wahrheit?« fragte Lukas.

»Natürlich nicht sie. Die Feststellungen darüber.« Elke verschränkte die Arme über der Brust. »Adorno meint, die Philosophie habe den Anspruch aufzugeben, eine einzige, geschlossene Wahrheit über das Ganze rauszukriegen. Die großen Denker bauten Kathedralen aus Logik und Scharfsinn. Unumstößlich sollten die sein, atemberaubend perfekt. Aber vor dem Hintergrund der totalen, widersprüchlichen Gesellschaft von heute nehmen sich ihre Weltmodelle wie die Wahnsysteme der Irren aus. Es ging ihnen nicht darum, die Welt zu erfahren, sondern darum, sie abzutun, sich der Konflikte und Einzelheiten zu entledigen. Ganz wie die Verrückten eben.«

Hatte Hanna ihr von der Klinik erzählt? Wußte sie etwas? Elkes grün schimmernder Blusenkragen und der einverständnisheischende Augenaufschlag in meine Richtung verdoppelten, als würde eine bereits schwingende Saite noch einmal angerissen, die Lautstärke des unirdischen Metallgesanges hinter meiner Stirn. Ich wollte Hanna so prüfend ansehen, wie es ihre eigene Art war. Aber dies hätte gewiß mehr von meinem inneren Kampf als von ihrem Umgang mit unseren Geheimnissen bloßgelegt. Lukas, der nun neben Helga an der Stirnseite des Tisches saß, schien heftig ins Argumentieren gekommen. Seine Worte erreichten mich nur als dumpfes Schallgebinde, bis Bredorf zustimmend ausrief: »Ka-Kastratengesänge!«

»Bös gesagt, aber richtig«, erwiderte der Berufsphilosoph, die Asche eines Zigarillos in ein geleertes Dessertschälchen schnippend. »Adorno war nicht sehr originell. Im Grund bietet er doch wenig mehr als das: eine poetische Paraphrase der Marxschen Ideologiekritik.« Ob denn mir, als Historiker, die Adornoschen Geschichtsthesen gefielen?

Mein Genick schmerzte. »Die Geschichtsthesen? Ja, manchmal, da ist mir Adorno sehr überzeugend vorgekommen.«

»Immer d-dann, entschuldige, ich sag's jetzt drastisch, wenn dir das Material zu deinem Europaprojekt aus dem R-ruder lief? Ich meine, ich kenne das von mir.«

»Das kann sein«, gestand ich Bredorf zu, um daraufhin Elkes lebhaften Vorwurf zu ernten: »Think positive! Jetzt läßt du dich psychiatrisieren, statt kritisieren!«

Ich forderte sie auf, Adornos philosophischen Geschichtspessimismus klar zu begründen.

»Aber das ist doch möglich«, erwiderte sie entschieden. Sie bemerkte zu spät, daß ich sie in einen Zweikampf mit Lukas gestoßen hatte. Er führte sie aufs Glatteis, nötigte ihr gereizte Bemerkungen ab und scheute auch nicht davor zurück, die eigene Blöße mit haarsträubend unverständlichen Zitaten zu bedecken. Als er daranging, seine Pfeile wieder einzusammeln, rührten die meisten schon gelangweilt in ihrer zweiten Tasse Kaffee, und Ute war in den Armen ihrer Mutter eingeschlafen. Wie ein melodisches, sehr entferntes Glockenläuten untermalte das Signal des Engels die Geräuschfiguren in der rauchigen Küche.

Immerhin könne man bei Adorno ja wirklich viele schöne Sätze und kostbare, intelligente Bilder nachlesen, meinte Lukas versöhnlich.

Bredorf mißfiel dieses Einlenken. Was die schönen Bilder angehe, die Untergangsbilder insbesondere, so ziehe er Benjamin vor. »D-du kennst doch seinen Aufsatz über das Wesen der Geschichte?« wandte er sich an mich.

»Ja, aber es ist lange her, daß ich ihn gelesen habe.«

»Dann lies ihn wieder.« Erstens sei der Stil besser als der Adornos. Zweitens finde man eine raffinierte Methodendiskussion darin. Und drittens, die apokalyptischen Bilder betreffend: »Da ist sein b-berühmter E-Engel der Geschichte.«

»Stimmt! Wie konnte ich das vergessen?« rief ich viel zu laut.

»Erzähl etwas über diesen Engel, das klingt endlich mal interessant und spirituell«, sagte Helga.

»Also der Engel.« Bredorf trank einen Schluck Wein. Benjamins Engel leite sich von einem Bild Paul Klees ab, das *Angelus Novus* heiße. Der Sturm des Fortschritts, vom Paradies her kommend, schleudere diesen neuen Engel mit solcher Wucht in die Zukunft, daß er die Flügel nicht mehr schließen, sich nicht mehr zurückbewegen könne. Ohnmächtig starre sein Auge auf die in Windeseile anwachsende Vergangenheit, auf die Geschichte, die zu seinen Füßen immer neue Trümmer, immer neue Leichenberge in den Himmel häufe. Die Gewalt, mit der alles und er selbst vorangetrieben werde, gebe der Sehnsucht des Engels keine Chance mehr – der Sehnsucht, umzukehren, die Toten zu wecken, das Zerschlagene wieder zur Ordnung des Paradieses zu fügen.

»Sehnsucht, na gut«, sagte ich. »Aber vielleicht sind die Engel auch grausamer.«

»Hoppla, der Engelskundler!«

»Das Thema fesselt ihn wirklich – irgenwie, irgendwo, was?«

»Kennt einer von euch das Gedicht von Brecht? Darüber, wie man mit Engeln vögelt?«

»Ach, Irmchen, das ist doch wieder typisch!«

»Man muß dabei sehr auf ihre Flügel aufpassen«, erklärte Walter, so schüchtern und ernst, daß Helga nervös das holzgerahmte Bildchen ihres Meisters umklammerte. Verunglimpfungen spiritueller Substanzen schmerzten sie sehr. Ihr Interesse an dem Gespräch hatte aber spürbar zugenommen. »Weshalb sind die Engel so kalt und grausam?« wandte sie sich an mich.

»Wenn man die Berichte über die Engel liest, dann bekommt man den Eindruck, daß sie unfähig sind, den Schmerz einer anderen Gattung zu begreifen. Wie wir, wenn wir ein Insekt zerdrücken. Sie bilden eine Aristokratie der Luft, sie gehen mit völliger Gelassenheit ihren Aufgaben nach. In der Apokalypse des Johannes morden sie ohne Leidenschaft. Als Gabriel zur Erde hinabstieg, um Marias Empfängis zu verkünden, scheint er keineswegs ergriffen gewesen zu sein –«

»Und was war mit seinem Lilienstab? Das ist doch phallisch«, höhnte Irmchen.

»Zweifelsohne.« Mansfeld legte Helga beschwichtigend eine Hand auf den Unterarm und forderte mich auf, den Gedanken zu Ende zu bringen.

Trotz der von mir konstatierten Gleichgültigkeit der Gattung erschien mir der Engel Benjamins glaubwürdig, in dem sich das verschwundene Bedauern, das Entsetzen über das Schicksal der vergessenen Toten sammle. »So nämlich sieht der Engel aus, der die Botschaft verloren hat.«

»Die Botschaft? Ach so, Angelus ist gleich der Bote.«

Ich freute mich über Mansfelds Interesse. Er war unbefangen und kam in zwei Sekunden auf den springenden Punkt – wofür ich acht Jahre gebraucht hatte! Weshalb mochte ich ihn so sehr? Nun, weil er mir vor acht Jahren das Haloperidol geschenkt hatte, die einzig wirksame

Gegengewalt, die Kraft des biblischen Jakob, in weiße Tabletten gestanzt. Ich brauchte nur einige Schritte zu machen, um ihrer habhaft zu werden. Mein Rucksack stand im hinteren Zimmer ... »Angelus, der Bote, genau«, sagte ich. »Sobald ihm die göttliche Sendung fehlt, er also kein Agent der Geschichte mehr sein kann, wenn ihm die Rückkehr versperrt ist und auch die Berührung der Gegenwart, dann finde ich es konsequent, ihm Gefühle der Trauer und Verstörtheit zuzusprechen. Weil er nicht erscheint, erscheint er menschlicher als diejenigen, die den Sturm des Fortschritts gesät haben.«

»Wenn er aber erschiene, dann erschiene er grausam?« erkundigte sich Lukas.

»Richtig – ich meine, das ist meine Hypothese. Er müßte die Botschaft bringen, die dem 20. Jahrhundert gemäß wäre. Eine Botschaft, die das riesige blutbeschmierte Getriebe dieses Jahrhunderts greift, die uns heute absolut gültig erscheint. Vielleicht könnte er die Antwort auf die vier Fragen geben, die ich vorhin gestellt habe. In einem einzigen, wie ich glaube, schrecklichen Bild. Aber ich weiß auch nicht. Ich bin zu müde, um es besser zu sagen, und eigentlich –«

»Und eigentlich sollten wir mit diesem verquasten Gerede aufhören«, unterbrach mich Walter. »Engel! Postmodernes Gewäsch! Was für ein Thema!« Er kippte ein halbes Glas Wein hinunter. Wir sollten doch die Augen aufmachen! Die verlorenen Botschaften seien doch wohl besser ein Begriff für das Desaster der Ideologien in den achtziger Jahren, insbesondere für das Desaster der Linken. In Vietnam wirtschafteten die Heroen von einst das Land immer weiter herunter. Der Sozialismus in der Dritten Welt siege nur dort, wo es dauernde Niederlagen zu gewinnen gelte. In den USA, in Westeuropa, in Japan triumphiere ein vitaler Rechtspopulismus, und in den Satellitenstaaten Osteuropas könne man mit Marx keinen Hund mehr hinter dem Ofen hervorlocken.

»Hugh, er hat gesprochen. – He, Anton, willst du fliehen?« rief mir Irmchen nach.

»Natürlich, ich habe ein Fluchtfahrzeug im Badezimmer«, versicherte ich. An der Tür zum hinteren Flur hörte ich noch Walters Klage über das Verschwinden des revolutionären Subjekts. Die Stimmen der Ex-Kommunarden sanken zu einem Murmeln herab, als ich die Badezimmertür verschloß. Ich bemühte mich, das Signal des Engels, das in den vergangenen Minuten sehr leise geworden war, klar und unverfälscht zu hören. Aber gerade diese Anstrengung schwächte es; ein Nachklingen, ein fernes Frösteln des Raumes verriet noch seine Spur.

Hier habe ich mir Hannas Geschichte von Peterchen angehört, dachte ich und setzte mich wie acht Jahre zuvor auf den Rand der hellblauen Badewanne. Rings um den Abfluß hatte jemand sorgfältig die Rostschäden ausgebessert. Noch immer blieb das Signal des Botschafters weit außerhalb. Ich griff nach dem Metallstab, der mit dem Rahmen des kleinen Fensters verbunden war. Kühle Luft strömte herein, und die Stimmen der Freunde vergrößerten sich jäh wie ein Gewirr von Wollfäden, das plötzlich unter eine Lupe gehalten wird.

»Sie stören Therese«, sagte ich vor mich hin. Die alte Frau schien noch nebenan zu wohnen. Ihr Name stand jedenfalls an der Tür. Ich hatte mich vergebens mit der Behauptung des Puttos gequält, daß mein Ausflug in ihr Leben ein mißglücktes Exempel für eine Botschaft »über alles« sei. Nieder mit den Andeutungen! Nieder mit den Chiffren, Rätseln, nieder mit den Orakelsprüchen! Ich war bereit, das letzte Bild zu empfangen. Auch wenn ich, wie dieser dicke Irre in der Klinik, wie Maxe Vorberg, endete, stumpf, hohl in der Seele, zurückgestoßen in die gebrochenen Blumen, in den Dschungel des eigenen Körpers. Sollte der Engel mir doch verkünden, daß es nichts mehr zu verkünden gab! Daß der Kadaver Gottes das Universum verpeste und dies eben alles sei!

Mit geballten Fäusten stand ich auf – in diesem Augenblick wurde an der Türklinke gerüttelt.

»Wir müssen pinkeln, alle zwei«, plapperte mir Simone entgegen, die neben ihrer Schwester auf den Zehenspitzen trippelte.

Ich sah wie von einem schwankenden Turm aus auf die Zwillinge herab.

Karin, die Hände auf die Schultern ihrer Töchter gelegt, entschuldigte sich für den »Überfall«.

»Es wird ein bißchen viel für sie, der Rauch und das ewige Stillsitzen und Debattieren.«

»Aber sicher. Ich hab auch schon Kopfschmerzen.«

»Möchtest du ein Aspirin?«

»Danke, ich habe da etwas in meinem Rucksack, fällt mir gerade ein.«

An den Fenstern des Wohnzimmers flackerte ein peroquetgrüner Schimmer empor. Ein Blinzeln, mehr nicht. Und noch einmal, als wäre der untere Teil des Rahmens von einem smaragdenen Feuer in Brand gesetzt, glühten mir die Scheiben in der Farbe der Engel entgegen, wohl eine Sekunde lang, und sie erloschen nur zögernd, von oben her, Augen aus der anderen Welt, die von schweren nachtfahlen Lidern wieder bedeckt wurden. Aufgeregt tastete ich nach dem Lichtschalter.

»Es ist gut, daß du Wort hältst, daß du da bist. Hörst du, ich bin bereit. Was hattest du gesagt? Die Engel lieben die hohen Nachmittage? Worauf kommt es dir an, zu verkünden oder zu entsetzen? Oh, ich werde hören. Aber ich werde nicht dumm sein!« Mit dieser teils geflüsterten, teils gedachten Beschwörung hatte ich meinen Rucksack erreicht und das linke Seitenfach geöffnet. Meine Entschlossenheit, das Geheimnis der Botschaft zu enthüllen, kämpfte mit heiß auffliegender Angst. So nahm ich nur eine Haloperidoltablette aus der Packung und brach sie entzwei. Ein rascher Blick zum Fenster zeigte jetzt nichts Ungewöhnliches. Das Signal jedoch, dieser hohe metallische Sphärenton, durchflutete jeden Winkel meines Gehirns. Vielleicht war die Phase, in der ich die Engel aus der Luft ziehen konnte, vorbei, und es begann der ganz gewöhnliche, diffuse Irrsinn? Die halbe Tablette klebte an meinem Gaumen. Kaum hatte ich sie hinuntergeschluckt, als eine sanfte Stimme zu mir sprach: »Es löst sich auf. Entschuldige, ich wollte dich nicht stören. Ich platze hier so einfach rein –«

Ich drehte mich zur Tür hin. Erneut hatte ich das Gefühl, von einem hohen Turm herabzublicken. Helga, die mit seltsam durchgebogenen Beinen, die Hände in die Taschen ihrer roten Hose gesteckt, vor mir stand, war doch nur einen halben Kopf kleiner als ich.

»Es löst sich auf?«

»Na, wie man halt so sagt.« Scheu griff sie nach ihrer Holzkette. »Die da drüben, sie räumen den Tisch ab.«

»Wir haben lange diskutiert. Irgendwann kommt man an den Punkt, wo es besser ist aufzuhören.«

Helga verzog ihren Mund, als befürchtete sie, mein riesenhafter Aufbau gerate über ihr ins Wanken. »Natürlich gibt es den toten Punkt. Aber es ist trotzdem komisch, wie schnell sie mit den ernsten Debatten aufhörten, nachdem du rausgegangen warst.«

»Was schließt du daraus?«

»Also –«, sie wagte sich zwei Schritte auf mich zu. »Ich glaube, daß sie sonst nicht so viel nachdenken. Und daß du so eine Aura hast, die sie irgendwie dazu zwingt. Man spürt, daß du aufs Ganze gehst, mit deinen Gedanken, meine ich. Das ist den meisten unangenehm.«

»Glaubst du das wirklich? Daß Lukas oder Hanna oder Bredorf nicht nachdenken?«

»Ach, sie denken schon, so eben, wie sie ausgebildet sind, sehr wissenschaftlich. Aber das Ganze? Wie alles zusammenhängt, so was interessiert die nicht, das ist es doch. Du hast diese vier großen Fragen gestellt. Was haben sie darauf geantwortet? Nichts! Sie sind dir ausgewichen. Sie haben über Adorno geredet und über was weiß ich nicht alles.« Mein Schweigen für Zustimmung nehmend, kam sie noch näher. Wir lehnten jetzt mit den Schultern an einem leeren Bücherregal. Sie gab sich von der Verwandtschaft unserer Seelen überzeugt. Damals, während unserer gemeinsamen WG-Zeit, sei diese Verwandtschaft in Politgetümmel und in Oberflächlichkeit untergegangen.

»In Oberflächlichkeit untergehen, was soll das sein?« sagte ich grimmig.

»Ach, jetzt verhärtest du dich wieder. Du willst es eben nicht zugeben.«

»Nämlich?«

»Daß du viel emotionaler geworden bist!« rief sie. »Daß du dich den wahren Geheimnissen zuwendest! Daß du wie ich das Transzendente suchst!«

»Du täuscht dich, Helga.«

»Anton, du täuschst dich!«

»Ich bin anders. Du willst einen Gott, den du verstehst. Du willst ›wahre Geheimnisse‹, und du siehst gar nicht, was für ein Blödsinn das ist. Du glaubst, wir haben die falschen Leben im richtigen. Du willst die Erlösung und zwar hier und jetzt.«

»Alle wollen das!«

»Das macht es um keinen Deut besser. Helga, wir haben in den letzten Jahren ganz verschieden gelebt –«

»So – habt ihr das?« In der Tür stand Mansfeld, eine Flasche Rotwein und zwei leere Gläser in den Händen. Die anderen kamen ihm nach.

Eine halbe Stunde nach der Verlagerung der Runde ins Wohnzimmer war eine versöhnliche Stimmung eingekehrt. Auf den Fußbodenbrettern hatten sich Weingläser und Aschenbecher angesammelt. Mit der Schilderung ihrer Reiseeindrücke aus Indien konnte Helga selbst Irmchen beeindrucken. Die Zwillinge schliefen auf der Matratze im Schoß ihres Vaters.

Stumpf, aber wohlig, so fühlte ich mich gegen Mitternacht. Denn ich hörte zwar noch immer das Signal, und mein Körper wollte das menschliche Maß nicht so recht wiedergewinnen. Jedoch bildete das Haloperidol eine dämmende Schicht, es hüllte mich wie in zwei flauschige transparente Mäntel übereinander. Etwas unbeholfen sprach ich mit Walter und Karin über Kinderkriegen und – haben, über Musik, über die Hetze gegen Asylbewerber; Elke mischte sich ins Gespräch, dann auch Hanna.

Kurz bevor er aufbrach, zog mich Bredorf beiseite. Die Oberstetterschen Vergeistigungen existierten immer noch. Sie ereigneten sich allerdings seltener. Letzten Monat hätte man einen der selten gewordenen Auftritte Frau Professor Gramls genossen, die nach mir zu fragen beliebte, was sie übrigens fast jedesmal tue, wenn sie der Bildungshunger treibe.

»Patrizia«, sagte ich nur. Dieser Name, diese Nachricht konnten mir morgen vielleicht von großer Bedeutung sein.

Bis der letzte Gast mir einen Kuß auf die Wange hauchte und dabei versprach, zum Frühstück und zum Abtragen der Geschirrberge wiederzukommen, hüteten mich die Mäntel der Chemie.

»Du mußt dir keinen Wecker stellen, ich hab einen Schlüssel, okay?«

Hannas Gesicht. Ich war in der Lage, absolut präzise zu denken. Ich hatte auch keinerlei Schwierigkeiten, mich an den Traum vom niederregnenden Tulpenmeer zu erinnern. Der Blick in Hannas Augen unterschied sehr genau den schwarzen Pupillenkreis, die Maserungen der Iris, die haarfeinen Äderchen, die Wimpern, die hellrosa Fleischdreieckchen vor den Tränendrüsen.

Ruhig ging ich dann durch den Flur und die Küche.

Das Signal – in der verlassenen Wohnung war es exakt zu lokalisieren – kam vom hinteren Zimmer her. Ich öffnete dort das Fenster. »Ach, deshalb hat es so metallisch geklungen«, flüsterte ich in den Hinterhof. »Es ist ein Kelch.«

3

Mysterienspiele

Aber es gab keinen Hinterhof mehr. Inmitten einer glatten peroquetgrünen Fläche schwebte der säuglingsgroße Engel.

»Ein Kelch also«, sagte ich.

Die Schwingen des Puttos glühten in einem schwachen Rot. Sein Körper erschien grau und hart, die Hände mit ihren plumpen Fingerchen, die einen großen goldenen Kelch umklammerten, mußten aus Granit sein. Eben das Zusammentreffen dieser Härte mit dem Metall des Kelches rief das Signal hervor, das mir den ganzen Abend in den Ohren geklungen hatte.

»Berichte, Bote!« schrie ich, so laut es ging.

Der Putto neigt den Kelch. Eine zähe schwarze Flüssigkeit wurde auf dem Grund des Gefäßes sichtbar, bildete eine Zunge und floß über den goldenen Rand. In der Spur des Rinnsals, zu Füßen des Engels, wellte sich das schimmernde Grün wie eine von Säure zerfressene Leinwand. In dem Säuglingsgesicht lag eine grinsende Herausforderung.

»Muß ich denn immer weiter rätseln? Was soll das Theater?«

Da öffnete sich der steinerne Mund. »Du hättest von der Frucht des Weinstocks trinken müssen«, verkündete die tiefe Stimme des Cherubs. »Dann wäre der Kelch an dir vorübergegangen.«

»Sag bloß noch, ich hätte den Gästen die Füße waschen sollen? Warum immer nur Rätsel? Warum immer nur diese schwachsinnigen Variationen?« – Aufgebracht beobachtete ich, wie der Putto den Kelch stärker neigte und noch mehr von der schwarzen Säure ausgoß.

»Schwachsinnig – du hast doch wieder Engelsgift geschluckt! Deshalb sind wir so schwach bei Sinnen, Mühsal. Merkst du nicht, daß uns das Herz fehlt?«

Ich faßte mir an die Brust, die Seiten meines Halses, ich preßte den rechten Daumen auf die Arterie am linken Handgelenk. Mein Herz schlug nicht! Er hatte es mir aus der Brust genommen! Der Raum zwischen meinen Rippen war still und leicht. Nur ein dünnes, verhaltenes Hinabsegeln bewegte mein Inneres, als ob ein Blatt darin niederfiele.

»Bin ich jetzt gestorben, bevor ich sterbe?« fragte ich das überirdisch strahlende Bild in meinem Fenster. »Ist das mein letzter Blick?«

Der Putto verzog die steinernen Backen. Wieder strichen seine harten Finger über den Kelch und brachten das Metall zum Singen. Die Flüssigkeit troff weiter über den Rand.

»Du hast verkündet, ich solle ein grüner Mann werden

wie Khezr, einer, der ewig ist. Liegt darin die Botschaft? Wo ist der Zusammenhang? Muß es denn immer nur ein Bild sein? – Gibst du mir mein Herz wieder?«

»Kann es denn etwas anderes als ein Bild sein? Wenn es um den Zusammenhang des Lebens geht?« sagte er mit der beiläufigen Hast, in der einem schwer arbeitende Menschen eine Auskunft geben.

»Das klingst sehr schlau. Aber ich verstehe dich nicht. Werde ich wieder leben?«

»Wirf das Gift weg, Mühsal. Dann werde ich dir noch dreimal begegnen. Beim dritten Mal sollst du es erfahren.« Die grauen Ärmchen des Puttos zitterten von der Anstrengung, den Kelch zu halten.

Was für ein Unsinn, dachte ich, eine zitternde Statue!

»Ein Zittern des Blickes, Mühsal. Wirf das Gift weg. Dann werden wir ganz ruhig sein, wir beide, auf der Rückseite der Bilder.«

Herzlos und geblendet vom Grün der Hintergrundfarbe, erkundigte ich mich endlich, was er da aus dem goldenen Kelch schütte.

»Das Blut des Erlösers, Mühsal.«

»Aber es ist schwarz.«

»Es ist schwarz, richtig. Weil du doch so anders geartet bist als das Fräulein mit dem Heiligenbildchen am hölzernen Kettchen. Du willst doch keine Erlösung und keinen Gott, der dich versteht.«

»Es ist schwarz. Und du gießt es aus. Das bedeutet, du hast aufgegeben, gekündigt – wie der Engel der Geschichte. Ich sehe also, daß du nichts zusammenfügen willst«, murmelte ich.

Wie zur Belohnung dafür, daß ich das Rätsel annahm, wurde mir der Beginn eines Herzschlags wiedergegeben: ein grenzenlos wohltuendes Erwachen an der Innenseite meiner Rippen, das noch kein Puls, aber die köstlich gewisse Ahnung davon war. Der Putto nickte mir zu. Es konnte ein ironisches Nicken sein. Die grüne Fläche hatte auf einmal das Durchscheinende von Seidenpapier. Ich erkannte die Umrisse des Hinterhofes, wie von einem bengalischen Feuer erhellt. Langsam schwebte der Engel mit dem tropfenden Kelch zurück, auf die Mauer des Nachbarhauses zu.

»Wenn du nichts zusammenfügst, was tust du dann auf der Erde?« sagte ich flehend.

Der Putto knickte den linken Flügel etwas ein. »Ich wecke die Toten, Mühsal.«

»Die Toten? Wozu? Zum Jüngsten Gericht?«

Schon an der Mauer des Nachbarhauses angelangt, schon so transparent geworden, daß dagegen der Kelch, der Blutstrahl und die grüne Umrahmung, die nur noch schemenhaft ins Dunkel gezeichnet waren, dinglich fest erschienen, erwiderte er: »Es gibt kein Gericht, Mühsal. Oder es ist alle Tage, in jeder Sekunde, in der die Toten erwachen.«

»Aber was machst du?«

»Ich hole sie zurück. Ich nehme das Gitter aus der Zeit. Und dir, Mühsal, dir gebe ich alle Herzen.«

Falle ich dann wieder in die Geschichte wie damals in Thereses Leben? dachte ich zu der schwindenden Erscheinung hin. Dann werden also die Toten ins Leben gemischt? – Aber Therese ist doch nicht tot gewesen!

Der Engel und jetzt auch sein Kelch schienen nur noch aus einem seifenblasendünnen Glanz gefertigt. Durch seinen Säuglingsleib hindurch sah ich grün angehauchtes Gestein; dem Umriß seiner Gestalt entsprach haargenau die Randlinie eines vom abgesprungenen Putz freigelegten Mauerflecks. Bevor er seinen Lichtmund noch einmal öffnen konnte, stieß mein Herz nieder. Ich war zurückgekehrt, laut pochend ins Gitter gestürzt. Und vor meinem Fenster stand die Nacht.

Sogleich hörte ich eine Stimme rufen: »Ruhe da oben! Was soll dieser Scheiß-Bote? Es ist zwei Uhr! Erst die Party feiern und dann noch herumbrüllen! Ruhe! Es gibt hier auch Leute, die arbeiten müssen!«

Folglich? War meine Auseinandersetzung mit dem Engel belauscht und beobachtet worden? Hatte ich endlich einen Zeugen?

Erst nachdem ich das Fenster geschlossen hatte, fiel mir auf, daß der empörte, aus seiner Bettruhe gerissene Nachbar auf meinen Schrei *zu Beginn* der Erscheinung reagiert hatte. Berichte, Bote! hatte ich geschrien. Folglich? Nur im Zwischenraum zweier Herzschläge war ich dem Engel begegnet. So war ich aus dem Zeitgitter genommen worden. »Es war unmöglich, absolut unmöglich, das alles in einer Sekunde!« flüsterte ich. Benommen hob ich einen kleinen abgewetzten Plüschbären auf, der einem der rothaarigen Zwillinge gehörte, und ließ ihn wieder auf den Boden fallen. Er fiel mit einer ordentlichen Beschleunigung von annähernd zehn Metern pro Quadratsekunde und starrte mich dann, auf dem Rücken liegend, mit einem lose am Faden hängenden Knopfauge an. Sämtliche Begegnungen mit dem Engel waren unmöglich: Träume, die nicht geträumt sein konnten, irrwitzige Verdoppelungen meines Körperinneren, Eindringen in die Poren der Zeit.

Eine Viertelstunde später hatte ich mich tief in meinen Schlafsack eingewickelt; als große knisternde Raupe drehte ich mich auf die Seite. Die Erschöpfung und das Engelsgift in meinem Blut tauchten mich in eine warme schwarze Brühe, das Blut des Erlösers vielleicht. Ich versank darin, für halbe, für ganze Stunden. Aber immer wieder mußte ich emporstoßen an den Rand meines Bewußtseins. Verschwommen wie in einem Wasser berührten mich dort die Gesichter der Freunde und die Erinnerungen an meine Anreise mit dem Zug. Gegen Morgen erst bildete ich die Gestalt meiner Visionen nach. Mir träumte, Engel aus grüner Strahlung griffen den Toten in die Brust. Alle Herzen! Sie durchschritten die Unfallstationen, die gekachelten Sterbezimmer der Kliniken. Ihre Kraft leuchtete durch die Trümmer zerfetzter Häuser, durch Granatfeuer, durch Schwaden von Giftgas. Sie öffneten die Kinder. Lautlos traten sie an alte Menschen heran. Engel – nachts an den Straßen flakkerndes Blaulicht zerteilend. Engel – in den Todessümpfen vor Basra, auf den Hungerfeldern Äthiopiens. An den Betten Engel, an Hotelbetten, wanzenverseuchten Betten in Absteigen, an dreckigen, faulenden Strohlagern. Engel – in den Korridoren von Wohnblocks glühend. Der ungeduldige Engel schwebte zu einem Selbstmörder heran, der aus dem achten Stock sprang. Noch im Sturz, zu früh!, leicht, so wie man Federn aus der Luft fängt, stahl er sich den wild entsetzten Muskel. Ausgeräumt und schlaff stürzte der Tote weiter nach unten. Er trug einen weißgetupften blauen Pyjama, ein albernes Ding wie ein Milchkännchen aus den fünfziger Jahren, in das man ein Loch geschlagen hatte. Ein Herzloch. Ähnelte er nicht Oberstetter? Oder Graml, Gramls Leiche vielmehr, die auf das Straßenpflaster zuraste? Welcher Graml? Ach, Patrizias Mann. Patrizia ... Ein furchtbares Pochen ertönte. Ich verlor das Bild des Selbstmörders. Aber das Pochen folgte mir zum nächsten und übernächsten Traumbild, dem eines Bahnhofes und dem einer belebten Straße, und zerschlug sie. Hinter all meinen inneren Orten, gegen die Sichtfläche dieser Orte hämmerte eine tödlich entschlossene, unausweichliche Macht. Das waren die Engel. Jetzt brachten sie mir die Herzen –

Du mußt wie ein Stein geschlafen haben.

Ich hab dich nicht gehört. Nur dieses Klopfen.

Hier, das war ich, so, mit den Knöcheln an der Truhe.

Das hast du früher nie gemacht. Weshalb klopfst du?

Ich mußte sehr lange klopfen.

Das ist keine Erklärung.

Du brauchst für alles eine Erklärung. Hast du geträumt? Du siehst verwirrt aus.

In meinem Traum war ein Engel, ein kleiner Putto mit roten Flügeln. Er hielt den Kelch des letzten Abendmahls in den Händen. – Hast du geklopft, weil du mich nicht berühren wolltest?

Was tat er mit dem Kelch?

Er goß ihn aus.

Was goß er aus?

Das Blut des Erlösers, es war schwarz.

Weshalb war es schwarz?

Auch du willst alles erklärt haben. Vielleicht war es schwarz, weil niemand aus dem Kelch getrunken hat.

Was heißt das?

Das hieße, keine Sünde ist vergeben.

Und weil der Engel es ausgießt, kann auch keine mehr vergeben werden?

Ja. Es ist seltsam, daß du geklopft hast.

Soll ich dich berühren?

Ich weiß nicht. Es ist schön, daß du da bist.

Ich gehe gleich wieder.

Ach!

»Das Frühstück holen«, sagte Hanna. »Es steht schon in der Küche.«

Sie hatte Brötchen eingekauft, Marmelade, Honig, Eier.

Ich rückte mit dem Schlafsack zum Kopfende der Matratze, so daß sie sich mit dem Tablett vor mich setzen konnte. Sie arrangierte zwei Tassen, die Frühstücksteller und das Besteck zwischen uns. Sie kam mir schlanker vor als am vergangenen Abend. Vielleicht hing das mit dem schwarzen Pullover zusammen, den sie zu einer hellen Bundfaltenhose trug.

»Willst du die Wohnung neu einrichten oder lieber eine andere suchen?« fragte sie.

»Fürs erste ist sie gerade richtig. Außerdem weiß ich gar nicht, wie lange ich bleiben werde.« Niemand auf der Fête hatte sich danach erkundigt. Mein erklärter Vorsatz, hier in Berlin das Konzept für mein Buch ordnen zu wollen, war von jedem als Heimkehr aufgefaßt worden.

»Das liegt daran, daß alle wissen, wie lange man braucht, um etwas im eigenen Kopf zu ordnen«, sagte Hanna. Sie strich sich die schwarzen Locken aus der Stirn und nahm die Kaffeekanne vom Tablett, um unsere Tassen zu füllen. Dabei sah sie mir kurz in die Augen. In diesen Blick geriet, wie aus Versehen, ein topasfarbenes Aufleuchten. Es stammte aus dem weit abgesunkenen ersten Jahr unserer Liebe. Ihre Gegenwart in der unaufgeräumten Kahlheit des Zimmers kam mir so unglaublich vor wie das nächtliche Herantreten des Engels. Sie mußte eine Erscheinung sein, die wahnsinnige Materie meiner Visionen schuf ihren Körper nach, und ich bildete mir nur ein, mit ihr zu frühstükken. Lächelnd reichte sie mir eine Tasse mit heißem Kaffee. Gab es draußen, an der Wand des Nachbarhauses, tatsächlich einen Mauerfleck, der die Gestalt des Engels genau umschrieb? Ich nahm einen Schluck Kaffee, der meinem mit Schlaf, Engelsgeschwirr und Haloperidol verklebten Kopf unendlich guttat. Sie trank ebenfalls, jedoch so vorsichtig, daß es mich an die schöne Höflichkeit der Erwachsenen erinnerte, die vortäuschen, von den Sandkuchen zu essen, die ihre Kinder gebacken haben.

»Was denkst du, Anton?«

»Ich überlege, wie du die Leute gestern so schnell zusammentrommeln konntest.«

Hatte sie einen anderen Gedanken erhofft, einen der auf das topasfarbene Leuchten einging?

Durch das Dreieck zwischen ihrer Hüfte und ihrem linken Arm blickte ich auf den Teddybären am Boden. Wirkliche Dinge! dachte ich befehlend.

»Du siehst abwesend aus. Was denkst du jetzt?«

»Gestern konnte ich dich nicht in Ruhe betrachten. Du bist acht Jahre älter geworden. Es steht dir sehr gut.«

Sie zog die Augenbrauen in die Höhe. Dann schlug sie mit einem Löffel auf die Spitze ihres weichgekochten Eis. »Auch dir steht es gut, das hohe Alter. Du bist hübsch wie eine unrasierte Märchenprinzessin.« Sorgfältig pellte sie die Eischale ab. »Möchtest du etwas zum Anziehen? Du hast eine Gänsehaut. Deine Klamotten –«, sie beugte sich zurück, um meinen Pullover vom Fußboden aufzunehmen, »sie liegen hier in der Landschaft wie nach einem Striptease.«

»Ich war todmüde gestern.«

Aufmerksam verfolgte sie, wie ich den Pullover auf die richtige Seite wendete. »Eigentlich gemahnen Herr Mühsal mehr an einen griechischen Athleten, in Klammern: nach dem Vollrausch. Ist dir Irmchen gestern nicht auch auf die Nerven gegangen? Sie war schrecklich oder?«

»Ich weiß nicht. Sie ist nicht dumm.«

»Ach, Anton! Für dich ist Intelligenz schon eine moralische Kategorie.«

»Wieso moralisch?«

»Na gut, sagen wir – sie entschuldigt schlechtes Benehmen.«

Seit wann legte sie Wert auf gutes Benehmen?

»Sie ist engagiert und unerträglich. Sie sollte Walter den Laufpaß geben. Aber sie redet sich ein, es nicht zu können, weil ihr seine Hilflosigkeit schmeichelt. Das Gift dieser Beziehung hat sie längst süchtig gemacht.« Hanna sah mich eigentümlich herausfordernd an, das Kinn noch immer auf die Knie gestützt.

»Und was treibt Mansfelds Freundin so, diese Karin?«

»Sie ist Doppelmutter und natürlich Ärztin.«

»Sie gefällt mir gut.«

»Karin gefällt allen Männern. Sie hat so was Liebfrauenhaftes. Das ruft den Ritter in euch auf den Plan. Euer Stammhirn erinnert sich an die Zeiten, wo ihr Minne gesungen und euch mit Zinnkrügen geprügelt habt.«

»Lukas hat mir auch gefallen«, wandte ich ein.

»Und die zierliche rote Helga«, ergänzte sie trotzig. Zusammengekauert, die Tasse an ihre Unterlippe haltend, betrachtete sie ihre Füße, während ich entzückt und verwundert ein sehr reales Brötchen mit Honig aß. Dann hob sie ihr Gesicht, sehr langsam, als müsse sie sich einer Kraft erwehren, die ihr auf den Hinterkopf drückte. »Weißt du, warum ich die Wohnung hier so lange aufgehoben habe? Weil ich mich geschämt habe. Für damals, als du aus der Klinik gekommen bist. Weil ich nicht mit dir schlafen konnte.«

»Du brauchst dich nicht zu schämen. Es war schon gut so.«

»Weshalb? Weshalb war es gut so?«

»Weil man nicht über seine Grenzen gehen soll«, erwiderte ich bestimmt, väterlich, lehrerhaft – ich, der bereit war, alle Herzen zu empfangen und zuzusehen, wie die Toten geweckt wurden.

»Es war so schlimm, damals«, sagte sie leise. »Wie du meintest, ich könne mir nicht vorstellen, wie gut ihr vögelt, ihr Irren. Ihr Irren!«

»Es war unfair, selbstmitleidig.«

»Ich hatte Alpträume, noch lange nachdem du abgereist warst. Ich träumte, daß ich mit Irren, mit richtigen Bilderbuchirren schlafen mußte. Wie eine Heilige. Die gnadenreiche Johanna der Verschenkung. Sie hatten blöde, schmutzige Gesichter. Und alle hatten deine grünen Augen – ach, es ist aber schon acht Jahre her.«

»Das ist vielleicht nicht so viel Zeit.«

»Das ist genug Zeit«, erwiderte sie bestimmt. »Wenn ich jetzt mit dir schlafen wollte, dann würde ich nicht mehr das Problem von damals haben.«

»Aber ich. Ich könnte deine Motive nicht unterscheiden. Ich wüßte nicht, ob du mich wirklich begehrst oder etwas an mir gutmachen wolltest. Obwohl du überhaupt nichts gutzumachen hast.«

Sie gab mit den Händen ihre Fußgelenke frei und ließ sich langsam zurücksinken, bis sie sich auf die Ellbogen stützen konnte. Damit zwang sie mir den Gedanken auf, so, in dieser ruhig klaffende Pose, habe sie sich dem Andrängen armer Nachtgestalten hingegeben, stumpf lallender Anton Mühsals. »Warum willst du es denn unterscheiden?« sagte sie leise.

Ja, verflucht, warum? stimmte ein leidenschaftlicher Reflex in mir zu. Ich hätte mich nur etwas vorbeugen müssen, ihre glatten Fußgelenke umfassen ... »Erzähl mir vom Alltag einer begehrten Advokatin, darüber haben wir noch gar nicht gesprochen.«

»Gerichtstermine, Protokolle, Recherchen, Diktate.« Sie lächelte und veränderte weder ihre Stellung noch ihren fast drohend nachgiebigen, zärtlichen Ton.

»Und der Inhalt?« erkundigte ich mich mit zugeschnürter Kehle.

»Mietrecht und Asylrecht vor allem«, entgegnete sie. Die wilden Topase der ersten Stunden bewegten sich in ihrem Blick. »Aber das sind natürlich schlecht bezahlte Hobbys. Die Kanzlei macht zu siebzig Prozent Brotarbeiten.«

»Ich – weißt du, ich will dir einen Traum erzählen.«

Hanna richtete sich auf. »Zum Beispiel das Scheidungsbegehren Meier gegen Meier.« Sie stellte die Zuckerdose auf das Tablett. »Oder die Wahrnehmung von Pflegschaften.« Das Milchkännchen folgte. »Eine Grenzberichtigungsklage oder eine Pflichtverteidigung, süß wie dieser Marmeladentopf.«

»Diesen Traum hatte ich, kurz bevor ich nach Berlin ging. Ich lag im Dunkeln oder ich schwebte, und plötzlich waren überall Tulpen, glatte, duftende Tulpen um mich herum, wie eine endlose Umarmung. Es hing mit meiner Abreise damals zusammen, weil ich zuerst nach Amsterdam fuhr. Aber diese Tulpen – das warst du. Du und Patrizia.«

»Die Sommerkostüm-Schönheit vom Ku'damm?«

»Ja. Ihr wart ineinander vermengt, ich konnte das nicht auflösen.«

»Siehst du! Man muß nicht unterscheiden!«

Jetzt ist es gut, es wäre immer gut gewesen, dachte ich. Wir küßten uns über das Frühstückstablett hinweg. In meinen Körper waren zu viele Tulpen geregnet, zuviel traumblasses, irres Blütenfleisch. Ich hörte die Tassen und Teller klappernd verschwinden. Wie durch ein Schneegestöber aus rot tanzenden Flocken drängte sich Hannas Brust gegen meine Hände. Was für ein Unsinn, den asketischen Engelssucher zu mimen! Das wollte ich, dieses halbblinde Zerren an Pullovern, Knöpfen, schlanke Finger, die mich aus der kunststoffbeschichteten Verschwommenheit meines Schlafsacks befreiten, mir unter die Achseln fuhren, mich aus der Verschlingung des Haloperidols und den Rätseln des Engels lösten, indem sie etwas zu fest meine Hoden drückten.

»Ich bin so lange lesbisch gewesen«, flüsterte sie mir ins Ohr. »Jetzt muß ich ein bißchen schwul werden.«

Als die Unterschiede wieder zutage traten, besetzten sie nur noch die hinteren Ränge des erregenden Theaters unserer Körper. Hanna liebte mich sanft und innig, es war eine Reise durch die Jahre unserer Freundschaft, Liebe, Verwirrungen, alles streifend und doch nirgends stehenbleibend. Ich begriff sehr entfernt, mit einem im Parkett sitzenden Gedanken, daß ich nie etwas Schöneres erlebt haben würde, wäre Patrizia nicht gewesen. Die Vormittagssonne erreichte den Mauerschacht des Hinterhofs.

Eine Aufhellung in der Form eines Rechtecks fiel über uns. Hannas sommerbrauner Körper belebte sich im Licht noch mehr. Wie früher wollte sie, daß ich mich auf die Hände stützte, so daß wir uns nur noch am Punkt unserer Verschmelzung berührten. Wie früher liebte sie es, mit mir zusammen keuchend auf die Verflechtung unserer Schamhaare zu starren. Sie berührte mit ihren Fingerspitzen leicht die Zone, an der ihr gebräunter Bauch in die von der Bikinihose geschützte, tulpenblütenweiße Haut überging. Nur im Augenblick meines Höhepunkts verhielt sie sich plötzlich anders, entspannte sich völlig, lächelte mit offenem Mund. Ich war überrascht, aber zu begeistert, um diese Reaktion zu verstehen, fühlte nur, gleichsam voranstürzend, als ließe jemand, mit dem man gerungen hat, noch einen Widerstand fallen, eine zweite, tiefere Nachgiebigkeit ihres Körpers, einen meinen herausschießenden Samen weich umschließenden Griff, als ob ihr Becken bewußt und genußvoll trinke ... Noch etliche Minuten nachdem wir uns getrennt hatten, lag ich ganz verwundert neben ihr. Die Seiten unserer Oberschenkel berührten einander. Ihre linke Hand ruhte schwach geschlossen auf meinem Bauch.

»Soll ich uns zudecken? Es ist ziemlich kühl.«

Sie schüttelte den Kopf. »Ich muß gleich aufstehen. Ich hab einen Termin um halb zwölf.«

»Was denkst du?«

»Daß es Patrizia war – die Tulpen, meine ich.«

»Ich bin nicht sicher.«

»Es war sehr schön. Man muß nicht unterscheiden, nicht wahr?«

»Nein, aber man tut es. Es ist noch Elke – oder?«

Sie steckte mir den kleinen Finger ins Ohr.

»Ich hör dich gut«, versicherte ich.

»Es war sehr schön, und es war wichtig«, erklärte sie ruhig. »Ich glaube, jetzt können wir wieder Freunde sein, jetzt stimmt es wieder. Und es ging nicht nur um die Klinik, du weißt das.«

»Ja. Sag – war es das letzte Mal?«

Hanna legte ihre Hand wieder auf meinen Bauch und sah auf die eigenen Finger, als gehörten sie ihr nicht, seltsam gebannt und fast wieder erregt. »Das möcht ich nie wissen von uns, Anton. Daß es irgendwann das letzte Mal gewesen ist.«

Ich drehte mich zu ihr hin. »Hilf mir gegen die Engel!« hätte ich am liebsten gerufen. Sie küßte mich auf den Mund und stand dann auf, um rasch ihre Kleider einzusammeln und sie ins Bad zu tragen.

»He, Anton?« rief sie von dort.

»Ja?«

»Ich komm heut abend wieder vorbei. Gegen sechs. Dann besuchen wir Jakob und Anselm, okay?«

»Okay!« Das Geräusch des anspringenden Wasserstrahls unter der Dusche machte mich schläfrig. Schon die Nacht vor der Reise hatte ich kaum ein Auge zugetan. Eines von Hannas weißen Söckchen lag neben dem Teddybären mit dem heraushängenden Knopfauge. Zwei Weingläser standen noch vom Vorabend auf den Dielen. Ich stand auf und öffnete das Fenster zum Hof. Daß ich dort keinen Mauerfleck entdecken konnte, der dem Umriß eines fliegenden Puttos mit Kelch ähnelte, überraschte mich. Ein Anzeichen, daß der Engel mich nun immer weiter dem wirklichen Leben entrückte?

Hanna hatte keine Zeit mehr, beim Geschirrspülen zu helfen. Sie verabschiedete sich mit einer liebevollen Eile, in die ich die Bitte hineinlas, ihren gesenkten Kopf nicht anzuheben und nicht ihre feuchen Haarspitzen zu berühren. Als ich von der Wohnungstür zurück ins hintere Zimmer ging, war es mir beinahe zumute wie bei meiner Abreise nach Amsterdam acht Jahre zuvor. Ich nahm das Haloperidol aus meinem Rucksack und spülte die Tabletten einzeln die Toilette hinunter. Die Packung zerriß ich zu Schnipseln, die ich anschließend im Kachelofen verbrannte. Die aufgedruckten Farbbuchstaben zerliefen; Flämmchen tanzten vereinzelt empor; über die gefalzten Kanten kroch ein Pelzsaum aus rotglühenden und schwarzen Härchen. Mein Denken und Fühlen wurde leicht wie die Asche auf dem Eisenrost. Jetzt konnte ich die Engel im Kunstlicht einer objektiven Neugierde beschauen.

In der Küche schrieb ich die Begegnung der letzten Nacht in das Notizbuch mit dem Titel *Bericht vom Dach der Welt*.

Genügte es, den Reporter zu spielen?

Ich schrieb weiter:

1) Der Engel weckt die Toten = das Gitter aus der Zeit nehmen.

2) Er kündigt mir an, ewig zu leben. (Ein grüner Mann, Khezr sein. Das Wort ewig hat zwei Richtungen.)

3) Er will mir alle Herzen geben.

4) Therese und die 18er-Revolution – ein Exempel (»Fortgeschrittenenexperiment«!). Ein Herz, das er mir gegeben hat?

5) »Wer wie die Farben ist, geht wie ein Pfeil durch die Sterne.« Überall, an jedem Ort (und gleichzeitig mit sich selbst), sein zu können.

6) Aber es soll alles von mir (=aus meinem Kopf) stammen? Was, wenn die Botschaft mein Irrtum ist?

7) Mein Großvater »ein Hanswurst, wie alle anderen auch«. Welche anderen? Die Propheten?

8) Ich soll »alles erfahren«. Vieldeutig.

9) »Stirb, bevor du stirbst.« Objektiv werden. Der Historiker stellt sich tot für die Dauer seiner wissenschaftlichen Anstrengung. Er ist tot für die Toten.

10) Es gibt kein Jüngstes Gericht. Die Sünden werden nicht vergeben (schwarzes Blut auf der Leiter der Märtyrer, schwarzes Blut im Kelch des letzten Abendmahls).

»Ich bin das Jüngste Gericht«, sagte ich schaudernd. Es gab eine verblüffend einfache Lösung für das Rätsel dieser zehn Punkte. Eine größenwahnsinnige.

4

Ein mutmaßendes Kapitel

Am späten Nachmittag hatte Hanna angerufen. »Jakob ist allein, weil Anselm nach Holland gefahren ist. Er würde dich sehr gern sehen. Kannst du gegen sieben?«

»Natürlich.«

»Gut, dann treffen wir uns direkt bei Jakob.«

Jetzt, im Bibliothekszimmer, auf einem Sofa vor dem kniehohen Tisch, erschien mir kaum ein Ort günstiger, um meine Idee, meine erste zusammenhängende Deutung der Botschaften, zu besprechen. An zwei nebeneinander aufgestellten Schreibtischen hatten die beiden alten Freunde den Versuch unternommen, auf ihre Art eine Weltgeschichte zu schreiben. Die Längswände des hohen Raumes trugen einen von schmalen waagerechten Schlitzen gegliederten Bücherpanzer, der erst einen halben Meter unterhalb der Stuckdecke endete. Jakob saß Hanna und mir gegenüber auf einem bequemen Sessel. Wenn ich an seinem Kopf vorbeisah, konnte ich Meyers Geschichte des Altertums von 1902 und die zwölfbändige Cambridge Ancient History in einer Ausgabe der sechziger Jahre erkennen.

»Niemand begreift, daß er sterben muß«, verkündete ich. »Aber jeder glaubt zu begreifen, wie es wäre, unsterblich zu sein.«

»Darin besteht deine Idee?« fragte Hanna.

»Nein. Meine Idee ist, sich einen Historiker vorzustellen, der das Ideal unserer Zunft verkörpert. Er müßte unsterblich sein, und seine Aufgabe wäre unendlich: Er schriebe die Chronik der Welt.«

»Also das, was Anselm und ich versucht haben«, meinte Jakob.

»Aber er hätte euer Problem nicht – den Mangel an Zeit.«

»Das war nicht das einzige Problem«, seufzte der alte Mann. »Dein Chronist bräuchte auch ein allumfassendes Auge, das jeden Winkel inspizieren kann, der einmal geschichtsträchtig wird.«

»Ich denke mir eine Art Welt-Theater«, sagte ich. Die gesamte Geschichte der Menschheit müßte für den ewigen Chronisten die Form eines beliebig oft aufgeführten Theaterstücks annehmen. Jede Epoche würde auf seinen Wunsch mit exakt den gleichen Personen und Ereignissen noch einmal gespielt, über jedem Ort die Zukunft des Zeitpunktes, den er studieren wollte, spurlos zertrümmert. Wie zum Jüngsten Gericht stünden die Toten, die zerstörten Dinge und Tiere wieder auf. Nicht die Erlösung oder die Verdammnis läge vor ihnen, sondern die unabänderlichen Figuren ihres einen historischen Schicksals, das ihnen notwendig verschleiert blieb. »Auf diese Weise kommt der Weltchronist in den Besitz aller Tatsachen. Er steigt hinab in den Abgrund der Geschichte –«

»Wie?« unterbrach mich Hanna. »Als was?«

Als geisterhafte Essenz, als mystisches Plasma, weiß der Teufel, das war doch gleichgültig, wenn es nur die Bedingung erfüllte, daß der Beobachter unter keinen Umständen in die Ereignisse eingriff. Es begann mit dem Rausch der Tatsachen, einer abenteuerlichen Jagd nach untergegangenen Stoffen, längst zerfallenen Körpern, nach verschollenen Gebilden. Der Besuch des Welttheaters hieß für den Chronisten ein endloses Sehen und Nicht-Sterben: alle Städte, alle Dörfer, alle Berge, die Erzminen, Fabriken, Salzschächte, Kohleflöze, die Vorstandsetagen von Byzanz, Peking, Chicago –

»Als mystisches Plasma«, sagte Hanna kopfschüttelnd.

»Stell es dir vor wie im Kino«, forderte ich sie auf. »Oder als ob du ein Buch lesen würdest, das ist eigentlich noch genauer. Was bist du denn, wenn du liest? Gegenüber den Figuren des Textes? Doch so eine Art denkender Nebel, ein Gespinst, das die Geschichte erweckt, wann es ihm beliebt. Du verfolgst die Kämpfe, ohne von ihnen verletzt werden zu können; du hältst sie an; du stellst sie vor und zurück. Du bist ein mystisches Plasma, das die Erzählung nicht berührt.«

»In einem Buch gibt es schon eine Erzählung«, warf Jakob ein. »Das Handlungsschema ist vorgegeben. Die Situation Ihres Historikers wäre aber viel komplizierter. Er muß aus dem Rausch der Tatsachen und Details wieder erwachen. Er muß erst eine und zwar die allergrößte Geschichte erfinden. Sonst bleibt er nur ein unsterblicher Voyeur.«

»Ein Faktenmüllhaufen«, ergänzte Hanna, »der genau so unübersichtlich wäre wie die Masse der Tatsachen selbst.«

Schwer atmend schenkte Jakob Tee ein. Sein Gesundheitszustand hatte sich seit unserem lange zurückliegenden letzten Treffen verschlechtert. Dreiundsiebzig Jahre ... Für den Weltchronisten bedeuteten sie nur einen winzigen Takt in der Sinfonie aller Herzschläge. Wie würde das Gesicht, das Jahrmillionen beobachtet hatte, aussehen? Ich glaubte zu spüren, wie es mir anwuchs: die Tränensäcke aus zernarbtem Stein – Engelsstein? –, die verwitterten, grauenhaften Wangen, ein Maul aus verwulstetem Eisen, durch dessen Fäulnis endlos wie die Gezeiten der brandige Atem des unsterblichen Voyeurs strich. Eine Lähmung, das Gefühl einer furchtbaren Schwere, ähnlich der, die sie mir in der psychiatrischen Anstalt aufgezwungen hatten, arbeitete sich durch meinen Körper, und ich betrachtete Hanna und den alten Mann mit einer fassungslosen Rührung für ihre Vergänglichkeit, für das Einmalige ihrer Worte und Gesten, während ich immer weiter in meine anorganische, unverletzliche Starre einsank. Der Weltchronist nahm den gleichen Abstand zu allen Lebenden und Toten ein. Nur so würde ich meiner Aufgabe, der Aufzeichnung der gesamten menschlichen Geschichte, gerecht. Gewaltige Räume würden sich in mir eröffnen. Stämme, Völker, Nationen, der Lebensgang der Kontinente strömten durch meine Adern. Ich erblickte auf Anselms Schreibtisch eine steinzeitlich wirkende Figur aus Ton und spürte das Vermögen, so tief in meinen bleiernen Körper einzubrechen, so unbeweglich nach außen und so riesig nach innen und in der Zeit zu werden, daß ich bis zu der archaischen Trauer der Horde würde vorstoßen können, die ihre Toten in Felsgrotten begrub. Man brachte die Leichen in Hockstellung. Der Hals wurde mit einer Kette aus Muscheln und Zähnen geschmückt, die Haut mit pulverisiertem Ocker eingerieben. – Wenn ich wieder starr werde, müssen sie mich in eine Klinik bringen! dachte ich erschrocken. Wie viele Chronisten des Universums lagen, von inneren Äxten gefällt, mit malmenden Kiefern und starrem Blick in den Anstalten? Ich sah den gelben Psychiater vor mich hintreten. »Von der schizophrenen Episode zum katatonen Stupor«, sagte er mit einem einwandfrei sterilisierten Bedauern. Während ich Pyramiden zu errichten wähnte, auf Pferden durch die ersten Völkerschlachten ritt, vor Südseeinseln in glasigen Gewässern tauchte, Karthagos Untergang schaute, über die Gepeitschten und Gedemütigten, die Triumphatoren und die taube Masse der Gleichgültigen aller Jahrtausende hinschwebte – von Krankenschwestern gewaschen, von Pflegern rasiert, gestoßen, ans Bett gefesselt, gewindelt, mit Injektionsnadeln durchlöchert. »Der ... ewige«, sagte ich krächzend.

Hanna und Jakob sahen amüsiert zu mir her.

»Der ewige Historiker«, brachte ich deutlicher heraus und räusperte mich noch einmal. »Wir haben das Denkmodell nicht weitergeführt.«

Hanna beugte sich zu Jakobs Ohr. »Wir sind ihm zu ideenflüchtig, dem Meister.«

Der alte Mann nickte wie betrübt. »Greifen wir also den Faden wieder auf. Ihr Historiker, ausgerüstet mit der grenzenlosen Fähigkeit, Fakten aufzunehmen, soll nun auswählen und ordnen und einen lesbaren Bericht abfassen.«

»Für wen lesbar?« erkundigte sich Hanna.

»Für halbwegs funktionierende Gehirne natürlich«, antwortete Jakob. Wie ich selbst begriff er zunächst die Reichweite der Frage nicht. Seiner Ansicht nach hatte der Weltchronist den unschätzbaren Vorteil des zweiten und des dritten Blicks, der sich aus der beliebig häufigen Wiederholung des historischen Theaterstückes ergebe. »Was und wieviel ein Zustand oder ein Ereignis bedeutet, kann immer nur aus seiner Zukunft festgelegt werden. Also etwa die Erfindung des Klaviers oder der Anti-Baby-Pille oder der Massenpsychose des Autofahrens. Das schaut der Weltchronist sich rasch aus der Perspektive des vierten Jahrtausends an, falls dieses selbst die Erfindung der Atombombe noch zuläßt.«

»Der Historiker beschreibt die Toten«, fiel ich ein, »wörtlich aufgefaßt – wie ein Tätowierer. Der Weltchronist könnte ihnen immer wieder die Zeichnungen von der Haut waschen und sie mit den Farben der neuen Bedeutungen versehen –«

»Brrr«, machte Hanna. »Von der Historie zur Nekrophilie. Aber was ist denn bedeutend?«

»Das ist eine Gretchenfrage«, sagte Jakob. »Und die triviale Antwort lautet: Bedeutend ist, was den Historikern bedeutend erscheint. Die Erzähler unter ihnen lieben die Sensationen, die Theoretiker die Zahlen.«

»Aber können Sie sich nicht vorstellen, daß der universale Historiker ganz neue Bedeutungsmuster entdeckt?« fragte ich gespannt.

»Die Umwertung der Werte?«

»Das klingt nach Nietzsche«, meinte Hanna. »Wollt ihr jetzt unter die großen deutschen Syphilitiker?«

»Ich bin kein Nietzscheaner«, wehrte ich ab. »Aber er hat einen interessanten Aufsatz über dieses Thema geschrieben. Bevor er sich dafür ausspricht, die Geschichte zu vergessen oder sie im Dienste des Tatendranges zu verfälschen –«

»Also für das, was ständig passiert«, ergänzte Jakob.

»Bevor er das tut, entwickelt er den Gedanken, daß es keine objektive Geschichtsschreibung geben könne. Der Grund, sagt er, liege darin, daß die Historie immer vom Leben in den Dienst genommen werde. Wenn aber mein unsterblicher Chronist nicht mehr im Leben stünde und also niemandem – auch sich selbst nicht – zu Diensten sein müßte, dann könnte er vielleicht neue Bedeutungen und neue Gesetze erschaffen.«

»Aber frag dich doch, wer, wenn du so gegen Willkür bist, deinen eiskalten Chronisten kontrolliert.«

»Die Logik. Oder das Gefühl für formale Geschlossenheit vielleicht«, vermutete ich. »Ich denke es mir so: Der Chronist ordnet sämtliche Interpretationen so lange um, bis sie sich zu einem klaren Gebilde geformt haben. Es müßte ihn gewissermaßen architektonisch, durch die schlüssige Bauweise befriedigen. Vielleicht müßte er ein neues Subjekt der Geschichte konstruieren, um neue Gesetze zu erhalten, eine nur teilweise belebte Struktur, einen riesigen Androiden, in dem die Maschinen, die Natur und die sozialen und psychologischen Parameter verschmolzen sind.«

Hanna hob schülerinnenhaft einen Zeigefinger. »Das Subjekt der Geschichte sind also nicht etwa die Menschen? Wir gewissermaßen so unarchitektonisch Verschmelzenden?«

»Nein«, sagten der alte Mann und ich fast in der gleichen Sekunde.

»Ihr versucht, meine verschütteten Marx-Seminare wieder freizulegen. Die Menschen machen ihre Geschichte, aber nicht ... und so weiter.« Hanna griff in ihre Locken. »Seit Jahren habe ich nicht mehr in ein vernünftiges Buch geschaut. – Aber was wollte ich sagen?« Für einen Moment schien sie irritiert. »Du würdest Gesetze finden –«

»Wenn überhaupt! Wenn es überhaupt historische Gesetze gibt!« Jakob entschuldigte seinen Zwischenruf, indem er Hanna kurz die offenen Hände entgegenstreckte. »Ihr Historiker, Anton, der bräuchte ein Experimentierfeld, ein Labor wie die theoretischen Physiker. Stellen wir uns also die Geschichte als verschlossenes Laboratorium vor. Irgendeine Macht stellt darin zahllose Experimente an, Experimente um Tod und Leben mit Milliarden von Menschen. Der Historiker steht am Fenster und drückt sich die Nase platt, in der Hoffnung, hin und wieder die sinnvollen Anordnungen zu erkennen, die er selbst gerne arrangieren würde. Aber wie groß ist seine Chance? Er kann die Experimentieranordnung nicht festlegen, sondern immer nur zuschauen. Ich fürchte, er stünde ewig da, und keines der Probleme, über die wir jetzt geredet haben, bliebe ihm erspart. Je mehr ich es bedenke: Er tut mir leid, der unsterbliche Schreiber, in seiner schrecklich unfruchtbaren, unsterblichen Einsamkeit.«

»Das furchtbare Privileg, alle Zeit der Welt zu haben«, stellte ich langsam fest. Ich zwang meinen Blick über die Bücherwände, die ordentlich aufgeräumten Schreibtische, die nachtschwarzen Fenster. Was bemühte sich Hanna zu erklären? Ihre Stimme klang ruhig und beschließend. »Noch dazu habt ihr mein Argument vergessen, nämlich für wen er schreibt«, sagte sie betont. »Du würdest Gesetze finden, die keinen Menschen interessieren. Äußerst gültige und äußerst langweilige Abstraktionen wahrscheinlich. Keiner fragt dich etwas. Keiner verlangt dir ab, ihm etwas aus der ruhmreichen oder ruchlosen Vergangenheit zu erzählen. Welche Form hat ein Bericht, den nie einer lesen wird? Welches Motiv hat der Chronist? Du hättest wahrscheinlich nur zwei Möglichkeiten. Entweder ein zynisches Monstrum zu werden, das bizarre Gesetze in ein bizarres Buch schreibt –«

»Ein totes Ding! Du hast recht, das wäre ich dann!« rief ich. »Ich hätte kein Motiv, irgend etwas zu schreiben. Das ist das schlimmste Argument! Die absolute Einsamkeit!«

»Ein Ding, das endlos in der Geschichte kreist«, ergänzte Jakob.

»Einer, der gestorben ist, bevor er stirbt«, stellte ich betroffen fest. »Und er hätte gar nichts davon, daß er an jedem Ort sein kann und alle Herzen besitzt.«

Hanna runzelte die Stirn. »Alle Herzen besitzt ... Wie du das sagst!«

»Im Sinne von äußerster Veranwortung. Als ob einem die Toten ihr Leben, ihr Herz anvertrauen, damit man es gebührend in der Chronik berücksichtigt.« Meine Schläfen brannten. Alles Positive an der Lösung, die ich aus den gesammelten Engelszitaten entwickelt hatte, brach in sich zusammen. Die Freiheit des großen Historikers war eine Katastrophe. Ich fühlte mich über den tiefsten Abgrund an Zeit gehalten, tückisch unbefestigt im bücherverkleideten Rahmen des Zimmers, auf dem von einer Stehlampe beschienenen Sofa, an Hannas Seite. Sie hat meinen Samen in sich, dachte ich beklommen. Gesetzt, ich hätte das Haloperidol nicht vernichtet – was würde ich, eine oder zwei Tabletten mit einem Schluck dieses lauwarmen Tees heimlich zu mir nehmend, gedacht haben? Über die Unfähigkeit, weder den Tod noch das ewige Leben zu ertragen? Darüber, wie glaubwürdig die Aussagen eines rubinrot gefiederten Säuglings waren, den einige Milligramm Chemie aus meinem Gehirn löschen konnten? Aber der Putto hatte mir doch *drei* Begegnungen angekündigt! Es war doch voreilig, mich jetzt schon im Besitz der Botschaft zu wähnen! Noch war ich nicht zu der monströsen Unendlichkeit des Weltchronisten verdammt. Noch konnte ich die Augen und den Verstand wachhalten. Und hatte denn je einer der himmlischen Boten einem Sterblichen verkündet, er werde ewig sein?

Das ist doch nicht erlaubt, sagte ich mir. Vom Baum des Lebens zu essen, das hieße, Gott zu verletzen.

Ich sah von meinem Teeglas auf. Jakob hatte auf Hannas Aufforderung hin begonnen, noch einmal zu erzählen, wie er und Anselm an ihrem welthistorischen Projekt gescheitert waren. »Am Ende sahen wir auf die ganzen vier Jahre Studierleidenschaft zurück, und alles erschien wie ein Fieberrausch. Wir hätten eigentlich wieder von vorne anfangen müssen. Da klappten wir mit einem großen Seufzer der Erleichterung alle Folianten zu und beschlossen, nur noch den eigenen Garten zu bestellen.«

Hanna beglückwünschte ihn zu diesem Entschluß.

»Für Sie gilt aber etwas anderes. Sie sind jung.« Jakob hatte sich an mich gewandt. »Wenn Sie nicht weiterarbeiten an Ihrer europäischen Geschichte, dann ist es ein Versagen. In Ihrem Alter und bei Ihren Voraussetzungen darf man nicht aufgeben. Wir beiden alten Esel haben unseren Spaß gehabt und dann mit Anstand verloren. Das macht nichts. Das Alter ist vor allem die Kunst der Kapitulation.«

Ich gab mir Mühe, dem Blick des untersetzten, bei jedem Atemzug schwach keuchenden Mannes nicht auszuweichen. Die Spannung, mit der er vor wenigen Minuten noch gesprochen hatte, war jetzt ganz in einem unscharfen, entgleitenden Ausdruck verloren. Wie bei einer Totenmaske, dachte ich erschrocken. Warum schwieg er so lange? Weshalb fiel Hanna kein neues Thema ein?

Endlich räusperte er sich. »Ich mußte über das nachdenken, was Sie ganz zu Anfang gesagt haben«, erklärte er, auf seinem Sessel etwas höherrutschend. »Nämlich, daß niemand daran glaubt, sterblich zu sein.«

Das also! Mit welcher Rücksichtslosigkeit ich argumentiert hatte! Eitel, taub für die Gefühle anderer, wie alle Wahnsinnigen!

»Erst wollte ich ihnen widersprechen. Ich habe so viele sterben gesehen«, sagte Jakob. Er hob den rechten Unterarm und ließ ihn wieder auf die Lehne sinken, als müßte er ihn auf ein Nadelkissen legen. »Aber dann – Sie meinten ja, daß niemand es begreife. Das ist etwas anderes, als nicht daran zu glauben. Und es stimmt, selbst wenn man sich den Tod wünscht, begreift man ihn nicht. Man wünscht sich einen langen, traumlosen Schlaf. In der Hoffnung, doch auf dem gleichen Ufer wieder aufzuwachen. Nur eben – als glücklicher Mensch.«

Kurze Zeit später trat ich neben Hanna auf die Lehrter Straße. Das Haus, in dem sich die Wohnung der beiden alten Männer befand, stand mit zwei anderen ähnlicher Bauweise in einer Reihe. Hinter den Fenstern flackerten Bildröhren im gleichen Takt. Auch in der Wachstube der angrenzenden Frauenhaftanstalt Moabit verfolgte man das Fernsehprogramm. Schweigend gingen wir nebeneinander her. Eine scharf auf den mächtigen Quader begrenzte Stille lag über dem Gefängnisbau. Man schämte sich, sie mit dem Rascheln des Herbstlaubes anzurühren; die Blätter bedeckten den Bürgersteig, und sie kamen mir vor wie Stücke aus leichtem verfärbten Blech.

»Was ist los mit dir?« fragte Hanna.

Ich warf mir vor, Jakob mit meiner These vom unbegriffenen Tod vor den Kopf gestoßen zu haben.

»Du hast ihn aufgewühlt, das stimmt.«

»Mein Gott, ich erzähle ihm was vom Sterben! Er ist dreiundsiebzig. Zwei Frauen sind ihm weggestorben, verstehst du? Und er hat noch viel mehr vom Tod gesehen, sechs Jahre lang in Buchenwald!«

»Er hat sich deiner Meinung doch angeschlossen. Es ging um Gedanken, nicht um einen Wettbewerb in Lebenserfahrung.«

»Ich hätte mehr Rücksicht nehmen müssen!«

»Dann hätte er gemerkt, daß du ihn schonst. Und es paßt ihm überhaupt nicht, wenn ihm einer den Opferstempel aufdrückt.«

Das Zeichen auf der Stirn, dachte ich verdrossen. Jakob war wesentlich sensibler als ich. Nie wäre es ihm eingefallen, auf meine Episode im Gasthaus zu den gespaltenen Seelen anzuspielen, sich zu erkundigen, ob mich etwa in den vergangenen Jahren noch einmal die Nacht durchblendet hätte.

Fiel es Hanna ein? Sie sehnte sich wohl nur danach, rasch nach Hause zu Elke zu kommen. Auf der gegenüberliegenden Straßenseite konnte man mit Not das Werbeschild eines Schrotthändlers erkennen. Ineinandergescherte Gebilde aus Eisen, wie große Käfer, die auf einen Haufen gekrochen und erstarrt waren, hoben sich schwarz gegen die Dunkelheit ab. In der Ferne sah man die DDR-Grenzanlagen, hohe Masten, an der Spitze von eisig strahlenden Scheinwerfergeschwüren befallen. Ich liebte Hannas gleichmäßigen Gang.

»Was denkst du?« fragte sie, ohne mich anzuschauen.

»Du sagtest, der schwebende Historiker hätte zwei Möglichkeiten. Entweder ein Monstrum zu werden, ein Zyniker, der bizarre Gesetze in ein nie gelesenes Buch schreibt. Oder?«

»Ach so. Benjamins Engel, daran hatte ich gedacht, an Bredorf, wie er von diesem Engel erzählt hat. Ich meinte nur, daß dein Historiker, wenn er sein Mitgefühl nicht verlieren würde, unendlich traurig sein müßte … Das war's schon.«

»Heute morgen, als ich dir diesen Traum erzählt habe, die Sache mit dem Kelch – oder gestern abend«, sagte ich zögernd, »meine Thesen über die Engel. Kam es dir sehr verschroben vor?«

»Weshalb? Es war ein seltsamer Abend.«

»Also – es kam dir seltsam vor?«

»Nein. Dir hat es eben Spaß gemacht, den Seher zu mimen. Man konnte den Eindruck gewinnen, du hättest täglich Umgang mit den Engeln. Vor allem Helga. Die hat es dir womöglich geglaubt.«

»Sie versteht keinen Spaß«, stellte ich mit einem fragenden Unterton fest.

»Ich bin aus allen Wolken gefallen, als ich sie in ihren roten Klamotten sah. Aber ich weiß nicht einmal, ob sie mir tatsächlich leid tut, sie mit ihrem Meister. – Irmchen«, sagte sie dann unvermittelt. »Sie wird bestimmt bei dir vorbeischauen, um ihre Teller abzuholen. Die Porzellanteller von gestern abend. Die gehören ihr.«

»Du magst Irmchen wirklich nicht mehr.«

Hanna sah mich verwundert an.

»Ich wollte eigentlich was ganz anderes wissen. Nämlich ob es dich geärgert hat, daß ich dich mit deinen vier Fragen zitiert habe.«

Sie schüttelte den Kopf.

»Es sind gute Fragen.«

»Möglich.«

»Bist du zufrieden? Bist du glücklich mit Elke?«

»Erstens: Was ist Glück?« rief sie, überrumpelt und beinahe gereizt.

Ein Fahrradfahrer mit schlecht eingestelltem Dynamo kämpfte sich gegen den frühlingshaft warmen Nachtwind und die leichte Steigung der Straße an uns vorbei.

»Wenn ich mir zwei weibliche Körper vorstelle, die sich lieben –«

»Was ist dann?«

»Ich finde es schön. Aber es hat etwas Vergebliches an sich.«

»The missing link, das meinst du doch? Das Ding, von dem ihr glaubt, daß es uns so nahe bringt. – Was war mit dem Glück auf deiner Reise? Wie sagte das gute Irmchen doch: All die Länder, die Meere, die schokoladenfarbenen Frauen?«

»Reisende sind keusch.«

Sie bekreuzigte sich. »Das sieht man an den Bangkok-Pilgern vom Heiligen Sankt Neckermann.«

»Das sind keine Reisenden.«

»Also du hattest eine fleckenlose Empfängnis, du warst gestillt von fremder Welt.« Mit einer präsentierenden Geste stellte sie mir die Straße unter dem schwarzen Himmel vor.

»Es waren zwei Frauen. In drei Jahren.«

»Ha! Usus pauper!«

»Du bist doch überall fremd. Das macht es sehr schwer.«

»Hattest du nie eine feste Beziehung? Auch nicht während deiner bürgerlichen Phase?« erkundigte sie sich auf einmal ernst und zärtlich. Sie blieb stehen.

War ihr die Sache so wichtig?

Ich brauchte eine Sekunde, um durch die Schleier aus Betroffenheit und Geschmeicheltsein das gelbe Schild einer Bushaltestelle zu erkennen. »Ich war ein Jahr mit einer Frau zusammen«, sagte ich, mich zu der Tafel mit den Abfahrtszeiten hinunterbeugend. »Dreiundzwanzig Uhr siebenundzwanzig, du kriegst tatsächlich noch einen.«

»Hast du sie geliebt?« fragte sie einfach.

»Nein, das war unmöglich.«

»Weshalb?«

»Wir brauchten uns nicht. Sie interessierte sich nur für ihre Karriere und für ihre Kakteen. Wie kann man Kakteen lieben? Bei Tieren heißt es Sodomie, aber für die Unzucht mit Pflanzen kennt man gar keinen Begriff.«

»Vielleicht Botomie?« schlug Hanna vor.

Ich hörte ein winselnd heranschleichendes Motorengeräusch. Auch nach acht Jahren fern von Berlin war es mir noch gut vertraut. Der doppelstöckige Linienbus kam sanft wippend heran.

Mit einem Fuß bereits auf der Einstiegstreppe des Busses, erkundigte sich Hanna, ob ich Patrizia angerufen habe.

»Nein.«

»Das solltest du aber. – Ist ja schon gut, junger Mann«, beschwichtigte sie den Busfahrer, der sie als »mein Frollein«

zum Einsteigen aufgefordert hatte. Ich sah noch, wie sie in dem anfahrenden Bus mit einem raschen Griff nach dem Haltebügel faßte und Kleingeld auf die Kasse legte.

Sekunden später umgab mich eine von fernen schweren Tönen befestigte Stille. Der Wind fegte die nachtstumpfen Mauern entlang, unsinnig warm, dunkel, flau beunruhigend wie vor der Ausbreitung einer Seuche, von der keiner etwas weiß. Plötzlich war jeder Gedanke an Hanna oder das Gespräch mit Jakob verschwunden. Ich fühlte, der Engel würde erneut erscheinen. Und ich erkannte so jäh, daß ich fast zur Erde fiel, wo ich ihn finden konnte. Auf dem Mehringplatz, am Ort der ersten großen Vision! Wo sonst? Ich mußte mich beeilen!

5

Einige Pneumata

»Du kommst spät, wurdest du aufgehalten?« sagte er. Er stand tief gebeugt am Rand des marmornen Beckens. Nur ungern schien er den Kopf in meine Richtung zu drehen. Es war ein sehr alter, sehr schmächtiger Mann. Nie zuvor hatte ich ein solches Gesicht gesehen. In einen großen, fast haarlosen Schädel eingesetzt, konnte es mehr als hundert Jahre alt sein. Der Alte sah mich an, als müsse er sich angestrengt erinnern. Seine Wimpern waren gerade noch angedeutet, sie bildeten, vom Scheitelpunkt des eiförmigen Kopfgewölbes her betrachet, die erste Unebenheit einer schneeweißen, nahezu transparenten Stirn. Die untere Gesichtshälfte dagegen, das Faltengewirr um den fleischigen Mund, die scharf gekrümmte und schmalrückige Nase, die schweren Tränensäcke und gefurchten Wangen, alles leuchtend wie das Wachs von Kommunionskerzen, wirkte zerwühlt und eingedrängt, geschrumpft und versteinert nach jahrzehntelangen inneren Kämpfen. Eine unheimliche Kraft, eine Art geistiger Gewalttätigkeit ging von diesem Gesicht aus. Unvermittelt richtete sich der Alte auf. Er trug einen Anzug aus einem seltsam changierenden, schlangenhautähnlichen Stoff. Mit einer Leichtigkeit, die mich erschreckte, hob er empor, was vor seinen Beinen gestanden hatte, und setzte es auf den breiten Marmorrand des Wasserbeckens. Es handelte sich um eine prall gefüllte Einkaufstüte aus Plastikmaterial. Irgend etwas bewegte sich darin. Der Schriftzug einer Supermarktkette wölbte und glättete sich wieder –

»Woher hast du ihn?« schrie ich, und es war mir gleich, ob uns jemand hörte. Denn kaum hatte der Alte einen der schmutzigen Tragegriffe der Tüte losgelassen, schnellte ein rubinroter Flügel ins Freie.

»Das müßte ich dich fragen, Mühsal«, antwortete der schmächtige ungeheure Mensch. Seine Rechte glitt in die Tüte. Mit einem kundigen Ruck, wie ein Gärtner, der einen Salatkopf ausreißt, zog er den Putto hervor. Er hatte ihn am Ansatz der Flügel gepackt.

»Was ist mit ihm?« fragte ich und sah atemlos zu, wie er den Putto auf den Beckenrand niederließ.

»Er ist beinahe nichts mehr wert.«

»Aber ich muß ihn sprechen!«

Der Alte bemühte sich, den kleinen Körper so auf der Marmorbande auszurichten, daß er von alleine liegenblieb. Ich empfand kein Mitleid mit dem grauhäutigen schlaffen Säugling. So hatte er schon vor einigen Wochen auf dem Friedhof im Teufelsmoor ausgesehen. Sein nabelloser Bauch schien eingefallen, und die Fettwülstchen an den Armen und Beinen waren nicht mehr so ausgeprägt. Der kleine Mund stand offen. Gut, er wirkte mitgenommen und kläglich, als er da von dem alten Mann zurechtgerückt wurde wie ein Stück totes Fleisch. Hinter den geschlossenen Lidern aber triumphierte er gewiß über meine Gier zu wissen, genoß er es, mir zu begegnen – das drittletzte Mal! – und ohne Nutzen zu sein.

»Ich muß wirklich mit ihm reden!« bedrängte ich den Alten. »Ich habe keine Tabletten mehr, kein ›Engelsgift‹, wie er sagt. Ich habe aufgehört, davonzulaufen. Aber er? Was macht er jetzt, wo ich zu ihm gekommen bin?«

»Eben – zu ihm gekommen bist. Geht man denn zu ihnen?« Der Alte hatte sich erneut gebückt und stellte nun eine Arzttasche aus zerschabtem Leder mit einer Verschlußleiste aus Messing auf den Beckenrand. »Sie halten es einfach nicht aus«, sagte er, dem Putto einen Klaps auf die linke Fußsohle versetzend. »Dieses Modell taugt nur für Schabernack.«

»Schabernack?« rief ich empört. »Sie wissen doch wahrscheinlich, was er alles mit mir angestellt hat. Vor acht Jahren, da hat er mich hierher geschleppt –«, ich deutete in Richtung Hallesches Tor, »er hat die Zeit verändert und mich in ein anderes Leben hineingezwungen.«

Der Alte entnahm seiner Arzttasche ein Instrument, das einem Stromprüfer zum Verwechseln ähnlich sah. Kurz hielt er die Metallspitze an den Hals des Puttos. »So«, brummte er, »hat also die Zeit verändert, immerhin.«

»Da vorne«, berichtete ich eifrig, »auf der anderen Seite des Beckens stand ein Panzerwagen. Es war 1919, vormittags. Wo jetzt die Neubauten sind, waren noch die alten Mietshäuser, und hier um die Säule gab es vier hohe Standbilder.«

»Ich weiß. Es war ein Exempel.« Anscheinend waren weitere Untersuchungen an dem kleinen Engel nötig, denn er warf den Stromprüfer zurück in die Tasche und zog ein kompliziertes chromfunkelndes Stethoskop hervor.

»Ich hatte mir einen Reim auf seine merkwürdigen Sätze gemacht«, sagte ich leise, um die diagnostische Arbeit nicht zu behindern. »Mit einem Mal paßte alles zusammen: das Gitter, das er aus der Zeit nehmen wollte; diese verrückte Geschichte mit Khezr; die Sache mit den Herzen – er wollte mir alle Herzen geben! ›Stirb, bevor du stirbst!‹ drohte er mir an. Und auch das Theater hier, mit Therese und den Soldaten, 1919, Sie verstehen? Plötzlich bekam es einen Sinn.«

»Einen schwachen. Plötzlich …«, murmelte der Alte. Die Gummischläuche des Stethoskops waren rotweiß gestreift wie Zuckerstangen. Der Hörpfropfen saß auf der grauen Stirn des Puttos, und den zweiten – seit wann hatte ein Stethoskop zwei? – legte der Alte sich selbst auf die Brust. Zu diesem Zweck hatte er sein Schlangenhautjackett geöffnet. Ich stellte fest, daß er nicht, wie ich ursprünglich angenommen hatte, einen weißen Rollkragenpullover trug, sondern nur eine Art Halskrause. Die Haut seiner schmalen Brust war von einer hostienartigen Reinheit. Ungeduldig wartete ich darauf, daß der Putto ein Lebenszeichen von sich geben würde. Nachdem der Alte ihn an weiteren Körperstellen abgehört und betastet hatte, riß er eine Feder aus dem rechten Flügel, verstaute das Stethoskop in der Tasche und brachte ein Fläschchen mit einem intensiv himmelblau fluoreszierenden Reagenz zum Vorschein. Er schraubte den Deckel auf, um die Feder kurz in die Leuchtflüssigkeit zu tauchen. Diese wahnwitzigen Instrumente und Testverfahren kamen mir alle auf eine peinliche Weise angebracht und vertraut vor. Es schien mir denn auch, als müsse uns gerade in diesem Augenblick jemand ertappen wie Kinder bei einem gefährlichen, erregenden Spiel. Vorsichtig hob ich den Kopf. In den erleuchteten Fenstern, die hier und da das Grau der Neubauten auflockerten, zeigte sich kein Schatten. Die Sitzbänke an der Peripherie des Platzes waren leer. Niemand erblickte mich und das mit gespreizten Schwingen auf den Brunnenrand gebettete Engelchen. Niemand konnte zusehen, wie der Alte das in der Dunkelheit strahlende Reagenz wieder verschloß, das Fläschchen in die Tasche und die unverändert mattrote Feder mit einer raschen Bewegung in den Flügel des Puttos zurücksteckte.

»Ist er tot?« erkundigte ich mich.

Der Alte sah mich wieder an. »Es sind famose Kerlchen«, erklärte er. »Aber nach innen hin wurden sie schlecht gedacht.«

Spontan fiel mir ein: »Das vorletzte Mal hat er mir das Innere aus meiner Kindheit gestohlen. Und das letzte Mal das Herz.«

Die glatte Stirn neigte sich nach vorn. »Ja, das tun sie. Aber es hält nicht lange.«

Betreten sah ich zu Boden und dann wieder auf den Putto, dessen linker Arm jetzt über den Beckenrand hinaushing. »Er ist tot«, murmelte ich trotzig.

Ohne Vorwarnung machte der Alte einen Schritt auf mich zu. Ich hatte das Gefühl, mit dem Rücken an einer Wand zu stehen. Eine Handbewegung dieses dünnen Mannes genügte, mich zu zerquetschen, ein Blick aus diesen umwulsteten Augen, um mich in Flammen aufgehen zu lassen – aber er wollte nur den Kopf des Puttos anfassen. Zwei gipsweiße Hände schlossen sich um die Pausbacken und den Haarflaum des Engelchens. Der Alte hob den Kopf einige Zentimeter an. Dann senkte er ihn wieder auf die steinerne Fläche zurück und brach ihn, leicht und behutsam, wie man einen frischen Brotlaib zerteilt, auseinander. »Siehst du, Mühsal? Schlecht gedacht«, sagte er freundlich. »Und wie könnte er tot sein? Was soll das denn bedeuten – ein toter Engel?«

Ich starrte in den aufklaffenden Säuglingsschädel. Das Gesicht war bis zum Kinn zerteilt, die Stirn, die zarte Hakennase und der gekrümmte Mund säuberlich wie gut gerissenes Papier in zwei Hälften getrennt. Im Inneren des Kopfes gab es nichts als eine straußeneigroße Leere.

»Und die Botschaft?« stieß ich hervor. »Meine Aufgabe?«

»Das ist nicht das gleiche.«

»Das heißt, ich werde keine ewiger Chronist sein.«

Der Alte ließ die Hände auf den Schultern des Puttos ruhen. »Keiner hat eine Aufgabe, die die anderen nicht haben. Was folgt daraus?«

»Wie?«

»Was folgt daraus, Mühsal? Wenn du recht hättest?« fragte der Alte beinahe drohend.

Ich riß mich zusammen. »Wenn alle Menschen ewige Historiker wären? Nun, daß dann am Schluß die ganze Geschichte eine Aufzeichnung von Leuten wäre, die Leute aufzeichnen, die die Geschichte aufzeichnen.«

»So könnte man es ausdrücken.« Zufrieden nickend griff der Alte mit der einen Hand unter die pummeligen Knie des Puttos, während die andere das kleine Genick umspannte. Dann setzte er sich auf den Beckenrand und machte Anstalten, die Leiche – oder was auch immer – in das von Zigarettenkippen, leeren Büchsen und Papierfetzen verdreckte

Wasser zu senken. »Komm näher«, forderte er mich auf. »Sieh dir das an.«

Ich sah, wie sich die nach unten hängenden rubinroten Flügel des Puttos im Wasser auflösten, wie der ganze Leib, den der Alte langsam tiefer gleiten ließ, nicht auf den Grund des Beckens sank – sondern zerfloß. Die Farben des Engels, das Grau und trübe Ocker seiner Brust und Extremitäten, das Violett der gespaltenen Lippen und endlich die peroquetgrüne Fluoreszenz innerhalb des aufklaffenen Schädels, bildeten eine glühende, wirbelnde Masse unter der Wasseroberfläche. Meine Knie stießen an den Rand des Beckens. Fast berührte meine Wange das Gesicht des Alten, der die tropfenden Hände aus dem Farbwirbel zog. Die Wasseroberfläche wellte sich und zeigte Striemen und Blasen, als ob dieser in Lösung gegangene Engel eine enorme thermische Energie freigesetzt hätte, als ob die leuchtenden Bilder, die plötzlich und schnell aus einer ungeahnten, unmöglichen Tiefe aufstiegen, von innen die Haut des Wassers zerreißen wollten.

»Das sind die ersten, die Samen des Lichts, Mühsal«, erklärte der Alte. »Hier, erkennst du sie?«

Ich beugte mich noch tiefer hinab. Immer mehr und immer neue Bilder schossen mir entgegen, das Wasser zu glucksendem Schaum aufwerfend, aber doch an der Phasengrenze zur Luft zerspringend, eines so rasch auf das andere folgend, daß sie sich überlagerten und auslöschten. Ich wähnte, zerreißende Flügel zu sehen, mächtige, tierhafte Arme, ineinandergedrängte Leiber; ein Brüllen und Kochen schillernder und zuckender Kreaturen tobte vor meinen Augen.

»Marduks Sprößlinge, siehst du sie? Die Boten Ischtars und die Kinder von Samasch. Alles das gleiche, Mühsal.«

»Ich – ich sehe nur Chaos!« stöhnte ich. »Es sind zu viele auf einmal!«

»Alle für einen. Das hast du doch selbst schon erkannt.«

»Aber ich kann sie nicht alle auf einmal sehen!« rief ich gegen die wild verschlungenen Unterwasserbilder.

»Du kannst sie sehen. Du kannst sie nur nicht trennen. Geh näher heran – noch näher!«

Dann falle ich ins Wasser! dachte ich und wollte mich vergewissern, daß mein rechtes Knie und meine Hände noch Halt auf dem Beckenrand hatten. Aber ich stürzte schon. Es war lächerlich, es mußte lächerlich aussehen, wie ich da an dem sitzenden Alten vorbei wie ein übermütiger Hund in das Becken platschte. Als ich im Wasser untertauchte, änderte sich seine Farbe mit einem Schlag: es wurde blau wie das Reagenz, mit dem der Alte die Feder des Puttos geprüft hatte. Ich trieb in einem strahlenden, flüssigen Frühjahrshimmel, in einem geradezu jubelnden Saphirblau. Das märchenhaft leichte Wasser drang in meinen aufgesperrten Mund. Es war unmöglich auszumachen, wie tief ich schon gesunken war oder wo überhaupt sich die Oberfläche befand. Gleich hell und gleich strahlend in allen Richtungen, umfing mich dieser unglaubliche Stoff. So mußte das Schweben sein, von dem die Taucher berichteten, ein Schweben in einem Meer ohne Grund, das Gefühl, von einem Himmel in den anderen zu fallen. Dieses Medium nahm einen heimlichen vierten Aggregatzustand zwischen dem Flüssigen und dem Gasförmigen ein, und ich atmete es, stieß es unbeschadet, ja mit einem verwunderten Genuß durch meine Nase und sog es wieder ein, noch bevor ich die Angst zu ersticken überhaupt entwickeln konnte.

»Schau nach links«, hörte ich den Alten sagen.

»Was ist das für eine Luft hier?« rief ich ins Blaue.

»Es ist das Bad der Engel. Sie sind nicht wasserscheu. Sieh nach rechts, wenn es dir lieber ist.«

Ich drehte mich zur Seite, indem ich wie beim Schwimmen mit einem Arm ruderte. Ein Paar gewaltiger senffarbener Löwen mit Bockshörnern und spitzen Flügeln sprang oder glitt vielmehr in Kopfhöhe durch das strahlende Medium auf mich zu. Ohne mich zu berühren trennten sie sich und setzten über meine Schultern. Mir blieb keine Zeit, vor ihren aufgerissenen Mäulern und ihren Pranken zu erschrecken. Denn über ihnen, von dem durchscheinenden Saphirblau prachtvoll illuminiert, kam eine unabsehbare Lawine weiterer, höchst sonderlicher, innig verknäulter Gestalten auf mich nieder. Der Himmel schüttete seine Meister aus, Tausende von Geflügelten, in allen Farben irisierend, trieben lautlos herab. Nur um zu verdeutlichen, daß die Engel aus keiner Richtung kommen, hatte mich der Alte nach links und rechts verwiesen. Überall war oben, und die Bilder lösten sich und wurden augenblicklich durch neue ersetzt, die gleichfalls niederfluteten. Die vorderen Schichten entstammten tiefen Epochen, den Un- und Urzeiten, die die Götter und die Tiere noch kaum voneinander geschieden hatten. Daß die geflügelten Stiere, die Drachen, die Zentauren, die Löwenadler und Adlerlöwen, die Böcke und gepanzerten Vogelkolosse mit haarigen Gesichtern und handtellergroßen harzgelben Augen Engel waren, schloß ich weniger aus ihrer Gestaltung als aus der Tatsache, daß ihre mächtigen Leiber sanft und ohne mich auch nur zu streifen an mir vorbeizogen. Weil sie aus allen Richtungen auf mich zufluteten, ohne sich gegenseitig ins Gehege zu kommen, weil sie, ganz gleich, wie ich mich drehte und wendete, mir endlos, in der Form eines riesigen, himmelweit aufgefächerten Straußes ohne die geringste Störung entgegenströmten, mußten sie Wesen einer höheren, unbegreiflichen Ordnung sein.

»Das waren die ersten. Sie wurden noch aus dem Herzen gedacht«, erklärte die Stimme des Alten nach einer Weile.

»Aber weshalb sind sie so traurig?« fragte ich. Denn jetzt, wo sich immer mehr menschliche Züge in die herab- und heraufwallenden Gestalten mischten, wo schuppige Wesen und Pferdeleiber mit den Köpfen von knebelbärtigen Männern besetzt waren und aus den Fellen, Krallen, Schleiern und leuchtenden Flügeln sanfte Frauengesichter von der Größe einer Haustür schauten, zeigte sich eine überall gegenwärtige Melancholie, eine Niedergeschlagenheit, die sehr rätselhaft erschien. Ich sah düstere Seraphim mit goldenen, silbernen und diamantenen Flügeln. In prächtigem Weiß und Perlmutt, in Purpur und flammendem Rot wandelnde Boten gingen mit umschattetem Antlitz über mich hin.

»Ich verstehe!« rief ich, als ein Feuerrad, bestückt mit

Tausenden von weinenden Augen und Hunderten kleiner Flügel, über mich hinwegrollte.

Der Alte schwieg.

Gleich hinter dem Feuerrad bahnte sich ein eigenartiges Gefährt durch die flüssige Luft: Es war ein Wagen mit zwei Rädern und einer kleinen Plattform dazwischen. Die Deichsel mündete im Schoß einer mit schwanenweißen Flügeln geschmückten nackten Frau, deren mädchenhafte Schönheit durch den enttäuschten Ausdruck ihres Gesichts getrübt wurde. Ein verdrossener Mann in einer Art Tunika stand auf der Plattform. Hermes, der Götterbote – ich erkannte ihn an seinem gefiederten Hut und den geflügelten Schuhen –, bemühte sich, auf den Wagen aufzuspringen. Er sah aus, als leide er an Zahnschmerzen. Und hinter diesen dreien her, aus dem unerschöpflichen Füllhorn des Himmels, quoll eine ganze Staffel von Sirenen.

»Ich verstehe, genug!« rief ich noch einmal, ohne eine Antwort zu bekommen.

Die Sirenen zogen über mich hin wie ein Schwarm von Albatrossen. Ihre Flügel schienen aus Seide gemacht. Klar und innig glänzte das Licht in der Staffelung dieser Wesen, die oben aus Frauenköpfen und nackten Frauenoberkörpern, unten aus einem Vogelschwanz und einem Paar gelber Krallen bestanden. In den Armen hielten sie embryonenhafte, amorphe, halb durchsichtige Geschöpfe und drückten sie gegen Brüste von solch einer makellosen Schönheit, daß die Seele zu ihnen floh. Ich hätte vor Scham und Geilheit zugleich aufschreien mögen. Nur die tiefe Resignation, die in die Gesichter der Sirenen eingegraben war, hielt mich davon ab.

»Genug«, keuchte ich. »Ich weiß es jetzt, ich weiß, weshalb sie so traurig sind. Es ist *ein* Engel! Er leidet unter der Trennung! Es tut ihm weh, daß er so gesehen wird! All – all diese Figuren, das sind Verstümmelungen! Das sind nur die Masken, die wir *ihm* aufgezwungen haben!«

»Richtig«, sagte die Stimme des Alten. »Sieh nur, was sie aus ihm gemacht haben.«

Üppige Siegesengel wallten jetzt dahin, Riesenweiber mit flatternden Mänteln und Lorbeerkränzen. Ein fliegender

Dschungel von Eroten folgte, die sich in schamlos erhitzten Posen drehten, dabei jedoch so traurig dreinsahen, als seien sie gerade erwischt worden. Dann stießen gewaltige Männer mit blitzenden Schwertern und Augen herab, enttäuscht auch sie und ausgezeichnet rasiert.

»Die Schutzengel und die Erzengel«, murmelte ich.

»So ist es«, erwiderte der Alte. »Die Ministerialbeamten des Christentums, die Befehlshaber der paramilitärischen Einheiten. Und sieh weiter: indische Engel, lüsterne veilchenblaue Flötenspieler – und dort, diese entsetzlich plumpe etruskische Variante. Schau dir diese flatternden Gnomen an, diese Dämonen da, die mit Fledermäusen gekreuzt wurden! Sie alle – woher, Mühsal?«

»Woher?« Ich dachte an die Monate im Winter 1974, als ich meine Doktorarbeit beendet hatte. »Aus Sehnsucht? Aus Schwäche?«

»Und so weiter, Mühsal!« Die Stimme klang nach einem heiteren Vorwurf. »Aus schwachen Köpfen, fiebrigen Hirnen, kranken Hoden und verzückten Eierstöcken gebraut. Was du hier siehst, das sind die Sklaven der Dummheit, der verrückten Askesen, der Moden, der irren Träume. Die Sucht, das Höchste in Bildern zu ersticken, hat sie erschaffen. Sie hat den Engel erzeugt, sie hat den Engel genotzüchtigt!«

Erschöpft schlug ich die Hände vor die Augen und krümmte mich zusammen. Blind trieb ich in dem leuchtenden Himmelswasser, im saphirblauen Bad der Engel, dahin. Die überall sichtbare Traurigkeit in dieser ungeheuren Figurenverschlingung erfüllte mich mit dem Gefühl von Schuld oder gar Verbrechen. Auf dem Weg zu Gott hatten wir die Reinheit der Sphären mit diesem Pandämonium hoffnungslos besudelt. Das Blendende und Großartige, die Majestät und Schönheit der geflügelten Gestalten waren bloße Täuschungsmanöver, die das Versagen bemänteln sollten, das Prinzip des Engels zu begreifen.

Aber wie hätten wir sie denn verstehen können? dachte ich zu dem Alten hin. Wesen, die gleichzeitig an verschiedenen Orten waren, Wesen, die außerhalb von Ursache und Wirkung standen, die durch Häuser, Felsen, Planeten und Sterne drangen, als wäre das nichts?

Nur das pfeifende, rhythmische Geräusch war zu vernehmen, das entsteht, wenn jemand durch die Nase lacht.

»Und die Botschaft?« schrie ich und riß die Augen wieder auf. Eine Phalanx geharnischter, grauenhafter Cherubim, deren Gesichter von blutbeschmierten Masken bedeckt waren, schritt düster über mich hinweg. Das Blau zwischen ihren Panzern dampfte und flackerte. In dem gleißenden Rauch, den sie hinterließen, zeichneten sich aber schon neue Formungen des Wahns und der Verzückung ab. Posaunenblasende Gestalten in Nachthemden und mit eifrig geblähten Backen wehten heran. »Die Botschaft!« brüllte ich ihnen entgegen, als hätten sie mich hören können.

»Die Botschaft ist immer die gleiche. Seit Jahrtausenden«, erwiderte die Stimme des Alten.

»Weshalb?« rief ich zurück, während die Bläser über mir dahinschwebten. Ich starrte auf ihre weißen Fußsohlen. »Weshalb ist es immer die gleiche Botschaft?« wiederholte ich.

»Weil es immer der gleiche Blick ist, der Blick, mit dem man alles auf einmal sieht.« Der Alte erklärte dies nicht ohne eine gewisse Ehrfurcht. Dann, nach einer kleinen Pause, in der Dutzende von dümmlichen Weihnachtsengeln über mich hinwegsurrten, fuhr er mit merklicher Verbitterung fort: »*Eine* Botschaft! Und was haben sie nicht alles daraus gemacht! Sie fühlten sich auserwählt, sie fantasierten etwas von Ringkämpfen, sie glaubten sich von Sendboten des Himmels beschlafen, sie waren dreist genug zu behaupten, sie hätten Gott gesehen! Gott! Das ist doch zum Verrücktwerden! Sie haben Stämme und Klöster gegründet, um ihren Schwachsinn auszusäen. Das Ende der Welt sei ihnen gezeigt worden! Sie glaubten –«

»Sie glaubten, sie würden ewige Historiker sein«, unterbrach ich zerknirscht die Vorwürfe meines unsichtbaren Begleiters.

»Also wird man raffiniert«, erwiderte er, durch meine Selbstanklage etwas versöhnt. »Man wird frivol, arrogant, fopperisch, hintertrieben – heidnisch sozusagen. Eben damit sie einem nicht die Götter anlasten, als deren Lieblinge sie sich fühlen.«

»Oder als deren Chronisten«, seufzte ich und betrachtete halb wehmütig, halb zornig Jibra'il mit den 1600 Flügeln und den Haaren aus Safran, der jeden Tag 360mal in den Ozean des Lichts taucht und auf der Stirn die Inschrift trägt: *Es gibt keinen Gott außer Allah, und Mohammed ist sein Prophet.* Auch er wirkte depressiv. In seinem Windschatten hielten sich mehrere Rudel von sentimentalen Dämonen mit schweren grüngelben Augendeckeln. Es folgten Garuda, der Reitvogel Vishnus, der einem nachdenklichen Geier ähnelte, dann annähernd fünfzig schlangenumwundene Hermaphroditen, die mit nackten Füßen auf der Schneide silberner Mondsicheln standen, weiter eine Hundertschaft milchig blasser Genien und in deren Schlepptau ein skythischer Flugdrache, so wütend, daß er die eigene Brust zerfleischte. Erst nachdem ein Gemisch aus Kopffüßlern, schwirrenden Pygmäen und Panotiern – letztere bestanden ausschließlich aus Ohren – und ein brillantes Feuerwerk ephemerer Engel vor mir aufgestiegen und jubelnd zerplatzt war, zeigte sich etwas wahrhaft Beeindruckendes: das Blau des Himmelswassers leerte sich; beinahe schien die leuchtende, unermeßliche Tiefe des Anfangs wiederhergestellt.

»Was ist das?« rief ich, zitternd und absolut von der Gegenwart eines ungeheuren Elements überzeugt, das nichts als diese absolute Gewißheit war.

»Aquinsche Engel«, erwiderte der Alte nach einer Weile. »Ungefähr zwanzig rhomboidale und einige flache. Von dir aus gesehen, erscheinen sie unendlich. Von oben betrachtet ist aber nichts Besonderes an ihnen.«

»Und was kommt dahinter?«

»Dahinter?« Meine Frage brachte ihn aus dem Gleichgewicht. Es war nämlich nicht das Geringste in der Himmelsbläue zu erkennen. »Dahinter ...«, wiederholte er gedehnt, wie um Zeit zu gewinnen. Gleich darauf kehrte alle Überlegenheit, alle furchtbare Kraft in seine Stimme zurück.

»Dort nahen die zehntausend mal zehntausend und tausend mal tausend Kämpfer der Apokalypse!«

»Und dahinter?« schrie ich in einem kindischen, verrückten, haß- und angsterfüllten Trotz. Vor meinen Augen wogte ein funkelnder schwarzer Ozean. Gischt und Trümmer tanzten in den Wellen. Die Flut zog mächtige konzentrische Ringe nach außen, auf denen sich Blasen bildeten.

»Dahinter ist *dein* Engel!« hörte ich den Alten aus großer Entfernung rufen. Ein Wasserfall, regengrau, von einer spitz auslaufenden Klippe herabstürzend, nahm mir die Sicht.

»*Dein* Engel!« rief der Alte noch einmal mit versinkender Stimme. »Du mußt den Kopf schütteln!«

Den Kopf schütteln? Benommen griff ich an meine Stirn. Die dunkle Klippe verschwand, und endlich ging mir auf, daß sie nichts als ein Zipfel meines eigenen Haares gewesen war.

Wie lange hatte ich den Kopf zwischen schwimmende Zigarettenkippen und Getränkebüchsen gesteckt? Ich war naß bis zum Hemdkragen.

Ich richtete mich auf. Gegen ein Gefühl der Übelkeit ankämpfend, das sich dem fauligen Geschmack der Brühe verdankte, sah ich die nach Norden gewandte Löwenmaske auf dem Sockelteil der Friedenssäule. Auf den ungefähr mannshohen Marmorzylinder folgte ein weiteres Podest mit Treppenstufen aus hellem Stein. Dort saß der Alte mit hochgezogenen Beinen, vollkommen trocken, den gipsweißen Schädel in die Hände gestützt. »Mein Engel?« fragte ich laut. »Der Engel des 20. Jahrhunderts – wann werde ich ihn sehen?«

Die Hosenbeine seines Schlangenhautanzugs waren hochgerutscht. Sie gaben den Blick auf ein Paar kräftige unbehaarte Unterschenkel frei; die Füße steckten nackt in Badeschlappen aus grünem Kunststoff. »Das nächste Mal wirst du ihn sehen«, erklärte er mir vergnügt.

»Bist du Gott?«

»Du meinst, es ärgert dich, was ich so alles weiß?«

»Der Putto – dieser kleine Engel, dem du den Kopf zerissen hast –«

»Ja?«

»Er sagte, er würde mir noch dreimal begegnen. Das hieße, erst beim übernächsten Mal, dann erst –«

»Sollst du auf die Rückseite der Bilder gehen«, ergänzte der Alte. Sein Mund verzog sich zu einem Grinsen. Es schmeichelte ihm wohl, daß ich den Titel des Allerhöchsten zu seinen auf Gummisohlen ruhenden Füßen gelegt hatte. Ach, wenn er überhaupt jemandem ähnlich sah, dann nicht und eben ja unmöglich dem, dem entweder alles oder nichts glich, sondern – dem Putto! Hundert Jahre zerfressendes, vergröberndes Zeitwasser über das Gesicht des kleinen Engels gespült, und genau diese kalte professorale Fratze mußte entstehen!

»Heute war die erste von diesen drei Begegnungen«, behauptete ich.

»Oder gar keine.« Der Alte stand auf. »Er hat nichts gesagt, Mühsal. Jemand, der nichts sagt, ist kein Bote. Und doch –«, er riß einen Arm nach oben, und seine weiße Hand zeigte gebieterisch gen Himmel, »und doch hatte er recht!«

In gut zehn Meter Höhe, links und rechts neben der grünspanig schimmernden, dümmlich dreinsehenden Viktoria, schwebte der Putto in der Nacht. Zwei völlig gleichgeartete Putten vielmehr. Streng spiegelsymmetrisch zu einer Senkrechten durch den Säulenengel war ihr Ausdruck, waren ihre Gesichter, die Haltung der feisten Ärmchen und Flügel bis hin zur Stellung der rubinroten Federn angeordnet. Beide hielten wie auf den alten Bildern ein Spruchband mit geschwänzten Enden, die in wundervollen Mäandern ausgeschwungen waren. Hier jedoch gab es einen Unterschied. Auf dem linken stand, zehn Meter über meinem nassen Schädel: »Alle Toten sind die Opfer aller Lebenden!« Rechts dagegen konnte man lesen: »Alle Lebenden sind die Opfer aller Toten!«

»Damit wäre er mir zweimal begegnet«, raunte ich erschöpft und wollte nachsehen, ob der Alte mir zustimmte. Die Treppenstufen waren leer, ebenso der Beckenrand, soweit mir die Säule nicht die Sicht versperrte. Ich umrundete das Denkmal. Dann starrte ich wieder in das trübe Wasser, in das ich, weiß der Himmel wie lange, den Kopf gesteckt hatte. Der Schatten meines Oberkörpers verzog sich auf der dunklen Fläche. Daß auch die beiden Putten aus der Luft genommen waren, erfaßte mein nächster Blick, und es erschien mir aus irgendeinem Grund nur folgerichtig. Auf steifen Beinen machte ich ein paar Schritte nach Norden. Noch immer kein Mensch ...

Die Arzttasche mit diesen grotesken Instrumenten!

Rasch kehrte ich um.

Nirgendwo in der Geschichte der mächtigsten Boten hatten sie einen Gegenstand aus ihren Sphären zurückgelassen. So auch in meiner Geschichte nicht. Die Lebenden, Opfer der Toten ... Damals, 1919, war das Pflaster viel kunstvoller angelegt gewesen als jetzt. Das öde Muster der Steine schien unter meinem Blick zu flackern. Ich mußte schlafen, die Gedanken zerliefen in meinem Gehirn, kein Satz war mehr an den anderen zu fügen.

Als ich die Gitschiner Straße erreichte, fuhren Autos vorbei, und plötzlich sah ich eine Gruppe Jugendlicher und ein Liebespaar. Was sehnte ich mich nach Menschen? Was war Glück? Wie konnten alle glücklich werden? Die Wahrheit! Was nützten sie denn, die Engel? Und noch die ethische Frage, bei der sie auch nichts nützten. Parallel zur Hochbahnstrecke und zum Landwehrkanal stolperte ich nach Osten. Hanna, ihr Gesicht, ihre Hände. Ich versuchte, mir unser gemeinsames Frühstück und die Lust, mit der wir miteinander geschlafen hatten, ins Gedächtnis zu rufen. Es war gerade vierzehn oder fünfzehn Stunden her, aber es schien, als müßte ich in meiner Erinnerung durch eine schwarze Flut von Engeln nach zwei ertrunkenen Leibern tauchen. Wie kalt wir uns anfühlten! Und Patrizia und Mansfeld und Lukas und Irmchen und Bredorf und Jakob – ich zählte einen Namen auf je einen Mittelstreifen der Straße. Ebensogut hätte ich rufen können: Und Gabriel und Rafael und Michael und Uriel! Ich rannte. In die falsche Richtung. Schwimmen! Ich hätte schwimmen müssen, um zu vergessen; mein Kopf war ja schon naß.

6

Am Hange des Ölbergs

Ich schlief zehn traumlose Stunden. Als ich erwachte, dachte ich sofort an die Begegnung mit dem Alten auf dem Mehringplatz, an das saphirblaue Bad der Engel, den zerissenen Putto, die Sirenen, die fliegenden Ohren, die Kopffüßler und blutbespritzten Cherubim. Aber ich fühlte mich hell und leicht. Nur ein muffiger Geruch trübte meine Stimmung – es war der Geruch des Wassers unter der Friedenssäule. Ich nahm eine Dusche und rasierte mich. Es gehört zu den Vorteilen Berlins, um ein Uhr mittags noch ohne weiteres ein Frühstück zu bekommen.

Das Café in der Innenstadt war gerade zur Hälfte besetzt. Langsam schob ich ein Strohkörbchen und meinen Frühstücksteller an den Rand des runden Tisches. Dann schrieb ich folgenden Brief:

Sehr geehrter Herr Kant!

Vor einigen Tagen hatte ich das Vergnügen, wieder einmal einen Ihrer unsterblichen Aufsätze zu lesen. Diese Arbeit, eine Bemühung mit einem undankbaren Stoffe, wie Sie sagen, die Sie auf den Schmetterlingsflügeln der Metaphysik in den leeren Raum der Geister hob, beschäftigt sich mit den Aufzeichnungen eines Geistersehers, des Schwedenburg nämlich.

Nun fällt es mir zwar nicht eben leicht, aber ich muss doch gestehen, eine Art Kollege dieses Luftbaumeisters und Erzphantasten zu sein. Auch ich nämlich habe einen Fanatismus der Anschauung entwickelt, der dazu führte, dass ich im Wachen träumte. Auf Grund einer wohl ungewöhnlich heftigen Reizbarkeit des Sensoriums meiner Seele – und ohne Freiwilligkeit, wie es mir scheint – wurden mir Apparenzen zutheil, die nicht anders als wie ein Verkehr mit der Geisterwelt aufgefasst werden können.

Ohne Verzug erlaube ich mir, ihre Unähnlichkeit zu denen des Herrn Schwedenburg anzumerken. Dies aber wird

Sie, werther Kant, kaum zu Verwundrung nöthigen, schrieben Sie doch: Es sei bei all den herumgehenden Geistererzählungen üblich, dass ihre angeblichen Erfahrungen sich in kein unter den meisten Menschen einstimmiges Gesetz der Erfahrung wollen bringen lassen und also oft nur eine Regellosigkeit in den Zeugnissen der Sinne kundtäten. »Wenn wir wachen«, lassen Sie in Ihrem Aufsatze den Aristoteles reden, »so haben wir eine gemeinschaftliche Welt, träumen wir aber, so hat jeder seine eigene.«

Meine Welt nun, das entnehme ich Ihrer kleinen diesbezüglichen Schrift, muss, insofern sie allen gesicherten Boden der Erfahrung verlässt (oder auf diesem Geisterwesen anzusiedeln nicht umhin kann), als Welt eines Wahnsinnigen gekennzeichnet werden.

Gegen diesen, gegen Ihren Begriff des Wahnsinns erhebe ich nun keinerlei Einwände. Denn anders als der neuerdings in Gebrauch befindliche verdankt er sich einer feinen Einsicht. Heutzutage kennt man nur noch die gemeinen Krankheiten des Kopfes, heisset somit sämtliche Apparenzen, welche der Verkehrtheit der Erfahrungsbegriffe oder der Unordnung der Urteilskraft g l e i c h e n , pures Blendwerk und blosse Scheinempfindung gewisser verzogener Organe des Hirns oder unharmonisch bebender Schädelnerven (und vieles mehr dergleichen, man hat grosse Fortschritte in der Zergliederung des inneren Kopfes gemacht und benamst alles mit vielem Fleisse). Ein mögliches Einfliessen der immateriellen Welt und deren pneumatischer Wirkungsgesetze auf den menschlichen Geist wird ohne Federlesen geleugnet. Dies entspringt daher, dass man des grossen Cartesius' Trennungshieb durch Körper und Geist mitvollziehet und dann weiter, jedoch ohne rechten Grund, den Geist nur mehr als Emanation oder Losschickung der blanken Körpermaschine ansieht: es folglich abstreiten muss, irgendwo könnten sich losgelöste und reine, pneumatische Wesen noch durch den Äther schwingen.

Die unbeweisbare Geisterwelt für widerlegt zu halten, war aber Sache nicht eines so gross ausgelegten Verstandes wie des Ihrigen. Vielmehr hatten Sie vermittelst dessen den

Sachverhalt klar ausgewickelt: indem der Wahnsinn nämlich gerade dann eine nothwendige Erscheinung ist, wenn die Ursache desselbigen in einem etwaigen – vernunftgemäss niemals ganz auszuschliessenden – direkten geistigen Kontakte bestehe, der Verkehr also der Seele mit den körperlosen Wesenheiten des mundus intelligibilis stattgefunden habe. Weil: Gesetzt eine Verschlingung der reinen Geister mit der am Körper anhaftenden und aus diesem Grunde auf m e n s c h e n ä h n l i c h e Figuren und Bilder angewiesenen Seele n o t h w e n d i g ein solch verändertes Gleichgewicht der Nerven des Geistersehers eintreten muss, dass an jenem die Zeichen einer wirklichen Krankheit des Kopfes kaum ausbleiben können. Da nämlich die Vorstellungen der Pneumata selbst, von gänzlich leibesfremder Anschauung her rührend, eingezwängt werden in das von der menschlichen Erfahrung geprägte, dürftige Behältnis der menschlichen Seele, tritt auf, was Sie folgendermassen zutreffend beschreiben: Übelgepaarte Bilder werden in die äussere Empfindung des Geistersehers hineingezogen; wodurch er wunderliche Schimären und Fratzen ausheckt, die in langem Geschleppe den betrogenen Sinnen vorgaukeln, o b s i e g l e i c h e i n e n w a h r e n g e i s t i g e n E i n f l u s s z u m G r u n d e h a b e n m ö g e n.

In diesem Schaubilde der höchst behinderlichen Verständigung ist es womöglich mehr als nur ein Wortspiel, den Wahn als den Gegenstand einer transzendentalen Pneumatologie aufzufassen – spräche nicht die Unmöglichkeit, seine krausen Gestalten und schäumenden Vergleichungen in klare Ordnungen des Begriffes zu bringen, (bislang!) dagegen.

Indessen – und damit decke ich den wahren Grund dieses Briefes auf – ist vielleicht eine Verändrung in der Geisterwelt eingetreten, als deren Zeuge mein eigener Kopf dient, und die näher zu einem solchen Ziele führen mag. In den Apparenzen nämlich, die mir vorgaukelten, zeigten sich nun die Pneumata von einer grossen, ja überlegenen Einsicht. Sie selbst wiesen beharrlich auf den Charakter ihres Erscheinens in der Form des Blendwerks, des Traums im Tage der Vernunft, der Wahngestalt und dergleichen hin; sie, die Pneumata selbst, bekundeten, man vermöge nicht, sie oder besser: ihr principium recht zu sehen. Alle Schimären und Gespinste, als die sie auftreten, so teilen sie mit, seien zu ihrem Ungemach und mehr: zu ihrer grenzenlosen, uns notwendig kaum begreiflichen Traurigkeit zwangsweise von den wirren Hirnen der Geisterseher vorgefertigt. Die Mannigfaltigkeit einer vieltausendjährigen Verkennung habe sie schliesslich dazu gebracht, nur noch sehr vorsichtig darzuthun, was unentwegt von den Phantasten durcheinandergerüttelt und verworren ausgedeutet werde: eine Botschaft nämlich, ein principium, eine Nachricht aus der reinen Welt.

Dürfen wir, hochlöblicher Herr Kant, bei einem solchen Stande der Entwicklung des Disputes zwischen den lauteren und den mit wässrigen Körpern vermengten Geistern nicht erhoffen, dass bald eine Regel und ein Gesetz in den pneumatischen Äusserungen sichtbar werde? Und dass der Blick weit über die verworrenen Vorstellungen (perceptio confusa) und das Skotison (mach's dunkel!) der Mystiker hinaus in den Bereich ordentlicher transzendenter Apperzeption führen möge?

Unter nicht genau vorhersehbaren, doch sehr wahrscheinlichen Umständen tritt nun, zwei Säkula nach Ihrem bedauerlichen leiblichen Tode, eine neue Entwicklung ein. Dergestalt, dass sie uns befähigt, das Gemeinsame in allen Geistererzählungen herauszuschälen. Dann könnte auch Ihr eigener Vorbehalt, den Sie in oben aufgeführtem Aufsatze aussprechen und dort wunderlich nennen, weil er jede einzelne Geistererzählung in Zweifel ziehe, allen zusammen aber einigen Glauben beimesse, auf einen sicheren Grund gelassen werden.

In der Hoffnung, dass meine künftigen audita et visa Derartiges zu Tage fördern

Ihr aberwitziger

Antonius Mühsal

Post scriptum: Gedenke, Ihnen unverzüglich Nachricht zu senden, im Falle, dass mir neue Erkenntnisse im positiven Verstande des obigen vergönnt sein sollten!

Ein hohes, wunderbar unvorsichtiges Gefühl hob mich am Ende dieses Briefes auf. Ich trat hinaus auf die Hardenbergstraße, und wäre nicht eine geradezu schwebende Weichheit in mir gewesen, hätte ich glauben können, ich ginge auf Stelzen durch die Leute hin. Von einer Telefonzelle aus rief ich Hanna im Anwaltsbüro an – so unverletzlich war mir zumute.

»Ah, der fliegende Chronist«, begrüßte sie mich.

»Nein, so hoch will ich gar nicht mehr hinaus –«

»Hör zu, ich kann jetzt nicht viel reden. Aber ich möchte dich zum Abendessen einladen – für heute.« Ihre Stimme klang wie nach einem schweren Entschluß. »Oder wolltest du jetzt was Bestimmtes?«

»Nein.«

»Gut, also um acht Uhr bei mir. Kommst du?«

»Gerne, bis dann.«

»Ja, bis dann, Anton.«

Um acht Uhr würde ich sehen, wie sie sich in Schöneberg eingerichtet hatte. Mit dem Telefonhörer an mein linkes Schlüsselbein klopfend, suchte ich in den Gesichtern der Passanten nach einer neuen Herausforderung für meine überlegene Stimmung. Ich rief die Zentrale der Freien Universität an, ließ mich mit Oberstetters Institut und dort mit dem Meister selbst verbinden.

Oberstetter brauchte gerade zwei Sekunden, bis ihm einfiel, mich einen verlorenen Sohn zu heißen. Was ich so täte? Nichts? Das könne er mir natürlich nicht glauben! Ein Projekt, ein Buch, ah – freiere Formen, hatte er es doch immer schon gesagt! In einer Bibliothek, fünf Jahre lang? Nein, dazu wäre ich nicht geboren, aber für die freien Formen – gewiß doch. Schwierigkeiten? Ich wolle vorbeikommen? Jetzt? Gut, bestens, er habe immer Zeit für seine Ehemaligen, dreißig Minuten, mindestens. Und später, übernächste Woche, natürlich mehr. Sechzehn Uhr also, bis dann ...

Das Institut hatte sich kaum verändert. Es war eines der zahlreichen, kleinen Villen ähnlichen Häuser, die die Freie Universität in Dahlem angemietet hat. Von ihren Nachbarhäusern, in denen wohlhabendes Volk logiert, unterscheiden sie sich äußerlich durch verwahrloste Büsche, durch ein Metallschild am Gartenzaun und die Zeichen eines steten, im Semesterturnus anschwellenden Gebrauchs an den Treppen und altertümlichen Türknäufen. Man staunt über die Menge von Zimmern, die mit Büchern, Zierpflanzen, Assistenten, Schreibmaschinen, Computern, Akten und jammernden Sekretärinnen vollgestopft sind. Gleich neben dem Eingang, in der Küche des ehemaligen Familienhauses, befand sich mein früheres Arbeitszimmer. Ich las ohne Wehmut den Namen eines fremden Menschen auf einem gelben Haftzettel. Er klebte am Rand eines mit Tesafilm reparierten Plakates, das die Niagarafälle zeigte.

Das Büro von Frau Möbius, Oberstetters ewiger Sekretärin, war von Studenten überschwemmt, die in Klarsichtmappen eingeschlagene Papiere anknabberten oder zu tütenähnlichen Gebilden drehten – richtig, Semesteranfang.

»Er wartet, Zimmer 17 jetzt, geht es Ihnen gut?« rief Frau Möbius, das rote Gesicht hebend, als hätte ich ihr noch gestern einen Artikel zum Schreiben vorgelegt, als wäre ich nie verreist, nie fünf Jahre in Westdeutschland, nie bei den Engeln gewesen.

Ich winkte ihr zu, nickte und ging gleich weiter, in der Gewißheit, ihr damit den Gefallen zu tun, den sie im Berufsleben am meisten schätzte, das bloß noch körperliche Mitteilen von Zielstrebigkeit und Eile.

»Sie ist der klügste Frosch, den ich k-kenne, und der schnellste«, raunte mir Bredorf zu, der, ein großes Paket auf den Armen, mir den Weg versperrte. »Sie hat mir schon gesagt, daß du eine Audienz bekommst.«

»Ich schau nachher bei dir rein. Eigentlich wollte ich dich –«

»Keine Zeit, keine Zeit. Aber halt m-mal.« Er drückte mir das schwere Paket gegen die Brust und ließ mich eine halbe Minute allein im Flur stehen. Als er wieder auftauchte, hielt er einige fotokopierte Blätter in der Hand, an die ein visitenkartengroßer Zettel geklemmt war. »Benjamins Aufsatz«, erklärte er. Während er mir das Paket wieder abnahm, schlug er vor, uns am übernächsten Nachmittag in seiner Wohnung zum Kaffee zu treffen.

Ich nahm die Einladung an.

»Ausgenommen meine W-wenigkeit, ist keiner mehr hier von den alten Dragonern.«

Auf Oberstetters Schreibtisch standen drei Kartons.

»Schriftentausch«, seufzte der Professor, nahm einen der kartoffelchipähnlichen bunten Styroporkörper auf, die die Bücher vor Beschädigungen schützen sollten, und ließ ihn auf einen Stapel geöffneter Ordner fallen. »Anfänger-Vorlesungen!« Seine schmale Rechte wies anklagend auf einen Wandkalender. »Kongresse und Kommissionen! – Was sind die Aufgaben des Historikers?«

»Die Verwaltung der toten Herzen«, erwiderte ich, ohne zu zögern, »und die ständige Anrufung des Jüngsten Gerichts.«

Oberstetter, unverändert schlank und britisch, ließ seinen haselnußbraunen Blick auf mir ruhen. Meine Definition war ihm viel zu nahe am Fleisch und am Kreuze, er konnte aber nicht umhin, mit einem gewissen Genuß die eigenartige Wirkung zu studieren, die sie im Getriebe seines Arbeitszimmers entfaltete. Endlich nahm er eine Pfeife von einem Tischständer aus schwarzem Leder und streckte mir die freie Hand entgegen. Das blauweiß gestreifte Hemd, das er trug, war auf eine bewunderungswürdig korrekte Art in halber Höhe des Unterarms umgeschlagen. »Herr Doktor Mühsal«, sagte er strahlend, »es freut mich außerordentlich, Sie nach acht Jahren wohlbehalten wiederzusehen!«

Die Platanen vor dem Museum für Völkerkunde standen noch tief in ihren goldenen Laubdecken. Was hatte ich Oberstetter eigentlich erzählt? Nach fünf Minuten Fußweg konnte ich mich nicht mehr an meinen Part des Gesprächs erinnern. Oberstetters Schlußwort aber war haftengeblieben, schon weil es der Form nach sehr an Hannas Ratschläge erinnerte: »Es gibt folgende Möglichkeiten, Anton: Entweder Sie halten sich an Ihr Konzept und ziehen das

Material straff über diesen Rahmen – dann geben Sie mir hin und wieder ein Kapitel zum Redigieren. Oder Sie kehren heim ins Institut. Natürlich können Sie bei mir nicht über die gesamte europäische Geschichte habilitieren. Sie beschränken sich, setzen sich neben Bredorf in die Besenkammer und werden arbeitsloser Professor. Das hieße, Ihre Rhetorik und Ihren Witz, Ihr essayistisches Talent vergeuden. Möchten Sie das? Das möchten Sie nicht, das dürfen Sie gar nicht mögen! Also, Sie liefern mir alle zwei Monate ein Kapitel, und in drei oder vier Jahren – ach, das ist wenig Zeit mein Lieber! – haben wir dann dies: Anton Mühsal, *Eine Geschichte Europas.*«

Wie damals, als ich den schlecht vorbereiteten Vortrag über die deutsche Revolution zur Zufriedenheit aller gehalten hatte, mußte ich wohl auch jetzt wieder blind und erfolgreich über den Dachfirst der eingebildeten Weisen balanciert sein. Der Gedanke, Oberstetter könnte den Schwung, die hohe Laune, die mich zur Eichentür des Instituts hereintrug, mit seiner Lobesrede auf meine polemischen Talente geradewegs zum Fenster hinausgeleitet haben, streifte mich, ohne Eindruck zu hinterlassen. Ich korrespondierte mit Immanuel Kant, ich sprach mit namhaften Professoren. Das Irdische gelang mir auf leichter Bahn. So, hier oben und nicht im Staub, sollte mich die Kunde des Engels treffen.

Erst kurz bevor ich den U-Bahnhof Dahlem-Dorf erreichte, dachte ich daran, die Kopien von Benjamins Aufsatz zusammenzufalten und in die Jackentasche zu stecken. Die Heftklammer lösend, die den Zettel mit Bredorfs Adresse festhielt, entdeckte ich, daß ein weiteres, visitenkartengroßes Stück Papier angeklemmt war. Darauf stand eine Telefonnummer und in der Uhrmacherschrift meines ehemaligen Kollegen: *Fürchte dich nicht!*

»Patrizia, wer sonst?« sage ich halblaut. Sämtliche Szenen, die eine Verknüpfung von Bredorf mit ihr zeigten, schossen in meiner Erinnerung zusammen. Natürlich – er war erfolglos in sie verliebt oder hatte ein unglückliches Verhältnis mit ihr. Schon auf der Spaghetti-Fête hätte ich es mir denken können. Nach der Telefonnummer zu urteilen, wohnte sie nicht mehr in Zehlendorf, sondern in Charlottenburg. Fürchtete ich mich? Ich mußte meinen Kreis schließen. Bereits am Morgen hatte ich mir vorgenommen, Therese zu besuchen. Bredorfs Zettel in der Linken, betrat ich ein Telefonhäuschen vor dem U-Bahnhof. In meinem Rükken hob sich der Engel, ausholend zum letzten Schlag. Er sah auf die Telefonzelle herab wie auf einen gelb gerandeten gläsernen Spielzeugwürfel, in dem sich ein Insekt regte. Und doch verwählte ich mich bei dem Gedanken an Patrizia, bei der Vorstellung ihres schönen, hochnäsigen Gesichts. Ob sie noch mit dem energischen Professor mit dem Bürstenhaarschnitt verheiratet war? Sie mußte jetzt vierundvierzig sein.

»Graml«, hörte ich sie sagen. »Hier Graml«, wiederholte sie rascher.

»Hier ist Anton.«

»Anton Mühsal?«

»Ja.«

»Mein verrücktester Liebhaber?«

»Ich weiß nicht –«

»Sag noch mal ja, bitte!«

»Ja.«

»Seit wann bist du hier?«

»Seit vorgestern. Ich war gerade bei Oberstetter.«

»Arbeitest du? Hast du eine Stelle in Berlin?«

»Nein, jedenfalls noch nicht.«

»Und du bleibst länger?«

»Möglich. Patrizia, ich möchte dich unbedingt sehen.«

Sie atmete tief durch und lachte. »Ich muß dich auch sehen – ach verflixt, heute geht's nicht. Morgen, hm, warte ... Zu dumm! Am Freitag aber! Du mußt Zeit haben, ich fahre danach nämlich weg. Hast du Zeit?«

»Ja, sicher.«

»Schön, dann komm doch nachmittags zu mir. Weißt du die Adresse? Nein? Hast du was zum Schreiben? Also: Wundtstraße 43, hast du's? Das ist U-Bahnhof Sophie-Charlotte-Platz.«

Mir fiel ein, daß ich am gleichen Nachmittag mit Bredorf

verabredet war, und ich fragte sie, ob es ihr auch am frühen Abend recht sei.

»Natürlich. Nur nicht zu spät, weil – ach, das ist jetzt unwichtig. Sag, wie geht es dir? Nein, sag gar nichts, komm! Am Freitag also.« Sie warf den Hörer auf die Gabel, als wäre dies die beste Methode, die Zeit bis zum Freitag nachmittag abzukürzen.

Therese hörte viel schlechter als bei unserem letzten Zusammentreffen vor acht Jahren. Ich mußte fast deklamieren. Hin und wieder, erzählte sie, wollten ihr die Kinder ein Hörgerät aufnötigen. Aber es war ihr unheimlich, etwas ins Ohr zu klemmen, »so ein Plastikding, das piept.«

Wir tranken Kaffee aus Sammeltassen mit goldenem Rand und veilchenfarbenem Pfauenmuster. Auf die Frage, ob es meiner Tante – der mit dem Teegeschäft – wohl erginge, reagierte ich etwas begriffsstutzig. Haarklein, um meinem schwachen Gedächtnis auf die Sprünge zu helfen, schilderte Therese, wie sie damals krank im Bett gelegen und ich sie versorgt hatte. Der Bezug ihrer Sitzecke wirkte an einigen Stellen wie aufgeschürfte Haut, und die Rosenblütentapete war über dem Herd blattrig gelb und löste sich an den Rändern.

»Müßte alles gemacht werden«, sagte sie auf meinen unvorsichtigen Blick hin. »Aber es lohnt ja nicht mehr.«

Ich fragte sie nach ihren Enkeln. Sie waren Teenager geworden und brauchten andauernd Geld. – Dachte sie an ihren Mann, an ihre toten Kinder, an ihren Vater, an den letzten Anblick ihres Vaters: im Innenhof des *Vorwärts*, unter einer Rotkreuzdecke, vor den Zeitungsrollen, im Splitterfeld von Fensterglas und zerplatzten Steinen, die Leiche mit dem ungleichen Paar Augen und Schnürsenkeln? Ich brauchte doch keine Fragen mehr zu stellen! Die Zeit der Exempel und des sogenannten Schabernacks war vorbei. Dem gelben Psychiater hatte ich versprochen, die alte Frau in Ruhe zu lassen. Der Alte unter der Friedenssäule hatte mein wahnwitziges historisches Erlebnis auf dem Mehringplatz mit einer knappen Bemerkung abgetan.

»Und Sie wollen da wohnen bleiben, obwohl Sie ein Doktor sind?« erkundigte sich Therese.

»Ich habe keine Arbeit im Moment.«

»Oh!« Sie sah mich traurig an.

»Hatten Sie Zöpfe? Als Mädchen, meine ich.« Falsch! Ich versuchte es ja schon wieder!

»Ich weiß gar nicht mehr.« Sie überlegte und tätschelte überrascht ihr von einer Spange zurückgehaltenes Haar.

Und beinahe hätte ich sie doch noch gefragt, wie – wie ganz genau! – ihr Vater umgekommen sei.

»Es war sehr interessant vorgestern abend bei dir«, sagte Elke.

»Was war so interessant?«

»Ich schreibe doch diese Sache über Adorno.«

»Und da hatte sie eine ganze Expertenkommission zusammen«, erklärte Hanna.

Elke hob zustimmend ihre Gabel. »Es war schon beeindruckend, ich meine frustrierend, wie ihr mich habt spüren lassen, daß ich bloß so ein nachgeborener journalistischer Überflieger bin.«

»Ach was, du hast dich sehr gut gehalten«, widersprach ich.

»Oh, ja – bis dieser Lukas mich in die Zange genommen hat.«

Lukas sei halt Berufsphilosoph, tröstete ich sie.

Bis zum Dessert und Espresso blieb die Führung unseres Gespräches zumeist Hanna überlassen. Eine schwer erträgliche Dankbarkeit, etwas hastig Zärtliches und Begeistertes ging von ihr aus. Sie wollte das nicht, die unvermeidbare Eitelkeit ihres Körpers, der die beiden anderen Körper an diesem Tisch geliebt hatte.

»Was denkst du?« fragte sie, als ich schweigsam auf meine Tasse starrte. »Ich weiß es, du bist bereits bei deinem großen Werk, der Geschichte Europas. Aber bevor dir alles Menschliche fremd wird auf deinen Höhenflügen – hättest du nicht Lust, am Freitag abend mit nach Bremerhaven zu fahren?«

Alles Menschliche fremd! Höhenflüge!

»Wegen der Kasernen-Blockade gegen die Nachrüstung«, erklärte mir Elke. »Ich kann wahrscheinlich nicht mit, ich hab einen Schneide-Termin.«

»Anselm und Jakob kommen mit und Mansfeld nebst Gattin. Die Aktion beginnt im Morgengrauen vor der Carl-Schurz-Kaserne. Und es wird natürlich möglich sein, zierliche Diskussionen im Geiste der Frankfurter Schule zu führen – während der Fahrt oder während uns nette Polizisten spazierentragen, tauschen wir unsere Vignetten aus.« Hanna lächelte mir angestrengt zu.

»Und die Engel?« erkundigte sich Elke, als wäre dies das nächstliegende Thema. »Studierst du sie noch weiter? Das hat mich beeindruckt, was du da vorgestern gesagt hast. Oder?« Ihr letztes Wort galt Hanna, die ärgerlich die Lippen zusammenkniff und dann befand, daß das Thema für sie nicht sonderlich beeindruckend sei. Es mache mir nur Spaß, schlichte Gemüter – wie das von Helga – durcheinanderzubringen.

»Aber er war doch mit Feuer und Flamme dabei!« widersprach Elke. »Wenn er sich mit der europäischen Geschichte beschäftigt, dann doch wohl auch mit der religiösen und mystischen Seite. Also, das war sehr interessant, daß der Engel des 20. Jahrhunderts entweder ein trauriger Angelus novus ist, wie's Bredorf gesagt hat, oder eine ganz schreckliche Erscheinung, für den Fall, daß er doch noch eine Botschaft bringt und zu den Menschen herabsteigt.« Sie nickte mir zu und sagte zu Hanna: »Ich fand das subtil.«

»Ich nicht. Ich finde ihn subtiler, wenn er an der Oberfläche bleibt.«

Nicht in den Engelsbrunnen taucht, dachte ich. Nicht mit Irmchen vögelt.

»Das bewundert übrigens Meister Nietzsche so sehr an den ollen Griechen«, fuhr Hanna fort. »Daß sie so tapfer an der Oberfläche geblieben sind. Im übrigen ist er ein Arschloch, dein Nietzsche.«

Elke erklärte mir mit dem Stolz einer Ehefrau, Hanna lese

ungeheuer viel. »Aber du hörst nichts als Spötteleien. So ist sie. Gestern hat sie mit Nietzsche angefangen.«

Ich gab vor, noch eine Tasse Kaffee zu wollen. Sogleich erhoben sich die beiden Frauen und zerlegten eine chromfunkelnde, unverständliche Espressomaschine, um sie erneut betriebsbereit zu machen. Dabei arbeiteten sie mit der gleichen Sicherheit, mit der der Alte an der Friedenssäule den Putto untersucht, zerrissen und aufgelöst hatte. Während ich ihnen zusah, schien es mir, der Engel hätte mir nichts anhaben können und mich niemals gefunden, wäre ich je in der Lage gewesen, irgendeine Maschine zu begreifen.

»Um noch mal auf die Engel zurückzukommen«, begann Elke, nachdem jeder eine dampfende Tasse vor sich hatte. »Du meintest, sie seien – vom Namen her schon – Boten.«

»Und du willst wissen, wer sie schickt? Engel, ins späte 20. Jahrhundert?«

»Ja, das hat gestern keiner gefragt.«

»Es ist wirklich seltsam. Ich habe Jahre gebraucht, um darauf zu kommen. Also, was denkst du? Wie stellst du ihn dir vor?«

»Gott?«

»Sicher, was stellst du dir vor?« wiederholte ich.

»Du meinst wirklich – zu Gott?«

»Zu Gott, ja!«

»Nichts«, sagte Elke erschrocken. Sie lachte, es handelte sich offenbar um einen der Mühsalschen Versuche, vermeintlich schlichte Gemüter durcheinanderzubringen. »Nichts«, erklärte sie noch einmal, »ich bleibe tapfer an der Oberfläche.«

»Auch nicht eine Göttin? Die Erdmutter Gaia oder die Frau im Mond?« wollte Hanna wissen.

Wenn sie ehrlich sei, dann müsse sie zugeben, eigentlich noch die Kinderbibel-Version mit sich herumzutragen, gestand Elke. »Ein mächtiger gütiger alter Mann, mit Rauschebart, auf einer Wolke, ihr wißt schon.« Sie lehnte sich zurück, schwieg. Weil Hanna und ich nichts sagten, fühlte sie sich in die Enge getrieben. »Na, dann erzähl du mal, was du dir vorstellst! Zu Gott!« forderte sie mich beinahe empört auf.

»Das würde mich jetzt auch interessieren«, sagte Hanna.

»Ich stelle mir einen schmächtigen, alten, sehr ungütigen Mann vor. Gott ist etwa einen Meter siebzig groß. Er hat einen kahlen Schädel, tiefliegende schwarze Augen, ein gipsweißes, verbrauchtes, entsetzlich intelligentes Gesicht. Er trägt einen dünnen, grün schillernden Anzug – wie aus Schlangenhaut gemacht. Seine Füße sind nackt, das heißt, er hat keine Strümpfe und steht und geht in Badeschlappen aus Kunststoff, die schon ziemlich ramponiert sind. Und immer hat er einen seiner Cherubim bei sich, den letzten Engel. Dabei handelt es sich um einen kleinen fetten Putto, auch er reichlich mitgenommen, fluguntauglich. Gott schleppt ihn deshalb in einer Aldi-Tüte mit sich herum.«

»In einer Aldi-Tüte!« Elke wiederholte noch einige Details meiner Beschreibung, und über das selbst erzeugte Bild erst konnte sie lachen. »Aber wie sagt doch der Weiberfeind, mit dem du ins Bett gehst«, erkundigte sie sich bei ihrer Freundin, »Gott ist tot?«

Hanna nickte und stellte fest, daß die Engel folglich Waisen seien. »Deshalb erscheinen sie uns nicht mehr. Oder sie kommen, ohne was zu verkünden. Endlich frei!«

»Glaubst du wirklich, daß Gott tot ist?«

»Er lebt doch nicht«, sagte sie. »Er ist oder er ist nicht. Aber wenn man ihn trotzdem persönlich auffassen will – dann bin ich nicht mit Nietzsche einverstanden. Er denkt, wir hätten Gott umgebracht. Das ist falscher Heroismus, denn es war ja nicht Absicht. Gott ist einfach irgendwo zwischen den Maschinen vergessen worden und verhungert.«

»Du meinst den christlichen Gott«, hielt ich ihr entgegen. »Aber sonst? Kann Gott tot sein? Wie stellst du dir das vor?«

»Ich glaube jetzt eher, daß du eine ganz bestimmte Vorstellung hast und eben die von mir hören willst. Vielleicht ist es so, daß er ist und nicht ist. Ich denke es mir zusammen – als einen riesigen Leib zwischen den Sternen, der sich bemüht aufzuwachen. Er liegt im Koma. Er, es – etwas Ungeheures, ohne Geist und Fleisch. Das ist Gott: das Größte und Rettungslose, in dem bestimmte Teile nicht sterben können und andere nicht aus ihrem Geboren-Werden herauskommen.«

Warum hast du mit mir geschlafen, verdammt! hätte ich beinahe geschrien. Es war nicht nötig. Sie begriff es auch so, und ich verstand ihre Antwort, den Gegenvorwurf, ohne daß sie etwas zu sagen brauchte: Vor neun oder zehn Jahren hätte ich sie ernst nehmen müssen.

Noch eine halbe Stunde konnte ich mich zusammennehmen. »Ich glaube, ich möchte jetzt lieber gehen. Mir ist nicht gut«, stammelte ich dann.

Hanna nahm meinen hastigen Aufbrauch als etwas Selbstverständliches und brachte mich zur Tür.

»Kommst du am Freitag abend? Gegen acht?« Das war schon alles, was sie wissen wollte. Es klang wie: Begleite mich immer, nirgendwohin.

Meine Wohnung erschien mir weit und hoch, als hätte man die Leere eines Hauses in der Küche und dem einzigen Zimmer untergebracht. So viel Raum gab es an den Rändern der Menschen. Mit angehockten Beinen, die linke Schulter an die kühle Wand des Kachelofens gelehnt, saß ich im Dunkeln auf dem Boden. Ich wollte nicht schlafen. Ich wartete auf das Ende der Nacht.

Es kamen Minuten, in denen mir überall der Schweiß ausbrach. Dann wieder fror ich bis in die Gedärme. Seit meinen Kindertagen war mir so die Angst nicht mehr begegnet, als reiner Körper, als tödliches Gas, ohne jede Bestimmung, ohne Distanz. Ich dachte an meinen Großvater: er lag im Garten, in einem stoffbespannten Stuhl; die Sonne flutete über seinen nackten dürren Oberkörper; Rauchkringel stiegen aus seiner Pfeife und verfingen sich in den Ästen des Pflaumenbaums; blutdunkel schimmerte der Rotwein in seinem gläsernen Krug. Er bewegte die blassen Lippen. Was sagte er zu seinem Enkel, der mit sechsunddreißig Jahren in der Ecke einer kahlen Berliner Wohnung hockte, ein promovierter Kerl mit den Schultern eines Schwimmers, zitternd wie ein geprügeltes Kind, gebannt von der endlosen Ankunft des entscheidenden Engels? Oder wußte er alles schon? War er einer der Propheten gewesen? Mein Gedächtnis öffnete sich schwach zu einigen seiner Zeichnungen. Ich sah nichts Bestimmtes, nur den Ausdruck einer wütenden Ohnmacht und – zum ersten Mal – einen peroquetgrünen Schimmer in Verbindung mit seiner Gestalt ...

Zwei Stunden vergingen. Die Angst wurde beinahe vertraut, sie vertiefte sich aber, sie ließ nichts übrig, wenn sie von neuem zündete. Regungslos dahockend, das Fensterkreuz im Blick, versuchte ich, mein Leben zu durchwandern. So stand es in den Büchern. Gleichgültige, menschenleere Bilder huschten vorbei – die Landschaften meiner Reise. Erinnere dich! Die Angst tötet die Erinnerung. Patrizia, Hanna und mein Großvater, nur sie waren stark genug. Aber sie bekämpften sich. »Dein Großvater«, sagte Hanna, in der Badewanne liegend, von Schaumbläschen bedeckt, »er war so gut und weise. Und weil er so viele Bücher hatte, glaubtest du, keine Freunde zu brauchen.« Hanna ... Sie kann mir gestorben bleiben! dachte ich.

»Es heißt gestohlen, gestohlen bleiben.«

Wem gehörte diese rechthaberisch federnde Stimme in meinem Gedächtnis? Ah! Ich spürte ihn schon. Es war der gelbe Psychiater. Sein bekittelter Leib stieß gegen mich. *Unverkennbar ist ein Impuls, den Großvater entweder durch magisch-mystische Umdeutung oder durch ein diffus empfundenes Stellvertretertum zum Leben zu erwekken.* Unsinn! Und doch ... Wenn sie recht hatten! Mein Großvater, dieser pfeifenschmauchende, abgeklärte, nur über Wilhelm und den Zustand der Welt im gesamten fluchende, milde, heitere alte Mann – ein hysterischer Typus, ein Despot! Ein Davongelaufener, der den Virus der Menschenflucht in mir gezüchtet hatte. Seinetwegen kamen die Engel auf mich herab. Seinetwegen dieser widerliche, schwarzes Blut ausgießende Kelch. Er war schuld an dieser Todesangst, dem kalten Schweiß, dem Zwang, immer wieder im Dunkeln auf das Fensterkreuz starren zu müssen, in diese letzte unerhörte Nacht. Gilgamesch hatte das Leben finden und sieben Nächte nicht schlafen wollen. Aber er war eingeschlafen. Und beim Erwachen rief er: »Ach, wie soll ich handeln? Wo soll ich hingehen? Da der Raffer mir das Innere schon gepackt hat? In meinem Schlafgemach sitzt der Tod!« Für einige Sekunden schloß ich die Augen.

Als ich sie wieder öffnete, lag ich zusammengekrümmt am Boden, mit Kopf und Schultern in die Lücke zwischen dem Kachelofen und der Wand gerutscht. Ich setzte mich auf. Noch war es still. Ein wunderbarer, rauchleichter und kühler Morgen hatte die Nacht aufgelöst. Befreit, wie nach einem langen Weinen, erhob ich mich, ging ins Bad, trank Leitungswasser aus einem weichen Plastikbecher mit Spuren von Zahnpasta. Stöhnend vor Behagen, wusch ich mir das Gesicht. Dann zog ich mir eine Jacke über.

Die Straßen dehnten sich fast unberührt im Zwielicht. Ich wollte zum Landwehrkanal, an die Stelle, an der Hanna damals nach meiner Klinikentlassung die vier großen Fragen gefunden hatte. Jedoch vergaß ich, rechtzeitig aus der U-Bahn zu steigen. So gelangte ich nach einem kurzen Fußweg von der Endstation Schlesisches Tor in die Nähe der Oberbaumbrücke.

7

Der Baum des Lebens (1)

Die Straße führte zur Spree und endete vor einem hüfthohen Geländer. Ein Metallschild trug die Aufschrift: *Achtung Lebensgefahr! Wasserstraße gehört zum Ostsektor von Berlin!* Mitten durch das graue Strömen des Flusses zogen sich Absperrgitter. Ich konnte keine Rücksicht auf sie nehmen. Kopfüber stieg der *Engel der Verkündung* herab, die sieben Bögen der Oberbaumbrücke mit seinem Schatten verdunkelnd. Sein ausgestreckter Arm zeigte auf das andere Ufer. Dieses Zeigen zu sehen, hieß, ihm zu folgen. Möwen flatterten kreischend vor meinem Gesicht auf. Ich spürte, daß der Bote mit mir ging, flog, den kalten Morgenhimmel in einer stillen Abwärtsbewegung zerteilte. Ein heftiger Schmerz durchzuckte mich und war doch entfernt, so, wie man vom Schmerz eines anderen hört. Die vor Anstrengung gerötete Halssehne des Engels wurde für einen Sekundenbruchteil sichtbar.

Dann zersprang etwas in mir, und in allen Richtungen umgab mich die Menge, die das erste Mal in Marseille an mich herangetreten war. Ich hatte den grünen Schleier durchbrochen. Zehntausende nackter Körper schwebten in der Luft über und unter mir, hingen wie Tierhälften in einem gigantischen Schlachthaus. Aber sie bewegten sich – ein jeder auf seiner Stelle, lebende Punkte eines unabsehbaren Koordinatensystems. Hunderttausende! Unversehrt, leuchtend, vom mächtigsten Kraftfeld gehalten. In der Waagerechten erschienen sie wie Rudersklaven einer endlos breiten, endlos langen Galeere. Nach oben hin bildeten sie eine riesige Wolke von dicht gefügten, sich in weiten Fluchtlinien perspektivisch verkleinernden Körpern.

Im gleichen Augenblick, in dem ich *die Frage* stellen wollte, traf schon der Pfeil der Antwort mein Herz: Dies war das Bild aller Toten! Alle Geschichte wucherte hier zusammen. Millionen, Milliarden von Menschen! Unter mir staffelten sich Köpfe und Schultern, über mir Füße, Beine, Geschlechtsteile. Das Licht des Jüngsten Tages beleuchtete, von überallher strahlend, die Leiber. Nirgendwo entstand ein Schatten, nicht ein dunkler Streifen tönte die millionenfache Haut. Papierweiße und kalkweiße Haut, blütenweiße, zartgelbe, tiefschwarz glänzende, opalschimmernde, bernstein- und bronzefarbene, rotgebrannte, milchhelle, bronzedunkle Haut. Alle Rassen und Völker schwebten im letzten und größten Wirbel.

Jeder, den ich ansah, hielt die Augen geschlossen.

Weshalb?

Weil alle Toten die Opfer aller Lebenden waren! Sie träumten den einzigen großen und wirklichen Traum: unsere Geschichte! Manche tanzten wie ferngesteuert, ohne Bewußtsein ihrer Staffelung. In der Vertikale, in der Horizontale, in riesigen diagonal verlaufenden Achsen bildeten sich Gruppen von gleichartiger Aktivität. Viele schliefen, weil immer eine Hälfte der Erde schlief. Andere bewegten die Münder und nahmen unsichtbare Mahlzeiten zu sich: fette und magere Greise saugten, wieder Säuglinge geworden, an unsichtbaren Brüsten; Frauen und Männer aßen mit wie vor Hunger zitternden Armen einen eingebildeten Brei. Ich fand alle Pantomimen der Arbeit in diesen Körpergebirgen, schwere, harte Arbeit zumeist, von sämtlichen Altersstufen verrichtet. Vermeintliche Gruben wurden ausgehoben, vermeintliche Hämmer und Schaufeln geschwungen. Wie in Ackerfurchen gehend, wie auf hohen Fenstersimsen meißelnd, wie Schwellen legend und Nägel einschlagend, wie mächtige Säulen rollend, wie Schubkarren vorandrückend, wie an rauhen Seilen zerrend, in den Lawinen ihresgleichen, hoch und tief in der Luft. Ein Wall von Leibern zuckte unter erdachten Peitschen.

Durch die Alleen der Arme und Beine sah ich neue Arme und Beine, zappelnd, rudernd, stolpernd, rennend, sich grotesk verbiegend. Immer weiter führte mich der Engel hinaus, und es gab keine Grenze. Männer trieben vorbei, die die Beine spreizten und mit den verzerrten Gesichtern der Gebärenden die Hüften wölbten. Krieg und Schmerz waren überall, furchtbar um sich schlagende, unverletzte Leiber, die ein unsichtbarer Kugelhagel schüttelte, die eine unsichtbare Lanze durchbohrte, ein Feuer ohne Flammen oder ein Fieber ohne Temperatur verkrümmte. Zustechende, Tretende und Boxende, Mörder im Augenblick der tödlichen Bewegung wüteten zwischen teilnahmslos oder verzückt Dahinschwebenden, ohne sie zu berühren. Sie wußten nichts voneinander; sie waren die absolute und die einsamste Mehrheit. Kein Geräusch ging von ihnen aus, und niemand atmete. Auf ihrer Stirn stand, ob sie tanzten oder von den Träumen der Erde sacht gewiegt wurden, kein Schweiß; ihre bebenden Glieder konnte nichts mehr verletzen. Viele waren alt und bewegten sich doch ohne Mühe, viele gerade geboren, aber im Besitz aller Gesten und Gebärden. Täler der Plagen lagen vor mir, weite Ebenen der Lähmung und des Siechtums. Die Körper krümmten sich, sie schlugen die Hände vors Gesicht oder schwebten mit leeren Gesichtern im Zentrum der nur ihnen kenntlichen Katastrophen. Ich sah sie in ihrer Lust: alte Frauen, denen die Brüste schlotterten, mit der Gelenkigkeit von Zwanzigjährigen; fette Wollüstlinge, die im Ozean der Leiber dahinkrochen und das schwere Becken hoben; Schöne, Häßliche, Verkrüppelte, von unsichtbaren Liebhabern gewendet, den Anus wie feuchten Mohn und das Geschlecht wie Rosenblätter öffnend. Sie durchlebten den ersten und den letzten Akt, den stumpfen und den raffiniertesten Genuß.

Aber Schmerz, Schlaf und Tod behielten die Oberhand. So furchtbar war die Bilanz. Nahezu jedem dritten spannte die Haut über den Rippen. Überall trieben magere Säuglinge durch das Getümmel, unheimlicher noch dadurch, daß sie sämtliche Akte des Erwachsenendaseins vollzogen. Hinter jeder Menschenmauer hob sich die nächste. Wo die Körper der unter mir Treibenden eine Lücke ließen, sah ich nur wieder neue, tiefer dahinziehende Köpfe.

In weiten Spiralen hob mich der Engel empor. Ich schraubte mich an den Gesichtern der Jahrtausende vorbei. Die meisten Köpfe waren langmähnig, die meisten Leiber verwahrlost. Aber eine letzte Heilung, ein Schließen der Wunden und Versiegeln des Körpers mußte mit jedem einzelnen geschehen sein. So viele waren doch zerhackt, in Stücke gesprengt, verbrannt, erdrückt, zerquetscht worden. Etwas hatte sie wieder zu einem intakten Bild gefügt. An ihnen vorbeifliegend, glaubte ich oft, diesen oder jenen zu erkennen. Typen entwickelten und wiederholten sich. Im Mahlstrom der Leiber stieß ich auf Frauen, die noch schöner waren als Patrizia, die Hanna ähnelten oder Irmchens knabenhaft obszöner Magerkeit. Spiegelbilder von Jakob, von Mansfeld, selbst meines Großvaters begegneten mir, hingen im unendlichen Geschlinge aller Körper, manchmal einen Grad der Ähnlichkeit erreichend, daß ich verzweifelt aufschreien und sie ansprechen mochte, manchmal um eine nicht übersehbare Nuance verändert, wie boshafte Fälschungen. Mein Mund war versiegelt. Wohin auch die Kraft des stillen Engels mich steuerte, ich konnte niemanden berühren, obwohl die Leiber nur eine Handbreit von mir entfernt waren. Ich konnte keinem die Augen öffnen, nicht das absolute Schweigen durchbrechen, das wie im Inneren des gewaltigsten Felsens zwischen den Türmen über Türmen, Pyramiden über Pyramiden von Körpern lastete. Alle Zeiten und Räume rasten hinter diesen Lidern. Jeder lag im absoluten, alles andere ausschließenden Rausch. Keiner von ihnen sah oder spürte den gewaltigen Traumbaum des Lebens. Sie, die Morphinisten der Geschichte.

Zu mitgerissen, um Angst oder Atemnot zu verspüren, zu erschöpft, um noch weiter die Vielfalt der Bewegungen in mich aufzunehmen, schloß auch ich die Augen. Das Jüngste Licht schimmerte durch meine Lider. Etwas fehlte noch. Ich mußte es aussprechen. In mir klangen Worte an, unklare Satzgebinde, Splitter aus weitgereisten Silben ... *»So ist es!«* sagte ich plötzlich – und fiel.

Keiner der Körper hinderte diesen Fall. Aber das Flackern vor meinen geschlossenen Lidern bewies ihre Nähe, jeder Schattenpunkt, der nach oben schnellte, war ein Mensch, endlose, rauschende Bänder des Lebens. Ich brauchte keine Angst zu haben. Keiner von ihnen würde mich aufhalten. Fallend öffnete ich die Augen wieder, sah sie nach oben schießen, gewaltige Reliefe, Türme und Wände aus Fleisch, verdichtet zu einem alles bedeckenden Schwarm, der sich in die Endlosigkeit hob. Schmerzverkrümmte Leiber, jubelnde Leiber.

Der Engel hielt mich nicht mehr. Das Licht wurde schwächer, und bald schon grau. Ich sah wie in einen weiten nächtlichen Himmel, in den Tausende und Abertausende von Gestalten auffuhren. Nur noch selten gelang es mir, aus dem Strom einen einzelnen herauszulösen. Ein herkulischer alter Mann mit eisgrauem Bart. Ein Legionär aus dem dritten Jahrhundert vielleicht. Vielleicht ein Kämpfer aus dem Peloponnesischen Krieg. Aus dem Schatten flogen Skelette empor. Menschen, so abgemagert, daß sie ohne Haut zu sein schienen. Auch davon – Millionen! Die Nacht vertiefte sich. Ein letzter Schein zeigte noch, wie Silber in einer Flut von schwarzem Metall, den Körper einer Frau aus den Anfängen. Beginn der Keimbahn. Sie träumte, sie war Affe, Mensch und Tiger, gebückt, muskulös und doch erregend schön. Wie ein Fluch, die Welt zwischen ihren behaarten Beinen zu beginnen, durchfuhr es mich, aber dies war schon ein Schmerz, links, in der Hüfte.

Aus nur geringer Höhe war ich auf einen harten Untergrund gefallen. Dies war das Ende des Rätsels, ein Versinken, die große Dunkelheit, in der alles nah schien, ohne Begrenzung. Das Dunkel war mein Körper. Mein endloser Körper, den eine furchtbare Erschöpfung an den Boden fesselte.

Stirb, bevor du stirbst – ja, das ist es, dachte ich. Wie früh hätte ich es schon wissen können! Das Gitter aus der Zeit nehmen, die Toten wecken zum Jüngsten Gericht, Aufgaben der Engel. Die Texte auf den Spruchbändern, die die beiden Putten an der Friedenssäule in die Luft gehalten hatten. Sie bargen schon das ganze Geheimnis. Nicht: »Die Toten sind die Opfer der Lebenden.« Sondern: Alle Toten waren die Opfer *aller* Lebenden. Und umgekehrt: Alle Lebenden waren die Opfer *aller* Toten. So wurden wir zum ewigen Menschen, jeder ein Khezr, jeder unendlich. *Ein* Leben. Und nirgends der Tod. Es gab nur den unfaßlichen Schritt zum nächsten Atom in der Pyramide. *Alle* Lebenden! Sie waren der Fluch und die Erlösung, sie, diese irrsinnige Verdichtung. Wir mußten *alle* Leben leben. Der Tod war nur die unendliche Wiedergeburt aller in allen. Jeder Schmerz, jede Lust, jede Sensation, alles Elend, Leiden, die Agonien, die Triumphe, die Ohnmachten, Qualen, Genüsse, die Morde, die Träume – dies war uns für die Sekunde unseres Sterbens gewiß. So einfach. So entsetzlich. Neun Jahre nach dem ersten Erscheinen des Engels besaß ich endlich die Botschaft.

Ich lag auf einem schmalen Steinplateau. Es wunderte mich, daß ich wieder das schmutzige Wasser des Flusses sah. Stundenlang, bis die Abendsonne es wie schweres Öl aufglänzen ließ, regte ich mich kaum. Mir war zum Sterben zumute, als ginge es um einen großen Schlaf, als hätte ich nicht die ganze Unruhe des Todes geschaut. Diese Nachricht hatten die Engel gut vorbereiten müssen. In mir war kein Protest und kein Wille mehr. Wie im Versuch, aus einer Narkose zu erwachen, hob ich manchmal den Kopf und sah zur Oberbaumbrücke, einer mächtigen verwitterten Sandsteinkonstruktion, die in den Vorkriegszeiten auf einer Ebene die Straßenbahnen, auf der anderen Fußgänger und Automobile über die Spree geleitet hatte, jetzt aber wie geköpft und unter dem eigenen Gewicht ins Wasser eingebrochen schien. Wenn ich die Augen schloß, packte mich sogleich wieder die schreckliche Tiefe des Lebensbaumes. Alle! Das war einfach wie Gott. Der Himmel war leer, bis auf einige scharf rosafarben umrandete Wolken. Am anderen Ufer gab es keine Zuversicht. Dort standen zwei fünfstöckige, unmenschlich wirkende Gebäude. An dem rechten war alles so verrottet, daß man den braunen Stein nicht mehr vom Rost der Balkone und der Blechbeschläge unterscheiden konnte. Unmenschlich, furchtbar, wie eine um den ganzen Kreis der Geschichte gesetzte Presse, klammerte uns die Botschaft ein. Alle Leben! Jeder Stein der Oberbaumbrücke würde durch meine Hände gehen. Mein milliardenfacher Leib! Der Schmerz in meiner Hüfte – ein Zeichen, das durch die Menschheit zuckte, Fanal aus den Tagen des Jakob. Wie sollte man damit leben?

Ein Engel sein! dachte ich verzweifelt. Nicht leben und nicht sterben! Fliegend erlöst!

Wir aber krochen. Jahrtausendelang in Blut und Staub. Sehr geehrter Herr Kant! Ich werde ihren kleinen gekrümmten Körper tragen wie Sie selbst und mich morgens aus dem Bett prügeln lassen. Sehr geehrter Herr Kant, die reinen Geister können wir uns nicht vorstellen, die Seele als Abgezogenes von unserem Körper ist Unsinn, unbegreiflich, leer. Aber unsere Seele in allen Leibern, diese Idee bilden wir leicht, wir vermögen es alle, das nämlich ist der Tod. Nicht: einige Leben. Nicht: die guten Leben, die aus den guten Taten wachsen. Alle! Opfer in Opfern. Täter in Opfern. Täter in noch schlimmeren Tätern. Wie? Wie genau? Ich mußte an das *Exempel* denken, ich hatte es erlebt, 1919, auf dem Mehringplatz. Das weiche, blutende Riesenrad der Geschichte. Geflochten aus wie vielen Leibern? Vier Milliarden lebten heute. Und wie viele folgten? Und wie viele waren vorher?

An den Absperrgittern in der Flußmitte sammelte sich gelblicher Schaum wie ein langgezogenes trauriges Bewußtsein. Ich würde durch alle Jahrhunderte und Jahrtausende und über allen Orten schweben, ewig einverwoben in die absolute und einsamste Menschenmenge, die ich niemals gesehen hätte, wäre ich nicht gestorben, bevor ich starb. Wie sie sich fühlten? Der rothaarige Bengel, der an meinem dünnen Arm zerrte. Und hoch, hoch über dem Mehringplatz angebunden, die Schnur, dieses Taub-Werden und plötzlich das Gefühl der größten Gefahr für den geliebten Menschen. Therese am Dachfenster, verschmelzend mit ihrem Entsetzen. »Als Kind«, hatte jemand in meinem schwachen Rücken gesagt, »glaubte ich, die Toten müßten nach Essig riechen.« Der Vater unter der Rotkreuzdecke. Ich konnte mich nicht konzentrieren, ich brauchte Hilfe –

»Du hast sie doch, Mühsal«, hörte ich eine bekannte Stimme, von rechts herkommend, sagen. Der Alte von der Friedenssäule lag neben mir auf dem Plateau, so nahe, daß die Badesandale an seinem ausgestreckten Fuß fast mein Knie berührte. Noch einmal hatten sie ihn geschickt. Die wachsweiße zerknitterte Haut seines Gesichts zeigte an den Jochbeinen ungesunde Rötungen. »Mache ich dir angst?« erkundigte er sich.

Ich schüttelte den Kopf.

»Man wächst mit den Schrecken.«

»Nein«, sagte ich matt.

»Aber?«

Was gab es denn noch zu bereden? Ich hatte kaum noch Angst vor diesem grauenhaft intelligent aussehenden Wesen mit dem Riesenschädel.

»Ich habe dich etwas gefragt, Mühsal.«

»Ich weiß. Wovor soll ich noch Angst haben? Es wird mir doch alles zustoßen.«

»Schön, diesmal hast du gut aufgepaßt.« Er wirkte sehr zufrieden und schwieg.

»Wer denkt sich so etwas aus?« rief ich nach einer Weile. »Wozu soll das gut sein?«

Der Alte lächelte nur.

»Wozu bist du hier, wenn du mir nicht hilfst?«

»Um zu prüfen, Mühsal.« Mit einer entkräfteten Hand wischte er etwas Staub von seinem Schlangenhautanzug. »Noch kannst du fragen. Aber ich habe nicht mehr viel Zeit. Eure Zeit – sie geht aus mir, wie du siehst.«

»Ich habe verstanden«, versicherte ich. »Es ist furchtbar.«

»Ihr seid furchtbar.«

»Wir?« Ich starrte auf die Schaumlinie vor den Brückenpfeilern. »Alle Leben. Das sind Milliarden.«

»Und der Tod?«

»Wie?«

»Was ist der Tod?« herrschte er mich an.

»Ein Zurückstürzen«, sagte ich erschrocken.

»Wohin, Mühsal?«

»In alle anderen! Ich habe es gesehen! Die Toten sind Parasiten! – Sie sind Opfer«, verbesserte ich mich. »Opfer der Lebenden. Die Welt ist ein gigantischer Fernsehapparat.«

Ein tonloses Lachen schüttelte den Kommentator aus den anderen, vielleicht glücklicheren Räumen. Er hustete.

»Eine Wiedergeburtsmaschine! Die die Toten frißt und sie zurückspeit! Wer hat sich das ausgedacht? Gott? Hat er dich geschickt?«

Nahezu bedauernd hob der Alte die schweren, von violetten Äderchen durchlaufenen Lider. »Das sind keine Fragen, Mühsal. Alles ist tiefer. Es gibt andere Worte«, sagte er langsam. »Man kann einen Stern damit zerbrechen, größer als eure Welt. Du mußt es nicht verstehen.«

»Aber was soll ich tun?«

»Das, was du mußt.«

»Leben, meinst du. Alle Leben leben?«

»Das ist sehr viel für euch.«

»Und keiner entkommt?«

Mit eingefallenem Gesicht sah er mich an. Selbst sein Anzug schien blässer und dünner zu werden. Die Zeit ging aus ihm wie die Farben aus den Flügeln eines toten Falters.

»Sag – niemand kommt davon?«

»Könntest du etwas anderes glauben? Überlege dir das, Mühsal. Und lebe wohl.« Als wäre mit dieser Anwort jeder Halt im Inneren des mageren Körpers zerbrochen, fiel der Alte in sich zusammen.

»Was ist mit meinem Großvater?« rief ich noch rasch mit dem Gefühl, daß es bereits zu spät war. Ich beugte mich vor, um ihm ins Gesicht sehen zu können. Seine Augenhöhlen füllte nur noch eine kochende grüne Strahlung.

Trotz meiner schmerzenden Hüfte kletterte ich hastig über den Mauersturz und das Metallgeländer auf die Straße zurück. Die Aufgabe lag vor mir und nicht da unten am Wasser in der Gestalt eines verglühenden alten Mannes; dies war die Lehre. Ich ging an dem warnenden Metallschild vorbei. Dann zögerte ich. Nein, den Engeln geschah nichts, sie hatten ja keine Zeit.

Schon an der nächsten Kreuzung kochte die Flut der Herzen. Ich verlor mich, ich grinste wie ein Blöder. Im zerfallenden Tageslicht wirkten die Leute seltsam durchlässig und doch wie betrunken. So waren sie ja auch, sie sogen wie Löschpapier die Toten in sich, eine schwarze Tinte aus den Wassern des Styx. Es kamen unförmige, schnaufende Frauen daher und kahlgeschorene Jugendliche in nietenbesetzten Lederjacken. In einer Eckkneipe zeterte ein buckliger Mensch. Zu seinen Füßen kniete ein Kind mit Blutergüssen an den Armen. Alle Leben! Es kam eine hagere Frau, angetan mit einer schlaff sitzenden Trainingshose, Turnschuhen und einem verschmierten Sweatshirt, die nichts mehr von den Aufschürfungen und dem Grind an ihrem Kopf spürte. Es kamen Bürger mit festem Schritt und einer gewalttätigen, billigen Sauberkeit, deren Hunde auf die Straße kackten. Auch die! Auch die! Ihre Tapeten, ihre Schrebergärten! Und die Studenten auf blinkenden französischen Fahrrädern, die Gemüsefrau mit ihrem quaddeligen Kropf, der Türke mit dem selbstgehäkelten schwarzen

Käppchen und dem Magengeschwür made in Germany. Die Gitter waren aus dem Raum genommen, es gab keine freie Luft mehr zwischen den Menschen, sondern nur noch zitternde Distanzen, die sich aus den Vorgängen des Anziehens oder Abstoßens fremder Atemmassen ergaben, als müßten sie, wenn alle zur gleichen Zeit ihre Brust und ihr Zwerchfell ruhig hielten, zu einem einzigen großen Fleischblock zusammenfallen und gelatinieren.

Die Toten lebten in den Höhlen der Luft, sie schwebten über jedem einzelnen. Türme aus milliardenfachem Nichts. Ich sah scharf über die Köpfe der anderen hin. Unsinn! Was stellte ich mir denn vor? Eine innere Umarmung, darum ging es, um Infiltration, um die Empfindungen und Gefühle wie ich sie, korallenhaft und spiralig treibend, aus dem eigenen Körper empfing. Eine innere Umarmung wohl, aber eine einseitige, die den Toten, den Opfern, alles gab – und antat! –, die Lebenden jedoch gänzlich verschonte, nicht Licht, nicht Schatten für sie ... Sie rochen nicht, es war unnötig, sich zu ekeln und vor den Leibern zu fürchten. Von innen heraus betrachtet, waren alle rein, einmalig, stimmig. Wozu also mit der Form ihrer Bäuche und Nasen und Ohren hadern? Die Toten nahmen uns auf wie eine Musik, wie Milliarden Variationen auf das Thema Mensch.

Ich verfolgte den Lauf der Hochbahnstrecke, die sich peitschenschnurähnlich geschwungen durch die Mietsblöcke krümmte und zu meiner Rechten mit dem alten Gestein der Oberbaumbrücke verschmolz. Wie Musik, überwältigend und unkörperlich, mußte der Tod sein. Aber die Gedanken? Die Komplexe, Irrtümer, Psychosen, Dummheiten? Die Schmerzen schließlich! Die furchtbare Summe aller Schmerzen! José! Die Welt durch seine Augen sehen – in der Sekunde, in der sie ihn an die Wand zerrten, in der die Kugel seine Schläfe zerriß. Die Folter! Alle würden sie erleiden! Das war Gott! Die absolute Gerechtigkeit der vollkommenen Identifikation. Das teuflischste Gehirn, das nur zuließ, was menschlich war!

Erschöpft stützte ich eine Hand gegen einen der eisernen Strebepfeiler unter dem U-Bahnhof Schlesisches Tor. Ein

Schwall von Fahrgästen, neue Herzen, neue Aufgaben, neue atmende Gefängnisse meiner Seele kamen die Treppe zur Straße hinab, zerstreuten sich, stolperten, liefen. Einige gingen auf mich zu, und sie wußten nicht, daß ihre Geheimnisse nur vor den Lebenden galten.

»Anton! He – Anton!«

Plötzlich stand Helga vor mir. Ihre Wiedersehensfreude übertrug sich auf mich, ich kam ihrem Versuch, mich zu umarmen, stürmisch entgegen, ging sogar in die Knie, um sie noch besser zu umschlingen und hochzuheben. *Ein* Mensch! Ein einziger! Glücklich preßte ich die nach Wein und Moschus duftende Frau an mich, als könnte ich so die ewige Wunde verschließen, die Öffnung zu allen Menschen, die die Umarmung des stillen Engels hinterlassen hatte.

8

Der Baum des Lebens (2)

»Oh, Mann!« sagte Helga. »Das hab ich geahnt. Wir mußten uns einfach noch mal treffen, da war diese Spannung zwischen uns, nicht?«

»Ja, wir mußten uns sehen.«

»Aber irgendwas stimmt nicht. Du hast total rote Augen, und du bist so offen, aber getrunken hast du nichts ... Ah, ich weiß! Du liebes bißchen, tatsächlich! Du hast was geraucht, stimmt's? Gib's zu!«

»Ich geb's zu.« Es war mir recht, daß sie eine so natürliche Erklärung fand. Ihr Haar, der feste schmale Mund, die hellbraun leuchtenden Augen – mehr wollte ich nicht sehen. Sie mußte mich vor dem Druck dieser irrsinnigen Masse Leben retten. Die Hausfrauen, Punks und alten Männer, die in Helgas Rücken die steinerne Treppe des U-Bahnhofs hinaufstiegen!

»Wollen wir etwas trinken gehen? Wo es ruhiger ist?« schlug ich vor.

Helga war noch ganz mit ihrer vermeintlichen Entdeckung

beschäftigt. »Anton Mühsal raucht Haschisch!« Vergnügt rieb sie sich an mir. »Mann! Und ich hab drei Gläser Beaujolais getrunken. Wer weiß, vielleicht ist das auch notwendig, so eine Ebene. Aber es geht dir nicht schlecht, oder?«

»Ich habe die letzte Nacht kaum geschlafen.«

»Du, ich wohne hier um die Ecke. Ich hab ein Zimmer in einer WG. Laß uns dahin gehen. Ich darf jetzt auch nichts mehr trinken, sonst schlaf ich nämlich ein.«

Arm in Arm überquerten wir eine schmale Straße. Helga vermutete, ich hätte »schlechten Stoff, wie sie ihn in der letzten Zeit überall verkaufen«, konsumiert und deswegen kein Auge zugetan. Sollte ich ihr sagen, was für einen Stoff ich genossen hatte? Ihr den Genuß von der Rinde des Lebensbaums empfehlen, das stärkste Opiat? Oder ihr die Botschaft vermitteln, den Blick auf die Rückseite der Bilder? Vom Tod her betrachtet, zeigte sich nichts als das Monumentalgemälde der Wirklichkeit, der letzte Spiegel, gegen den wir prallten.

»Hattest du Horrorvorstellungen von dem Stoff?« wollte Helga wissen.

»Ja, es war schlimm.«

»Wie? Farben oder gräßliche Bilder? Wo warst du überhaupt in der Nacht, wenn du nicht geschlafen hast?«

»Zu Hause, in meiner Wohnung.«

Ob mir Fratzen oder irgendwelche Teufel erschienen seien? Oder Engel, darüber hätte ich auf der Fête doch so vieles zu sagen gewußt? Sie hob das Gesicht zu mir auf, als erwarte sie einen lustvollen und zugleich grauenhaften Kuß, und in ihrem Blick lag die eigenartige Versicherung, daß ihr dies nicht zum ersten Mal geschehen würde.

»Keine Fratzen, keine Teufel – Menschen.«

»Menschen?«

Ich zog sie weiter voran. »Menschen«, erkärte ich leise, »die Enge zwischen den Menschen, das hat mich erschreckt.«

»Du meinst die Überbevölkerung? Daß es jetzt schon vier Milliarden Menschen gibt?«

»Das ist nur eine Zahl. Du mußt dir vorstellen, sie alle

auf einmal zu sehen, den Blick zu haben, mit dem du die ganze Erde umfassen kannst –«, ich hielt inne und gab einen stöhnenden Laut von mir.

»Was ist jetzt?«

»Mir fällt ein, wie mir mein Großvater erklärt hat, daß es unmöglich ist.«

»Was denn?«

»Die ganze Erde – von außen kann man nicht die gesamte Oberfläche einer Kugel auf einmal betrachten.«

Helga zog ein schweres eisernes Tor auf. Von außen, ja. Aber ich hatte den Tod von innen gesehen! Der Weg führte zwischen zwei dunklen Aufgängen in einen Hinterhof. Vier Fabriketagen lagen hier übereinander. Während wir das Treppenhaus emporstiegen, hielt Helga verkrampft meinen linken Arm fest, als könnte sie sich dadurch vor den Visionen schützen, die ihre Wißbegierde mir entlockte. Wenn man sich wirklich auf die Vorstellung einlasse, sagte ich, wie viele Menschen jetzt, in diesem Augenblick, lebten, dann ergreife einen ein ungeheures Schwindelgefühl. Sie atmeten, schrien, kämpften. Es gab Gebirge von Langeweile, von Haß, Liebe, von dumpfer Betriebsamkeit, von Rausch, Lust und Elend. Die Hälfte der Erde lag immer in einem Meer von Schlaf, das war vielleicht die einzige Beruhigung. »Aber auch im Schlaf wird man getötet!« rief ich. »Und sie krepieren jetzt! Morde, Vergewaltigungen, Folter, Krieg, Hunger – die Erde ist doch zur Hälfte pures Grauen. Was hält das von uns fern? Eine Gnade? Ja, die zynische Gnade des Raumes. Nur die Geometrie. Aber die hat schon lange nachgelassen.«

»Wie meinst du das?«

»Durch die Engel der Gegenwart, die Flugzeuge. Sie haben nur eine sinnvolle Aufgabe: das Gitter aus dem Raum zu nehmen. Du bist doch schon geflogen?«

»Nach Indien, ja.«

»Und? Das sind doch gerade ein paar Stunden!«

Vor der Tür im dritten Stock kramte Helga in einer roten Stofftasche. Früher, redete ich auf sie ein, war die Erde mehr ein Traum als ein wirklicher Körper. Damals gehörte die Grenze der Welt ins Reich der Erfindungen, und die Distanzen waren unermeßlich. »Aber wie ist es heute?«

»Wie?« sagte Helga, mich zum Weitergehen auffordernd, nachdem wir die Wohnräume betreten hatten. Wir gingen auf eine Art Vorhang aus schweren Kunststoffplanen zu, der in der Mitte geteilt war. Er erinnerte an die Einfahrt in eine Autowaschanlage.

»Du kennst das doch, vom Flugzeugfenster aus. Du siehst zehn Kilometer weit nach unten. Wie schmal die Meere sind, und die Flüsse – nur Rinnsale! Was für ein läppischer Zufall, der trübe braune Fleck, auf dem du geboren bist!«

»Genau das hab ich auch immer empfunden!« Helga grüßte eine Gruppe von etwa zehn Leuten, die teetrinkend und leise plaudernd auf einem Matratzenlager verstreut waren. »Und du hattest das Gefühl zu fliegen? Auf deinem Trip?«

Die rot gewandeten jungen Leute erschienen prädestiniert, um vor sie hinzutreten und zu rufen: »Seht, der Engel ist auf mich gekommen in Gestalt der Psychose! Ihr seid die Opfer der Toten! Mißtraut den Gräbern, die Gräber sind Falltüren! Ihr liegt auf den furchtbaren Katakomben der Geschichte! Ihr werdet Cäsar sein und alle Sklaven und alle Huren. Man wird euch mit dem Kopf nach unten kreuzigen, tausendmal und mehr!«

»Meine Güte, mußt du müde sein.« Helga faßte mich um die Hüfte. »Zuerst redest du wie ein Wasserfall, und dann starrst du bloß noch vor dich hin.«

»Kannst du dir vorstellen, daß es die Erde noch einmal gibt?« fragte ich nahe an ihrem Ohr.

»Natürlich«, sagte sie. »Das denken viele. Ich hab einen Australier getroffen, im Nepal. Der war davon ganz besessen, daß es mehrere Erden gibt.«

»Die sind sehr klug, diese Australier«, murmelte ich.

Wir waren in der Mitte eines Ganges zwischen den wie Zellen abgeteilten Räumen angelangt. Helga öffnete eine Schiebetür.

»Das ist schön hier, hell, weit!« rief ich mit einer kaum

verständlichen Begeisterung, denn größer als fünfzehn Quadratmeter war der Raum gewiß nicht. Von der mit einem glänzenden indischen Tuch überworfenen Matratze aus betrachtet, erschien seine Leere mir aber noch beeindruckender; und als Helga mich alleine ließ, um für uns einen Tee zu kochen, lehnte ich mich dankbar zurück und atmete die freie, von den anderen abgeschirmte Luft ein. Es wurde rasch dunkel. Ich sank tiefer. Jetzt mußte ich schon ganz flach auf der Matratze liegen, und doch zog es mich weiter nach unten, ein Schwindelgefühl ergriff mich, dann eine Gewalt, die mich in der Waagerechten bewegte. Graue Schemen glitten heran und entfernten sich. Ich lag wie auf einem Floß oder wie auf der Tragfläche eines lautlos voranstoßenden Flugzeugs. Knapp über der Erde schnellte ich dahin, in Rückenlage wie bei meiner Einlieferung in die Klinik, wie mein aufgebahrter Großvater in seiner letzten Stunde. Die Fahrt beschleunigte sich. Ich öffnete die Augen und sah – nur Grautöne, Schattengebilde, eine Welt ohne Farben, das Grau der Hölle, in dem sich die Toten bewegten. Eine Schicht des Lebensbaumes, eine Ebene des gewaltigen Massivs aller Körper, wurde von mir durchschnitten; Menschen umschlossen mich, fegten an mir vorbei, graue Körper vor grauem Untergrund. Immer wieder stieß ich gegen einen dieser Leiber – ohne eigentlichen Aufprall, eine fliegende Vermengung, wie die von Wolkenfetzen in der Nacht, einte für Sekunden mein Schattenleben mit dem ihren. Ich spürte das Übergreifen ihres Gefühls auf das meine, so, wie es verkündet war: den Schmerz eines alten, knochigen Mannes; den Schlaf eines Kindes, das verkrümmt auf dem Boden lag; die Lust eines Mädchens, das sich nackt gegen eine Wand preßte. Alle Leben! Mitten im Flug, in diesem entsetzlichen Zwielicht, das weder aufhellen noch endgültig Nacht werden konnte, schoß plötzlich der Engel vor mir auf wie eine Flamme. Er zerteilte mich mit einem einzigen Schnitt senkrecht zur Nahtlinie meines Schädels und klappte mich auf wie einen Sarkophag. Ich spürte eine weiche, massenhafte Bewegung um mich her. Die Schatten! Ich war zum Futter der Toten bestimmt!

»Es reicht nicht, ich bin nicht genug für euch alle!« schrie ich auf. Dann spürte ich Helgas Gesicht an meiner Wange. »Sei ruhig, das ist alles nicht wahr«, sagte sie leise. Eine Lampe ging an. Mit einem kräftigen Ruck zwang ich meinen Oberkörper in die Höhe. Er zerfiel nicht, wie sollte er auch. Die seidene indische Decke glitt von mir ab.

»Weißt du, wieviel Uhr es ist?«

»Nein.«

»Halb vier morgens.«

»Das heißt, ich habe stundenlang geschlafen?«

»Ja.« Helga kniete auf dem Strohteppich. Sie hatte große Schweißflecken unter den Achseln. »Als ich mit dem Tee zurückkam, warst du schon weg. Es war am besten, dich in Ruhe zu lassen, du hast ja erzählt, daß du gestern nacht nicht geschlafen hast.« Sie zeigte mir ein Stück Briefpapier mit einer Nachricht für den Fall, daß ich vor ihrer Rückkehr aufgewacht wäre. »Dann hab ich noch eine Freundin besucht und bin mit ihr gegen eins in die Disco.«

»Und jetzt bist du müde, und ich liege hier in voller Montur auf deinem Bett. Ich werde sofort gehen, es tut mir leid.«

»Seit wann bist du so spießig? Wir können morgen zusammen frühstücken.«

»Gern, das ist schön!«

Sie lachte und stand auf, um sich auszuziehen. Das überschwenglich Dankbare in meiner Stimme verwirrte sie. Aber nichts hatte sich durch die sieben Stunden Schlaf verändert: der gewaltige Block der Botschaft preßte sich auf jeden Atemzug; unmittelbar hinter dem Fensterglas dieses Zimmers begann ein endloses Schwarz. Niemand wußte davon! Sie – vier Milliarden! – lebten im Licht ihres Wahnsinns, der Eitelkeit, die sie von den Toten in scheinbarer Trennung hielt.

»Und du?«

Ich sah zu Helga empor, die ein Kopfkissen und eine große Bettdecke aus der Truhe gezogen hatte. »Ach ja, entschuldige.« Rasch zog ich mich aus, meine Hose, Socken, den Pullover und das Hemd auf einen Haufen werfend. Helga stieg auf die Matratze und reichte mir das Kopfkissen, das ich neben mich legte. Nur mit einem roten Slip bekleidet, hatte ihr schlanker Körper mit den schweren Brüsten und dem ausladenden Gesäß über den dünnen braungebrannten Beinen etwas Übertriebenes, das rasch Mitleid oder achtlose Gier erregen konne. Sie breitete die Bettdecke über mich aus, legte sich dann neben mich auf den Bauch und stützte beide Ellbogen auf. Den Kopf in die Hände gebettet, sah sie mich neugierig an. »Was hast du nur geträumt? War es ein Alptraum? Warum hast du so geschrien?«

Wenn ich ihr alles erzähle, wird sie mein Jünger, sie wird immer bei mir bleiben, dachte ich, in ihren Schweiß- und Moschusgeruch und den Anblick ihrer verschwimmend dunklen, beerenweichen Brustwarzen verloren.

»Wovon hast du geträumt?« wiederholte sie.

»Vom Baum des Lebens. Du weißt, es gab zwei verbotene Bäume im Paradies. Den Baum der Erkenntnis von Gut und Böse und den Baum des Lebens. Die Menschen wurden vertrieben, damit sie nicht auch noch von diesem die Früchte aßen.«

»Vom Baum des Lebens? Und im Traum hast du es doch getan?«

»Ja.«

»Es war schlimm?«

»Es war, als ob du dich selbst aufessen würdest. Das Fleisch, aus dem dieser Baum besteht, gehört aber nicht nur dir, sondern auch allen anderen Menschen.« Ich berührte einen Leberfleck an Helgas Schulter. »Es genügte ein Biß, dann war alles zusammengewachsen, du warst mit dem Baum verschmolzen und mit jedem Lebenden, ja sogar mit jedem, der irgendwann einmal gelebt hatte oder noch leben würde. Plötzlich versank ich in einem Ozean von Fleisch, die Einzelheiten meines Körpers verschwanden ...«

»Aber dann hab ich dich aufgeweckt? Es ist sehr interessant, daß du so tiefe Träume hast, beinahe wie ein Heiliger«, erklärte sie. »Ich muß an unser letztes Gespräch denken, in deinem leeren Zimmer, bevor die anderen reinkamen. Und an deine vier Fragen ... Du bist ein Mystiker!

Man sieht es nur nicht gleich, weil du dich hinter deinem Intellekt versteckst. Aber wenn du ein bißchen losläßt«, sie legte eine Hand auf meine Brust, »dann kannst du enorm viel auffassen. Das ist oft so, daß so analytische und atheistische Leute wie du ein irrsinniges Potential haben, viel mehr als zum Beispiel jemand wie ich.«

»Den man immer nur ausgenutzt hat?«

Sie errötete und wollte ihre Hand von mir zurückziehen. Ich hielt sie auf meiner Brust fest. »Warum glaubst du so gerne, daß die anderen besser sind oder klüger oder näher an Gott als du?«

»Weil –« Ihre Augen wurden feucht.

»Weil?«

»Weil ich in einer miesen kleinen Hilfsarbeitersiedlung aufgewachsen bin.«

»Ja, und?«

»Weil man mich geprügelt hat, statt zu erziehen. Weil ich dazu bestimmt war, wie all die anderen kleinen Frauen Böden zu scheuern oder im Akkord irgendwelche Maschinen zusammenzusetzen und fünf Kinder zu kriegen.«

»Aber du scheuerst doch keine Böden.«

»Ich bin nicht intelligent, ich bin nicht schön und erfolgreich wie zum Beispiel Hanna.«

»Du bist wichtig.«

»Ach was!« rief sie und setzte sich auf. Die dünne Holzwand, gegen die sie mit dem Rücken stieß, gab einen Ton wie eine große Trommel von sich. »Das ist doch die übliche christliche Scheiße von den Armen im Geiste!«

»Jetzt hör aber auf!«

»Okay, gut, ich hab's übertrieben.« Nach einer Weile hob sie lächelnd das Gesicht. »Im Himalaya, da hatte ich tagelang dieses irre Gefühl ... Mensch zu sein, verstehst du? Es war egal, woher ich gekommen bin, daß ich Helga, das Dusselchen, war, die fleißige Tippse, die jeder haben konnte. Ich hab diese riesigen Berge gesehen, den Schnee auf dem Dach der Welt, mit dem Gefühl: Ich bin ein Mensch, und was ich hier sehe, das gehört mir, ebensogut mir, wie es allen anderen gehört. Glaubst du, das war richtig?«

»Ich kann's nicht besser ausdrücken«, sagte ich. »Aber du oder ich, wir sind so bedeutungsvoll wie alle Heiligen der Welt.«

Helga sah mich mit einem übernächtigten, übererregten Blick an. »Die Heiligen und Meister, die sind wichtiger, weil sie etwas zu geben haben. Sie haben die Wahrheit erkannt, und sie versuchen, sie uns mitzuteilen. Glaubst du das nicht? Auf der Fête hast du doch selber die Frage nach der Wahrheit gestellt oder sagen wir: nach Gott, das ist das gleiche.«

»Wie soll man den Abstand zur Wahrheit ausmessen? Ich glaube nicht, daß irgendein Heiliger oder irgendein Weiser oder Forscher durch seine Anstrengungen oder sein Opfer näher an Gott ist. Das sind alles zynische Vorstellungen.«

»Also Buddha wäre zynisch?«

»Wenn die Gelehrten und Weisen immer wieder behaupten, sie wüßten nichts«, sagte ich, »warum glaubt ihnen keiner? Weshalb setzt man sich in diesem Punkt ständig über sie hinweg?«

»Kann ich zu dir unter die Decke, Anton?«

Sie war kaum an meiner Seite, als sie sich wieder aufrichtete. Einen Moment zögerte sie, dann zog sie rasch ihren Slip aus. »Meistens schlaf ich nackt«, erklärte sie.

In den Glasquadraten des vielfach unterteilten Fensterrahmens kroch ein stumpfer, fleckig grauer Morgen aus der Nacht. Ich zog die Decke über uns.

»Was sagt Buddha? Du kennst dich doch damit aus.«

»Das Leben, alles Gestaltete, entsteht aus dem Nicht-Wissen«, erklärte sie, regungslos nach oben schauend. Man erkannte dort jetzt die Betonträger und Teile rostiger Eisenmatten. »Eine Gestalt annehmen heißt Begierden haben, Liebe, Haß und Lust verspüren, heißt sterben müssen und krank werden, arm sein, hungern. In der Hauptsache ist es Leiden. Das Leben ist ein endloser Kreis, der immer wieder Leiden erzeugt.«

»Aber es gibt doch nicht nur Elend.«

»Hauptsächlich«, sagte sie. »Hauptsächlich ist es Elend. Mensch, du hast mir doch einen großen Vortrag darüber gehalten, im Treppenhaus, als wir hier angekommen sind!«

Ich wußte nichts dagegenzuhalten und versuchte es doch, indem ich die Vorstellung vom bloßen Leiden ungenau nannte. Wir würden es sehen! Wir würden es in jeder Nervenfaser spüren! Draußen kochte der fahle, schier endlose Ozean der Gestalten und wartete auf unseren Tod ... »Und die Wiedergeburt?« fragte ich unvermittelt.

»Die Seelen von denen, die unwissend sind, die entkommen nicht.«

»Also die der meisten.«

»Ja.« In ihrer Stimme lagen Angst und Rachsucht dicht beeinander. »Sie werden zurückgestoßen in den Kreis.«

»Und müssen irgendein anderes Leben führen?«

»Ein anderes Leben, ja. Es hängt davon ab, welchen Grad von Erkenntnis sie im vorigen Leben erreicht haben. Man kann bis zu den Tieren sinken«, sagte sie befriedigt. »Bis zu den Kaulquappen.«

»Aber die Wissenden, die bewegen sich aufwärts?«

»Richtig.« Sie wandte mir das Gesicht zu. Jemand ging draußen über den Flur. »Und sie können auf der höchsten Stufe das Nirwana erreichen, den Ausweg«, erklärte sie. »Ein Ort, wo weder Kommen ist noch Gehen, weder Leben noch Tod, wo es keine Art von Trennung mehr gibt. Das ist das Ende der Gestalten und das Ende der Leiden. Was meinst du? Glaubst du das?«

»Ich glaube, daß niemand entkommt. Das ist meine Religion«, erwiderte ich. »Das Nirwana verstehe ich nicht. Wie soll man es vom Tod unterscheiden? Was an mir soll diesen Zustand der Erlösung genießen oder überhaupt registrieren, wenn ich das Karma, also mich selbst, restlos abgeschüttelt habe? – Ich sage das, obwohl mir das Karma besser einleuchtet als die Seele.«

»Ach, weshalb?«

»Weil es logischer und bescheidener ist«, erklärte ich.

»Und was ist die Seele?«

»Ein Implantat, das der christliche Gott dir eingepflanzt haben soll und das du nicht spürst. Eine Art Transistor, der nutzlos in dir steckt, weil er zu einer ganz unglaublichen Maschine hinter den Sternen gehört. Ein Paradox.«

»Gott und die Wahrheit sind Paradoxe?« rief sie.

»Noch sind sie paradox«, sagte ich erschöpft. Unter meinen geschlossenen Lidern bewegten sich peroquetgrüne Strahlen wie das Nachflimmern vorbeihuschender Engel.

»Und die Liebe?« flüsterte sie.

»Ich weiß nicht, ob sie hilft«, sagte ich und sah auf ihren Mund, in dem ihre wie künstlich gefärbte, kirschrote Zunge nach vorn glitt.

»Mir hilft sie viel, Anton.« Ihr Körper schob sich auf mich, und sie begann, mich zu küssen. Ich wollte ihr zu verstehen geben, daß ich nicht fähig war, sie zu lieben, daß ich nur an die schreckliche Explosion in den Höllenkreis allen Lebens denken konnte. Aber mein Körper antwortete ganz mechanisch auf ihre weiche Haut, als regten sich andere, all die anderen Männer, in meinem Blut. In Helgas Augen lag eine fast verzweifelte Bitte, die in eine Art von Triumph überging, als sie den kurzen, von ihrer Trockenheit ausgelösten Schmerz des Eindringens überwunden hatte. Man muß nicht unterscheiden, hatte Hanna gesagt; im Augenblick der Vereinigung waren wir alle gleich – gleich getröstet, gleich verloren, gleich namenlos. Das Licht des siebten Tages fiel über uns, unklar, zitternd, noch halb betäubt von der Scheidung. Das Paar des siebten Tages erinnerte sich an nichts; es sprach nicht, denn erst nach der Vertreibung war ihm die Sprache gegeben worden. Gegen meine Hände spürte ich zwei Beckenknochen, weich anstoßend wie durch ein seidenumhülltes Polster. Weshalb ging die Liebe in so engen Kreisen? Nur damit der Tod sie sprengen konnte? Irgendwann wurden wir erwachsen, traurig und grausam. Irgendwann vergaben wir das Privileg, trafen die Unterscheidung, lösten das Rätsel der Tulpen – es war Patrizia, ich sah sie in Oberstetters improvisiertem Salon, lächelnd, in einer Art kühlem Verzeihen. Ich wußte, daß der Tod uns in den großen Strom stürzen würde, daß jede Vereinzelung Irrsinn war, Illusion der Lebenden, Geburt des Zynismus, der Trennung, des Hasses. Helgas Gesicht, seltsam klein, rosa überhaucht, schwebte über der Schwellung ihrer Brüste. Sie öffnete die Augen nicht; sie hatte einen Weg gefunden, für Minuten dem Verhängnis zu entkommen, mit Hilfe der Technik ihres indischen Meisters, der das Richtige im Falschen für möglich hielt. So lenkte sie plötzlich meine Hände, meine Hüfte, ihr Gesicht zog sich zusammen, als reagierte es auf einen jäh ausbrechenden bitteren Geschmack – und entspannte sich endlich. Rasch, als fürchtete sie, ich könne sie schlagen, glitt sie von mir ab und vergrub den Kopf im Kissen. Es war gegen sechs Uhr morgens und immer noch nicht hell. Nach einer Weile legte ich besorgt eine Hand auf ihren Nacken.

»Laß es bleiben!« sagte sie unvermittelt.

»Wie?«

»Das, was du mir jetzt groß erklären willst. Daß du so was eigentlich nicht tust, daß du dich schämst, daß du gar nicht weißt, wie es dazu gekommen ist, und mich gerne hast, so wie einen Kumpel und so weiter, das, was sie alle sagen!« Sie richtete sich auf. »Es ist immer das gleiche mit Typen wie dir.« Ihr verächtlicher Blick wanderte über meinen Körper. »Du hast nur das Schwein in mir rausgekitzelt! Und jetzt liegst du da und tust dir leid. In deinem Kopf steckt Hanna! Aber zwischendurch ein Schwein, das schadet nichts! Willst du mir einen Gefallen tun?«

»Hör doch –«

»Tu mir den Gefallen und frag mich nicht, wo hier die Dusche ist. Zieh dich an, los! Geh zu Hanna! Erzähl ihr was über Gott! Du liebst sie doch!«

»Laß mich hier bleiben. Du verstehst nicht.«

»Aber doch! Hin und wieder versteht selbst das Dusselchen was!«

»Helga –«

»Wen liebst du? Wer ist dir gut genug?«

»Es ist nicht Hanna. Ich werde dableiben. Solange du willst, und wir werden reden.«

»Geh!«

»Dableiben heißt, daß ich –«

»Geh! Ich bitte dich, verdammt!«

»Du willst mir keine Chance geben.«

»Ich will keine von dir, kapierst du das nicht?« Sie war so wütend, daß ich aufstand und mich anzog.

»Eines möchte ich noch –«

»Nein!«

Als ich die Schiebetür öffnete, standen eine Frau und ein Mann in roten Schlafanzügen vor mir. In ihren müden Gesichtern war kein Vorwurf, nur eine Art Pflichtbewußtsein und Überdruß. Die Frau, eine Inderin, zeigte wortlos den Flur hinunter, wo sich der Wohnungsausgang befand. Dann schoben sie mich beiseite und gingen langsam auf Helga zu.

Umfangen von dämmrig frühem Licht, öffnete ich das Hoftor zur Straße. Der Schmerz in meiner Hüfte lebte wieder auf. Ich fühlte, daß ich jeden Augenblick zusammenbrechen konnte. Trotzdem ging ich voran. Leis brummend, wie in böser Absicht niedergeduckt, bewegten sich die fahrenden Autos hinter der blechernen Hecke der parkenden an mir vorbei. Sie wurden lauter. Jemand verfolgte mich, dicht in meinem Rücken war er schon, hoch, gnadenlos –

9

Ein behütetes Gespräch

Ich stürzte, erwartete den Aufprall auf dem Pflaster, so schnell und hart riß es mich nach vorn. Im Fall jedoch überholte mich mein Verfolger, kam mir entgegen mit einem dunklen Schlag, der mich weit und schief zur Seite trug. Eine tödliche Wand raste vorbei, nah, zischend, Massen von Luft mit sich fegend. Ich konnte nicht stürzen. Vor meinen Augen war ein schwarzes Gewebe, das keine Verletzung zuließ. Taumelnd suchte ich Halt, fand ihn, ohne begreifen zu können, worin er bestand, und drehte mich dann verwundert um die eigene Achse. Die anderen sahen mich, das schien mir völlig gewiß. Irgendein Gefühl, etwas sehr Bedeutsames, war aus mir geflohen und versteckte sich in der finsteren Umhüllung. Vorsichtig setzte ich einen Fuß vor den anderen. Das Gewebe bewegte sich mit, ich ging, zunächst langsam, dann rascher. Ich ließ mich nach links und rechts kippen wie ein Kind, das bei seinen Gehversuchen auf einen Erwachsenen zählt. Jedesmal brachte mich der erstickend wattige Leib des Verfolgers wieder ins Lot.

»Du bist ein Schutzengel!« rief ich empört. »Was tust du?«

»Das Übliche«, antwortete die kräftige Stimme des Gewebes.

»Aber du nimmst mir das Licht!«

Ein Geräusch kam aus der Finsternis, das einem Lachen ähnelte.

Wieder stemmte ich mich gegen das mächtige Schwarz. Schritt für Schritt nötigte ich ihm ab. Von der Außenwelt drang kein Laut zu mir durch. Der Boden unter meinen Füßen, den ich ebensowenig wie meine eigene Brust zu sehen vermochte, war ohne Unebenheiten und Hindernis. Mit der Zeit erlahmten meine Kräfte. Das spöttische Geräusch kehrte wieder.

»Was gibt's da zu lachen!« rief ich. »Die Welt ist ein Meer von Elend, und ich habe einen Schutzengel?«

»Du ja. Die Elenden – nein«, antwortete die mit meinen Schritten gleitende Finsternis.

Verblüfft griff ich mir an die Stirn. »Und warum hast du gelacht?«

»Weil du die Zeit verdrehst wie einer von uns.«

Ich blinzelte, rieb mir die Augen und öffnete sie langsam wieder. Die Schwärze blieb undurchdringlich. »Wie soll ich denn die Zeit verdreht haben?«

»Nun, der Lastwagen war zuerst.«

»Wie?«

»Ich kann es dir gern noch einmal zeigen, Mühsal.«

»Nein!« rief ich – die tödliche, vorbeirasende Wand! Brusthohe Räder, die zischenden Luftdruckbremsen, die Spirale der schweren Nieten auf den rot lackierten dreckbespritzten Felgen, mein Zurücktaumeln, die Gesichter, die mir hell und verzerrt zuflogen! »Du hast recht, ich habe es gesehen«, flüsterte ich, entsetzt über die Kraft meines Vergessens. Stimmte es denn, daß der Engel erst *nach* dieser um ein Haar tödlichen Sekunde erschienen war?

»Es stimmt«, versicherte mir der Umhüllende. »Zu wem, Mühsal, kommen denn die Schutzengel?«

»Zu denen, die davongekommen sind? Das heißt, ihr seid bloß eine Redensart?«

»Auch das ist etwas Mächtiges.«

»Eine Redensart, ich weiß, Verdrehung der Zeit, ich weiß«, sagte ich matt. »Kann ich mich hier irgendwo setzen? Es geht mir nicht gut.«

»Du mußt noch weitergehen, ein paar Schritte – jetzt.« Ein Mäuerchen oder eine Treppenstufe fing meinen Schwung auf. Eine ganze Weile saß ich da und hörte nichts als meinen Atem. Ich sollte versucht haben, mir das Leben zu nehmen? Der Lastwagen war jetzt nicht mehr abzustreiten. Die Sekunde davor aber – lag in ihr eine Entscheidung oder nur ein Hinneigen? Und hatte ich mich tatsächlich selbst durch einen heftigen Ruck vor dem Ende bewahrt? Aber was bedeutete das schon vor der ungeheuren Mauer allen menschlichen Geschehens, die die Botschaft vor mir errichtete. Worum ging es denn noch? Mit beiden Händen umklammerte ich meinen Kopf. Es war mir gleichgültig, ob die Finsternis sich wieder lichtete. Nach einiger Zeit jedoch erfaßte ich eine gewisse Unruhe, etwas gestaltlos Drängendes um mich her. »Muß ich aufstehen?« fragte ich.

»Wenn du vorankommen willst«, antwortete das Dunkel.

»Blinde Kuh«, murmelte ich, nachdem ich einige Meter gegangen war.

»Was soll das heißen?«

»Es ist ein Spiel für Kinder.« – Die Kinder! – »Haben die Kinder wirklich den gleichen Tod?«

»Natürlich«, sagte der Engel. »Was willst du noch wissen?«

»Hast du die Frau gesehen, mit der ich heute nacht zusammen war?«

»Ich sehe alles.«

»In wessen Auftrag?«

»Ich sehe es beiläufig.«

»Aber woher kommt ihr?«

Täuschte ich mich? Wurde das mich umgebende Schwarz nicht blässer? »Kannst du dich nicht erinnern?« fragte ich behutsam.

»Erinnern? Nein, ich muß mich nicht erinnern. Wir kommen nicht, Mühsal, wir sind immer schon da. Was wolltest du von dieser Frau wissen?«

»Wenn alles stimmt«, begann ich leise, »wenn alles zutrifft, was der stille Engel mir gesagt hat –«

»Er hat nichts gesagt«, unterbrach mich der Umhüllende. »Er war zu groß für die Sprache.«

»Ja, gewiß. Aber du bist kleiner?«

»Ich bin ein anderer Aspekt.«

»Wie soll man euch begreifen? Gar nicht, ich weiß schon. Die Frau – also, wenn die Botschaft stimmt –: Ich werde ihr Leben haben!«

»Ist das schlimm?«

Helgas Leben. Die Arbeitersiedlung, die Männer, ihre hoffnungslosen Projekte, Indien, ihr gehorsamer Leib.

»Wißt ihr nicht, was schlimm ist?« fragte der Engel.

»Doch. Schmerzen zu haben, zum Beispiel«, erwiderte ich laut und ärgerlich.

»Hat sie mehr Schmerzen als du?«

»Ich weiß nicht. Das ist vielleicht nicht so wichtig.«

»Was ist denn nun wichtig?«

»Alles!« rief ich. »Alle! Das habt ihr mir doch beigebracht!«

»Nein.«

»Aber doch!«

»Niemand hat behauptet, daß alle wichtig seien. Wir zeigen nur, daß sie zusammenhängen.«

»Das habt ihr so beiläufig erkannt.«

»Gewiß«, sagte der Engel ohne Gespür für die Ironie.

»Ich habe die Toten gesehen! Sie hingen nicht zusammen, sondern neben- und übereinander. Und keiner von ihnen war verwundet. Wer heilte sie?«

»Du kannst die Toten nicht sehen, Mühsal.«

»Wie?«

»Dein Wille geschah.«

»Du meinst, ich wollte nicht, daß sie verletzt waren?«

»Das Exempel, das war wichtig für dich.«

»Und alle zusammen?«

»Dieser Blick hätte dich zerrissen.«

»Aber dich nicht. Wie sehen sie aus – in deinem Blick?«

»Es sind viele, ein Staub über den Planeten. Das verstehst du nicht.«

»Du sagst *den* Planeten.« Ich glaubte doch zu begreifen und wollte stehenbleiben. Die Furcht vor einem mächtigen Stoß in den Rücken ließ mich jedoch weitergehen. »Den Planeten, richtig, ich sehe. Es muß ja für jeden Toten eine eigene Erde in einer eigenen Zeit geben, beziehungsweise ... Laß mich nachdenken, warte ... Wenn man sich vorstellt, daß über jedem Lebenden ein Toter schwebt, dann muß die Anzahl der Erden oder der Welten gleich der Zahl der Toten dividiert durch die Zahl der Lebenden sein. So ergäbe sich ein Gleichgewicht. Natürlich käme es ständig durcheinander, weil zum Beispiel in dem Augenblick, in dem einer stirbt, es einen Lebenden weniger und zugleich oder unmittelbar darauf einen Toten mehr gibt. Und mit den Geburten stellt sich das umgekehrte Problem.« Ich brach meine Rede ohne Einwirkung des Engels ab. Was versuchte ich da? »Dieser Punkt, das ist nicht wesentlich«, vermutete ich kleinlaut.

Der Begleiter stimmte mir mit einer etwas arrogant wirkenden Aufhellung, einer Art Blinzeln seines dunklen Raumes, zu.

»In eurem sogenannten Exempel, im Baum des Lebens und als ihr mich in das Jahr 1919 transportiert habt – da war kein Mensch, mit dem ich reden konnte.«

»Seit wann reden die Toten denn?«

»Sie sind also absolut allein?«

»Wie meinst du das?«

»So, wie ich sagte, daß sie mit niemandem reden können. Als ich tot war – in deinem Exempel, da konnte ich den Lebenden keine Mitteilung machen, ich konnte sie nicht berühren, ich konnte überhaupt nichts anfassen. Ich hatte die Form eines Schattens, das heißt, ich war noch weniger, ein Gedanke vielleicht. Obwohl ich alles verstand, was die Lebenden sagten. Obwohl ich sogar die Ideen von Therese lesen konnte und ihre Gefühle.

»Das ist richtig.«

»Nur eines bleibt den Toten also übrig, wenn sie Gesellschaft haben wollen. Sie müssen sich ganz auf die Lebenden stürzen, denen sie zugeordnet wurden. Sie müssen in ihnen untergehen. Das wäre ein Selbstmord ins Leben.«

»So kannst du es ausdrücken«, sagte der Engel.

»Das würde man vielleicht sehr oft tun, das heißt, immer dann, wenn das einzelne Leben besser erschiene als der Tod.«

»Das müßt ihr wissen.«

»Es wäre aber ein Risiko, oder?«

»Sprich weiter, Mühsal. Du weißt es doch.«

Ich hatte schon verstanden. Wenn man »sich verließ«, dann konnte es keinen Anker geben und kein Seil, das wieder zur eigenen Person führte. Die Toten wählten nur den Zeitpunkt ihrer eigenen Neugeburt. Einmal hinabgestürzt, würden sie sich nicht mehr verloren vorkommen. Denn ebensogut hätte sich jeder lebende Mensch als irgendein verbannter Toter betrachten können. »Die Verrückten!« brach es aus mir heraus.

»Was ist mit den Verrückten?« erkundigte sich der Schutzengel.

»Manche von ihnen halten sich für Jesus oder Napoleon.«

»Und du siehst jetzt eine Möglichkeit, ihnen recht zu geben? Vorsicht, Mühsal, du denkst sehr schlecht von uns, wenn du annimmst, wir würden kranke Menschen belästigen.«

»Und mich? Ich war in einer Anstalt euretwegen!«

Ein Lächeln schien plötzlich, unfaßlich wie ein grauer Regenbogen, in der Finsternis zu liegen. »Nennen wir es einen Tribut an eure Zeit.«

»Und erinnern?« rief ich.

Der Engel schwieg.

»Die Toten. Ich spreche von ihrem Gedächtnis. Als ich über Therese schwebte, war ich mir doch völlig über mein eigenes Leben – als Anton Mühsal – im klaren. Jetzt frage ich dich, ob es allen so ergeht. Und weiter! Egal, ob ich mit der Person, die diese kosmische Wiedergeburtsmaschine mir zugewiesen hat, verschmelze oder nicht: Nachdem dieser Mensch gestorben ist, würde ich dann nicht schon die Erinnerung aus zwei Leben besitzen?«

»Du wirst, Mühsal, du wirst.«

»Ich würde mich also an zwei Leben erinnern. Und an drei. An ein viertes, fünftes, sechstes – mein Gott! An Milliarden! Wir müssen doch schließlich alle Leben teilen? Warum sagst du nichts? Das sind dann doch ungeheure Gebilde, diese Toten!« Ich ging wütend voran, als könnte ich so den schwarzen Nebel zu einer Stellungnahme zwingen. »Ungeheure Gebilde!« schrie ich ein zweites Mal. Endlose Türme aus Gehirnen häuften sich. Alles, was je ein Mensch gehört, gesehen, gefühlt und erlitten hatte, sollte in das Behältnis eines einzigen und jeden Wesens gepreßt werden. Was konnten die Toten da noch denken? Was fühlen? In den Fluten dieser Erinnerung! Schon zwanzig, schon zehn Leben –

»Es wächst ihnen die Kraft«, sagte der Engel. »Du kannst es dir nicht vorstellen.«

»Zehn Leben«, murmelte ich, »und sieben davon waren elend. Letztlich werden wir alle dasselbe.«

»So ist es«, stimmte mir der Engel zu.

Wie wahr und bedeutend der Satz sich jetzt ausnahm, daß der Tod uns gleichmache. »Es muß furchtbar für sie sein, immer wieder das gleiche zu erleben!«

»Das gleiche?«

»Das gleiche Elend, den gleichen Hunger, die gleiche Lust, Dummheit, Grausamkeit«, erklärte ich ungeduldig. »Wie sie sich langweilen müssen, die Toten! Es muß sie doch anwidern, daß immer wieder dasselbe geschieht und daß sie immer wieder in den Kreis hineingezwungen werden.«

»Die Liebe langweilt sich nicht.«

Das hätte ich fast vergessen – sie mußten lieben! Es gab ja nur den stärkstmöglichen Bezug! Man konnte Minute für Minute begutachten, wie Therese allmählich in ihrem Moabiter Hinterhof verkam – aber nur mit brennender Empörung, verzweifelt, mit einer Wut aus den Jahrtausenden. »Das ist teuflisch!« rief ich. »Gibt es denn keine Totenruhe?«

»In den Lebenden«, sagte mein Begleiter. »Dort können sie schlafen.«

Verbissen marschierte ich weiter auf der sichtlosen Straße über oder jenseits der Stadt. Die Lebenden ruhten nicht, die Toten wirbelten im Rad der Geschichte, das Universum explodierte seit seiner Geburt, schon immer durchstrahlten die Engel ohne Halten die tiefen Bahnen der Welt. Die Ruhe, so dachte ich, wäre Gott und müßte in der Zukunft liegen. Oder Hanna sah es richtig, und Gott war ein furchtbares Gemengsel: aus Lebenden, die die Toten mit sich schleppten, und Toten, die endlos das Leben repetierten. Das letzte Geheimnis mußte der Stillstand sein, ganz gleich, wie man ihn nennen wollte. Aber für uns, für die Menschen ...

»Sprich, Mühsal.« Die Stimme des Engels fuhr mir schmerzhaft durch den Leib.

»Es gibt nichts zu sagen.«

»Du willst nicht.«

»Ich dachte an Gott!« verkündete ich in der Hoffnung, ihn einzuschüchtern.

»Ja, das dachtest du. Aber was dachtest du danach?«

»Du weißt es doch schon! Also, wenn wir uns selbst in die Luft jagen, allesamt? Wir haben die Bombe! Wir können die Erde bis zum Mond schleudern. Was dann? Dann bleibt den Toten kein Acker mehr, und die Zeit kann sich selbst auffressen! Es wird ruhig sein! Nirwana heißt das!«

Der Engel schwieg wie beeindruckt. »Ruhig«, ließ er sich dann gedämpft vernehmen. »Ruhig, ja, ab diesem Punkt.«

»Natürlich ab diesem Punkt«, sagte ich höhnisch, und darauf schien ihm nichts mehr einzufallen. Jetzt, dachte ich, zerquetsche ich die Engel! Die Fotografien und Filmaufnahmen, die ich von explodierenden Atombomben gesehen hatte, leuchteten in meinem Kopf: in Sekundenschnelle aus dem Nichts knallende Sonnen, die die Meere ausbrannten und Berg um Berg und Stadt um Stadt skelettierten; aufquellende, grauweiße, gigantische Pilze; Feuerkuppeln, gebläht von rasendem Tod. Das war die Lösung! Das Verbrennen der Geschichte an einem Tag! Ich trank die Farben der tausend Sonnen aus meinem Gedächtnis, das Purpur, Orange, Grellweiß und Violett des Infernos, und lachte über den Schöpfer der Wiedergeburtsmaschine, der so naiv gewesen war zu glauben, daß wir die Kerne seiner Welt nicht zerbrechen konnten. Wir aber konnten! Wir konnten! Schweiß sammelte sich in meinen geballten Fäusten.

Ich war verrückt, ich fing an, die Bombe zu segnen. Ich wollte tatsächlich die Zerstörung der Erde.

»Der einen Erde«, sagte mein Begleiter.

»Natürlich, der einen Erde«, winkte ich ab.

»Ab jenem gewissen Punkt.«

»Gewiß, erst ab diesem Punkt werden die Toten ihren Frieden haben. Wenn sie durch das letzte Feuer gegangen sind.«

»Milliarden und abermilliarden Mal«, stellte der Engel mit der Gelassenheit des Siegers fest. Er hatte erkannt, daß es für uns keine Zukunft gab, die düster genug war, das Verbrennen allen Lebens zu rechtfertigen.

»Immerhin«, sagte ich matt, »es wäre ein Ausweg. Ein theoretischer meinetwegen, einer den man nie beschreiten würde; es sei denn ohne Hintergedanken, aus dem alltäglichen militärischen Wahnsinn heraus. So kämen wir nur aus Dummheit und Haß an das Ende des Kreises.«

»Jetzt bist du unabsichtlich klüger gewesen.«

»Wie bitte?«

»Das Ende des Kreises, Mühsal.«

Des Kreises! Das Ende des Kreises! »Du meinst –?« keuchte ich entsetzt.

»Ich meine nicht, ich sehe.«

»Alles würde von vorn beginnen? Weil wir die Kopien der Erde, die für die Toten sind, nicht zerstören können?

Du meinst, daß einer, der alle Leben durchlitten hätte, nur wieder an den Anfangspunkt zurückkehren müßte? In einem unendlichen Zyklus?«

»Ja.«

»Und das letzte Feuer, das Atomfeuer, es würde auf allen Erden sein wie eine Jüngste Exekution, um immer und immer wieder von allen durchschritten zu werden?«

»Es ist keine Meinung«, erklärte der Schutzengel sanft. »Und hier, Mühsal, muß ich dich verlassen.«

»Weshalb?«

»Weil es sich hier berührt.«

Von einer Sekunde auf die andere schossen mir die Dinge entgegen: grauer Stein eines Geländers, an dem ich lehnte, Himmel, Eisen, Stadt. Ich krümmte mich, schnappte nach Luft, erschrak vor einem entsetzlichen Gepolter in der Höhe – und begriff, weshalb es »sich berührte«. Ich stand nahe dem U-Bahnhof Hallesches Tor auf der Brücke über dem Landwehrkanal, nur fünfzig Meter vom Mehringplatz entfernt. Schmutziges tannengrünes Wasser strömte unter meinen Füßen zum massigen Hauptschatten der Brücke hin. Es war erstaunlich warm und sonnig. Fußgänger und eine blinkende Autoschlange belebten das Ufer. Tauben und Möwen wirbelten hell ins Bild. Fahrradgeklingel, Hupentöne, die Stimmen Vorübergehender flogen in die weite Halle des Vormittags. Was sollte ich auf dem Mehringplatz? Nichts mehr, es war zu Ende.

Gekrümmt, den Blick zu Boden gesenkt, stieg ich die Treppe empor, die ich noch zwei Tage zuvor, nachts, mit aller Ungeduld, mit der fast glücklichen Vorahnung der Botschaft hinabgegangen war, um mein seltsames Bad in den Engeln zu nehmen.

In meiner Wohnung ließ ich mir ein wirkliches Bad ein. Ich lag regungslos zwischen Schaumbergen im heißen Wasser, über das ein mit Salzen und mit Ölen aus Tannennadeln und Kräutern übersättigter Dampf kroch. Wie aufgeschwemmt, halb durchlässig geworden, mit flachstem, an der Ohnmacht entlanggehendem Puls. Wie im Baum des Lebens eingebettet zwischen den einsamen Toten der Jahrtausende. Beinahe schwebend, beinahe von der Masse meiner Knochen und Muskeln befreit ... Wasser, ich tauchte bis zur Nase, zu den Augen, zum Haaransatz in duftendes heißes Wasser. Die Fersen über den Fußrand der Wanne gehakt, zog ich mich nach vorn und verschwand mit dem gesamten Oberkörper und Kopf. Die Wahrheit? Endloses Leben! Wasser. Nur im Bad der Engel konnte man es atmen. Wasser über den Ertrunkenen. Eisiges graues Wasser um die Schiffbrüchigen. Fruchtwasser. Schmerzende, sich stikkig blähende Lungen. Ich atmete langsam aus und empfand Erleichterung für Sekunden. Die Hände vors zuckende, warm überspülte Gesicht pressen. Millionen von Indern, die in die grüne Kloake des Ganges wateten. Taucherglocken, zerschossene U-Boote, Lagunen, schwarze Gräben, achttausend Meter tief, von bizarren Leuchtfischen durchzuckt, Wasser der Verwandlungen, die verseuchten Adern der Flüsse. Wasserbomben über Korallenbänken. Alle Masken des Lebens für mich, für jeden! Unter meterdicken Eisschichten strömendes, bitteres Wasser der Pole. Hatte ich nun versucht, mich unter den Lastwagen zu werfen, oder nicht? Farbige Tänze vor meinen Augen. Nur eines konnte dem Engel recht geben: mein Tod! Gelbe Feuer, die über die Brust leckten, in die Lungen fuhren, gefroren und wie Eis zersplitterten. Hochlodernde Angst, zwei Blitze durch die Halsschlagadern – krebsrot, mit geschwollenem Gesicht tauchte ich auf und hing dann erschöpft über dem Wannenrand. Die vier Grundfragen! Die Wahrheit! Die politische Frage! Die ethische Frage! Die Frage nach dem Glück! Was jetzt? Antworte, Prophet!

Aber ich mußte zitternd, gierig, japsend die Luft einsaugen.

Hanna rief an wie von einem anderen Kontinent aus. Ich hörte sie deutlich, verstand klar, was sie sagte: daß Elke wider Erwarten mit nach Bremerhaven komme; daß man mit zwei Wagen fahre, über Nacht; daß man bei einem Bremer Freund von Mansfeld dann noch einige Stunden schlafen könne. Ich war mit allem einverstanden.

Dann meldeten sich kurz hintereinander Bredorf und Patrizia. Ich hatte kaum einen Sinn für den Zusammenhang der beiden Telefonate. Bredorf bedauerte, unser »Ka-Kaffeestündchen« für den Nachmittag absagen zu müssen. Patrizia klang nervös. Sie schien bemüht, einen Ärger zu unterdrücken. Es sei zu umständlich zu erklären, aber ich hätte bestimmt Verständnis, und der Ort wäre schließlich egal für die zwei Stunden, die sie vor der Abreise noch Zeit habe. Ob wir uns, so etwa gegen fünf, in meiner Wohnung treffen könnten?

Ich willigte ein, ging ins Wohnzimmer und legte mich auf die Matratze.

Drei Stunden später gelangte ich wieder zu Bewußtsein. Die wichtigste der Grundfragen, die nach der Wahrheit, war mir beantwortet worden. Was konnte noch weiter gehen als der Blick in das Reich des Todes? Und was tat ich? Ich schlief.

Endlich klingelte es an der Tür. Eine Jacke aus braunem Leder, ein einfacher rauchgrüner Pullover, weiße Cordhosen, Schuhe aus Wildleder, Patrizias schulterlanges Haar, stärker ins Blonde gefärbt, umgeben von einer Hülle knisternder kosmetischer Elektrizität – und ich spürte plötzlich, ihre ausgestreckte Rechte fassend, unbegreiflich vor den Schattenwänden der Botschaft, unmöglich in der milliardenfach gedrängten Nacht des Lebensbaumes, ein Leichter-Werden meines Todes, als hätte ich gerade den Ausbruch eines furchtbaren Krieges erfahren und bekäme im gleichen Moment einen wunderschönen, von einem irrsinnigen Künstler angefertigten Gegenstand in die Hand gedrückt.

10

Unter den Lebenden

Opfer oder Täter? Richte die Frage an die Toten. Opfer und Täter! Was hofften sie – sie, die Engel, die kosmische Wiedergeburtsmaschine, der gottleere, zyklische Irrsinn der Welt – uns beizubringen, wenn sie uns in jedes Leben preßten? Daß auch die Genüsse der Täter schal waren? Im ozeanischen Gedächtnis der Toten brannten die Schmerzensriffe bis an die Wurzel der Zeit und verloren sich die Schinder, Feldherrn und Demagogen wie Tangklumpen.

Vor dem Zolltor *Roter Sand* an der Zufahrt zur Carl-Schurz-Kaserne packten mich zwei Polizisten unter den Armen und zogen mich aus einem Haufen junger Leute heraus, die auf der Straße hockten. Der für meine linke Achsel zuständige Beamte keuchte mit offenem Mund. Das Visier an seinem runden Helm war zerkratzt, das darunter wie von einer Säure angelöst erscheinende Gesicht versuchte hin und wieder zu lächeln. Fünfzig Meter mußten von unserer Dreiergruppe in einem halb schleppenden, halb stolpernden Gang zurückgelegt werden. Dann öffnete sich kurz eine Polizistenkette, deren Aufgabe es war, die abgeschleppten Blockierer in Schach zu halten. Der rechte Beamte versetzte mir einen Stoß; ich mußte mit zwei Ausfallschritten mein Gleichgewicht wiederherstellen – auch dies ohne rechte Anteilnahme.

Durch das Spalier von Uniformtuch, Helmbuckeln und Plastikschildern sah ich zu den Berliner Freunden hin. Mansfeld wurde aufgegriffen. Um ihn brauchte man sich keine Sorgen zu machen. Auch um Karin und Elke hatte ich keine Angst. Erst als sie Hanna wegschleppten, ging es wie ein Riß durch meine tief eingesunkene Stimmung. Sie weigerte sich, ihre Füße zu gebrauchen, und mußte vom Boden aufgehoben werden. Unter den Achseln und Kniekehlen faßte sie je eine behelmte Figur. Sie verschränkte die Arme über der Brust und erleichterte dadurch den Transport. »Das wollte ich schon immer – an einem tragenden Ereignis teilnehmen«, erkärte sie, nachdem sie unser Lager erreicht hatte.

»Hoppla, jetzt kommt Anselm!« Mansfeld deutete in Richtung Zolltor.

Anselm und drei andere Demonstranten waren schon fast an die Sperrkette geschleppt worden, als sie Jakob an den Fußgelenken und unter den Achseln packten. Er leistete noch weniger Beihilfe zum Transport als Hanna. Die Beamten mußten mehrmals nachfassen, und ihre Ungeduld und Grobheit schien zuzunehmen.

»Was für ein verrückter alter Hund!« keuchte Anselm, als er in schwebender Hocke die Polizistenkette erreicht und sich wieder aufgerichtet hatte.

Der Griff des Polizisten, der Jakob unter den Achseln genommen hatte, war lockerer geworden, hielt eigentlich nur noch den Stoff des immer weiter hochrutschenden Parkas. Jetzt wurde der Rücken des alten Mannes über dem Hosengürtel entblößt. Das nackte Fleisch – ich sah plötzlich den Hof des Bauern Weininger vor mir, in dem ich als Kind gespielt hatte, das graue, aufgesplitterte Holz der Stalltür, an das die Hinterläufe der Kaninchen genagelt wurden, ihren schon halb aus dem Pelz geschälten, rosafarbenen, ädrig glänzenden Leib, mager wie der des Gekreuzigten. Wenn sie ihn schleiften! Eine Handbreit über dem kalten Asphalt schwebte der entblößte Rücken des alten Mannes. Pfiffe gellten in meinen Ohren, Protestrufe, und dennoch hörte ich ein entferntes hastiges Klappern, von den Haltestangen eines Transparents hervorgerufen, das sich in den Beinen eines anderen Abgeschleppten verwickelt hatte. Wenn Jakobs Rücken den Boden berührte, würde ich zum ersten Mal in meinem Leben auf einen Menschen einprügeln. Der Schnauzbart unter dem Plastikvisier unmittelbar vor mir. Täter sein! – Noch als Jakob neben Anselm stand, der ihm vergnügt auf die Schulter klopfte, spürte ich blanken Haß. Das Urbild des Mordes. Vielleicht wuchs erst aus dieser Reihe entsetzlicher Zumutungen der höhere, durch die Totalität seiner Befangenheiten die ganze Wahrheit erfassende Blick, vielleicht mußten erst alle erleben, daß es in den engen Rahmen eines Menschen paßte, einen Häftling mit dem Hammer Glied für Glied zu zertrümmern und am Abend darauf blonde Kinderchen unter dem Christbaum mit Marzipan zu füttern. Die ungeheure Anzahl der Opfer. Jakobs Gesicht stand für sie, in dem sich jetzt, nach dem gewaltsamen Transport, nichts regte. Sein Blick unter den pechschwarzen Augenbrauen war ruhig und gesammelt.

Ich berührte ihn leicht an der Schulter. Die Menge der Demonstranten, ja selbst die Berliner Freunde verschwammen vor meinem Gefühl wie die bunten Schatten einer Kinoleinwand. Nur Jakob drang noch in den Raum meiner Empfindungen vor. Nur er – und Patrizia, zwei unfaßliche Pole, Tod und Leben, Bewußtsein der totalen Vernichtung und Hoffnung auf das völlig andere, völlig Diesseitige, auf die Ewigkeit von Sekunden. Am Vorabend, bei unserer Abreise aus Berlin, war Jakob zu Karin und Mansfeld ins Auto gestiegen. Ich lenkte Elkes und Hannas Wagen, einen kleinen VW, und blieb immer dicht hinter Karin, die den fossilen Citroën steuerte. Der Kopf des alten Mannes bildete zumeist einen grau auf der Heckscheibe des Citroën zitternden Fleck, der an der Berliner DDR-Grenzanlage für eine knappe Minute vor dem Abfertigungsschalter von grellgelbem Verhörlicht kalt in den Raum gemalt und dann wieder von der Dunkelheit der Straße ins Flache und Schemenhafte zurückgedrängt wurde. Nach zwei Stunden Fahrt hatte sich das lebhafte Gespräch zwischen Anselm und den beiden Frauen gelegt. Hanna und Elke schliefen oder dösten auf der Rückbank. Wie ein Liebespaar, dachte ich, als ihre Wangen sich zum ersten Mal berührten. Wie! The missing link … Ich hätte Patrizia küssen sollen, jetzt tat es mir leid, es versäumt zu haben. Aber die Stunde in meiner Wohnung war mehr als ein Kuß gewesen. Von der Begrüßung bis zu ihrer Einladung und zum Abschied an der Wohnungstür las ich das Versprechen in ihren Augen, ihr, als einzigem Menschen, alles sagen, das ganze Unmaß der Botschaft eröffnen zu dürfen und verstanden zu werden. Nichts, was wir einander erzählten, unterstützte diese Vorstellung, und doch erschien sie mir absolut berechtigt. Was konnte diese Hoffnung noch wert sein in der gewaltigen Inflation der Gefühle, die mir, die *allen* bevorstand? – »Bist du glücklich?« – »Nein. Und du, Patrizia, bist du glücklich?« – »Ich kann's nicht, Anton, obwohl ich viel geübt habe.« – Anselm fragte mich noch eine Zeitlang über meine Europareise aus. Dann sank auch er müde in seinen Sitz zurück, und ich war allein mit dem Brummen des Motors und Jakobs Kopf. Manchmal, wenn die Autobahn eine steile Kurve beschrieb, zuckte das Innere des vorderen Wagens, wie von einer Flamme erhellt, auf. Hastig in die Nacht gekritzelte Bäume flogen vorbei, Äcker und Gespinste von Wald. Die Reihe der Lebenden bestand aus rotglühenden Punkten, die sich an kaum noch sichtbaren Hängen in den schwarzen Himmel stapelten. Die Toten, zurückkehrend zum Urspung des Kreises, kamen mir mit blendenden Scheinwerfern entgegen. Sie zu berühren hätte das Ende bedeutet. Ich konnte nicht ausscheren, nicht die Arme vom Steuer nehmen, nicht ablassen vom Blick auf das Opfer. Und doch gab es ein tröstendes Bild: Patrizia, milder, versprechend statt verletzend, eine ruhigere, moderierte Schönheit, älter geworden, vierundvierzig, »dicker, Anton, halt mich mal an der Hüfte«. Es half nichts, auch sie konnte den Tod nicht leichter machen. Höhnisch spielten mir die Armaturen, auf meine Fußbewegungen in dienstfertiger Präzision reagierend, Freiheit vor und malten einen dünnen, orangefarbenen und grünen Widerschein auf Anselms hochstirniges Gesicht. Trance und Verlorenheit hatten die Nachtherrschaft über die Autobahn. Alles mündete in rasenden Trübsinn. Das Intime und Familiäre des engen Blechkäfigs mußte unweigerlich an die letzte Wand schlagen, zerspringen, zurückfinden in den Mahlstrom der Geschlechter. Ein Fieberwahn die Erinnerung an Patrizia, die langsam wie ein Museumsgast durch meine kahlgeräumte Wohnung ging. – »Das ist nicht sehr gemütlich, Anton. Leere Erinnerungen. Keine Bilder, keine Bücher. Es könnte wenigstens ein Messingschild unter dem Fenster angebracht sein: Hier brach dereinst Frau Graml die Ehe.« – »Bist du noch oder wieder verheiratet?« – »Noch, immer noch Frau Graml. Verstehst du, es ist der beste Schutz gegen die Ehe.« – »Du hast aber eine eigene Wohnung in Charlottenburg.« – »Ein eigenes Leben.« – »Und siehst du deinen Mann?« – »Ganz selten. Nur wenn er sich quälen möchte.« – »Er will sich nicht scheiden lassen?« – »Wo denkst du hin! Ich bin die Tragödie, die er zum Weiterleben braucht.« –

»Erzähl mir von Jakob«, forderte ich Anselm auf, kurz nach Mitternacht, als er sich wieder regte und eine Zigarette anzündete.

»Meinst du, es stört die beiden?« fragte er leise.

»Daß du rauchst? Ach was.«

»Was wolltest du über Jakob wissen?«

»Wann er nach Buchenwald gekommen ist.«

»Ende 1938.«

»Wie ging es vor sich?«

»Was?«

»Die Einlieferung.«

»Sie kamen aus den Zügen. Er war mit über hundert anderen in einem Güterwaggon eingesperrt gewesen. Als sie die Türen aufzogen, waren schon zehn oder zwanzig erdrückt worden. Dann mußten sie zum Lager, im Laufschritt. Wer hinfiel, wurde geprügelt oder, falls er schon sehr geschwächt war, erschossen. Vor dem Lager gab es wieder Prügel, besonders gern für Leute, die jüdisch, vermögend oder sonstwie ungewöhnlich aussahen. Es hat geregnet, Anfang November, ein schräg gehender, böiger Hagelregen. Sie standen vier Stunden im sogenannten ›Sachsengruß‹ vor dem Tor, das heißt, sie mußten die Hände im Nacken verschränken, dann auf die Knie, wieder hoch, Kniebeuge und so weiter. Jakob war verhaftet worden, als er zu einer Hochzeit gehen wollte. Er trug seinen besten Anzug, drei Wochen lang schon, solange sie ihn im Columbia-Haus in Berlin verhört und gequält hatten. Er war ein gutaussehender junger Mann. Vorm Tor zwangen sie ihn, sich in eine Pfütze zu legen. Hat keine Miene verzogen, sonst wäre er jetzt nicht mehr am Leben. Dann Aktenaufnahme in der Politischen Abteilung. Desinfektion in einem riesigen Kessel mit schier kochender dreckiger Brühe, Abscheren, Häftlingskleidung anlegen, oft schon benutztes Zeug von den Toten aus anderen Lagern. – Aber du mußt ihn selbst fragen.« Anselm drehte den Kopf und betrachtete kurz die beiden schlafenden Frauen. »Weißt du, seit er mir von Buchenwald erzählt hat, kann ich diesen Ausdruck nicht mehr hören – wenn sie von einem sagen, er sei vor die Hunde gegangen.«

Vor die Hunde gehen. In Scheiße ertränkt werden. Im Außenlager, im Steinbruch. Die SS spielt Totwerfen mit Steinen. Totschleppen lassen. Der Vordermann bricht zusammen, sein Felsbrocken schlägt dir die Füße ab. Fünf Kameraden, oben, am Bruchrand, zwanzig Meter über den Steintrümmern, fassen sich an den Händen und springen, wie Puppen, so leicht in der Luft, als könnten sie nach oben fallen, zusammenhaltend, noch zusammenhaltend. Nachts, tags, morgens auf dem Appellplatz stehen, stundenlang bei 20 Grad minus, Hunderte von nackten Männern, Auslese. An den Handgelenken an eine Wand gebunden, und sie schießen, bis nur noch die Armstrünke hängen. Abgespritzt in der Fleckfieber-Versuchsstation. Unterkühlungsexperiment, Überdruckversuch ...

»Wie ist er herausgekommen?«

»Wer?«

»Jakob! Aus Buchenwald!«

Noch bevor die letzten Demonstranten am Zolltor aufgegriffen wurden, hatte jemand den Einfall, einfach um drei Straßenecken zu laufen und sich wieder vor der Kasernenzufahrt niederzulassen, genau an der Stelle, von der aus man gerade abtransportiert worden war. Mit Indianergeheul begannen die ersten, sich in Bewegung zu setzen. Andere folgten, schließlich der ganze Block, sich zu bunten Ketten auseinanderziehend, während die Polizisten, die die Absperrung bildeten, sich verdutzt ansahen. War es möglich, daß ihre Einsatzleitung ein derart simples Manöver nicht begriff?

Ich blieb dicht neben Jakob. Er lachte, versuchte sogar zu laufen, mußte es hustend wieder aufgeben und ging dann im schnellen Schritt zwischen Anselm und mir. Ich hätte ein ihn umschlingendes abschirmendes Gespenst sein mögen, wie der Schutzengel, der mich am Tag zuvor durch Berlin geführt hatte. Jakob war entronnen. Nach einer Viertelstunde hatte die Gegenseite unsere Absicht durchschaut. Man riegelte erneut die Zufahrtsstraße zur Kaserne ab, den vorderen, schneller vorangekommenen

Teil der Demonstranten durch eine zweite Polizistenkette isolierend.

Eine Stunde verging, bis die Nachzügler den größeren Block erreicht hatten. Irgendwann einmal küßte mich Hanna rasch auf den Mund. Kurz darauf war ich mir schon nicht mehr sicher, ob sie es tatsächlich getan hatte. Etwas Magnetisches und Zähes haftete den Diskussionen und Bewegungen in der Menge an. Ich schloß die Augen und hörte das matte Gewirr der Stimmen, die klappernden Plastikschilder der Polizisten, Rufe, eine Gitarre, eine verzagt gesungene Strophe eines Ostermarschliedes. In meinem Kopf wuchs das Bild einer zerklüfteten schwarzen Steilküste: in akrobatischer Einsamkeit, nur aus einem Fenster im zweiten Stock leuchtend, schwebte Patrizias Haus in einer Meer, Klippengestein und Himmel ungenügend scheidenden Finsternis; ich saß wie in einem U-Boot hinter einer armdicken Glasscheibe; das Brüllen des Wassers und des Sturms war geisterhaft aus dem tobenden Gemälde genommen, und hier, in langen Wochen, entstand – entstand was? Eine Mechanik der Engel? Die Geschichte Europas im gnadenlosen paradiesischen Licht? Eine Kampfschrift zur Erweckung der Lebenden, der Toten und der lebenden Toten? Das Kritzelbuch des Psychopathen Anton Mühsal? – »Anton, du fährst heute abend also nach Bremerhaven?« – »Ja.« – »Dann bist du ganz nahe bei mir.« – »Wie?« – »Weil ich doch heute auch verreise, und zwar nach Fehmarn. Ich habe dort ein Haus. Es ist keine Villa, aber es liegt schön zum Meer hin. Besuch mich, ja? Du könntest länger bleiben, ich bin nur an den Wochenenden da. Du könntest dort in völliger Ruhe arbeiten und nachdenken.« – Ruhe vor dem totalen Sturm aller menschlichen Stimmen. Die Kathedrale des historischen Lärms. Die Pfeiler der Reden. Das schwer über den Boden rollende Murmeln und Geschwätz der Völker. Ewiges Flüstern, das in die Kuppeln des Schweigens hinaufzog. Fenster aus Gedanken, Gebrüll von Jahrzehntausenden in den Katakomben. Die Orgelpfeiler der Gesänge, in stählernen Bündeln wachsend. Brodelnde Milliardenakkorde und quellende graue Gebetsfluten in den Bänken. Riesige, akustische Hermaphroditen aus Lust und Schmerz. Und ich höre dich? – »Du kommst, Anton?« – »Ja, ich werde kommen.« – »Morgen abend, ich meine, könntest du morgen abend schon kommen?« – »Weshalb schon morgen, wenn ich doch länger bleibe?« – »Einfach, weil ich dich darum bitte.« – »Gut, dann komme ich morgen.« – »Es werden Gäste dasein, aber nur an diesem Abend. Wenn du später ankommst und die Veranstaltung schon begonnen hat, dann platze ruhig dazwischen, lauf nicht weg, ja?« – Als ich die Augen wieder öffnete, erging an die Polizisten zwischen den beiden Blöcken der Befehl, die Reihe aufzulösen und sich in Richtung Kaserne zurückzuziehen.

Es dauerte nicht lange, und die Demonstranten bildeten wieder eine zusammenhängende, die Zufahrtsstraße versperrende Masse. Am frühen Nachmittag war die Ausgangssituation der Blockade wiederhergestellt, als nachlässige Kopie, ohne die anfängliche Spannung, mit wenigen Polizisten, die in loser Reihe das Zolltor beschützten, und nur noch der Hälfte der Demonstranten. In weiten Abständen hockten oder lagen die Menschen auf der Straße. Warmes gelbes Licht färbte die übermüdeten Gesichter. Die meisten hatten sehr früh aufstehen müssen, um noch an den Polizeisperren vorbei in die Stadt zu gelangen. Anselm und Jakob saßen Rücken an Rücken wie zwei alte Häuptlinge auf ihrer Isoliermatte. Elkes Kopf ruhte auf Hannas Oberschenkeln. Ich selbst lehnte an Mansfelds linker Schulter und sah auf das ziegelrote Außentürmchen der Toranlage.

»Noch fünf Minuten«, sagte Mansfeld, »dann hebt mein Magen die Demo auf. Die Frage ist nur: Pizza pazifiosa oder Spaghetti communarda.«

Hanna betrachtete mich kurz. »Apropos Spaghetti. Hat Irmchen ihr kostbares Porzellan bei dir abgeholt?«

»Gestern. Sie kam in der gleichen Minute an wie Bredorf. Es war etwas peinlich.«

»Wieso?«

»Weil auch die Frau da war, die das Haus auf Fehmarn

hat. Bredorf ist unglücklich in sie verliebt. Er kam angeblich zufällig vorbei, aber ich denke, er wußte, daß sie mich besuchen würde. Nun ja, so tranken wir zu viert Kaffee.«

»Du Ärmster! Wer ging zuerst?«

»Irmchen nahm Bredorf mit.« Hannas Neugierde hätte mich unter normalen Umständen nachdenklich gemacht. Aber ich war schon tief in den anderen Umständen. Ich hatte das Gefühl, unsichtbar zu werden, blutleer, schattenhaft. Nur die Empfindung für Jakob blieb lebendig. Sein festes, eulenhaftes Gesicht zeigte Spuren großer Erschöpfung; die Tränensäcke unter den Augen schimmerten violett. Im September 1944, nach fast sechsjähriger Haft, war er aus Buchenwald freigekommen. Zwei Wochen davor noch hatten die Kameraden ihn aufgegeben. Wegen Rauchens während der Arbeitszeit hatte man ihn in Arrest genommen. Das war mit einem Todesurteil gleichzusetzen. Sie zogen ihn aus, schlugen ihn mit einem Ochsenziemer, sperrten ihn in eine Betonzelle, wo er, an den kalten Heizkörper gekettet, die Nacht im Stehen verbringen mußte. Er sollte eine Aussage machen. Weder er noch sie wußten, worüber. Am zweiten Tag banden sie ihm die Hände hinter dem Rücken zusammen, befestigten einen Strick an dieser Fessel, den sie durch die Luke der Eisentür und über einen an der Decke des Zellengangs befindlichen Haken führten, und hängten ihn an den Armen auf, bis er bewußtlos wurde. Mit kaltem Wasser holten sie ihn zurück, hängten ihn wieder auf. Dann ließen sie ihn auf den Boden fallen und prügelten ihn wach. Vierzehn Zellen, je sieben auf einer Seite, mündeten auf den schmalen Korridor. In der Nacht auf den dritten Tag hörte er Schreie von nebenan, dumpfe Schläge, Geräusche, die das Entsetzlichste bedeuteten, ohne es klarzumachen, ein Schleifen, Röcheln, Gekrächz, Klirren. Angeblich damit er sich waschen könne, wurde er am nächsten Morgen aus der Zelle gelassen. Die Tür nebenan stand offen. Ein Häftlingskalfaktor scheuerte kniend den blutnassen Boden; es stank nach Exkrementen, die über den Rand eines Marmeladeneimers quollen. Statt in den Waschraum brachten sie Jakob auf die Toilette der

SS, stopften seinen Kopf in das Clobecken und prügelten ihn wieder. Er konnte zunächst nichts sehen, als sie ihn aufhoben und in den Nachbarraum stießen. »Wasch dich!« schrie einer. Taumelnd trat er auf einen weichen Gegenstand, bekam den Spülstein zu fassen, drehte an den Wasserkränen. Durch einen kalten Schleier hindurch sah er Blut auf weißer Emaille. Dann erkannte er ein Paar Handschellen, die über dem Ausguß lagen. Hautfetzen klebten daran. Bevor sie ihn wieder hinauskommandierten, gewahrte er zwei übereinandergeworfene, mit Blutergüssen und Brandflekken übersäte, wie von einem wahnsinnigen Anatomen zerschnittene Männerleichen, von denen er versehentlich mit dem Fuß das sie bedeckende Tuch gezogen hatte. Er erbrach sich. »Das sind deine Zukunftsaussichten, du Furz!« schrie einer. Besudelt mußte er zurück in die Zelle. Auch am fünften, sechsten und siebten Tag gab es nichts zu essen. Am Abend des achten Tages durfte er sich waschen, und sie brachten ihm Tee. Ein Schlaftrunk, hieß es. Aber in Buchenwald waren die Gerüchte schnell. Mehrmals verdunkelte sich der Spion an der Zellentür. Er rührte den Tee nicht an. Die Folge war, daß sie ihm am nächsten Tag gegen die Mittagszeit ein warmes Essen servierten. Als er auch das, sich mit der Faust in der Magen drückend, die Zähne aufeinanderbeißend, bis die Kaumuskeln zitterten, unberührt ließ, öffnete sich die Tür. Ein SS-Hauptscharführer trat ein, der Dutzende erwürgt, erschlagen, auf alle erdenklichen Arten zu Tode gefoltert hatte. Der Mann schien bewegt. Er machte Jakob ein Kompliment für seinen Durchhaltewillen. Man sehe, er sei eben doch ein Deutscher. Dann nahm er ihm die Handschellen ab, griff in die Tasche und brachte eine Packung Zigaretten zum Vorschein. Eine zündete er an. Nach einem kräftigen Zug näherte er sie Jakobs Gesicht, lächelnd. Jakob nahm die Zigarette und rauchte. Es sei, erklärte der SS-Mörder, bei einem starken Raucher schon verständlich, wenn er während der Arbeitszeit schwach werde. Wie einer plötzlichen Eingebung folgend, schenkte er Jakob die ganze Packung und eine weitere, dann, beinahe panisch, noch ein Benzinfeuerzeug. Er könne seine Zivilkleidung und seine Habseligkeiten in der Politischen Abteilung abholen. Wenig später stand Jakob vor dem Außentor des Konzentrationslagers unter der Inschrift *Recht oder Unrecht – mein Vaterland.* Er war entlassen. Immer am Rand der Lagerstraße ging er um die Kuppe des Ettersbergs und sah nach einer halben Stunde im Tal die Dächer von Weimar.

»Low-density-conflict«, sagte Hanna. »Das ist das Prinzip, mit dem sie heute arbeiten. Eine Guerillataktik von oben. Sorge dafür, daß es nie ruhig wird. Laß sie sich auf Nebenkriegsschauplätzen müde kämpfen. Gib ihnen die Möglichkeit für pathetische Gefühle, aber halte sie immer in Angst. Stecke ein Haus an und, während sie es löschen, kaufe die Stadt.«

Anselm hob zustimmend sein Weinglas. Wir saßen in einer Pizzeria. In fünfzig oder sechzig Jahren würde es Hanna nicht mehr geben, Elke nicht mehr, weder Mansfeld und Karin noch die beiden Alten. Ich betrachtete ihre übernächtigten Gesichter und wünschte ihnen, nie zu erfahren, was ich im Zwielicht aus Irrsinn und Vision geschaut hatte.

Das Gespräch ging an mir vorbei. Einmal nur wunderte sich Anselm über meine Schweigsamkeit. »Bist du schon wieder bei deinem Buch? Der großen Mühsalschen Geschichte Europas?«

»Er ist schon in seinem Haus am Meer«, vermutete Elke.

Hanna erkundigte sich, welcher meiner Bekannten das Haus gehöre. »Ist es die Kakteenzüchterin?«

»Nein.«

Mansfeld verdrehte die Augen. »Wer bitte ist die Kakteenzüchterin?«

»Dann ist es Patrizia, nicht?« sagte Hanna schnell. In ihrem Blick lag etwas Verletztes und zugleich mitfühlend Großmütiges, das ich kaum ertragen hätte, wäre ich nicht schon ein Schatten gewesen, das Es, das alle Toten verschlingen mußte. Ohne Namen. Die äußerste Konsequenz. Das Paradies und die irdische Vernichtung berührten sich hier, sie rissen die Gesichter von den Köpfen.

Ich brauchte Stunden, um mit Bussen und Nahverkehrszügen das Meer zu erreichen. Was tun, um glücklich zu sein, um leben zu können? Mönchszellen, Friedensgruppen, Betkreise. Helga und ihr indischer Meister. Zu den Verwaltern gehen, flach und glatt werden wie ein Geldschein. Sich zwischen die Räder der Maschine werfen und erst im letzten Moment verstehen, daß das Blut ihrer Gegner schon immer der beste Schmierstoff war.

Gegen elf Uhr nachts stieg ich als einziger Passagier am Bahnhof Puttgarden aus. Patrizias Beschreibung folgend, ging ich linker Hand über ein Betonviadukt. Die Fähre nach Schweden, in der der Zug und noch etliche Autos verstaut werden sollten, leuchtete weiß in der Nacht. Nie war ich nach Schweden oder Norwegen gekommen, auch auf meiner Europareise nicht. Aber es gab nichts mehr zu versäumen: Die größte Reiseagentur war der Tod, und seine ungeheure Freifahrt trug zu allen je von Menschen berührten Punkten.

Eine Landstraße begleitete zunächst den Deich, dann bog sie in südlicher Richtung ab. Etwa einen halben Kilometer mußte ich zwischen abgeernteten Feldern gehen, um eine Siedlung von spärlich leuchtenden Häusern zu erreichen. Überdeutlich hörte ich das Schaben der Reisetasche an meinem Hosenbein. Ein Sirenenton zerriß die wattige Stille der Luft. Die Fähre. Posaunen des Jüngsten Gerichts. Es würde kein Jüngstes Gericht geben. Davor nämlich lag die Jüngste Exekution.

Patrizia gehörte das am weitesten nördlich gelegene Haus der Siedlung. Fünf oder sechs Wagen, beinahe der geringste unter ihnen ein Mercedes, verstellten den Bürgersteig. Die glänzende Flottille erweckte den Eindruck eines besonderen Vorfalls. Das Gartentor war bloß angelehnt. Gedämpft drang Musik zu mir, ein ausgelassener, die Akkorde hetzender Popjazz. Ich zog den Schlüssel, den Patrizia mir gegeben hatte, aus der Jackentasche. Oder sollte ich doch besser läuten? Durch einen Spalt zwischen Jalousie und Fensterbrett sah ich einen Herzschlag lang im Rahmen der Nacht deutlich wie unter einer Lupe die Hüfte einer nackten gehenden

Frau. Oder war es irgendein anderer Körperteil gewesen? Durch den ausschnitthaften Blick übersteigert? – Ein Rascheln ließ mich zusammenschrecken. Ich drehte mich um. ER, doch noch einmal? Schickten sie mir einen allerletzten Deuter, der strahlend aus der Finsternis wies? Aus hohen Ziersträuchern trat ein Mann auf den Weg. Es war zu dunkel, um sein Gesicht zu erkennen. Ein schmal gebauter, älterer Mann. Ja, so konnten sie erscheinen! Zögerlich und blaß kamen sie, als Nacht aus der Nacht, ihre jedes Gitter brechende Kraft in einem Schemen von Menschen bergend.

»Wer bist du?« rief ich, fast stimmlos vor Hoffnung.

Der Mann nahm keine Notiz von mir. Unwillig hielt er am Gartentor an, als ich meinen Ruf wiederholte. Über einem Anzug trug er einen leichten Sommermantel. Ein Brillengestell funkelte in seinem Gesicht. »Was möchten Sie?« sagte er streng. »Ich gehe.«

»Dann gehe ich mit.«

»Sie wollen mitkommen?« Er zuckte mit den Schultern. »Hm, vielleicht ist das besser für Sie.«

»Bestimmt«, sagte ich. Seine Ankunft bedeutete, daß ich mich nicht zu Patrizia flüchten durfte. Er schlug die Richtung zum Fährhafen ein. Rasch ließen wir die Häuser hinter uns. Die Nacht drängte sich dicht an die Landstraße. Wir redeten kein Wort. Jedesmal wenn ich versuchte, ihn einzuholen, beschleunigte er seine Schritte; bald gab ich es auf und blieb einen knappen Meter hinter ihm. Er schien manchmal zu taumeln. Gerade darin lag Hoffnung, in diesem leichten Schwanken zum Feldrain hin, das ganz und gar nicht zu einem strengen dünnen Mann mit Krawatte und Bürstenhaarschnitt paßte. Er suchte den Ausweg, den Riß in der Welt, den Schritt, der nicht vor, nicht zurück, nicht nach links und nicht nach rechts führte. Wieder hörte man das Signal der Fähre. Der Deich versperrte die Sicht aufs Meer. Wir würden ihn nicht mehr erreichen, wenn es gelang; wenn es gelang, dann gehörte der Deich schon zum falschen Bild. Ich spürte die Leere der Verwandlung in mir. Tränen liefen über mein Gesicht. Ich hatte keinen Namen mehr, und ich würde keinen mehr bekommen.

So gingen wir noch dreimal die Distanz zwischen den schummriges Licht ausgießenden Straßenlaternen.

Dann drehte sich der Mann plötzlich zu mir um. Das Gesicht! Die grauen, straff hochgebürsteten Haare! Die Brille, die scharfe Nase, diese zerzaust wirkende Spannung!

»Was lachen Sie?« herrschte er mich an.

Ich konnte nicht antworten. Ein hysterischer Anfall tobte in meinem Zwerchfell. Gegen einen Laternenmast gekrümmt, schüttelte mich das furchtbarste Gelächter meines Lebens. Tränen und neue Tränen quollen hervor, ich japste, hustete, kicherte, blubberte, stieß prustend die Luft aus, wollte verzweifelt etwas erklären und erstickte die Worte bloß in einer neuen, emporschießenden Salve. Fast wäre ich zu Boden gefallen, und die ganze Zeit, bis ich endlich wieder zur Ruhe kam, stand der dünne Mann neben mir auf der Landstraße und wartete.

»Was haben Sie nur, mein Gott?« fragte er, als ich wieder ansprechbar schien.

Tief durchatmend, richtete ich mich auf. Noch einmal packte mich ein kurzer Anfall. Dann wurde ich still und kalt. »Sie heißen Graml, Sie sind Patrizias Mann, stimmt's?«

Der dünne Mann deutete eine Verbeugung an. Er meinte es nicht ironisch, das war ganz seine zackige Art, und das Entgleisende seiner Gebärden verdankte sich einer gehörigen Portion Alkohol. Ich packte den Griff meiner Reisetasche und ging dicht an ihm vorbei.

»Wohin wollen Sie?« rief jetzt er mir nach.

»Dahin, wo Sie mir besser nicht folgen.«

»Ich kann Sie nicht verstehen!« Er beeilte sich, mich einzuholen. Nun hatte er Mühe, mit mir Schritt zu halten. »Was haben Sie gesagt?«

»Daß es mir egal ist, ob Sie mich verstehen.« Natürlich war er mit den Engeln verknüpft, mit dem Traum vom stürzenden Cherub, der mich in seiner Zehlendorfer Villa in der ersten Nacht mit Patrizia heimgesucht hatte.

»Sie kennen meine Frau? Hören Sie?«

Ich nickte.

»Schon lang?«

»Einige Jahre.«

»So«, sagte er, wohl unfreiwillig mit einem zufriedenen Beiklang. »Gehen Sie doch bitte etwas langsamer.«

»Nein«, sagte ich. Der Deich hob sich sanft wie eine Welle aus Nebel in der Dunkelheit an. So bestimmt war jetzt mein Ziel, daß ich, als er eine Zeitlang den Mund hielt, Graml einfach vergaß.

Zweimal räusperte er sich. »Was halten Sie davon?« rief er schließlich.

»Von was?«

»Von der Orgie!« Er zupfte mich erregt am Jackenärmel. »Von der Orgie im Haus meiner Frau!«

Ich betrachtete sein zusammengekniffenes Gesicht. Es hatte etwas von einem schlauen Kampfhahn. »Was soll ich davon halten? Sind Sie überhaupt sicher, daß es eine Orgie ist?«

Er schnaubte empört. »Gehören Sie vielleicht auch zu dieser Gesellschaft?«

»Glauben Sie das?«

»Man weiß nie, Entschuldigung, aber es ist so. Hören Sie, ich glaube das nicht von Ihnen. Aber was halten Sie davon?«

Ein sandig schimmernder Weg zweigte von der Straße ab, kurz bevor sie den Knick zur Bahnstrecke hin beschrieb. Ich blieb stehen.

»Also –«, sagte Graml.

»Ich weiß nicht. Ich hab es nie versucht.«

Verärgert erklärte er mir, daß er nicht um einen Erfahrungsbericht, sondern um ein Werturteil gebeten habe. Die ganze Welt war ihm verarmt und in zwei Kontinente gerissen, den der Logarithmen und durchgerechneten Kristalle und den der roten Sümpfe der Geschlechtsteile, den er von seiner Frau beherrscht wähnte. Es mochte ein beachtliches Leiden sein, das diesen autoritären dünnen Mann in seinen Klauen hielt. Vor den Toten aber war es ein Nichts.

»Auf Wiedersehen«, sagte ich entschlossen und ging auf den Deichweg zu.

»Bitte!« rief er mir nach. »Ein Wort nur!«

»Lassen Sie mich dann in Frieden?«

Er versprach es.

»Ich kann es nicht werten. Vielleicht sind die Orgien schädlich, weil es eine Verstümmelung der Liebe ist. Vielleicht müssen sie sein, weil es sie schon immer gegeben hat, eine Rückkehr zu den tiefen Schichten. Mehr habe ich nicht zu bieten.«

Der dünne Professor nickte resigniert.

»Und jetzt eine Frage an Sie als Wissenschaftler. Was ist das – grundlegend, meine ich –: ein Beweis?«

Er starrte mir in die Augen. »Gewalt«, sagte er entschieden. »Ein Beweis ist im Grunde Gewalt.«

Er war ein kluger Mann. Und er hielt sein Versprechen: Als ich vor einem hölzernen Drehkreuz, das in ein Schafsgatter vor der Kuppe des Deiches eingesetzt war, noch einmal zur Straße hinunterblickte, hatte er schon ein gutes Stück Weg zurückgelegt.

Richtig, es handelte sich um Gewalt. So beweisend, hatte mich der stille Engel an der Oberbaumbrücke durchdrungen. Das Gefälle des grasbewachsenen Deiches gab meinen Schritten noch mehr Entschlossenheit. Auch ich verfügte über die Gewalt, über ein einziges, äußerstes Moment, und das genügte, allen Zweifeln ein Ende zu machen.

Die Flut rauschte bis zu meinen nackten Füßen und der Reisetasche, auf die ich meine Schuhe und Kleider gelegt hatte. Nur solange, bis meine Haut so kühl geworden war wie der übers Meer streichende Nachtwind, fühlte ich Elend und Mitleid mir selbst. »Du wirst noch verrückt mit deiner Schwimmerei«, hörte ich die leichte, brüchige Stimme meines Großvaters sagen. Es war gut, immer nur noch einen Wellenkamm weit sehen zu können. Du bist schuld, es ist dein Engel, den ich suche, dachte ich. Ich begann zu kraulen, wütend, aber aus langer Gewohnheit rhythmisch wie in all den Hallenbädern meines Lebens, als wäre der Tod eine geflieste Bande am Ufer in Schweden.

11

Die Zauberin (1)

Wenn mir die Kräfte ausgingen, durchzuhalten und den Beweis einzufordern, mußte ich so weit vom Ufer entfernt sein, daß der unvermeidliche Überlebenskampf es zurück nicht mehr schaffen konnte. Die Methode war tödlich einfach. Gut hatte ich es mir ausgedacht – und doch falsch, indem ich bloß den körperlichen Widerstand, die Protestschreie der Haut, Nerven und Muskeln überwinden zu müssen glaubte.

Alle Ebenen aber gingen zum Kampf über. Als wäre mir, mit der Brust an die Brust, das vom salzigen Wasser überspülte Gesicht gegen meines gepreßt, ein Zwilling angewachsen, der mich seinen Mörder schimpfte. Vor meinen Augen dehnte sich eine schlingernde schieferfarbene Strömung. Etwas wie ein Felszacken mit gefährlichen Graten hob sich empor, drehte sich langsam auf mich zu, schnellte, von einer unberechenbaren Gewalt jäh beschleunigt, an mir vorbei. Mein Körper drohte in einem eiskalten Block steckenzubleiben. Weshalb die Hölle früher betreten, wenn das Leben ihr nur eine Sekunde stahl? Was, wenn die Botschaft nicht stimmte? Wenn der gelbe Psychiater recht behielt und mich nur eine halluzinatorische Psychose ins Verderben schwemmte?

Ausflüchte! Ich schwamm weiter nach Schweden. Allmählich wurde ich kraftloser, an der veränderlichen Grenze, an der mein Körper aus dem Wasser ragte, einen brennenden Kälteschmerz duldend. Einmal tauchte ich unter, um den letzten Augenblick vorwegzunehmen: das Rauschen des Nachtwinds und der Wellen erstarb; das gespannte glucksende Innere des Wasserleibs nahm mich auf; da war Grabraum für Tausende, für zerplatzte Schiffsrümpfe, für ganze Städte, in diesem schwarzen tiefen Gewicht.

Ein panischer Reflex trieb mich an die Oberfläche zurück. Ich begann von neuem zu schwimmen, der Fähre nach, die jetzt wie ein ertrinkendes Sternbündel am Horizont funkelte. Noch einen Kilometer vielleicht, dann würde das Sterben leichter fallen.

Mein Training half mir, gegen die Zweifel und Einflüsterungen voranzukommen. Lange behielt ich meinen Kraulstil bei. Dann mußte ich das Tempo drosseln. Ich wechselte ins Brustschwimmen. Tief stieg die Kälte gegen mein Herz. Wieder steigerte ich die Geschwindigkeit, bis mir der Atem ausging. Meine Augen brannten. Ich bemühte mich, einen langsamen Zweierrhythmus durchzuhalten. Nach einigen Minuten mußte ich es aufgeben. Bald, bald! Das Rauschen um mich her schien anzuschwellen. Die Wogen wurden breiter und höher, ich glitt in eiskalte schwarze Täler. Immer häufiger schlugen mir die Wellenkämme ins Gesicht. Sobald ich mich treiben ließ, drangen lange Eisnadeln durch meine Haut. Schon verlor ich die Orientierung, folgte nur noch den an der Gischtlinie zusammenstoßender Wasserzacken glatt hinabströmenden Bahnen, wurde um die eigene Achse gewirbelt und von blinden Sogkräften voran- oder hinabgezerrt. Ich wurde steifer, noch langsamer. Jede Armbewegung kostete Überwindung, schien etwas zerbrechen zu müssen, als wäre die Totenstarre schon in meine Glieder gekrochen.

Jetzt! dachte ich. Mit einem Mal fror ich nicht mehr, spürte nicht mehr die Umrisse meines Körpers, wußte nicht mehr, ob ich über oder unter der Oberfläche war. Mein ganzes Leben zog sich auf ein Feuer in meinem Gehirn zusammen, das die anrasenden Gedanken verbrannte, noch bevor ich sie halten konnte. Jetzt war die Stunde des Beweises gekommen! Das Feuer schlug höher, erhellte sich – und verschwand.

Mit fürchterlicher Präzision kehrte die Außenwelt zurück: der schwarze Wellenglanz, die Kälte, der geschuppte Gasleib des Nachthimmels. Es gab keinen Beweis für die Lebenden. Der letzte Engel stand jenseits der Schwelle. Davor lag ein jämmerliches, entsetzlich langes, gnadenloses, wimmerndes Krepieren.

Ich konnte es nicht durchhalten. Ich durfte es nicht – das, ja das war neu, ein Gedanke, aus der Flamme geboren, ein

Gedanke, den ich vor Tagen schon leicht hätte fassen können, an der Kreuzberger Oberbaumbrücke bereits. Daß alle einen Menschen bildeten! Den ewigen Menschen!

»Ich bin das Jüngste Gericht«, keuchte ich und blieb still auf dem Wasser liegen. Sie würden zitternd und nackt in der Ostsee treiben müssen. Ich verdammte sie dazu. Alle! Alle diejenigen auch, die nichts als gelitten hatten, stieß ich in dieses unnötige langsame Krepieren. Was für ein Recht hatte ich, so klägliche Geschichte zu schreiben? Und ich selbst schrieb ja wie jeder andere Geschichte! Auch mein Leben war ein Monument, eine Passage für Milliarden!

Schwer rollende Wellen hoben mich wie ein Holzscheit empor; ich ließ die Arme eine letzte Sekunde nach unten hängen. Heftige Kälteschauer packten mich. Je mehr ich litt, ohne wirklichen Grund litt, desto mehr verhöhnte ich die Opfer. Meine Angst, mein Schmerz würde *allen* zugemutet werden! Mein Großvater, sein müdes, braungegerbtes Gesicht schwebte in der lichtlosen Nacht. Auch ihm mutete ich diesen Anblick zu! Mit welchen Gründen denn noch? Mit welcher Grausamkeit! Er hatte sich von mir doch etwas erhofft! Nur mein Mut konnte ihn trösten. Mein Beharren. Die Würde meines Lebens, meine Freude, meine Arbeit. Nein, dieser Gedanke war keine Notgeburt der Feigheit! Er nahm mir das Recht, ohne triftigen Grund zu sterben.

Anfangs schien es gar nicht schwer, das Ufer wieder zu erreichen. Wegen der Krümmung der Bucht, in der ich mich befand, sah ich keine Lichter. Aber der Deich hob sich plötzlich wie eine nahe Mauer von dem blaßgrauen Himmel ab, und es war nicht begreiflich, wieviel Mühe es mich gekostet hatte, diese kurze Strecke zurückzulegen. Ich versuchte, einen Kompromiß zu finden zwischen der Notwendigkeit, mich in Bewegung zu halten, und der, Kräfte zu sparen. Der Deich kam nicht näher, obwohl die Gegenströmung schwach war. Meine Schultermuskeln verhärteten sich. »Du mußt dich ausruhen, Mühsal, ruhig bleiben!« befahl ich mir. Meine Schwimmstöße wurden jedoch hastiger, ich verlor den Rhythmus. In die Rückenlage übergehend, konnte ich mich eine Zeitlang erholen. Jetzt versteiften sich die Waden, ein Krampf erfaßte das rechte Bein. Oh, ich hatte es mir gut ausgedacht!

Bald schleppte ich mich auf eine nicht mehr definierbare Weise voran, mit klappernden Zähnen, unfähig, den Mund fest zu schließen. Ich wollte mich zwingen, nicht auf den Deich zu starren, fürchtete aber, ohne Sichtkontakt in die falsche Richtung zu schwimmen. Auch schien die Dichte des Wassers geringer zu werden; einige Male glaubte ich, mich an der Oberfläche einer eisigen Wolkendecke halten zu müssen, zu fliegen, um nicht auf den Grund zu stürzen. Wirr strampelnd und rudernd, versuchte ich, der tückischen Zone zu entkommen. Das Gefährliche an diesen Manövern war, daß sie einen euphorischen Zustand herbeiführten: nur noch wenige Sekunden und das Ufer wäre erreicht; die Kälte spürte ich nicht mehr, selbst die Nässe nicht; leichte, silbergraue und rote Schleier bildeten das Medium, durch das ich mich kämpfte, und wunderbar nah umschwebten mich die jüngsten Erinnerungen an die Blokkade, an Hannas seltsam verlorenen Kuß, an Jakob, der lächelnd neben mir ging, Mansfeld und Karin, Arm in Arm vor dem Zolltor. Patrizia! Ich hatte ihr doch versprochen, noch heute abend zu kommen. Ihr knisterndes blondes Haar, ihr weicher, geschminkter Mund. Bist du glücklich, Anton? Wieder verkrampften sich Schultern und Waden. In meine Brust schien ein Pfahl aus Eis gebohrt. Ich mußte leben! Ich hatte noch nichts getan, um auch nur den schwächsten paradiesischen Effekt zu bewirken. Und selbst wenn mir dies niemals gelingen sollte, es blieb, als vielleicht einzig erfüllbare Aufgabe, das eine, wirkliche Leben, das ich führen konnte, wohnlich zu machen für die Milliarden, denen es im unbarmherzigen Kreislauf zugemutet wurde. Jeder war ein Vollzugselement des Jüngsten Gerichts, eine atmende Zelle, eine Monade, in der das ungeheure Gesamt des Daseins zusammenschoß wie die Spiegelung der Milchstraße in einem Glassplitter. *Ein* Mensch!

In einer silbergrau-roten Phase wurde mein Körper schließlich so steif, daß ich mit den Füßen zuerst, die Arme wie ein Epileptiker vor der Brust verkrampfend, nach unten sank. Statt der trüben Front des Wassers sah ich nun wieder etwas Helles, mit dem Tempo meines Untertauchens Fließendes. Vor einer schilffarbenen Wand liefen verwaschene kleine Figuren, gelb, von Streifen durchsetzt, immer in der gleichen Anordnung, es waren Tiger, springende Äffchen und Giraffen – die Tapeten in meinem Kinderzimmer, plötzlich abreißend und anderen Bildern Raum lassend, schwarzen, wütenden Linien, die sich um entsetzlich peroquetgrün leuchtende Flecken spannten. Dann, noch bevor ich dieser zweiten Bildergruppe etwas zuordnen konnte, traf mich ein kaum beschreiblicher, alle Illusionen sprengender Schock: Ich stand! Kaltes Meerwasser drang in meinen Mund. Ein Stück noch! Mit verzerrten Stößen arbeitete ich mich vor, suchte erneut mit den Füßen, tatsächlich, wieder fand ich Halt, nun bis zu den Schlüsselbeinen und bald bis zu den unteren Rippen ins Freie ragend.

Als ich mit selbstmörderischer Absicht ins Meer gestiegen war, hatte ich gleich angefangen zu schwimmen, mich nicht damit aufgehalten, lange nach Norden zu waten. Bestimmt hundert Meter trennten mich noch vom Ufer, seichtes Wasser. Wie ein Schleier leuchtete das Grün noch eine Zeitlang vor meinen Augen, bis es endlich verblaßte. Die erschöpften Beine knickten ein, ich fiel und rappelte mich wieder auf, ohne es recht zu bemerken. Schaumlinien zogen mir auf der Wasserfläche voraus. Dann stand ich fassungslos am Strand.

Die Kälte drang immer noch weiter vor. Ich begann zu hüpfen und die Arme zu schwingen, fiel schließlich in einen steifbeinigen Trab Richtung Osten, wo sich die Reisetasche und meine Kleider befinden mußten. Der feine, schlammgrau glänzende Sand unter meinen nackten Füßen kam mir vor wie knapp angetautes Eis. Nachdem ich erneut, mitten im Lauf und ohne zu stolpern, zu Boden gestürzt war, mit den Knien schmerzhaft gegeneinanderschlagend, suchte ich mein Heil in einer langsameren Fortbewegungsart. Endlich entdeckte ich das hinterlassene Bündel. Aus der Tasche, deren Reißverschluß ich mit den klammen Fingern kaum öffnen konnte, zerrte ich ein Handtuch. Immer weiter auf der Stelle laufend, rieb ich mich trocken. Die Fähre war nicht mehr zu sehen. Mit Mühe gelang es mir, die Schuhe zuzubinden.

In Hosen, einem dicken Pullover, über dem ich noch den Anorak schloß, kämpfte ich mich den Deich empor. Die Straße, der ich zuerst alleine und dann, in umgekehrter Richtung, zusammen mit dem aufgeregten Graml gefolgt war, lag unter mir. Ich warf mir die Reisetasche über die Schulter und lief den Deich hinab, mühsam mit den geschwächten Oberschenkeln den Schwung abfangend. Keuchend stolperte ich auf das ebene Asphaltband. Noch hatte ich es nicht geschafft. In zeitlich fast gleichen Abständen tauchte ich in die Lichtkegel der Straßenlaternen ein. Wie in den Hallenbädern, aber zu einer ungeahnten Intensität gesteigert, erlebte ich während des ganzen Laufs die Sensation des ausgebrannten und doch noch und erst jetzt, an diesem Punkt, scheinbar endlos zuverlässigen Körpers, eine Helligkeit im Inneren, die jeden Schmerz übertönte. Die Botschaft, das war der einzig wichtige Gedanke, bedeutete im Grunde nur eines: Freiheit! Denn woher kam das Gefühl der Ohnmacht und Verlorenheit? Niemand konnte sich frei fühlen, wenn er seine Handlungen als läppisch erachtete, als nutzlose Zuckung im Riesenorganismus der Gesellschaft. Mit der Kunde der Engel aber war aus dem frömmelnden Spruch, ein jeder sei doch gleich wichtig, eine explosive Wahrheit geworden, das Gesetz der ungeheuerlichsten Kompression und des größten Hinausschießens.

So auf das Wesentliche eingeschworen, lief ich über den Plattenweg in Patrizias Garten. Mit kältesteifen Fingern drückte ich den Klingelknopf. Eine Silhouette tauchte hinter dem Glas auf; noch bevor ich mein Gewicht zurückverlagern konnte, öffnete sich die Tür, ich taumelte voran, gegen eine warme, duftende Figur stoßend, die einen kleinen Schrei von sich gab. »Anton! Du bist ja ganz naß! Warst du im Meer?«

Patrizia zog mich mit sich. Ich erfaßte ungenau das Spiegelnde und Helle des Eingangs. Rechts stand eine Tür offen. Kerzen strahlten eine Gruppe von Leuten an, die auf einem Sofa dicht beisammen hockten. Aus einem angrenzenden Raum schwankten zwei Frauen. Die jüngere, in einem T-Shirt und schwarzer Strumpfhose, hatte das Haar nach Punker-Art frisiert.

»Nach oben«, flüsterte Patrizia, den Fuß schon auf eine steile Wendeltreppe mit Metallstufen setzend. Ich zerrte die Reisetasche hinter mir her, die sich in den vertikalen Streben verfing, stolperte und hielt mich an Patrizias Ellbogen fest. Am Ende der Treppe hockte ein junger Mensch, barfuß, in dunklen Hosen und Smokinghemd. Mit betrunkenem Geschick räumte er eine Cognacflasche beiseite, die uns den Weg verstellte.

Gleich darauf standen wir in einem halbdunklen Zimmer. Patrizia schloß die Tür. »Mein Gott, Anton! Wie lange bist du im Wasser gewesen?«

»Ich weiß nicht – eine halbe Stunde vielleicht.« Meine Brust- und Beinmuskeln begannen wieder zu zittern.

»Du mußt sofort aus den Kleidern, los!«

Im Badezimmer, das wie in der Gramlschen Villa an das Schlafzimmer im ersten Stock grenzte, half sie mir, mich auszuziehen. Sie schien übermüdet, und doch lag keines ihrer blonden Haare an einer falschen Stelle. Nackt auf dem Emaillegrund der Badewanne sitzend, fror ich an den Beinen, während der schier kochende Duschstrahl, den sie auf mich richtete, die Haut meiner Schultern zu verbrühen drohte. Durch den Dampf, der den weißgelben Ton der Beleuchtung annahm, schimmerte ihr blaues Kostüm. Endlich stieg das heiße Wasser über meine Hüfte.

»Leg dich flach hin, Anton. Du mußt die Dusche mal halten, ja? Ich will nur die Heizung weiter aufdrehen.«

Ich nickte und ließ mir die kräftige Fontäne ins Gesicht springen. Sobald ich die Augen schloß, sah ich das Meer wieder vor mir, aus der Perspektive des Moments, in dem ich endgültig unterzugehen glaubte. Patrizia kam zurück. Wir redeten nicht. Sie rieb mir den Rücken, und das Eilige und Angestrengte ihrer Bewegungen, der Dampf, die klare Eleganz des Raumes mit seinen weißen Fliesen und Schränken, Spiegelflächen und vergoldeten Wasserkränen ergab nahezu die Atmosphäre einer Entbindung.

Meine zweite Geburt, dachte ich; und als ich bis zum Hals in dem Medium schwebte, das mich vor einer dreiviertel Stunde beinahe getötet hätte, suchte bereits ein unbeschädigter, in die Zukunft weisender Teil meines Bewußtseins ein Zeichen in Patrizias Gesicht, das über die bloße Sorge um mich hinausging. Hatte mich das Gefühl bei unserem Wiedersehen getäuscht, das verblüffende, durch nichts begründbare Gefühl, bei ihr daheim zu sein?

»Du kannst nicht liegenbleiben. Ich glaube, es ist am besten, wenn du jetzt abwechselnd heiß und kalt duschst. Und dann mußt du ins Bett.«

Der Pakt der Spiegel mußte zerbrechen, heute, jetzt, noch in dieser Nacht. Unter den Wechselduschen zitternd, endlich in weißem Frottee versinkend, achtete ich nur darauf, ob auch sie sich aus ihrer Spiegelfläche lösen wollte. Sie massierte mich kräftig mit dem Handtuch.

Wenig später lag ich im Bett, in einen Bademantel gehüllt und unter einer Daunendecke vergraben.

»Wie geht es jetzt? Frierst du noch?« Sie hatte die Zentralheizung auf die höchste Stufe gestellt. Ich spürte die Wärme, ohne wirklich von ihr ergriffen zu werden. Patrizia zog sich aus, kniete sich auf die Matratze und schob die Decke beiseite. Während sie mir den Bademantel öffnete, mit den Händen über meine Brust fuhr und sich behutsam auf mich legte, war die Auflösung des Paktes als schmaler, wie sacht halluzinierter Randstreifen ihrer Zärtlichkeit sichtbar.

»Weißt du –«

»Ja?« fragte sie innig.

»Es ist ernst, dieses Mal. Todernst, Patrizia, ich warne dich.«

Sie faßte mich an den Schläfen. Schmerzhaft heiß und zart ging ihr Körper auf mich nieder. Ihre Brüste verschoben sich auf meiner Haut. »Einverstanden, todernst. Als du zur Tür hereinkamst, da war es entschieden.«

Ich wollte die einzige noch kühle Stelle zwischen uns beseitigen, die Perlenkette, die sie um den Hals trug. Meine

Finger waren noch immer klamm, nicht geschickt genug, den Schraubverschluß zu lösen. Sie half mir. Erst in dem Augenblick, in dem das Ende der Kette wie ein Wassertropfen über meine Schulter glitt, erschien sie mir nackt. Aber sie entfernte sich, floh, quälend schön, in ein lichtloses Emporströmen der Nacht. »Willst du etwa tatsächlich? Aber –«, flüsterte sie, verlagerte ihr Gewicht und bewegte einen Arm.

Was? dachte ich, fing mich noch einmal, wollte über mich selbst lachen und hatte doch schon keine Kraft mehr dazu.

Das Haus war still, als ich erwachte. Patrizia mußte einige Zeit vor mir aufgestanden sein; die Bettdecke zu meiner Rechten war zurückgeschlagen und die Wärme auf dem Laken verflogen. Ich horchte in mich hinein, suchte ein Anzeichen für ein Fieber, eine Erkältung, irgendeine Wunde, die mir die Ostsee zugefügt hatte. Außer einem Muskelkater in den Oberschenkeln konnte ich nichts feststellen.

Ich nahm eine Dusche in dem luxuriösen Badezimmer. Meine Kleider hingen trocken auf einem Wäscheständer, unter dem auch meine Reisetasche stand.

Barfuß, in einer frischen Hose und einem T-Shirt, ging ich durch die Zimmer des oberen Stockwerks. Das Tageslicht erfüllte südländisch strahlend die mit eleganten weißen Möbeln eingerichteten Räume. Man rechnete unwillkürlich die Wärme, die die Zentralheizung verbreitete, der Sonne an. Eine knisternde Wachheit, der Glanz neuer, unberührter Dinge, lag über allem, was ich sah. Selbst die verstreuten Gläser, Aschenbecher, die Flecken auf dem Teppich, vergessene Feuerzeuge und leere Sektflaschen erschienen wie absichtsvoll arrangiert.

Das Wohnzimmer im unteren Stockwerk war schon vollständig aufgeräumt. Auch in der Küche nebenan glänzte alles. Nirgendwo gab es schmutziges Geschirr. Ich warf einen Blick aus dem Fenster und konnte nur noch ein einziges Auto vor dem Haus entdecken. Eine kleine Wanduhr zeigte auf halb zehn. Benommen rieb ich mir die Augen. Wann hatte sie wohl aufstehen müssen, um dies alles zu bewerkstelligen? Und die Gäste? Eine schaurige Nachtgesellschaft, die auf Schlag vier oder fünf mitsamt ihren Pelzen, Perlen, Punkfrisuren und Frackhemden in ihre schweren Karossen gestiegen und wieder ins Meer hinabgefahren war? Als ich ein Geräusch hörte, ging ich sofort darauf zu, hungrig nach Wirklichkeit. Es kam vom Flur.

Patrizia, in Jeans und einer kurzärmeligen Bluse, stieg die Kellertreppe empor. Sie trug eine Mülltüte vor sich her. Ihre Hände steckten in rosafarbenen Haushaltshandschuhen. »Hallo«, sagte sie, auf mittlerer Treppenhöhe anhaltend.

»Hallo. Es ist keiner mehr hier?«

»Alle weg. Vom schlechten Gewissen vertrieben«, entgegnete sie lächelnd und setzte den Müllsack auf eine Treppenstufe nieder.

»Arbeitest du schon lange?«

»Es geht.«

Wie lange war es her, daß sie mir den Bademantel geöffnet und sich auf mich gelegt hatte? Todernst ... Ich suchte eine Bestätigung dieses scheinbar weit zurückliegenden Versprechens in ihrem Blick und glaubte nur das gleiche Suchen in einem kupferlasurblauen tiefen Doppelspiegel zu finden. Der Nachmittag vor mehr als acht Jahren fiel mir ein, in meinem Moabiter Hinterhofzimmer, als sie mich aufgefordert hatte, sie zu heiraten, um gleich darauf festzustellen, es sei schöner, aber nicht unbedingt einfacher, wenn man es übertreibe.

»Du hast ein sehr schönes Haus«, sagte ich.

»Es ist zu teuer. Ich habe es gerade verkauft. Aber du – bist du gesund? Wie fühlst du dich?« rief sie. Sie ließ den Müllsack stehen und stieg zu mir empor.

»Gut, ich glaube, ich hab's überstanden.«

»Das ist schön. Weißt du, daß du einen ganzen Tag verschlafen hast? Heute ist Montag.«

»Deshalb fühl ich mich so ausgeruht! Deshalb sind all die Leute verschwunden. Ich hab nichts gehört!«

Sie wartete – das, dieses Offenbleiben, war ein zweites Angebot. Es genügte nicht, es einmal nachts zu übertreiben! Ich war immer die andere Hälfte des Spiegelpaktes gewesen, auch ich hatte es nie übertrieben. »Deshalb scheint es so weit zurückzuliegen, was in dieser Nacht passiert ist«, sagte ich langsam. »Aber es ist noch da. Ich meine es todernst, es ist zum Fürchten.«

Sie trat einen Schritt vor, wir berührten uns. Vorsichtig umarmten wir uns. Durch den Stoff meines T-Shirts spürte ich ihre warme Haut und die feuchten Gummihandschuhe. »Anton, ich bin vierundvierzig«, flüsterte sie, die Lippen an meiner Halsseite bewegend.

»Und ich bin verrückt«, versicherte ich.

»Ich weiß. Das ist sehr gut. – Entschuldige.«

»Was?«

»Ich hab ganz steife Brustwarzen.« Sie hob das Gesicht. »Ich hatte Angst, du würdest überhaupt nicht mehr aufwachen. Immer wieder bin ich zu dir ins Schlafzimmer gegangen. Du schliefst und schliefst. Die anderen sind ziemlich lautstark aufgebrochen. Das hat dich alles nicht gestört. Um dich nicht zu wecken, hab ich dann nur hier unten Ordnung gemacht.«

»Und dann, letzte Nacht – hast du wieder neben mir geschlafen?«

»Ja, aber ziemlich schlecht. Du wurdest allmählich unruhig, kamst aber nicht richtig zu dir. Ich habe überlegt, ob ich nicht besser den Notarzt kommen lassen sollte. Dann rief ich einen Freund an, einen Mediziner. Er meinte, ich solle nachschauen, ob deine Haut zu kalt oder zu heiß sei, ob du Fieber hast. Das war nicht der Fall. Dann sollte ich dich schlafen lassen.« Ihre Nase berührte mein Kinn.

»Gestern, nein, vorgestern nacht – Haben wir da ...?«

»Oh, nein, wir haben nicht. Du bist unter mir eingeschlafen, augenblicklich«, sagte sie vergnügt. »Ich hatte Mühe, von dir loszukommen.«

Wir frühstückten auf zwei mit weißem Stoff bespannten Sesseln. Selbst der Boden des Wohnzimmers und die Verkleidung des offenen Kamins waren weiß gehalten. Einige wenige Grünpflanzen und fragile Möbel aus Glas und verchromtem Stahlrohr schienen nur dazusein, die ungehinderte Strömung des Lichts anzuzeigen. Der Eindruck, in einem weiten, ganz neuartigen Flugzeug durch einen wolken- und engelsfreien Himmel zu treiben, geräuschlos und ohne Erschütterungen, steigerte mein Hochgefühl der zweiten Geburt. Ich aß vier Brötchen und trank die Kaffeekanne fast alleine aus. Patrizias nackter linker Fuß berührte meinen rechten Unterschenkel. Es schien, als hätten sie und mein einen Tag und zwei Nächte lang in ihrem Bett geborgener Körper sich schon verständigt. Sie forderte mich auf, ihr die Blockade-Aktion zu schildern.

»Ich glaube, mir täte so was auch ganz gut«, erklärte sie. »Mir gefällt so was. In politischer Hinsicht bin ich fahrlässig ungebildet.« Sie winkte ab, als ich protestieren wollte. »Ungebildet, Dr. Mühsal. Das hast du mir klargemacht, vor acht Jahren schon. Weißt du überhaupt, wie du mich in die Enge getrieben hast? Mit deinem Vortrag und mit deinen Stegreif-Aphorismen? Ich kam mir so dumm vor!«

»Du hast mich genauso in die Enge getrieben.«

»Ich? Wieso?«

Daß sie barfuß und in Jeans vor mir saß, machte es leichter, eine Pantomime ihres aufgerüsteten Zustands zu versuchen. Sie lachte bereits, als ich nur von ungefähr ihre Soirée-Kopfhaltung traf. »Siehst du«, sagte ich, »Patrizia! Schon der Name! Und dann das. Du kannst einfach perfekt sein, grande dame! Mir blieb die Spucke weg. Männermordend! Ein Blick, und hundert Erektionen brechen!«

Sie streckte mir abwehrend und lachend die Rechte entgegen.

»Wirklich«, rief ich, »von wegen Stegreif-Aphorismen! Ich kam mir vor wie dein Spielzeug, eine Art Sprechpuppe. Und du hast mir ständig auf den Bauch gedrückt!« Noch mehr komische Beschreibungen fielen mir ein.

»Kann – kann man das festhalten?« fragte sie, um Luft ringend.

»Was?«

»Diesen Ton. So, wie wir bis jetzt miteinander geredet haben.«

»Ja, sicher«, versprach ich eilig und senkte gleich darauf den Blick zu ihren ausgestreckten Beinen. Ich verließ mich auf etwas; ich glaubte mich tatsächlich gerettet.

Nach dem Frühstück fingen wir an, das obere Stockwerk aufzuräumen. Patrizia arbeitete schnell und konzentriert. Sie beklagte weder das Ausmaß der Unordnung, noch brachte sie das geringste Interesse für die traurigen Hinterlassenschaften ihrer Gäste auf. Wir berührten uns, wenn wir aneinander vorbeigingen, erst beiläufig, wie sich die Kollegen einer Reinigungsfirma zur Seite schieben oder ermuntern, dann mit einer suchenden Zärtlichkeit. Mein Körper, den ich so viele Stunden mit ihr allein gelassen hatte, wunderte sich nicht, paßte sich ihren Händen an wie in einer geheimen Verabredung. Während ich Betten bezog und mit einem Teppichreiniger Flecken einschäumte und auszubürsten versuchte, öffneten sich die Erinnerungen an unsere Zehlendorfer Nächte und Moabiter Nachmittage in meinem Kopf, kurz, quälend deutlich und gleich wieder in dunklen Zerfall schießend die Höhepunkte, kühl fotografiert und wartend dagegen das schier feindselige, regungslose Danach. Konnte es jetzt besser gelingen? Wieder streifte sie mich im Vorübergehen. Ich berührte ihren Arm. Sie lächelte und bewegte sich danach verzögert und weicher als zuvor.

Endlich hatten wir den Glanz des oberen Stockwerks wiederhergestellt. Patrizia setzte sich in ihrem Schlafzimmer auf das Bett. Mein Puls raste. Die gleiche Begierde und die gleiche Angst preßten ihre Stimme zusammen. »Was denkst du, Anton?«

»Daß ich mit dir schlafen möchte. Daß ich es nicht mehr aushalte zu hoffen.«

»Ich möchte, daß du mich anschaust«, verlangte sie ernst, todernst eben, als stünde uns eine sehr gefährliche Prozedur bevor. Mit den Händen überkreuz den Saum ihrer Bluse fassend, hob sie die Arme. Die engen Jeans in derselben Ruhe und Entschlossenheit abzulegen, war schwieriger; etwas Schülerinnenhaftes, ungeschickt Zartes kam über ihre Bewegungen. Ich wollte mich zu ihr niederknien. »Nein, sieh mich an!« wehrte sie ab und legte sich auf den Rücken, die Arme eng an den Körper ziehend. Ihre Fußnägel waren weiß lackiert. »Ich bin wirklich dicker geworden, siehst du das jetzt?«

Ich spürte nur noch Begierde und Zärtlichkeit, wie kleine, sprunghafte Wechsel in der Ausleuchtung ihres nackten Körpers, die zu heiße Tönung, die das gespannte Rot ihrer Lippen und das Rosa ihrer Brustspitzen flammend hervorhob, übergehend in ein ängstliches Bestaunen der großen, unbestimmt leeren Flächen ihrer Haut. »Nicht dicker«, sagte ich mit belegter Stimme. »Ausgeprägter – du machst mir angst, so schön bist du.«

Sie griff nach meiner Rechten. Ihr Venushügel paßte genau in meine Handinnenfläche. »Bleib so. So habe ich noch nie angefangen.«

Ihr Schoß war nicht älter geworden, ihr Mund nicht, der nach und nach sein gewährendes Lächeln verlor und wie unter einem heftigen Traum bewußtlos wurde. Sie öffnete sich so weit, daß ihre warmen, rauhen Fußsohlen meinen Hintern berührten. Es war kein Vergessen, keine Ohnmacht, kein – und gerade das nicht! – Wahnsinn. Sondern endlich das Heraustreten aus der kristallinen Gefangenschaft der Spiegel: die verstreuten Sommersprossen auf ihrer schmalen Nase, ihr Atem, das Feuchtwerden des Haarflaums an ihrer Schläfe, ihre schön ausgeformten Hände, die mit so geringem Druck auf meinem Gesicht lagen, als tasteten sie über die Oberfläche eines Gemäldes. Keine Leere, kein Nachtstoß ins Gehirn. Der Riesenlärm der Botschaft, der Milliardenleib hinter der letzten Schwelle, erschien als endloser kühler Hintergrund, ein fernes Meer, vor dem sich ihr Körper mit der ganzen Spannung des Einzigartigen auflud.

»Schrei Anton, schrei weiter!« keuchte sie in mein Ohr. Ich wußte nicht, daß ich geschrien hatte. Ihr Bild zog sich zu einem dunklen Oval zusammen. Sie schlang ihre Arme fest um mich. Minutenlang lag ich mit geschlossenen Augen auf ihr, war nur noch ein sehender, lang hinabstreichender Wind in einem Raum ohne Gegenstände, der saphirblau zu leuchten begann – wie das Bad der Engel, in das ich durch den Brunnen am Mehringplatz gestoßen war ... Ich blieb vollkommen ruhig, glitt ich doch schon zur Erde, über eine grün wogende Ebene, Halme, Gräser, ein Reisfeld, das ich, langsamer und schwerer werdend, ohne eine

Berührung zu empfinden, an der Grenze, an der die Stiele ins Wasser mündeten, durchflog.

Als Patrizia den Kopf drehte, öffnete ich die Augen. »Bin ich dir zu schwer?« Sie schüttelte langsam den Kopf und zog mich näher heran, bis unsere Lippen sich berührten.

»Ich liebe dich, Patrizia«, sagte ich in ihren warmen Mund.

Die Eßecke in der Küche war durch ein Podest erhöht und durch eine weiße Brüstung vom Kochbereich abgetrennt. Ich deckte den Tisch und ging mit wahrem Kellnervergnügen die zwei Stufen auf und ab, die das Podest mit dem Boden verbanden. Patrizia wollte alles über meine Europareise und meine Bibliothekarszeit wissen. »Und wie du aufgewachsen bist, du hast nie etwas darüber gesagt.«

Ich bemühte mich, meinen Großvater nicht zu verklären.

»Ich hätte ihn gerne kennengelernt.«

»Ich weiß nicht, ob er dich gemocht hätte. Er hätte dich für dekadent gehalten.«

»Aber nein!« widersprach sie, als müsse sie das besser wissen. Und sie hatte ja recht. Mein Großvater und Elisabeth. Das Gefühl der Parallelität zwischen Patrizia und meiner leiblichen Großmutter, der Tochter aus der Nürnberger Kaufmannsfamilie ...

»Was hast du, Anton? Du siehst so ernst aus.«

Ich hatte die Parallelität vergessen können, weil sie in meinem Leben nichts mehr bedeutete. Weil nicht nur der Kreis der Engel im Wasser der Ostsee zersprungen war, sondern auch das dunkle, gefährliche Band zu meinem Großvater. Bis auf eines: die schwarz und grün leuchtenden Bilder, die in der Sekunde meines vermeintlichen Ertrinkens aufgezogen waren, alle noch unkenntlich, aber sich nähernd. Sie waren das letzte Rätsel.

»Hallo, Anton, hörst du mich?«

Patrizia wollte etwas über meine erste Liebe erfahren; also berichtete ich ihr von Annerl. Zum Trost für diese unglückliche Angelegenheit berührte sie meine Wange mit dem Rücken ihrer linken Hand, blickte dann aber lange auf den mit einem Mal unangenehm festlich erscheinenden Tisch. Es war nicht nötig zu fragen, was in ihr vorging. Wir mußten über meinen Selbstmordversuch hinwegkommen, über diese verrückte Gesellschaft, die das Haus belagert hatte, über die letzten acht Jahre, die völlig unterschiedlichen Lebensgewohnheiten ...

»Es ist nicht unmöglich, sag!« forderte sie mich auf.

»Es ist absolut möglich«, sagte ich. »Es hat doch schon begonnen.«

Nach dem Essen eröffnete sie mir, daß sie sich einen Tag Urlaub habe nehmen können, am morgigen Abend jedoch wieder in Berlin sein müsse. »Ich liebe es, mir vorzustellen, daß du hier auf der Insel bist. Es ist sehr mystisch, weißt du. Wenn du hierbleibst, dann wird es mir in Berlin immer so vorkommen, als hätte ich dich noch in meinem Körper behalten. Ich könnte immer Freitag nachmittags schon kommen. So haben wir noch vier Wochenenden. Und die letzten eineinhalb Wochen, bevor der neue Besitzer kommt, würde ich ganz dasein. Ich will dich verstecken. Und du, du willst versteckt sein, stimmt's?«

»Es stimmt.«

»Wenn du hierbleibst, dann ist nichts eilig. Du wirst niemanden sehen, nicht?«

»Niemanden außer dir.«

Wir lagen auf dem Sofa vor dem offenen Kamin. Patrizias Kopf ruhte auf meinem rechten Schlüsselbein und meiner Wange. »Es ist genug zu essen da für zwei Wochen. Du kannst spazierengehen ... Meine Güte, ich bin verrückt! Ich will dich einsperren. Sag, was willst du hier tun? Schreiben, nicht wahr? Was?«

Schreiben ... Im Licht einer Stehlampe glänzte ihr blondes Haar, durch die Nähe, aus der ich es betrachtete, zu einem feinen, wie sprühenden Dschungel über dunkleren Samtströmen aufgeworfen. »Eine Geschichte Europas«, sagte ich und dachte mir die Aufgabe als ein wunderbares Sichverlieren, wie den Blick in diese duftende, verschlungene und spielerisch aufgelöste Welt vor meinen Augen. »Ich habe vor Jahren schon damit angefangen und sie immer wieder liegenlassen. Jetzt ist es Zeit. In sieben Wochen könnte ich mir ein neues Konzept machen.«

»Du wirst«, bestimmte sie. »Ja, das ist gut. Ein neuer Anfang.«

Aber zuvor mußten wir an ein Ende kommen. Ich atmete tief ein. Sie hob, darüber verwundert, die Schultern.

»Patrizia, ich muß dir erklären, weshalb ich ins Wasser gegangen bin.«

»Vielleicht war es ein Versehen.« Sie erinnerte mich an einen bestimmten Tag vor acht Jahren, an dem wir zusammen im Hallenbad gewesen wären. Ich hätte ihr dort, bis zum Hals im chlorierten Wasser, meinen Ärger darüber vermittelt, daß man Leute, die sich töteten oder töten wollten, Mörder nannte.

»Es war ein Versehen«, sagte ich. »Jetzt, wo ich hier bei dir liege, ohnehin. Aber es war auch so schon falsch. Ich litt unter einer Art Zwangsidee – das heißt: ich habe diese Idee immer noch. Nur hatte ich sie die ganze Zeit falsch aufgefaßt. Diese Idee eigentlich muß ich dir erklären.«

»Gut. Morgen.«

»Weshalb erst morgen?«

»Morgen erst, weil es dir noch so schwerfällt. Und morgen erst, weil ich dir selbst jetzt unbedingt etwas erklären will. – Erinnerst du dich noch an den Abend vor acht Jahren, als wir in der Philharmonie waren?«

»Sicher.«

»Ist dir da etwas aufgefallen?«

»Du warst sehr gut gelaunt.«

»Ich hatte Geld bekommen. Meine Großtante war gestorben. Ich konnte sie überhaupt nicht leiden, sie war ein Reptil. Aber ihrem Testament nach muß sie mich sehr gemocht haben. Plötzlich war ich frei. Ich konnte leben und Graml und seine Villa vergessen.«

»Und mich.«

»Und dich! Du hast keine Ahnung, wie gut und wie schlecht es mir damals ging. Sollte ich dir von der Erbschaft erzählen? Mit dir ein neues Leben anfangen? Damals schon?«

»Mit dem ersten besten –«

»Ich konnte doch nicht wissen, daß der Erste der Beste war. Und daran warst du nicht unschuldig, mein Lieber. Du warst eiskalt, undurchsichtig. Ich hab nicht glauben können, daß du mich liebst.«

»So ist es mir auch gegangen, Patrizia.«

»Und dann kam noch dazu, daß ich mich nie hätte frei fühlen können, wenn ich gleich bei dir geblieben wäre. Ich war gierig. Ich mußte reisen, allein sein. Ich wollte endlich Männer haben, ohne Heirat, ohne Kinder, ohne Zehlendorfer Gesellschaftsabende.« Aber dann, gerade zwei Wochen nach meiner Abreise, kamen ihre Eltern bei einem Autounfall ums Leben. Ein halbes Jahr verkroch sie sich, trug schwarze Kleider und eine »fürchterliche« Sonnenbrille. Sie lebte von Beruhigungstabletten und begann eine Psychotherapie. »Schließlich war ich an einem Punkt, wo's nur noch zwei Möglichkeiten gab. Entweder verrückt werden oder mich endlich trauen.« Sie besaß zusätzlich zu der Erbschaft jetzt auch noch das Vermögen ihrer Eltern, und sie nahm sich vor, es zur Hälfte zu verschleudern, zu leben, endgültig auszubrechen aus der achtzehnjährigen Gefangenschaft im Zehlendorfer Villenkäfig. Als erstes mietete sie die Wohnung in Charlottenburg. »Ich weiß nicht, wie diese fünf Jahre vorbeigingen, wie ich das geschafft habe, so lange unnütz zu sein«, seufzte sie. »Am Anfang war es fantastisch. Aber dann? Du verlierst den Zeitbegriff. Oder besser, weil du die Zeit nicht mehr merkst, macht sie dir angst, als müßte sie in einer einzigen Nacht zu dir kommen und dir wie ein irrsinniger eifersüchtiger Liebhaber das Gesicht zerschneiden mit Falten und Runzeln und dich vor einen Spiegel stellen und schreien: Jetzt bist du alt!«

Ich küßte vorsichtig ihre Schläfe.

»Fünf Jahre. Einkaufen, Museen, Reisen, Partys, Fêten, Matinees, Vernissagen. Ich dachte jeden Tag, ich müßte am nächsten sterben – an irgend etwas, das ganz schnell geht. Männer – ich war schüchtern, im Grunde, verstehst du? Patrizia Paganinia. Es gab eine Phase, da hatte ich nur noch Tripper und Magenschmerzen und grünen Ausfluß.

In meinem Kopf waren kleine Tierchen vom Kokain.« Plötzlich ergriff sie meine Arme und schloß sie, als wäre ich nicht willens oder zu gehemmt, das aus eigenem Antrieb zu tun, um ihre Brust. Ich hielt sie fester. »Das könnte ich dir gar nicht erzählen, wenn es nicht schon länger her wäre, Anton. Es war absolut vertane Zeit –«

»Das denke ich nicht. Es mußte sein. Ganz egal, wie gut oder schlecht es war.«

»Nein.«

»Aber du wärst nicht so, wie du jetzt bist. Erinnerst du dich noch an den anderen Satz, den ich im Schwimmbad zitiert habe, den Ausspruch des jüdischen Mystikers über die Erinnerung? Jetzt würde ich es so ausdrücken: Das Geheimnis der Erlösung ist die Zukunft.«

»Was hat deine Meinung geändert?«

»Der Tod.«

Sie betrachtete die halbkreisförmigen Schatten an der Decke. »Die Erlösung hat gar nichts mehr mit der Vergangenheit zu tun?«

»Doch, immer noch sehr viel. Aus der Vergangenheit steigt der Impuls auf, endlich zivilisiert zu sein. Benjamin sagt: eine schwache messianische Kraft. Es ist das Gefühl, das du haben kannst, wenn du auf die ganze Geschichte herabsiehst und denkst, daß alles nur für dich dagewesen sei.«

»Für mich? Die Pyramiden, die Kathedralen, die Kreuzzüge, die Revolutionen?«

»Alles – um dich so, mit diesem Blick, hervorzubringen. Die Vergangenheit, alle Vergangenheit gehört dir ganz. Du mußt sie dir nur nehmen. Und dann ist es, als ob dich ein ungeheurer Berg in die Höhe trägt. Du trittst an den Rand und siehst hinab, Jahrzehntausende tief. Dein Untergrund ist die Schulter des Riesen, der mit dir in die Zukunft aufsteigt. – Verstehst du, wenn du so denkst und fühlst, ist es sehr schwer, dich zu beleidigen oder kleinzukriegen.«

»Oder dir was auf dich einzubilden.«

»Natürlich. Aber das ist ja auch eine Gefangenschaft.«

»Die schönen Gefangenschaften«, murmelte sie. Ihre Augen waren geschlossen. »Ich möchte schlafen, Anton. Wir haben früher viel zu wenig beieinander geschlafen. Laß uns irgendwie nach oben fliegen, denk uns hin ...«

12

Die Zauberin (2)

Die dritte Nacht. Jede Berührung wie die fremdeste, die Erregung über alles treibende, vertrauteste, innigste – dort bist du, zwischen den Bruchlichtern, in einer Galaxie unter Milliarden, im Zerfall und im Beginn des endgültigen Aufrichtens. Dein atmender Schoß. Dein Lächeln, Patrizia. Die hohen ruhigen Gemälde der Lust. Endlich sehen, endlich spüren, ohne noch wünschen zu müssen, unser verschworener Kuß, jenseits der Körper, weine, schrei, geh mit mir aus den Dingen, wir zählen nicht, schwach vor Liebe, redend und redend, unsere Worte beschlafen sich für uns, im Dunkel über der Welt.

»Ich möche dir erklären, weshalb ich ins Meer gegangen bin.«

»Später, Anton, später.«

Daß man zurückfindet! Daß dennoch alles bleibt, die unsichtbare glühende Kugel um uns her, Insel der Erlösten. Hungrig um vier Uhr morgens. Barfuß durch das weiße, lautlos fliegende Haus gehen. Die Lust, sie essen zu sehen, trinken, Rotwein aus dem l'Alsace. Ihr schläfriges Haar. Keine Zeit um uns, kein Gewicht.

»Erzähl mir von deinem Beruf, ich weiß immer noch nichts davon.«

»Das fing vor drei Jahren an. Ein Bekannter hatte einen Musikverlag gekauft. Wir unterhielten uns darüber, in der Philharmonie, während der Pause. Wie aus Jux fragte er mich, ob ich nicht Lust hätte, bei ihm zu arbeiten. Ich sagte ja, und er sagte okay, morgen. Der Verlag hatte von früher her einen guten Namen. Aber der kaufmännische Teil und das Organisatorische waren in einem völlig desolaten Zustand. Mit mir zusammen waren noch zwei andere Leute eingestellt worden, die eigentlich auch keine Fachkenntnisse hatten. Wir mußten alles von Grund auf erarbeiten, und was wir nicht verstanden, haben wir einfach weggeworfen. Jeder war für alles zuständig.«

»Es hat funktioniert?«

»Ja. Plötzlich arbeitete ich fünfzig Stunden die Woche, oft noch mehr. Ich wollte mich auch nicht wundern. Oder nur über eines: daß ich alles lernte, alles konnte, wenn ich mir nur Mühe gab. Es war – wie Zauberei. Patrizia, die Zauberin. Ein vollständiger Bruch. Keine Reisen, keine Fêten, wenig Männer. Verstehst du?«

»Sicher.«

»Wirklich?«

»Für mich ist es klar, daß du zaubern kannst.«

»Das haben die anderen zu mir gesagt, Zauberin. Und ich hab es genossen. Nach zwei Jahren hatten wir das Schlimmste hinter uns. Wir bekamen sogar anständige Gehälter. Es war auch höchste Zeit. Trotzdem muß ich das Haus verkaufen. Aber das macht nichts. Was denkst du?«

»Ich bin neidisch. Du hast ja schon lange begonnen. Ich muß erst noch anfangen.«

»Ich bin ja älter, nicht? Und ob es so gut ist, was ich da mache? Es schadet wenigstens niemandem. Es ist ein anderes Spiel, sicher, ein besseres.« Bedächtig drückte sie ihre Zigarette aus. »Weißt du, daß ich dich gesucht habe?« sagte sie dann unerwartet heftig. »Ich wußte aber nicht einmal, ob du wieder in Deutschland warst oder tot oder verheiratet. Wen hätte ich fragen können? Du hast nie viel von deinen Bekannten erzählt. Dann hörte ich, daß Oberstetter wieder seine Vortragsabende aufnahm. Ich ging sofort hin. Es war im Frühsommer dieses Jahres. Keiner wußte, wo du steckst. Der einzige, der sich überhaupt darüber Gedanken machte, war Bredorf. Ständig mußte ich an deinen Vortrag über die Revolution denken, an unseren ersten Kuß im Garten, an unsere erste Nacht. Ich dachte, ich bin blöd wie ein Teenager. Was wollte ich auf einmal von dir? Die Jahre zuvor bist du mir immer nur eingefallen, wenn es mir schlechtging.«

»Weshalb?«

»Um dir die Schuld zu geben. Du hast mich schließlich aus der Bahn gestoßen, oder?« Sie trieb den Vorwurf mit einer anklagenden Geste ins Lächerliche. »Idiotisch, nicht? Und im Anschluß an diesen Abend bei Oberstetter, da hab ich etwas noch Idiotischeres getan.«

»Mit Bredorf geschlafen«, vermutete ich.

Sie errötete; es war aber ganz leicht zu verstehen, zu dieser Uhrzeit und von dieser Küche aus.

»Er hat nur mühsam begriffen, weshalb. Daß es wegen dir war. Es ist nur ein, nein, zweimal passiert.«

»Im Institut gab er mir kommentarlos deine Telefonnummer. Sie stand auf einem Zettel, und darunter hatte er geschrieben: Fürchte dich nicht!«

Patrizia lachte. »Das sieht ihm ähnlich! Er ist wie Graml.«

Etwas nervös griff sie nach ihrem Weinglas und schilderte mir die Szene, die ihr Bredorf gemacht hatte, als sie ihm von unserem ersten Telefonat und der Verabredung in ihrer Wohnung berichtete. »Als wäre ich seit Jahren seine Geliebte, seine Frau.«

»Deshalb riefst du noch mal an und schlugst vor, daß wir uns in meiner Wohnung treffen?«

»Natürlich. Aber er hat es sich leicht ausrechnen können. Den Rest kennst du, es war ja entsprechend scheußlich, unser Kaffeetrinken zu viert. Ich fühlte mich so erleichtert, als ich endlich im Wagen saß und hierher fuhr, mit dem Wissen, daß du bald nachkommst. Nur eines –«

»Ich weiß«, sagte ich. »Diese Leute mit den Luxusschlitten machten dir Sorgen.«

»Besserwisser! Begreifst du's wirklich?«

»Du hast sie eingeladen, weil du mir etwas vorspielen wolltest. Aber eigentlich mochtest du gar nicht mehr.«

»Fast. Ich war wütend, daß du mich nicht gleich angerufen hast. Ich sagte mir: Er kommt zurück, aber er will nichts mehr von mir wissen. Er meldet sich nicht, er hat sich aus Westdeutschland nicht gemeldet. Da war es wie ein Reflex, diese Leute einzuladen, ein Rückfall. Wie gesagt *vor* deinem Anruf. Ich wollte untergehen, wenigstens für ein Wochenende; und das nur wegen dir. Zunächst hatte ich also gar nicht die Absicht, dich einzuladen.«

»Dann hab ich aber doch angerufen - furchtlos.«

»Oh, ja! Und ich konnte nicht anders, als mich furchtbar zu freuen! Dann, in deiner Wohnung, wurde es mir ganz klar, daß ich dich jetzt lieben, wirklich lieben könnte. Aber du warst sehr seltsam, irgendwie warst du interessiert, irgendwie aber auch nicht. Etwas anderes hat dich beschäftigt, obwohl ich beim Weggehen das Gefühl hatte: Er braucht dich genauso, egal, was er sagt!«

»Laß es mich erklären. Ich –«

Rasch legte sie mir eine Hand auf die Lippen. »Laß mich erst ausreden, bitte. Als Bredorf und diese schreckliche Frau, diese Lehrerin, anrückten und als du so zuvorkommend zu ihnen warst, dachte ich gerade wieder, ich sei dir gleichgültig. Und jetzt kam diese Einladung, unbedingt für den Samstag. Es war Rache – und das Gegenteil.«

»Das Gegenteil?«

»Aber sicher! Du solltest mich erlösen, verstehst du? Die Befreiung der Justine, eine Entführung aus dem Kerker der Lüste. Und dann kommst du nicht! Es wurde Mitternacht. Sie begrapschten sich schon allesamt, taumelten betrunken durch die Zimmer, hockten in den Ecken, das leere Hirn mit Schnee zugestopft. Ich war wie eingefroren. Ich ging mit einem Tablett herum, als hätte man mich als Servierfräulein eingestellt. Jede halbe Stunde parfümierte ich mich, um nicht ihren Geruch, ihre Art, ihr Geschwätz anzunehmen. Als dann die Glocke ging, um ein Uhr nachts, da hab ich die Tür nur aufgemacht, um sie dir vor der Nase wieder zuzuschlagen.«

»Du hast es nicht«, sagte ich dankbar. »Du hast –«

»Gesehen, daß du aus dem Meer kommst, ja.« Sie drückte fest meine Hand. »Zum ersten Mal hatte ich das Gefühl, daß du mich brauchst. – Anton, jetzt muß ich es doch gleich wissen. Weshalb bist du ins Wasser gegangen? War es wegen Hanna?«

»Aber nein, nein.«

»Weshalb dann?«

Ich war bereit zu sprechen, ich wußte, daß mein Gefühl, nur ihr die Wahrheit sagen zu können, nicht getrogen hatte.

»Möchtest du nicht?« fragte sie, schon befürchtend, zu weit gegangen zu sein.

Ich schüttelte den Kopf. Mein jahrelanges Schweigen schoß vor mir auf wie eine dunkle Wand. »Doch ich möchte«, sagte ich gepreßt, »ich möchte.« Und ich hatte, kaum schien es mir, daß ich die Wand nicht überwinden konnte, die Lösung schon vor Augen. Es war keine Wand, sondern eine Treppe aus zwei hohen Stufen.

Die erste jetzt, dachte ich, leicht werdend, mich aufwärts bewegend, das Schweigen wie die Müdigkeit abschüttelnd, um halb fünf Uhr morgens.

»Du sprachst von einer Idee –«

»Ja, eine Idee. Sie hängt mit dir zusammen.«

»Mit mir?«

»Zeitlich. Mit dir und meiner damaligen Nachbarin, Therese, der alten Frau. Und mit einem Traum in unserer ersten Nacht ...«

Wir gingen am Strand spazieren. Leicht und ungewiß schwebte der Himmel über dem Meer. Ein feiner salziger Dunst trieb vor der Sonne. Ich sah auf die aufgerauhte blaugraue Wasserfläche. Ihr furchtbarer Unterraum schien nicht mehr zu existieren.

Die Zauberin, dachte ich, Patrizia entgegengehend, die einen Stein aufgelesen hatte und ihn eben wie andächtig ins Meer warf. Wortlos ergriff sie meinen Arm, als ich sie erreichte, drückte ihn fest an sich, lächelte. Sie konnte nicht ganz verstehen, weshalb eine bloße Idee, auch wenn sie von erschreckenden, mich in ein anderes Leben versetzenden Träumen begleitet und über Jahre zu einer düsteren Zwangsvorstellung ausgewachsen war, in den Selbstmord trieb. Aber sie hatte meine Erzählung ohne Zweifel und Nachfragen angenommen, als könnte sie schon die zweite Stufe sehen, die ich noch übersteigen mußte.

»Ich hab mir deine Wiedergeburts-Idee noch mal durch den Kopf gehen lassen«, sagte sie und zog mich sanft vom

Meer weg. »Gestern nacht war es wie eine schwarze Umklammerung.«

»Und jetzt?«

»Jetzt kommt sie mir nicht mehr so schlimm vor.«

»Weshalb?« fragte ich, nahe an ihrem kühlen Gesicht und ihrem warmen Atem.

»Zuerst einmal, weil man die Leben der anderen nicht *leben* muß, sondern nur miterleben. Das ist ein großer Unterschied.«

»Aber du kannst dich nicht zurückziehen! Da ist diese Gefühlsschnur, die dich an den einzelnen Menschen bindet, ein Leben lang. Du liebst sie doch um so mehr, je weiter du zu flüchten versuchst.«

»Trotzdem, es ist einfach nicht das gleiche, diese Anbindung oder die Verdammnis. Und auch, daß du es dir aussuchen kannst, ob du mit dem anderen Leben ganz zusammenfallen, es also richtig leben willst oder nicht. In dieser Hinsicht haben die Toten doch mehr Freiheit, oder?«

»Gewiß.«

»Siehst du. Knöpf dich mal bitte auf.« Im Windschatten meiner halb geöffneten Jacke gelang es ihr nach einigen Versuchen, sich eine Zigarette anzuzünden. »Dann ist mir noch etwas eingefallen. Du hast die Tendenz, dir ein ganz bestimmtes Urteil darüber zu bilden, wie sich deine Toten fühlen: niedergeschlagen, uralt, endlos überdrüssig.«

»Aber was glaubst du denn?«

Mit der Hand, die die Zigarette hielt, fuhr sie sich durch ihr zurückwehendes Haar. Ihr Gesicht wirkte im Profil sehr schön, aber im Grunde nicht mehr weiblich. Es schien aus der Logik des Geschlechts genommen, weise und zart zugleich, ohne bestimmbares Alter. »Woran ich glaube?« sagte sie ruhig. »An den Reichtum ihres Erlebens. Tot sein, das wäre nach deinem Modell das größte Abenteuer. Sicher, das schrecklichste auch, aber das größte. Du mußt bedenken, daß du nicht einmal weißt, wie ein alter Mensch sich fühlt, der viel Schlimmes und Gutes erlebt hat.«

»Und einer, der alles Schlimme erlebt hat? Die Krankheiten, die Kriege, die Folter!«

»Er wird auch alles Gute gesehen haben. Und wenn es so ist, daß sich in ihm das geistige Vermögen derjenigen Menschen sammelt, die er – oder sie – schon durchs Leben begleitet hat, dann wäre es doch arrogant von uns, sich auszumalen, was er denkt.«

»Du meinst, weil sie uns überlegen wären. Die Toten sind mächtige Gebilde, das stimmt. Gebirge aus Gedanken, Gefühlen, Erinnerungen, riesige Aggregate ...«

»Siehst du!« Eine Zeitlang beobachteten wir die Möwen. Ihre rot leuchtenden Schnäbel und scharfen Krallen zerwühlten den Schlick. Auf dem Boden waren sie häßlich wie gierige magere Hühner. Ein Windstoß jedoch genügte, und sie gewannen ihre spirituelle Eleganz wieder, sie hoben sich, wurden mit geöffneten, weiß schimmernden Flügeln nach hinten emporgetragen, schnell und in einer sicheren Flucht, als versuchte der Luftstrom vergeblich, sie gegen ein in den Himmel zurückweichendes Nichts zu kreuzigen.

Bänder der Liebe, Bänder der Arbeit. Zu Anfang, in den Werktagen der ersten beiden Wochen, die ich allein auf der Insel verbrachte, bis zum Zerreißen gespannt. Ich spürte, wie mein Körper sich eigentümlich vergrößerte, als müßte er das Tor bilden, durch das sich die verschütteten Völker ihren Weg zurück in die Gegenwart bahnten. Die mächtige Geschichtsplatte hob sich in mir zur Zukunft empor, den endlosen Weiden der Toten.

Lange einsame Spaziergänge halfen. Aber noch mehr die Aufregungen, die sich an Patrizias Kommen Freitag nachmittags und an ihr Gehen Sonntag nachts knüpften. Der Anruf gegen ein Uhr morgens, daß sie wohlbehalten in Berlin angekommen sei, unsere allabendlichen Telefonate unter der Woche. Ich schrieb an dem ersten Essay für meine Geschichte Europas – zunächst so verworren und verkrampft, als rüttelte mich jemand, während ich am Schreibtisch saß, an den Schultern, als weise eine tödliche Hand in den Abgrund unmittelbar an meiner Seite, in dem das rote Metall der Kriege aufblitzte. Wieder und wieder diskutierte ich mit Patrizia die Botschaft, mein »Modell«, wie sie es nannte. Sie fand, es sei eine Art Religion. Gut, sagte ich, aber sie zerreiße ihre Priester auf den Altären. Man konnte die Botschaft nicht bewältigen. Man konnte nur dagegen leben, dagegen lieben.

Am Ende der dritten Woche wanderte ich zu der Bucht, in der ich versucht hatte, mich umzubringen. Auf dem Dünenweg schon, noch Minuten von der Stelle entfernt, an der ich ins Wasser gegangen war, fühlte ich das Band der Liebe, Patrizias Körper, der mich geborgen hielt. Fast mit derselben Ruhe wie in ihrer Begleitung sah ich aufs Meer. Grau und kühl zogen die Wellen nach Schweden.

Ich fertigte eine Notiz über die Boten an.

Patrizia fand das Blatt, das ich neben meinen Konzepten hatte liegenlassen. »Engelsmechanik«, las sie laut. »Ist das schon der Öffentlichkeit zugänglich?«

»Nein, aber dir«, sagte ich mit zugeschnürter Kehle.

»Rembrandt«, zitierte sie weiter, »malte hermaphroditische Engel. Wie zur Verdeutlichung, daß zwei zugleich an einem Ort sein können. Ein Engel ist kein Individuum, sondern eine paradoxes Prinzip. Das Prinzip des Zusammenstoßes mit dem Unmöglichen oder: *daß Gott zu uns rede*. Aus der Bedingung der gleichzeitigen Anwesenheit an mehreren Orten, die das gleiche bedeutet wie mehrfache Anwesenheit an einem Ort, folgt: Unbegrenztheit ihrer Existenz, vollkommene Beweglichkeit in der Zeit – also keine Erinnerung, keine Zukunft. Be-«, Patrizia konnte das Wort nicht entziffern.

»Bewegungen«, half ich, bereit und entschlossen zur zweiten Stufe.

»Bewegungen durch Modifikation der Vollständigkeit«, fuhr sie fort. »Natürlich hat Kant recht. – Wie denn auch nicht? – Also Kant hat natürlich recht: wir verstehen sie nicht. Sie beklagen keine Toten und wurden niemals geboren. Trotzdem die Sehnsucht nach der Berührung. Und logisch: daß jeder und jede Zeit etwas anderes hört, wenn sie verkünden. Die Weltreligionen als akustisches Mißverständnis. Maschinen bauen zur objektiven Aufzeichnung. Aber wer verstünde die Aufzeichnungen?« Patrizia lächelte.

»Das ist typisch.« Dann las sie den Schluß: »Worauf es aber ankommt, ist: Niemand, der gesehen hat, kann zweifeln. Man könnte glauben, die Engel verführen nach einem didaktischen Prinzip. Sie gehen stets so weit, daß die Visionäre es gerade noch ertragen. Die Botschaft wächst mit den Zeiten. Sie ist immer das, was uns am schrecklichsten erscheint – und am Ende doch gut.« Sie sah mich an. »Ist es das, Anton? Am Ende doch gut?«

Ich wollte »Ja!« rufen und sie in die Arme nehmen. Aber es gab nur eine richtige Lösung. Wenn es schiefgeht, wenn sie's nicht ertragen kann, dann ist es doch wenigstens ein ehrlicher Abschied, dachte ich. Aber zum ersten Mal wußte ich nicht, ob ich eine Trennung überstehen würde. »Ich habe einen Engel gesehen, Patrizia. Ich weiß nicht, ob es eine Vision oder eine Halluzination war. Ich war deswegen in einer Nervenklinik. Mein ›Modell‹ – das war die Botschaft, die er brachte.«

Sie nickte, als hätte sie es schon lange gewußt und berührte ihre Schläfe, wo das blonde Haar in eine zarte dunklere Strömung überging.

Patrizia, Violine spielend. Die Noten stellt sie gerne vor ein Fenster. Es stört sie nicht, wenn ich hinter ihr sitze und sie beobachte. Als sie mir das erste Mal etwas vorspielte, in dem Haus auf Fehmarn, drehte sie sich plötzlich zu mir um, noch bevor das Stück, eine Partita von Bach, beendet war. »Warum soll man Kunst machen?« fragte sie vorwurfsvoll. »Wenn es doch niemandem hilft, wenn Millionen nicht mal genug zu essen haben? Wenn dein Engel recht hat und die Toten uns fassungslos zusehen, wie wir über die Saiten kratzen, während andere geschlachtet werden und bluten?«

Ich sah betroffen auf meine verschränkten Hände. Hätte die eine der anderen die Finger brechen müssen, um jetzt, in diesem Augenblick, die Antwort ergreifen zu können, ich hätte es hingenommen. »Dein Engel« – so einfach ging sie mit meinem Bericht über den Boten um, als lebten wir noch in einer Zeit, in der jedermann wie selbstverständlich zwischen Engeln und Dämonen träumte und starb.

Nur noch die vor uns liegende vierte Novemberwoche sollte ich allein auf der Insel zubringen. Am Sonntag fuhren wir in den Süden. Patrizia führte mich durch eine Windmühle, die man sorgfältig restauriert und zur Besichtigung freigegeben hatte. Der erste Essay für meine europäische Geschichte war nahezu fertig. Ich freute mich auf den nächsten Freitag, an dem Patrizia schon um die Mittagszeit kommen und dann für zehn Tage bleiben würde. Laut räsonierend versuchte ich, den Mechanismus des Mahlwerkes und den Zusammenhang mit den leider aus Sicherheitsgründen stillgelegten Flügeln zu verstehen. Patrizia hörte mir abwesend zu und betastete die grauen Holzbalken.

Als wir wieder ins Freie traten, schlug sie vor, ein kleines, der Windmühle benachbartes Café aufzusuchen. Sie war angespannt und ging mit zu großen Schritten. Böse Vorahnungen ergriffen mich. Hatte sich Graml wieder gemeldet? Oder Bredorf? Weshalb versetzte sie mich in diese Stimmung?

»Entschuldige«, sagte sie erschrocken, als wir an einem Cafétisch Platz genommen hatten und ihr meine Unruhe nicht länger verborgen bleiben konnte. »Es ist doch nur – daß ich nach München muß. Für ein ganzes, verfluchtes Jahr! Um in Berlin bleiben zu können, müßte ich mir einen neuen Job suchen. Ich soll in München, wo der Verlag eine Zweigstelle hat, den ganzen Ablauf neu organisieren. Wir hätten eine Wochenendbeziehung. Du mußt mit mir zusammen entscheiden.«

»Es ist doch ganz einfach«, entgegnete ich.

»Wie?«

»Ich komme mit nach München. Mir ist es gleich, wo ich mein Buch schreibe. Ich habe dir doch erzählt, daß meine Großmutter ganz in der Nähe wohnt, allein in ihrem Haus. Mit dem Auto ist man in zwanzig Minuten dort.«

Sie legte erleichtert den Kopf in den Nacken und schloß die Augen. Ein älteres Paar am Nebentisch betrachtete sie neugierig. »Ich hab alles richtig gehört?« sagte sie lächelnd.

»Du hast richtig gehört. Ich komme mit.«

Letzter Bericht

Eineinhalb Jahre lang hatten wir in Bayern gelebt. Wir kehrten im April 1985 nach Berlin zurück und zogen fürs erste in Patrizias alte Wohnung am Lietzensee. Patrizia mußte von früh bis spät in den Verlag. Ich zögerte, jemanden anzurufen. Vier Tage lang nahm ich mir die Freiheit, schon vorhanden und noch nicht gewußt zu sein, und ging viel spazieren, die schlechte Luft, das Gehetzte, Zusammengeballte, die Größe und Felsenhaftigkeit der Stadt langsam wieder annehmend.

Nach Moabit kam ich am vierten Tag. Wie zur Prüfung betrat ich den spitz zulaufenden Hinterhofschacht, der mir jahrelang die Aussicht versperrt hatte – das kalte, hohe Tableau des Engels mit dem Kelch –, hielt stand, mit einem leisen Schwindel nur. Seit mehr als einem Jahr schon lebte ich ganz in der einen, vermeintlich nahtlosen Welt. Vom Hof aus gesehen, hatte sich meine Wohnung nicht verändert – selbst die alten Vorhänge hingen noch. An meiner ehemaligen Tür prangte ein Messingschild mit einem fremden Namen.

Therese war nirgendwohin entkommen. Sie begrüßte mich ohne Verwunderung, als wäre ich nur eine Woche verreist gewesen. »Der Herr Anton«, sagte sie seltsam wienerisch. Beunruhigend gleichgültig, mit einer schlaffen, nachlässigen Aussprache erzählte sie mir von ihren Enkeln, Kindern und Ärzten. Sie pflegte sich schlecht. Wie früher tranken wir Tee. Daß ich ihr versprach, sie öfter zu besuchen, wurde beiläufig hingenommen. Bald liege sie unter der Erde, es sei jetzt genug. Vor einer Woche sei sie auf dem Friedhof gewesen, habe sich das Grab ihres Vaters angeschaut. Dort wolle sie auch hin.

»Wann ist er gestorben?« fragte ich, fast achtlos.

»1920«, entgegnete sie. »Nach dem Kampf hier.« Sie meinte den Kapp-Putsch. »Sie sind davongeritten und haben einfach auf die Leute geschossen, die da herumstanden, auf der Straße. 1920, nahe beim Tiergarten.«

Nicht am Mehringplatz! Nicht während der Januarunruhen! Der rothaarige Bengel, der Speicher, Thereses zitternder Blick auf das umkämpfte *Vorwärts*-Gebäude, die unter grauen Decken verborgenen Leichen, die verschiedenfarbigen Schnürsenkel in den Stiefeln ihres toten Vaters – so genau log das Gehirn im Wahn. Mein Gehirn, ein irrer Künstler und praller Historienmaler. Anton Mühsal, zurückfallend ins Gehege des gelben Psychiaters, verschattet, auf der Flucht vor dem Mittelmaß, Jesuskomplex, destruktive Bindung an den Großvater, isolationsblöde, Opfer einer nahezu eidetischen Erinnerungskraft, todessüchtig, halluzinatorisch leicht entflammbar, zweineunfünfpunktdrei, *International Code of Deseases,* spielt mit den Kindern Gottes.

Und wodurch gesundet? Durch die Liebe. Durch jene Schwimm-Eskapade in der Ostsee, am Rand des Todes endlich die Sucht nach dem Tode verlierend. Gesundet? Das hieß, in Freiheit die Augen öffnen zu können.

Wieder sah ich die Bilder meines Großvaters. Kaum aus Moabit zurückgekehrt, suchte ich den Karton heraus, den Anselm mir im Sommer 1984 nach Bayern geschickt hatte. Etliche Male hatte ich sie schon betrachtet, sieben Tuschezeichnungen und fünf kleinformatige Arbeiten in Öl, angefertigt kurz nach dem zweiten Weltkrieg, als Ersatz für die Originale, die zusammen mit dem schwarzen Notizbuch im Spanischen Bürgerkrieg verlorengegangen waren. Die Ursache meines tiefsten Kinderschrecks. Der Beginn.

Die erste Tuschezeichnung hielt ein Erlebnis fest, das ich inzwischen mit Hilfe von Anselms Erzählung genau bestimmen konnte. Zwei Männer, schemenhaft ineinanderfließend, standen in einem wie von starken Spinnennetzen schraffierten Dunkel. Aus einem gotischen Fenster in der linken oberen Bildhälfte fiel Licht auf den mit Knochen, Leichenresten, Kerzen und zerbeulten Gefäßen übersäten Boden. Der Fuß eines der Männer berührte eine vom Kreuz gerissene Holzfigur. Die geschändete Kirche in der Via Layetana. Anselm und mein Großvater. Barcelona, 1936. Eine historische Szene, datiert und unter dem Firnis der Jahrzehnte ruhend – bis auf die Stelle über dem verwüsteten Altar. Dort nämlich leuchtete, aufs Haar meiner Erscheinung im Teufelsmoor und an all den anderen Orten meiner Heimsuchungen gleichend, die plumpe, säuglingshafte Gestalt des Puttos. Wie eine Aureole umgab das grinsende Gesicht, die fetten Ärmchen, den ganzen feisten schwebenden Körper das wahnhaft schillernde Grün, das Peroquetgrün, die Farbe meiner inneren Vernichtungen. Sie stammte aus einem Blecheimer, die Scheiben der verlassenen Straßenbahn auf der Plaza de Catalunya hatten sie als Transparent und Fanal gegen die Nachmittagssonne getragen, um kurz darauf an einer pfenniggroßen Stelle zu zersplittern. Das Grün mit dem Blut des katalanischen Plakatmalers vermischt. Auf jeder der sechs anderen Tuschezeichnungen der Engel, auf jeder zuckte wie eine Explosionsflamme über die Erschossenen, Fliehenden, bewaffnet hinter Barrikaden Kauernden, über Pferdekadaver und ausgebombte Dörfer das Grün aus meinen Nachtfahrten und Tagesbleichen. Diese Kriegsdarstellungen hatte Anselm schon beschrieben.

Entscheidend aber waren die Ölbilder, aus denen das Peroquetgrün leuchtete wie frisch gemalt. Drei davon hielten fest, was meinem Großvater 1937 im Hauptquartier der stalinistischen Geheimpolizei widerfahren war. *Avenida Puerta del Angel* stand auf der Rückseite der ersten Leinwand. Auch hier bestimmten zwei Männerfiguren das Geschehen. Es handelte sich um Momentaufnahmen einer Folterung: dem Häftling wurde eine Zigarette in das Fleisch des rechten Oberarms gebrannt; er hing nackt an einer Zellentür; sein Kopf, überflackert vom irren Schein einer peroquetgrün leuchtenden Glühbirne, ragte aus einem Loch in der Wand eines schmalen Schrankes, in dem man unmöglich stehen konnte. Selbst meinen Kinderaugen war es leicht möglich gewesen, in dem Gefolterten meinen Großvater zu erkennen, denn er hatte sich nicht als jungen Menschen, sondern als ungefähr Fünfzigjährigen porträtiert. Und ich hatte mir, tief unter der Bewußtseinsschwelle, auch das Gesicht des Mannes gemerkt, der meinen Großvater schlug, verbrannte, bespie. Dieser Mann sah uralt aus. In seinem großen kahlen Schädel waren die Schmerzen Tausender zu einer geheimen, furchtbaren Wissenschaft verdichtet. Dreißig Jahre nach der Entstehung des Bildes, unter der Friedenssäule auf dem Mehringplatz und am Spreeufer nahe der Oberbaumbrücke, sollte er in mir wieder zum Leben erweckt werden – der alte, der kommentierende Engel. Er trug den Schlangenhautanzug. Zu seinen Füßen sah man eine geöffnete Arzttasche, aus der die seltsamen Instrumente ragten, mit denen er den Putto untersucht hatte, bevor er ihm auf dem Brunnenrand den Kopf zerriß: der Stromprüfer, das wie Zuckerstangen gestreifte Geschläuch eines Stethoskops, das Fläschchen mit dem schmerzhaft himmelblau leuchtenden Reagenz, Sinnbilder wahnsinniger Foltermethoden.

Auf dem vierten Gemälde stieg Alexander in einer Ballongondel auf, die von den Krallen zweier riesiger Raubvögel gehalten wurde. Eine ungeheure Kirchenkuppel wölbte sich da, über und über mit Engelsgestalten verziert, Fresken, die sich ablösten und im Herabfallen in die dritte Dimension eingingen. All die Figuren, die ich im Bad der Engel gesehen hatte, bewegten sich durch die gemalte Luft, ein blitzendes, fürchterliches Gewimmel, déjà-vu auch das, fliegende Ohren, Sirenen, Trompetenengel, geharnischte Kämpfer, Schlächter der Apokalypse, grausige Zwittergestalten im Tumult der Federn und schimmernden Leiber. *KARABU* stand auf der Rückseite dieser Arbeit.

Bei dem letzten Bild handelte es sich nur um ein Fragment. Die Leinwand war schwach grundiert worden mit einem blendenden Gelbton. Darunter zeichneten sich Bleistiftstriche ab, die das Gerüst der Vision hätten tragen sollen, ein Gitter, das in eine endlose Perspektive schoß, ein tiefes Koordinatensystem. Ganz in der Ferne tanzten einige fleischfarbene Punkte …

So verblassen die Gestalten meiner Fantasie in ihrer Geschichte, und die Beweise sinken in die Bilder zurück. Ich übergebe sie der Wissenschaft des gelben Psychiaters, die den unfreien Geist kennt. Mir bedeuten sie nichts mehr.

Am Abend des fünften Tages besuchte mich Hanna. Sie brachte einen Blumenstrauß und eine Flasche Chianti mit, trug ein nachtblaues Jackett, passende Hosen, einen dünnen weißen Pullover, war geschminkt, herzlich, rasch.

Ich führte sie in die Küche, um die Blumen in eine Vase zu stellen. Dabei erzählte ich, daß Patrizia und ich eine andere, größere Wohnung suchten; aber sie wisse ja, wie schwierig das in Berlin sei. Im Moment mochte sie nichts trinken. Gegen meine Verlegenheit ankämpfend, schilderte ich, wie der Umzug verlaufen war, und versuchte zu begründen, weshalb ich mich zunächst noch bei niemandem gemeldet hatte. Da sie die Wohnung sehen wollte, gingen wir zurück in den Flur und betraten das größere der beiden Zimmer, in dem sich Patrizias Schreibtisch befand. Hannas Blick wanderte über den Notenständer, den Violinkasten, die Bücher, die Schwarz-Weiß-Grafiken an den Wänden.

»Sie ist sehr klar und sehr geschmackvoll«, stellte sie fest, während sie auf den Schreibtisch zuging.

»Ja, sicher.«

»Ich hab sie mir irgendwie kitschiger vorgestellt. Macht sie nebenbei Musik? In einem Orchester?«

»Nein, nur für sich.«

»Sie hat viele Kleider. Ist sie das?« Neben einer Büroschale und einer Packung englischer Zigaretten hatte Hanna einen Stapel Fotografien entdeckt, postkartengroße, mattglänzende Abzüge. »Darf ich sie mir ansehen?«

»Wenn du möchtest.«

Die obenauf liegende Fotografie hatte ich erst vor einer Woche gemacht. Sie zeigte Patrizia vor dem Garten meiner Großeltern, hell, mit dem Licht aufgenommen, lächelnd, jünger aussehend, in Jeans und Pullover. Hanna kniff die Augen zusammen, als blendete sie die Frühjahrssonne auf dem Bild. Schweigend deckte sie das nächste Foto auf. Die Reihenfolge stimmte nur noch ungefähr in umgekehrter Zeitrichtung. Ich hatte den Film im Sommer des vergangenen Jahres in den Apparat eingelegt. Wieder sah man Patrizia, aus der Ferne dieses Mal, schlafend unter dem Birnbaum im oberen Garten. Ein Sprung zurück in den November: Wilhelm und Luise in Tauerkleidung; daneben ich selbst, in einen schwarzen Anzug gezwängt, mit kaltem Gesicht; am linken Bildrand das Ende eines blumengedeckten Sarges. Ein weiterer Sprung um drei Monate eröffnete eine Gruppe von Aufnahmen, die Patrizia und die Großmutter festhielten, beim Kochen, auf einem gemeinsamen Spaziergang, nebeneinander lesend. Die eine, die ich besonders liebte, sah auch Hanna sich länger an. Die Großmutter stützte sich auf Patrizias Arm. Die Köpfe der beiden Frauen berührten sich fast. Kindlich dünn und transparent wirkte die alte Frau und Patrizia sicher, groß, freundlich – zauberinnenhaft, als führte sie die ältere aus einer blassen kränkelnden Welt in die Farben und Düfte des Gartens zurück und verspräche ihr noch ein ganzes Leben.

»Der Rest ist nicht weiter interessant«, sagte ich. Hanna war beim unteren Drittel des Stapels angelangt. Die nun folgenden Aufnahmen entstammten sämtlich dem rauschhaften Zusammenprall meines Verliebtseins mit dem neu gekauften Fotoapparat und zeigten also Patrizia und wieder Patrizia, bei einer Wanderung, an der Isar, nackt und offen auf einem Handtuch sitzend, beim Essen, Schlafen, Ankleiden, Violine spielend, lachend, in einer abwehrenden Geste, während eines Bummels durch München.

»Du meinst, es wäre dir lieber, wenn ich sie mir nicht anschaue?« Ohne meine Antwort abzuwarten legte Hanna die Bilder zurück und ging auf die angelehnte Balkontür zu. Sie öffnete den linken Flügel. »Und das Haus?« fragte sie, ohne sich umzudrehen.

»Ich habe es vermietet.«

»Aha, ein Vermieter!«

»An vier Studenten, für wenig Geld. Ich habe es gemacht, um Wilhelm zu ärgern, meinen Onkel. Ihm gehört das Nachbargrundstück.«

Sie trat auf den Balkon, und ich folgte ihr. »Du willst nicht drin wohnen?« erkundigte sie sich.

»Nein.«

»Warum nicht?«

»Was soll ich da? Was soll ich mit einem Haus? Was soll ich in einem bayrischen Dorf?«

Sie zuckte mit den Schultern. Der Balkon war von einem jugendstilhaft ausgebauchten, schmiedeeisernen Geländer begrenzt. Ein gleichmäßiges Rauschen erinnerte an die großen Straßen, die das Viertel durchschnitten. Vom vierten Stock aus sahen wir direkt auf den Lietzensee herab. Hanna sah auf irgendeinen Punkt am Horizont, wo die Häuser der Stadt eng und mit kühlen Lichtern überzogen zusammenwucherten. Ich wartete darauf, daß sie etwas über Patrizia sagte, über die Fotografien, die sie gerade betrachtet hatte. Aber sie schwieg.

»Wie geht es Elke?«

»Gut, sehr gut.« Es gefiel ihr nicht, im Profil beobachtet zu werden. Sie drehte sich zu mir hin, verlagerte die Hände und lehnte sich gegen die Schmalseite der Brüstung. Dann fragte sie beinahe vorwurfsvoll: »Weshalb bist du nach Berlin gekommen?«

»Das habe ich dir doch geschrieben.«

»Sicher, das hast du. Siehst du's jetzt auch noch so?«

Ich wiederholte die Gründe für meine Rückkehr. Patrizia war es gleich, ob wir in München oder in Berlin lebten. Man hatte es ihr freigestellt, die süddeutsche Filiale zu leiten oder ihren alten Job in der Halbstadt wieder zu übernehmen.

»Aber ich wollte nach Berlin. Weil ihr doch alle hier seid – du, Mansfeld, Karin, Anselm, Jakob. Warum sollte ich das jetzt anders sehen als vor drei Wochen?«

Sie nahm die Antwort mit einem abwesenden Nicken zur Kenntnis. »Deine Großmutter – war es schlimm für dich, als sie gestorben ist?«

»Ich war sehr traurig, ja. Sie starb ganz schnell. Zwei Herzinfarkte an einem Tag.«

Hanna verschränkte die Arme vor der Brust. Ihr weißer Pullover schimmerte im Dunkeln. »Wir kommen in das Alter, wo auf einmal die Leute sterben. Wie machst du es, Anton?«

»Was bitte?«

»Damit umzugehen.«

»Gar nicht, ich gehe gar nicht damit um.«

»Wie meinst du das?«

»Ich halte die Toten und die Lebenden nicht mehr auseinander«, erwiderte ich rasch, fast schüchtern, aber gerade dadurch gegen meinen Willen ihre Neugierde erregend. »Ich kann nicht unterscheiden, ob ich jemanden lange nicht mehr gesehen habe oder ob er tot ist«, fuhr ich nervös fort. »Ich versuche es eben nicht mehr; ich will es gar nicht.«

Als ich sie wieder ansah, glaubte ich, einen beinahe feindseligen Ausdruck zu erkennen. »Es gefällt dir nicht, was ich eben gesagt habe?«

»Doch.«

»Aber?«

»Was du alles so weißt, Anton. Es scheint, daß du gut aufgehoben bist. Es scheint, daß dir in diesem einen Jahr ziemlich viele Antworten eingefallen sind.«

»Es scheint«, unterbrach ich sie, »daß ich weiß, was Glück ist, daß ich weiß, wie man – Nummer zwei – die ethische und – Nummer drei – die politische Frage löst. Und in den Besitz der Wahrheit versetzt man sich in Bayern ohnehin sehr schnell. Also gut, der Reihe nach. Soll ich dir einen Zettel holen, zum Mitschreiben?« Ich hatte, noch während ich sprach, einen Schritt auf sie zu gemacht, und jetzt, da ich sie lächeln sehen konnte, legte ich ihr meine Hände auf die Schultern.

»Wollen wir spazierengehen?« fragte sie fast zärtlich. »Es wird mir ein bißchen eng hier, in deiner Liebeshöhle.«

Die Luft des späten April war samtweich und nah. Auf dem Balkon hatte man noch einen schwachen Wind und Kühlung verspürt. Daher kam es mir wie ein Eintauchen in ein träges laues Medium vor, als wir entlang eines künstlich angelegten Wasserfalles die Stufen zum Park hinabstiegen. Hanna hielt ihr Jackett an einem Finger über der Schulter. Sie schien nachzudenken. »Das ist eine schöne Frau, deine Patrizia«, eröffnete sie mir nach einer Weile. »Auf den Bildern sieht sie nicht so affektiert aus, wie ich sie in Erinnerung hatte. Du weißt, von dem einen Tag – meine Güte, das ist neun Jahre her! –, als ich euch zusammen in dem Ku'damm-Café gesehen habe. Nein, sie ist wirklich beeindruckend. Auch die Wohnung hat mir gut gefallen.« Ihre braunen Augen wirkten im Dunkeln fast schwarz. Die Haut ihres Gesichts erschien mir um eine Spur zu hell, vielleicht weil ich die Blässe der Großstadtbewohner nicht mehr gewohnt war.

»Du liebst sie, oder?«

»Ich liebe sie«, bekannte ich ungewollt steif.

»Seit über einem Jahr bist du glücklich mit ihr. Du brauchst nichts zu sagen, ich merk's dir an. Man sieht es auch auf den Fotos, und ich dachte es mir schon, als ich deine Briefe las.«

»Über Patrizia habe ich doch kaum was geschrieben.«

»Natürlich nicht, das ist das beste Anzeichen. Weißt du, ich dachte mir schon immer, daß du etwas in diesem leicht mondänen Genre brauchst – versteh das nicht falsch. Ich meine, jemanden, der dich nicht so schrecklich wichtig nimmt. Jedenfalls ist sie kein Gretchen für einen müden Antonius Faustus. Das wäre nämlich schlimm für dich.«

»Dann also besser Madame Pompadour! Hör zu, sie ist keineswegs –«

»Halt, halt, reg dich nicht auf. Ich werd sie ja bald kennenlernen.« Sie stieß freundschaftlich gegen meine Schulter. »Erzähl mir von deiner Arbeit, komm.«

Eigentlich hätte ich sie gerne gefragt, ob sie im vergangenen Jahr länger krank gewesen sei. In ihren Briefen hatte sie sich immer bemüht, möglichst neutrale und sachliche Themen anzuschneiden, nie von ihrer Arbeit im Anwaltsbüro geschrieben. Aber ich mußte sie jetzt nicht bedrängen; jetzt, wo ich wieder in Berlin lebte, gab es Zeit zu warten, geduldiger und entspannter zu sein. Wir gingen am linken Seeufer entlang. Ich erzählte Hanna, daß ich mich gerade zur Romantik und Restauration belas. »Übrigens«, fiel mir ein, »ich werde im Mai eine Stelle antreten, halbtags, in einem Archiv.«

Sie begrüßte zögernd meinen Entschluß. Dann erkundigte sie sich behutsam, bemüht, nicht mißtrauisch zu erscheinen, ob ich Oberstetter die bereits ausgearbeiteten Essays zugeschickt habe.

»Ja, die ersten drei. Mehr habe ich noch nicht zustande gebracht, weil ich noch etwas anderes schrieb.«

»Und? Was sagt der Meister?«

»Sie gefallen ihm. So liege ich ihm ja auch nicht auf der Tasche. Es gibt keine Stellen mehr an der Uni.«

»Ach, ja«, seufzte sie. »Der Wissenschaftler selbst und als solcher als Freiwild des Spätkapitalismus. – Trotzdem, du weißt, was du tun willst.«

»Weißt du es denn nicht?«

»Zweitens: Was soll man tun?« zitierte sie spöttisch und pathetisch ihre eigene Frage. »Du weißt es doch, oder?« forderte sie mich auf.

»Was tun? Nein, Hanna.«

»Aber du tust etwas.«

»Irgend etwas, ja. Wie die meisten. Wir singen im Dunkeln, damit die Angst nicht zu groß wird. Wir sind Kinder in der Nacht der Geschichte.«

»Mein Gott – geht es dir so schlecht?«

»Nein.«

»Du liebst und du bist glücklich, oder?«

»Muß ich blind glücklich sein?«

Sie schüttelte den Kopf. Die Zweige einer Weide, leichte abendgraue Schnüre, glitten über unsere Schultern. »Laß uns das Thema wechseln, Anton. Ich bin heute nicht sehr philosophisch aufgelegt. – Patrizia hat sich wohl mit deiner Großmutter hervorragend verstanden. Zumindest nach den Fotos zu urteilen.«

»Sie waren richtig verliebt ineinander.« Ermutigt durch ihr Entgegenkommen, beschrieb ich ihr mein Zusammenleben mit Patrizia. Sie war der erste Mensch, mit dem ich darüber redete, und vielleicht der letzte, mit dem ich darüber hätte reden sollen. Ging sie nicht schneller als zuvor? Ich berichtete von der Scheidung Graml gegen Graml, die sich lange hingezogen und viel Nerven gekostet hatte. Dann prallten natürlich auch die unterschiedlichen Lebens- oder besser Luxusgewohnheiten aufeinander. »Und sie hat einen Sohn –«

»Von dir?« rief sie, eigentümlich erregt.

»Nein, nein. Er ist schon 27.«

»Gut, das ist gut.«

»Weshalb?« fragte ich irritiert.

»Weil er schon erzogen ist, natürlich. Ich hatte fast vergessen, daß du jünger bist als sie.«

»Acht Jahre.«

»Hast du Probleme damit?«

»Gar keine. Aber sie. Sie hat Angst, bald nicht mehr attraktiv zu sein.«

»Während du bis ins hohe Alter hinein glänzen wirst, schließlich gehörst du zum interessanten Geschlecht.« Wir waren an einer Stelle angelangt, an der der See sich unter einer Brücke zu einem Bach verengte. Der Weg führte über einen schmalen, seitlich vergitterten Betonstreifen. Hanna ließ meinen Arm los. Rasch, mit aufschlagenden Absätzen, ging sie unter dem von hartem Kunstlicht ausgefüllten Steingewölbe voran. Als ich wieder an ihrer Seite war, fragte sie plötzlich eindringlich und wie hilflos: »Was ist richtig, Anton, in der Liebe?«

»Ich weiß nicht.«

»Aber du denkst doch irgendwas dazu!«

»Ich denke, daß keiner recht hat. Es ist vieles möglich.«

»Vieles, ja. Und glaubst du noch, daß man unterscheiden muß?«

Verwundert schüttelte ich den Kopf.

»Ich glaube, daß man lieben soll, möglichst viel, ohne Angst zu haben«, erklärte sie. »Man muß über seine Grenzen gehen.«

»Darf ich dich was fragen, Hanna?«

»Frag.«

»Weshalb wolltest du mich nicht in Bayern besuchen? Nur wegen Patrizia?«

»Weshalb bist du nicht früher nach Berlin gekommen?«

»Ich bin nicht gekommen, weil ich glaubte, daß du es nicht wolltest. Übrigens wollte ich auch schon mal im Mai kommen. Du hast geschrieben, daß du gerade keine Zeit hättest. Und drei Monate später war es dasselbe.«

Sie widersprach nicht.

»Und schließlich meintest du, wir sollten nichts übereilen. Ich käme ja ohnehin bald ganz zurück.«

Ob sie damit nicht ins Schwarze getroffen habe?

Weshalb gab sie sich so ironisch? Als müsse sie sich auf einen förmlicheren Part des Gesprächs vorbereiten, zog sie im Gehen ihr blaues Jackett an und zupfte umständlich die Ärmel zurecht. »Erinnerst du dich noch an das letzte Mal, Anton?«

»Wie?«

»Als wir miteinander geschlafen haben.«

»Ja, natürlich.«

Sie ging an mir vorbei auf das Ufer zu. Ich folgte ihr langsam. Drei weiß lackierte Bänke, von einem Lattenzaun gegen das Wasser hin umfaßt, beschworen eine gewisse Kurortnoblesse herauf. Hanna setzte sich auf die Lehne der mittleren Bank. »Du erinnerst dich also daran«, stellte sie fest.

»Worauf willst du hinaus? Es war sehr schön ...«

»Sehr schön, sehr bewußt. Also wenn du dich so gut erinnerst, dann weißt du vielleicht auch noch, was du mich damals nicht gefragt hast.«

Verwirrt berührte ich ihr Knie, das sich in Höhe meiner Brust befand. »Ich glaube, du mußt mir auf die Sprünge helfen.«

»Es ist schön, daß du wieder da bist, Anton. Du weißt es nicht, obwohl du so ein großer Frager bist? Nach Tod und Leben fragen, siehst du, ich weiß es noch. Wie ging sie aus, die Geschichte vom König Gilgamesch?«

»Hanna, bitte, es fällt mir nicht ein. Also, was –«

»Kommst du morgen abend? Wir sind bei Anselm und

Jakob zum Essen eingeladen. Ich möchte, daß du Patrizia mitbringst.« Sie griff nach meiner Rechten. »Du hast mich nicht gefragt, mein Lieber, ob ich ein Verhütungsmittel nehme.«

Das! Ihr seltsames Stillhalten damals, das Trinken ihres Beckens. Sehr schön! Sehr bewußt!

»Es ist ein Mädchen, Anton«, sagte sie lächelnd, meine Hand mit beiden Händen fest umschließend. »Deine Tochter. Sie heißt Selene.«

Die vierte Frage! dachte ich, noch auf der Bank sitzend, als Hanna schon längst aus meinem Blickfeld verschwunden war. Der Mond spiegelte sich nicht auf dem dunklen Wasser. Ich sah nach oben. Eine vollkommene, wie von einem Eishauch überdampfte Kreisscheibe. Mein Großvater und die knisternden, traumhaft stumpfen Fernsehbilder der Apollo-Expedition fielen mir ein, die Landefähre, die im Staub dahintreibenden Astronauten. In den Upanischaden hieß es, daß die Toten schattengleich zum Mond emporstiegen und dort so lange ruhen konnten, bis der schwindende Platz auf der immer dünner werdenden Sichel sie zwang umzukehren. Sie fielen herab, fein ausgebreitet, wie Rauch und Regen bedeckten sie die Erde. Vielleicht würde meine Tochter einmal die Wahrheit von mir wissen wollen. Selene ... Vielleicht würde ich dann vom Mond sprechen, ausweichen, über die Bezifferung der Krater, Beulen, Mare und Ringgebirge reden. Die Wahrheit trennte weder die Toten von den Lebenden noch den Traum von der Wirklichkeit. Noch niemand hatte sie gedacht, keiner sie berührt. Auch die Engel nicht. Gilgamesch ging müde und traurig zurück nach Uruk, in seine Stadt. Der Ausweg aus dem Baum des Lebens, das fühlte ich, mußte das letzte Produkt der menschlichen Industrie sein, die Synthese im Fluchtpunkt der Geschichte, nach der man die Maschinen zerstörte und die namenlose Frühe begann. Lange nach deinem Tod, Selene. Ich öffnete die Augen weiter. Geh zurück auf deinen Mondstrahl, hatte Hanna einmal gesagt. Wozu noch unterscheiden? In mir war ein dunkler Filter, den die lunare Anflutung durchtränkte, sanft und geduldig wie das Übergreifen einer Psychose.

So kann es geschehen, auf einer Bank, deren frischer Lackgeruch gegen das abendliche Dunkel strömt. Es kann an einem Nachmittag sein, ohne Vorwarnung, über einem Gartentisch aus dem Anderen hervorbrechend. Oder es ist Nacht, ein Geräusch zieht dich aus der ersten flachen Welle des Schlafs zurück – etwas an der Fensterscheibe, ein Kratzen, ein wirres Schaben, als wäre ein großer Vogel gegen das Glas gestoßen und könnte, mit den Krallen und Flügeln vergeblich über den unsichtbaren Widerstand fahrend, keinen Halt gewinnen. Du erwachst, aber du kennst dich noch immer nicht aus; es ist kein Traum, und doch gibt es das nicht, obwohl du hier schon einmal warst. Morgens, im Hochmoor, das ölige, trübe Wasser unter den Holzplanken wird aus dem Boden gequetscht und sprudelt über die Schuhe. Die matt leuchtenden Farben, verstaubt, weich, schimmernd wie Metalle von andereren Planeten, verrottet in Jahrzehntausenden. Was rede ich? Vom Mond, von Kugeln, von diesem blutigen Spaßmacher aus Afrika. Die Hände sind wie aus Holz, ich habe die Streichhölzer verschüttet. Alt, irgendwann bist du so verflucht alt. Kann mich nicht bücken, stecke die Pfeife wieder ein. Weitergehen. Er versteht es nicht. Ich muß ihm etwas sagen. Aber *das*, das ist zu groß, noch zu groß, er ist siebzehn. Egal, egal wie alt man wird. *Das* hält man nicht aus. Er wird Kinder haben. Die Bilder, ich sollte ihm sagen, wo die Bilder sind. Natürlich will er zurück. Er glaubt noch, daß man nicht stirbt, wenn man sich ins Krankenhaus legt. Ich rede, rede. Astronomie, die Studenten in München, Vietnam, alles falsch, alles zu wenig. Anton, hör zu, erschrick nicht, nicht mehr lang. Sein Gesicht, nie hab ich's wahrhaben wollen, das ist doch Elisabeth, der gleiche Mund, die gleiche Stirn, die Augen. Seine Tochter wird auch wie Elisabeth aussehen. Das Richtige sagen. Das Erste und das Letzte. Gemini fünf – was rede ich? Es plappert in mir, plappert gegen den Tod. Was ruft er? Umkehren, wir hätten umkehren sollen. Nein, Anton, doch Anton. Alle kehren um. Das Haus, ich sage ihm, daß es für Anselm ist. In Spanien hat es begonnen, alles, das Ende, die Farbe, grün wie aus den Himmeln El Grecos. Die falsche Art, die Erde zu sehen. In meinem Kopf sind nur noch Wolken, Wolken, die Gedanken fallen – Anton! Ich muß es ihm sagen. Die Beine – einfach weg. Sieh, Anton. Violette Blüten! Ein ganzes Meer, überall! Geht nicht, da ist nichts mehr, keine Knie, keine Muskeln. Er hält mich fest, gut, er ist sehr kräftig geworden. Es sind keine Blüten, es sind Köpfe! Die Milliarden von Köpfen, die sich glühend öffnen. Für uns, für alle. Alle Leben! Der große Baum! Sieh dir das letzte Bild an, Anton. Der Engel, Anton, der Engel! Kann nichts sagen. Etwas in der Kehle, die Brust eingeschnürt, Wolken, Wolken im Gehirn. Nur das eine, bitte, nur das eine noch! Zu trocken, ich müßte – jetzt, jetzt geht's. Hörst du's? Weine nicht, Anton. Jetzt geht es, ganz leicht sogar, ganz leicht. Sei ruhig, Anton. WIR SIND DOCH NUR EIN BEISPIEL!

* * *